木讷波人/著

辽宁人民出版社

© 木讷 波人 2024

图书在版编目（CIP）数据

天亮无声 / 木讷，波人著 . — 沈阳：辽宁人民出版社，2024.1
　　ISBN 978-7-205-10884-7

　　Ⅰ.①天… Ⅱ.①木… ②波… Ⅲ.①长篇小说—中国—当代 Ⅳ.① I247.5

中国国家版本馆 CIP 数据核字（2023）第 196128 号

出版发行：辽宁人民出版社
　　　地址：沈阳市和平区十一纬路 25 号　邮编：110003
　　　电话：024-23284191（发行部）　024-23284304（办公室）
　　　http：//www.lnpph.com.cn
印　　刷：河北朗祥印刷有限公司
幅面尺寸：145mm×210mm
印　　张：17.5
字　　数：380 千字
出版时间：2024 年 1 月第 1 版
印刷时间：2024 年 1 月第 1 次印刷
责任编辑：白　旸　董　喃
封面设计：琥珀视觉
版式设计：一诺设计
责任校对：耿　珺
书　　号：ISBN 978-7-205-10884-7
定　　价：85.00 元（上下册）

目录 CONTENTS

楔子　天亮了…………… 001

第一章　天亮时分………… 004

第二章　新官上任………… 030

第三章　不择手段………… 050

第四章　激战郊外………… 066

第五章　初见箜篌………… 083

第六章　暗度陈仓………… 100

第七章　节外生枝………… 119

第八章　愿者上钩………… 137

第九章　劫收闹剧………… 154

第十章　双管齐下………… 172

第十一章　温柔陷阱……… 189

第十二章　劳资风波……… 209

第十三章　美人有毒……………228

第十四章　各取所需……………250

第十五章　一箭双雕……………269

第十六章　祸起萧墙……………290

第十七章　怅然若失……………308

第十八章　诱捕"筌筴"……330

第十九章　竹篮打水……………346

第二十章　尬对三美……………366

第二十一章　肆无忌惮…………389

第二十二章　义愤填膺…………411

第二十三章　鱼目混珠…………430

第二十四章　孤家寡人…………447

第二十五章　黄雀在后…………465

第二十六章　杀一儆百…………485

第二十七章　痛陈时弊…………505

第二十八章　自绝落幕…………523

尾声　再战蕴藻浜………………543

楔子

天亮了

一

1945年8月15日，日本正式宣布无条件投降。早在五天前，8月10日，日本通过中立国瑞士、瑞典，向同盟国乞降，表示愿意接受《波茨坦公告》各项规定，在保留天皇制的条件下投降。

胜利来得太突然了。8月10日17点35分左右，设在重庆的盟军总部收听到东京发出的英语国际广播，获悉此消息后，重庆媒体等不及官方核实，急不可耐争相报道。

当天晚上，日本投降的消息不胫而走。重庆、成都、昆明等地民众自发上街，街道充满欢声笑语，人们敲锣打鼓，拉响警笛。

8月15日，黎明之前，日本陆军大臣阿南惟几在家中剖腹自尽。他留下遗言："天皇的诏书将在中午12点播出，我听了会受不了。"上午7时，中、美、英、苏四国同时宣布：日本无条件投降！

经历过14年的至暗时刻，中国人形象地将这一时刻称为：天亮了！

1945年9月2日，早晨的海风吹过东京湾，排水量5.5万吨的美国"密苏里"号战舰停泊在东京湾中。9点整，日本投降签字仪式正式开始，日本代表重光葵与梅津美治郎先后在两份投降书上签了字。

这一签字，洗净了中华民族70多年来的奇耻大辱，意义尤为重大，太平洋迎来了清爽宜人的曙光。

二

天亮了，从黑暗中走出的中国人，无不有着重见光明的内心感受，不堪回首过去艰难痛苦的日日夜夜。这一天到来之际，可偏有上海滩名媛何君梅，不能忘怀"孤岛"时期的时光。当时太平洋战争还没有爆发，她与圈内人士躲在租界里，夜夜狂欢，唱着《何日君再来》；醉生梦死，"商女不知亡国恨"，把每一天当作最后一天度过，似乎在等待末日审判的到来。

陶菊隐先生曾说："'孤岛'时期的上海呈现出一番奇怪的现象，苏州河一水之隔，一边是炮声震天，一边是笙歌达旦，每当夜幕降临，租界内彻夜通明的电炬，透过幽暗的夜空，与闸北的火光连成一片，映红了半边天，这一状况维持了四年之久。"

有一段时间里，南京汪伪政权一个宣传部政务次长，像马蜂似的在何君梅身边"嗡嗡"了半年多，但随即又将浓厚的兴趣转向了一个当红女作家——喊，说什么情趣相投啊，说直白了，不就是喜新厌旧嘛。

何君梅曾嫁入豪门，后因在婆家受到折磨与挤对，一气之下，闯荡上海滩，因长得漂亮，很快成了一位舞女；她相貌出众，又能长袖善舞，没多久便成为知名舞女，还出演了电影；上海沦陷以后，她再次做了舞女，日本人听闻她的名声，都十分倾慕，她似乎找到了靠山，整天游荡于日本人与汉奸的身边。

当然，在情感上这个小小的挫折，倒也没什么大碍，她太熟悉这个圈子的男人了，这也是转身投入汉奸丁树基怀抱的重要因素。数数在为汪精卫伪政权鞍前马后效力的人里面，论地位，丁树基的地位并不在那个宣传大员之下，这一点，着实令何君梅心里平衡了许多。

此一时彼一时也，可是到了今天晚上，何君梅心里又一次地不平衡了。

第一章

天亮时分

一

　　天终于亮了，一切有了新的转机，多少人有了新的期盼，8月22日，刚刚返沪的上海滩"生丝大王"景秀生，在他的丝业公会会馆大宴会厅，举办盛大的庆贺抗战胜利联欢晚会，邀请社会各界贤达，济济一堂，欢庆胜利。

　　想当初，淞沪战端一开，景秀生就悄然离开了上海，躲进香港，后又去了美国；如今日本人投降了，《终战诏书》宣布没有几天，他就火急火燎地赶了回来，着手举办隆重的酒会，以联络各界人士，跟得真是快呀，好似自己对抗战有贡献似的。

　　当然，今晚举办的这种聚会，已经轮不到丁树基等汪伪政权人物了——酒会邀请的座上宾只有两种人：不是重庆来的，就是已经与重庆沟通上的。

不过，在重庆派来的人里面，也有没去参加景家联欢酒会的，比如说，程元泰——他作为财政部驻沪专员，今天刚从重庆抵沪，他对上海的情况不熟悉，面对新的局面，工作千头万绪，所以，一抵达，就扎进了办公室，等他抬起头来，已到夜晚时分，便让司机送自己回住处。

当车子驶过丝业公会会馆时，司机忍不住指了指这栋灯火通明的别致建筑，说："今夜这里热闹啊，刚回上海滩的景家在举办盛大酒会呢。"

司机随意说出的话，却勾起了程元泰的兴趣，问："景家？你说的是'生丝大王'景秀生先生？"

司机："是呀。景家邀请了不少头面人物，气派不小哟。"

程元泰沉默下来，若有所思。司机依然自顾自地说着："……景秀生很精明，出手多快啊，但他更重视手中有实权的部门。"

程元泰听了，没在意，笑了笑。

此时，丝业公会的联欢酒会已经达到了高潮，到了人们更为期待的交际舞会的环节。说起跳交际舞，不管是"孤岛"时期、日占时期，还是光复之后，上海滩这地方，人们欢聚的舞步，总是不会停顿下来的。

景弘毅可是大大风光了一把，他赚足了面子，将百乐门、仙乐斯、大都会、丽都上海滩四大舞厅的当红舞女悉数邀请了过来，一时间，靓丽的舞女们成了全场最受瞩目的人物，一曲接一曲，当歌当舞，不亦乐乎。

与热闹的气氛不同，今天联欢酒会的主人景秀生西装革履，神情平静淡然，端坐在舞池旁边，望着随乐队的演奏翩翩起舞的男男女女，心里则盘算着未来实业的发展。不过，当他发现儿子景弘毅始终黏着那个叫小曼的舞女时，心中兀自不快。

转过头，他看到军统上海站站长刘森，手中端着酒杯，走了过来。

刘森举起酒杯与景秀生碰了碰杯，笑眯眯地说道："景先生，感谢您的盛情邀请啊！参加这么隆重热烈的酒会，真是荣幸之至！"景秀生谦卑地说："哪里，哪里。这次回来之后，很多事情的推动，有劳刘站长的大力支持呢。"刘森寒暄道："景先生客气啦！有什么用得着的，您尽管说。"接着，他轻轻地问道："我看了看，今晚您没请周佛海先生来吗？"

景秀生对此问题很是敏感，忙做解释："今天在座诸位，可以说都是坚持抗战的，社会形象好的。虽然周先生不久前已得到国民政府的任命，但他如果今晚到场，朋友们会感到不合时宜。若有考虑欠妥之处，请刘站长多多包涵呀。"

听到了景秀生如此解释，刘森跟着圆场说："我随便问问，不要紧的。景先生毅然回到上海，是非常有魄力的——要重振产业，必须抢在时局前面，下手得快！对吧？"景秀生颔首微笑，没有再说什么，与刘森碰了下酒杯。

乐队又奏完了一支欢快的水兵舞曲。

上海宪兵队队长侯明杰与海军接收先遣组组长季国云，从舞池中回到座位上，两人端起酒杯，边喝边聊着。侯明杰说道："瘦死的骆驼比马大呀，今晚酒会办得派头够大的。"季国云接着说:"今天好在不用再赶场了,上海滩当红的舞女都云集到这里。"侯明杰的兴奋之情溢于言表:"好,太尽兴了!"

季国云往酒会的另一方向扫了一眼,说:"你注意到了没有,今晚景家的大小姐,始终与那位高大的美国人攀谈与跳舞,弄得轮不上我们这等人邀请她了……"

"要么你过去邀请她跳一支舞好了。"刘森说了一句,不知道他什么时候转了过来。

季国云连连摆手说:"算了吧,身边这么多漂亮的舞女,还没来得及一一跳过呢。"刘森笑道:"国云老弟说得对呀。我就在等与仙乐斯舞厅的美女小曼跳上一支曲子呢。"

侯明杰接着夸赞道:"刘站长好有眼光啊!小曼,太靓了,不过,今晚她基本上让景公子一个人包了。"刘森略带醋意说:"美味不可独享啊,你瞧小曼这个妮子,长相多有味道啊。"

刘森这句话出口的时候,不经意间流露出了一丝意淫的荡漾,但他意识到季国云与侯明杰在捕捉他细微的变化,索性很快表现出一副陶醉不已的神色。而在季国云与侯明杰的脸上,随之浮现出男人之间彼此心照不宣的笑意。

军统人员沈东洋急急忙忙地过来,朝着刘森低声叫了一声:"站长。"刘森见状,立马收起了笑容,与季国云和侯明杰客套了一句:"你们先慢慢聊。"说罢,刘森示意着沈东洋,两人到了一个僻静的窗口站定。

沈东洋报告说:"共党分子马骞,今天午后进了沪西机器厂,现在他还没有出来。我感觉到这里有大事要发生……"

刘森看了一眼沈东洋,说:"你说说吧,会有什么大事发生?"沈东洋忧虑地说:"沪西机器厂的工人可不少啊,如果他们跟着共党起事,不好对付啊!站长,要不要请周佛海把他的行动队调过来,趁夜把事情解决了?"

刘森听了,大大赞赏沈东洋的反应能力,说:"你真行啊,这几年没白跟着我,分析得很有道理。"沈东洋忙表现低调说:"多蒙站长您的栽培。"

"虽然现在是国共合作时期,不过,上头已经和我交代过,美国的麦克阿瑟将军对于日军投降问题已经发表讲话,明确支持国民政府,不允许共党手伸得太长,更要防止共党起什么事情。对于这个马骞,如果他组织与煽动工人暴动,毫无疑问,挑起国共内战的帽子,就结结实实地戴在共党头上了……"刘森对形势进行了分析与判断。

"接下去我们该如何处置?"沈东洋希望得到明确指示。刘森发了指令道:"你带着人继续盯好,少安毋躁。不管他们折腾什么事,盯好马骞去什么地方、和什么人见面,掌握证据,然后择机秘密抓捕。"沈东洋应声道:"是!"说完,他匆匆离去。

二

夜晚时分,一条安静的南北向马路上,一辆警车已经在路边停了很久。

上海开埠之后的租界布局是法租界在南,公共租界在北,因此,同一租界内东西向的马路往往规划得更为到位,路幅较宽,绿化亦好;但跨租界的南北向马路明显狭窄了许多。

警车几乎将过半的小马路占据了,显得尤其扎眼。一个人快步走到警车的副驾驶位置外,敲了几下车窗。车窗摇下来了——夜色中隐约看到警车里坐着四个人,他们的面孔却模糊看不清楚。

敲车窗的先开口了,说:"老大,景秀生没走呢,他的车停在丝业公会会馆外头。"老大说:"这个老家伙,真玩得动!你继续盯着。"敲车窗的人应声而去。警车里,老大看了看手表,将目光又投向车外空荡荡的马路。

车里另一个声音打破了躁动的平静:"今天铁定干这票了?"

"干!日本人刚刚投降,重庆接管的大队人马没有过来,周佛海又在忙着向蒋公表忠心,不会花力气过问本地治安的,上海滩什么时候有过谁都管不着的时机?不趁现在把这票绑了,我们要等到猴年马月?"

老大一发飙,其他两个不言语了。老大接着说:"耐心等等,只要他回家,总要走这条路的。"

丝业公馆联欢酒会的舞会正在进行中,一支抒情的舞曲,接近了尾声。

伴着优美的乐曲,景莺音与那位高大的美国军官用英语交谈着,也将告一段落。景莺音客气地说:"非常希望第十四航空队驻扎上海,便于我们慰问你与战友们,以当面表达我的敬意。"

美国军官高兴地回应说:"我们来上海负责前期联络,不确定第十四航空队驻扎上海,但我非常感谢你的热情邀请,莺音小姐。"

舞曲结束了,景莺音大方得体地向美国军官微笑致意,然后，她走出了舞池。

景莺音一头的黑发，挽了一个发髻，配上一身素雅的丝质印花格纹旗袍，姣好的身材一览无余，温柔恬静的灰蓝色格子，展现着文艺怀旧的韵味，端庄委婉的淑媛气质，举手投足间透着一股雅致脱俗的从容。

穿过联欢的人群，景莺音来到独自坐在位置上的景秀生的身旁，问道："四叔，您没找朋友聊聊天？"说着，景莺音在挨着景秀生的位置坐下了。"该打的招呼都打过了，该寒暄的也寒暄了。可惜今晚你孙伯伯没过来，不然我们两个老友，可以多说会儿。"景秀生淡淡地说。"最近他深居简出，不喜欢应酬了。"景莺音接着说了一句。

景秀生对景莺音交代说："嗯，哪天我过去拜访他……唉，你看看弘毅，今晚一头扎进那些舞女堆里，忙得不可开交，顾不上问问我还有没有交代了。"

景莺音忙为景弘毅开脱，说："四叔，别光见到弘毅不停地与舞女在跳，其实，他忙里偷闲，已与到场的重要人士都沟通过了，他的生意与人脉关系，将来也许不会差多少。"

景秀生显得无奈地说："但愿如此吧。莺音，我先走了。等酒会结束时，你代我送送各位嘉宾。"景莺音点头道："好，您放心回去休息吧。"

景秀生站起身来，在景莺音的陪伴下朝公馆大门走去。景莺音要送景秀生上车的，景秀生却拒绝了，他让侄女回去照顾客人们。然后，景秀生独自走到车旁，开了车的后门，坐了进去，吩咐司机："回吧。"

这些天来，上海一直沉浸在欢乐的海洋中。特别是在日本天皇宣布无条件投降的那一天，上海市民就抑制不住心中的喜悦，自发地涌上街头游行，燃放鞭炮整天不绝于耳，庆祝这历史性时刻的到来。

清晨，上海国际饭店之顶升起上海最高的一面旗帜，迎风招展，数千人仰头致敬；入夜，庆祝牌楼及各房屋的灯彩，大放光明，绚丽夺目，正所谓城开不夜，盛况空前。

上海的欢庆活动已持续了几天，但返沪之后每当清晨醒来，景秀生依然感受到空气里弥漫着一种渡尽劫波之后经久不散的欢欣，这种全新的感觉，令他壮心不已，对战后和平与安定充满了渴望和憧憬。

夜深了，大马路上尽管略微冷清了些，景秀生却精神饱满地看着车外，心中洋溢着返回这座大都市的喜悦，又想到今晚酒会办得相当成功，更是兴奋不已。

突然间，司机来了一个急刹车，让景秀生的身体往前一倾，汽车又惯性地向前滑动了一段，停了下来。景秀生抬头看去，再过一个十字路口就到家了，不知何故，前面一辆警车却停在并不宽的马路正中央，前面两个大车灯照射过来。坐在副驾驶位置上的保镖打开车门准备下去："先生，我看看怎么回事。"

景秀生提醒道："像是一辆警车，问问情况。"保镖刚下车，对面警车上三个持枪的军人过来了。为首的那个，冷冷地问道："这是景秀生的车吗？景秀生在车上吗？"保镖："请问你们是？"

为首的那个军人，手拿着一张盖着大印的逮捕证，在保镖面前晃了晃，然后他说："已查明景秀生在抗战期间，涉嫌暗中与日本人有经济往来,现在予以逮捕查办!"保镖保持着镇定,反驳道:"弄错了吧?景先生绝对不可能……"

三个军人毫不理会保镖的反驳,其中一个用枪顶着保镖的头,另外两个快步过去拉开车的后门,不由分说,将惊愕不已的景秀生拉出车来。

当景秀生被拉到警车旁边时,车上的人打开车门,劫持景秀生的两个人,一人用枪抵住他的腰背,用拳猛击他的小腹,他下意识地将腰一弯;一人用手压住他的上身,车上的人再用力一拉,顺利地把他拉上了警车,整个绑架过程,仅仅持续了不过一分钟。

当枪顶着保镖脑袋的那个人返回警车时,保镖反应了过来,一步蹿上去,抓住没完全摇上的车窗,对为首的说:"长官,误会了,肯定是个误会!再让我看看逮捕证。"

为首的摇上了车窗,保镖又要扑向车前挡住车路,为首的打开车门,冲着保镖的腿部打了一枪,保镖一个趔趄,倒在马路上,鲜血直流。

警车随即往后倒车,当倒到后面的十字路口,迅速掉转方向,从横着的那条马路疾驰而去。

三

这一声枪响,震惊到了两个人。

一个是距此两条街之外与何君梅在一起的丁树基。

丁树基躺在铺着细篾竹席的床上,心事重重地时而摇着扇子,隐约传来的枪声,令他一骨碌坐了起来,惊恐不已地问在梳妆台前的何君梅:"听到没有?外面有枪声!莫不是开始对我们这些人动手了?"

何君梅转过头来,瞧了一眼丁树基,不以为意地应道:"喔唷,别那么一惊一乍的!哪儿来的枪响,我怎么没听到……不是我说你,在上海要动的话也要先动周佛海呀,还轮得到你吗?"

"你懂什么,周佛海已经为自己找后路了,这年月啊,有后路和没后路差别大了。""路是人走出来的,你智商又不低,动动脑筋。"何君梅既是建议又是安慰。

另一个被枪声震惊了的是王新钢。

王新钢骑着自行车,在附近一条弄堂穿行,枪声响起,他敏感地停了下来,观察了周围好一会儿,发现似乎一切都很平静,他又继续踩上车,匆匆地骑着。

王新钢是从沪西机器厂出来的,当穿着工装的王新钢从工厂大门推着车出来时,斜对面弄堂口馄饨摊儿上,一个特务连忙推了推吃着馄饨的沈东洋,低声提醒道:"出来一个人!"

沈东洋精神一振,目光投向工厂大门。那个特务继续问道:"要不要派个兄弟盯着?"沈东洋想了想,摆摆手:"不用了。我们的人手有限,现在重点盯着马骞。"

同一个夜晚,在沪西机器厂里,人头攒动,其气氛之热烈,与丝业公会会馆酒会相比,可以说有过之而无不及。

上海工人地下军起义行动委员会负责人之一马骞,带来了振奋人心的消息:中共中央已电告华中局,同意上海工人发动武装起义,与抵达上海近郊的新四军部队里外配合,不日收复上海!

起义时间定在明天，即 8 月 23 日上午 9 点。

同时，起义的行动计划要求多个地点秘密集结的工人地下军同时举事——马骞具体指挥沪西机器厂的起义行动。

面对起义的核心骨干力量，马骞充满激情地动员着，他告诉大家：在 1927 年北伐战争时期，上海的工人阶级在周恩来等同志的领导下，经过浴血奋战，赢得了第三次工人武装起义的胜利，使长期被帝国主义以及北洋军阀统治的上海，回到了人民怀抱。

18 年后，创造历史的机会又一次出现了，明天——上海这座城市的命运将重新掌握到人民的手里！

听着马骞的激情动员，王新钢心潮澎湃。淞沪抗战以来，在上海，与日伪在地下战线生死斗争、周旋，多少同志流血牺牲，等的不就是这一天来到嘛？

随着形势的变化，组织上已决定王新钢与谍报小组撤回解放区，但按照中央最新精神，考虑到王新钢对上海的情况熟悉，组织上临时决定派他配合马骞的工作。当来到沪西机器厂，王新钢获悉参与的是这么光荣重大的行动，心情十分激动。这注定是一个枕戈待旦的夏夜。

在明早 9 点到来之前，王新钢还有一件重要的事情要做——他要与谍报小组其他成员最后一次碰头，传达上级组织新的任务。马骞送他到机器厂紧闭的大门前，紧紧地握着他的手叮嘱："新钢同志，路上小心，尽快归队，同志们在等你！"

王新钢："放心吧，天亮之前，我一定返回。"马骞目送王新钢渐渐地骑入了夜色中。

此时的机器厂起义负责人马骞,包括王新钢以及沪西机器厂等待起义的工人们,并不知道情况发生了新的变化,中央已于8月21日两次致电华中局,要求根据形势的发展,停止上海工人武装起义。

而马骞的秘密联络人还没来得及将停止起义的消息送到,就被军统上海站秘密暗杀。马骞因此暴露身份,进入了刘森的视线,被秘密盯梢。

其他企业的工人地下军集结地,都已接到新的指示,悄无声息地撤出人员和武器;此时只有沪西机器厂恰恰相反,工人们群情激昂,摩拳擦掌,等待着起义时刻的到来!

丝业公会联欢酒会的舞会接近了尾声,乐队在演奏最后两支舞曲。

景弘毅脚下的舞步终于停了下来,他环顾在场的宾客们,得意地对堂姐景莺音说:"景家在上海滩蛮有面子的……我们这次回来,不仅仅是为恢复产业,应该把规模做得比战前更大更强!"景莺音看了一眼堂弟,轻声说道:"四叔说了嘛,一步一步来,稳步推进。"

这时,景家的司机跑了过来,气喘吁吁,神色慌张,他劈头就是一句:"景先生出事了!"景弘毅提高了声调,问道:"怎么了?"景莺音接着说:"别急,别急,你慢慢说。"

司机将警车在马路上劫走景秀生的前前后后,一股脑儿说了出来。

听完以后,景弘毅气愤得满脸通红:"这帮当兵的,太嚣张了!我去找第三战区的联络官史晓白,绝轻饶不了他们!"

说罢,景弘毅就要到舞池里找史晓白,但景莺音拉住了他。"弘毅，等等！""姐，这还等什么？"景莺音冷静地说："这件事儿有些蹊跷。几个军人开着警车？再说，现在的上海，国军队伍没来得及调过来呢，他们是从哪里冒出来的？"景弘毅急切地问道："你说怎么办？"

景莺音接着说："不要急，一急就容易出错——你到医院见一下那个保镖，掌握情况之后赶紧回家。我先送客人，然后，再到警察局了解一下。等我回来，我们再商量下一步到底该做什么。"

景莺音沉稳的态度，让景弘毅也平静了下来。他略有同感，弄不清楚到底哪方势力劫走父亲，随随便便找在场要员，不过打打电话而已，兴师动众，于事无补，说不定还会坏了事。于是，景氏姐弟俩平抚心情，分头行动了。

站在会馆门口，景莺音犹如一株秋桂，她温婉浅笑，优雅知性，一一与客人道别。

人们并不在意景家谁在送客。只有刘森临别时，随意问了问景莺音，怎么没有见到景先生和景公子。景莺音客气地解释，叔叔先行一步，回家休息，景弘毅赶过去照顾了。刘森连连点头，称好。

景莺音送走所有客人以后，立即赶到警察局刑事科警长家。在8月15日之前，警长属汪伪上海市的警务人员，随着周佛海所控制的军警系统倒向重庆国民政府，他又成了为开展接收工作而负责维系上海治安的主力。

这种身份的转变，实在是令警长有些准备不足，不过景莺音的到来，倒是点拨了他，唯有认真埋头办案，做些成绩，才能证明无论什么时候，都可以一用。想到这一点，警长对景莺音态度非常热情,听完景莺音的叙述,他立刻提议,不管是谁劫走景秀生,都会将此事立案,并且马上派员追查下去。

景弘毅靠在沙发上,焦急地等待着。电话铃响了,一个神秘的电话打了进来。他拿起话筒,听到里面传出声音:"请问是景公馆吗?"景弘毅回道:"是啊。您哪位?"

"今晚是我们带走了景先生。麻烦请景公子来听电话。""我就是!你们到底是谁啊?""你不要管我们是谁,景先生目前安好,你不必担心。我们要与你做笔交意——尽快准备100万美元,钱一到手,随时恭送景先生回家。"

景弘毅顿时明白发生了什么,他的手紧紧地攥着话筒,深深地吸了一口气,让自己保持着镇定,然后回复道:"钱,没有问题,可是,100万美元,这么大的数目,估计一时不好筹集。""是吗?那好说呀,等过两天,我寄一只耳朵给你……""别,别!钱,我们给!"

景莺音回来了,看到景弘毅接电话的不安神情,她连忙问:"哪儿的电话?"景弘毅遮住了话筒,悄声告诉堂姐:"是他们绑架了父亲,要100万美元赎金交换。"景莺音毫不犹豫,从景弘毅手里接过话筒,不容置辩地说道:"钱,好商量,有一点,我四叔必须毫发无损。"

"你,景家大小姐吧?我们不想把景先生怎么样,我们需要的是钱,你们需要的是人,只要你们钱到,我们就放人。"

景莺音说:"好,钱,我们尽快筹集,但确实需要时间,请你们理解。""好,都想想。我们会再打电话给你。"景莺音刚要再说一句,却发现电话挂断了。她把话筒搁到电话机上,姐弟俩面面相觑,景莺音低声说:"他们目的是要钱,暂时应该不会把四叔怎么样。"

夜深了，上海伏天的气温，居高不下。在闷热得近乎躁动的空气中，在一个弄堂二楼的房间里，王新钢与谍报小组的其他成员结束了小组的最后一次碰头会。

王新钢告诉同志们，对日斗争已经结束，组织上对每位同志的后续工作均做了新的安排：范玉海、李敬福撤回苏北解放区，参加根据地的建设；谍报组副组长刘胜晓，携电台继续隐蔽下来，上级会启动一个静默很久的同志"箜篌"。"箜篌"将择机联系刘胜晓，启用电台与组织上联系。

至于王新钢自己，明天将参加上海工人地下军起义，这就意味着他的革命生涯从此转入公开斗争的阶段。从几位同志的眼光里，王新钢读出了同志们满得几乎洋溢出来的羡慕之情，哪一个具有英雄主义情怀的革命者不希望痛痛快快地横扫反动势力呢？

对于组织上的安排，王新钢有些抑制不住的喜悦，但与朝夕相处的战友们分手在即，他的心头又涌起丝丝不舍。

同志们起身先后离去，王新钢与他们一一握手，互道珍重。房间里剩下他一个人，他要抓紧时间，销毁所有的秘密文件。

四

当王新钢安排妥当，快回到沪西机器厂时，天已蒙蒙亮了。

他骑车到了沪西机器厂大门前，习惯性地环视了一下四周的环境，凭着他长期的地下工作经验，似乎感到工厂大门外的状况异乎寻常。在工厂大门对着的马路边上，一个卖油条的已经出摊了；距离油条摊不远的一棵大树下，停放着一辆黄包车，车夫坐在车上，正打着盹儿。

环顾过后，王新钢略有所思，然后，他旁若无人地推着自行车到了油条摊前，招呼摊主说："来三根油条。"摊主应了一声，忙着在油锅里炸着油条。王新钢一边观看着摊主炸油条，一边试探地说道："拉车的出来得够早的——看那边！"

摊主没有抬头，附和着说："往常这里没见到有拉车的，今天不知怎么了，我推着摊过来的时候，见到前面那个小弄堂口也停着一辆洋车，上面坐着两个人，都在打瞌睡。"

说者无意，听者有心，王新钢心里大叫不好——分明是有人在监视着沪西机器厂，他们是些什么人呢？不过他依然笑着对摊主说："没有生意做，还不如在家多睡会儿。"

天刚刚亮，程元泰就爬了起来。昨天晚上他回到住处，将屋里收拾了以后，就躺了下来，静静地思考着白天发生的事情："生丝大王"景秀生这么快回到上海——这件事在他的脑海里萦绕不去，且又勾起许多如烟往事，令他五味杂陈，心绪难平，想了很久。当他想到所肩负的任务，更是睡意全无。

时隔多年重返上海，面对种种的不确定因素，能否圆满地完成使命？

他的公开身份是国民政府财政部派驻上海的专员，负责财政、金融方面的接收工作；组织上认为这个身份是一个很好的掩护，可以作为党在隐蔽战线上新布下的一枚活棋——从踏进上海的那一刻起，他随时等待着上级交给自己更艰巨的任务，甚至准备流血牺牲。

程元泰目前的住处，在他抵沪之前，组织上已经安排好。他一夜无眠，索性早些起来，打算把皮箱里的书籍放到书柜上，然后到住处四周走走，熟悉熟悉周围的情况。

抬眼望去，程元泰突然发现窗台上飞落一只白色的鸽子。窗台上放有鸽笼，他在到之前已被告知，如果出现白色腿绑红绳的鸽子飞落，必有紧急情况！

程元泰走过去，轻轻地抓住白鸽子，将鸽子腿上的红绳打开，取下了小小的纸卷，他展开纸卷涂上显影液之后，看到上面满满的文字！

上级的指示是：中央8月21日停止上海工人起义的指示，因故未传达到沪西机器厂，如按原计划今日9时整起义，后果不堪设想；请火速前往，克服困难，终止行动，切切。读完，程元泰烧掉了纸卷。

鉴于情况紧急，程元泰没有丝毫犹豫，他快步冲到门口，顾不上擦掉头上涔涔的汗，蹬上皮鞋，又看了看腕上的手表，随即匆匆地出了门。

在沪西机器厂的办公室里，王新钢与马骞之间爆发了激烈的争执。

发现工厂外有特务监视这一新情况，王新钢提议立即联系上级组织，确保工人起义万无一失。马骞相信王新钢的经验和判断——外面有特务盯梢，可是，再过三个小时起义时间就到了，如处理不好，将会影响上海地下军起义的统一行动，影响上海回到人民怀抱的大局，再说，在工人阶级起义的洪流面前，他认为这些特务之流，不足为虑！

马骞的自信态度让王新钢更加着急，他的语言严肃了些，说："马骞同志，你说得没错，但谨慎为好，不能盲目乐观！起义是大事，必须考虑到所有可能发生的情况，否则，就会造成不应有的牺牲。我坚持我的意见，立刻向上级组织汇报情况。"

"前天，就是8月21号，我刚从上级组织得到的指示，具体负责沪西机器厂起义事宜。仅仅过了一天，上级组织又没有新的指示，难道只是因为发现特务盯梢，就要求上级组织改变起义计划？"马骞仍坚持说道。

"改不改变起义计划，由上级组织来判断，出现新的情况，及时汇报，这是组织原则呀！"王新钢补充说。

"新钢同志，我不同意你的看法，你完全是革命中的保守主义。"马骞坚持自己的看法。

"上海解放这一天，我也等了很久，我时刻准备冲锋在前，包括牺牲自己。但是，我们不能做无谓的牺牲，上海的情况我了解，周佛海手上有许多武装，国民党军统也在蠢蠢欲动，如果工人起义被发现，他们做了相应的准备，后果将不堪设想！这不是几个特务监视一个工厂的问题，而是同样关系到起义的全局！"

王新钢有理有据的话语，让马骞沉默了下来，但他依然问道："如果是军统的人，那么，如何确定他们盯的是地下军起义，而不是盯的我个人呢？"

王新钢沉默了。他思考了一下，看着马骞缓缓地说："有个办法，可以验证是地下军起义暴露了，还是你个人暴露了。不过，上级组织那里，同样需要派人及时汇报……"

在沪西机器厂斜对面小弄堂口，一辆小汽车缓缓地停下了。

刘森从车上跳下来，看着沈东洋和另一个特务在黄包车上打盹儿，他快步走过去，朝着他们的脑袋连续拍了几下。两个人被拍醒，赶紧从黄包车上下来，在刘森面前站直，沈东洋嗫嚅着："站长……"

刘森一脸怒容，压低了声音训斥着："让你们来睡觉的吗？还挤在一辆洋车上……我一直跟你们强调什么？注意细节！细节！找不到蛛丝马迹的，统统给我滚，不要来干这个！"

沈东洋被骂得一声不吭，连连点头，等着刘森骂够了，沈东洋小心地汇报着："工厂大门、后门都安排了兄弟。马骞从昨天进去之后就没有出来，这个我可以保证！"

"嗯。其他有什么异样吗？"沈东洋忙说："没有。进出的都是些工人。""马骞一夜都待在厂里……共产党鼓动工人准备干什么？"刘森自言自语道。沈东洋站在一旁，不知如何作答为好。

刘森从衣袋里掏出一张马骞的照片，端详了一番，问道："东洋，马骞的照片发给兄弟们了吗？"沈东洋点头："给了。"刘森又问："昨天进厂时，他什么穿着？"

沈东洋说："衬衫，凉帽……"另一个特务补充道："凉帽是浅色的，有一道黑箍。"刘森想了想，明确命令道："等马骞一出来，立刻秘密抓捕。不能再等了。"沈东洋与另一特务应道："是！"

交代完事情，刘森转身准备上车。这时，沪西机器厂的大门打开了，远远地看到三个人推着自行车出来。其中两个穿着工装，另一个穿着衬衫、戴凉帽。刘森回头悄声问沈东洋，说："看！那个就是马骞吗？"沈东洋点头称是："是他！他就穿这身衣服！"

说话间,"马骞"等三个人蹬上车快速骑了出去。刘森向沈东洋等二人布置道:"东洋,你跟我上车!你,叫上其他兄弟尽快跟上接应!"说罢,刘森和沈东洋先后上了汽车,小汽车随即启动。另一个特务放下黄包车,也快速地跟了出去。

当特务们追赶"马骞"等三个人离去的时候,机器厂大门又开了,出来一个年纪轻轻的小伙子,他推着自行车,警惕地观察了周围的情况,然后迅速往相反的方向骑着。

穿着"马骞"一身服装的王新钢,与两个工人飞快地骑着自行车,他不时地回头看着,机器厂外的那辆小汽车果然尾随在后面,距离他们越来越近,前面很快就是一个十字路口了,王新钢嘱咐身边的两个工人:"到了前面十字路口,我往右拐,你们两个——一个往左拐,一个直行。你们骑到前面兜个圈子,回去即告诉马骞同志,目前看来特务盯的是他,起义之事没有暴露。"

多年的地下斗争经验,让王新钢想出了这个主意,他换上了马骞的穿着出门,试探着这些特务的反应。当看到特务们急急忙忙地尾随而来,他便有了自己的判断:马骞个人暴露了,但上海的工人地下军起义并未被察觉。

王新钢没有时间交代两个工人更多,他确信,毫无疑问,特务们是针对马骞来的,在十字路口兵分三路,特务们一定会死咬住他这个"马骞"不放。这就足够了,只要他拖住特务们,马骞就可以按计划带领沪西机器厂工人们参与全市工人起义了,值!想到这里,王新钢心里不由得增添几分轻松。

到了十字路口,按已约定好的,王新钢与其他两个工人朝着三个不同的方向骑去了。开车的特务稍有迟疑，点了点刹车，用请示的眼光看了看坐在后排的刘森。刘森铁青着脸呵斥："看我做啥？擒贼先擒王，抓那个马骞！"

开车的特务急忙右转，汽车往王新钢骑车的方向追去。副驾驶位置上的沈东洋提醒道："他已经发现我们了！"刘森"嗯"了一声，然后，打开手枪的保险，命令道："记住，抓住他，抓活的！"

王新钢回头观察着，眼看汽车已经快追上自己了，他加快了骑车速度，心里想离沪西机器厂越远越好。刘森拿着枪催促着："快，跟上去！"

王新钢从马路拐向了一个弄堂口。当他快要钻进弄堂的时候，后面的汽车跟上来了，已经离得很近了，刘森指挥开车的特务将车子轻轻撞向王新钢的自行车车轮。王新钢从车上摔了下来，然后，摇摇晃晃地跑进了弄堂里。

沈东洋当即吹捧道："站长，有招啊！"刘森说："下车，追！"刘森与沈东洋以及开车的特务下了车，后面接应的特务们赶到了。刘森要求包围这片弄堂所有的出入口，他带着沈东洋等几人从王新钢进入的弄堂口追了过去。

黑漆漆的弄堂里空无一人，刘森停下来瞅了瞅，冷冷地冲着手下说道："他被撞了，跑不多远的，搜！"三个人拿着枪，小心地往前方搜索着。这时，刘森抬头看到一处楼房的二楼，一个妇人惊慌地准备关上窗户，他于是悄声问："阿姐，我们在抓一个人，你见到了吗？"妇人犹豫了一下，胆怯地用手指了指下面的一扇门。

刘森的脸上浮现出得意的笑，然后他挥挥手，叫开车的特务进入那扇门,并再次命令道:"抓活的。"那个特务附和着上司的指令,一脚踹开门冲了进去。

之后里面传出激烈的格斗声,接着,又是一片寂静。刘森示意沈东洋与另一个特务同时进去,沈东洋与特务一并闯入后,又是一阵格斗声,过了一会儿,安静了下来,沈东洋高喊道:"站长!"

刘森这才走了进去,他看到开车的特务有气无力地倒在里面,"马骞"已被另一个特务按在墙角,大口喘着气,而那顶凉帽掉在了地上。沈东洋气喘吁吁道:"他太难对付了,我们人少了还不行。"

刘森靠近"马骞",蹲了下来,得意地说:"我盯上的人,没有一个能够逃脱的。"说罢,他捡起了地上"马骞"的凉帽,又看着手中马骞的照片,仔细端详着"马骞",随即脸色一沉,他懊恼地吼着:"你不是马骞?!"

沈东洋听罢,赶紧上来看了看。王新钢的嘴角流露出嘲讽的笑容,刘森气急败坏起来:"你耍我……"他嘴里念叨着,冲着沈东洋命令说,"安排两个兄弟把他押回去。你跟我——回沪西机器厂!"

五

从王新钢离开那一刻起,身着工装的马骞就坐不住了,他在办公室踱来踱去,焦急地等着新的情况反馈。他看了看手腕上的表,已到8点半了,离起义的时间仅剩下半个小时了。就在这时,两个和王新钢骑车出去的工人回来了,他们转告王新钢的判断——马骞个人暴露了，但整个起义还没有。

这让马骞悬着的心稳了下来，只要按上级组织要求，准时发动起义，生死都可以置之度外，个人身份暴露了又如何。于是，他让两个工人尽快通知大家，今天上午9点起义时间不变，然后，攻占沪西警察局的计划不改变。

此时，马骞坐了下来。目前，最好的情况就是王新钢和稍晚出门的小苏北都顺利返回；当然，如果9点钟已到还没回来，就要按上级发动起义的指示行动了，此时，所有参加起义的工人，都在等待这一刻的到来……

正在此时，身着中山装满头大汗的程元泰被一个工人带到了马骞的面前。"马骞同志，这位同志说有紧急情况找你。"工人说。马骞打量了一下衣着整齐的程元泰，又问那个工人："谁让他进来的？"

"他说出了进厂的口令。"那个工人解释道。不等马骞再次开口，程元泰抢先说道："马骞同志，我叫程元泰。我知道按计划距离起义时间仅有20分钟。当前由于局势变化，8月21日，党中央连续两次致电华中局，改变了之前支持上海武装起义的部署，明确要求停止起义。其他起义集结点都接到了新指示，不知为什么沪西机器厂没有收到。时间紧急，组织上临时委托我来通知你们，立即停止起义！"

一腔热血、箭在弦上的马骞，毫无心理准备，听着程元泰说的话，简直是天方夜谭，实在不可思议，这个弯子对他来说转得太大了，他盯着眼前这个年近三十的陌生人，来不及更多思考，但又有些心生怀疑，他猛地一拍桌子，喊道："来几个同志，把他先绑起来再说！"

应声进来几个工人,带着绳子,二话不说,摁住了程元泰,将他绑了起来。程元泰激烈地挣扎着,嘴里喊着:"马骞同志……""别以为你知道进门口令就蒙得过我们!你们派人在门口盯梢,现在又直接过来扰乱军心,你到底是什么人?"

"等等,除了进门口令,今天起义之后夜间的口令、回令我都知道。"程元泰继续申辩着。听了程元泰的辩解,马骞略微冷静了一下,试探地问道:"凭这个我就相信你停止起义?"程元泰见状,抓住机会,拼命挣脱了绑他的几个人——其中一个急了起来,甚至掏出了枪指着程元泰的脑袋。

程元泰顾不上这些,他说:"听我把话说完,你们再做决定!我是做特别工作的,没有特殊情况,组织上不会委派我来。今天我来得匆忙,说明事情紧急,刻不容缓。上海起义是抗战胜利前中央的部署,那时我们的对手是日本鬼子;但形势变化太快,日本宣布投降了,如果今天我们动手了,对手将是蒋介石的重庆国民政府,这就会授人以口实,说共产党人首先挑起内战。"

程元泰稍微停顿了一下,接着说:"还有,重庆那边已委任周佛海,目的是想利用他手里的武装抢占胜利果实,弄不好,内战一触即发。上海其他地方的起义已经停止,我们不应由于决策失误,影响了党中央的战略部署。"

程元泰思路清晰的陈述,让马骞无法反驳,一时沉默起来,程元泰对此趁热打铁,明确提出:"必须停止起义,时间不等人啊……"

程元泰刚说完,年轻工人小苏北匆匆回来了。他一见到马骞就说:"马骞同志,您上级出事了!"马骞:"啊?"小苏北说:"我按您说的地址去了,到了他家楼下,我看到他家窗台上放着一个小花盆,是紫砂的。您交代过,窗台上如放有紫砂花盆说明出了严重问题……"

"我前天从他那里接受起义的指示,看来他果真出事了,新的指示没有送出,特务由此跟踪了我。"马骞即刻分析道。程元泰肯定道:"你的分析是正确的。"

马骞点了点头,又对了对手表,8 点 55 分。他稳定了一下自己的心绪,让脑子飞速思考着。他做出了决定,对着守在程元泰身旁的几个工人说:"赶快给他松绑。"

程元泰悬着的心,终于放了下来,不过他依然提醒道:"尽快通知所有人……"马骞随即对小苏北说:"小苏北,马上通知几个负责人,停止起义行动。"小苏北快速地跑了出去。

程元泰身上的绳子解开了,马骞上去双手握着他的手,歉意地说:"元泰同志,委屈你了。今天的情况太突然了。""我的任务是不惜任何代价叫停你们的行动,总算完成了。"

马骞深叹了一口气:"中央的指示我当然坚决执行。但是,现在这么多工人动员起来,已经箭在弦上。时间快到了,外边还有跟踪我的特务,我们要有个万全之策才是。"程元泰理解马骞的心情,说:"这确实是个大问题。抓紧研究一下,按照党中央新的要求,能不能因势利导,开展群众工作?"

刘森与沈东洋乘汽车赶往沪西机器厂,刚到工厂大门的那条马路上停下,就看到前方工厂里涌出来一股上千工人组成的人流,群情激奋,人声鼎沸。

工人们排成几支队伍,打着"严惩汪伪政权大小汉奸""我们要吃饭我们要生活"等标语,高呼着口号,浩浩荡荡地走在大马路上。沿途不少居民与路人受到感染，不断地有人加入游行的队伍。

眼看到这个阵势，刘森无奈地冲着开车的沈东洋说："靠边停吧。别去蹚这浑水了，马骞是抓不到了。"沈东洋说："好歹我们手里有那个假'马骞'。"刘森自言自语："活见鬼，共党折腾这么久，难道为了组织一场工人游行？"

将起义改变成工人游行是程元泰提出的建议，这样做的好处，可以使心气儿被提起来的工人们继续凝聚士气。而在准备起义的过程中，不少工人核心骨干可能暴露了身份，他们可冲上街头，随游行队伍往西行进，直接出城与在上海西郊活动的新四军淞沪支队接上头，这样核心骨干便作为新鲜血液留在部队里。

马骞认为这个方案非常好，表示赞同，唯一的问题是，试探特务动向的王新钢没有回来，不知道他是否遭遇到了意外。9点已过3分，程元泰与马骞达成一致意见，有很多工作要等着做，不能再等王新钢同志了，游行结束之后，再进一步了解他的具体情况。

工人游行队伍在行进中，仍然不时地有人加入其中，工人们巨大的热情汇成人群的巨浪洪流，越滚越大，势不可挡。

刘森及特务们此时无可奈何，只好靠到路边呆呆地看着。

程元泰走在游行队伍中，与工人们一起呼喊着口号。他魁梧、潇洒，穿着整齐，在一色的工装人群中显得有些与众不同。刘森隔着汽车车窗，观察着这支游行队伍。

刹那间，程元泰引起了他的注意——但可惜，他看到的仅仅是其侧脸，从眼前一闪而过，很快在他视野中消失了。

第二章

新官上任

一

数千里外的陪都重庆山城,这个清晨显得异乎寻常。

汤闻道一大早接到通知,大人物让他即刻过去,说有要事相告。结果他早餐都没顾得上吃,便与夫人章婧英打了招呼,穿戴整齐,匆匆出了门。

山城的夏秋之交,潮气于日出前后最盛,如薄雾般飘在高低起伏的街巷里。大人物打开了窗子,并未感觉到空气清爽多少,他坐在藤椅上,示意着秘书继续进行例行的局势汇报。

"……抗战取得最终之胜利刚刚一周左右,京沪一带的接收工作已经出现不少问题——比如在上海的接收,短短几天冒出了四家国民党上海特别市党部……"听到这里,大人物忍不住插话了："怎么搞得这么混乱？一定是管理出了问题。"

一身戎装的汤闻道来到办公室门口，站定了正要喊报告，大人物抬眼看到了爱将，便亲切地招呼说："闻道，进来坐，进来坐。"汤闻道走进办公室，敬完礼，在椅子上坐下，腰板笔直。大人物对着秘书，挥了一下手，令其出去。

之后，大人物对汤闻道说："早早请你来，是有重大事情和你谈，上海昨夜发来急电，报告说景秀生被绑架了。"汤闻道脸上闪过一丝惊讶："景秀生，上海那个著名的实业家？"

大人物点点头，继续说道："一说名字很多人都知道，他是上海滩的知名人士了。在美国人的要求下，委员长14日、20日曾两次电邀毛泽东到重庆谈判，偏偏这时出现问题。好事不出门，坏事传千里啊，今天全国报纸的新闻一出，共党定会看笑话，美国人也会说三道四，产生极坏的国内外影响啊！"

汤闻道深知此事重大，当然，这个时候他不便做任何表态，只需静静地等大人物把话说完，叫他来的目的自然就明确了。果然，大人物稍作停顿，接着对汤闻道说："前几日我已经推荐你任军事委员会驻沪特派员，校长并未反对，但各方面都在推荐人选，一时难以确定，这个事情搁置了几天；现在上海发生了这起重大绑架案，必须下决心了，这对你的任用安排是个推动——我已经从校长那里得到明确态度，你明天就动身赴上海，走马上任……"

汤闻道恭敬地听着，尽力保持着平静，但他的内心，却充盈着不断逸出的喜悦。在机关埋头苦干这么多年了，终于等到放外任的机会了。当然，此时汤闻道期待的机会，的确不是一味追逐一己之私，他想要的，是一个新的人生感受与锻炼，有一个让他施展才华、大有作为的空间。

大人物的交代在继续，对汤闻道此去赴上海，他提了两点要求：一是全力督办侦破景秀生绑架案，尽快给社会各界一个交代，维护党国的执政形象；二是统一协调各单位各部门上海的接收工作，绝不能把接收变成劫收，掌握主动权，掌控住上海的接收大局。

临别之际，大人物语重心长地叮嘱汤闻道："闻道，你从抗战初投笔从戎，一向持重勤勉，这次去上海，务必慎初慎微，经受住诱惑与考验，重塑党国的威仪，不辜负我对你的推荐啊。"

汤闻道是在淞沪会战之后投笔从戎的。从大学教师到军人，这个转变过程可谓是脱胎换骨，但作为中国人，被驱逐日寇的信念激励着，全面抗战八年，他坚持了下来。在重庆这几年，汤闻道谨言慎行、循规蹈矩，逐渐地得到了大人物的赏识。

汤闻道明白，这次委派他前往上海担任特派员，大人物是寄予了厚望的。为此，他一回到家，就与夫人章婧英讲明了情况，章婧英善解人意，给予积极的配合与支持。

章婧英是湖南人，后来随家迁居到南京，进入汇文中学念书。她少女时期生性活泼，加上人又漂亮，追慕者很多，一次朋友聚会中，她认识了汤闻道。

那时的汤闻道，不过是普普通通的大学助教，他见到美丽又知书达理的章婧英，很快便发起猛烈的追求，等着章婧英高中毕业，两人就结了婚。婚后他们非常幸福，但只有一点遗憾，就是章婧英 15 年来一直没有生育。

汤闻道与夫人章婧英谈好以后，立即进行相应的准备——现在，他在等一个人来。

这个人就是高祖谋，一个严肃认真有些拘谨的青年军官。此刻，高祖谋来到书房外，在和章婧英打招呼："您好，师母。"

章婧英热情地回应："祖谋来了。"汤闻道在书房里喊道："快进来，祖谋！"高祖谋走进书房，看到地上摆放着一只藤条箱，箱子里已经装了不少书，汤闻道还在将桌上的一些书往箱子里放。"实业大亨景秀生被绑架的新闻看到了吧？"汤闻道放好了手上的一摞书，人没站起来，就开口问高祖谋。

"看到了。"高祖谋答道。汤闻道站起身来，坐到桌旁的椅子上，示意高祖谋坐下来，然后说："上面一早通知我，任命我为军事委员会驻沪特派员，明天飞赴上海，处理此绑架案；同时协调好上海的接收事宜。上面同意我自选一名强将，我点了你随我同去……"

"老师，明天动身？"高祖谋没有思想准备，向汤闻道确认。"对。是不是太突然了？我也一样没有准备。""没问题。打从当兵那天起，我时刻准备着接受任何任务。"汤闻道赞许地看了一眼高祖谋。

章婧英端进来两杯绿豆汤，放在桌上，并招呼高祖谋："祖谋，喝碗绿豆汤，解解暑气。"高祖谋二话没说，端起碗来，一口气喝完了。章婧英欣慰地看着，掉头往外走，同时对汤闻道说："你也喝呀，闻道。"

汤闻道喝了几口绿豆汤，放下碗，继续跟高祖谋说："新闻里提到了景秀生与儿子景弘毅、侄女景莺音一起，返回了上海。"

高祖谋的眼神变得柔和起来,他不无感慨地说:"1937年淞沪会战,景莺音与我们诸同学一起,赴前线慰问将士,转眼之间,快八年没见过她了……"

"白驹过隙啊!当初你们这一批大学生,到如今追随我左右的就你一个了——我已经和上面商量好了,上海即将重建淞沪警备司令部,自即日起,你被任命为淞沪警备司令部稽查处中校副处长,配合我开展工作。"

"谢谢老师的信任!祖谋不辱使命!"

"祖谋,抗战已经结束,看来战场上不再有机会建功立业,但这次赴上海,我们从绑架案入手,齐心协力,照样可以把上海的接收工作做出个样子来,成就一番事业!"

二

工人游行队伍到了上海西郊,程元泰与马骞以及沪西机器厂的工人们,与新四军淞沪支队的先头队伍会合了。

程元泰见到了上级联系人陈曦。陈曦双手握着程元泰的手说:"元泰,这次你处理得非常好,可多亏了你啊!""没什么,事情紧急,我和马骞同志又不熟悉。"程元泰笑了笑说。陈曦又说:"你有特殊身份,本不应该动用你的,但实在不得已,只好让你救急了。"

"没问题,组织交给我的任务,再难我也要完成。不过——老陈,我必须回去了,刚到上海,免得受到怀疑。""好!你马上返回市内。你所处的位置很重要,可以掌握国民党在接收上涉及财税、金融等方面的情况，组织上让我转告你，希望你由此入手开展好工作。"

"我明白了。老陈，今天沪西机器厂的工人骨干虽撤离完毕，但这次行动，王新钢同志冒着危险为工人队伍的安全，出去打探情况，现在下落不明……"

陈曦对程元泰说："你的心情我理解。回去后你可继续打听他的下落——了解一下新钢同志是牺牲了还是落入敌手，组织上根据情况研究具体应对措施。"

临别时陈曦告诉程元泰，上海工人地下军起义停止之后，淞沪地区相应的部队以及有关人员重新做了安排。他撤出上海之后，将进入新四军活动序列。

今后，单线联系程元泰的，将是另外一个同志，这个同志的代号为"箜篌"。"箜篌"负责上海隐蔽战线的群众工作。

程元泰把陈曦交代的与"箜篌"单线联系的注意事项，牢牢地印刻在脑海里。他知道，返回上海之后，他将面临重大变化，自己将成为一个"孤岛"，与"箜篌"之间的联系，将弥足珍贵——那是他政治信念得到滋养的唯一路径了。

赶回市内已是夜里。第二天早上，程元泰是第一个到岗位的。当其他人员陆续进了办公室时，程元泰已在翻看着文件。程元泰的秘书姚莉是个二十出头的年轻姑娘，她泡好茶端了进来，轻声地说："程主任，大家都以为您刚到上海，怎么也得安顿两天，没想到今天您就上班了。"

"我们人手不多，但我们承担的事情不少啊。"程元泰呷了一口茶，深沉地回应道。人到齐之后，程元泰召集碰头会布置任务。他要求把现阶段的重点放在伪中央储备银行——

集中精力去摸清他们在上海的底数，为清算做好准备。接着，大家就有关问题研究到中午。程元泰提议请大家一起出去吃了午餐。

午饭以后，程元泰回到办公室，信手翻了翻秘书姚莉送来的报纸。他喜欢浏览标题，报纸翻得很快，今天第一份报纸的头版抓住了他的眼球，让他逐行逐字地读了下去，景秀生被绑架的报道跃然纸上。报道说，这已是景秀生被绑架的第三天了；程元泰算了一下，绑架是在前天他抵达上海的那个晚上。

秘书姚莉在敲门，程元泰让她进来了，但眼光依然停留在报纸上。秘书姚莉汇报着："程主任，刚接到军事委员会驻沪特派员办的通知，请您下午3点钟到特派员处茶叙。要不要为您备车两点半出发？""特派员？刚来的？"

"是的。特派员的任命通知昨天晚上刚到，他今天上午到上海。"程元泰放下报纸，让秘书姚莉取来会议通知看了看。然后，他告诉秘书姚莉，不用备车了，特派员办不太远，散散步过去就可。

沈东洋将军委特派办的会议通知送来的时候，刘森正在军统站的秘密监室里，了解着有关王新钢的情况。看守人员向刘森报告，这个共党分子的嘴太硬了，什么都不肯说。

刘森慢慢走到戴着手铐脚镣的王新钢面前，貌似无可奈何地说："就在昨天，蒋委员长第三次给毛泽东先生致电，邀请前去重庆和谈。没有办法，我们各为其主，上面客客气气地谈判，我们也应该以和为贵。长话短说，你只要说出你们在机器厂到底干什么，我随时放了你。"

王新钢看也没看他一眼，没有任何反应。等了一会儿，刘森尴尬地笑了一声,无趣地走出了监室。监室外的沈东洋连忙问:"要不我来审问他?"刘森神色一变,摇了摇手,示意沈东洋一起出来,刘森说:"审问交给韩明文吧——他这方面有一手。"沈东洋点头说:"好!"

"这次抓捕共党分子的行动没让韩明文参加,不知他最近忙什么呢。"刘森扭头问沈东洋。"不知道,他这人很潇洒,日本人投降那天,他就说趁着这好机会,好好享受一阵儿。您不交给他任务,他求之不得呢,说不定现在又在哪里鬼混呢。"沈东洋说。

刘森听了以后,没再说什么。沈东洋提醒刘森说:"站长,下午特派员3点的那个茶叙,您可别忘记了。"刘森不以为然地说:"现在每天都冒出新的接收大员,日本人在的时候,他们在哪里?干脆你代我参加会议算了。"

沈东洋刚"嗯"了一声,刘森转念一想,改变了主意,他又说:"还是我去吧,下午我要探探这个军委特派员的深浅。"

三

8月24日中午时分,汤闻道、高祖谋与随行的一个班美式装备的士兵,乘坐美国人的飞机,从西部重庆飞到东部上海,降落在了上海江湾机场。当舱门缓缓地打开的那一刻,他们也许未必意识到,此番到来,奏响了美国帮助重庆国民党政府大规模空运武装部队的序曲。

天气晴朗,蓝天白云。他们下了飞机,一个干练的青年人迎了上来,热情地与汤闻道及高祖谋等人握手,主动地说:"特派员,高处长,欢迎欢迎!我是李默。"

汤闻道微笑着,拍了拍李默的肩膀,对高祖谋说:"从今天起,李默是我在上海工作的秘书。昨天,我联系了中央大学的罗校长,请他为我推荐一个秘书。罗校长推荐了李默,向我介绍说他有志向、有才华。"

"你是中央大学毕业的?"高祖谋问。"是的,去年大学毕业后,我就回来了,为学校回迁做些前期准备。"李默答道。高祖谋一听是央大校友,颇感亲切,友好地表示:"我也是中央大学的学生,这已经是八年前的事了,特派员当时是我的哲学老师。"李默接着说:"你是我名正言顺的师兄啊!"

寒暄之后,三个人有说有笑地上了车。车子启动之后,李默请示汤闻道,说:"特派员,送你们回住处把行李放下来?""先不回去,我们直接到办公室,下午接着开会。"汤闻道回应说。

坐在副驾驶的李默低声告诉司机:"去办公室。""李默,邀请抵沪的有关军政部门下午茶叙的通知,发出去了么?"汤闻道问道。李默说:"都发出去了。"

汤闻道精神头十足,说:"好,下午开会就是见见他们各位,掌握一下面上的情况!"

下午2点半左右,离开会时间还有半个小时,汤闻道和高祖谋等就坐在了会议室里。

李默在会议桌上放好了茶杯,从附近的南货店买了些水果,在会议桌子上放了几盘。到了2点45分,邀请参加会议人员一个都还没有到。

出现这种情况并不稀奇,每位接收大员工作都十分繁忙,上头各个系统都在召集有关会议，疲于奔命，又落实不了什么事，最后以会议落实会议。今天中央又空降了一个特派员，来了就召开见面会，参加会议各方人员，心里其实都在盘算：不出席吧，不太合适；出席吧，但派谁去参会，那就看心情了！

在2点45分时，刘森前脚还没迈出房间门，正碰上韩明文进来，他在办公室又坐了下来。

刘森微笑着面对韩明文，告诉其要交办的事情，说："昨天早上抓了一名共党分子，现在交给你来审问，这方面你有经验，可以上上手段。"韩明文听到是这件事情，情绪上来了，一拍胸脯，说："这个我擅长啊，放心吧站长，我这就去！"说完，他便兴冲冲往外走，刘森又叫住了他。

刘森的表情含有深意，故作诡异地问："听说近几天你很洒脱很享受啊？""那还用说，兄弟们都在以各种形式庆祝抗战胜利，我不过到长三堂子撒了撒野，放了放松，爽了爽而已。"韩明文得意忘形道。

"好，弟兄们提着脑袋与日本人干了七八年，现在该松快一下了。这次沪西机器厂的任务，我没让你参加，你后面有更重要的任务呢，话怎么说来着，杀鸡何用牛刀？"

"谢谢站长的关照——您提过多次顾家宅公园附近的那两栋洋楼，我已打听到主家是谁了……"韩明文主动谄媚道。

"噢。"刘森听了没有异议，但不动声色。"站长，你给我一个星期时间，我拿下这两栋洋楼之后，就向你报告。"刘森仍然未置可否，他心里很清楚，韩明文想得到他的庇护，从而达到更大的利益要求，毫无疑问，这家伙有办法拿下这两处别墅洋楼的。

韩明文这个人，是刘森抗战期间从汪伪76号争取过来的，这家伙贪婪且心狠手辣，倒也敢打敢冲，的确是个不可缺少的干将。

韩明文曾委身汪伪76号的这段历史，刘森是清楚的，所以，在使用他的同时，对他不得不提防，留有余地。像沪西机器厂这次针对共党的抓捕行动，刘森差遣的是自己信任的沈东洋——因为他实在拿不准，韩明文过去的政治背景有多深，说不定他是个多料呢。

当然，自从韩明文争取过来之后，他在投刘森所好方面，做得可以说是十分到位，很多时候让刘森感到很爽很舒服，简直是气味相投。因此，在明面儿上，刘森对这个部下是相当倚重的。

想到不日又将收进两栋别墅洋房，刘森心情大好起来，哼着地方小调，动身赶往孤军营特派员办。

四

下午2点钟左右，程元泰就准备前去赴会，如果他不在上海书店阅览室停留一下，本可以提前到的。根据新形势新情况，根据上级要求，他与"箜篌"的单线联络方式是全新的。

程元泰如向"箜篌"汇报或接受任务，需要改变过去单独见面的方式，变为直接到上海书店阅览室，找到一本名为"太古遗音"的音乐书，在此书的最后一页，夹入一张纸，纸上标出一个被波浪纹圈起来的罗马数字Ⅳ。

程元泰没有让秘书姚莉派车，他独自步行到上海书店阅览室，就是来完成这件事情的。

下午差5分3点，程元泰赶到了会场，他以为比别人要晚些，结果却是第一个来参会的。

他急匆匆地推开会议室的门，两个熟悉的人站在了他面前，他惊喜地喊道："老师！祖谋！"汤闻道和高祖谋同时喊出了程元泰的名字。

多年不见了，三人相拥在一起，欣喜不已，一下子觉得有许多话题要问要说，你一句我一句欢快地交谈着。

说话之间，他们很快弄清楚了各自的身份，汤闻道不由得感慨万千："元泰，一别八年了，真没想到，我们师生三人在这个场合重逢。"

高祖谋说："太好了，元泰也在！我俩要和老师一起，为天亮的上海滩做一番事业！"程元泰豪气满怀地补充道："当共勠力神州！"

高祖谋在程元泰的肩头拍了一下："你没变，你跟大学那会儿状态一样啊。""你也没变呀，不过，你的话比那时多了些。"程元泰拍了一下高祖谋，回了一句。

汤闻道激动的情绪，很快回到了现实中，他平静地对两个学生说："话我们以后再说，你俩先坐好，就要陆续来人了，记住别让其他人知道我们之间的关系。"

3点15分，被通知前来茶叙的人员纷纷到场，其中有季国云、侯明杰、刘森等人。与会人员先互相寒暄寒暄，等各位落座，到汤闻道开始讲话时，已经是下午3点半多了。

在汤闻道等待各位接收大员开会时，景莺音与景弘毅这姐弟俩，在焦急地等待着绑匪打来电话。在接到绑匪第一次电话之后，景家人明确了对于绑架的底线，无论如何，首先要保证景秀生的人身安全。

无奈的是绑匪狮子大开口，居然要景家拿出100万美元现钞赎金，简直是一个天文数字。景家资产的确很多，但一时变不了现钞，实际上在上海凑出二三十万美元现钞来，都要倾其所有。

景莺音与堂弟经过反复考虑，决定将家族在内地企业的资金抽过来，以解当前燃眉之急，可这需要一段时间。绑匪又来过几次电话，景莺音对他们态度诚恳，将景家实情均一一告之，她始终强调一点，必须确保景秀生的人身安全，一手交钱一手交人。

绑匪是冲着钱来的，因此，表示愿意多给几天时间，并约好今天下午再打电话，告知他们的决定。等待这种事情，可想而知，是最消磨人的，心情难以形容。

景莺音与景弘毅坐在客厅的沙发上，不时地朝着电话方向看，两人都如坐针毡，神色不宁，管家送来的酸梅汤，一直放在茶几上，他俩都没心思喝上一口。

电话铃声突然响起了，打破了屋内的沉默。景弘毅一下从沙发上蹦了起来，冲了过去，拿起电话筒，听了片刻，就挂上了电话。

景莺音看着堂弟问道："不是他们打的吗？""警长打来的，他说重庆的特派员汤闻道今天抵沪了，下午在余姚路谢晋元孤军营召集接收单位会议。"景莺音立即重复特派员的姓名："汤闻道？"

"没错！警长说的，这个特派员叫汤闻道。"景弘毅回应道。"弘毅,这个特派员的姓名,与我大学老师的名字一字不差,莫不是……"景弘毅在等着堂姐将这个话题继续说下去,但看到她一下子沉默了。

的确,此时的景莺音思绪早已飞了出去。提到"汤闻道"这三个字,让景莺音不由得想起了她难以忘怀的大学时光,那些挥之不去的如烟往事,历历在目。

当思绪慢慢沉淀下来,景莺音明白了警长为什么通报这个消息。警长和他的手下确实很卖力地在追查这个案子,但三天来并未获任何进展;作为一个曾为汪伪政权做事的人,警长对重庆方面任何风吹草动都敏感得多,他分享这个信息,无非是向景家示好,借此冲抵三天来的无所作为。

想到这里,景莺音从沙发上站了起来:"弘毅,下午我们分头行动——我收拾一下,立即过去拜访这个特派员,看一看他有无办法,你在家里等绑匪的电话。"

景弘毅仍然靠在沙发上,没有动弹,他朝着景莺音赞同地点了点头。景莺音刚要迈出客厅门,电话又响起来了。景弘毅拿起话筒,听了一下,低声对转过头来的景莺音说:"是——他——们!"

景莺音连忙返身走了过来。电话那边绑匪正在对景弘毅发问:"景公子,景大小姐在吗?在的话让她来接,她处理起事情比你明白得多。"

景莺音从堂弟手里接过了话筒,听到里面的声音之后,她说:"快了,最晚后天吧,钱会筹齐。但我有个要求,让我与伯父讲句话。"

"不必废话了,交易成了,我保证把他完整无损地送到家。你听好了,这两天电话通了不少,赎金方面不能再讨价还价了,我们没有耐心,今天是最后通牒,50万美元现钞,一分都不能少!"

"好,没问题,50万我想办法尽快筹集,但你要给我们时间啊……""三天!就三天,三天后等我们的电话,把这笔生意做了。三天后如果不交足赎金,就对不住了,只好撕票!"甩下一句狠话后,绑匪就挂掉了电话。

景莺音想着绑匪说的话,平静了一下,然后,叫上景弘毅:"弘毅,走,一起去拜访拜访特派员!"

五

在见面会上要讲些什么内容,汤闻道在脑海里翻滚了好几遍,当然,要给大家吃颗定心丸,以便收拢和稳定一下各方。

汤闻道慷慨激昂的开场白,说了不少鼓励的话。他说,八年全面抗战终于取得胜利了,这是与在座每一位的艰苦努力分不开的,可以说,无论是在大后方还是在敌占区的同志,都为党国立下了汗马功劳,实在是艰苦至极,难能可贵。

接下来,汤闻道又说,现在战事结束了,整个国家百废待兴,很多工作千头万绪。此外,共产党心怀觊觎,社会各界舆论纷纷,说我们政府抢夺果实在摘桃子,因此,党国所面临的新局面,错综复杂,并不轻松。

"……上海是中国最大的城市,上海局势的稳定与发展,是党国接收的重中之重,这次上方派我过来,汤某很愿意为此尽一些绵薄之力。希望——在未来的这段时间里,我能与在座诸位,精诚团结,携手共进,将上海树立为各地接收之模范!"

汤闻道说到这里,顿了一下,感觉到自己讲的话太虚了。瞬间,他的表情变得严肃起来,话锋一转,他说道:"但是,很多问题不能掉以轻心,前几天发生的知名企业家景秀生被绑架一案,暴露了上海在接收中存在的种种问题,国内外影响极坏;这足以说明各军政单位忙着接收资产,却忽略了社会秩序的重建……"

汤闻道正要顺着思路说下去,上海宪兵队队长侯明杰直接打断了汤闻道的话:"特派员,您说得太客气了!不是接收资产,而是劫收资产,是公然抢占兄弟单位已接收的资产。这事如我不亲身经历,是绝不会相信的。但这两天的的确确地发生了——我们上海宪兵队,前脚刚刚接收一家丝厂,后脚第三战区联络处就来上锁、贴封条,说是应该他们接收。哼,可真没见过手伸这么长的……"

"侯明杰,你是恶人先告状,到底是谁抢谁的,你心里应该比谁都清楚!"侯明杰还要接着说下去,第三战区联络官史晓白随即抢过话头,反唇相讥。

转瞬间,茶叙成了两人互相攻击的阵地,他俩之间恶言相向,嗓门越来越高,旁若无人;其他参会者喝着茶——个别相熟的互相交流着幸灾乐祸的眼神——各怀心思地看着眼前这出戏。

其实,在座每个人对于特派员的到来,似乎都隐隐地有一种排斥心理,都期待着茶叙时有人跳出来搅搅局,杀鸡给猴看看,以此挫挫特派员的锐气;这样就又回到过去的局面,相安无事,想干什么就干什么。

喜欢什么就来什么,侯明杰这"大炮"这么快就粉墨登场了。

在处于口角战的时候,人们往往意识不到自己声音的高度,越说越激动不已,越说嗓门越大,史晓白狂喊道:"……抗战爆发后,我们在一直与日本人较量,你们不过是胜利了才拉起来的宪兵队,算什么东西?"

侯明杰当然毫不示弱,一副不顾一切的样子,掏出手枪来,往桌上一拍:"上海宪兵队就是专治你们这些不守规矩的东西的!"史晓白较劲说:"有种你试试!"

现场已不可收拾,汤闻道一时不好说什么,他冷峻的面孔,默默观察着在座的参会者。

高祖谋实在忍不下去了,他拍案而起,桌子上几个杯子的茶水溅了出来,他厉声说道:"够了!有话好好说,这是给谁下马威呢,党国官员的形象都让你们丢尽了!"高祖谋义正辞严的话,让侯明杰与史晓白从口角战场回到了现实,会议室里安静了下来。

侯明杰与史晓白还想继续反驳对方,汤闻道此时用手势制止了,说:"适可而止吧。祖谋说的话不多,值得深思,党国的事业要讲大局,讲精诚团结;你们的争执说明了,丝厂的问题不是个案问题,如果处理不好,有可能产生更多的问题。"

"问题既然出来了,这是坏事也是好事,在此我代表特派办向诸位宣布一条纪律——在接收中,凡涉及争议的工厂、设备等资产,都由特派员办公室协调处理,最后裁定。"

参会人员一下子直接感到,这个特派员思路是相当清楚的,工作是有力度的,对于宣布的这一条纪律又不便急于反对，他们等待着汤闻道接下来再说些什么。

海军接收先遣组组长季国云不识时务，他点了支烟，抢白了一句，说："特派员，争议资产划归特派办裁定，这个办法蛮好。但我们都很清楚，如果裁定处理不好，就有个权力变成利益的问题，如何保证您是主动挑担子为党国分忧呢？弄不好，说不定会有人说您还是来揩油摘桃子的。"

季国云针对性很强的一席话，使许多与会者产生了共鸣，不少人意味深长地笑了；刘森佯装咳嗽了一声，清了清喉咙；挨着刘森旁边的侯明杰，冲着季国云悄悄竖了一下大拇指——这个动作让程元泰看在了眼里。见到大家赞许的反应，季国云颇为得意，他吸了口烟，等待汤闻道下一步的表态。

还没等汤闻道开口，程元泰伸手夺过季国云嘴里叼的烟，毫不客气地将其扔到了痰盂里。一切来得太突然，季国云惊愕地瞧着程元泰，惊呼："你！……"

程元泰掸了掸季国云的制服，问道："海军中校，季国云……你是个军官，你无组织无纪律，叼着烟，向军事委员会派来的长官汇报，这是什么规矩？"

程元泰身着中山装，季国云对此很是不忿："你不在军队任职，你懂什么？""我们都是党国的同志吧，没想到你居然分三六九等！"程元泰的话依旧咄咄逼人，季国云一时不好再说什么。

接着，高祖谋腾地站得笔直，接过了话头，说："我是军人，军人以服从命令为天职。警卫班！"高祖谋喊声刚落，会议室门外一个班的士兵，鱼贯而入，为首的班长，来到高祖谋面前，等待下达命令。

高祖谋指着满不在乎坐着的季国云，对班长命令说："按照蒋委员长对于军队训令之精神，将这个破坏会议秩序目无长官的军人带出去，禁闭起来！"警卫班士兵将季国云立刻围了起来，礼貌地请他起来往外走。季国云对于突如其来的情况，感到不妙，他坐在椅子上，不肯动弹。

程元泰配合高祖谋朝着侯明杰问道："禁闭的时间，请宪兵队侯队长说说，按条例规定，这种情况要关禁闭几天？"侯明杰不无尴尬地笑了笑，轻声说："咳，无心之过，无心之过……"

说完之后，侯明杰在桌子下拉了拉刘森的衣服。这时，一直不说话的刘森出来打圆场了，他站了起来，笑着对汤闻道说道："特派员，季国云的行为，的确违反了规定，但今天情况特殊，不如就让他道个歉，认识到自己的问题，至于关其禁闭嘛，也就算了，这次就放他一马，下不为例吧。"

刘森刚说完话，其他人同情心也都上来了，纷纷地附和着。汤闻道对此未置可否，停顿了一下，他对高祖谋说："警卫班撤了吧。有刘站长与诸位讲情，这次可不追究，以后要按规定办。"

高祖谋挥了挥手，警卫班士兵鱼贯而出。此时，李默从门外进来，附耳对汤闻道说了几句，汤闻道点着头。李默刚一离开，刘森忙提醒着季国云说："季组长，快给特派员道歉呀！"

季国云弄得颜面扫地，但这下不得不服软了，他站了起来，略带生硬地对汤闻道拱手道："特派员，今天是我的不对，您雅量，大人不记小人过。"汤闻道大度地笑了笑，没有回应，只示意着季国云坐下来。

然后,他环顾了茶叙的每位参加者,缓缓地说道:"刚刚,景家的人来了,等在外面,说要见我,这无疑涉及绑架案的事情。说起来,在座诸位多数人比我对上海的情况熟悉,有谁愿意与我一起见见他们?"

对于汤闻道说出的话,在场参会者没有任何反应。汤闻道对此有心理准备,他继续说道:"对于此类事情,对我来说是义不容辞,再难也要做。上海目前的局面,竟然出现绑架工商界知名人士,我们的担子都很重啊……当然,在座有些同志,在占领区工作时间长,多年来离重庆比较远,各自为战,难免与上面的步调不尽一致,或许说出一些有损党国形象的话,可以理解。"

汤闻道稍稍停顿了一下,他庄重地表态:"本人受中央的委托来上海协调接收事宜,就是要与诸位一道,管理和发展好大上海,还上海一片青天白日!督办景氏绑架案,这仅仅是一个开端。我这里大门敞开着,欢迎诸位随时前来共商大计。"

话说到了这份儿上,绵里藏针,又打又揉,参加茶叙的接收要员们,不敢再对这个特派员等闲视之了。

会议室里的气氛与开始时已大为不同,众人把注意力集中到了汤闻道身上,等着他继续讲话。茶叙的效果初步达到,汤闻道就此宣布散会。

与会人员如释重负地纷纷往外走,程元泰和高祖谋则故意放慢速度,走在最后。

刘森是最后离开会议室的人之一,当他走到会议室门口时,回头扫了一眼。他似乎感觉到,汤闻道与高祖谋、程元泰之间,虽然没有什么交谈,但他们彼此非常熟悉。

第三章

不择手段

一

等着其他人员都走了,程元泰高兴地说:"今天老师开了一个好头。"高祖谋附和着:"那是,那是,太棒了!"汤闻道心情好极了,听完两个学生的议论,略微笑了笑,然后,他转移了话题,对他们两人说:"走吧!一起去见见景家的人。"

其实,在茶叙进行中,景莺音与景弘毅就赶到了,李默安排两人在汤闻道办公室等待,又到会议室告知了汤闻道。

当汤闻道推开办公室的门,景莺音惊喜地从椅子上站立起来,拥了过去:"老师,老师,真的是你啊!"

随即,她又看了看汤闻道身后的程元泰和高祖谋,激动之情,难以言表,一时间不知道说什么好:"元泰,祖谋!我们是在梦中还是在现实啊？"

"莺音，多年不见，你好吧？"汤闻道说话的样子仿佛回到了大学时代。景莺音说了声"好"，然后回忆说："记得老师当年讲解萧统主编的《昭明文选》时，有句话至今不忘——'文选烂，秀才半'。"几个人都笑了起来。

当景莺音出现的那一刻，不知道为什么，如让孙猴子点了法术一般，程元泰与高祖谋两人，一时都呆愣住了，心理活动难以言表——打招呼吧，除了喊一声名字，接下来则不知如何组织语言了；而上来握手吧，却又难以表达久别重逢的种种情感。

他们两人不约而同地似乎穿越回到了大学时期，木讷地瞧着同学景莺音，傻傻地笑着，而眼睛里充满关切与问候。

景莺音动情地盯着面前的两个老同学，接着，又把眼光收回到微笑地看着她的老师汤闻道身上，不由得鼻子一酸，她急忙用手掩住自己的脸颊，抑制着哭出来的冲动，感慨万分地说："转眼就是八年，一切恍然如梦啊。"

汤闻道与程元泰、高祖谋颇有同感，一时不免蹦出很多话题。站在一边的景弘毅，见此状况，笑着向堂姐景莺音提议道："莺音姐，老师、同学都站着呢，坐下来说吧！"

汤闻道微笑着面对景弘毅，询问景莺音，说："这是你叔叔的公子吧？""嗯。"景莺音点头，又转头对着程元泰与高祖谋说："我们在校期间，弘毅曾到学校看过我，你们应该见过。"程元泰和高祖谋都确认说记得此事，均向景弘毅点头致意。

几个人坐定以后，惯性地回忆了点滴往事。1937年淞沪会战期间，教师汤闻道是坚定主张抗战的，他带着一批都是热血青年的在校学生——其中就有景莺音、程元泰、高祖谋——高唱着《义勇军进行曲》，参加了战地服务团，他们深入火线，一直坚持到四行仓库保卫战结束。

景莺音重提这段血与火的往事，老师和几位同学不免又是一阵心潮澎湃。程元泰真挚地对汤闻道说道："老师，我们都要感谢您对我们的教育培养，把我们引向抗日救亡之路，这些年如果有些成绩的话，离不开您对我们的言传身教。"

听了程元泰感谢的话，汤闻道非常高兴，内心有一种价值实现的感觉，但他此时压下来这种感受，谦逊地说："元泰，你过誉了。时势造英雄，当时大敌当前，全国之大，已放不下一张安静的书桌了，天下兴亡，匹夫有责啊。"

"老师选定的特派办这个办公地点，就是谢晋元团长当年带领八百壮士撤入租界的孤军营。"高祖谋接着插了一句。汤闻道看了看表，说："好啊！来日方长，以后再好好聊。现在我们谈谈绑架案吧。"

景莺音将绑架案来龙去脉详细讲了一遍，说："绑匪已经来过几次电话，他们的最后通牒，就是要 50 万美元现钞赎金，为保证四叔的人身安全，我们景家决定筹齐这笔钱，并准备尽快与绑匪交易。"

汤闻道表示非常理解景家的考虑，景先生是工商界翘楚，确保他生命无虞，是当务之急。

高祖谋问道："这两天警察查到了什么线索没有？"

景弘毅摇了摇头，显示出颇为失望的表情："警察把景家问讯了一个遍，对电话做了监听，但绑匪每次通话不超过三分钟，警察无法定位他们在哪里。"景莺音显得很冷静，她补了一句，说："警长与警员做了努力，可成效不大。"

程元泰想了想，提出了一个问题："报上说，绑匪是开着警车还出示了逮捕证，警察在这方面寻找到线索了没有？"

景弘毅一听，感到程元泰说得有道理，连忙说："对呀，保镖说见到逮捕证上盖了印章，好像是第三战区司令部的印章！你们都知道，警察都是汪伪警察局直接留用的，对于有此类印章的逮捕证，只能有意回避，不敢去深入调查核实……"

"公章竟然落到绑匪手里，细细地想一想，那些人如此胆大妄为，多么触目惊心啊！"听到这里，汤闻道变得怒不可遏，表情极为严肃。高祖谋提出："将这个线索交给我吧，我着手进行深入调查。"

程元泰又与景莺音确认道："莺音，你们准备交给绑匪的都是美元现钞吗？"景莺音说："对，绑匪要求必须是现钞。"程元泰思考了一下，说："我有一个想法，如果在现钞上涂上荧光粉，一旦现钞在银行出现，就可以追查来源了。"

"荧光粉，当下可是紧俏玩意儿。"高祖谋补充道。景莺音说："前天的酒会邀请了美国空军航空队的朋友，我试试联系他们帮助弄一些。"

几个人群策群力，你一言我一语地讨论，使得这起绑架案的侦破，有了初步的方向。汤闻道稍感欣慰，他环顾了一下，总结道："今天就谈到这里，注意不要外传。祖谋、元泰，从你们提出的线索方向开始进入。现在绑匪要的是钱，警察局那边要的是面子，当然，不管有没有进展，让警察局继续调查，向外界保持依然是他们在主导侦查绑架案的印象……"

汤闻道总结完对绑架案的处理意见，天色已然很晚了。景弘毅提出请特派员与程元泰、高祖谋等人吃个饭，当是为他们接风，但被汤闻道婉言谢绝——他告诉景家姐弟，晚上已经有约在办公室谈事情，饭就不吃了。

对此，景莺音没有再坚持，她对堂弟说，再安排吧，有情后补。然后，姐弟俩就此告辞。

二

从孤军营特派员办会场出来，刘森让司机送他到老城厢茶楼见朋友。

一路上，他反复琢磨着特派员汤闻道这个人，此人不管场面如何变化，一直很淡定，处变不惊，看来他是有底气的，说明他的后台很硬。

高祖谋与程元泰这一文一武的，明显是特派员汤闻道的左膀右臂，三人如抱起团来，简直是不得了啊，那些墙头草式的接收要员是经不住今天这阵势的。

刘森心里想着，新官上任三把火，今天这把火一烧，汤闻道得以立足了，但不知他后面的火如何接着烧。唉！骑驴看唱本——走着瞧吧。

到了茶楼门前，刘森下了车，径直往茶楼里面走，汉奸丁树基与何君梅已在门口等候。刘森一见到他们两人，露出故作姿态的神情，冲着丁树基说："哎呀！前两天你刚请过，今天又要破费！"

丁树基显示出极力巴结的样子，谦卑地笑着："听说重庆来了特派员，请您来透露透露最新情况嘛。"刘森带有讽刺意味地说:"哟,你消息倒是灵通啊!""这都是君梅告诉我的。"丁树基朝着何君梅看了一眼。

刘森立刻将眼光投向了妩媚的何君梅,兴致高涨了起来,打趣道:"何小姐,就你的情报能力,不来我这儿,真是可惜了。"对于这个刘森,何君梅内心有不屑之意,但她不便表露出来,只浅浅一笑,说:"刘站长,你别拿我开玩笑了。"

三人进了茶楼里面,走到订好的位子落座,等待着跑堂的端来茶水与茶食,此时,他们把眼光同时投向了前方,一男一女两位评弹艺人在表演。

丁树基的眼睛盯着评弹艺人,似乎不经意地问着刘森:"刘站长,刚来的这个特派员,对我这等人有什么影响吗?"刘森将头一抬,眉毛动了动,说:"周佛海先生与戴笠老板谈妥了,你有什么担心的?"

"咳,不那么简单吧,我毕竟不是周佛海先生的嫡系,况且周先生都自身难保啊……"

说话之间,跑堂的把泡好的茶水以及茶食都端了上来,丁树基还要说什么事情,何君梅站了起来,熟练地为刘森斟茶。

何君梅身穿着一件大花的短袖旗袍,因为皮肤白净细腻,这旗袍非但没令她显得俗气,反而衬着她更加珠圆玉润、婀娜多姿。见到她斟茶时晃动的曼妙身形,刘森两眼直勾勾的,一动不动,内心更有不能言传的冲动,按也按不住,简直快要蹦出来了。

何君梅似乎感觉到了刘森的这副窘态,倒也坦然,故意碰了碰刘森的肩膀,然后,继续为她与丁树基倒着茶。刘森的思绪还没从何君梅身上走出来,他故意瞅了瞅丁树基,恭维地说道:"何小姐可是上海滩名媛,久闻大名,可惜过去没机会见面,今天我一睹芳容了。"

丁树基见刘森如此恭维,了解他历来以好色出名,忙接过话来,说:"今天岂能辜负刘站长的美意。君梅,你亲自上阵,专门为刘站长献一曲助助雅兴。"何君梅落落大方地站起来,说:"好,我献上一曲,请刘站长欣赏。"

何君梅迈开轻盈的步子走到评弹艺人那边,端坐之后,她朝着刘森微微起身致意,然后,弹起琵琶,唱了一段《白蛇传》。她的唱功一流,委婉甜美,动人心弦,吴侬软语,韵味浓厚,让刘森听得如醉如痴,想入非非。

就在这时,丁树基掏出一包东西,放在刘森的身旁,把刘森一下子拉回现实中,他不露声色地打开一看,哇!黄澄澄的"小黄鱼"。刘森对此故作平静地问道:"你这是?"

"前几天沪西机器厂的工人大游行,要求惩治伪职人员,这样的声音一浪高过一浪,报纸新闻又推波助澜,我的事情得请刘站长帮帮忙啊。"丁树基说着,将这包"小黄鱼",直接放到了刘森手中。

"这是投石问路啊。"刘森手上拿着东西,没有往回收,也没有往外推,他心里知道此事复杂难办,对于丁树基的请托,并没有明确表态。

"咱们可是多年的交情了,当年你与76号李士群私密交易,我可始终为你守口如瓶呐。"丁树基随意露出来他的底牌,这是一种明显的暗示,意思无非是你我彼此彼此,你看着办吧。

丁树基竟然掌握了自己的这个秘密,刘森以前是没有想到的，他的脸阴了下来，面对这个绞尽脑汁、不择手段来洗白"上岸"的汉奸，他一声未吭，把手中的"小黄鱼"放好。

见到刘森收下了这些金条，丁树基紧绷着的脸，渐渐地舒展开来。何君梅一曲唱完了，丁树基把目光转到了她身上，鼓起掌来，刘森更是拍手叫好，好似什么事情都没有发生。

何君梅唱毕，跑堂的走上去，递给她一张字条。何君梅看了一眼，拿起笔来，在字条上写了点儿什么，又交给了跑堂的。回到桌上，刘森好奇地问字条是怎么回事。

何君梅问刘森，他是否注意到跑堂的将字条送到了哪一桌。刘森点头确认。何君梅淡然解释说，那一桌的某个登徒子在字条上留诗一句——"相思相见知何日，此时此夜难为情"，同时，留下了旅社名称与房间号码。

这句诗刘森虽然不知道出于何人之手，但登徒子的含义，确是再明显不过了，他想趁此献个殷勤，要过去为何君梅撑一撑面子。何君梅劝他不必如此，说已经回了一句——"百草千花寒食路，香车系在谁家树"，损损这家伙，让他憋闷憋闷足矣。

刘森对此不解其意，却做出不懂装懂的样子。丁树基不无得意地解释说，在"孤岛"时期，这样的人何君梅见得多了，与男人斗法，她向来应付自如。

三

景莺音与景弘毅从美国人那儿，果真弄了些荧光粉。美元现钞拿到之后，景家从上到下都动员起来了，依次在美元钞票上涂荧光粉。

与绑匪约定的通话时间到了，景家姐弟在客厅里等待着，哪里都不敢去，结果等了一上午，没有动静。景莺音在手头翻看的那本书，就没有看进去几页。

到了下午，焦躁不安的景弘毅百无聊赖，随手拿过几张美元钞票，一张张地对着透进来的光线看了又看，试着荧光的效果。

电话铃响了，景莺音接听了电话，是绑匪打来的。绑匪催问，美元现钞准备好没有，听到景莺音的明确答复，这人甩下一句："明天早上8点，在礼查饭店门前交易！"

接下来，在紧张地等待交易的时间里，景莺音与程元泰和高祖谋两位同学见过一次，向他们通报了最新情况。没等景莺音把话说完，高祖谋就表示说，明天他换上便衣带上几个人，提前赶到礼查饭店埋伏好。程元泰见高祖谋自告奋勇，也主动地表示说："我也去吧？多个人手多份力。"

"元泰，祖谋是军人，有他带着人，应该没问题。你别分心了，明天忙你的吧，有什么情况会及时告诉你的。""好吧。"听到景莺音如此一说，程元泰不便再坚持什么了。

次日早上8点之前，景莺音与景弘毅开的车，慢慢地停在了礼查饭店大门前。姐弟俩下了车，每人手拎一只皮箱，保持着镇定的状态，观察着周围的情况。景莺音抬腕看了看表，已8点整了。

突然，警长和他的一个警员，身着便衣，从礼查饭店大门走出来，门童忙着为他们开门，并恭敬地鞠躬，叫了声"警长，走好"。

景家姐弟看到这一幕,不约而同地皱起了眉头,懊丧之情溢于言表,景弘毅快速过去,对着警长压低声音抱怨,说:"昨天不是说好了嘛,今天的事请你们不要介入……"

"我们是保护你们姐弟安全嘛!"警长说的似乎是为了他们,其实是抱着侥幸心理赌一下,没准真擒获了绑匪,可一战成名,便能得到新主子的青睐了。

"当前最重要的是我父亲的生命安全,这一点你们明白吗?"景弘毅很不高兴地说。

景莺音严肃地补充道:"尽管你穿着便衣,但连门童都认出你了,不是打草惊蛇吗?"

"到8点了,没什么动静,我才出来看一看!"警长解释着。

高祖谋等人不明情况,见到景家姐弟与警长在交谈,便不动声色地接近过来,将警长等当作劫匪抓了起来,等弄清了他们是警察时,高祖谋也非常生气,训斥他们坏事了。

警长听说这位是淞沪警备司令部的高处长,不敢反驳,连声说马上把布置在附近的警员都撤走。事情到了这地步,景莺音断定绑匪不会出现了。

此时,礼查饭店里一个前台服务生,跑过来问,哪位是景莺音小姐,前台有电话找她。景莺音一听,急忙跑进饭店大堂,接起电话。电话是绑匪打来的。

"景小姐,今天场面好热闹啊,到底交不交易了?""不好意思,今天有些情况我们也没想到……"

"这是最后一次警告,再给你们一次机会,明天只许你与景公子过来。如果再搞什么幺蛾子,就等着为景秀生收尸吧！""请相信我，景家一开始就有诚意做成这个交易的。那么，明天在我们哪里见？"

"明天中午12点，开车出上海，走沪宜公路，往嘉定方向。""好。还有，我们怎么碰头呢？""你们开景先生那天晚上坐的轿车，我们认得那辆车子的……"

四

早上程元泰提前到了办公室，他心里想着，有高祖谋在交易现场照应着景莺音等人，他是放心的。

当年在大学时代，景莺音是大学里有名的校花，身边有不少追求者，毫无疑问，这其中就有程元泰和高祖谋，后来，程元泰在众多追求者中胜出，赢得了这位大家闺秀的芳心，高祖谋坦然大度地接受了这一切，依然是他俩最为意气相投的同窗好友。

如今时过境迁，彼此的关系仿佛已经归零，一切似乎要重新开始。从再次见到景莺音的那一刻，程元泰的情丝就在飘动着，同时他也感觉到高祖谋对景莺音仍然情深如故——抢先说要到交易现场，就是这份情感的自然流露。

对于程元泰自己而言，尘封的历历过往，因这次久别重逢全涌现了出来，有欢乐也有心痛，难以割舍的爱恋，就像割自己身上的肉一样，痛在深深的心底，令他刻骨铭心，终生难忘。

不过，程元泰提醒着自己，为了理想和事业，不应再将自己永远陷入儿女情长里，一切应该尊重景莺音的抉择，目前与景莺音正常相处，至少大家还是好同学。

程元泰由此想到了爱情与友谊的含义。什么是爱情呢？爱情是相爱的双方，共同举起的一把火炬，火炬照亮了彼此，同时照亮了前方的道路。

真正的爱情，无论厮守终身，还是天各一方，熊熊火焰永远在心底燃烧，但如果将爱情仅仅当作一种占有，那么，总有一天，双方共同举着的火炬，将足以烧焦他们。

至于友谊呢，友谊是朋友之间彼此单独举起的火炬，照亮自己也照亮别人。真正的友谊，不是简单的相互需要，而是在面对困难时候的一种动力，朋友间一声问候、一句鼓励，比什么都重要。友谊的火炬，永远照耀彼此人生未来的路。

把感情问题理顺了，程元泰心里轻松不少，他拿起秘书姚莉送来的当天的报纸翻阅着，习惯性地浏览报道标题，又浏览广告标题，一则支票遗失声明引起了他的注意。

单线联络方式约定，"箜篌"收到他留在上海书店阅览室《太古遗音》里的消息，便登报发支票遗失的广告，为下一步的工作提出要求。

程元泰关好办公室的门，赶紧找出了纸与笔，将遗失支票的票号抄了下来。这一串票号译成文字，是"箜篌"的要求：速到师心斋古玩店，进门先说"我为家叔挑件寿礼"，然后留下进一步接头的暗号。

程元泰非常高兴，佯装出来闲逛，转来转去，终于找到了这家师心斋古玩店。古玩店店面不大，老板名叫刘胜晓，店里还有一个伙计。

程元泰与刘胜晓寒暄时先说出挑寿礼那句后，又接着说出了"箜篌"留下的暗语:"隔座送钩春酒暖,分曹射覆腊灯红。"刘胜晓接上说:"这是唐代诗人李商隐的诗吧,诗里还有名句呢。"程元泰又继续说:"身无彩凤双飞翼,心有灵犀一点通。"刘胜晓马上说:"就是这句!"两人对上了暗语,笑了起来。

对于隐蔽战线的工作者来说,接上头后内心的激动,堪比失散的亲人又回归到家中。之后,刘胜晓挂上了暂时歇业的牌子,热情地把程元泰带到了店的里间。

刘胜晓转达了"箜篌"交给程元泰的任务:据撤回苏北的同志提供的情报,上海目前有一批日伪留下来的无线电器材,谁具体接收这些物资不详,这是根据地急需的物资设备,要设法搞到这批器材——购买或以货易货均可。

程元泰问道:"在运作这批器材的过程中,有什么问题是不是都到师心斋古玩店来?"刘胜晓对程元泰说道:"这是紧急联络点,今天'箜篌'让你认个门。不到万不得已,你不能来这里。"

"日常重要情报的传递,'箜篌'要求你用上海书店阅览室的那本《太古遗音》进行。所有的文字,先根据密码本转成数字,再把数字作为音乐简谱转成工尺谱,放在那本书里,当然,还有其他转化加密方法,'箜篌'具体会告知你的,按规定我不能介入其中。"

程元泰点头说:"好主意!多亏我以前学过古琴,认识工尺谱,不然,难以胜任。""我是一字不漏地转述'箜篌'的要求。说实在的,对于这个谱那个谱的,我是一点儿不懂,可以说完全没谱啊。"刘胜晓带些自嘲地说。

从师心斋古玩店出来,程元泰心里依然在想着此事,暗暗称奇。用曲谱传递消息，高明极了，等于这个过程多次加密，但这对传递者的音乐素养有极高的要求。

程元泰闪过一个念头，似乎"箜篌"很了解自己，不然谁能想到这种办法呢？他刚回到办公室，便接到高祖谋打来的电话说，今天景家与绑匪的交易失败，晚上几个人再聚聚，研究一下对策。

五

天刚黑下来，三个老同学便在景家聚齐了。景莺音简要地介绍了上午在礼查饭店发生的一幕，颇感满意地说："老师今天给警察局长打了电话，明天警长与警局不会再搅和了。"

"莺音，明天我还是一起去吧。"高祖谋关切地说。景莺音拒绝道："不用，明天你不要去了。"高祖谋说："我穿便装呢？"景莺音明确地回应说："便装也不行！祖谋，今天你在礼查饭店出现过，这些绑匪很狡猾的。"

"可是，如果你与弘毅两个人去，手无寸铁，不是羊入虎口吗。"高祖谋实在不放心。

景莺音认真分析道："绑架案折腾到现在，景家是一心要人，绑匪们是一心要钱，从这一点上可以认定，交易应该是安全的。怕就怕外部不给绑匪留后路，逼着绑匪杀人灭口，导致的后果就不堪设想了。"景莺音说得一板一眼，分析得合乎逻辑，高祖谋一时不知如何反驳了。

程元泰劝高祖谋道："祖谋，莺音既然决心已定，就这样吧。我想补充一下莺音说的话，那就是政府要的是什么——依我看，政府一心要的是脸面，要的是政府形象。就是昨天，28号，毛泽东偕同周恩来、王若飞，在赫尔利、张治中的陪同下，已经飞抵重庆，准备商讨团结建国大计。在这个时候，如果莺音和弘毅出事了，绑架案再次发酵，被推上舆论的风口浪尖，政府的面子，就彻底丢光了，那不得掘地三尺把绑匪查出来？看样子这帮家伙就是为了钱，有后路就不会把事做绝的。"高祖谋被说通了，不再坚持次日与景莺音同去。

次日中午，景莺音与景弘毅驾车出了城，沿沪宜公路往北驶去。车出了市区，路上的车渐渐少了，又过了一会儿，景家姐弟俩已经基本看不到其他来往车辆了。

沪宜公路是由上海经嘉定、太仓、常熟、无锡至宜兴的一条公路，在抗战前建成通车，但经过了时间与战火的磨砺，现在到处坑坑洼洼，凹凸不平。景弘毅看着路况，对堂姐说，接下来这条路也该修修了。

车子很快接近蕴藻浜了——一条东西向汇入黄浦江的河流，继续向北，要经过架在河上的一座桥梁。景弘毅放慢了车速，车即将驶上桥的时候，在桥的那头，一辆停着的车，出现在景家姐弟的视线里。

车外站着一个人，挥着过去巡捕房的警棍，让景弘毅靠边停车。景弘毅有些紧张，他不由得打了个冷战，才把车停了下来，不过，他没有把车熄火。景莺音冷静地对堂弟说："你在车里别动，我过去与他们交涉。"

说完，景莺音下了车，问对面车外的匪徒："我叔叔来了吗？"拿着警棍的匪徒没有应声，对面车里副驾驶位置上传来了声音："景先生就在车里。""那就好。我们在这里交易吗？"

景莺音一下子分辨了出来，说话之人是几天来打电话的那个人。她心里暗暗地想，不出所料的话，这个人就是匪首。

可惜，此人的距离不算远，但日头正高，车外的光线耀眼，由于反光的作用，车里面却很暗淡，况且他戴着鸭舌帽和墨镜，景莺音无法看出其清晰模样。

车里人没给回话。车外的那个绑匪，手提警棍靠近景家的轿车旁，朝车里观察了一番，接着又退了回去，冲着车里的人点了点头，确认没有发现异样。车里人这时终于发话了，说道："景大小姐，美钞都带上了吗？拿过来今天就此了结啦！"

景莺音站在原地，她提出了要求："钱，带来了，50万美元现钞，一分不少。不过，既然客客气气交易，不妨这样——让我叔叔先下车，他朝着我家车子走的同时，我携带着美元过你们那边，等点好钞票，确信无疑，我再返回。然后，各走各的路。如何？"

车里人想了想，说："好。"

第四章

激战郊外

一

双方的交易在进行着。景秀生的精神尚可，由于心理压力造成睡眠不好，略显消瘦，他缓缓地从车里出来，见到对面站着的侄女景莺音，点了点头，一步一步地走了过去。当他们两人擦肩而过时，景莺音低声对景秀生说："四叔，您快过去上车坐好。"

很快，景秀生上车坐下了，景弘毅有了如释重负之感。景秀生提醒他，做好随时开车的准备，等景莺音返回，立即掉车头回城，防止又出现什么变数。

景莺音双手提着箱子到了绑匪的车前。车外那个绑匪让她将两个箱子放在地上，然后，绑匪打开其中一个箱子进行查验——箱子里满满的美钞——他数了数美钞，将第一个箱子递给了车里人。

紧接着，那个绑匪查验完第二个箱子，正当他提起箱子准备递进车里的时候，意外的事情发生了，向影燕的突然出现——或者说闯入更为贴切——她这个不可控因素的闯入，瞬间导致了绑架事件的升级。

一天前，向影燕人在苏州，忙着整肃汉奸事宜。她长相出众，眼睛大而有神，身材窈窕，应酬得体大方，普通话、上海话、英文都非常流利，舞技更是超群，很多人拜倒在她的石榴裙下，堪称军统头号女谍。

她是军统头子戴笠的同乡，经常与戴笠单线联系，所以，春风得意的向影燕，一直想有所作为。

此时，因有要事，上面令她匆匆赶往上海——军统局将要成立上海办事处，考虑到她的综合能力，戴老板点名调她前往上海，充实办事处的力量。

向影燕毕竟是20多岁的青春状态，她更喜欢驾车飞驰在公路上那种心旷神怡的快感，于是没有乘火车而是自驾汽车而来。

当车外的绑匪提起箱子刚要递上车，突然看到一辆军用吉普车，从北向南往蕰藻浜桥头迎面冲来。绑匪一下子紧张了起来，他快速地放下箱子，转身冲过去反剪住景莺音的胳膊，警告景莺音不许喊叫。

坐在副驾驶位置上的头目见状，急忙打开手枪的保险，探出头来观察吉普车的情况。军用吉普车风驰电掣，越来越近，车上的人好像没有在意桥上发生的情况，"嗖"的一下，吉普车开了过去。

车里的绑匪头目松了一口气，让车外那个绑匪将箱子放进车里。可是，当绑匪头目打开第二个箱子，正欲再次查验与清点，那辆驶下桥去的军用吉普车突然刹车，转头又开回来了。

吉普车在桥头南边停下，向影燕和随员跳下了车，快步往桥头北这边走来。

车里的绑匪头目从车内看到走过来的向影燕，脱口说了句："这娘们儿这么面熟……"

车外的那个绑匪急忙问："大哥？"

头目指了指被反剪着胳膊的景莺音，催促道："不好，快！把她弄上来，我们快走！"

绑匪头目的目的，显然是要把景莺音押为人质，随即逃离现场，以确保交易的成功。他估计向影燕不会紧追过来死缠烂打，但他低估了景莺音。

当后车门打开，车外的那个绑匪用力推景莺音进车的时候，眼前这个看起来文静的女子，不知哪里爆发的力量，死活都推不动。这一切不正常的动作，向影燕看在了眼里，敏锐地感觉到里面有问题，她举起枪来，喝令这个绑匪不许动。

绑匪们本来就充满了紧张与戒备，向影燕开声的刹那间，绷到临界点的气氛冲爆了——车外那个绑匪下意识去掏枪，向影燕直接扣动了扳机。电光石火间，车外那个绑匪被击中，应声倒下。

车里的绑匪头目，因有两个装着美钞的箱子，耽误了出枪速度。他与车里的另一个同伙，被向影燕及她的随员的火力压制在车里，不敢抬起头来。

景莺音朝自家车的方向奔跑着。可是景弘毅在一颗流弹打穿挡风玻璃之后,紧张至极,他顾不了许多,慌忙地挂上挡,没等堂姐跑过来上车,便立即将车开走了。

此时,情况又发生了变化,蕰藻浜桥下爆出几声枪声,蹿上来三个蒙面枪手,朝着向影燕与她的随员实施了突击。这三个同伙是绑匪头目事先安排在桥下芦苇丛里的,目的是防止意外发生,随时准备接应。

此时此刻,面对突如其来的情况,向影燕与她的随员两面受敌,难以招架了:她的随员,身负重伤,无力反抗;她身上也中了枪,尽管伤势较轻,但也只能倚在吉普车上勉强抵挡着——她感到大限将至,说不定转眼之间就会尽忠党国了。

绝境之中,意想不到的一幕发生了。

一辆车从桥南飞快地冲上桥头,程元泰出现了,他带着人干净利落,下车后直接开火,三个枪手倒地,两死一伤;从车上下来的另一个绑匪也中了弹,痛得嗷嗷乱叫。

螳螂捕蝉,黄雀在后,形势发生了逆转。车里的绑匪头目意识到失算了,不能久留,他立即吩咐开车的同伙离开。车子启动的同时,他说了一句:"对不起了,我会补偿你们家属的。"然后,一枪一个,他打死了留在桥上受伤倒地的两个同伙。

绑匪的车仓皇逃去,程元泰没有继续追赶,他开始心急火燎地寻找着景莺音。"莺音!莺音!"程元泰高声呼叫着,又授意同来的几个人:"快分头找!"

桥堍的草丛里传来景莺音的声音:"元泰,我在这儿!"程元泰赶紧跑了过去,把景莺音扶了路面上,关切之情溢于言表:"谢天谢地!太危险了!你没伤着吧?"

"我没有事。"景莺音的身上沾了不少泥巴，蹭了些青草色，但她的情绪稳定，程元泰松了一口气。

"元泰，你怎么会来？"景莺音问道。

"昨天从你那儿出来，我们就不放心，我与祖谋又商量了一下，感觉得要暗中保护你，以防万一。祖谋已在礼查饭店门口露过面，所以，我带着老师警卫班的几个人，跟在你们车子后面，又担心暴露目标，所以，离得稍微远些。你们的车在桥上停下之后，我在用望远镜观察情况，结果发现真出了意外，就赶紧冲过来了。"

"今天可是一波三折啊。"景莺音感叹道。然后，她指了指靠在吉普车车轮边上受伤的向影燕："是她在关键时刻救了我。"

程元泰与景莺音马上过去查看向影燕的伤势，并了解了她的身份。向影燕肩头中了枪，景莺音为她做了简单的包扎。

程元泰查看了一下现场情况，决定用军用吉普车送两位女士返城——首先得将向影燕送到医院治疗，警卫班的几个人留下保护现场，等待上面派人进行勘查。

二

在开车返回途中，向影燕终于搞清楚了，她无意中闯入了景家与绑匪的交易现场。程元泰跟她开玩笑，说："明天你的事迹要上报了。"

"我是军统局的，名字若上报纸，是要请示上级的。"向影燕霸气地回复道。"应该的，你们是特殊部门啊。"景莺音附和着。向影燕看了看景莺音，又看了看程元泰，直率地问："你们两个是……"

"我们俩是大学同学。"程元泰答道,景莺音微笑不语,点头确认。

当年不知是什么原因,景莺音不辞而别,悄然地离开了程元泰,从此无影无踪,没有任何音讯。可以想象,程元泰是在何等莫名的等待中,渐渐无望,不得不放弃了这段难忘的恋情。

当程元泰明确地在别人面前说他们之间是同学关系,景莺音内心不由得一阵酸楚,很多话、很多事情,只能深深地藏在心里,不能分享给任何人。

程元泰将吉普车开到仁济医院。下了车,程元泰与景莺音立即联系了急救室人员,他俩准备陪同向影燕进去,但被向影燕拒绝了,她说绑匪的这一枪并无大碍,自己交涉没什么问题。

临别时,向影燕对程元泰回眸一笑,嘴角轻扬,柔声说道:"吉普车你留着用几天吧,过几天我找你取回。我们后会有期!"

望着向影燕的离去,景莺音心里产生了一种莫名的嫉妒,表面上却显示出无所谓的样子,故意调侃说:"车留用几天,可算是一种'遗帕寄相思'么?"

程元泰不知说什么好,只能笑一笑,然后,掉转车头,将景莺音送回家。在将景莺音安全送回以后,程元泰立刻找同学高祖谋和老师汤闻道说明情况去了。

景莺音走进家门,步入了客厅,里面的情形,让她一下子愣住了:景弘毅跪在地上,一脸懊悔;四叔正焦急地打着电话，可谓病急乱投医，他在请各方设法救人。

当景秀生看到站在客厅里的景莺音，惊喜万分，匆匆地对着电话说："好了，孙世兄，她回来了！"说完，景秀生挂上了电话，仔细地瞧着景莺音，老泪纵横，一时哽咽，说不出话来。

景莺音受到情绪感染，禁不住泪眼婆娑。过了一会儿，景秀生情绪稳定了下来，他指着景弘毅怒道："这个畜生做的好事，让我对不起侄女和故去的兄长啊！"

景莺音帮着解释说："四叔，不能都怪弘毅呀，他没有遇过这种场面，所以，处置起来难免不周全，可以理解。"

景莺音说完以后，便上去扶堂弟起来，景弘毅愧疚万分，控制不住情绪，号啕大哭，说："对不起呀，姐！"等几个人的情绪平复下来，景莺音讲述了他们离开后所发生的事情。

傍晚时分，汤闻道与高祖谋、程元泰到了蕰藻浜桥。警卫班的几个人第一时间做了更大范围的勘查，并将现场清理过了。

几具绑匪的尸身依次摆放在桥头，高祖谋看了看说："这几个被打死的绑匪，好好查查他们的身份，估计会有难度。"

"拍好照片，有关资料保留好，具体让警察局排查。"汤闻道吩咐道。

程元泰提议道："赎金绑匪已经拿到了，下一步可通过使用流通去追查它，可以安排各大银行分头高息揽存美元，或可将荧光美元引出来。"

汤闻道表态说："可以，你安排吧。不过，这是在等鱼上钩。第三战区逮捕证这个线索，你们得进一步查查。"

高祖谋接下来说道："老师，我已经了解过，日本人投降之前，第三战区预备了些空白逮捕证，分发给了苏浙军警单位，准备肃奸之用。但由于中央安排汤恩伯前来受降，第三战区不便继续用此去执行，已经通知这批逮捕证停止使用了。这是20天之内的事。"

"哦。第三战区在上海到底发出了多少张逮捕证？"汤闻道问。

高祖谋回复道："我问过第三战区驻沪联络官，他说不出准确数字。我想想办法，核实逮捕证的数量和使用情况。"

程元泰叹息道："我敢肯定，没有内鬼倒腾，逮捕证不可能落到绑匪手里！"

三

实业家景秀生无恙安全返家的消息，迅速上了上海各大报纸的新闻头版。

记者们不知道从哪里获得的消息，个个讲得头头是道，连景家在蕰藻浜桥交付赎金时发生枪战的细节，均被他们一一地挖了出来——当然向影燕的名字没有出现。但更有甚者，一些小报"补充情节"，添油加醋，将绑架案的交易过程，描绘成了一场精彩的枪战大戏。

所有舆论都认为，景家做出了正确的选择，先用钱买安全，再设法夺回钞票。当然，在一些小报的演义里，匪首凶悍无比，无所不能，竟能拿到赎金并从枪战中全身而退。

汤闻道心里很清楚，小报讲绑匪如何厉害，无非是骂政府无能。因此，当秘书李默向他汇报，已经查明，上海宪兵队和第三战区驻沪联络处争夺的那个丝厂，在抗战前是景家的产业，汤闻道立刻要求尽快将丝厂交还给景秀生，而且这件事情要处理得高调一些，邀请记者们进行采访。他这样做的目的，是要在舆论上得到一些支持，对冲一下景氏绑架案造成的负面影响。

军统局将成立上海办事处的消息，刘森很快便知道了，他认为这意味着戴老板就要亲临上海考察了，这可是一个接触上司的绝好机会。于是，他的劲头来了，毫无疑问，当务之急，是着手为戴老板准备汇报材料。

刘森接到在苏北的卧底发来的密电，电文告知：新四军组织的苏中人民代表会议8月中旬在宝应结束，据尚未证实的消息，上海地下党新的负责人到位，代号"箜篌"。

这个很重要的动向，刘森觉得有必要验证一下。想到此，他起身走出办公室，喊了一下秘书，刘森吩咐说："快去叫一下韩明文，我在关押共党的监室等他。"

刘森独自下了楼，到了关押王新钢的监室。王新钢手与脚戴着镣铐，满身血污，显然已经受了种种酷刑。刘森笑着走到王新钢面前，问："怎么样？要不要跟我谈谈，谈好了，你少受点罪呀。"

王新钢不屑地瞪了刘森一眼，仍然什么都不说。刘森脸色突然冷了下来，狠狠盯着王新钢的脸说："就算你嘴硬，难道我就不知道上海地下党又换了负责人，叫'箜篌'？"

王新钢的内心惊讶起来，莫非内部哪个环节出了问题？但他很快知道刘森是在打心理战，测试他对此的反应，所以，他不露声色，依然面无表情，瞧着天花板。

刘森一无所获，他回到办公室坐下之后，韩明文气喘吁吁地跑了进来。韩明文说："报告站长，我到监室去找您，说是您已经回办公室了。"

刘森调侃着说："你小子，怎么回事，现在翅膀硬了，不能随叫随到了？"韩明文忙说："不敢，不敢。站长，您这话说得重了……"刘森又问："那个共党审得怎么样了？"

"这个人骨头可真硬，不管使用什么招数，他一个字都没说，就连名字都没问出来，真拿他没有办法。我只好带着他的相片，在工厂区一带询问，有人说他可能姓王。"刘森明确要求道："你再想想有什么新招数，想方设法将他的嘴撬开。"韩明文说："是！"

说着，刘森把话锋一转："听说——你最近很忙啊，又潇洒浪漫去了，有人反映，你经常光顾仙乐斯舞厅，仙乐斯舞厅有个头牌舞女小曼，据说你连续买下了她两个整晚的舞票，包了她场啊……"

"站长，什么都瞒不过您的慧眼。说实在的，长三堂子我玩腻了，我想换个感觉，弄点儿高雅的，到舞厅跳跳舞，找找乐子，来点儿艺术享受，上海滩有四大舞厅呢，我每个都去玩玩。"

刘森借机敲打韩明文，说："那你最近手头很宽裕啊！"韩明文知趣地掏出个信封，恭敬地递给刘森，说："很宽裕，可不敢说，不过是与帮会的兄弟做点儿小生意而已。"

刘森没有推托，随手接过了个信封，从信封口看了看，赫然数十张崭新的美钞。他抬起头调侃了一句，说："你不会敲了哪个大亨的竹杠吧？"

韩明文忙接着说："哎呀，站长，您的玩笑开大了。您借我几个胆子，小弟也不敢这样无法无天啊！"

四

在汤闻道与特派办的督办下，将虹口丝厂完全交还景家的做法，受到了外界的不少好评，各界纷纷说这样做才是接收应有的样子。

景家上下非常开心——景秀生安全归来，接着又收回一个丝厂，可以算是喜事连连。景弘毅这时提出，再来举办一次酒会，驱驱晦气，答谢特派员汤闻道等人。对此，景秀生却不同意，说上次被人绑架，就是因为举办酒会，景家当前应低调一些，避免做这种大张旗鼓的事情。

景弘毅有他的道理，争辩说，既然已经付出50万美元现钞，越是这时候越要撑起门面，证明景家仍然有在上海滩立足的实力！

父子二人争执不下，就听取景莺音的意见，这个活动到底办不办，如果办的话，要怎么办为宜。景莺音明确地支持了堂弟的想法，她的态度是，越是这样的情况下，更应该以积极进取的姿态，体现重振景家企业的信心和勇气。

见儿子、侄女意见一致，且都讲了一些道理，景秀生便不再反对了。当然，主要嘉宾汤闻道、高祖谋与程元泰的邀请任务，自然就由景莺音承担了。

景莺音的电话打到程元泰办公室的时候，程元泰在为属下布置任务：要求对上海所有仓库、货栈的接收物资进行摸底调查。当他拿起听筒，听到传来的是景莺音的声音，程元泰轻声说在开会，稍晚会打过去。

程元泰挂了电话，听取部下的意见，属下面有难色地对他说："主任，这件事做起来，估计难度很大，各单位可能不配合。"

"你可以告诉他们，财政部对他们正常的接收不会有异议，我们的目的是形成一份上报的统计材料而已。另外，各单位如果积极配合，以后，财政款项拨付方面，会优先考虑。"

属下离开之后，程元泰打通了景莺音的电话。

景莺音告诉他，景家准备再安排一个答谢酒会，一是庆贺虹口丝厂的收回，二是感谢老师和两位同学在绑架案上的鼎力相助。确认了时间与地点，程元泰表示感谢邀请。

在通话结束之前，景莺音特地提了一句，说："昨天我专程跑了趟医院，邀请向影燕参加酒会，不过，她的伤没有痊愈，所以，这次她来不了。"程元泰附和说："你已亲自邀请了，心意到了就好。"

程元泰回复完这一句，禁不住笑了笑，他明白这是景莺音有意说给他听的。女人总是敏感的，也许是景莺音潜意识的试探，观察经过这么些年，现在的他感情状态怎样以及如何接触身边的异性。

可一想到自己身负的重托，面对着不确定的未来，程元泰依然觉得，美好的感情是需要的，但在感情上如何把握美好的距离，同样非常必要。

景家将再次举办酒会的消息，使何君梅的心绪又一次躁动起来，她一天到晚满脑子想着这件事情。晚上，丁树基刚好在她这里，她忍不住提起了这件事，心理极其不平衡，在景家邀请的太太、名媛里面，好些人前些年根本都进不了这个圈子！

丁树基听得烦躁了，对身边的女人说："你可以动动关系，找个路子参加嘛！"

"这些女人嘛！现在跟的都是新贵。你已经沦落到这种地步，我是你姨太太，人家谁会请我？"

丁树基被何君梅捅到了痛处，不说话了。过了会儿，他想起了刘森，由于目前急于需要刘森出手帮助，所以，他索性把刘森推了出来，说："刘站长对你印象不错嘛，请他带你参加，绝对没问题。你到这些场合走走，多积累些人脉，也好帮助我搭搭关系。"

何君梅乐于抛头露面，说干就干，很快找到了刘森，请求携她赴景家的答谢酒会，好好见识一下天亮后上海滩的花花世界。

刘森历来是一个对金钱、美女来者不拒的人，对于上海滩著名交际花上门求助，刘森自然毫不推托，满口答应下来。这件事情对他来说，毫无难度，有机会与何君梅这个大美女靠拢靠拢，何乐而不为呢？

在景家答谢酒会的当天晚上，何君梅满意地挽着刘森的胳膊，如愿以偿地步入了久违的流光溢彩。

何君梅换上了一身动人的美艳旗袍，将原本隐藏着的凹凸有致的身材显现了出来，改良过的造型，美出天际，活脱脱展现出骨子里深烙的上海腔调与气派；站在酒会的场子中间，她不由得深深地吸了一口气，恍然间生出大有用武之地的感觉。

乐池里，爵士乐队在演奏着，来宾们端着酒杯相互聊着；何君梅打量着穿着旗袍的女人们的衣着与化妆，令她感到欣慰的是，虽然近期没有参加此类的活动，但以她的衣着装扮，自己依然是晚会最具有名媛气质的几人之一。

迎面走过一个端着托盘的侍者，何君梅取过了两杯葡萄酒，一杯递给了刘森，与他碰了碰酒杯，娇柔地说："刘站长，我敬你！谢谢你带我过来。"刘森面对眼前这个美女，极力讨好，说："何小姐过来散散心，能为你效劳自是义不容辞。以后你有什么需要的，尽管吩咐就行！"

景弘毅在不远处与熟人寒暄，他见到刘森与何君梅在交谈，走过来与二人打招呼。刘森对何君梅说："何小姐，你不是说要为大家献上一曲弹唱嘛，昨天我已与景公子说好了……"

"何小姐为酒会助兴，我们求之不得啊！你下午送过来的乐器，已摆放好了，高高的，我不知道是什么乐器，以前没见过。过一会儿，请你登场表演。"景弘毅兴致勃勃地说道。

何君梅微微躬身，嫣然一笑，说："深表谢意，景公子费心了。""何小姐不要客气嘛，过两天我有饭局想请你赏光呢。"景弘毅借机提出邀请。"没问题，荣幸之至。"何君梅愉快地接受了。

五

在离乐池较远的一张酒桌旁，景莺音与一位老者交流着。老者姓孙，名龄皋，是景家的世交。在北洋政府时期，他曾做过某省的省长，后来痛恨官场腐败，离开了军政界，深居简出做了寓公，以赋诗写字为乐。他的书法造诣颇高，善楷、行书，小字尤精，可谓"轻柔中饱含刚劲，简朴中蕴蓄深沉"。

几天前，由于景弘毅仓皇逃脱，慌乱中以致将景莺音弃留在蕰藻浜桥上，这可急坏了景秀生，回到家中，景秀生第一时间打的电话，就是打给他的。

景莺音在向这位孙世伯解释："本来四叔要参加酒会的，但他回来之后，身体与状态欠佳，临时说不出席酒会了，让我向您转达他的问候。"

老者过来没有见到老友，不免有些遗憾，但他表示理解，说："秀生被绑架的那天晚上，我连夜给重庆的几位故旧打电话，请求给予帮助，如今我们这些人啊，仅仅靠靠老面子了，别人认你就认了，不认你也没办法，不在其位了嘛。""孙世伯，谢谢您！您起了作用的。"

"唉，本想借这个机会，与秀生好好聊聊，看来得改天聚了。""我转告四叔，他以后会专程去拜访您。""不要紧的，让他好好休养。莺音啊，请你将这幅字带给他，上面的字就是我捎的话。"

景莺音认真欣赏了孙世伯的行书，说："太好了！"接着，孙世伯念道："时止则止，时行则行，动静不失其时。"景莺音问道："孙世伯，好像是《易经》上的话？""是啊，转给你四叔这幅字，他明白我其中的含义。"老者说到这里，提出告辞，景莺音招呼景弘毅过来，送一送孙世伯，然后，她朝着老师和老同学的方向走过去。

汤闻道与高祖谋、程元泰等这一桌，今晚比较热门，敬酒者络绎不绝。汤闻道颇为满意,他作为特派员的第一把火,烧得不错,威望立起来了。不过,在敬酒的人里面,很多人不敢贸然直接向他敬酒,而是拉着程元泰和高祖谋,喝了一杯,又喝一杯。

劝酒的由头,确实名目繁多——以接风的名义,以关照的名义,以彼此尽力的名义,如此等等,不一而足——不喝还不行,说什么他俩是特派员的左膀右臂,不喝就是不给面子。

高祖谋不胜酒力,没喝几杯,就感到晕头转向,坚决不再喝了;程元泰索性为老同学挑起担子,杯杯不落,来者不拒,所有敬酒人的面子,统统给足。

发动众人轮番向程元泰、高祖谋敬酒的始作俑者,其实是季国云与侯明杰。他俩商量好的,直接目的是灌翻特派员两个马前卒,以解茶叙那天受的窝囊气。

景莺音走过来的时候,季国云已开始第二轮进攻了。他手拉着程元泰,什么都没说,连干三杯,三杯酒喝完后,豪气地拍了拍程元泰的肩膀,嚷嚷着:"我们不打不相识,以后需要我的,定当效力。"景莺音关切地问程元泰,说:"你怎么样?应该没问题吧?"

"没问题,他们那点儿酒量,我心里有底。"程元泰很笃定,神色清醒。"元泰好酒量,大学时就是同学们中的酒神,现在快变成酒仙了啊。"汤闻道看到学生无论工作内外,样样为自己争气,非常高兴,打趣道。

"谢谢老师夸奖,我当继续努力。"程元泰笑着说。景莺音从侍者那里取了杯酒:"哎呀,今天酒会的主旨是答谢你们,我来代四叔敬酒。"说罢,景莺音与老师及两位同学都碰了杯。

汤闻道问景莺音，说："丝厂收了回来，应该准备恢复生产了吧？"

"嗯，我们商量过了，丝厂接下来由我负责管理，我近几天会搬到厂里的一栋洋房居住。""你搬家的那天，我报名过去帮忙。"高祖谋酒力不行，但听到景莺音有事要做，精神头上来了，主动请缨。景莺音没有拒绝，点了点头，微笑地看了高祖谋一眼。

汤闻道感慨起来："到上海这些天，我们办成了一件实事，将丝厂的归属落实清楚了。可遗憾的是，绑架案目前未能侦破，压力不小，要继续加大力度啊！"景莺音敏锐地感到老师话里有话，跟了一句："老师，有什么新动向吗？"

高祖谋把话说了下去："绑架案已引发了国际影响，美国驻华大使向蒋委员长询问了此事，弄得领袖很没面子。上面要求限期破案。"

程元泰马上表达了他的看法，说："上面要求限期破案，要坚决执行，问题是下面如何协调好，步调一致，才能找到突破口！"

片刻的沉默之后，景莺音想起那天在蕰藻浜桥有一个细节，赶紧告诉大家："那天向影燕从吉普车上跳下来时，我隐约听到车里的绑匪头目说了句'这娘们儿，这么面熟'！"

"真的吗？你没听错的话，将缩小调查逮捕证的范围！"高祖谋听到这一细节，精神为之一振。汤闻道与程元泰没有说话，但他们的眼睛均闪耀着光泽，看来二人都有了考虑。

当汤闻道抬起头发现刘森端着杯子走过来时，提醒各位道："这件事情晚些时候再说！"

第五章

初见箜篌

一

乐池里乐队刚换下去,何君梅翩然地登上了台,舞动着性感妩媚的身姿,轻盈地为嘉宾深深地鞠了一躬。她缓缓地将箜篌移到适合弹拨的位置,用柔柔的声音说,为大家演奏传统名曲《高山流水》。然后,她便端坐好,展开熟练的动作,弹奏起来。

何君梅这一上场,刘森立马兴奋起来。他主动向汤闻道等人介绍说,这位演奏者是上海滩的名媛何小姐。于是,大家的目光都投向了乐池,箜篌奏出的声音清亮飘忽,似清泉之声,让人们有穿越时空之感。大家听得正入神,高祖谋因不太懂音乐,更不知这是什么乐器,忍不住说道:"好听。不过,不知是什么乐器？"

景莺音很内行地介绍说："这个乐器叫箜篌，隋唐时非常盛行，明清之后逐渐失传，但十几年来，在上海滩，箜篌又复兴了，大同乐会复制出了这个乐器，他们举办的国乐演奏中就有箜篌，后来还把演奏拍成了影片，送到了美国万国博览会。现在这个很时髦啊，不少名媛闺秀都争相学习呢。"

刘森听到景莺音说出"箜篌"二字，不免产生了条件反射，他连忙与景莺音确认："景小姐，恕我学问不高，又不懂音乐，'箜篌'两个字到底怎么写？"

景莺音拿起桌上的请柬，在上面写下这两个字。刘森认真地看了看，脑海中闪过苏北卧底秘密电文里出现的就是"箜篌"二字。他瞅了瞅正在弹奏箜篌的何君梅，本来他想着这女人弹奏的不过是个琵琶或古筝而已，没想到，她弹的竟然是叫"箜篌"的乐器！

与此同时，一直在静静地欣赏音乐旋律的程元泰，心理活动剧烈起来。他琢磨着，今晚"箜篌"这个乐器的出现，不知到底是出于偶然还是另有原因。不过，至少有一个细节，他注意到了，一听讲到"箜篌"二字，刘森表现出了极不寻常的兴趣与态度。

何君梅一曲弹完，掌声四起，刘森使劲地鼓着掌。他感觉到很有必要与这个女人多聊聊——她参加这次酒会的目的是什么？为什么她独选弹奏箜篌？

让刘森遗憾的是，与何君梅谈来谈去，一无所获，何君梅始终在享受着抛头露面后受到热烈追捧的感觉，对于他要了解的这两个问题，这个女人除了装矜持试图掩饰她难以抑制的愉悦外，并没有其他不自然的地方。

与刘森以及另外几个男士的攀谈，从何君梅内心里来讲，只不过是应付而已。表面上她八面玲珑，其实，她说了什么连自己都没记住。当见到景莺音在耐心地等待着要与她交谈时，何君梅借机微笑着走了过来。

景莺音与何君梅交谈说，她十分喜欢弹奏箜篌，但《高山流水》自己不熟练——这支曲子除了用古琴、古筝演奏之外，原来用箜篌弹奏，也非常动听，特别看到何君梅今天弹奏的是72弦箜篌，更是大饱眼福。

摆在现场的这种形式的箜篌，景莺音曾在大同乐会音乐会的照片上看过。何君梅听完景莺音很专业的交流，颇感惺惺相惜，她友好地对景莺音说："既然景小姐喜欢，太荣幸了。我有一本工尺谱的古曲谱，《高山流水》是其中的古曲之一，改天我送给景小姐如何？"

景莺音连忙说："谢谢，谢谢，不过，怎好夺你所爱呢。"何君梅说："你别这么客气。曲谱应该赠懂曲之人。"景莺音深表谢意，说："再次谢谢何小姐了。"

景莺音与何君梅在音乐上有共同爱好，聊得很投缘，她们俩相约，过些日子，组织一个箜篌研习班，经常定期聚聚，相互切磋交流。

趁着酒兴，汤闻道与高祖谋、程元泰师生三人，聊着聊着，又展开了一个新的话题。

汤闻道感叹，到上海后千头万绪，忙得不亦乐乎，今天第一次大家坐下来，好好聊一聊。他问了一下程元泰：当初中央大学在战地服务团的其他几位状况如何？程元泰摇了摇头说，好久都没有联系了。

汤闻道的思绪飞回到了八年前,他带着感情,缓缓地说:"我脑海里经常闪过他们的身影,一个一个,栩栩如生;那年大家在上海无问西东,毅然走上了抗战之路;只有祖谋一人,与我一起,辗转到了重庆。我进了军事机关,后来介绍他进来了。"

程元泰讲了自己这些年的一些情况:"我回了家乡湖南常德,1938年开春,听一个朋友说,长沙在重建税警总团,我就前去报名了;经过几年的磨炼,我又被调到了财政部。"

高祖谋却蹦出了一句压在心底的话:"元泰,当时我们央大的同学,无论到天南海北,都可以理解,可你和莺音不管地老天荒,应该相濡以沫、永不分开啊……"

汤闻道接着说:"是啊!在大学里,莺音是有名的校花,有很多的追求者,你从中胜出,说明你很有底蕴,据说你用魔术俘获了美人芳心,祖谋经常是耿耿于怀啊!但什么原因让你们劳燕分飞了?咳,开个玩笑,酒多了,酒多了,元泰,你可以保持沉默啊。"

景莺音这时回到了这桌,她看着几个人在调侃程元泰,微笑着问:"让元泰说什么呀?"

程元泰没有遮掩,他坦然地向景莺音复述道:"老师与祖谋问我,我们怎么没有始终在一起。咳,主要是我的问题,当时光想着'匈奴未灭,何以家为',错失良机,也许让莺音失望了……"

"不要紧呀!如今日寇驱除,天已亮了,你们可否再续前缘?"汤闻道认真地问了一句。

景莺音瞬间脸红了起来，一时不知说什么好，而站一边的高祖谋，更是不知所措，窘迫不已。程元泰想打破僵局，稍顿了一下，略显姿态地说了句："时间是爱情最好的沉淀，也许有一天会迸发出来。"

说完以后，程元泰不再看几个人的反应，起身叫高祖谋："祖谋，我们过去会会季国云，再干一轮，来而不往非礼也！"

二

当酒会结束时，季国云与侯明杰抱在了一起，两人醉得摊成烂泥，他们打算灌翻程元泰解解气的企图，早飞到九霄云外了。

景弘毅站在大门口，恭送着各位来宾，景莺音与老师及两位同学在继续交流着。

很快，来宾走光了，汤闻道说道："莺音刚刚提到的一个细节，说明绑匪有可能认识向影燕，如果这样的话，可以把调查的范围缩小到军统等有关部门。祖谋，明天你重点前去这些部门调查，特别是关于逮捕证的使用情况。"高祖谋来了个立正姿势，点头道："是，老师！"

四个人慢慢走到了门口。高祖谋主动地问景莺音，说："莺音，我送你吧？"

景莺音委婉地拒绝说："不了，正好我和元泰顺路，你送老师吧。"高祖谋不免有些失落，他默默地走近特派员的车子，打开车门，请汤闻道先上了车，然后，他打开车的另一侧门,坐了进去,示意司机,可以走了。

汤闻道和高祖谋的车开走以后,程元泰驾车送景莺音。两人一路无话,都在想着自己的事情,不知说什么好,景莺音看着快到家了,打破了暂时的沉默:"当初我不辞而别,没有留下任何理由,你丝毫没有怪罪我,但你干吗把分开的责任揽到自己身上?"

程元泰不好深说,勉强笑笑:"那会儿,景家早已离开了上海。你顶着家里的压力,与我在一起直到四行仓库保卫战打响,我已经非常幸福难忘了。说实在的,在你突然消失之后的很长时间里,我夜不能寐,那种一下子被断然割开的情感,难以忍受,不能自拔,后来过了很久很久,才平静下来。"

一想起当初与景莺音失联之后的撕心裂肺,程元泰心里仍然隐隐作痛。

景莺音深情地说:"元泰,以后总有一天,我会向你解释清楚的,但现在没到时候。"景莺音深深地叹息着,内心深处的痛苦并不比程元泰差。

"你不说有你的道理。时间久了,也许就可以释然了,但是美好的过去在心底永远不会抹去。"程元泰尽力克制着情绪,用一种淡然的口气说,"莺音,祖谋在大学那会儿默默地喜欢你,看得出来,他现在依然对你一往情深啊。"

"嗯,我感受得到他的情感。但祖谋对我来说,超越不了同学的那份情谊。"景莺音轻声地说。

夜深人静,程元泰辗转反侧,久久未能成眠。

当往事被时间尘封起来的时候,他的心境尚可保持平和与安静。但今天晚上,汤闻道与高祖谋的一席话,如一石激起千层浪,无疑揭开了他与景莺音这段恋情的"封条",那难以忘却的一幕一幕,如汹涌潮水一般,从心灵的最隐秘处迸发出来,冲破了记忆的闸门。

程元泰清晰地记得,他与景莺音离别前的时光,点点滴滴,挥散不去——

在四行仓库保卫战打响后的第二天,他们整日在苏州河的南岸,与上海众多的市民一起,声援谢晋元团长与他的八百壮士,关注河对岸的生死激战。入夜了,景莺音没有丝毫倦意,不知哪里来的劲头,执意要多留一会儿。

程元泰只好劝她说:"回去休息吧,明天有任务等着我们呢——上海市民捐赠守军的食品、衣物等物资,今天应该都到商会了,我们得尽快做好分类和登记。"景莺音这才同意离开。

国难当头,程元泰与景莺音被四行仓库的激烈战斗深深感染,心潮难平,他们边走边聊,谈论着国家的前途和命运。程元泰至今忘不了当时景莺音说话时的兴奋表情,在那个夜晚,景莺音有说不完的话,好像要把未来所有的话都说完似的。

他们说了很久,走了很久,沿着苏州河堤走到了外白渡桥,又从外滩转回到景家大院。

景秀生在开战之初,急忙带着家眷离开了上海,就景莺音和一个管家在留守。景莺音临进家门时,却又深情地对程元泰说:"元泰,我再送送你吧。你等我一下!"说完景莺音跑进门里,没多久手里拿着一个精致的盒子出来了。

然后,两人继续往程元泰租住的里弄方向走着,等快要到目的地时,景莺音停了下来,拽了一下程元泰的手,郑重地把盒子递给了他,说:"元泰,这是我送给你的。"程元泰慢慢地打开了盒子,盒子里面装着一块精美的瑞士江诗丹顿手表。

程元泰连忙说:"莺音,这个礼物——太贵重了,我受之有愧啊。"景莺音仍然坚持道:"你收下吧,你听到它的滴答声,就等于听到我的心跳,无论以后,天南海北,愿你时时刻刻感觉到我的存在与陪伴。"

景莺音饱含感情的话语,犹如一股暖流,震撼着程元泰的全身,让他内心里迸发出一种拥抱她的冲动,他平静了一下心绪,轻轻地拉起景莺音的手,羞涩地说:"莺音,我竟然没想过送你一样礼物。"

景莺音浅笑道:"你给了,还不止一样。你给了我坚强的抗战信念,还给了我爱。"说完,景莺音的美丽脸庞,一下子火红起来,程元泰此时感受到她的热度,心情更是汹涌澎湃,情动不已。

当两人走到程元泰住的里弄时,程元泰不放心景莺音独自返回,他又陪着景莺音走了回去。两人不知不觉走到了景家门口,程元泰表示要看着景莺音进门,景莺音朝他看了看,对程元泰说:"你快回吧,我站在门口,目送你离开。"

程元泰听罢招招手,转身离去,走出了几十米,听到景莺音喊了一声:"元泰!"程元泰回首看去,景莺音依然站在原地,依依不舍地冲着他挥手,他高声喊道:"莺音,明天见!"

然而,对于程元泰来说,一切美好的回忆,仅仅停留在了那个夜晚。次日早上,当他来到景家见景莺音时,竟已人去楼空——景莺音没有留下任何只言片语,不辞而别,从他的生活里一下子消失了!

这个突如其来的变化，令他没有任何思想准备，一度让程元泰感到仿佛从悬崖上掉落下来，深不见底，极度失衡的感情，从希望到失望，又从失望到绝望。好在随着时间的流逝，他逐渐走出了个人情感的失落，投身到了抗战的洪流中。白驹过隙，一晃八年过去了……

在程元泰回忆着如烟往事的时候，景莺音同样百感交集，夜不能寐。

时间只能使记忆封存，但并不能冲走过往，它仅仅是风干了曾经发生的那些难忘美好的一切，当风干的根根情丝被意外的相逢从记忆深处牵扯出来，一阵阵隐隐的心痛，缠绕在景莺音心头，剪不断，理还乱。

是的，她与程元泰一起走过的时光，是她人生最美好的时光，她永远无法忘记两个人在上海的街头互相送别的那个夜晚。是啊！美好的感觉总是短暂的，但记忆的绵延很长。

三

军统上海办事处情报站的办公地点，地址在杜美路70号，一栋很气派的大楼。

军统局接收的地方，总是其他单位可望而不可即的。向影燕在医院治疗了几天，实在觉得难受至极，便提前办理了出院，马上到了办公室，与情报站的人一一见了面。

刘森前来拜访了。一见面，刘森便笑眯眯地抱怨，说："影燕妹子，你说你人到上海来，也不提前跟我打个招呼……"

向影燕回应说："刘站长，我准备安顿好了，再给你打电话的,谁知道路上发生了意外事件。"刘淼忙说:"知道,知道!你和绑匪激烈交手的光辉形象早在圈内传开了。"向影燕略表低调地说:"我是误打误撞,碰上了。"

刘淼接着开始抱怨道:"现在上面对这个绑架案查得很紧。淞沪警备司令部的那个高祖谋,是特派员的亲信,查不出名堂,竟然开始查自己人了——我接到他的电话,要求我单位提供8月15日以来的出勤情况,问询我们是否使用过第三战区的逮捕证。"

向影燕听了以后,顺口说道:"我在苏州的时候,第三战区的确是发了逮捕证的,但没来得及用,就宣布停止使用了。看看当初收到几张,再看看还剩下几张,不就清楚了嘛。"刘淼听完连连点头道:"你说的也是,也是。"

刘淼回到办公室,打开了文件柜,找来找去,从里面翻出一个档案袋。他将里面的东西倒了出来,数了数,有第三战区的逮捕证8张。沈东洋此时来到他的面前,汇报说:"我已经联系过第三战区驻沪联络处了,他们那边一笔糊涂账,各单位签发了多少张逮捕证,他们都搞不清。"

听罢,刘淼挥了挥手,让沈东洋离开,然后,他坐了下来,似乎有什么预感,在脑海里翻滚着。

上海乃至全国的抗战胜利后的接收,最简单大抵可分为两类:一类是接收资产但无具体工作的,一类是不具体接收资产但做政策制定的。前者可以说是有权力有油水,后者是没实权没油水,但工作仍然很辛苦。程元泰的工作,就属于后一类。

上海重新回到重庆国民党政府的管辖之下,汪伪的那套体制显然要统统随之废除,这其中最与老百姓息息相关的,就是处理好汪伪发行的货币中储券。如何兼顾政府和百姓上下两头的利益考虑与诉求，把人们手中的中储券换成法币，是程元泰所在部门面临的工作重点之一。

为做好此项工作，程元泰安排人手做了不少调查摸底，上午召开的沪上各银行负责人会议，就是在前期工作的基础上进行的。程元泰在会上宣布，经报财政部同意，将在上海先开展兑换汪伪中储券的试点——参考了上海、重庆两地的物价，在试点期间，准备按法币与伪币1∶60的比率进行兑换。

一家银行负责人提出了意见，说："程主任，这个兑换比率定得太低了啊！"

程元泰不解地问道："为什么说比率太低了？"这位负责人解释道："抗战胜利以来，已经有人包括有些要员按1∶150，简直比黑市还高的比率，在一定范围内顺利兑换了。""这样做发的是不义之财。"另外一位参会人员忍不住补了一句。

程元泰忙追问道："谁胆子这么大？挑头的都是谁？"那位负责人迟疑了一下，说："军统局上海站那个笑面虎，谁敢招惹他……"程元泰明白，银行负责人所指的，肯定是刘森无疑。他想引导大家多谈谈情况，但这些人支支吾吾，不愿多说，程元泰只好作罢。

程元泰交代完兑换试点的有关要求，问道："提高美元利息的告示发布了吧？"众人纷纷回应。程元泰再次提醒，一旦发现带有荧光的美钞，务必尽快通知。

下午快下班之前，程元泰在办公室听取一个随员对接收物资摸底调查的汇报，看着呈上的物资调查清单，程元泰快速锁定了无线电器材的存放地点，原来就在海军接收物资的仓库里。

程元泰表现出漫不经心的态度，说："海军的这个季国云捞的私货可不少啊！""季国云是帮会出身，地面儿熟悉、人脉广，在上海滩这些码头上，哪儿都少不了他的油水……"随员附和道。

电话响了。程元泰接起来，听到听筒里传来兴冲冲的声音："程主任，我们这发现了荧光美元！"程元泰高兴得一拍桌子，站立起来，说："好，我这就来！"

四

下午到银行来存荧光美钞的竟是个老太太。银行柜台上发现她要存的美钞，正是那种带荧光的，立即报了警。等程元泰和高祖谋赶到时，老太太仍然被银行的人员借故拖延在那儿呢。

老太太起初坦陈美钞是儿子给的，但她渐渐地从众人的表情中看出了问题，出于本能，她拒绝透露儿子的名字和去向。这当然难不倒程元泰与高祖谋，他们经过对老太太的街坊邻居进行走访，她家及她儿子的信息便了解得差不多了。

老太太儿子叫丁卫，不到30岁，上海帮会的一个混混儿，前些天他跟邻居说，回趟浙江海宁老家。了解到这些，剩下的事就简单了。高祖谋与浙江海宁那边取得了联系，然后，他带着人去了一趟，很快将丁卫抓获，秘密押回了上海。

丁卫对参与绑架景秀生一事，供认不讳。使他懊恼的是，离沪之前，他曾一再嘱咐母亲这段时间不要使用这些美元，没想到的是，老太太为了获得高息到银行要存这笔钱。

汤闻道听罢丁卫的自述，痛心地说："丁卫，你的行为害了你的母亲，她现在可以定上窝赃的罪名。"丁卫一听急了："长官，只要不把我老母牵扯进去，这个案子的事，我全都招出来！""难得你是个孝子，你如实招来，我同意你的条件。"汤闻道认可了。

于是，丁卫招供了，他一五一十地把作案情况讲了一遍。他说，多年前在帮会里，就认识曾在公共租界警务处的韩明文——他是景秀生绑架案的主谋！

高祖谋接着问："绑架时的警车是从哪儿来？"丁卫回答道："整个团伙里面，除了韩明文以及帮会里的弟兄以外，有两个是韩明文在公共租界警务处的同僚，通过他们的关系，作案前趁警界混乱，弄来了一辆警车。"

程元泰又问道："你们的赎金是怎么分的？"丁卫回答："交易完成的当晚，韩明文就和大家分了赃，他分了5万，其他人分多少不知道。韩明文说死去的几位不能亏待了，他要考虑给别人家里补偿。到底给不给也不知道，肯定他自己会留得最多——分完钱他便要求所有人，离开上海避避风头，并且他再三说，风声很紧，近期不能使用这些美元。"

景氏重大绑架案的实情，通过丁卫的供述已经被全部揭开了，尽管汤闻道等师生三人有些心理准备，其中很可能涉及内鬼，但一个堂堂的军统人员，居然是这起震惊中外绑架案件的主谋，实在是令他们感到惊讶。

从审讯室返回汤闻道的办公室，程元泰便提出建议，应立即派警卫班去抓捕韩明文，并监控其上司刘森。汤闻道摇手说，此事我们要好好想一想，也许事情要比我们看到的复杂得多。

程元泰连忙提醒老师："关键是控制住韩明文，弄不好他会溜之大吉，逃出上海的！"

汤闻道冷静地说："现在看来，刘森的确有管理责任，不可推卸，但监控他师出无名啊，要找出他与韩明文的蛛丝马迹才行……"

"老师，有人向我反映，刘森除了管理不严，在其他方面已经存在问题了，他暗地按1∶150的比率，用法币强制兑换他人的中储券，这是强取豪夺。现在的市面上，1块法币和60块中储券购买力是差不多的……"

高祖谋嫉恶如仇，听到这些马上义愤填膺，说："这不就是在明火执仗嘛！"

"是！刘森的行为，严重破坏了金融秩序，违反接收纪律。"程元泰严肃地强调说。

汤闻道听完，又斟酌了一下，做了表态，他说道："关于刘森的处理，你们不要着急，更不能轻举妄动，我请示上面再说。但是，韩明文可以捉拿归案。祖谋，你尽快做好抓捕方案，随时听我的命令，争取一举抓获。"

五

此时的刘森心神不宁，在等待韩明文过来。他拉开办公桌的抽屉，拿起韩明文送他的那个信封，悉数取出现钞，数了两遍，5000美元。那天他数完逮捕证有8张——刘森认真回忆起来，当初第三战区要签发逮捕证时，他是让韩明文去经手的。

刘森曾对第三战区这种做法不屑一顾，自己堂堂军统局上海站长，想办理个人，用得着逮捕证吗？于是他让韩明文去接洽此事。后来，韩明文把装有逮捕证的档案袋交给了他，他根本没当回事，直接放到文件柜里了。

当崭新的美钞和逮捕证同时浮现在脑海里，再联想到韩明文近些天的行踪与表现，刘森此时心里隐隐地有一种直觉——韩明文与景秀生绑架案有关联。但关联到什么程度，他不好断定。而且刘森也知道，假如直接问讯他，这家伙绝对一口否认。所以，刘森这两天一直在琢磨，用什么方式"敲打"他，但始终没有找到一个好的切入点。

正思忖着，韩明文进来了。刘森指指对面的椅子，让他坐下。韩明文一屁股坐了下来，看到刘森并不说话，却若有所思地打量着自己。办公室里安静极了，只听到墙上挂钟的滴答声，时间在一秒一秒地消逝，韩明文实在坐不住了，怯生生地问道："站长？您这是……"

突然，刘森起身走到文件柜前，拿出装有逮捕证的档案袋，一把摔在韩明文脸上，厉声喝道："你行啊，胆子大了！敢用逮捕证做大生意了！"

刘森知道所面临的处境，汤闻道迟早会查到韩明文，那将会使自己处于非常不利的局面，后果不堪设想。实在是想不出什么绝招了，他一不做，二不休，决定先下手为强，把韩明文的事在自己手上处理好，所以，他用单刀直入的办法，敲一敲韩明文，观察其有什么反应。

没想到的是，刘淼这一下子就把韩明文震住了，他惊得如同弹簧一样蹦了起来，惶恐地看着刘淼，嘴里喃喃道："站长，站长……"

对于韩明文如此的反应，刘淼明白已达到了目的。他不给韩明文任何喘息的机会，把装着美钞的信封拿出来，往桌上一摔："别以为天知地知你知我知！你们绑架景秀生的事情，已经败露了，你好好想想后果吧。"

韩明文更是惊慌至极，趋前几步，拉住刘淼的双手，恳求道："站长，求你了，饶了我吧！"话说到这份儿上，刘淼完全占据了主动权，他当即向韩明文提出，如果想逃过一劫，得按他说的做。

韩明文此时哪敢讨价还价，他连连点头答应，并且愿意再奉上5万美元，请刘淼帮助"打点"。5万美元的数目，刘淼听得心里一动，他对韩明文说："5万美元不算多，你这事情多大呀，捅了天了。我试试能不能摆平各方面的关系。你回去除了备好这笔钱以外，再写出一份详细供状给我。我安排两个兄弟跟着你。"

于是，三个小时之后，当韩明文再次来到刘淼这里，二话不说，直接便呈上了用大档案装的厚厚的美钞以及那份供状。刘淼不动声色地把装有美钞的档案袋放进了文件柜，然后，他看着韩明文的供词。

读完供词以后，刘淼又把供状交给韩明文，说："可以，已签了名。我看这里最后再添上一笔，说是绑架案是我抓获的这个共党唆使你干的——他的名字没搞清，先给他个名字吧，要不然就叫王二。这件事情现在闹得这么大，不好弄啊……如果绑架案与共党有关,那就好办得多,找上面为你说情容易些。"

韩明文感激涕零,他没有选择的余地,唯有按刘森的授意照做,在供词的末尾,又加了一句。刘森接过韩明文呈上的供状,大致又过了一遍,假惺惺地说:"明文,委屈你了,今天你不能离开,只能待在办公室了。"

当天夜里,月色清朗。同一片夜空下,韩明文感到末日来临,但仍然期冀着刘森顾念交情,真的能够保护自己,但一想到刘森,他又有些忧虑与茫然。

而此时汤闻道在电话里向大人物请示,如何处置军统局站长刘森。大人物回复很明确,先不要着急动刘森——戴笠目前势头太盛,倘若这时动戴笠的人,一定要证据确凿、板上钉钉,否则,就会十分被动。

请示完毕,汤闻道随即打电话给高祖谋,向其下达命令:"先不要动刘森,明晚抓捕韩明文!"

第六章

暗度陈仓

一

上海的大街小巷在涌动的人潮中迎来了新的一天。抗战胜利的喜悦之情尽管没有消散，但日复一日如流水般的日子，才是人们要面对的活生生的现实。在这幅平静的市井生活画卷之下，暗流涌动，处处潜藏着不可预知的险滩与漩涡。

韩明文一大早就让看守转告刘森说，他要再审一审王新钢，争取多了解一些情况，争取将功补过。刘森对此未置可否。

在程元泰的办公室，高祖谋将晚上的行动计划告诉了程元泰。尽管对这次行动不抓捕刘森稍感遗憾，但程元泰依然振奋不已，答应下午过去与高祖谋会合，一定将这个案子查个水落石出。

此时的汤闻道想到绑架案一事快有眉目了，春风得意之感油然而生，他觉得可以安排时间，前去拜访一下景秀生先生了。

送走高祖谋以后，程元泰随即走出了门。他徒步来到上海书店阅览室，将一张写有暗语的工尺谱，放进了《太古遗音》书中，向"箜篌"报告说，无线电器材有下落了。

之后，程元泰径自到了海军先遣组的办公室。季国云见到程元泰主动登门拜会，故意摆起了架子，表情极为淡漠。一想到特派员茶叙那天受的气，后来晚会拼酒又被拼到烂醉，季国云心里就极不舒服，总觉得有股闷气出不来。

不过，寒暄了几句，程元泰知其心结所在，他索性一竿子捅到底，直截了当地说："季组长，我们之间发生过小摩擦小误会，都没什么，这叫缘分，不打不相识嘛！但兄弟今天来，可是与你谈合作的。其他一切都是过眼云烟，咱们总不能跟钱过不去吧。"

季国云知道程元泰这个人不好对付，又一时摸不透他的真实意图，因此，他打起了太极，说："你我是不同系统的，除了精诚合作报效党国外，我想不出我们会有什么共同利益……"

程元泰忙说："季组长此言差矣。不要小瞧海军接收下来的大量物资，它们都是有价值的。"

季国云懊丧地说："别提了，值钱的东西，比如房子、金子甚至女子这些好货色，早被军统局那帮权势部门吞了！我们海军接收的都是什么？不过是些'边角料'而已，一堆破铜烂铁，有谁稀罕！"

程元泰笑了起来，说："你说这些是破铜烂铁，关键看你有没有想法将它们变现了。实话对你说吧，财政部呢，向来是与四大家族中的孔家、宋家有渊源的。孔家公子在香港和国外都有业务往来，你的那些破铜烂铁，放在仓库里是没价值的，但如果我们之间合作的话，倒一倒手，可是很有赚头。不过呢，这件事可不急，如果你想明白了，随时都可与我联系。"

留下这几句话以后，程元泰告辞而去，他知道欲速则不达，今天下的这个"饵"，贪婪如季国云这类人等，绝不会不上来咬的。

在景家大院，汤闻道的突然来访，令景秀生颇感意外。他热情地将汤闻道迎进客厅坐下，谦逊道："哎呀，我一个办实业的，怎么好意思让特派员屈尊登门呢！"

汤闻道客气地回敬说："久仰大名，从景先生安全回来，一直想来拜望，今天我总算有了时间。"景秀生不断地道谢着，然后说："我让莺音过来吗？"汤闻道忙说："不用，不用了，让莺音在厂里忙吧。"

景秀生抬高了声音喊道："弘毅，看一看茶泡好了吗？"景弘毅应了一声。没过一会儿，一个用人端着茶托来了，景弘毅恭敬地端过茶杯，为特派员和父亲上了茶，也坐下了。

看到汤闻道品过茶，景秀生问道："特派员今天来，是案子又有进展了吧？"汤闻道流露出自信的表情，微笑着说："幸不辱命。明天可以将案件情况公之于众了。"坐在旁边的景弘毅，忍不住插了话，问道："特派员，荧光美元起作用了？"

汤闻道没有回答，但微微颔首给予默认。

二

接近中午，程元泰回到办公室，见到向影燕已等在那儿了。向影燕说今天是取吉普车来的，顺道随便聊聊。其实，向影燕第一眼看到程元泰时，心里有一种从来没有过的感觉，也不知是感情的冲动，还是暂时的吸引，说不清道不明的，她自信地认为，她与程元泰之间应该会有故事发生。

程元泰此时感受到了向影燕异样的心绪，他顾左右而言他，与她海阔天空地闲聊着，同时借机了解刘森这个人的情况。向影燕说，与刘森不太熟，但抗战时有行动互相打过配合。

"他这人能力是很强的，不久前刚在沪西机器厂一带秘密抓了个地下党，为此，戴老板在内部通令嘉奖了。"向影燕说出的这句话，一下子引起了程元泰的关注，他想继续听听这方面的消息，但可惜的是，向影燕很快转换了话题。

景秀生要挽留汤闻道吃午饭，被汤闻道婉言谢绝了。景弘毅倒是乐得如此，因为他中午另外约了饭局，如果汤闻道留下吃饭，那么父亲必定要求他作陪，他的那个饭局就只有推后了。

为了安排这顿午餐，早在答谢酒会上，景弘毅就邀请了何君梅——虽然她不是主宾，但景弘毅的两位主宾均是她不折不扣的仰慕者。

当景弘毅与何君梅一进酒楼的包厢，年长的买办眼睛亮了起来，竖起大拇指夸道："景公子有面子，把何小姐请来了！"何君梅听到有人这样恭维自己，自我感觉相当不错，她仪态万千地向两个买办含笑致意后，款款落座。

正如景弘毅所期待的，饭局的气氛，因为有了何君梅的到来，而变得曼妙无比，酒过三巡之后，两个主宾向何君梅献着殷勤，景弘毅趁机问道："两位，我们荧光粉的合同，今天签了吧？"

年长的买办说:"签,没问题,在我们公司签!""景公子,你的荧光粉能保证连续供货吧?"年轻的买办追问道。景弘毅牛气地挑了挑眉头,说:"你们绝对放心!通过美国人弄的货——景家在给绑匪的美钞上就涂了这个,结果呢,他们栽在这荧光粉上了。"

何君梅与两个买办又表现出对绑架案最新动态的关注。人也许就是这样,不论男女老幼,谁都希望获得消息传播的最初源头,然后,第一时间发布独家新闻而得到极大的满足感。

可惜的是,景弘毅爆不出更多的料了,他只知道荧光粉使得绑匪露了馅。

何君梅饭局结束回家以后,把听到的荧光粉的事告诉了丁树基。丁树基一听,如获至宝,他颇为得意地与这位交际花姨太太叨叨着:"怎么样,让你出去活动有好处吧?我现在就把这个消息说给刘森听听,算套个近乎,估计他不知道!也好,让他看看保护住我这种人,是有用处的……"

对于丁树基的来电,刘森一开始并没有上心听。但是,当丁树基亮出消息说,景家在美元上涂了荧光粉,有绑匪就是因此被发现,刘森的脸色沉了下来,感觉到了事情的严重性。丁树基说完这个消息,接着说:"刘站长,据说上海这边,在伪政府任职的已有几十人被抓了,兄弟我得依靠您多多关照啦!"

此时的刘森已经听不进丁树基在说些什么了,他匆匆挂了电话,从文件柜里,将韩明文送的美元取了出来,在暗处用手电照了照,上面果然涂有荧光粉!

然后,刘森坐在椅子上,一动不动,乍一看在闭目养神,其实,他的脑子在飞快地转动着。本来,他满以为韩明文涉足绑架案的秘密，只有他一人掌握着，那么，他可以把韩明文弄到手的美元赎金，慢慢地都敲诈出来，然后，要么让这家伙服服帖帖为自己所用，要么将他痛痛快快地灭掉宣布破案。但是现在，这倒霉的荧光粉把他的如意算盘搅乱了。

刘森清楚地意识到，不管他弄到多少美钞赎金，只要流通出去就会被鉴定为赃款，到时解释起来会有相当难度。但是最要命的是，一旦汤闻道他们依据线索抓住韩明文，审出自己知情不报与接收贿赂，那自己的政治前途与生命，也许都就此玩完了。

盘算了很久，刘森缓缓抬起了头，他下定了决心——从速与韩明文进行切割，绝不含糊！"与韩明文彻底进行切割，我一个人不行。"刘森又想到了沈东洋。

三

沈东洋恭敬地叫了声："站长！"他知道刘森叫自己到办公室来，想必是有什么事，因此，招呼之后，他就等待着刘森的吩咐。

"东洋，有一件事情，叫你来商量商量。"见到沈东洋在听着，刘森继续问道，"你知道韩明文犯了什么事吗？""听说昨天晚上他已被隔离在办公室里，安排了人看守着……触犯纪律了吧？"

刘森摇摇头，皱着眉头说道："已确认他是景秀生绑架案的主谋！"沈东洋吃了一惊，有些不可思议地看着刘森。

刘森脸上的表情变得越来越狰狞，仿佛刹那间过了临界点后,他狂躁得不得不发泄出来,骂道:"这狗日的!背着我在外干这种勾当,屁股都擦不干净,严重影响了我们上海站的形象。现在汤特派员那边,已经掌握他的情况,没准马上就会动手抓捕他。我们目前很被动啊!"

"主动交出他不行吗?"沈东洋以为交出韩明文就万事大吉了。刘森讥讽道:"你动动脑子!他落到了特派员手里,将会'咬'得大家不得安生,你说我们哪个人禁得住查?"

沈东洋转过弯来了。别的不说,就从日本人投降以来,军统上海站这些人,哪个没有一些借机捞好处的事,真要让韩明文兜个底儿掉,把他们的事都说了出去,成为塌方式贪腐,那麻烦就大了。已经把利害关系想透彻的沈东洋,连忙表态:"站长,您说怎么办吧?一切听您安排!"

刘森面色阴沉地说:"办法嘛,倒是有一个,你要配合我。"

惴惴不安的韩明文等到了刘森的同意,获准前去审讯室审问王新钢。一到审讯室,韩明文很是卖力,上来就让王新钢坐了老虎凳。王新钢被折磨得不像样子,每当疼到难以忍受时,他撕心裂肺地嘶吼着,但他始终未吐露任何东西,什么都不说。

韩明文弄得满头大汗,但一无所获。

在僵持中,沈东洋从外面进来了。韩明文条件反射似的说道:"东洋,转告站长,无论如何我都会将他的嘴撬开。"

沈东洋没有说话,默默地递给韩明文一封函电。韩明文接了过来,看着上面的字字句句,双手在微微发抖,脸色变得更加苍白。

沈东洋说话了:"站长很想保下你,今天做了不少工作,为你到处求情。但是这封函电你看到了,你的事已通了天,上面要求严肃处理,绝不姑息。"

伪造一封电文,对沈东洋来说是轻而易举的,但此时的韩明文无暇关注其真伪,他所有的注意力,全集中在决定自己命运的结果上。刘森自己不出面,让沈东洋过来转达上面的来电,这充分表明了:刘森虽然收取了好处,但并未花力气为他奔走求情。

韩明文越是琢磨这件事情,他的脸就越发变得扭曲,突然间,他疯了一般地端起准备好的辣椒水,走过去直接灌到了王新钢嘴里。

灌完了辣椒水之后,韩明文把水碗往地上猛地一摔,气急败坏地转身对沈东洋说:"到这会儿,我还想着帮助刘森审讯共党,更别说之前为他卖过多少命了。老子把丑话放在这儿——如果我栽了,你们谁都别想好!"

沈东洋似笑非笑地安慰说:"站长其实很为难呢,毕竟兄弟一场。现在特派员那边已经安排人过来抓捕你。唉……我把这里审讯共党的情况,过去向站长汇报一下。站长多仁义啊,刚刚在楼下安排好了一辆车,现在都加好了油。"

说完这些话后,沈东洋转身出去了。韩明文稍稍愣怔了一下,他似乎明白些什么,跟着也冲了出去,心里骂道:"5万美金,难道就买了个跑路的机会?"

刘森站在楼上的窗边,注视着韩明文急匆匆到了楼下的院子里,又很快钻进车里。车子发动之后,一溜烟开了出去。刘森问了一下沈东洋:"一切都弄妥了?"

沈东洋回应道:"发动5分钟之后,车子自动引爆。"刘森微微颔首,停顿了一会儿说:"走,我们到审讯室。"

四

审讯室里，王新钢仍然被捆绑着。刘森上下看了看王新钢的身体状况，明显已被韩明文折磨得非常虚弱，他给沈东洋使了个眼神。于是，沈东洋立即拿出了一张供词，故作客气地说着："来，在这张供词上摁个手印吧。"说完，他便拉住王新钢的拇指，在其身上的污血处蹭了蹭，就硬往供词上摁下去。

没想到的是，一直不说话的王新钢，却不知从哪里迸发出了巨大的力量，执意不肯让手指沾上供词。他艰难地从喉咙里发出了微弱但又坚决的声音："招什么供？我没说出任何一个字。"

刘森站在一旁，暗自琢磨着，看来软的不行，得来硬的。他咳嗽了一声，沈东洋领会了上司的意图，抬起脚来，朝着王新钢粗暴地连踹了几下。王新钢被踢得身体失去平衡，摔倒了。在他试图起来时，沈东洋抢上一步，再次强行抓起王新钢的手，在供词上摁了下去。

远远地传来一声爆炸响。沈东洋看了看手表说："正好是5分钟。"

刘森将供词拿了过去，又浏览了一番，得意地对着王新钢说："告诉你吧，你现在是景秀生绑架案的主谋之一王二，一个共党的地下分子，你采取绑架实业家的手段，制造恐怖气氛，阻碍政府对上海的接收。这可是特大新闻哪！"

王新钢嘴里往外渗着血沫，他并不知道绑架案的情况，但知道这肯定是他们的阴谋，因此愤怒地挤出了两个字："无耻！"

见到这个软硬不吃的共党分子，终于受他们的刺激有了强烈的反应，刘森不由得产生了满足感，心情相当愉快。他笑眯眯地收起供词，与沈东洋一起，出了审讯室。

两人回到刘森办公室门口，一个手下匆匆过来报告："站长，汤特派员的人到了，说是奉命抓捕韩明文，人在大楼门厅等着呢！"

下决心与韩明文划清界限之后，刘森主动给汤闻道打电话说，发现韩明文牵涉绑架案，并已将其控制，准备初审后上报军统局。汤闻道闻讯，立即命令高祖谋：情况突变，为防止刘森及军统内部人员私自处理韩明文，影响此案的全面侦破，必须尽快抓捕韩明文到案。

高祖谋把此情况转告给了程元泰，然后，他一刻不敢耽误，立刻带人前去逮捕韩明文归案。到了军统上海站办公室门厅，高祖谋通报来意，以特派员办的名义，要求将韩明文交出，结果被需要请示的理由，挡在了大楼门厅。

稍后赶到的程元泰，担心久拖生变，当即警告说，再不交出韩明文，就是阻碍执行公务！双方剑拔弩张，一触即发之时，刘森与沈东洋来到了大楼门厅。

刘森主动给汤闻道打电话的目的，其实是想为事后留个记录，表明在绑架案上自己秉公执法，又能及时通气。他打的如意算盘是，韩明文被灭掉之后，有他与共党分子两个人的供词，话语权就全掌握在自己手里，那么，如何编排全都由他了。

出乎他意料的是，汤闻道的反应竟然如此快——几乎是撂下电话就派人来抓韩明文了。这又让刘森心里生出了不少疑虑。这个一板一眼的特派员，到底掌握了多少韩明文乃至自己的情况？他这么急于抓韩明文归案，除了绑架案本身是不是还想继续延伸调查……

当上述念头在脑子里迅速闪过的时候，高祖谋开口问刘森，说："刘站长，韩明文在哪里？"刘森平静地对高祖谋与程元泰说："你们要带走绑架案的主犯吧？好，跟我来。"

在审讯室里，刘森指着王新钢说："这个共党分子，就是景氏绑架案的主谋，前些天已被我们抓获。"凭空出来一个绑架案主犯，实在是莫名其妙，高祖谋和程元泰用不可思议的眼光盯着刘森，看他如何把这个故事讲下去。

一个特务从外面走进来，上前对着刘森耳语了几句，接着，刘森继续说道："已查明，韩明文对景秀生实施绑架，是受了这个共党的蛊惑，他们双方均已招供。但遗憾的是，刚刚得到消息，韩明文利用对这栋大楼的熟悉，在你们到达之前出逃，他的汽车在途中发生爆炸，可能已车毁人亡……现在我们抓到的涉案者只剩下了这个共党分子了。"

王新钢一脸鄙夷。沈东洋见状，上去朝着王新钢又是一顿拳打脚踢。程元泰克制着愤怒的情绪，默默地看着沈东洋在施暴。他虽然之前没有见过王新钢，但他的直觉告诉他，眼前的这位同志，就是向影燕提到过的，刘森在沪西机器厂外面抓的那个地下党！

前些天在机器厂叫停起义时，大家焦急等待的正是他——王新钢。

刘森下意识地一瞥，扫过程元泰脸的侧面，好像在哪里见过,这个侧脸似曾相识——刘森凭着职业习惯,飞速调动着记忆,他一下想了起来,沪西机器厂工人游行那天,他从车里看到的好像就是这张侧脸!紧接着他思维的画面,马上跳跃到了秘密电文上的两个字——"箜篌"!

程元泰的第六感告诉他,有人在盯着自己,他扭头看着刘森阴鸷的眼神,发话了:"刘站长,韩明文的车刚刚爆炸,可以去现场勘查一下吗?到底自杀还是他杀,看看这里是否有什么隐情。"

"以我对他的了解,畏罪自杀的可能性更大。"刘森正色回复。

高祖谋紧跟着说:"韩明文是如何在刘站长面前露出马脚的?他又是如何从大家的眼皮底下逃跑的?为什么会发生爆炸?现场勘查之后,请刘站长及涉及此事的几位,到淞沪警备司令部做具体说明。"

刘森没有说话,但沈东洋表示了异议:"爆炸现场,我们安排人去勘查,有了结果,自然会向特派员通报,至于高副处长说的细节情况,在这里问问就可以了,用不着跑来跑去。"

高祖谋没有搭理沈东洋,而是继续向刘森重申道:"刘站长,景氏绑架案由中央命令特派员督办,可见其重要性。现在,嫌犯韩明文身上不少问题尚未厘清,因此,作为他的上级,请您配合一下我们办案。"

"高副处长,我这人向来是按规矩办事的,但是,办案嘛,要随着情况变化灵活处理,不必非得一板一眼,规定也要人来执行嘛……"刘森回应着,但是,仍然站着不动。

程元泰按捺不住了,他上去搭上刘森的胳膊,使劲地一扭,却客气地说:"刘站长,来来来,请你先动身。"

刘森一下子被拿住了,被逼着往外动了几步,脸色憋得铁青。沈东洋等几个特务一看,情形不对,拦住了他们。高祖谋和他带来的三个人也毫不客气,一时间剑拔弩张。此时,双方都掏出了枪,互相警告着。

"把枪都放下!"审讯室外传来一声呵斥,汤闻道到了。

五

在高祖谋奉命去军统上海站后,汤闻道又叫来了李默,让他集合警卫班,准备过去接应高祖谋。李默问汤闻道:"带这么多人到刘森那儿?"汤闻道命令秘书:"待会儿到了,你带着警卫班的人员把大楼围起来。"

见李默有些不解,汤闻道冷静地说:"绑架案的主谋韩明文,是刘森的部下。刘森说初审之后,准备上报戴笠,我总感觉这里有弦外之音,有擅自处理的可能。多带点儿人,防止他们搞名堂。"

正如汤闻道所料,他赶到的时候,正好碰到这两拨人大动干戈。他让双方放下武器,要求大家到刘森办公室谈。到了刘森办公室,问明缘由之后,汤闻道说:"刘站长,如你们认为到淞沪警备司令部说明情况不妥,那你们都到我办公室如何?韩明文车的爆炸现场,我让警察局勘查。"

刘森迟疑了一下,说:"特派员,这边几个人都去你那儿,我们的工作就不得不停顿了……""这样吧,请你这位站长去,其他人留守岗位!"汤闻道反应很快。刘森仍不动弹,还想反对，说："但是，特派员……"

汤闻道走到窗前，指了指窗外，厉声地说："为了党国接收的这项事业，实在不得已，我们要执行纪律了。"刘森从窗口看去，看到窗外面楼下，站着全副美式武装的士兵，心里暗暗骂汤闻道做事太狠，想来想去觉得不能再硬碰了，只好服软。他装作痛快地说："行！我听特派员的！"

程元泰借机问道："刘站长说那个共党分子唆使韩明文作案，此人该怎么处理？"高祖谋直截了当地说："涉案的，当然都要带走！"

汤闻道默认了高祖谋的建议，吩咐高祖谋："祖谋，你给警察局打个电话，让他们去勘查韩明文的车辆爆炸现场。我们一会儿过那边看一看。"高祖谋应声拿起了刘森桌上的电话。刘森又看了一眼程元泰，他没想到的是，程元泰这人如此不简单，要把自己抓到的共党分子，一并提走。

刘森对此又不便再表示异议，他更感觉到程元泰身上弥漫的种种疑云。

汤闻道让李默把刘森与王新钢，分别各自安排到一个房间，门口安排人守着——刘森在规定的地点，要将与韩明文有关的问题，一一做出说明，没有汤特派员的同意，不得随意进出。

汤闻道与高祖谋、程元泰三个人，坐在办公室里，又把今天有关事情捋了一遍。

汤闻道感慨道："今天这么多的变化，源头就出在刘森的身上。他打电话向我通报，一定有其目的，不过，现在一时不容易摸清，暂时让他在这里写出说明。你们认为怎么处理更好？"

"我的意见是，绑架案与货币兑换，两件事情一起查，落实一件，就可以将刘森法办，公之于众！"程元泰直言快语，一针见血。

"元泰书生意气十足啊，这件事情看样子没那么简单。祖谋，你看呢？"高祖谋说："从感情上讲，我倾向元泰的意见。但我知道，老师看得更全面，考虑到更多复杂的因素及利益纠葛……"汤闻道赞许地点点头。

汤闻道说："警察局如果在爆炸现场，验明了韩明文正身，这个事情可以选择结案，继续延伸查案的话，那样涉及面大，不好控制。这时候要慎之又慎，不能鲁莽啊！我向上面再汇报汇报，听听要求。时间不早了，在这里一起吃晚饭吧。"

高祖谋和程元泰听罢，两人出去溜达了一圈，参观了这个谢晋元孤军营旧址，然后，他们在偏僻角落的台阶上坐下来闲聊着。

高祖谋的情绪有些低落，他说："景氏绑架案有了眉目，可以选择结案了，但追查的过程，看到其中出现很多问题，让人兴奋不起来，如果党国官员不能洁身自好，甚至中饱私囊，如何给这个国家带来希望？"

程元泰苦笑地说："这个绑架案，查到目前这个阶段，如果寸步不让彻查到底，无疑会拔出萝卜带出泥，我们党国啊积弊太久，不可能风清气正的。"

话题有点儿沉重，两人沉默了一会儿。接着，程元泰问起高祖谋："祖谋，完成了这次接收工作，如果和平到来了，你最想做些什么？"高祖谋说："小时候，家里太穷了，父母为供我读书，把妹妹送人了。当时她只有两三岁。我的愿望是找到这个妹妹，全家团聚，共享天伦之乐。"

程元泰、高祖谋二人在外面聊天时，汤闻道拨通了大人物的电话，汇报景氏绑架案的进展情况。听了汤闻道的讲述，大人物说道："将在外可便宜行事——既然刘森他们目中无人，无视中央特派员的职责，那就杀杀他们的气焰，以体现中央严格治理的决心！你酌情处理，戴雨农那边我与他沟通。"

"好的！为了立威，我已将刘森软禁，让他写出详细说明。""目前看来，刘森还不是绑架案的直接参与者，但有无牵连问题……闻道，记得要把由头做足。""是！"

挂了电话之后，汤闻道默默地坐在椅子上，想着大人物说的话。秘书李默敲门进来，他报告说，刘森再三提出，希望与特派员谈一谈。

一见到汤闻道推门进了房间，刘森就开始叫屈起来，变相地向汤闻道施加压力："特派员，您把我扣在这里，不太合适吧？"

"刘站长，这里比较安静，请你过来将绑架案的有关情况详细地做出说明，望你能够理解。我呢，公事公办，对事不对人，以便对上峰和社会公众做个交代，你认为该如何处理？"汤闻道一板一眼地回应道。

听到汤闻道回应得具体明确，挑不出他讲得有什么不妥，纠缠下去就显得素质太低了，于是，刘森马上面带笑容，换了一种说法，说道："好啊，放心吧，特派员，我会抛下个人的面子，按照你们的要求去做。哎呀……今天来到孤军营，我很感慨呀，在上海的接收大员里，像特派员您这样居然在旧营房办公与住宿的——仅此一例。是我们学习的楷模啊！"

"我们来上海接收,就是为党国来接收,首先应该做到洁身自好,难道要躺在胜利果实上贪图物欲、为所欲为吗?""特派员讲得极是!您的境界就是高啊!"

"好,你约我谈事情,有什么事就直说吧。"刘森显示出极为诚恳的样子,向汤闻道做自我剖析,说:"其实,我很清楚,韩明文是景氏绑架案主谋,而他又是我站的人员,不管怎么说,我是该承担领导责任的,至少是疏于管教。今天我来,确实要把我了解到的绑架案的情况,毫无保留向特派员您一一说明。"

刘森略微停顿了一下,神情增加了几分沉重,说:"但我想谈的是,从我现在所掌握的情况看,当务之急并不是绑架案,而是——有共党分子渗透进了我们内部!"听到刘森的话,汤闻道眉毛一挑,神情也紧绷了起来:"哦!有共党渗透进来,你有具体所指吗?"

"特派员,您知道,涉及内部人员,需要慎之又慎。目前,我已经掌握初步线索,但缺乏确凿的证据,不能随意指认,有一点确定无疑——共党已经安排新的负责人到达上海,主持有关方面的秘密工作。"

刘森所讲的涉及共党的事情,为汤闻道把握局面开了一扇窗,让他意识到了新的发力方向,可以说,这个方向对于他来说,同等重要。于是,他赞许道:"刘站长的思路与情报能力,果然非同一般!你讲的要急于做的事情,非常重要,共党的确是我们接收的心头大患……"

刘森感到他的几句话,将汤闻道的兴趣调动起来了,然后,他趁热打铁,接着说:"今天带过来的那个共党分子,是上个月下旬我们秘密抓捕的。我有个考虑,不知道特派员认为可不可行。"

汤闻道说:"你说说看吧。"

"那个共党分子已在供词上摁过手印,结案时,只要将他是绑架案主谋之一的消息公开,罪责就栽到共产党头上,对于维护党国形象非常有利,而让共党陷于被动地位,致使他们在舆论上无还手之力。其实,这个共党押在哪里不重要,利用好他更重要,不妨借故放了他,外松内紧地看好了,用他做个'诱饵',盯着什么人与他联系,从而掌握更多的共党分子的情况,特别是把潜伏的地下党负责人和深藏在我们内部的人都钓出来。"

刘森的三寸不烂之舌,让汤闻道有些心动了,但他沉住了气,没有急于表态,而是听刘森讲出他的想法。

刘森表现出推心置腹的样子,说:"特派员,您心里是明白的。目前表面上国共在谈判,从戴老板向我透露的语气来看,国共两党破裂是迟早的事情,与共党和谈,不过是委员长为调集兵力争取时间而已。所以,有关景秀生绑架案,查到这一步,已具备结案的条件了,不如尽快了结此事,特派员,您的政绩已经有目共睹了,下一步,我全力配合您把精力转移到对付共党方面,再创出佳绩来,论您的德才,完全可以高升回中央任职了。"

刘森侃侃而谈的一通话,汤闻道心里的确被点亮了许多,他终于开口了:"刘站长心系党国,实属难能可贵!我好好琢磨一下。关于景氏绑架案的情况,不妨请你详细地作出说明,做个笔录,可作为结案材料呈给上面。至于用那个共党作为'诱饵'之事,我们好好考虑考虑,切不要操之过急。"

汤闻道为了安抚刘森，所讲的话冠冕堂皇，赞赏居多，实际上，他心里很清楚：对刘森不能放松监控，将他与绑架案的有关问题搞清楚，等待上头最后拍板；至于利用那个共党分子的想法，完全可以适时采纳，这是他接下去的重点工作之一，刘森说的一些建议，尽管是从他自身角度考虑的，但也给自己带来不少启发。

而刘森与汤闻道谈完话后，也感到满意，至少他感觉到，在着手对付共党的建议上，特派员倒是听进去了，可见，这一点，他们是有共同立场的。

天色已经不早了，汤闻道招呼着高祖谋与程元泰，在孤军营吃了晚饭。晚饭很简单，安排伙房做的：炒鸡蛋、冬瓜汤、米饭。师生三人心情很好，吃得很香，汤闻道边吃边把向上面通报的情况，都传达给了两个学生。

吃完饭后，程元泰起身要走，但高祖谋劝他留下来，他说："元泰，明天你事情不多的话，今晚我们一起住这里吧，明天一早，老师继续与刘森谈话，还要审问那个共党分子。"

没等程元泰回答，汤闻道说了话："审讯共党分子，别让元泰介入了，他得安排好财政系统的事，大家分头按照职责去做。元泰，明天上午你忙你的。今天是9号吧？钱大钧到上海了。钱市长估计开始安排找各个部门了解情况了……"

"好！我先走了。"程元泰答应得很痛快。

高祖谋忍不住脱口而出，说："搞不明白，上面怎么派这么一个嗜财如命的人来任市长。"

"祖谋，话不要乱说，切不要妄议。"汤闻道挥了挥手，打断了高祖谋的话。

第七章

节外生枝

一

景秀生与儿子、侄女一起吃晚饭——景莺音是被叔叔从丝厂叫回来的。

景秀生告诉两个晚辈，今天上午，特派员汤闻道亲自登门拜访，说绑架案有了些眉目，今天晚上又传来消息——绑架案的主谋是军统局上海站的韩明文，而且，还有议论说，一个共党分子唆使了他。

景莺音讲了掌握的情况，说："四叔，我听到了这个消息。警察局刑事科警长在爆炸现场勘查后，傍晚时已透露给我了，在汽车爆炸现场，他们并没有发现韩明文的尸体，目前韩明文是死是活，去向不明。"

"我关心的是，赎金什么时候能够追回。"景弘毅表述着他的想法。"弘毅，你想得太简单了。如果绑架案子牵扯到共产党，事情就更复杂了，这就属于政治事件，那么，短期很难结案，更谈不上追回赎金了！"景秀生反驳了儿子的想法。

景弘毅接着说："刘森与那个共党分子，让特派员都带走了吧？审完不就了结了吗？"景秀生说："别想得那么单纯，这件案子如果带上政治背景的话，变数就要大得多……"

景莺音说："四叔，出现了这样的状况，案子是有些复杂化了，最好是静观其变，随着时间的变化，一切会水落石出的。我找时间去趟老师那儿，再深入了解了解情况。"景秀生说："好，我让你过来，就是出于这个考虑。你见到特派员请转告，我准备择日回访。"

《联合晚报》报馆里一片忙碌景象。已到夜晚时分，记者们仍在赶着手头的新闻稿子，争取尽快交到编辑手上，以便过审后，排版并连夜付印。

女记者章晓晔兴冲冲地推开了主编办公室的门，整个空间顿时洋溢着她的青春气息。

章晓晔带着点儿掩饰不住的自豪对主编说："主编大人，景氏绑架案的稿件，我已上交啦！您是不是该大笔一挥，签字发头版啊？今天我可是第一个赶到爆炸现场的记者。"

主编笑着赞许道："不错！今天这个新闻，你抢得快，当发头版！""经常给我消息的那个包打听，真是有道行的……我在想啊，今天去了现场，把消息发出去，但这还不够，明天我要联系军事委员会特派员办公室，约他们做个案件延伸采访，让特派员深度解读这个案子。"

"可以。不过，如果哪天约定采访的话，最好你与几家报社同仁一起去。"章晓晔一听这话，不乐意了："有其他记者，怎么叫抢独家新闻？"

"晓晔呀，采访他们政府部门，谨慎一点儿为好，免得枪打出头鸟啊。当年《申报》的史量才先生才华横溢，在报界多有影响，竟然遭枪击暗杀。你年轻有干劲，是好事，但也要留有余地啊。"

"主编大人，您太过虑了，怪不得大家说您胆子比以前小多了。"章晓晔口无遮拦地开着玩笑。主编苦笑着，摇了摇头，看着眼前这个浑身散发着理想光芒的年轻人，他宽厚地叮嘱着："听我的，你做记者的路长着呢。"

程元泰趁着夜色，赶到师心斋古玩店时，已经打烊了。程元泰轻轻地拍了拍店门，刘胜晓警觉地到了门后，从门缝里看外边站着程元泰，知道有紧急情况，立即打开门迎他到里间。

当听到有王新钢的新消息，刘胜晓掩饰不住激动的情绪，毕竟他是王新钢谍报组的副组长，在严酷的对敌斗争中，彼此结下了深厚的战友之情。情况谈完之后，刘胜晓请程元泰放心回去，他立即联系"箜篌"，研究如何安排营救事宜。两人约定明天在淮扬馆子碰面。

程元泰在返回住处的路上，天上突然下起了雨。等回到家处理完事情时，他抬起头，凝视着窗外，雨，仍在下个不停。夏夜，在滴答的雨声中，总是显得特别漫长，今夜对程元泰来说，注定又是一个不眠之夜。

将一些信息联系起来分析，刘胜晓得出的判断与程元泰的一致：军统抓到的扣押在特派员办的地下党同志，是王新钢同志无疑！在沪西机器厂的起义工人骨干转移到西郊的那天，程元泰遗憾不已的就是，单单落下了王新钢。

如今，已经有了王新钢同志的下落，接下去组织上如何营救呢？程元泰反复考虑着种种方案的可行性。

王新钢被押在孤军营，要制定出万无一失的营救方案，是很不容易的。但是，如果不能拿出方案及时进行营救，至少存在两方面的问题。一是王新钢将经受更多非人的折磨——程元泰的脑海里闪过军统审讯室王新钢遭受毒打的情景，真是令人心如刀割。二是负责督办此案的汤闻道，如果接受了刘森的恶毒建议，用其假证据来栽赃我党，舆论上造成王新钢是绑架案主谋、韩明文的唆使者，那么，这将严重影响共产党在群众中的形象，我党所面临的舆论环境将更为复杂，也会给营救工作带来难度。

程元泰曾考虑找机会直接救人。傍晚前，其实，他是出去买了把扳手——王新钢戴的脚镣，是用螺丝拧起来的，如果要出手救他，需要用扳手松开脚镣。不过，汤闻道没有让程元泰留下来，因此，程元泰没有任何理由，仍待着不走。

想着想着，程元泰在黑暗中从床上一个翻身，爬了起来，慢慢地摸到了窗前。抬眼望去，雨停了，周围一片寂静。他由此想到，此刻，想必"箜篌"与刘胜晓会和他一样，彻夜不眠在分析各种复杂的情况，拿出切实可行的方案，为营救王新钢而尽心尽力。

二

次日清晨，东方出现瑰丽的朝霞，空气中弥漫着微微的薄雾。淮扬馆子刚一营业，程元泰与刘胜晓便在餐桌旁坐定，初升的阳光照射在他们的脸上、身上。两人边吃早茶边闲聊，适时交换着信息。

刘胜晓对程元泰说，昨夜，向"箜篌"等同志汇报之后，综合大家所掌握的情报，有一个情况值得重视：特派员办公室的伙房与一家米行，约定定期供一次货，由米行派辆小卡车，把米、油与新鲜蔬菜，送到孤军营。"箜篌"认为，这是安排营救人员，从外部进入特派员办的唯一机会。

"今天午后，米行的小卡车就会去孤军营。清早已联系到米行'老板'，我们可安排两个人到卡车上，现场熟悉一下环境。回来之后，再讨论一些细节问题，争取再一次去就解决问题。"刘胜晓端着煮干丝吃着，神色放松地娓娓道来。

程元泰思忖了一下，说："我现在可以把关押王新钢的房间位置，画下来给你，到时，我们的两个同志去了，提示他们看准确房间与伙房之间的距离。"

程元泰很快地画出了王新钢被关押的具体位置，刘胜晓接着说道："你的这个信息很重要。不过，'箜篌'指示，你不必参与到这件事里面，对于营救王新钢的行动，我们研究过几个方案，你放心吧。"

程元泰点点头。"箜篌"不让他参与行动，考虑的是防止意外的事情发生，同时，他要完成无线电器材的任务，但程元泰心里有个预感，此次营救王新钢的行动，他很难做到完全置身事外，从情感上说，他多么希望自己的同志，尽快脱离刘森与汤闻道等人的魔爪，继续为党和人民的事业奋斗啊。

汤闻道在办公室对高祖谋说："昨天刘森主动找我来谈，感觉他在试探我的态度，说了不少好话，不过，他提出了一个思路，我认为可以采纳，这是特派办的重要职责之一。他说从他的系统了解，可能有共党人员进入了我们内部，他建议欲擒故纵，释放了那个共党分子，通过此人引更多的共党分子上钩。我们好好研究一个方案，力争把绑架案与共党问题都处理好，以便向上面有个交代！"

高祖谋领会了汤闻道的意图，那就是扩大战果，取得更好的业绩。他很快做了布置，安排好对那个王二的布控任务。之后，汤闻道与高祖谋来到了刘森的房间。高祖谋进去之后，将准备好的纸与笔给了刘森，客气地说："刘站长，请你将所知道的绑架案具体情况写出来，然后，有关问题我再与你交流。"

刘森极力推脱继续写这个情况说明，说："其实，我有共党王二的供词，另外，韩明文的供词放在我的办公室。你们看过他们的供词，需要补充什么，我再做些补充就清楚了。"

没等高祖谋回答，汤闻道回复说："刘站长，从你的角度写出情况，比如你如何发现韩明文有嫌疑，又如何发现共党勾连其中，这些都是涉案的重要内容，你本人写出书面的材料会更好。"

看来对于写出说明之事，刘森知道是推不掉了，他只好将纸放好，准备落笔。刚提起笔，他又抬头问汤闻道："特派员，昨天我提出的关于那个共党的建议，您意下如何？"

"嗯，你的建议可以考虑，以后择机处理。今天，你的任务就是配合高副处长，将你了解的此案的种种问题写清楚了。晚些时候我过来。"

对于刘森提及的有价值的想法，汤闻道秉持着实用主义的态度，不过，至于这个想法如何付诸实施，汤闻道目前不想与刘森细说下去。他提醒刘森，当前，将说明写清楚了，才是当务之急。

汤闻道从刘森的房间出来，进了关押王新钢的监室。他为戴着脚镣的王新钢倒了杯温水，态度和蔼地自报家门，然后，询问了一些与绑架案有关的情况。在汤闻道说话的过程中，王新钢仍然没有任何表情，等汤闻道把话说完，王新钢不屑一顾地说，他毫不知情，与此事完全无关。汤闻道马上问："那你为什么在供词上摁上手印呢？"

王新钢冷冷地一笑，说道："特派员先生，不知你们有什么阴谋，我根本不知道纸上究竟写了什么。他们强迫我摁上手印，一定有险恶目的吧？"

汤闻道默然，稍后他故作诚恳地表示："按我的行事习惯，如果供词是强迫你画押的，显然是不能据此定案的。因此，既然没有涉案，我将释放你。从大的方面来说，国共两党的和谈正在进行，因为一些误会，让你吃了不少苦，在此，我深表歉意，请多包涵。"

汤闻道一席话，令王新钢不禁愕然，一时间他不知道该说些什么，只简单地吐出一句话："好，只有说谢谢了。""我让秘书帮你收拾一下，然后，你可以自由离开了。顺便问一句，他们都叫你王二,这是你的大名吗?""大名叫王集城。王二,是他们审问不出编造出来的。可笑!"

从王新钢说话的那股劲头以及他满身的血污,汤闻道意识到这是个汉子,一个硬骨头。他鄙视军统那些人的做法,简单粗暴是解决不了问题的,有时候,换个思路换个手段,名字不就问到了嘛。

汤闻道体贴地说:"一会儿你要去哪儿?我让车送你过去。另外,我从特派办支给你两百法币,你出去可安顿用之。"

在汤闻道与高祖谋在吃午饭的时候,程元泰过来了。程元泰密切关心着老师与老同学关于绑架案子的进程。另外,他带了一份伪中央储备银行的摸底材料,材料里面有几个重点内容,让老师看一看,以增加对上海经济情况的全面了解。

汤闻道赞许地看着程元泰,挥手示意让程元泰坐下。坐定之后,程元泰问道:"上午的讯问的情况怎么样?"高祖谋不屑地说:"刘森费了很大劲,做出的说明,还是那一套说法,没什么新东西。不过,老师问出了共党人员的名字,并不是叫王二,而是叫王集城。此刻,老师已把那个共党分子释放了,派车送出去的。"

程元泰听后,"哦"了一声,不免惊讶不已。他的内心波动更大,这一举动是他或者"筌簇"都没有预料到的。

汤闻道马上接过高祖谋的话,说:"此事我有考虑。"他这么一说,明显是不希望将这个话题展开下去。尽管程元泰期待着继续听到如此做的考虑,但高祖谋接着不说这件事了——毕竟他跟随老师左右多年,汤闻道的意图他理解得很快的。

接下去,师生三人聊起各自听到的接收逸闻。高祖谋喊伙房的人过来收拾碗筷,可厨子过了好久才过来。高祖谋不高兴地问:"怎么才来啊?叫你好几声了。""怪我,怪我。米行送米、菜来了,耽搁了一会儿。"厨子忙不迭地解释着。

程元泰心里紧张起来,他克制着内心的焦躁,旁若无人地继续与汤闻道、高祖谋交谈着。汤闻道冲厨子挥挥手,意思是赶紧收拾。然后,汤闻道站起身,程元泰与高祖谋也都随之站了起来。

隔着窗子,程元泰看到楼下停了一辆小卡车。他此时什么也做不了,唯有暗暗地希望组织上安排的人,不要因操之过急而暴露了自己。

秘书李默迎面过来说,钱大钧市长的电话找汤闻道,程元泰与高祖谋这才告辞分头离去。

三

入夜,月明星稀,万籁俱寂,凉风习习。程元泰与刘胜晓碰上了面,他将王新钢突然被汤闻道释放的情况向刘胜晓做了通报。所幸,据刘胜晓说,扮成米行伙计的两位同志,到了特派员办之后,行事谨慎,并没有贸然前往关押王新钢的那个楼层。

"米行的卡车到孤军营的时候,我当时同汤闻道与高祖谋就在伙房里,是捏了把汗的,生怕同志们有什么闪失。"程元泰想起了中午的情景。

"现在要搞清楚王新钢同志会去哪儿。谍报组撤离前最后一次碰面,是在静安寺附近的一个里弄,那是王新钢同志经常落脚的地点。我今晚可以过去看一看。"刘胜晓急迫地说。

倒是程元泰冷静了下来,他建议刘胜晓向"箜篌"报告:王新钢同志今日被汤闻道释放,请组织上不急于安排营救行动,先观察一下,如何在确保安全的前提下与这位同志联系。静安寺那边的里弄,程元泰认为他过去更为合适,刘胜晓以及古玩店是承上启下的重要联络点,因此,刘胜晓不要轻易面见王新钢。刘胜晓被说服了,同意分头行动。

在里弄里绕来绕去,程元泰找到了刘胜晓说的那幢房子,但遗憾的是,房子大门紧锁着,明显是若干天没人来过的迹象。不过,他是做好扑空的心理准备的。程元泰仔细观察了周围的环境,没有发现有国民党特务的盯梢,于是,他从容地回到住处,次日再把情况向刘胜晓以及"箜篌"通报。

第二天早上,在师心斋古玩店,程元泰对刘胜晓讲,没有发现王新钢到过那个里弄的任何痕迹。刘胜晓传达了"箜篌"的要求:近期程元泰到师心斋过于频繁,目前寻找王新钢同志下落的工作,由刘胜晓具体负责。程元泰同志的任务是继续潜伏下去,争取在国民党内部获取更有价值的情报。

程元泰表示服从组织的决定。他问刘胜晓,联系上王新钢,有什么需要他帮忙的。刘胜晓想了想说,暂时没有。刘胜晓突然回忆起,除了在静安寺里弄,王新钢抗战胜利前在瑞华公寓租过一处安全房,但谍报小组似乎从未启用过。虽然刘胜晓不知道这个房子的具体位置,但至少这是个下一步寻找的线索。

王新钢是位具有丰富斗争经验的隐蔽战线战士,汤闻道释放了他,但他脑中那根弦始终绷得很紧,他琢磨着汤闻道的动机。有一点可以断定：国民党不会轻易善罢甘休的，他们的目的是让自己做"诱饵"，毫无疑问，汤闻道会派人在暗中监视自己。

考虑到了这一点，王新钢做出决定，就是绝不到里弄那处房子。那里曾经的活动痕迹多，他消失了这么多天，很可能同志们会到那里打探。此时，如回去的话，就会给国民党破坏我党组织带来新的线索，这是万万不可的。

瑞华公寓的那处房子，的确一直没启用过，因此，几乎没人知道，王新钢觉得先到这里落脚，可能会更安全些，等彻底摆脱了国民党特务的监控，再与组织上取得联系。

王新钢到瑞华公寓之后，下了几次楼，买报纸、买吃的，查看周围的环境，同时，他悄悄地观察有没有人盯梢。第二次下楼的时候，他发现了两个可疑的面孔，确认有"尾巴"跟踪。王新钢的心里不平静起来，甚至可以说非常纠结。

一方面，他在买东西时通过与店铺伙计的攀谈，了解到工人起义并未举行，到底发生了什么，这需要与组织上取得联系。但另一方面，他不希望有同志联系自己，他知道，只要有人来与自己碰面，便将陷入险境——最理想的情况是，拖上一段时间，没人找过来，监视的特务们渐渐放松警惕，他可以找机会摆脱他们的盯梢。

王新钢的担心，果然很快发生了。头一天他刚刚被汤闻道释放，住进了瑞华公寓，第二天在他准备下楼的时候，习惯性地到窗口观察了一下，竟然看到刘胜晓站在马路对面的一间烟杂店门口。

一种亲切感瞬间涌上王新钢的心头，但他很快便冷静下来——此刻,绝对不能让刘胜晓看到自己,因为两人一搭话,刘胜晓就将被特务盯上!王新钢想了想,当即收拾了一下,匆匆地下了楼。然后,他从瑞华公寓通向另一条马路的出口,迅速走进了熙熙攘攘的行人中,转悠了一大圈之后,他又乘上电车,住进了都城饭店。

四

王新钢的行为让盯梢的特务摸不着头脑,这个情况通过高祖谋汇报到汤闻道那里。汤闻道对这个共党到底想干什么一时吃不准,他想来想去,还是去了监控刘森的房间,听听刘森的意见。

刘森见到汤闻道走进来,便急不可耐地问,情况说明已经写完了,是否可以解脱了?汤闻道对此未置可否,而是直接说了王新钢被释放后,不知为什么从瑞华公寓住进了都城饭店。

刘森说:"特派员,王二看来是个老油子啊!"汤闻道不动声色地问:"此话怎讲?""我猜呀,他优哉游哉地住进都城饭店,分明是不急着与同伙碰头。他要把我们耗得没脾气了,再找机会行动。"

汤闻道说:"那……刘站长觉得应该怎么办?"刘森于是建议道:"我看,不妨将王二住进都城饭店的事,在我们内部扩散扩散。这种消息,一放出去,就会飞到共党耳朵里的。王二不急着碰头,但他外面的同伙不知道底细,会急着要见他呀。"

"你的意思是,外面的共党得知消息,就会主动找到都城饭店?""对!到时我们安排好人手,守株待兔,以逸待劳,谁上去与王二搭话攀谈,二话不说,我们就抓谁……"

"嗯,不错。"汤闻道的语气里颇为肯定。"特派员,我知道您已经安排了人手。但是如果您同意,我派两个兄弟过去,至少可以拾遗补漏嘛。另外,我可以到实地看看具体情况,随时调整部署。"

汤闻道低头不语,刘森见状,又表态说:"我知道,绑架案的事情还没有结论……您放心,我到现场后再跟您的人回到这里就是!"考虑了片刻,汤闻道答应了刘森的请求。

汤闻道不得不佩服刘森在对付共党方面的处理能力,他按照刘森的建议,让李默开始放出风声:一个王姓共党牵涉到绑架案,但特派员考虑到证据不足,已将其释放,结果此人竟然堂而皇之住进了都城饭店!

这一消息,很快传到了程元泰那里。他本想赶到师心斋古玩店,把这个情况告诉刘胜晓的,但考虑到"筌筷"说,他尽量别去古玩店,而且这个消息未经证实,程元泰再三考虑,他还是自己先到都城饭店摸一摸情况。他到任之后,一直说请财政部驻沪的这些部下聚聚,他们中有人曾提起,都城饭店的扒房很不错。于是,程元泰便安排在接下来的这个周六,请同僚们到都城饭店共进晚餐。

下午,程元泰稍早来到都城饭店。他在大堂一个角落里找个地方坐下,耐心地等待了一个多钟头,终于看到王新钢从外面进来,上了电梯。王新钢所乘的那部电梯门关上的时候,程元泰注意到,一个尾随着王新钢的"尾巴",在大厅里转了一圈,然后又走到饭店门外了。程元泰知道,这个"尾巴"是负责外出盯梢的，王新钢所在的楼层，应该另外安排了监视的人。

接近傍晚的时候，程元泰看到前台没有特务注意，便不紧不慢地走过去，向前台服务生打听，在两三天前有没有一个王先生住进来。前台查了一下回复说："先生，最近住进来姓王的有三位，王晓伯、王集城、王修礼……"

"麻烦看看王集城住在哪间房？他是我们老板的大主顾，明天我们要送礼品到他房间。""717。"前台报出了王新钢入住的房间。

程元泰并不着急，他缓步来到扒房，等着同僚们陆续到来，一起有说有笑地吃完晚餐。大家分别的时候，他称肚子不适，要过去登东，让其他人先走了。这时，程元泰又回到扒房，叫住了一个服务生。

"能帮我个忙吗？"程元泰一边说着一边掏出一只打火机，"晚饭之前，我在大厅借了你们一个住店客人的打火机，他住717，劳驾帮助我送上去吧。"服务生稍有迟疑："好的先生，您可以让客房部的人送去。"

程元泰掏出两张钞票，塞到服务生手里："你帮我买块蛋糕，带上去，剩下的都是你的了。"服务生强忍喜悦离开了。没过多久，服务生端着蛋糕，到七楼敲开了王新钢的门。

"先生，楼下有一位先生让我把打火机还给您，他给您送了个蛋糕。"服务生如实说道。

王新钢一头雾水，但他接过了蛋糕和打火机，然后关上了门。而此刻，在王新钢的对门，两个特务从锁眼里看着对面的动静。其中一个手已经搭在门把手上，准备过去抓这个服务生。另一个迟疑了一下，轻声说："算了，饭店里送吃的上来的服务员。我看没啥。"

两个特务放弃了破门而出的打算。而另一边王新钢正仔细琢磨着眼前的蛋糕和打火机，他的直觉告诉他，这里面有名堂。王新钢把蛋糕扒开看，里面什么都没有。他又把金属打火机的外壳卸了下来——这时，他猛地发现，外壳里面有张小纸片。

打开纸片，上面首先映入眼帘的，赫然是沪西机器厂起义当天的进厂口令，然后，下面有一句话，"我在饭店大堂厕所间"。

五

王新钢把打火机里的字条，在洗脸台盆里烧掉了，冲洗干净之后，他下楼来到大堂。但他并未急着去厕所间，而是出饭店门转了转，买了一份报纸。

那个"尾巴"跟着他兜了一圈。王新钢走进饭店，径直去了厕所间，尾巴在厕所门数米远的地方停下了，守在那里。

进了厕所间，王新钢先清了清喉咙。这时，一扇厕位的门后面，程元泰用隐蔽战线通用的敲门节奏，敲出了一小串声响。王新钢会意地走进旁边紧挨着的那个厕位，掏出口袋里的笔，在报纸上写了两个字"哪位"，然后从下面的空隙递到了程元泰那边。

两位隐蔽战线的同志，在特务们严密的监视之下，开始了笔谈——

程元泰在报纸上写道:"我是你的同志。沪西机器厂起义那天,因为没能等到你归队,组织上判断你很可能被秘密抓捕了。"

"起义后来怎么样了?"王新钢对此很是关切。

"沪西机器厂已终止起义,马骞同志他们安全与城郊的新四军会和了。"看到程元泰写在报纸上的文字,王新钢很快做出了判断:这是自己人!他回复程元泰:"你得尽快离开!他们就是想利用我做'诱饵',找到更多我党同志的线索。"

"你被军统秘密抓捕又转到孤军营的情况,上级已经知道,你突然被释放,营救计划只好暂停。""我出来之后,一直回避与我们的人接触,尤其是面对面的交谈。"

"我会把情况向组织汇报,看看如何让你尽快摆脱他们的监控。"

"有一件事。那天韩明文在审讯室,灌了我一碗辣椒水,我感觉到有个蜡丸灌到了我嘴里。我出来之后,把蜡丸藏在瑞华公寓那间房子的门轴里,请找机会取出。"

程元泰告知王新钢:"刘森企图炸死韩明文来杀人灭口,但现场不见韩明文的尸体,他不知去向。"

几天来,王新钢一直在等待着将蜡丸传递出的这一刻。这个事情交代给自己人,他如释重负,整个人轻松不少。不过,他得知韩明文的新情况,心里又有了考虑。最后,他在报纸上写下了催促离开的话,从空隙里递给程元泰。

程元泰冲掉报纸,先行从厕所间走了出去。当他走出都城饭店,真可谓是冤家路窄,迎面撞上正要往饭店里进的刘森。程元泰心中诧异,但先开口打了招呼:"刘站长,你已经完成了特派员那边协助调查的任务了？"

刘森心里知道，程元泰潜台词是问他怎么被放出来自由活动了。他哈哈一笑，颇为得意地说："咳，特派员让我协助他另外的事嘛。程主任——你来都城饭店见朋友吗？"

"我办公室的下属说，这里的扒房菜做得非常好，晚上我刚刚请大家吃了个饭。""跟着程主任做事，日子过得滋润啊！"刘森一边说着一边继续往里走。程元泰则打着哈哈，向自己的车走去。

车子启动之后，程元泰再三确认，后面没人盯梢，他便直接到了瑞华公寓。趁着特务们的重心在都城饭店，他必须立刻把王新钢说的那个蜡丸取走。赶到瑞华公寓，程元泰悄然进入王新钢说的那间房，蜡丸果然藏在门轴掏空后的小小空间里。此时程元泰不便细看，赶紧将蜡丸藏到了皮鞋底里。

另一边，刘森走进都城饭店，立即找到大堂里一个手下，询问情况。因为盯梢的事，被高祖谋的人做了，闲在大堂里的这个手下颇为不忿地说，他看到王二出门买了报纸，回来便进了大堂厕所间，因为淞沪警备司令部的人在近距离盯着，不便凑上去。刘森不耐烦地打断了这家伙，问道："现在人在哪儿？"

"刚坐电梯上去。对了，他上去的时候，手里没有拿报纸。"刘森的手下突然想起这个细节，惊出一头冷汗。刘森阴森森地看了手下一眼，一声不吭直接上了楼。楼道里静悄悄的。他敲开王新钢对面房间的门，进去便听说一个服务生上来后不久，王新钢就下楼了。刘森越琢磨越不对，他又问手下看清饭店服务生长什么样子没有。

两个人都摇摇头，只说看到这人背着身，穿着饭店的工作服。刘森隐隐感觉到这中间已经发生了什么，他铁青着脸站在那里，然后，突然冲出去开始敲对面王新钢的门。

此时的王新钢非常平静，听到急促的敲门声，他从锁眼里看了看，竟然出现了刘森扭曲的脸。王新钢意识到，如果刘森闯进来，他很可能再次被秘密拘禁。他不希望成为刘森无耻地污蔑共产党的工具，而且如果这时组织上再营救自己，会给同志们带来更多的风险。

王新钢感觉到今天是最近这些日子以来最踏实的：工人地下军起义已由今天接头的这位同志做了妥善处置，韩明文的蜡丸也做了交代，但韩明文去向不明，他有些放心不下，这个人如活着，是揭露国民党腐败的有利证据。想到这里，王新钢的脸上浮现出了笑容。

接着，王新钢一纵身，跳上窗台，通过楼外的阳台，很快溜进了其他房间，他选择了大楼的另一个朝向，毫不犹豫地顺着楼外的排水管快速滑了下去！

此刻，特务已经将门撞开了，房间里空无一人，桌子上留有字条，上面写道："哈哈！我的名字都审不出来！"

刘森以为王新钢已经跳下楼去，气急败坏，撕掉了字条，蹿到窗边向楼下看了看，然后，又往楼下跑去。

第八章

愿者上钩

一

章晓晔接受了主编的点拨,好不容易与秘书李默约好,周六下午在孤军营特派员办采访特派员。她立即联系了几家的记者结伴而去,结果却扑了空,没有见到汤闻道本人。

态度和蔼的秘书李默,负责接待了章晓晔及记者们,其实他并没有介绍多少关于绑架案的事情,而是带着他们参观了下孤军营,在特派员办安排了顿简单晚饭。晚饭期间,秉承汤闻道的意思,李默又讲了关于释放共党王某的事情,目的是:一是继续对外界放风,二是借此表明特派员毫无门户之见。

晚饭之后,章晓晔与几个记者从孤军营出来,几个人都表示,对于绑架案的问题,并没有了解到什么,不免充满了挫败感。他们聚在四马路附近咖啡店,喝了杯咖啡,又聊了聊。

正巧,从咖啡店出来没走多远,他们便碰上了一个突发事件:王新钢跳楼。就在王新钢跳下楼之后的混乱中,章晓晔等几位记者跟着路人们围了过去,大家因不明具体情况,七嘴八舌地议论开了。

刘森带着人跑到楼下,却没有见到王新钢的人影,便立即安排人手追查不知去向的王新钢。人们不知前面发生了什么,越聚越多,两个持手枪的特务将大家往后赶着,令记者们颇为不爽,没等章晓晔开口,一个男记者高声嚷嚷道:"我是记者,出什么事了?我找你们管事的采访!"

刘森阴沉着脸,回过头来,正欲说话,却见高祖谋来到了现场。刘森一到都城饭店,高祖谋的副官王超随即向上司报了信,等高祖谋急急忙忙赶过来时,王新钢已经不知人在何处,不见踪影。高祖谋气不打一处来,明显的一脸不高兴,对刘森直接说了一句:"成事不足,败事有余!"

说完以后,高祖谋走近一步,使劲瞪着刘森又说:"刘站长,追不到人,我看你如何交代!"一个年轻军统的特务,不知好歹地在高祖谋身后问道:"那边有几个人说是记者,怎么办呢?"高祖谋转回头来,没好气地反问:"你去跟他们谈谈吗?"特务被问得不敢言语了。

章晓晔等几个记者,想得到些新闻,在此磨磨蹭蹭拖着,就是不愿意离开,依然刨根问底地在提问着——"跑的到底是个什么人呢?""他是个汉奸吧?还是共产党啊?""目前不是国共合作吗?为什么要抓共产党呢?""这件事与景氏绑架案是否密切相关?"

章晓晔心里隐约地感觉到，这个逃跑者与特派员办有关，她自我安慰说："又赶上一个突发新闻，总算是没有白过来。"

"说不定等我们回到报社，上面的电话就追来了，要求今天的跳楼事件不许登报。如果那样的话，今天还是白跑了。"一个中年男记者明显感到不太乐观。记者们在猜测与争论中陆续散去。

程元泰开着汽车，在从瑞华公寓返回的路上，不知为什么，突然间感到，心脏一通莫名乱跳。他不由自主地想，是不是王新钢同志碰到危险了？在都城饭店门口碰到刘森，他就感觉到情况有些微妙。这足以说明，汤闻道和刘森对共产党人的注意力，远远超出了查办景氏绑架案，两人极可能同流合污，企图利用王新钢找出更多的地下党人。

从都城饭店出来的时候，程元泰一心想着尽快找到那个蜡丸，如今蜡丸拿到手了，他开始分析起刘森后续可能如何行事。他感觉到，刘森知道王新钢住在都城饭店，如果确认了这一点，那么，刘森很有可能会怀疑到自己——为什么此时也出现在都城饭店？并且，刘森极可能随便找个理由，再次拘禁王新钢，试图挖出与工人起义有关的东西。

想到这里，程元泰不由得为王新钢担心起来——他的脑海里浮现出王新钢被严刑拷打后的样子。前面的小路口，突然冲出一辆自行车，骑车人试图快速地斜穿到对面去。

等回过神的程元泰发现时，双方距离已经太近，几乎来不及做任何反应。但他为了避免撞到骑车的人，于是，索性赶紧把方向打死，汽车紧擦着自行车的边，撞向了路边的电线杆子。

在剧烈的撞击中，程元泰的头撞在方向盘上，血流到了脸上，几近晕厥。那个侥幸逃过一劫的骑车人，生怕惹事上身，回头看了一眼停在一边的汽车，没有下车，匆匆忙忙地骑走了。

二

当晚，当高祖谋与刘森两人回到孤军营，向汤闻道汇报都城饭店发生的情况。汤闻道对整个晚上事情的发展结果，感到十分震惊，大为意外。没想到王新钢竟然在众目睽睽之下如此从容逃脱，的确非同寻常，这里面说不定隐藏着更多的秘密。

听完高祖谋的陈述——毫无疑问，其中带着对刘森的抱怨与不满——汤闻道与他们两人相对而坐，把各个线索在脑海里过了一遍，然后，他将眼光投向刘森，想听听他说些什么。

刘森表面上显得不以为意，心里却十分紧张，他懊丧地对汤闻道说："特派员，高副处长已经将情况都说清楚了，我没有什么补充的，但王某在严密控制下居然逃脱，只能说明这个问题不简单，有其复杂性，特别提醒我们要防内鬼啊。"

汤闻道脸上没太多的表情，说："刘站长，你提出建议释放王某，用王某钓出别人来，结果呢，别人没钓到，诱饵又不见了踪影，岂不是鸡飞蛋打？你对此作何解释？当然，你的感觉没有错，我同意你的判断，对内部应当引起高度警惕。"

刘森无法解释自己的失误，只能故作姿态地说："是啊，特派员您释放了王某，又在内部放了放消息，其实，很快就有了一些端倪。"汤闻道若有所思地说："雾里看花呀，一切也许在暴露之中。"停顿了一下,汤闻道直接地问道:"刘站长,你说到有些端倪,可有所指啊?"

刘森老奸巨猾,狡黠地一笑,故弄玄虚地说:"特派员啊,我有个习惯,绝不冤枉一个人,凡是涉及内部同仁,如没有铁的证据,我不会轻易下结论的。接下来,您不妨多留意观察——对了,有件事我说一下,今晚在高副处长赶到之前,我在都城饭店碰到了程元泰,也许这纯属巧合。"

汤闻道沉吟一声:"哦?"刘森接着说:"程元泰解释说,他与下属们在都城饭店的扒房聚了聚。"汤闻道没有再吭声,看得出来,刘森暂时是不愿意说出其实际想法的。当然,他也不勉强,就让刘森返回房间了,接着让高祖谋也去休息。

之后,汤闻道在沙发上继续枯坐。目前看来,其一,刘森此次的确是失手了,因"王集城"逃脱对他没什么好处,同时,暴露了内部可能存在问题;其二,"王集城"在服务生敲门之后下楼,这里是有疑点的,他是去给共党同伙发消息的吗?如果是发消息,那在监视之下他们在哪儿接头呢?接头的共党会是那个饭店服务生吗?程元泰如何会出现在那里呢?

各种可能充塞在汤闻道的脑海里,想到绑架案的两个关键人物下落不明,更让他渐渐地烦躁起来,他忽然想到,绑架案应该尽快有个了结,那下落不明的两个人,以后再想办法处理掉,必须即日向报界发一个绑架案的公开声明,宣布景氏绑架案件已经侦破,以此平息各路传闻!

汤闻道很快叫来了秘书李默,将有关事情布置了下去——当然,他没有忘记提醒李默,今天都城饭店发生的跳楼事件,定当提醒报界各有关人士,绝不许与有关热点问题扯到一起!

经汤闻道定稿的结案声明很简洁，不过数百字——

民国三十四年八月二十二日夜，工商巨子景秀生先生于沪上遭悍匪劫持，举国哗然。经军事委员会驻沪特派员办公室连日督办，各兄弟单位勠力同心，此案已于今日侦结。据查，匪首韩明文因深感此等大恶除判以死刑之外，别无他途可循，已畏罪自戕；其余从犯正陆续抓捕归案；景氏为求全秀生先生之性命，所交付绑匪之赎金，亦将全力追回。今抗战刚刚胜利，百废待兴，千端待理，上海各接收单位，将依据中央指示，对杀人放火欺诈劫掠等为人道所不容者，重典治乱，以求得民众安居乐业、地方富庶繁华。即日。

对于绑匪匪首韩明文的下落不明，尽管警察局在进一步查证，但汤闻道在对外的口径上，选择称其已经畏罪自杀。而对于刘森提及的共党王某唆使绑架之事，汤闻道考虑再三，终究没有写进文稿。

汤闻道所通盘考虑的，是希望将此事件尽可能化繁为简，不再牵扯进新的不确定因素；再者，他当然不愿意增加一个莫须有的唆使犯，让刘森这家伙趁机邀功、往脸上贴金。

文风厚重的结案声明一出台，作为政府的权威发布，上海滩各界还是买账的。毕竟在一个月内，将案情查得基本上水落石出，各方面的舆论好评占了大多数。

三

上海滩的帮会对景氏绑架案却讳莫如深，毕竟跟着韩明文干绑票的，确有几个帮会里的人，这些如果说了出去，舆论实在不太好听。

季国云每星期都去拜见帮会老头子——首先是因为师徒二人关系好；其次是一个在官场、一个在民间，定期互通消息，从现实层面上讲，确实有助于将双方的利益最大化。

之前，他们两人碰面闲谈时，顺便会聊聊绑架案，但汤闻道发表声明的次日，他们便不再碰这个话题了。这次过来，季国云是有问题求教于老头子的。见面之后，他将程元泰提出与之合作的事情，原原本本地说了出来，并询问此事能不能做。

老头子对此挺感兴趣，听完之后，他分析说："财政部是宋子文当家吧？宋家、孔家要做些生意，谁的路子比他们宽？你反正手上有些东西，吃不准先和程元泰试试再说，亏就亏一趟嘛！机不可失，时不再来呀。"

季国云立即附和说："嗯，师父讲得对。""如果你们合作行得通，你就找到一条稳定的财路了，何乐而不为呢？"老头子继续讲着。

季国云点头说："我明白了。"老头子接着提醒弟子："听说程元泰车祸受伤住院了，借这个机会，你尽快过去慰问一下，顺便拉拉关系，增强些彼此感情。"季国云认为很有道理，没有任何耽误，他当天买了水果便去了医院。

程元泰住在单间的病房。他平躺在床上，头上缠着纱布，正在与一个小护士说，没什么大事，他可以出院了。季国云推开门，走进来，直接将水果放在床头，程元泰见到季国云来了，打了个招呼，便试图支撑着胳膊坐起来，却被季国云一下子摁住了。

季国云地客气说："躺好，不要动！你现在要静养。"说完，季国云拉了把椅子，坐在了病床边，挥手将小护士打发了出去。程元泰不再坚持起来，继续躺在床上，微笑着问："季组长，你拿定主意了？"

"我想过了，既然元泰老弟有路子将物资变现，那是求之不得的好事呀！我手头的东西比较杂一些，稍微做了做清点，目前油料倒有不少，你能不能先出手一批？""可以。等出院了我就来办。"

季国云忙说："不急不急，你养好身体再说吧。""一想到有钱挣，心情自然就好，肯定好得快些。"程元泰幽默了一下。季国云大笑了起来，说："做接收这种事情啊，千万不能亏待了自己，君子爱财取之有道，绝不能像韩明文那帮家伙瞎来乱来……"

程元泰问道："季组长，你看过特派员的声明了？"季国云回答道："看了。咳，另外，私下里都在传呢，说绑架案还有唆使犯，并没有写进声明里，不知真假。"

程元泰不屑地说："所谓唆使犯嘛，仅仅是军统刘站长的一家之言，完全出于个人目的。他到处讲部下韩明文干这票案子，受了共党以及帮会中人的蛊惑，纯属在推卸责任。现在好了，一个汽车爆炸却不见尸首，一个饭店跳楼仍下落不明，就这两个人，足够刘森喝一壶的，看吧，大戏还在后边呢！"

"没错，刘森是在放屁！涉绑架案的几个帮会兄弟，都是受韩明文蛊惑下水的。说出来多没面子啊，听老头子说，有两个辈分很高的师爷受人之托，要替其中一个兄弟求情，唉，一口就被上头回绝了。你说得对，等着看大戏吧。"

程元泰故做诚恳姿态说："季组长，其实，你我要求不高啊，挣些踏实揣进口袋的钞票足矣。"季国云大为赞同，他们约好等程元泰出院后再详谈。

季国云刚走没多久，程元泰又听到房门开的声音，他抬眼一看，老师汤闻道与同学高祖谋、景莺音先后进来了。汤闻道一进来就向程元泰致歉说："元泰，最近在忙，没能第一时间来看望你啊！"景莺音接着老师的话，说："怪我呀，我请老师和祖谋等了等我。"

程元泰用手撑了几下床，坐了起来，面有愧色说："老师，惭愧呀！我这老司机没过关，竟然出了这样的意外。"汤闻道关切地回应道："不说这个，好好休息，躺下说吧！"

程元泰坚持坐着不肯躺下，景莺音连忙帮助他把枕头放在背后垫着，对汤闻道说："老师，他坐着说会儿吧，待会儿累了，我再扶他躺下休息。"

高祖谋伸手摸了摸程元泰头上缠绕着的纱布，轻轻地对他说："元泰，我已查过了，致你撞车的那个骑车人，就是个老百姓，并没有什么背景。""当时是谁把我送到医院的，我都没机会感谢人家。"程元泰略带遗憾地说。景莺音回答说："我问过医院了，说是一个过路人。"

接着，汤闻道若有所思地问："元泰，那天晚上，你请同仁们在都城饭店聚餐了？"程元道很快回应道："是的。我结账出来正碰到刘森。老师，刘森恐怕不应如此之快就逍遥事外吧，他在景氏绑架案中到底有多少牵扯——这一点上韩明文是他的一块心病，此外，他的贪腐问题也有待落实呢。"

汤闻道说道："我知道。到目前为止，他仍然留置在特派员办协助绑架案的调查。共党王集城住进了都城饭店，我同意他临时到现场处置，发挥他在对付共党方面的能力和经验。"

程元泰问道："那个共党有动静吗？"高祖谋表现出对刘森介入这次活动的极大不满，带着情绪说："有动静啊，但他跑了！"程元泰控制着内心的喜悦，但脸上带着平静的表情反问道："他怎么跑了？"

景莺音适时地说她去洗洗水果，便提着带来的一篮枇杷，走出了房间。

高祖谋简要地讲述了王新钢在都城饭店如何跳楼逃脱的过程。程元泰听罢，冷冷地说："刘森主动到都城介入王某的事情，一定有他的目的，他们之间有什么秘密呢？王某居然跑得这样利落！"

"要想办法抓到他，只有他自己清楚，他下楼之后，通过什么方式联系了其他同伙？不过，话说回来，这人是条汉子！"高祖谋感慨道。

对此，汤闻道不想再讨论下去，他总结性地说："王集城从楼上毅然跳下并从容逃走，说明他做好了准备，共党组织无疑及时进行了营救，这不单单是一个秘密接头，这里面隐藏了更多的东西，有可能是里应外合。看来，不但要整治党国内部的贪腐行为，也要继续和隐藏在上海的共党地下组织斗争啊！"

汤闻道说完这番话之后，师生三人沉默了。停顿了一会儿，程元泰打破了沉默，继续把话题引向刘森，他问道："刘森的说明做得如何，再没编造出绑架案新的案情吧？"

"从目前掌握的情况来看，刘森事先对韩明文密谋与组织绑架之事，并不知情，但他承认事后韩明文送给了他一个装有5000美元的信封；正是收到这5000美元，他开始对韩明文起了疑心，并把韩明文的绑架之事诈了出来。至于刘森把共党王某硬扯到案件里，我心里有数，纯属推卸他身上的责任。在声明文稿里我并没有采用他的说法。"汤闻道把他对此案的分析与判断，一一道来。

"不过，现在外边传言很多，街谈巷议，确有人附和刘森所说的那一套。"高祖谋不屑地说。

汤闻道表现出无所谓的样子，说："社会上总有人喜欢谈稗官野史，随他们去吧。我们代表的是官方，是政府，必须持论严谨，公正分明，韩明文与那个共党写的所谓供词，我都看过了，简直夸大其词，很多细微之处，经不起推敲——更何况连王集城的大名都没审问出来，就要予以结案，岂不是成为笑谈？"

高祖谋深以为然，他默然地回味着老师说的每句话。汤闻道继续说道："这个刘森呀，我们准备继续扣留他，深入查一查他的问题。"

程元泰立刻提醒道："刘森与绑架案之间的问题，仍存在许多疑点，刘森如事先不知情，但他事后又做了什么，还有写所谓供词的两个人的下落，不能不了了之，要查个水落石出，现在不能说死无对证。当然，还有他兑换伪币的问题！"

"私定伪币兑换比率，破坏接收金融秩序。搞定他，这一条就足够了！"汤闻道笑着补了一句。

景莺音洗完枇杷回来了，请大家一起吃，汤闻道与高祖谋起身要走，景莺音就为程元泰剥了几个枇杷。汤闻道又对程元泰说："元泰，莺音和我约好了，这个星期天景秀生先生到孤军营拜访，到时你也过来，一起吃个便餐，你好好休养，争取周日前出院！"

汤闻道等三人离开了病房之后，程元泰兴奋起来，他闭上双目，脑海里浮现出在都城饭店与王新钢匆匆笔谈的情景。季国云过来看望他，曾提到唆使绑架之事，但他不便贸然追问所谓唆使下落如何。或许，他有意识地没敢追问下去，也许因为这样，可以在心中仍留下王新钢安然无恙的期待。

然而，高祖谋刚才说出王新钢的现状，让程元泰的心情轻松了许多，对于王新钢的下落，程元泰判断他定有事要做——程元泰想到蜡丸里的内容，王新钢很有可能去寻找韩明文，这样做，对于揭露刘森这个坏蛋与国民党贪腐的形象，具有极大的杀伤力！

四

汉奸丁树基近日深居简出，除非必要的应酬，不轻易出门。他大多数的时间，在何君梅处消磨，偶尔才回正室处看看。如此安排，他有自己的小九九，如果政府一旦要抓捕他，一般会前往他家里那个地址——到那里扑个空，他也好有个缓冲。

尽管不经常出门,他还是每天翻翻报纸的,以便随时了解外面的动向。比如今天吧,他在报上看到了特派办汤闻道的结案声明,心里嘀咕起来:这个特派员很有能耐啊,但可惜没机会攀上。

何君梅推门进来了,她换好了衣服,带了一条重要消息给丁树基:重庆政府召周佛海过去了。丁树基听到消息后,不禁长叹道:"当初我要一跑了之,周佛海说有他在没问题,可以跟着他留在上海,为党国做事嘛,切不要做逃兵。结果现在好了,他溜之大吉,这下子估计我彻底没好果子吃了。"

丁树基惶惶不可终日的状态,何君梅已习以为常了,她顺水推舟地说:"再想想,会有办法的。"丁树基想到特派员汤闻道这个人,说:"听说最近特派员将刘森监控起来了,唉……靠别人不如靠自己,当前就这一条路,不如想方设法,我们直接找特派员搭关系寻出路算了。"

听到丁树基要攀附汤闻道这个关系,何君梅想到了景莺音,说:"我倒想起来了,景家大小姐是特派员在中央大学时的学生。我上次已答应过,送给她一本曲谱,今天晚上我就过去找她,不知有什么机会。"

当天晚上,何君梅到了丝厂附近的洋房别墅,把工尺古曲谱送给了景莺音。景莺音欣然接过这本曲谱,翻了又翻,非常喜欢。接着,两人聊了好一会儿,商定好在这个洋房里,以后每周日下午举办箜篌研习班。

不过,景莺音提醒了一句,说:"君梅,接下去这个星期天不行,叔叔已约好到特派员那里拜访,我届时陪他一起去。"何君梅笑着说:"没关系,我们就延后一个周日好了。"

周六早上起来,程元泰就与医生商量,他的伤差不多好了,能否尽快出院。院方很快同意了,护士又给他换了一次药,包好了纱布,一切处理妥了。程元泰拎起鞋子穿的时候,探查了一下皮鞋底里的蜡丸——还在。

整理就绪,程元泰刚要迈出房门,他没料到,向影燕迎头正欲进来,两人险些撞在了一起。程元泰惊讶道:"你怎么来了?"他马上将向影燕引进房间来。

"我不能来探望一下?"向影燕快言快语反问道。程元泰带有谢意说:"谢谢了,你来得正好,我出院了。"向影燕看到程元泰是要出院的样子,表示她可以开车送程元泰回去。

车缓慢地在路上行驶着,程元泰一时不知说什么好,向影燕认为他似乎有些腼腆,脸上露出稍纵即逝的微笑,仰面抚弄了一下头发,主动问道:"你的伤恢复得怎么样了?"

"已无大碍。我运气不好啊,难得请同僚聚聚,结果呢,阴差阳错,竟然共党也住在这个饭店,难怪那天晚上要出事呀。"程元泰故作耿耿于怀地说。

向影燕不介意地说:"那天跳楼逃跑的人,并不是共党的重要角色,现在上海共党地下组织新的头儿,才是'大鱼',现在是国共合作时期,不能公开抓捕他们,但国共破裂是迟早的事,当前最重要的事情,就是干掉共党上海地下组织,让他们以后翻不起什么大浪,等我给你带来好消息。"

向影燕说这些话的时候,神采飞扬,信心满满,她是想用这些话,安慰一下程元泰的。向影燕说完一席话,程元泰就掌握了她的性格特点,他试探地问:"共党新头儿?我怎么没听说呢!"向影燕得意地笑了:"我们是铁路警察,各管一段,你说吧，这种消息应该谁先知道？"

"毫无疑问是你呀！"程元泰笑了起来，向影燕双唇微启，也笑了，一下子两人的关系亲近了很多。不过，他暗自提醒着自己，这一重要消息尽快向"箜篌"报告。

五

向影燕将双手放在方向盘上，晃动着柔软的手腕，将程元泰送到了住处，她仍有些意犹未尽，想继续坐坐聊聊的，但程元泰说有很多事情要做，找了很多理由，婉拒了她。尽管向影燕很不情愿，但只得告辞离去。

注视着向影燕的车消失在马路上，程元泰快步回到房间，锁好房门，取出了藏在鞋底的那个蜡丸：蜡丸里原来是韩明文揭发刘森问题的材料！

王新钢被韩明文灌进辣椒水的时候，并不知道蜡丸里面是什么，实际上韩明文在交给刘森的供词之外，他又写了一份材料，文字很简单，其中，特别提到两点：其一是，刘森明知"孝敬"给他的钱，就是绑架案的赎金，但仍继续收受5万美元；其二是，刘森把唆使绑架景秀生的罪名，强加在抓来的共党头上，想以此来推卸责任。

当然，这份材料还列举了韩明文为刘森强制接收的房产若干处，强行吞没的金子钞票若干。刘森万万没有料到，韩明文在貌似恭谦的表象之外，悄悄地留了一手——因为韩明文信不过刘森，他有种预感，有不祥之兆，他随时准备着，一旦有个三长两短，豁出去咬出刘森。

在审讯室里，沈东洋展示了上头要求严肃处理此案的电文后，他担心随身带着的这个蜡丸，弄不好会落到刘森的手里，于是，他瞬间做出了决定，当即把蜡丸丢进辣椒水，灌进了共党的嘴里。

王新钢对此行为判断是，蜡丸里藏着重要的内容。如今程元泰看着蜡丸里韩明文亲手写下的内容，激动不已，这等于解开了关于刘森的所有疑问！他想到应该尽快将其交给上级组织，但他转念一想，最好做个备份——王新钢同志不顾生死留下来的蜡丸，现在就在自己手里，寻找机会将它传给新闻舆论界，它将成为一颗炸弹，于无声处听惊雷，炸出动静来！

目前，王新钢到底在哪里呢？

刘森本认为在王某的事情上，他为汤闻道出了大力，可令他不舒服的是，这个王某一逃脱，汤闻道仍将他扣留在孤军营，近几天连照面也不打了，他简直是度日如年。

刘森内心忐忑不安。他曾有如意算盘，但如今韩明文的不见尸首与共党王某的顺利逃脱，使得他死无对证的梦想被现实打破了，不免有惶惶不可终日之感。他满以为景氏绑架案一事，汤闻道已经收尾结了案，且又没有他的具体证据，完全可以解脱了。可是等了两天，门口的守卫没撤，他仍没有行动自由。他与守卫交涉了几次，要求与特派员见面谈谈，但守卫毫不理会。

刘森实在绷不住了，他不停地敲着房门，冲着守卫抱怨说，扣留他是冤假错案，是打击异己的结果。此时，见到秘书李默走过来，刘森冲着李默大声喊："我可以走了吧？"

李默走到刘森面前，轻声地说："刘站长，请不要大声喧哗,你要正确对待调查呀。绑架案的事情并没有完呢,有人又反映你有破坏金融秩序的问题,这都需要你配合调查。"刘森听了以后,像被浇了一盆冷水一样,顿时沉默下来,内心极度失望。

然而,刘森岂是坐以待毙之人,他的脑子里始终在考虑如何破局,变被动为主动,由此他想起了一件事情,带着冷笑对李默说:"请转告特派员,他应该查查正事才对!为什么共党王某住进都城饭店,程主任却在那儿聚会,那么巧合吗,有无关联呀?"李默没再理会他,转身走了。

想到程元泰,刘森发狠地想,这个人,绝不是一个省油的灯,有机会要好好了解他的底细,也许有什么突破。

第九章

劫收闹剧

一

星期天，吃过早饭，丁树基与何君梅一起到了孤军营特派办。之所以选择在周日到此，主要考虑到何君梅从景莺音那得到的消息——景家约好周日到孤军营拜访特派员，这就意味着特派员肯定在。两人过来想碰碰运气。

丁树基西装革履，仪表堂堂，瞧上去颇像个人物，门口的哨兵不敢怠慢，电话请李默过来处理。李默到了门口，见到丁树基与何君梅，并不认识他们，问道："二位找特派员有何贵干？"丁树基连忙自报家门："我叫丁树基，今日特地赶来，向特派员汇报汇报情况。"

"丁树基……"李默重复着这个名字，他很快想起此人是谁了,"我知道了,你曾是周佛海倚重的人哪。你们汇报什么呀?""哎呀,惭愧,惭愧,一时糊涂,走错了路……"丁树基谦卑地解释着。

"实在对不起,你的事情通天,要等待上头指令!"李默年轻气盛,一口回绝了。

丁树基一时无言以对,只好示意何君梅,将她带的礼物送给李默。何君梅担心被拒绝,她没敢把礼物往李默手上送,怯生生地将礼品放在了他的身旁。丁树基赶紧说:"这是给特派员的土特产,略表心意,请帮忙转交。"李默面无表情,没有任何反应。

丁树基见状,十分尴尬,脸面全无,狼狈极了,他恨不得找个缝隙钻进地下去。刚好过来一辆黄包车,他与何君梅灰溜溜地上车坐下,悻悻而去。

这时,高祖谋开车与程元泰过来了。两人下了车,见到地上放着的礼物,问李默:"这是什么人来送礼呀?"李默回应说:"是一个大汉奸,丁树基。"

程元泰笑了,说:"周佛海这个总指挥,他前脚拍拍屁股一走,后脚就有很多汉奸,涌向老师这里拜山门喽。""哈哈,拜山门的早就有了!特派员要求将这些人送来的黄金珠宝等钱财,登记造册,全部上交国库,这是接收的一部分。"李默颇为自豪地说。

汤闻道在楼上朝着他们挥手,示意高祖谋与程元泰上楼去谈。两人走进了汤闻道的房间,汤闻道朝着程元泰问:"元泰,伤完全好了吗?"

"快好了,医生说不要绷着用力就可,再过几天就全长好了。"程元泰回答。"好，元泰可以放松些，祖谋可要帮忙干些活呀。今天我请景家来吃地道的重庆火锅。"汤闻道对两位学生做了安排。

景秀生与儿子、侄女一行三人，11点左右来到特派员办。汤闻道师生三人出门欢迎，并招呼着他们进屋落座。寒暄过后，汤闻道首先敬了酒，接着，景秀生与儿子、侄女一起向特派员敬酒，感谢汤闻道以及程元泰、高祖谋在绑架案上的鼎力相助。

席间，汤闻道则告诉景家人，目前绑架案已经结案，除了韩明文之外，其余的绑匪，高祖谋已将他们全部捉拿归案，现在等待法院的批准，然后，择日执行枪决，体现党国的坚决态度。

听说其余绑匪都要执行枪决，景秀生于心不忍，感慨道："没想到他们如此下场……于我而言，当前要尽快忘却这件事情，集中精力投入到实业的经营上去。"

"理解，我理解。"汤闻道附和道。

景莺音用公筷主动为程元泰涮了片肉，问他："昨天你出院，怎么不跟我说一声？我可以接你去呀。""他这小子也没跟我说。"高祖谋表示着不满。

景秀生接过话来，对程元泰说："我熟悉一位上海本地的中医陈存仁，医术不错，请他为你开副方子调理调理？""景伯伯，不用了。我身体的底子好，很快就没事的。"程元泰连忙婉拒。

几个人在闲聊着，景弘毅不甘寂寞，他端起酒杯，冲着汤闻道说："特派员，我敬您一杯。"汤闻道会意，端起酒杯来，客客气气与景弘毅碰了一下杯。景弘毅放下酒杯，问道："恕我冒昧，特派员,从绑匪手中追回的赎金,什么时候还给景家呀?"

气氛一时间变得有些尴尬。景弘毅意识到问得过于唐突,于是,他又具体解释说:"50万赎金,抽的都是我们在各地的流动资金,现在,像丝厂、茶场等几个产业在恢复和扩大生产,最急需的就是资金流……"

"弘毅讲的是实话,他满脑子都是如何经营实业,你们别介意。"景莺音接上说,为景弘毅打了个圆场。

汤闻道平和地说:"没什么,心情我能理解。祖谋,你了解赎金的情况吗?"高祖谋回应:"案犯是我捉拿归案的,收回的赎金,由上海市政府和第三方面军联合封存了,到位的具体数字我不太清楚。"

汤闻道听了以后,显得无奈,叹息道:"当前在接收上政出多头的现状,令人担忧!景先生,关于赎金之事,我会与他们商量,我不敢说归还,但争取尽快有个说法。"景秀生点头说:"有劳特派员了,谢谢,谢谢!"

为调节一下气氛,景莺音笑着对程元泰说:"元泰,亮一下绝招,你表演一个魔术助助兴如何?"程元泰欣然接受,他从衣兜里掏出一张法币,折好放到了盘子下面,然后,他请大家数3秒钟,等盘子揭开后,法币却不见了。众人正诧异呢,程元泰起身走到景弘毅身边,从景公子西服上面的兜里,将折好的法币取了出来。

景弘毅一脸无辜的样子,说:"钱怎么跑我这儿了?"几个人开怀大笑,为程元泰的"绝招"拍手叫好。

接下来的若干天,程元泰恢复了办公的日常状态。其间,他找机会去过上海书店,向"箜篌"传递了消息。他说了三件事：一是汇报那天去都城饭店与王新钢接头的情况，王新钢目前下落不明；二是汇报在搞到无线电器材之前，做些铺垫帮助季国云出手油料；三是发出警示，国民党已获悉我方在上海任命了新负责人一事。

"篦篌"的回复简洁：季国云倒卖油料的想法，可根据实际状况，酌情处理，但最终目标是，搞到无线电器材；想尽办法掌握王新钢的下落以及韩明文的情况，组织上也会高度重视。此外，危险无时不在，时刻验证自身是否安全。

季国云的第一批油料，交易相当顺利。程元泰通过专业领域的工作，发展了两家对我党予以积极支持的民营贸易公司，让他们从外围做一些经济方面的配合。季国云的油料，先后都被这两家公司买进，现在，就等他们按市价结款了。

这笔交易沟通好，距离程元泰抵达上海，接近一个月了。

二

1945年9月25日，临近中午的时候，秘书姚莉匆匆地到程元泰的办公室，送上一份行政院下发的文件——《伪中央储备银行钞票收换办法》。等看完这份文件，程元泰十分震惊，官方竟然做出如此不靠谱的规定，汪伪中储券200元方可兑换法币1元，而且该办法在明天就将公开发布执行！

程元泰极为不满地拍了桌子，说："下发这个文件，和抢劫又有什么区别，这不是公开搜刮老百姓吗？"秘书姚莉怯生生地提醒道："主任，上面明确要求上海率先做好执行。"

程元泰挥了挥手，让秘书姚莉出去了，然后，他立刻拿起电话，拨给了汤闻道。电话一接通，程元泰直言不讳地抱怨说："老师，行政院的伪钞收换办法，您看了吗？这么做，可有大问题啊！刘森强制兑换不过是1∶150，现在是1∶200，更加明火执仗，这等于到老百姓口袋里掠夺啊！"

"元泰，你别着急，这个文件，我也看到了。我看呢，既然是上面的统一部署，理解的要执行，不理解的，也要执行，在执行中理解吧。那么，你可先执行，在执行过程中，再观察与总结。"汤闻道面对这样的情况，只能安抚一下程元泰。

"现在的问题是，行政院公布了兑换比率，那么，扣留审察刘森的理由就不成立了！"程元泰分析着刘森的问题，语气依然带有焦躁与不满。汤闻道："嗯，确实如此。元泰，你提醒得好！"

"老师，这个党国的渣滓，绝不能让他溜掉，韩明文虽情况不明，但绑架案与刘森脱不了干系，得再落实他的贪腐证据，抓紧处理。"汤闻道迟疑着说："元泰，我理解你的良苦用心。让我想一想，如何处理刘森。"

挂了程元泰的电话，汤闻道陷入了思索。如果要坚持查办刘森，无疑要证据确凿，并将韩明文的情况弄清楚，但这都需要时间。谁都知道他的后台是戴笠，否则，因为一般性的问题动了他，就等于是向军统叫板。

如果坚决查办，一旦口子越撕越大，就有个政治站位问题，大人物会继续无条件地支持自己吗？汤闻道对此并不是很有把握，毕竟党内高层盘根错节，很多事情复杂到他雾里看花，无从看清，那么，在关键时刻，是政治站位重要，还是整治贪腐重要？毫无疑问，还是政治站位重要。

思前想后，汤闻道觉得要稳扎稳打，审慎而行，切不可以感情用事，更没必要赶在几天内办掉刘森。此事想明白了，他知道该怎么做了。他叫来了李默，吩咐说，近几天可将刘森放回，但不必解释理由。

没过两天，大人物的电话打给了汤闻道——他想了解货币兑换实施之后，上海这个中国最大城市里是什么情形，社会各方面反应如何。汤闻道没有粉饰太平，而是据实相告，说："……货币兑换办法一出台，很快引起了上海各界的不满。上海的市民，要天天买菜做饭，对钱袋子非常敏感……"

电话那边说："上面的政治气氛很微妙。你身在第一线，所以，我需要从你这里了解最真实的反馈信息。"汤闻道说："您放心吧。虽然实施有困难，但我会与上海市政府精诚团结，把货币兑换推行下去。"那边又说："很好。另外，你在上海要尽力将社会舆论引导好。"汤闻道说："是，一定！"

大人物告诉汤闻道说："有个好消息。委员长对绑架案告破非常高兴，此外，他狠狠批评了戴笠的用人失误。上海的开局不错，闻道，继续努力啊！"大人物最后的鼓励的话，让汤闻道振奋不已。

三

为了引导好社会舆论，汤闻道决定积极主动开展工作，他责成程元泰以财政部驻沪专员的名义，举行上海新闻界的联合采访活动。程元泰明知道这是个费力不讨好的差事，但又不便拒绝，只得在时间上稍作讨论，终归落实了一个日子。

在联合采访的这天早晨，程元泰选了一套比较时兴的蓝色西装，上上下下，捯饬了一番。临出门，他把放在桌上的两本书刊，调整了一下摆放的位置：下面一本是《良友》，而上面那本书的右下角正好压在《良友》的"友"字中间。

"箜篌"提醒过注意安全，程元泰因此隔两天左右，便换一换桌上书刊的位置，每次设定一个小机关，每当回到住处，他便通过检查书刊的相对位置，确定是否有人进来搜查过。做完这一切，程元泰出了门，前往青年会大楼，联合采访安排在那里。

正如程元泰所料，在联合采访活动中，对付记者们提问这一关，相当不好过。程元泰做了个简短的开场白，按照官方口径，说了些在经济领域里如何彻底剔除汪伪余毒，将上海尽快纳入中央统一的货币体系等之类的话。

程元泰开场白刚一结束，台下的联合晚报记者章晓晔便举了举手直接提问了。她穿着素色的短袖中式上衣与黑色百褶裙，俨然像个大学生，但提出来的问题犀利无比——

"程主任，财政部驻沪办公室在之前曾经进行过货币兑换的试点，如果我没记错的话，是用60块汪伪中储券换1块法币。但现在，天亮了，盼星星盼月亮盼来的国民政府，竟然把兑换比率正式定为200块中储券换1块法币。请问，这是在接收上海还是在劫收上海？"

章晓晔犀利的话音刚落，现场爆发出一阵热烈的鼓掌声。程元泰无奈，只好冠冕堂皇地给予了解释，说政府整治好经济环境之后，当然希望百姓能够安居乐业，不过，这要有个渐进的过程。

程元泰的话显然没让记者们满意，接下去更多的记者纷纷起身提问。联合采访的主持人、国民党上海市新闻检察官，眼见形势很快失去控制，当场宣布接下来由程元泰最后回答三个问题。于是，除了新闻检察官事先安排好的一个不痛不痒的问题之外，有两个记者毫不客气地指出，政府此举是搜刮民脂民膏！

好不容易熬过所有记者提出的问题，程元泰感觉浑身是汗。从台上走下来的时候，他边用手帕擦着额头、脸颊，边暗自感叹："如不是赶鸭子上架，打死都不干这种睁着眼睛说胡话的事情！"

联合采访结束了，程元泰从青年会大楼出来，年轻的女记者章晓晔在门外等他。见程元泰过来了，章晓晔一下子迎上去，直接问道："程主任，刚才答记者问时，您说的都是些官话，这会儿我能专访你吗？"

程元泰迟疑了一下，但转念一想，与记者接触没什么坏处，可以交流交流情况，于是说："好啊，找个咖啡馆聊会儿吧。"两人进了一家咖啡馆，坐下聊了起来。

章晓晔保持着联合采访时的气场，快言快语，锐不可当，上来就对程元泰说，新闻记者是"啄木鸟"，刨根问底，就是要把见不得光的东西，在青天白日之下曝晒。

程元泰笑着问："何谓见不得光的东西？"听到程元泰的问话，章晓晔回复的语速仍没有放下来，她稚嫩而秀丽的脸上，透着清纯，显得质朴、率真。

章晓晔的表情渐而严肃起来，她愤愤地举例称，前些日子，在都城饭店目睹有人跳楼逃跑，好像有情报人员到现场抓捕，不知道为什么，这件事上面压着报社，不准在报道中将此事与景氏绑架案牵扯到一起，岂不是此地无银三百两吗？这样处理问题就是见不得光。

章晓晔慷慨激昂的讲述，触动了程元泰敏感的神经，心里一阵隐隐的震动，不过，他对章晓晔的正气满满的状态，颇有好感，此时，他不便多说什么，只是用平静的语气称赞道："章记者有独立思考，有新闻理想，佩服，佩服。"

接着，章晓晔继续缠着程元泰，让他对货币兑换讲讲真实的想法，程元泰没有正面回答她的问题，而是在闲聊中显得不经意地将四种货币比率透露了出来，比如：法币换汪伪中储券，胜利前后黑市上是1∶80，上海进行试点1∶60，刘森私自兑换1∶150，目前官方定为1∶200。

等程元泰将这些客观数据一一聊出来，咖啡也喝完了，他绅士地起身辞行。章晓晔在面对程元泰聊天时，他自信的神态、动听的嗓音，令她不禁有一种油然而生的崇拜感，并且让她感到亲切暖心。

当程元泰的背影离去，她才缓过神来，凭着记者的职业素质，她很快领悟到程元泰讲的东西很有价值，只要将这几组数字列举出来，就是活生生的揭露——国民党政府出台的政策比接收中贪婪无比的军统分子，有过之而无不及。

四

程元泰在青年会面对记者们提问的时候，秘书李默等人正在悄悄地搜查他的住处。几个人戴着手套，在程元泰的床、桌子、书架上翻查着……一位搜查人员,将《良友》杂志上的那本书拿起来,翻了翻内页,又放了回去。

与此同时,汤闻道在办公室命令高祖谋说,对景秀生绑架案的其余绑匪,在两日内执行枪决。高祖谋惊讶地问:"不等待高等法院的批复了?"

汤闻道明确答复:"目前政府的货币兑换,在上海引起了负面的街谈巷议,这样下去,社会导向不好。尽快将绑架案的绑匪执行死刑,可以转移民众的注意力——舆论就是这样,永远喜欢追逐最热门的话题。推出一个新的热点,人们很快会忘掉前面的那个热门话题。"

高祖谋若有所思,这当然是个办法,但他总感到似是而非。汤闻道继续说道:"执行枪决后,我准备安排一个关于景氏绑架案的新闻发布会,届时,我和你、元泰都参加。"

高祖谋刚离开,李默进来了。他向汤闻道汇报说,前去搜查程元泰的住处,没有发现任何疑点。这让汤闻道心里有了底,也轻松了许多。秘密搜查程元泰的住处,是汤闻道纠结了很久之后下的决心,当然,目前这个结果是他所希望的——至少在眼下这个阶段,他不用将怀疑的目光,投在程元泰身上。

刘森解脱了,离开孤军营那天,他与李默心照不宣,相互什么都没说,然后,刘森找了个高档浴池,好好泡了个澡,洗掉一身晦气,又好好补了一觉。

早上,他一到军统上海站,直接便进了会议室,然后,一个电话打给沈东洋,让大家过来开会,各自汇报最近几天的工作。不一会儿,人陆陆续续到齐了。

刘森突然意识到,大家的表情,显得极不自然,个个不知所云的样子。刘森气定神闲地问:"怎么了?瞧你们的样子,没想到我从特派员办这么快回来吧?"

大家看着他,仍不说话。刘森不舒服起来,刚要发发怨气,向影燕走进了会议室。

刘森讶异了一下,冲她打了个招呼:"哟,影燕同志,哪股风把你吹这儿来了?"

"刘站长,您不在这几天呀,人事上有些变动,目前这里已为军统局上海情报站了。我现在从办事处调到上海情报站任站长……"

刘森的脸色迅速变了,他没有料到自己的职务这么快被免掉了,自己没有任何心理准备,更没人通知他。他疑惑地看着向影燕及其他人。向影燕注意到了刘森的窘态,说:"本来我要与你先沟通一下的,可你一上班就到会议室了。其他人回去吧,我们俩在会议室等电话——马上会打进来。"

刘森点了点头,其他人如释重负,纷纷择路而去。

会议室的电话响了,刘森接起电话,听到了戴笠的江山口音。戴笠在电话里对刘森又打又揉。他首先严肃地批评了一通,明确说刘森对绑架案负有领导责任,而且绑架案影响越闹越大,产生了国际影响,捅到了校长那里,工作弄得很被动。批评完以后,戴笠接着给刘森吃了颗定心丸,他表扬刘森反共的这根弦绷得很紧,不管怎么样,把案子的矛头引向共党做得非常好,有这个意识,说明政治站位很对头。

"出了这样的事情,责任是要承担的,姿态是要有的,总得避避风头吧。因此,我让向影燕接手你的这摊工作。你过渡一段时间,当然,你的同级待遇保持不变。"戴笠和盘托出了对他的安排。

刘森立即说:"谢谢局座!"戴笠继续安抚说:"考虑到你及早发现了韩明文犯案,对绑架案的破获亦有贡献,因此,我出面与各方做了协调,从绑匪处收缴的部分赎金,用来奖励给你们参与办案的各单位人员。"

刘森急忙说:"刘森受之有愧!"刘森一再表示这是自己应该做的、职责所在,等等,但他知道,既然戴笠已经说话了,奖金肯定会到手。但他心里总不是个滋味,不管怎么说,与被免掉官职相比,这点甜头压根不值一提,谁都知道,权钱交换嘛,官职就等于金钱啊。

刘森毕恭毕敬地将话筒放回了电话机上,但他的脸色着实难看。

向影燕显得比较开通,她没主动要求搬进刘森的办公室,而是另外安排了一间。

等刘森与戴笠通完电话以后,她将刘森请到了办公室,就工作衔接事宜,又做了些交流。在谈话中,向影燕开门见山地说,上面交代的任务很明确,就是尽快抓获共党的上海地下组织负责人"箜篌"以及做好肃奸工作。

"刘站长,'箜篌'抵达上海,你已向上面汇报,能否把情况详细说一说?"向影燕问道。刘森敷衍道:"咳!审问共党王某的时候,他似乎将这两个字漏了出来……"

向影燕问道:"你这么一说,情报难道没经过核实吗?"刘森说:"此人确实存在,这个没有问题!"

在苏北布下的那枚"棋子",刘森可是费了不少功夫的,除了向戴老板汇报时提到过外,其他人都不知情。这么宝贵的情报资源，他绝不会与自己竞争对手分享。

向影燕感受到了刘森不愿意密切配合的态度，因此，没有再深入问下去，她知道也问不出什么。

两个人沉默了片刻，气氛有些尴尬，刘森找了个话题："告诉你一件事，共党王某，在特派员故意释放之后，程元泰到过他住的都城饭店，你听说了吧？这事——疑点不少啊……"

向影燕说："你的意思是，程元泰身上有疑点？""我的一点儿直觉，不知是偶然的巧合，还是必然的。"刘森笑眯眯地回答着，想起了沪西机器厂外游行队伍中的那张侧脸。

他并不知道，向影燕在蕰藻浜桥与程元泰初次接触之后，对这个财政部驻沪专员颇有好感，现在一提到他，就莫名产生一种心动的感觉，这个感觉过去从来没有过，说不清道不明，缠绕在心头，挥也挥不去。

一个女人——即便她是军统特务——也无法容忍旁人对心仪的对象，有一丁点儿诋毁，她听着刘森表达着对程元泰的怀疑，心里本能地升起一股厌恶感，不过，对程元泰公开袒护，也是不适宜的。

因此，向影燕冷冷地说："从我的直觉来说，'箜篌'是一位女性。"刘森没再反驳下去，前后任站长的工作交接，淡淡收场。

五

当天晚上，程元泰回到住处，发现早晨桌上叠放的两本书刊，位置上出现了变化。他稍微一怔，好在提前做了准备，他赶紧检查了窗台外的砖缝——还好,韩明文的供词和供词复制件都在。不过,他意识到,尽管蜡丸的事已向"筌篌"做了汇报,但这些东西继续放在住处,已经不安全了。

程元泰坐到椅子上,手扶着桌子,沉思了一会儿,然后,他从抽屉里取出一个信封,把韩明文的供词放进了信封里,用左手在信封上写上了《联合晚报》的报社地址,收件人写的是"章晓晔"的名字。

第二天清晨,程元泰和季国云约在书场碰面。两人在角落里,找了个位子吃茶、听书,说话之间,把倒卖油料的账算了一算。油料已经倒卖出两批,尽管收购价比市价略低,但下家付的是全款。程元泰提出从中抽一成五,余下的全归季国云。

季国云头一次将物资变现,一下子拿到这么多真金白银,乐得眉开眼笑,满口答应程元泰的分配方案。"最迟明天,把你的这一份付给你,打到你户头如何?"程元泰问道。"行!打到我的户头,不要声张。"季国云回应道。程元泰又问道:"接下去,季组长手头还有什么东西?"

季国云主动地列举了海军接收的物资种类。当他说到某个接收仓库有一批无线电器材时,程元泰起劲地说,这玩意儿在市面上非常紧俏,更值钱。季国云紧张起来,说:"元泰老弟,无线电器材属特殊物资,可不比油料啊,一旦倒卖事发了,很危险的。"

程元泰自信地说:"所以,这就需要有后台更硬的渠道出货嘛。有后台撑着做事,安全性是有的。可谓三年不开张,开张吃三年的买卖呀……"

"你确保有后台,我这绝对没什么问题。"在巨大利益的诱惑面前，季国云松口了。

季国云热情地坚持送程元泰一程。当车子经过邮局时，程元泰说，他就在这里下了。季国云随口问："元泰老弟，你给谁寄信啊？""昨天在联合采访中，我认识了一个漂亮的女记者……季组长，你别等我，先走好了。"

季国云以为程元泰写信在与漂亮女记者调情呢，他会意地哈哈大笑起来，说："在酒会上，我看出你很有女人缘哪，没想到你居然喜欢啃'硬骨头'啊，难搞的女记者，像你这样主动贴上去亲近的可不多呀。"

程元泰下了车，微笑不语，向季国云挥手道别。季国云一脚油门，车子驶了出去，很快消失了踪影。

在邮局寄完信以后，程元泰又到了上海书店阅览室。在夹到《太古遗音》书页中的工尺谱上，他告诉"箜篌"：无线电器材的秘密采买，已提上日程，另外，自己住处被秘密搜查，有人已对自己产生了怀疑。

除韩明文下落不明以外，景氏绑架案的其余案犯，在汤闻道的催促之下，均执行了枪决。然后，特派办召开了景氏绑架案的新闻发布会。

汤闻道与程元泰、高祖谋提前到了会场，在后台等候。

汤闻道颇为期待地对着两个学生说："希望近期的各项举措能够起作用，将上海的社会舆论逐渐平息下来。我们师生三人，继续携手，未来可期啊，争取将上海的接收做成全国的标杆！"

由于景氏绑架案的前前后后，已被街谈巷议传得沸沸扬扬，包括案件的细节，都被报界深度解读了，有的细节就算没有挖到，但已被小报演义得有鼻子有眼，犹如为读者们说书一样。正因为此，按照汤闻道的安排，新闻发布会没再介绍案情的来龙去脉。

首先，高祖谋通报了绑架案件处理情况，向记者展示了几张行刑前的现场照片；之后，国民党新闻检察官作为主持人，向在场的记者们甩出一个噱头，说破获景氏绑架案的核心人物，就是汤闻道以及高祖谋、程元泰三位，他们八年前在中央大学有师生之谊。

在预先安排好的几位报纸记者的提问下，现场渐渐勾出了对这个话题的兴趣，不少人纷纷对师生三人提了不少问题——其中很多问题，已经与景氏绑架案没什么关系了。

台下的一众记者里面，记者章晓晔坐在中间。同行们都饶有兴致地关注着汤闻道等的师生关系，从他们的过去问到现在，面面俱到，章晓晔感到很是无趣，她所关注的事情却没有下文。

她几次准备站起来，要提出一个尖锐的问题，但想到刚收到匿名寄来的韩明文的揭发材料，她便忍了下来，不再提问，打算把这篇围绕主犯的材料研究透再说。

章晓晔内心的真实想法，就是以韩明文的材料为基础，写出"景氏绑架案之内幕"的深度报道。她将文章初稿写成之后，始终感觉表达得不到位，似乎缺点什么，想来想去，她想到了程元泰，于是，她决定与他见面再聊聊——毕竟这位仁兄是全程参与破案的核心人物之一嘛。

章晓晔雷厉风行，想到就做，很快邀请程元泰在一家西菜社吃饭。一见到程元泰，她便表示感谢，关于货币兑换问题的那篇报道，引用了程元泰讲的四组数字，收到了热议和好评。程元泰听了，当然高兴，他称赞主要是章晓晔敏锐，反应快，材料抓得准。

"不过，我准备再写一篇关于景氏绑架案的深度报道，现在写出了初稿，但我找不到感觉。"章晓晔皱着眉头，叹息道。程元泰故意不明就里，问："怎么会这样呢？"

章晓晔进一步解释说："两天前我收到一封匿名信，信里面居然是揭发绑架案的内幕材料！现在我手上有这些见不得光的东西了，但如何将它用好很重要。总觉得写出来的稿子深度不够，没有达到击中要害的效果。"

程元泰明白了，他寄的材料产生了作用，正在激励着章晓晔，将其文字变成匕首与投枪。可对于记者如何写好文章，程元泰提不出什么更好的思路。他突然想起高祖谋讲过，上面已决定用部分景家的赎金，作为奖金发给办案有关人员，于是，程元泰不经意地点拨说："有一点，你要把文章写得有深度，就应该聚焦一个问题：绑匪到手的赎金，最终如何处理的？"

韩明文在材料里说过，他分得的赎金里，用5万美元贿赂了刘淼。章晓晔曾天真地以为，案件告破之后，所有追回的赎金，必定返还景家；听程元泰这么一说，她知道了此事没那么简单。思路一下子被打开了，她顿时精神一振，尽管他们并没有喝酒，但章晓晔还是端起茶杯，恭敬地敬了程元泰一杯。

第十章

双管齐下

一

向影燕主持军统上海情报站工作以后，刘森天天不过是来点点卯而已，表现得一副无官一身轻的样子。但向影燕完全看得出来，这位前任明显带有不满的情绪，当然做事情也指望不上他什么，不给添乱就不错了。

向影燕很快熟悉了内部机构与人员，她在考虑用她的方式，推进防共反共任务——而至于肃奸呢，实际上是技术含量不高的活儿。经过观察与了解，向影燕发现有个叫史正良的，年纪不大，人倒伶俐，挺愿意跟着她做事。

她将史正良叫到办公室，吩咐他派人陆续进入到上海各个工厂。共党在上海这样的大城市，基层工运活动是少不了的，这是一个切实可行的突破口，可以尽快捕捉到共党活动的蛛丝马迹。

史正良领命后，向影燕自信地想着："刘森这个老狐狸，尽管他不配合不支持，我照样有办法，挖到共党地下组织，找到'箜篌'！"

一个人有权有势过，一旦变得无职无权了，就犹如从天上掉到了地上，有种英雄无用武之地之感，寂寞难耐，备受煎熬，虽然什么事都没干，但似乎浑身上下每个关节都酸胀不已。

刘森此时可谓深有体会。不过，最让他气愤的倒不是这些，而是站里的人对他的态度，绝大多数人对他敬而远之，偶尔见了面，仅仅客气地与他保持着距离。当然，对此，他不好发作，只能心里闷着气。

"一群势利眼！"——每当沈东洋溜到他这儿时，他都忍不住要发泄上一句。

晃荡了几天，刘森的大脑却闲不下来，始终在琢磨人琢磨事，特别是韩明文的下落不明，更让他想起来就心神不宁，总觉得要出什么事情似的。咳，本来下得一盘好棋，眼瞅着要砸在手里了。

他不能这样等下去了，目前要做的是，将人们的兴奋点从绑架案上引开，转移人们的视线。此时他想起交代沈东洋，对程元泰的背景及活动的情况进行暗中调查。还好，沈东洋尽职尽责，按他的要求都做了。

今天，沈东洋过来向刘森报告说：程元泰的历史问题已经查过了，没有发现任何问题；近日派人盯过程元泰的行踪，除了住处与办公室，还发现他经常去上海书店和季国云处。

"知识分子，坏就坏在爱看书。"刘森阴郁地评价道。其实，更让他意外的是，程元泰与季国云私下密切联系，两人在特派员抵沪当天是有过节的，一念及此，他说："程元泰和季国云到底搞什么名堂，你继续去了解他们的来往情况。"

接着，刘森又恶狠狠地对沈东洋说："尽快查出韩明文的下落，留下早晚是后患，然后，无论采取什么手段，让他彻底消失。"

从8月中旬日本宣布投降开始，上海各界就在筹划举办一场抗战胜利大游行。但为了等待汤恩伯、钱大钧等陆续到来的接收要员，上海庆祝抗战胜利的正式活动，时间一拖再拖，眼看着9月份过去了。

不过，在中国这个历史文化底蕴很深的国度，变通是人们所擅长的，官方的正式典礼，迟迟没有落地，各行业的庆祝活动却纷纷自办，尽情地抒发属于全体中国人的喜悦之情。

刚进入金秋十月，上海交通业欢庆抗战胜利的酒会，在国际饭店隆重举办，招待众多嘉宾的到来。向影燕也在受邀者之列，她便装出席，既有淑女风范，又显得英姿干练。

在酒会热闹的现场，刘森瞅着向影燕在嘉宾当中穿梭，频频与各位应酬交谈，心头一阵阵郁闷。他的眼光在搜寻着，突然间注意到，何君梅今天也来了——上次她眼巴巴地求着自己，现在可今非昔比了，这个女人搭上了景莺音这层关系，看样子以后用不着自己了。

刘森感叹了一声，一仰头，干了杯中酒，接着，语带讥讽地对身边的沈东洋说："瞧瞧影燕站长，果然是参加过中美合作培训的，学会了不少美国人的做派。交通业主办的酒会，弄得像她新官上任做东似的。"

沈东洋安慰道:"站长,您再忍忍。戴老板非常器重您,他让您过渡一下,避避风头,说明是还要起用您的。"

刘森没有否认,说:"现在遇到的大麻烦是,汤闻道在查我的底细,说不定手上已有我什么东西,拘了我几天又放了我,也许他正盯住我不放呢。"

沈东洋打气地说:"上海滩官比他大的多着呢,查谁——不是他一个人说了算吧?"

"我想把他们的注意力从我这里转走,引向共产党方面去,但目前来看,没有明显奏效,还得想辙。今天酒会不过场面上的事,没什么意思,撤吧,到仙乐斯舞厅玩会儿!"刘森提议道,他实在百无聊赖,要尽情发泄一下。沈东洋猥琐地嘿嘿一笑,说:"站长,您想小曼了吧?"

二

程元泰在酒会中是深受欢迎的嘉宾之一,两个银行家的年轻太太,围着他聊了好一会儿,被他风趣的谈吐逗得花枝乱颤。两个人端着酒杯与程元泰碰了好几次,意犹未尽地补妆去了。

程元泰将手中的酒杯放到吧台上,刚好,迎面向影燕走过来。向海燕故带醋意地说:"你真有女人缘啊,可算把你从小姐太太堆里拽出来了。走,我们过去与特派员聊聊吧!"

汤闻道和高祖谋进来以后,与场内相识的嘉宾们,招呼着、寒暄着,刚刚落座,向影燕与程元泰翩然而至。向影燕主动向汤闻道师生三人敬酒,用开门见山的说话风格自我介绍说:"已调任军统局上海情报站的站长,请特派员多多关照。"

汤闻道客气地回应:"哪里,哪里,向站长,你太客气了。我们端的都是党国的饭碗,理应加强联络沟通,互相关心支持。"

"有特派员您这句话,我踏实多了。不瞒您说,我到这个位置上,上面交代我两个重要任务,肃奸和防共,特别是抓获上海地下党代号叫'箜篌'的负责人。"

汤闻道听后,讶异地问:"'箜篌'?你说的是一种古代乐器的名字吗?""古代乐器?特派员见过叫'箜篌'的古乐器?"向影燕急忙问道。高祖谋指了指一边正与景莺音聊天的何君梅,说:"有一次她为大家弹了古代乐器箜篌,听说上海滩很多名媛都在学这个呢。"

"刘森站长对我提起过,共党上海地下组织来了个新头头,他并没有把代号透露给我……"汤闻道意味深长地说。听汤闻道说到了刘森,向影燕不太自在地笑了笑,然后,她的目光远远地朝何君梅扫了一下。

程元泰对向影燕说:"影燕站长,你推心置腹,实话实说,把我们当一家人,应该怎么奖励你呢?"几个人立刻把眼光投向程元泰,接着,程元泰将手探到高祖谋背后,稍作停顿,突然,一枝鲜艳的玫瑰花,在他手上瞬间变了出来。

向影燕惊喜不已,她接过玫瑰花,脸颊一热,好兴奋好激动,心里禁不住泛起了涟漪。汤闻道平时不苟言笑,此时也调侃了一下,说:"哄女士开心,还得是元泰呀!""老师,我赞成!"高祖谋笑着马上举手表态。

在整个晚会上,景莺音与何君梅几乎形影不离,两人相谈甚欢。她们已经连续办了两次箜篌研习活动,反响很不错,两个人商量着出个学习章程。两三位参加过研习的名媛,带着姐妹们过来与她们打招呼,要介绍姐妹们一起学习箜篌弹奏。

向影燕与汤闻道、高祖谋、程元泰三人,又来到了景莺音与何君梅两人这里。

景莺音热情地介绍向影燕与何君梅互相认识,然后,向影燕表示要学习箜篌,说届时向她们二位请教。何君梅热情地说:"影燕要学习箜篌,非常欢迎呀,以后周日你有时间,可以来参加箜篌研习的雅集。"三个女人这么着说好了,箜篌研习活动又增加了一位名媛。

仙乐斯舞厅距离国际饭店并不远,刘森与沈东洋走进来的时候,舞厅刚刚营业。

舞厅经理见到刘森进来了,马上将已占据最好位置的客人劝走,然后,恭敬地让刘森、沈东洋落座。刘森贪婪的眼光在舞池内外漫游着,搜索着头牌舞女小曼的身影。

他的心思,舞厅经理心知肚明,可舞厅的规矩是先来后到,舞厅经理只能笑脸赔着,小心翼翼地说:"刘站长,这个,您来得晚了,已有客人买了今晚小曼的舞票。"

沈东洋眼睛一横,霸道地说:"这个用你告诉我吗?怎么办用我告诉你吗?"

舞厅经理知道拗不过他们,只好费尽心思说服已买了小曼票的那个客人,请他另换一个舞女,此外,赠送连续三个晚上跳舞的酒水消费。可那个客人面子上有些过不去,始终不愿意换人。

舞厅经理实在无计可施了,悄悄指着坐在桌子旁的刘森,低声警示道:"喏!就是那位要点小曼,他可是军统的人,我是惹不起呀,你犟着不放,回头他找你的麻烦,可别怪我没提醒啊。"

听到是军统的人,那个客人终归还是厌了,小曼于是来到了刘森这个台子。一支新舞曲奏响了,刘森立刻起来拉着小曼下场,迈开了舞步,他边跳边向小曼献着殷勤,说:"小曼小姐,我就是太忙了,要不然,我天天晚上请你跳上几曲……"

"刘站长面子真大啊,后面来的,能把前面的客人顶掉。"小曼不卑不亢地说。

小曼说话的声音,轻轻的,柔柔的,一个字一个字如暖风般,吹拂到刘森的脸上、心里,令他感到吐气如兰,很是舒服受用。

刘森禁不住往下说:"最近,我不太忙,可以多为你捧场。在顾家宅公园附近我有栋洋楼,哪天跳完舞,赏光请你到那聚聚如何?"说话间,他的双手紧紧搂着搂小曼扭动的细腰。

"刘站长,您知道的,仙乐斯舞女陪客人在舞厅跳舞。这里不是路边小店,您千万别弄错了。"小曼淡淡地来了一句,让刘森吃了个软钉子。他干笑了两声,神色如常地挪动着脚步。

交通业欢庆抗战胜利的酒会,直到晚上 10 点才结束。汤闻道与高祖谋、程元泰一并走出国际饭店。

外面夜色疏朗,阵阵和风扑面而来,正是夏秋之交的好天气。汤闻道提议说步行回去,这样可以边走边聊。三个人走了几步,高祖谋问:"酒会后半场,你们没见到刘森吧?""他与沈东洋提前走了。"程元泰说。

"由此看来,目前他在军统内部失宠了。"高祖谋说出了他的判断。"未必啊,祖谋!"汤闻道说话了,"戴笠让他留在上海,特别是破获景氏绑架案的奖金,又有他一份,这些足以说明他会得到使用。"

程元泰愤愤不平地说:"说起这些奖金,上面这样处理,真不可思议!可笑的是,赎金不返还景家,却作为奖金发放,说到底是用景家的钱,慷党国之慨呀!""恐怕老师和我们俩都难以接受吧。"高祖谋很是无奈。

汤闻道叹息道:"的确赎金的事情,超出了我所能掌握的范围……我在让李默继续深查刘淼在上海的房产,争取抓出一个贪腐的典型来,以此震慑一下那些不干净的接收大员,让清风自来!"

"老师,不按正常比值兑换伪中储券、用景家的赎金当奖金,可以说这些行为,将会被历史所耻笑;党国内部的不少人,在贪腐路上越走越远,不刹一刹这股贪腐之风,党国终要出大问题的!"高祖谋忍不住慷慨陈词起来。

汤闻道沉默了一会儿,他感到高祖谋话语偏激刺耳,琢磨应该如何疏导一下高祖谋的情绪,最终他选择不直面学生提出的这个问题,转移了一个话题说:"祖谋的担忧,不是没有道理。不过,目前反贪、防共两件事要同时抓,尤其是关于防止共党渗透之事,更不能有丝毫放松。我希望你做好安排,争取在军统动手之前抓到那个'箜篌'。"

"现在淞沪警备司令部上校稽查处长人选,没有最终确定,几方都在推出自己的人,你尽快把这个共党抓到手,将其组织一网打尽,就为你任处长的岗位奠定基础了。"汤闻道说的这番话,其实并不是高祖谋特别愿意听的,可老师毕竟在为自己的前程进步着想，高祖谋就不再盯着反贪腐话题说下去，只好点了点头，他掏出烟，准备给程元泰一支。

汤闻道见状，对两个学生说："祖谋，元泰已经戒了，你该试试戒了吧。"程元泰对高祖谋摆手拒绝，笑着说："老师，在严格自律、约束自己方面，我们应该向您学习。"

高祖谋没有吱声，他将烟又放进了口袋里。从重庆到上海，时间并不久，但接收过程中的种种怪状，高祖谋见识了不少，他始终对此无法理解，有些事情更是不能容忍，心里纠结不已，难道信仰三民主义的党国，未来会是这个样子？党国经得住这么折腾吗？经得起执政后的诱惑与考验吗？

高祖谋多么想深吸一口烟，然后，将自己的忧虑，随着袅袅的轻烟弥散到上海的夜色之中啊，但他忍住了。

三

中午时分，秋阳的照射，已经感觉不到火热。程元泰步行到上海书店，在阅览室《太古遗音》书里，他见到了"筌篌"用工尺曲谱的回复，简单一句话：速至古玩店。

程元泰不敢有任何耽误，但他依然回到办公室，打了几个电话之后，才优哉游哉出门。在到师心斋古玩店之前，他有意又逛了逛其他两家古玩店，留意着是否有人盯梢，直到确认没什么问题，他才放心进了师心斋。

刘胜晓与伙计在古玩店收拾东西，见到程元泰过来，他主动推销了几把折扇，程元泰故意表示不甚满意，于是，刘胜晓便吩咐伙计照顾店铺，佯装请程元泰到里间看好货色。

关好了店门,刘胜晓说,"箜篌"得知程元泰住处被秘密搜查,认为这个迹象不好,因此,让程元泰到店里谈谈。"'箜篌'分析,你已经被关注,特务盯上你了,很可能与那天你到都城饭店有关。"

"我也在反思,与这件事关系很大。王新钢同志的事情,我全部向'箜篌'报告过了。"

刘胜晓感叹道:"元泰同志,王新钢同志这么做,是准备为保护同志们做出自我牺牲,多好的一个同志啊……"刘胜晓话没有说下去。

程元泰唏嘘良久,他真诚地对刘胜晓说:"我考虑不周到,但想着机会转瞬即逝,刻不容缓,就匆忙地赶到了都城饭店,争取与王新钢同志及时接上头。如果我提前与你商量一下,也许会好些。"

"当然,这不是你一个人的问题,我也有责任。"刘胜晓做了自我批评,但他严肃地告诉程元泰:"'箜篌'让我转告你,国民党是故意放出风声,说王新钢同志在都城饭店,你情况不清楚,就急急忙忙地过去了,表现得非常不成熟。尽管你出发点是好的,但导致结果是:做特殊工作的你,引起了敌人的怀疑。"

刘胜晓喘了一口气,接着说:"'箜篌'要求我们记住,接下来的斗争是更残酷的,面对的敌人是狡猾的,今后所有的行动,务必控制冲动,学会冷静思考,沉着应付,一切行动听指挥。"

"我接受组织上的批评。"程元泰诚恳地说,说着,他俯下身,在皮鞋里取出韩明文材料的复制件,交给了刘胜晓,说:"老刘,这是绑架案匪首韩明文的揭发材料,那天,在我与王新钢同志的紧急接触中,他把这个材料嘱托给了我,这是一份复制件，上交给组织。"

"复制件？"刘胜晓疑惑地看着程元泰。"对，是一个复制件。韩明文在材料里揭发了军统特务头子刘森的无耻嘴脸，我已把原件寄给了《联合晚报》的一个进步记者。如果此内容写成一篇重磅深度报道，刊登出来，将是对国民党反动分子狠狠的揭露与打击。"

"好，我将这个情况报告'箜篌'。对了，'箜篌'送了本书给你看，说可以帮助你提高识别曲谱的能力。"刘胜晓拿出一本古曲工尺谱，递给了程元泰。

程元泰不由得佩服起来："很多年没碰过工尺谱了，我在简谱和工尺谱转换的时候，有点儿生疏的，这个毛病'箜篌'看出来了！"

"对我来说，太高深了，简直是天书啊，我只能负责把指示带到。"

临别之际，刘胜晓将一把古董折扇包装好，交给程元泰，一再提醒，出去之后，再逛两家古玩店，买几样把件。程元泰明白，尽管是细节问题，在这种环境中，不能留下破绽，就要做得滴水不漏，不能有丝毫马虎。

与程元泰临别时，刘胜晓又补充道："'箜篌'叮嘱你——让周围的人，了解到你有些爱好，比如淘古玩、看戏、听音乐，等等，扩大朋友圈，有利于减少敌人对你的怀疑。"

四

章晓晔撰写的景氏绑架案的深度报道刊载出来，上海全城为之哗然。

特别是涉及刘森的内容，一下子将他拉到聚光灯下——韩明文最终鱼死网破的揭发，以赎金5万美元贿赂刘森的情节，这些博眼球的热点一经曝光，很快在社会上家喻户晓，人人皆知。加之在深度报道里，披露了当局将绑架案的赎金作为奖金发放，刘森不但没有被处理，还得到了奖金，等等。

舆论一片哗然，人们讥讽说，这叫"一张嘴吃两头"。

当然，为此大为光火的，不仅仅是刘森，还有特派员汤闻道——认为这是给他添了乱。他气愤地将登载了报道的《联合晚报》往桌上用力一拍，厉声问秘书李默，新闻发布会邀请了这家报纸吗？李默回答说，邀请了。

汤闻道发起脾气来，他指着章晓晔撰写的报道说："到底是什么倾向的报纸？不按发布会的口径发，却挖出这些东西来？好！韩明文的揭发材料公开了，眼下打的不是刘森个人的脸，而打的是党国的脸啊！"李默头一次见到上司如此发脾气，站在那里，不好吱声。

汤闻道发泄了不满之后，稍微平静了一下，问李默说："刘森的房产情况，查得怎么样了？""还在悄悄地具体核实。""尽快核实，你有什么困难，让祖谋帮助你。舆论已经把刘森推到大庭广众面前了，再加把劲儿，我们用他做一个反面典型，杀鸡儆猴，以儆效尤。""是！"

"以后邀请各报参加新闻活动，要严格认真审查，像《联合晚报》这样的，要坚决剔除出去！""是！"李默离开以后，汤闻道随即打电话给新闻检察官，对章晓晔撰写的这篇深度报道，要求其他报纸不许转载，不许跟进讨论，避免负面影响扩散到上海之外。

汤闻道提醒,千万不要放松对报界舆论的控制,尤其是《联合晚报》这样的报社,必须严加监督管理。

汤闻道对绑架案深度报道的批评表态,如一股突如其来的电流,迅速传遍了整个舆论界。直接的后果是,章晓晔要发的两篇相关新闻稿,都被撤了下来,因她对上面的情况并不了解,气呼呼地直接找到主编询问,为什么不发她写的报道,为什么连续压下她的稿子。

主编很是无奈,只好实话实说,上面专门电话批评,《联合晚报》登载景氏绑架案的深度报道,不按统一口径发稿,并直接点了章晓晔的名,并给予报社通报批评。鉴于这种情况,近来报社发稿,谨慎一些为好。

一个年轻人,正血气方刚,初生牛犊不怕虎,章晓晔理解不到主编的做法是在保护她,她赌气地说:"主编大人,如果报社不发我采写的文稿,我就让文化圈的朋友们油印,他们非常欢迎这类的稿子,已经向我要过几次了。"

经过紧张的前期筹备,在景莺音的努力下,东亚丝厂终于全面开工生产了。

在家庭聚餐时,景莺音与叔叔商量,她准备安排比较时尚的形式,庆贺丝厂圆满开工:先电影包场,请嘉宾们观看美国原版片《空谷芳草》;电影结束以后,在大西洋菜社安排自助晚宴。

景秀生非常高兴,他支持侄女的这些考虑,更想给侄女和儿子创造机会,给他们压压担子,以后生产管理事宜,由他们打理。所以,他说:"好!但这种时髦场合,我不参加了。莺音，你与弘毅全权代表吧。与董家合股的航运公司，我准备让弘毅管理，借着这个场合，让他与工商界的朋友们多接洽接洽。"景莺音表态说："好啊，弘毅可以一起招呼招呼客人。"

景弘毅非常高兴，他主动问堂姐："姐，你邀请了哪些朋友？"景莺音答道："我能想到的都邀请了，尽量让电影院座无虚席。除了老师、元泰、祖谋，上海市政府以及各军政部门的人，差不多我都邀请到了。"

景弘毅听到邀请了这么多高层的客人，顿时精神头更大了，他颇有感触地说："你们看《联合晚报》了吗？政府大大小小的部门里面，分得景家赎金的大有人在啊，美其名曰为奖金。请他们来正好，得设法让他们为景家的生产经营做做贡献，加倍将赎金的损失挣回来！"

景秀生正色说道："弘毅，我可提醒你，生产经营要踏踏实实的，绝不可走偏门左道。"

"哪有什么偏门左道好走啊，这叫各尽所能、各取所需嘛。"景弘毅有些不服气，争辩了一句。景秀生的脸，突然沉了下来，说道："别以为我不知道，你已多次转卖过美国人的荧光粉了！"

父亲居然掌握了他暗自出私货的情况，景弘毅不由得心里一惊，他只好默默无语地吃饭，不敢多说话了。

五

从师心斋古玩店回来之后，程元泰冷静了下来，反思着前一阶段的自身状态，决心戒掉身上的浮躁之气，把当下的每一天，都作为接受任务的第一天，严谨细致，精益求精，思想上不能有任何松懈，以饱满的精神面貌，完成组织上交给的任务。

程元泰又见过一次季国云，方得知海军方面在接收物资时，贪多求快，粗心大意，无线电器材竟然没有完整的清单；鉴于此，他让季国云尽快清点这批器材，有了具体的清单明细，才好进行交易划价。

在着手无线电器材交易的同时，程元泰减少了外出的活动，尽可能待在办公室，这是比较稳妥的做法，让监视者没有任何线索可找。一天晚上，程元泰下班之后，从办公室走出来，看到向影燕在车里向他招手示意，说请他一起吃晚饭。

向影燕请吃饭，对于程元泰来说，没什么损失，而且借机可以了解一些信息，近几天，在程元泰的脑海里，的确闪过她的身影，说曹操曹操就到。于是，程元泰微笑称，恭敬不如从命，便上了向影燕的车。

等程元泰坐到副驾驶位置上时，他习惯地看了看手表，向影燕细心地留意到了，程元泰腕上戴的手表，颇为老旧。

向影燕找了家浙西风味的馆子，表示请程元泰尝尝她家乡的风味。两人边吃边聊。向影燕主动讲述了自己许多过去的经历，提到军统内部管制严格，并且不许结婚。"但是，据说戴老板是严于律人、疏于律己吧？"程元泰调侃道。

"你可别这么说，我们可是江山同乡呢。"向影燕很认真地说。程元泰没想到的是，向影燕有着这么一层背景，难怪戴笠安排她接任刘森的岗位。程元泰换了个话题说："戴老板提携的同乡不少呢。"

"戴老板不准许军统内部有派系，其他地方的人，也用得很多，我们在培训的时候，江山的人都是打散了分组的。不过，军统招募的人，能读到高中的，已经了不得了，像你这样有风度有修养的大学生，少之又少。"

"人外有人，山外有山。我多读了几年书，但论有些方面的修养，比如在音乐方面，我就不如上海滩那些名媛们。她们研习的古代乐器箜篌，让我望尘莫及呀。"程元泰说着说着，故意将话头引到了"箜篌"上面。

向影燕沉吟道："照你说的，共党的那个'箜篌'，应该是个有文化底蕴的人。"

"嗯。我发现，想抓住'箜篌'立功的，可不只你向影燕一个人……"

向影燕回应说："我知道。刘森就想抓到'箜篌'，争立头功，他不愿意将有关情报与我分享。不知为什么，他始终盯着你，对你怀疑很大呢。"

程元泰假装颇感意外，继而淡然一笑："是啊，你这位前任站长对我很有成见，也许是我发现了他的问题或者影响了他的利益吧。"

"你不要太介意。我与他说过，凭我的直觉，'箜篌'很可能是个女人。尽管他这个老狐狸对我封锁消息，我也有办法寻找出'箜篌'的蛛丝马迹。"

向影燕说完这一句话，狡黠地一笑，程元泰心里"咯噔"一下。他试图把关于"箜篌"的话题继续下去，了解一下向影燕到底用什么法子挖出这个地下党。

可此时向影燕关注的问题，很快转到了他戴的那块手表上，她问了一堆的问题，诸如这块表是自己买的，还是别人送的,戴了多久了,走得准不准,等等。程元泰只好耐着性子,不厌其烦地回答着。

遵照特派员汤闻道的指令,李默加快了对刘森问题的核实调查,为了早些拿出结果,他请高祖谋过来帮忙。对于这件事情,高祖谋当然是义不容辞,为此,他投入了相当的精力与人力。但是,调查的内容,稍微一延伸,在盘根错节的人际关系背景下,此事便开始透出些风声来。

刘森听到了不利于他的反映,表面上倒很平静,内心却是惶惶不可终日。他很清楚所面临的情况,现在需要冷静观察,不能见风就是雨,乱了自己的阵脚,直接找到上司戴笠求情——最关键的一棵救命稻草,不到最后关头绝不能用。

刘森暗暗地拜访了上海的几个重要关系人,不过,这些人尽管收下了礼品,但回答很含糊、很有原则,说话个个留有余地。拜访之后,刘森郁闷极了,索性把沈东洋叫出来喝酒解闷。

像沈东洋这样的人,对他无非是说些宽慰的话,海阔天空地聊着天,消磨一下时光罢了。

刘森连喝了几杯酒后,问起程元泰的情况怎么样。沈东洋得意地说:"我查到了,程元泰和季国云如今绑在一块儿,在倒卖接收物资呢,他们已经卖过不少油料。另外,盯他们的兄弟说,程元泰前几天转了几家古玩店,收了点货。"

刘森酸溜溜地说:"他们没少折腾,钱没少捞啊!""那是!程元泰这小子,跟在汤闻道后边,看似一本正经的,还不是在暗暗做私活。"刘森吐着酒气,不甘心地说:"当前的关键人物是汤闻道,表面上汤闻道谁都围猎不到,我不信他没有软肋、没有喜好,就从他的软肋与喜好上突破!"

第十一章

温柔陷阱

一

晚上，大光明电影院座无虚席，这其中有景弘毅的功劳，他除了邀请了不少党国官员与生意伙伴以外，又带了点儿私心，把小曼等上海滩四大舞厅的当红舞女也邀请过来了。

在上海滩这花花世界，美国好莱坞电影谁都爱看，高级的社交场合谁都爱来，当红舞女们概莫能外。景弘毅盘算着：邀请漂亮的舞女们来，有机会他多套套近乎，满足自己的爱美之心。同时，日后应酬时，带着朋友去舞厅聚聚会，她们照顾得热情周到，也为自己撑面子。

《空谷芳草》是1945年美国米高梅公司出品的电影，仅在美国首映几个月后，就在上海放映了，反响空前热烈。在电影中，主演格利高里·派克和葛丽尔·嘉逊演绎了一个资本家少爷保罗和企业工人的女儿玛丽之间坎坷的爱情故事，引得在场的名媛们，不断地擦着眼泪，唏嘘不已。

等到电影散场时，影院里灯亮了，汤闻道与程元泰、高祖谋座位挨着，景莺音与另几位来宾坐在同一排，都在最前10排中间。他们站起身来，走到通道边，随着人流往外走。景莺音对他们说，漫步到大西洋菜社用时10分钟左右，然后，她快步往门口走去，与其他人打着招呼。

小曼等几个舞女身着鲜艳的旗袍，从影院后排侧面的座位起身，缓缓地进入通道。高祖谋与小曼对视了一下，不知为什么有一种似曾相识之感，但他来不及细想下去，只有很客气地收住脚步，示意小曼她们先走。

小曼微微一笑，便娉娉婷婷往外走去，接着，其他舞女鱼贯而出。站在高祖谋身后的程元泰，开口夸道："祖谋，你一点儿都没变，谦谦君子，好有绅士风度啊。"

高祖谋没有接这个话题，严肃地回头说："元泰，我要与你聊点事儿。"走在前面的汤闻道，听到高祖谋对程元泰说的话，他刻意地把脚步放慢下来，让两个学生走在了前面。

程元泰紧随着快步前行的高祖谋，到了电影院外面的马路上。小曼等舞女也在外面，她们在向景弘毅告辞说，晚上都必须到舞厅上班，后面的晚宴不参加了。

高祖谋引着程元泰走到离人们较远的地方，开口说，在稽查上海接收人员的投机倒把行为时，从中发现季国云在倒卖油料获利。

"……最让我不可思议的，你竟然与季国云一起在干此事。"高祖谋毫不掩饰地谴责道。

程元泰不禁一怔，一时没想好应对的话。高祖谋接着说："作为多年的老同学，我提醒你，身为党国的一员，要讲规矩，不能乱来的。"

程元泰的脸上露出无奈的笑容，他边走边开始解释说："我这种部门没有具体接收任务，你知道是个没油水的地方，我们讲规矩没问题，但也得讲人性吧。现在一些接收要员乐不思蜀，都已经完成了'五子登科'，我好歹要为部门弄点福利，安顿人心、稳住队伍吧。"

高祖谋没有再说下去，他的脸依然阴沉着，很明显没有相信程元泰讲的话。而程元泰惊讶之余，想到的却是下一步无线电器材的交易——既然高祖谋盯上自己了，更要慎之又慎，保证不能出纰漏啊。

汤闻道遇到熟人寒暄了几句，当他告别熟人来到影院门口时，听见吵吵嚷嚷的声音，定眼一瞧，何君梅正被两三个带着醉意的美国大兵硬拽着，说要拉她去喝咖啡，何君梅用手推着他们，表示拒绝。汤闻道认出来了，他眼前这个女人，在景家的酒会上弹奏过箜篌。

出于义愤，汤闻道走了上去，用流利的英语，严正警告几个美国大兵，希望他们礼貌些，否则，可以直接联系到赫尔利大使，他们对待盟国女性的放肆行为，将引发严重的外交事件。美国大兵们被汤闻道熟练的英语与严肃的态度震慑住了，尽管嘴里在表达着不满，但他们放开了何君梅，晃晃悠悠地走了。

何君梅此时如遇到了救星似的，见是汤闻道为自己解了围，她喜出望外，立即柔声柔气地道谢："特派员，多亏您来了！"

汤闻道寒暄道："您是——莺音邀请来的吧？"何君梅随即抓住这个千载难逢的机会，套着近乎，说："是，特派员您可能不记得我了，我为你们演奏过箜篌……"

汤闻道的脸色微微舒展了，他的语言随和起来，说："噢，我想起来了！怪不得一见到你感到面熟。我们——一起去西菜社吧！"

二

景莺音安排的自助晚宴，兼有中西菜式，很是精致，来宾们交口称赞。

自助晚宴的菜单，是由大西洋菜社老板夏瑶拟的，她曾经是上海滩名动一时的交际花，尝遍珍馐美馔，感受人间百态，后来年纪大了，退出圈子，便开了这家餐馆。

晚宴高朋满座，夏瑶比景莺音更加上心，穿梭在来宾之中，像花蝴蝶一般，与到场认识的不认识的客套寒暄——这些人可都是潜在的主顾啊。

到了程元泰和高祖谋面前，夏瑶自来熟地说："在报纸上我见到过你们二位的照片，你们是破获绑架案的大侦探啊！"程元泰微笑着恭维道："夏瑶姐不仅人长得漂亮，光彩照人，眼力也不错啊。"

夏瑶开心极了，用手轻轻一拍程元泰，说："就冲你这句话，下次你再来，我亲自下厨为你做道菜。"说完，夏瑶冲着程元泰与高祖谋风情万种地笑了一笑，又到另一处与其他人搭话去了。

高祖谋极不适应夏瑶这种行为举止,望着她离开的背影,他对程元泰说:"听你们聊几句,实在不敢恭维,我浑身起了鸡皮疙瘩。"

"入乡随俗嘛,你要学会应付社交场面。"程元泰嘴角仍挂着不羁的笑,语气却是很中肯的。

高祖谋点点头,从他不以为意的脸上可以看出来,他对这方面没有强烈的意愿。

在自助晚宴中,请了位女歌手,分上、下两个半场,为大家唱一些时尚的轻歌,聊以助兴。上半场结束,两个服务生将一个箜篌搬了过来。上这个节目,是景莺音与何君梅商量好的,两人准备在晚宴上合作一次——景莺音弹奏箜篌,何君梅伴唱。至于曲目,她们选定了《虞美人》这支曲子。

如此有雅趣的节目,夏瑶是不会错过的,她来到麦克风前面报幕。夏瑶的声音,甜糯柔和,她一出声,便把众人的注意力吸引了过去。她微笑着宣布,景莺音和何君梅将为大家献上一个合作表演。

两位名媛,联袂表演,难得一见。景莺音坐着弹奏76弦箜篌,唱和的何君梅身穿旗袍,笔直站立,显得更为窈窕修长。在场的客人们全神贯注地观看着她们的演出。

坐在晚宴角落的刘森,他的眼睛贪婪地在何君梅身上扫了几遍,差不多完成了一场"生吞活剥",然后,他收摄心神,悄悄地观察其他人的神色。他很快便捕捉到,汤闻道的眼光,在注视着何君梅,多少带着些迷离异样,凭他这方面多年的经验,有戏!

一曲弹唱结束，余音袅袅，意犹未尽。何君梅停顿了一下，然后，对大家解释说，《虞美人》原是唐代教坊曲，最初是歌咏项羽宠姬的，今天以此曲献给在座的真英雄们。何君梅话音刚落，众人方从如痴如醉的欣赏中回过神，热烈地鼓起掌来。

在掌声响起时，汤闻道的眼睛追索着台上的何君梅，一切仿佛在冥冥之中，自有定数，与景莺音一起致谢的何君梅，无意间侧了侧脸，刹那间，与汤闻道的目光碰上了。仅仅是短短的一瞬，他们都从对方的眼睛里，读出了只可意会不可言传的缱绻。而在角落里默默地观察的刘森，很快抓到了这一切。

晚宴在继续着。箜篌研习班的名媛们，走起了旗袍秀，各色旗袍，如朵朵鲜花争艳。但刘森的注意力，已经不离开汤闻道和何君梅了，他追寻着他们之间每一次言语或眼神的交流。

向影燕慢慢地来到刘森身边，浅浅一笑地说："刘站长，你说共党如何考虑的，为什么用'箜篌'为代号呢？""这说明啊，共党对上海滩的时髦玩意儿，心心念念，其实他们也希望过这种潇洒的日子。"刘森漫不经心地说。

程元泰找了个机会，把季国云拉到了一边。他告诉季国云，无线电器材的买家已经联系好了，订金都已付了，必须尽快清点好器材，拿出器材清单。季国云抑制不住地兴奋，他让程元泰放心，用不了多久，就可以搞定。

景弘毅在整场晚宴中，都在沟通各方来宾，为航运公司的业务发展做铺垫，余下的只有海军的季国云没聊到了。景弘毅犹豫着，海军有舰船，聊一聊是有意义的。正琢磨着，景莺音和高祖谋聊着来到了他旁边，他问了一下堂姐。

景莺音想了想，说："过去与季组长聊聊吧。与这么多人交流航运的事情，而航运可离不开海军呢，与他沟通好没什么坏处。"

景莺音于是满场寻找季国云的影子，高祖谋的眼光很快搜索到了季国云，他与程元泰两人，坐在一个偏僻位置，交流甚欢。高祖谋眉头一皱，指给景氏姐弟看："你们看那边，季国云与元泰在聊呢。"

在何君梅伴唱完《虞美人》之后，汤闻道一直试图到何君梅处多聊会儿，直觉告诉他，何君梅这一曲所献给的"真英雄"，无疑指的是自己。碍于人多，考虑到身份与面子，并且人们都在不断地走动，变换着交谈对象，汤闻道只是偶然地与何君梅碰了碰面，聊了寥寥数语。

晚宴结束的时候，程元泰与高祖谋习惯性地等着和老师一起走，当汤闻道看着何君梅离去的背影，一股怅然若失之感油然而生。

三

在自助晚宴中的箜篌演奏，客观上产生了一个后果：激发了向影燕深入追查"箜篌"的内动力。

次日上午，向影燕在办公室，递给史正良一份名单，说在这个名单上的人，都参加过箜篌研习活动，悄悄地查查她们的背景。史正良追问，景莺音与何君梅这两个发起的人，查不查？向影燕毫不含糊地回答："全部，谁也不例外！"史正良点头说："是！"

向影燕接着问："丝厂那边安排好了吗？"史正良回答："站

长,景家近期招聘了几批工人,我已经安排人进去了。"向影燕说:"嗯,很好。"

史正良刚要领命出门,又被叫住了,向影燕想到肃奸进展的事情,顺便问了问:"这次肃奸成果如何?"史正良记忆力好,他流利地说了一系列数字,此次肃奸抓捕多少、处决多少,另外,行动的副产品财物清单,已经列出来了。

向影燕让史正良将清单拿了过来——在密密麻麻的清单上,有从汉奸们家里抄来的名表若干块。向影燕问这些东西放在哪里,史正良心领神会地带着向影燕到了库房,让司库打开了门。

这些具体做事的人,每次肃奸之后,都从不亏待自己,但向影燕来了之后,高高在上,从不过问更不染指财物,倒令他们忐忑不安;向影燕主动问起物资的情况,史正良正求之不得,如果站长沾点什么,他们心里便踏实多了。

在库房一角,摆放着不少手表,向影燕从中挑选出了一块不错的劳力士手表,看来看去,造型、款式,都很满意。她稍微迟疑,犹豫着带不带走,史正良殷勤地说:"我们心里都有数,肃奸嘛,绝对是个肥差。您目前的做法,已经是我们学习的楷模了,就一块手表算不上什么,没问题的。"

"就是,就是!"司库在旁边连声附和着。"好,就这一块,下不为例!"向影燕快人快语,把劳力士手表收了起来。

沈东洋有几天没来刘森的办公室晃悠了,当他出现在老上司面前时,刘森颇有抱怨地问:"最近去哪儿了,看不见你人影了。"沈东洋回应说:"咳!影燕站长安排了肃奸行动,出任务去了。"

刘森忍不住发起了牢骚,说:"向影燕真行啊!她口口声声叫我刘站长,但有行动不通知我。"这话弄得在一旁的沈东洋尴尬起来,不知道说什么好。

接着,刘森继续宣泄着他的不满情绪,说:"外边汤闻道穷追不舍地在查我,内部你们竟然都防着我……我这真是,里外不是人啊!"

沈东洋不敢私下议论新站长,他话题一转,憋出了几句话,说:"站长,影燕站长没什么事交给你,闲着也是闲着,还不如花点时间,在外面多挣点儿外快……不管特派员真查假查,多挣点儿票子总归没错吧?"

刘森问道:"外面?到哪儿挣啊?难道再去绑个实业家不成?"沈东洋连忙说:"绑,没那个意思!您记得加藤吗?汪伪时期上海市的经济顾问。我查到了,他如今偷偷地留在上海,改了个中国人的名字,叫衣存国。""噢?"刘森一下子来了兴趣。

"这个日本人,对大小汉奸的底细了解得再清楚不过了。不妨将他找到,通过他敲敲那些汉奸的竹杠,省得向影燕一次次的肃奸活动,肥水都快流到外人田了。"刘森动心了,他想了想说:"不能让加藤直接出面,免得有的汉奸被敲得狗急跳墙,咬出他是漏网的日本人。"

沈东洋说:"站长,您考虑得周全。"刘森起劲地拍了拍大腿,说:"好!没正事干,老子忙里偷闲。'篜篌'的事情,让影燕站长他们先追查去,到时我再从中'截和'!"

刘森下定了决心,沈东洋却往后退缩了,他迟疑地说:"这个是我的初步想法,您三思而后行啊。对特派员你可不得不防,如被他发现了,可就一点儿戏都没有了。"

刘森冷笑一声,胸有成竹地说:"可以说他的软肋,我终于找到了。你放心吧,他绝对是个有缝的鸡蛋哪!"

敲竹杠计划进行得异乎寻常地顺利。对于他们选定的每个汉奸,首先,刘森与沈东洋让加藤回忆此人曾经干过的勾当,然后,再由刘森出面找其本人谈,复述其丑恶历史——基本上到了这一步,汉奸们早都被吓得三魂出窍,唯有一条路,哀求用钱财保命。

得手几次之后,刘森渐渐地连汉奸的罪状都懒得一一复述了,他按照汉奸们在汪伪政权职务的高低,定好了一个收费标准,汉奸们照此向他交钱即可。刘森私下为这个竹杠起了个名称,叫"赎罪金"。

各色汉奸里面,唯有丁树基得以幸免:一是他已经主动打点过刘森;二是刘森发现了汤闻道对何君梅的那点儿秘密,极力想怂恿丁树基将这个女人"奉献"出去——刘森要下的是更大的一盘棋,他可不想因丁树基的一点点"赎罪金"而因小失大。

过了没多久,问题出来了,有的汉奸把钱财交出去了,却一时又没见有任何下文,回过头来产生了怨恨,便想着法子,通过各种渠道告状,因此,此事自然传到了汤闻道耳朵里。为此,汤闻道与高祖谋商量,下一步如何处置刘森。

听完关于"赎罪金"一事,高祖谋一时气得脸色铁青,他的态度明确:"老师,对于党国里面这种混进来的丑恶货色,不严格惩戒,不足以扭转风气。"

"我听到此事时,也是义愤填膺,恨不得马上把他拉出去枪毙才解气，唉……前段时间李默在你的支持帮助下，完成了对刘森房产情况的调查，经核实落地的有十几处之多，包括房子来源都查清楚了。你尽快去找到那些交了'赎罪金'的汉奸，做好取证事宜。不贸然出手，但一出手就打中刘森的七寸，要证据确凿，铁证如山，将他彻底拿下！"

"好的！放心吧，老师。"高祖谋兴奋起来，他被汤闻道敢于碰硬的态度感染了。

汤闻道一再叮嘱道："尽量快些，以免夜长梦多，弄不好会有意外或其他方面的干预。"

何君梅在外面听到了风声，急急地告诉丁树基说，最近军统又肃奸一次，当然，有些没被军统抓走的汉奸，日子更不好过，刘森在搜集他们过去的污点，一一收取"赎罪金"。

对此，丁树基倒没像热锅上的蚂蚁——他受了刘森的点拨，催促着何君梅去做沟通，设法与特派员见上一面，争取傍上这棵大树，人常说大树下面好乘凉啊！

听丁树基这么一说，何君梅内心暗自高兴。那天在大光明影院门前，英雄救美的汤闻道那美好的形象，清晰地闪现在她脑海里，想起来真是倍感愉悦。不过，何君梅表面上仍掩饰着，故意表露出犹豫的样子，说道："特派员可是大官呀，我怎么好找他呀？到特派员办公室吗？你知道门都不让进。"

丁树基不放松口气，怂恿道："此一时彼一时嘛。据可靠消息，特派员对你有好感。你再想想办法吧，如何联系上汤特派员，我看没什么问题的。"丁树基为自身命运考虑，豁出去了，不惜一切手段，他能用的都用上了。

四

夜已很深了，窗外的街道很静，躺在床上的何君梅，总有一种莫名的期许，多么想密切接触汤闻道啊！她辗转反侧，思绪万千，理来理去，认为最好的入手点，还是试试通过景莺音联系到特派员，眼瞅就到周日箜篌研习了，到那时候自然会碰上她。

接下来的这一场箜篌研习活动，别具一格。前面几次研习活动下来，名媛们厌倦了单一女性参加的环境氛围。有名媛提出，下一次的研习活动，最好每人邀请一个男伴同来。

这个提议，竟得到了大家热烈的响应。几位已婚的太太提出让先生过来参加；未婚的几个女子，则表示要带上追求者；最后余下景莺音、何君梅和向影燕邀请的男士人选，迟迟未决。

何君梅心里明镜似的，丁树基这个老东西，现在哪敢带出来；汤闻道是她心中所想，但目前关系还没有到位，她灵机一动，说邀请景公子景弘毅得了。

此时，景莺音与向影燕对视了一眼，各自立刻都想到了一个人选。景莺音是发起人，她大度地让向影燕先说出人选。向影燕毫不客气，表示将以程元泰作为人选；景莺音内心不禁动了一下，程元泰已被邀请了，她没得选择，只有邀请同学高祖谋。

有了男士的箜篌研习活动，学习状态与效果，显然发生了重大变化，名媛们个个希望表现出弹奏的最佳状态，箜篌声与欢笑声，此起彼伏，在景莺音的小洋楼别墅里，情意绵绵，争奇斗妍。研习活动结束了，人们意犹未尽，依旧品着茶点闲谈着。

何君梅找个机会，轻步走到景莺音身边，低声地说道："莺音，有个事情，我想请你帮帮忙。你知道，我抗战期间迫于生活跟了谁……现在这个家伙天天在求我，说请你牵个线，安排与特派员见个面……"

景莺音听了一怔，斟酌着对何君梅说："我——其实很少去见老师，而且每次去，都是元泰、祖谋一起。我即使答应你，但我不知道该如何与老师开口。"

听得出来，景莺音在委婉地推辞此事，何君梅就不便强求，笑了笑，尽力掩饰着她的失落感。然而，当景莺音前脚刚走开，景弘毅后脚就过来了。

他满带笑容，主动地对何君梅说："你们说的话，我都听到了。我姐姐一向清高，从不做求人的事，你说要接触特派员，这根线我帮你来牵，如何？""是吗？太感谢你了！"何君梅顿时喜出望外，本已失落的心，又泛起了希望。

景弘毅有自己的想法，他做这事实际上是有条件的——他对丁树基家族的甘油生意一直都感兴趣，当然，对于何君梅，他也有一种说不清的感觉在心里——但高祖谋朝这边走过来了，他准备要说的话，又收了回去，马上改口说道："你听我消息吧。"

已经陆续有人告辞，景莺音站在门口，露出优雅迷人的笑容，恭送各位一一离去。高祖谋笔直地站在景莺音身边，显示出饱满的精气神，俨然是景莺音的保护者一样。参加这次活动，他被景莺音邀请来做男伴，心里一阵阵喜悦之情，实在按捺不住。自从上大学那会儿开始，景莺音就是他心中不可亵渎的女神，却又可望不可即。

景莺音邀请他来参加活动，让高祖谋看到了一丝希望，而在爱情的竞技场上，他认为不可逾越的程元泰，这次毕竟被向影燕邀请了，他当然是乐见其成。抓住一个没有别人的间隙，高祖谋对景莺音说："莺音，人都送走了，我请你吃晚饭。"

景莺音冲着老同学，抱歉地一笑，回道："不了，祖谋，晚上我厂里安排事了。""好，改天吧。"高祖谋从不死缠烂打，景莺音这么一说，他只好作罢。

向影燕与程元泰是一起离开的。来的时候，向影燕开车去接的程元泰，走的时候，她自然当仁不让，再送程元泰回去。当程元泰坐上副驾驶位置，心情大好的向影燕，拿出一个包装精美的盒子，递给了今天的这位男伴："我送你个礼物。"

在向影燕的注视下，程元泰打开了盒子，一块瑞士劳力士手表——看上去保养得很好，很高级，但明显是旧手表。"这个表我不能收，礼品太贵重了。"程元泰连忙装好盒子，放到了向影燕的手上。

"你戴的那块表够旧的了，我是想为你换个好点的……""我这表很准，戴习惯了，没必要换。再说我突然戴上名贵的劳力士，别人会怎么想？他们会琢磨，接收来的吧？你不想让人把我当成那种贪腐的货色吧？"

向影燕一下子听进去了程元泰这番话，的确令人无法反驳，她也不想程元泰摊上贪腐的形象，然后，她默默地收起了盒子，一轰油门，把车开了出去。

刘森敲汉奸竹杠的事情，没过多久向影燕也知道了。她找到了刘森，将此事摊在了台面上，让刘森解释，并请他注意收敛一下。

刘森很不服气地反问："影燕站长，汉奸们捏造出来的风言风语，你居然也相信？"

"刘站长，党国安排的接收事宜，是有管理规定的。""我倒想请教你一下，数数这些接收大员，有谁是按规定办的？"

向影燕自傲地说："那得看是谁了。江山出来的，都是在戴老板领导下做好事情，绝没那么多私货可做。"刘森笑眯眯地看着向影燕，说："别说冠冕堂皇的话了，劳力士表谁拿走了……"

向影燕早有准备，冷笑着说："我知道你会这么说，告诉你吧，将手表拿出来，是核一核值什么价。你问问那些传话的人，劳力士表是否重新入库了。"

汤闻道在特派办接到了景弘毅的电话，他稍感意外，景公子从未找过自己，他耐心地听景公子把话说完。景弘毅在电话中说，汉奸丁树基手里有重要情报，但苦于没有机会见到特派员，丁树基的相好何君梅，便委托自己向特派员请示一下，希望特派员能够同意见上一面。

汤闻道一听到丁树基，迟疑了一下，但听到是何君梅之托，终究还是松口了，表示看在景家景公子的面子上，约时间可以见见。

接着，景弘毅马上居中张罗，见面地点安排在国际饭店，吃中饭。景弘毅迎接汤闻道进来的时候，丁树基与何君梅在包房里已等候多时了。汤闻道一迈进包房，丁树基赶紧起身，毕恭毕敬地自报家门。

汤闻道和何君梅的眼光飞快地对视了一下，随即汤闻道收回常态，严肃地对丁树基说："照理我是不该单独来的，但景公子言辞恳切，说你掌握着重要的情报，所以，我今天只带耳朵不带嘴——姑妄听之吧。"

"特派员，我哪敢对您打诳语啊，真有天大的事。"丁树基连忙确认道。然后，他对着何君梅吩咐说："你和景公子点菜吧，点拿手的那几样，让他们刀工、火候，半分都不许差。"

何君梅和景弘毅会意地出去了。丁树基低声告诉汤闻道，汪伪政权倒台前，日本人有一批从中国搜刮的文物没来得及运走，最后都被包括他在内的汉奸以及留沪日本人瓜分了。

"特派员，为了向政府表示我丁某的悔过之心，我愿意协助您把这批文物收回来，全部交还给国家。"丁树基向汤闻道许诺道。"真将这批国宝收回来，可是大功一件！"汤闻道一时摸不透此事真假，不急不缓地应了一句。

"是，是！为了证明我所言不虚，兄弟今天特地带了一件来。"丁树基说着走到屋角，捧起一件用报纸包着的东西，然后，揭开报纸展示给汤闻道看。一个古朴的元青花执壶，散发着迷人的光泽。

汤闻道开始相信有可能确有其事，出于谨慎，他对丁树基说："这样吧，你列出这批文物的清单，包括文物都落在谁的手中。这个事情想清楚了再办，清单出来，徐徐图之。"

"好的，特派员。我按您的意思，先列出清单。"说完，丁树基将元青花执壶包好，又小心地放了回去。

景弘毅和何君梅回来了。何君梅一进来，就在汤闻道与丁树基面前转了两圈，笑盈盈地说："景公子建议我将这身旗袍，再稍微收一收,说这样子可以显身材。难道这个款式不好么?"

何君梅妩媚动人的样子,令汤闻道眼睛一亮,有些情不自禁,但他极力克制着自己,矜持地露出一丝笑容。"我姐姐经常去一家旗袍店,那家店的师傅手艺很好,回头介绍给你。"景弘毅在一旁说。

丁树基对着何君梅和景弘毅说:"你们坐下吧。君梅,来,你坐特派员旁边。"何君梅欣然地坐在了汤闻道一旁。汤闻道的心跳,自我感觉骤然快了不少,不过,他依然故作镇定地问身边的美人:"这家饭店何小姐常来吧?"

"以前常来,这家做的油爆虾非常不错,特派员要尝尝。"何君梅介绍道。

冷菜已经上齐了,热菜上了两道。几个人开始边吃边聊。

丁树基小心地问道:"听说特派员为了尽快破获景氏绑架案,只身来上海赴此重任的?""是啊,特派员的夫人还在重庆呢。"景弘毅说。

何君梅提议道:"特派员,改日我陪您逛一逛绸布庄如何?为嫂子挑几块好料子。"

"不用了。她和我一样,近些年来响应蒋夫人的新生活运动,生活方面一切从简。"汤闻道表示婉拒——不知为什么,从何君梅的口里提到他的夫人,他莫名地有点儿心慌。

五

程元泰不知不觉地形成了一个习惯,每次接触到接收方面种种乱象的重磅材料,他第一反应,就想到章晓晔,也许在潜意识中,他感到这个进步女记者与自己有种默契,总能将搜集到的国民党接收乱象,通过她手中的笔写出来,犀利尖锐,一针见血。

程元泰又有了新的内容,主动约请章晓晔在咖啡馆碰面。他说有些天没见了,一起聊聊天。"我以为程主任很忙呢,今天可是有闲情逸致了?"章晓晔对程元泰的约请,非常高兴,但她一开口说话,带着记者惯有的审视。

程元泰啜了一口咖啡,感慨道:"现在做事难啊,很多事弄得焦头烂额,找个机会出来散散心。""除了法币兑换伪中储券之事,又出什么新政策,让你强制推行了吗?"

"倒还没有。不过,有很多工厂被当成敌产接收清算了,上海原有民营资本经营的工厂3000多家,如今倒了2500余家,导致税源枯竭,这让人很头疼啊……"

程元泰似乎"无意"说出的内容,竟然连数字都列举得清清楚楚。章晓晔投入地听着想着,她琢磨着眼前这位党国政府官员,心里嘀咕着,他是不是专门说给自己听的?但从程元泰的表情上来看,说得那么随性,好像又不是。

借着程元泰提供的这个题材,章晓晔接下去有针对性地做了采访,很快登发了一篇关于民族资本企业在接收中面临问题的报道。结果,这天的《联合晚报》,在街上的报童叫卖了没多久,就出现在了新闻检察官的桌子上。

新闻检察官从头到尾通读了章晓晔写的报道,他的部下站在一旁,不安地看着上司的脸色。等读完整篇文字之后,新闻检察官拎出其中一句话来,高声读道:"'想中央,盼中央,中央来了更遭殃'——行啊,这报纸都写的什么呀,简直无法无天了！"

部下赶紧说："我马上打电话找这家报纸的主编，狠狠地批他们。"

新闻检察官显然对部下做出的反应极不满意，他懊恼地拍了拍桌子，说："别废话了！打电话有屁用！上次特派员点名批评了这家报纸，不已经打过电话吗？写这篇东西的记者叫什么？章晓晔！此人不止一次公然诋毁党国了，该教教这个记者如何守规矩了……"

在景莺音的晚宴上与季国云谈了要清点无线电器材之后，程元泰便没有收到他的任何消息。考虑再三，程元泰决定不再等待了，主动过去找了季国云。

季国云明白程元泰为何而来，他不好意思地解释说："哎呀，元泰老弟，那件事我还没开始弄呢。最近应酬多了点儿，帮会里的老头子过生日，接着又带着新相好的，去杭州玩了一趟。"

程元泰提醒道："季组长，千万不要小富即安啊，要把眼光放远点儿，趁这个机会，多做几个大手笔，别说去杭州了，到时候你带相好的赴美国玩都行。"

季国云听得十分开心，哈哈大笑，说："行！我明天就让人列清单。"

程元泰想起来，高祖谋已发觉自己与季国云倒卖物资之事，他提醒道："清点器材，可要审慎行事，免得走漏消息，节外生枝。说不定此时有人已盯着我们了。"

季国云点头："好，我注意点儿。是啊，有的家伙独自捞钱可以，但就是见不得别人好呀。"

程元泰笑着说："季组长是明白人。"

"元泰老弟，上次你给那位女记者写完信，有没有下文啊？"季国云不知怎的想起这件事了，借机来逗逗闷子。程元泰敷衍道："没什么，不过就是吃吃饭、喝喝咖啡而已。"

季国云放荡地笑了笑，冲着程元泰说："我就不明白，要说你手上挣了不少钱，可吃喝嫖赌样样不沾，却如此纯情地追着一个姑娘，等着她喜欢你。唉，你这样子啊，真不像党国官员呀！"

程元泰心里"咯噔"一下，他想起了"筌筷"的提醒，要做做样子，让外界知道自己有嗜好。程元泰神秘地对季国云说："你是不知道啊，我的兴趣很广泛呀，改天请你一起聚聚！"

丁树基很想把文物清单尽快整理出来，但他感到靠自己完成不了这件事情，每一件文物，在哪一个人手里，确实很难全部记起来。此时他想到了一个人，已改名衣存国的日本人加藤——此人参与了文物瓜分，而且他的记忆力超群，在汪伪政权里是公认的。

很快，丁树基找到了加藤，请他帮助罗列文物清单，并说这是特派员汤闻道交代的。抗战胜利之后，从1945年10月开始，中国开始着手遣返日俘日侨，上海是遣返工作的重点城市。加藤仗着中文流利，改叫了中文名字，想留在上海不被遣返。对于这些知根知底的人，提出这样那样的要求，他只有答应下来再说。不过，等丁树基离开后，加藤就给刘森打了电话，通报了此事。

挂了加藤的电话，刘森又是感慨又是惋惜——何君梅这女人真是不简单哪！不出所料，她果然靠上了汤闻道这棵大树，要不然，丁树基怎么会有为汤闻道办事的机会呢。

第十二章

劳资风波

一

深秋的10月，碧空如洗，凉爽舒适，各界庆祝抗战胜利的活动在继续着。上海电影界的安排则另辟蹊径：他们包下仙乐斯舞厅，举办了一个盛大的舞会欢庆专场。这次主办的欢庆活动，特别是因为许多电影明星登场，号召力更加巨大，以至于当晚的舞会，人气爆棚，人满为患。

欢庆晚会由著名电影演员舒绣主持，在她热情洋溢的开场词过后，欢庆舞会正式开始。

第一支舞曲《玫瑰玫瑰我爱你》欢快地奏起，嘉宾们纷纷邀请身边的女伴步入舞池，随着乐曲节奏晃动起来。在座位上，剩下的人寥寥无几，其中就包括汤闻道。何君梅接受了一位仪表堂堂的男士的邀请,已迈开轻快的脚步翩翩起舞,但她注意到了仍在座位上的汤闻道。

接着,第二支舞曲《夜上海》的音乐又响起了。汤闻道仍坐着没动,他对此不自信,实在不好意思邀请女伴,便慢慢地端着酒杯喝着,注视着众人缓缓地进入舞池。

何君梅摆动着胯部走过来,主动邀请说:"特派员,请您赏光,我们跳一支?"汤闻道很不自信地说:"何小姐客气了,我是个舞盲,不会迈步啊。"

"不会,您就学嘛,很容易的!"何君梅边说着边伸出手拉起汤闻道的手。当汤闻道的手被何君梅温润纤细的玉手盈盈一握时,汤闻道顿时感到全身上下麻酥了一般,从未有过如此的内心体验。

这个崇尚道家的老派人物,终于禁不住何君梅的热情相邀,随着她步入了舞池。

汤闻道双脚笨拙不堪,他脚步的频率,与舞曲的节奏基本对不上,平时自信自尊的他,只有放下身段,按照何君梅的指导,一步一步地移动着双脚。尽管小心翼翼,可他没走几步,又踩到何君梅的脚上去了。

他不好意思地解释说:"抗战时在重庆,很多官员跳舞水平很高,不过,我始终没敢下过舞池啊。"何君梅温婉地说:"上海滩无论什么时候,不管打不打仗,这些唱歌跳舞的活动从未间断过。"说完话,何君梅将头轻轻地倚在了汤闻道的肩上。

汤闻道刹那间心跳局促起来,但慢慢地又松弛了下来,他感到似乎有一股淡淡的幽香,飘进了鼻子里,飘进了心脾处,令他陶醉不已。

搂着何君梅这温香软玉,缓缓地挪动着脚步,在汤闻道的灵魂深处,某个从未被触碰过的角落,此时"腾"地一下点燃起来了。

与小曼旋转着舞步的刘森,眼光始终没有停止过对汤闻道的观察,当汤闻道应何君梅邀请走进了舞池时,刘森索性停下了舞步,向小曼摆了摆手,表示了歉意,径自走到舞厅的服务台处。

刘森拿起电话筒,拨通了丁树基的电话。他笑眯眯地说:"你打出的这张美色牌,效果相当不错呀,'黄鱼'我可没有白收啊。""刘站长,你的主意好,太感谢你了!"

刘森又想了一个主意,说:"做事情要趁热打铁,地点选得稍远些,周末到南浔弄个小范围聚会,让两人到张家的那个豪华舞厅里,痛痛快快地跳一场,深入交流交流,如何?"

丁树基现在为了保命,什么都顾不上了,当然同意。他讨好地说:"有劳刘站长精心安排,丁某有情后补。"

在舞池里,高祖谋与景莺音,程元泰与向影燕,边跳着舞边交谈着。四个人靠近的时候,高祖谋扭头对程元泰说了一句:"大冷门!老师竟然跳了起来。"

向影燕好奇地问程元泰道:"怎么回事?为什么说是竟然?"程元泰回应说:"老师从不跳舞。当年在大学那会儿,我们就拉他学跳舞,他都没学会。"

向影燕俏皮地说道:"说明你们做学生的新潮啊,第一支舞曲,你邀请女明星舒绣跳的;《夜上海》这支曲子,我不主动请你,恐怕轮不到我吧?""瞧你这话说的……舞会嘛,一种社交方式而已。"程元泰轻描淡写地说。

第二支曲子结束了,人们纷纷回到座位上。小曼与一个舞女姐妹秋红,在这个间隙喝喝水,休息一下。小曼瞧着不远处戎装的高祖谋好一会儿,悄悄地指着他对姐妹秋红说:"哎,你看那边,那个军官我感觉很眼熟啊。"

姐妹秋红笑了起来,说:"什么眼熟呀,你看上人家长得英俊吧,一会儿你主动过去,邀请他跳一个吧。""得了吧,你!"小曼被说得不好意思,推了姐妹秋红一下。

电影界舞会活动季国云没有来参加,因帮会里一个同辈的弟兄约了他过去吃花酒,这对他的吸引力更大。毕竟是1945年了,吃花酒已不再像民国初年那样,让幺二出局陪酒,而是与时俱进,改在夜总会里进行了。

季国云及弟兄们包了一个台面,每个人叫了一个陪酒女,胡吃海喝,玩至中途,季国云身边的女郎说了声去厕所间,此后就不见人影。季国云左等右等,等了很久,就是不见她回来,便起身过去找找,结果呢,他看到这个女人,正在另一桌觥筹交错呢。

季国云走上去质问陪酒女,但没说上几句,与那桌的人吵上了。听到嚷嚷声,季国云的弟兄们很快围过来了。局面正要升级,坐在那一桌上的史正良见势头不对,一拍桌子,警告季国云等,说:"知道我们是谁吗?军统局的,你们敢惹?"

不说军统则不要紧,史正良抬出军统的名头,反而让季国云更不服气,更要一较高下,他借着酒劲,斗狠说道:"老子海军的呢!今天我要教训的,就是你们这些军统的,景秀生绑架案丧命的那几个弟兄,就是让军统的人坑的,今天正好替他们出了这口恶气!"

一场斗殴在所难免。季国云倚仗着这边人多,将史正良等人痛痛快快地胖揍了一顿。

二

向影燕见到史正良鼻青脸肿的样子,实在哭笑不得,在她追问之下,史正良支支吾吾地向上司报告,昨晚在夜总会被别人打了。

向影燕气得把史正良狠狠批了一通:"丢人现眼!让你查查参加箜篌研习班那些女人的情况,你汇报说个个大有来头,就偃旗息鼓了——而对于争抢夜总会的女人,争风吃醋,你倒是很来劲呀。"

史正良一声不吭,作悔过状。出于护短,向影燕痛骂部下之后,下令秘密查一查季国云的情况,找找这家伙的茬儿,说不定查出他有什么事情。

然而,那头的季国云,兴奋劲还没退去,对在夜总会大获全胜,得意不已。第二天一早,他打电话将这件事告诉了程元泰。程元泰听了以后,对此却泼了冷水,说:"季组长,别图一时痛快,影响到我们的交易啊。"

季国云忙说:"不会,不会!我交代过了,清点什么的,必须严加保密,不许外泄。"

程元泰又问道:"有个事儿,与你关系很近的弟兄们有多少?你给我个大致的数就可。"季国云大致数了一下,回答说:"20多个吧。元泰老弟,你问这个干吗?"程元泰笑着说

"我呀，在捧昆曲的角儿啊，明晚你叫上你的弟兄们，我请大家看戏去！"季国云会意地笑起来："你说的乐子，是这个啊。行，我们过去！"

程元泰请季国云及其弟兄们观看的是昆曲《琵琶记》。当戏演完，扮演赵五娘的旦角儿演员李慧芳谢幕时，戏院里的两个服务人员，捧着两个大花篮上了台，将花篮放在了演员李慧芳的面前。

戏院赵经理紧随其后，大声宣布着："程元泰先生赠送花篮两个，另赠送水钻头面一副！"

昆曲角儿李慧芳，在舞台上向下面鼓掌祝贺的程元泰躬身致意，程元泰显得派头十足，不失风度地朝台上挥着手，季国云及兄弟们纷纷叫好，一片欢呼声。

正热闹呢，突然高祖谋出现了，他大步走到程元泰面前，板起脸瞪着老同学。程元泰颇为意外，他说了声："祖谋，你来了？""我昨天就听到传闻，说财政部驻沪接收大员，今天过来捧角儿，所以，特地来见识见识。"高祖谋冷冷地答道。

程元泰不知说什么，没有回应。站在一旁的季国云见状，忍不住为合作伙伴说话了，他不阴不阳地问："高副处长，你管得太宽了，连同学看戏都'稽查'吗？"

高祖谋没有搭理他，继续对程元泰说："元泰，那天我们看完电影《空谷芳草》，我提醒过你，今天是第二次了。希望你不要在自甘堕落的路上，越滑越远，不能自拔。"

"你的关心我理解，祖谋，不过你说堕落言重了，仅仅消遣消遣而已——正好戏已结束了，要不与季组长一起再去喝点？"程元泰向高祖谋发出了邀请。"我没有这个时间！好自为之吧！"甩下一句话，高祖谋转过身，头也不回地走了。

看到程元泰有些没面子，季国云安慰说："老弟，人各有志，不可强求。你这个老同学属于另类啊，随他去吧！"程元泰若有所思，他面带苦笑，点了点头。

景莺音搬到丝厂附近的洋房去住之后，景秀生与景弘毅父子俩每日在家也就是一起吃个午饭或晚饭。这天，午饭吃完了，景秀生问儿子："弘毅，最近你是不是忙着为丁树基联系见汤特派员了？"

"是的，我帮他牵个线，他答应将甘油厂的股份大头转给我……""胡闹！这件事我不同意，现在这时候，你最好少跟这些汉奸沾边。""有什么呀？在商言商，他有求于我，股份的转让价压得很低的。"

景秀生批评儿子："你路子太野了，而且考虑问题太简单，在我们这个国家，在商言商就行吗？不懂点儿政治行吗？""我已经谈妥了，过两天就转账入股。"景弘毅认为板上钉钉了，对父亲的态度，没当回事。

姜当然还是老的辣，景秀生缓缓说道："我已吩咐过账房，这笔账不许转。"景弘毅没想到父亲这么坚决把路堵死了，他气急败坏地嚷嚷起来："我定好的事情，你又要推翻。你别让我做事了，都你来做吧！"

景秀生对儿子的愤怒，不置一词。景弘毅知道父亲不会改变主意了，他实在不甘心，歇斯底里地喊了一会儿，摔门而去。景弘毅心情烦躁极了，跑到外面转了转，稍微稳定了一下情绪，然后，他来到了船务公司的码头。

天上乌云聚集，开始落雨了，四个工人急忙过去整理着大

215

卷油布，准备为一艘装了货的船遮盖上。景弘毅走了过去，嘴里不停地嚷嚷，嫌工人们手脚慢。一个工人忍不下去了，反驳说："景少爷，你试一试这个油布的分量，再说我们是不是磨洋工。"

一个普通工人，竟敢这样顶撞自己，原本就情绪烦躁的景弘毅，一下子又被激怒起来，他顺手拿起船上盘着的粗麻绳，什么也不说，朝着那个工人抽了几下，其他三个人见状，慌忙上来为其说情。他们对景弘毅说，挨打的这位工人，刚从面粉厂调过来，不了解景少爷船务公司的规矩。

但景弘毅此时岂能听得进去解释，他仍然冷冰冰地宣布，除了这个工人要受到处罚以外，其他三个人都要罚工钱。

当晚，在景氏几家企业的集体工人宿舍里，船务公司的四个工人向其他工友抱怨说，景少爷为人刻薄，不把他们当人看。他们今天的遭遇，一下子得到了大家的同情，产生了强烈反响。

有的工友说，政府法币兑换伪中储券，已让生活过得紧巴巴的，再不分青红皂白罚扣工人的钱，这不是把我们工人往绝路上逼吗？

又有的工友说，最近黄包车工人在进行罢工，要求减车租呢，听说有几家车行，已准备答应他们的要求；还有的工友提议说，我们将船公司、面粉厂、丝厂的工友联合起来，一起去提出加薪的要求。有个工友人插话否定说，像景少爷这样的人，同意的可能性没有。

工友们你一言我一语地议论着，在角落里的一个青年工人，站起来大声说道："在8月份的时候，我们工人有一次扬眉吐气机会的，可惜后来不了了之……大家呀，别光在这里说得热闹，我们要行动起来，为了工人的利益只有靠我们自己！"

他慷慨激昂地一说，工友们的斗志被激发了起来，工人们的意见渐趋一致——联合罢工，要求加薪！

青年工人继续鼓劲说："听说过工人领袖顾正红吗？咱们上海工人出过他这样的英雄，带领工人兄弟们跟日本资本家斗！我们好好组织组织，让景弘毅之流看看咱们工人的力量！"

在工人宿舍里，斗争的火苗，越烧越旺，假如此时有人振臂一呼，人们立刻就可以倾巢而出，把企业折腾个天翻地覆。

一个年长资深的工人这时说话了，他冷静地说："说实在话，景家景老先生与景小姐，对我们工人的态度，一直都是很好的，人家为我们提供饭碗，我们是不是别太过分？依我看呢，先到景小姐那里罢工两天，谈一谈，她比较通情达理，如果她答应了我们的要求，我们就复工干活。"

听了这一席话，一些工人的热度消退了下来，都认为这个想法比较稳妥，切合实际。最后，大家达成一致意见，联合景家几个工厂的工友们，然后，几个厂同时开始罢工，找景莺音提出加薪要求。

三

汤闻道靠在办公室的椅背上，双眼紧闭，浮想联翩，细细地回味着电影界晚会与何君梅跳舞时的情景，一种美好的感受涌上心头，难以言表。

李默敲门进来报告说，钱业同业公会派人送请柬来，请求面见。汤闻道见了来人，接过请柬一看，其内容是：钱业同业公会拟于本周末，在南浔张宅西洋楼邀请沪上名流雅聚，敬请拨冗莅临。汤闻道问来人，此次活动邀请了谁。

来人回答说，除了本公会与实业界的头面人物以外，特别邀请了特派员等几位要员以及知名沪上名媛。汤闻道委婉地确认了，沪上名媛里就有何君梅，心头顿时暖融融的，但他矜持地回复说，现在定不下来，到时视情况再做决定。

何君梅从丁树基口中得知，本周末的南浔之行，已经邀请了特派员汤闻道。为此，她兴冲冲赶到天香旗袍店，修改了一件古色古香的旗袍，另外，又赶制了一件充满时尚气息的旗袍。

周五早上，何君梅拉着大西洋菜社的夏瑶，与她一起到天香旗袍店。到了店里，她将两件旗袍分别穿上，对着镜子，试了又试，然后问夏瑶："这个天香旗袍店，是莺音推荐我的。我的这两件旗袍，你觉得怎么样？我准备明天到南浔参加活动时穿。"

夏瑶的眼神，何其毒辣，情场经验丰富的她，一眼就看出来了女人的那点儿心思。她笑嘻嘻地问道："你这么精心准备，不用说了，为了哪个男人？说吧，是谁？"何君梅兴奋得溢于言表，她痛痛快快地承认了："在你大西洋菜社聚会过的，军事委员会特派员汤闻道。明天南浔的活动他会参加。"

夏瑶对汤闻道的印象也非常好，赞许道："你有眼光啊！成熟，儒雅，能背靠这棵大树，多幸福呀！对这样的男人，可绝不能放过哟。"何君梅说出心里话："他老成持重，我摸不透他呢，过去对男人从没有这样的感觉，这次多少有些紧张。"

夏瑶为何君梅分析起来，说："像我们在上海滩历练过的女人，可以说阅人无数，什么男人没有见过，自信是要有的；他这种人嘛，肚子里有点儿墨水，文人当官，心里有想法，却表现出谦谦君子的样子；关键是你要把握好机会，只要有合适的机会，他会来者不拒的。"

夏瑶心照不宣地笑了笑，卖了一个关子，接着说："你呀，多给他些暗示，若即若离，适当吊足他的胃口，然后，再寻找机会，采取主动，单刀直入，我就不信他不拜倒在你的石榴裙下。你说，世界上有男人不喜欢美女的吗？"

"你这个妖精，说起男人头头是道，太厉害了！"对夏瑶这番入木三分的话，何君梅颇以为然，口中嗔骂道。

"我年纪长了点，否则，我要冲上去，与你竞争了。算喽！你是最有资格做妖精的，可以迷倒一片，我等你的好消息了。"眼见着何君梅兴高采烈的样子，夏瑶打趣道。

史正良在向影燕办公室，兴冲冲地汇报说，经他秘密调查，发现季国云在清点仓库里的一批无线电器材，可能要将这批器材进行倒卖。

向影燕对此敏感起来，她知道无线电器材不是普通的民用物资，如果有人购买这类物资，可非比寻常。她让史正良继续盯着季国云，如有新的动向，立即汇报。

史正良不到一个小时又进来了。这次他的神情，明显更为兴奋，没等向影燕问起，他急忙说："站长，站长！在工厂里的人来消息了，景家几个工厂的工人联合罢工，他们组织了一大批人，浩浩荡荡地去景莺音的洋房别墅了！"

向影燕"腾"地站了起来，兴奋地说："太好了！让他们折腾吧，折腾得越久，共党地下组织的线索就越容易露出来，到时来个顺藤摸瓜。转告我们的人，隐蔽好自己，工人中有什么情况及线索，及时报告。"

四

景莺音住到丝厂附近的洋房之后，如果没有安排重要活动，她的作息很规律，早上，吃完保姆准备好的早饭；上午9点半出发，让司机开车送她进厂里。

与往常一样，上午9点半，她刚准备从洋房出来，却意外见到门口涌过来一大群工人，呼啦啦的，人声鼎沸。

资深的年长工人走过来对她说，大家都是景家几个工厂干活的工人，今天来是向景小姐请愿来的，日本人投降了，但当前工人家庭仍苦不堪言，生活水平不但没有提高，还有下降的趋势。大家希望景家能够为大家增加薪金，保障生活水平。

对于突如其来发生的情况，景莺音一时没有心理准备，她想了想，应该首先稳定工人们的情绪，于是她提高嗓门对最前面的工人说："工友们确实有难处，我能够理解。能不能这样——各自回到上班岗位，不管是哪家企业，只要是景家的，我都会责成经理们，让他们与大家协商处理……"

青年工人打断了景莺音的话，表达了明确的态度，说："景小姐，我们都联系好了，在这儿静坐，吃住都在这里，直到给我们明确回答为止！"

不容景莺音再说话，青年工人带头走在前头，一群工人紧跟着，从大门口外往洋房里进。年长的工人想伸出手拉青年工人时，犹豫了一下。转瞬之间，局面已经变得不可扭转，工人们热血沸腾起来，跟着年轻的工人朝里走，无可阻挡。

景莺音一下子束手无策了，她赶紧给伯父和堂弟打了电话，并让他们告知程元泰和高祖谋。

得知侄女那边出事了，景秀生忧心如焚，他叫上了景弘毅与保镖，开车赶到了景莺音住处。他们一进洋房，发现楼上楼下已被工人占据了，景莺音坐在客厅的沙发上，在与青年工人为首的几个工人聊着，脸上呈现出焦虑与疲惫。

工人们看到景秀生来了，大多数人本能地态度缓和了些。

当景秀生的目光缓缓地扫过客厅，工人们缄默不言，不敢直视景秀生。只有青年工人，坦然地与景秀生对视了一下，没有丝毫的怯场，大声说出了工人们的诉求："景先生，你来了最好。我们起早贪黑地在景家做工，但日子越来越过不下去。抗战胜利了，天亮了，我们的生活水平，没有提高却在下降。实在没有路了，为了活下去，我们要求增加工钱。"

景秀生眉头紧锁，表态却是比较平和的："我晓得了。现在——都不容易，这个问题我们可以接下来商量……"

景秀生语速很慢，斟酌着自己讲的话。景弘毅此时认出，船务公司的那几个也在场，他好像找到了问题的症结所在，便走到他们面前，压抑着怒气问道："是你们！今天这事是你们挑唆的吧？"他体罚过的那个工人，愤怒了，反驳道："景少爷，你前两天打过我，我不会忘记，但我们发自内心，没人挑唆。"

景弘毅说:"那天,我就看出你们几个人的心思,没好好放在做工上。我宣布,你们几位都被开除了!"话音刚落,工人们一片哗然。

青年工人义愤填膺,他对景弘毅说:"景少爷,你在这时开除他们几位,更足以说明,你是一个万恶的剥削工人、不顾工人死活的资本家!"

"天大的笑话!没有景家的工厂发工钱,你们用什么养家糊口?"景弘毅盛气凌人地说道。景莺音连忙拦住堂弟,让他安静下来,厉声说道:"弘毅,你说这些干吗?工友们面对面地在这儿了,那就该商量如何解决他们说的问题,而不是火上浇油啊。"

但是,此时工人们已被景弘毅强硬的话激怒了,他们纷纷表达着怨气与不满,而景弘毅像一头被激怒的公牛,疯狂地与工人们针锋相对地辩论着。

现场的火药味越来越浓,直至青年工人和景弘毅互相揪着对方的衣领,推搡叫喊着;而空气中躁动的气息,将工人们被阶层差异所压制已久的革命渴望,瞬间全激发出来了。

工人们先是群起攻击景弘毅,景弘毅处在危险状态,没过多久,景家三个人都被围在中央,场面混乱到已近失控,而保镖、司机、保姆几个人,奋力地嘶喊着,在混乱中竭力保护着景家三个人。

突然,"砰"的一声枪响。在场所有的人一惊,然后,人们都静了下来。循着枪声望去,客厅门口站着程元泰和高祖谋——后者穿着军装,铁青着脸,手里握着一把左轮手枪。刺耳的枪声把群体性的躁动一下子给镇住了,现场如同人的瞬间休克一般,出现了短暂的沉寂。

景秀生担心着儿子的安全,又气恼儿子帮了倒忙,激化了矛盾,在众人发蒙的时间里,他甩手打了景弘毅一巴掌,厉声骂道:"成事不足,败事有余!"

景弘毅懊丧地捂着脸,借机走出人群,躲到一边,不敢说话了。景秀生对着侄女说:"莺音,我和这个不成器的东西先离开,免得他再生出事来。你接着与工人们好好谈谈,你可全权代表我,该如何处理你来决定。"说完,景秀生向工人们招了招手,拉着景弘毅缓缓走了出去。

景莺音此时稳定了心绪,低声对着高祖谋说:"祖谋,枪,收起来吧。"

高祖谋迟疑着,仍然不太放心,并未急于收起枪。程元泰将高祖谋手里的枪,轻轻地拿了过去,关上枪的保险,将其放进了枪套里。

做出了这样的姿态之后,程元泰对工人们说:"各位工友好!我们两位,今天以景小姐同学的身份过来。有事好商量,不要太冲动,我们可以继续谈……"

年长的工人说话了:"景小姐愿意代表景家谈下去吗?"

景莺音诚恳地对工人们说:"我是诚心诚意与工友们谈的,景老先生已授权于我。既然你们来了,总可以商量出解决办法来。大家冷静为好,不要将事情闹大,关键是解决问题。你们推选几个代表,然后,我们坐下来好好对话。"

五

工人们在客厅里商量着推选对话代表，景莺音在洋房楼上选择了一个房间，准备作为谈判之用。程元泰与高祖谋在整理房间时，两个人各自沉闷地忙着，并无言语交流，景莺音察觉到了他们之间似乎发生了什么问题，问他们怎么了。

程元泰倒显得云淡风轻的样子，不以为意地说："没什么大事，前两天看昆曲，我和祖谋闹了点儿不愉快而已。""你们俩真是的，都多大的人了！"景莺音说。

高祖谋表情却变得严肃，一本正经地说："莺音，这不是小事情，可是大的原则问题……"

正说着，保姆姚妈过来对景莺音说，客厅角落摆放的箜篌，在混乱时不知被谁推倒弄断了弦。景莺音听了不禁心疼起来。高祖谋问："莺音，带头闹事的，到底有哪几个？我来办办他们。"

程元泰立刻明白了高祖谋的想法，他叹了口气，同情地说道："你别秋后算账了。工人们都为生活所迫，他们的日子过得不容易，对他们宜疏不宜堵啊。""我与你没有什么共同语言，分歧比共识多。"高祖谋冷冷地回了一句。

景莺音支持程元泰的意见，说："祖谋，元泰说得有道理。目前重要的是，尽快妥善处理工人们的诉求，让他们尽快稳定下来，复工复产。"

高祖谋赶往景莺音处之前，曾给汤闻道打过电话，把景家面临的情况说了一下，请示老师要不要过去帮助处理。

汤闻道扫了办公桌上钱业同业公会的请柬一眼——明天得早早地动身去南浔了——犹豫了一下说，这两天另有安排，没时间过去。听出高祖谋话音里有失望之意，汤闻道叮嘱了几句，说可将处置的情况详细转告他。

挂了高祖谋的电话，李默手拿一份报纸的名单进来，请汤闻道过目——这是新闻检察官呈上来的，这两天将开始行动，对上了名单的报纸进行整治。可汤闻道的脑海里驱之不散的满是何君梅迷人的身影与舞姿。

李默进行着详细的汇报。汤闻道不耐烦起来，将报纸名单过了一眼，又甩给了李默，带着官腔说，就这点儿事情，既然安排好了，就让他们抓紧办吧。

景秀生回到家里，心里想着工人请求加薪之事，他相信侄女景莺音会妥善处理好的，但一想到儿子景弘毅，他气又不打一处来。

向影燕这时前来景家拜访，她快言快语，风风火火，对景秀生说，请他放心，在景莺音洋房外，她已经安排了人手，以此可以阻挡住好事的记者们，省得他们胡乱写出有碍景家声誉的文章。

景秀生深表感谢，同时惊讶于其行动速度，赞许地说："向站长的行动可真快啊！"

"谢谢夸奖！我们就是吃这碗饭的嘛。"向影燕谦虚着，又说："景先生，工人个别人闹事倒没什么，但问题是不能被共党分子所利用，接下去有必要多加留意工厂里的动向，有无共党赤化分子活动的迹象。如果发现什么苗头，请随时与我联系。"

站在一旁的景弘毅插嘴道："向站长，你说得太对了，在这些工人里面，总有些不守本分的人！"

景秀生立刻拦住儿子的话头，滴水不漏地说："世道艰难，工人们想用这样的办法，引起对他们疾苦的注意，无非多讨口饭吃而已。这与赤化分子没什么关系。"

向影燕听得出来，景秀生面对景家企业工人的罢工，不想把影响放大，更不想牵扯到共党上面去，而景弘毅讲的话，明显对工人是心存不满的。摸清父子俩态度的差异，也是一种收获，她知道以后如何做了。

与工人们的谈判进行得异常艰难，这是程元泰所没想到的。一开始工人代表提出要求，将所有工人的工资提高三成，高祖谋讥讽说这是狮子大开口，他很快又和青年工人较上了劲。

景莺音向工人们解释着，并诚恳地与工人代表一起，算了算景家的流水：景家在绑架案中交了赎金，都没能收回，目前景家的资金流的确紧张；工资涨三成这个要求，实话说目前做不到，不过，她愿意采取暂时折中的办法，在每天工作时间上适当进行减少。

对于减少工作时间，丝厂和面粉厂的工人代表都表示同意，但船务公司的码头工人代表不赞成。工人代表们各持己见，无法形成各方面都接受的方案。谈判一时陷入僵持，而夜色已降临多时了。

程元泰提出对话暂停，休息一下。青年工人坚决反对，要求继续谈下去，并说工人们为了自身的利益，无论熬多晚都没有问题。高祖谋嘲笑那个工人说，你们的意见不一致，谈什谈，谈再久都没有用。青年工人急了，再次与高祖谋争吵上了。

景莺音有了新的考虑，她发话了："别吵了。人是铁，饭是钢，工友们不能不吃饭。我让厨房下几锅面条，都吃上一口吧，晚上就在这里休息。工友们，你们考虑一下，既然大家一起谈，达不成一致意见，那分开谈好不好？我明天早上请三家企业的经理都过来谈。"

程元泰补充说道："各位说是希望解决生活困难，不如晚上你们可把每月衣食住行的费用，都仔细算一算，可以有个参照，工资到底加多少合适，既合情，体谅你们的困难，又合理，景家能够承受。如何？"

工人代表们商量来商量去，最终接受了景莺音和程元泰提出的建议。所有来的工人们，在洋房别墅过了一夜。

第二天早上，丝厂、面粉厂与船务公司的几位经理先后赶来了，分头与各自企业的工人代表交谈；到中午时分，景莺音和三个企业的工人代表，分别形成了谈判方案，根据两类不同企业分别做了不同的处理。为了表示诚意，景莺音安排所有前来的工人们，到附近的饭馆吃了个午餐。午餐之后，工人们陆续回去复工。

景莺音忙前忙后，与工人代表交流，与几位经理沟通，又让最后一批工人吃上了午饭，却发现同学程元泰和高祖谋不知什么时候悄悄地离开了。景莺音心里挺愧疚的，多好的同学呀！工潮这么快得到解决，多亏有他们两个在啊。

第十三章

美人有毒

一

黄昏,夕阳如酒,醉了天边的晚霞。在夕阳的余晖下,南浔张宅的西洋楼,隐藏在粉墙黛瓦之中,从外面望去,丝毫看不出来里面居然是一个新潮会馆之所在。

在西洋楼里设计的时髦大舞厅,完全照欧式风格打造,富丽堂皇。钱业同业公会组织的所谓雅聚,其实是在西洋楼里办的时尚联欢舞会。

何君梅一袭粉红色毛领披肩外套,更加衬托出她的绝佳身材,再搭配一条新做的嫩黄色旗袍,一双深色的高筒靴,可谓是妖媚十足,在人群中显得格外出众,光彩夺目。

何君梅带着一串笑声,从楼外走进楼里的舞厅,她刻意没有主动寻找汤闻道,而是若无其事地与其他来宾寒暄着。

在舞厅里焦急等待何君梅到来的汤闻道,眼见她娉婷婉约的风姿,娇柔款款的举止,艳丽多姿,热情似火,一种不可名状的躁动之情,在他心中蓦然升起,不可抗拒。

联欢舞会开始了,第一个舞曲是《蔷薇处处开》。何君梅大大方方地走过来邀请汤闻道,携起他的胳膊,轻轻地步入舞池。跳了一支曲子之后,她故意放慢了动作,其他男士纷纷过来邀请她,她欣然接受,连续与其他男士跳了几支舞曲。

汤闻道刚被吊了一下胃口,接着又被晾在了一旁,欣赏着何君梅与其他男士跳舞,此中滋味相当煎熬。仿佛等待了漫长的时间,何君梅和其中一位男士跳的曲子结束了。

汤闻道心里想,应该主动过去邀请她了,否则,又轮不上他了,坐冷板凳的滋味,太难受了。见她从舞池中走出休息,汤闻道迫不及待地走了过去,站在何君梅旁边,与她等待着下个舞曲开始。

《苏州河边》的音乐声响起,何君梅与汤闻道携手进入了舞池。他们迈动舞步时,何君梅夸汤闻道进步很快,舞步比上次熟练了不少。

汤闻道听得不免得意,结果造成脚步错乱,踩了女人的脚。何君梅被踩得身体轻轻一晃,借势附在了汤闻道身上,她嗲嗲地嗔怪道:"傻瓜!"

汤闻道傻笑着,不苟言笑的脸绽开了,忙解释道:"你这身旗袍与外套很搭配,优雅俊秀,你的美丽势不可挡,我都看傻眼了,脚便不听使唤了。"

从汤闻道嘴中说出如此的甜言蜜语,何君梅顿时心花怒放。她没再说什么，此时无声胜有声，她小鸟依人般地贴着这个舞伴，随着音乐声晃动着。他们相互感受到了对方的呼吸，而何君梅呼吸的频率，撩拨着汤闻道的心弦，令这个党国精英，方寸已乱，心理防线大大后撤，直至败下阵来。

最后一支舞曲曲终，舞会结束了。何君梅热情地向汤闻道提出，一起出去转转。汤闻道谢绝了钱业同业公会的其他安排，说了句："大家自便吧，我和何小姐有事要谈谈。"

如愿以偿的何君梅温柔地挽着汤闻道的胳膊，缓缓地走进了古镇的夜。抬眼望去，小桥流水，诗情画意，道不尽的江南风流。

河面吹来一阵阵轻柔的晚风，不时地有摇橹船穿行着，他们俩沿着河边漫步，何君梅的头靠着身边男人的肩头，她的胳膊紧紧挽着他的胳膊。

走着走着，何君梅似乎随意地提起他的手，放在自己胸前，汤闻道感受到女人高耸而富有弹性的乳房随着脚步晃动着——这个热源持续地撩拨着汤闻道全身上下的感官，让他的心底如水面遇到晚风一样，不断荡漾起水花来。

一种本能的欲望，悄然升腾起来，驱使着汤闻道尽快结束散步，以享用这个天赐之美。与此同时，他残存的理智又在不断提醒自己，慎处、慎微、慎终啊！

汤闻道心里很清楚，今天一脚踏进何君梅的温柔之乡，那么，便与自己曾鄙视的那些达官贵人同流合污了。

汤闻道心里比谁都清楚，一场美丽的艳遇过后，必定有一个致命的陷阱，天下没有免费的午餐。可他内心在激烈地挣扎着，不得不感慨，历史上确有柳下惠这样的人吗？

不知不觉他们已经转了很久，夜已很深了，汤闻道的理智在抵抗着，故作矜持地说："时间很晚了，该回去休息了。我送你回到房间，我再去休息，晚安！"

何君梅站在原地不动，一副怅然若失的样子，执拗地说："我不想回房间去。"汤闻道问："太晚了，你要到哪里去呢？"

何君梅的眼眸瞬间闪出异样的光泽，轻声说："我与你好好聊聊，不管聊得多晚，干什么都行。"此时，再不开窍的人，也听得出坦露的弦外之音了。

汤闻道听到如此有诱惑力的表白，心头不禁一荡，他情不自禁地张开自己的双臂，一把揽住何君梅纤细的腰身。两人紧紧地相拥在一起，然后，一阵激情四溢的喘息声。

突然，汤闻道的皮囊里仿佛立刻换进了另一个自我，双脚让另一个自我驱动着，急不可耐地搂着何君梅，往自己住的房间走去。

何君梅顺从地配合着他，小鸟依人般依赖着他，浑身柔若无骨。汤闻道边走边喃喃道："好，一起聊，聊什么都可以，干什么都可以！今晚要让你舒服，要让你满意。"

特派员汤闻道终归没有闯过"美人关"。

清晨，天刚一亮，刘森接到了电话，钱业同业公会吴董事在南浔打来的，他告诉刘森说，汤闻道和何君梅如愿以偿。刘森连连说了几声好。

此时，刘森似乎又懊悔起来，有种怅然若失之感，他回味起何君梅唱评弹的曼妙身姿，仍感觉冲动不已，这尤物可遇不可求啊，没有上手呢，就让汤闻道捷足先登了。想起来，沾上谁都喜欢的女人，是很可怕的事情——可惜了，没有办法，为了确保自身安全，只能忍痛割爱了，让她成为汤闻道的"温柔陷阱"吧。

为排解未能染指何君梅的内心失落，刘森的选择依旧是入夜到静安寺仙乐斯舞厅，去找舞女，发泄发泄。舞厅经理见到这位惹不起的主儿来了，也不多废话，直接用各种办法把买了小曼舞票的客人一一请走。

刘森颇为满意，他甩给经理几张钞票，斜愣着眼睛说："我这个人奖惩分明，记得就这么安排！"在与小曼跳舞的时候，刘森没有多少话可说，但他的手极不安分。小曼知道此人很有背景，不便发作，只好轻轻地说刘森酒喝得不少，哈出一股酒气。

刘森色眯眯地打着哈哈，说"酒色不分家"，"到舞厅就是找乐的"，然后，他的猥亵行为越来越大胆，双手放肆地从旗袍开衩处摸了进去。

小曼提醒他注意分寸，刘森趾高气扬地反驳说，舞厅要想办下去，对我说话就要客气些，否则，就关门整改。小曼沉默了，她不得不忍气吞声，任由刘森紧紧地搂着摸来摸去。

猥亵过后，刘森扭曲的心理似乎得到了暂时的释放，他在内心里阿Q般地寻找着平衡：官当得比我大的——看上的女人咱不去争，舞女我总可以要怎么玩就怎么玩吧？

当然，刘森没读过鲁迅先生的书，否则，他大概会知道，"怯者愤怒，却抽刃向更弱者"，指的就是他这种人。

刘森晃晃悠悠地走出舞厅，刚好，沈东洋急急忙忙地过来找他，悄悄地说，韩明文已有下落。他与姘头住在一起，为女人花了不少钱，发现他之后，沈东洋已神不知鬼不觉，将两人装入麻袋，扔进了黄浦江。刘森听后，如释重负，心里轻松了许多。

工潮很快就平息下来了，这的确让向影燕很感意外。不过，史正良在工厂的内线，提供了一个很有价值的情报：工人们闹事是自发性质的，但明显有人借机在工人中宣传共党的思想，特别是一个青年工人竟然说过"上海工人中间出过顾正红这样的英雄"。

向影燕在雄村军统培训班学习的时候，上面专门安排了关于共党在上海发展历程的讲座——顾正红是早年加入共党的日商纱厂的工人，带头闹罢工的。他的名字被工人提起，让向影燕禁不住暗喜起来，那位青年工人与共党说不定有某种联系！

她要求史正良顺藤摸瓜追查下去，查查青年工人后面到底是谁。向影燕判断，共党擅长做工运，紧紧盯住工厂里工人的动向，继续深入探查蛛丝马迹，"箜篌"就会逐渐现出原形。

从南浔返回上海，汤闻道与何君梅各有去处，作别时两人依依不舍，尤其何君梅梨花带雨的模样，令汤闻道内心的欲望又升腾起来。

何君梅满怀喜悦地进了家门，丁树基正等着她。她极力掩饰着仍隐隐荡漾着的情动，故意问道："我不在，你没有过去陪正宫娘娘啊？"

丁树基没有直接回答何君梅的问话，他默默地坐在沙发上，许久没说话。过了很长时间，他表情略有沉重地说："君梅，我想好了，法华浜有套不错的公寓，你可以搬过去住。"何君梅听了一愣，她没想到丁树基说出这样的话来，问道：

"哟,你是什么意思呢?"

"你在公寓住,特派员与你接触更方便些。打开天窗说亮话吧,我呢,已经风光不再,当下只求自保了,你跟着我已毫无意义。现在你与特派员搭上了关系,对你来说是件好事,对我来说也不是件坏事呀——从这点上说,我倒要感谢你呢。"

何君梅听丁树基这么一说,心里倒是有了一种前所未有的轻松,她恨不得马上与汤特派员住在一起,但在表面上,她仍然表现出一副无可奈何的样子,平静地说:"好,这两天搬吧。"丁树基接着叮嘱道:"一日夫妻百日恩,别忘了为我多讲讲好话呀。"何君梅干脆地回应道:"嗯,晓得了。"

汤闻道回到孤军营住处,很快换上了一身制服,然后,他直奔办公室,刚落座,电话铃响了起来。汤闻道拿起电话一听,说话的人是刘森。

刘森不无得意地说道:"特派员,郎才女貌啊,恭喜你抱得美人归……"

汤闻道听了刘森的话,心里微微一惊,佯装不清楚刘森在说什么:"刘站长,你说的哪一出啊?"

刘森诡秘地说:"哎呀,何小姐这样的上海滩名媛美女,你说哪个男人不喜欢呢?目前很多大员在盯着她呢……"

汤闻道基本上断定了南浔的活动是刘森精心设好的一个局,不过,从汤闻道的为人来说,他下决心迈出这一步,是经过权衡利弊,有足够思想准备的,所以,他保持着镇定,说:"你的消息很灵通啊。"

刘森此时兜出他的私货与底牌,说:"何止这条消息,我还有消息呢,听说汤特派员对我拥有房产颇感兴趣呀。"汤闻道听出这正是刘森的目的所在，他敷衍了一句，说："现在传言太多了。"

刘森说："如果是传言就好。我要说的是，共党在上海活动可不是传言啊！特派员，韩明文揭发我的材料如何落到记者手里？一定有共党在后面操盘，如不集中力量打击共党的活动，盯着我这点儿小事，不是捡了芝麻丢了西瓜吗？"

汤闻道义正辞严地点评道："你的小事？你的所作所为丢尽了党国的脸，影响了党国的形象，暴露出来受到处理是迟早的事情。"

刘森狡辩说："你说得对呀，我不否认我有问题。不过，有问题我可以整改呀！但国共两党之事，可都是生死存亡的大事。当务之急是防止共党取而代之，他们才是党国的大患啊。"

汤闻道仍然不紧不慢地说："谢谢你的提醒，关于防共的事宜，我会给予高度重视，届时请你多多支持配合。"

放下了电话，汤闻道感到一阵凉意袭来，从前胸扩散到后背。他清楚，该来的终究是来了，现在有把柄落在刘森手里了，至少是贪图女色，对于那些混日子的国民党官员来说，这算不上什么大事，但汤闻道一心要往高处走，他容忍不了自己多年打造的严谨形象，因此受到影响与损害。

刘森的态度已经很明确了，只要不去深入查他的贪腐问题，既往不咎，到此为止，把矛头对准共产党，一起防共反共，这样做一切皆大欢喜——否则，就不客气了，互相揭短，鱼死网破呗！

实际上，就在汤闻道去南浔聚会之前，高祖谋已将刘森敲诈汉奸获取"赎罪金"的所有证据全部落实。同时，李默整理好了刘森接收多套房产的调查报告，事实也是板上钉钉。

如今证据与报告就放在文件柜抽屉里，要不要上报将其法办呢？汤闻道呆呆地坐在椅子上，犹豫起来。

二

程元泰焦急万分，他在公啡咖啡馆等了快一个小时了，但还没见到章晓晔的身影。两人之间已经形成惯例，周一中午于公啡咖啡馆碰面，雷打不动，最初这是章晓晔提议的，她不可能忘记了。

程元泰喝完咖啡，放下杯子，走到吧台，往《联合晚报》报社打了个电话。报社接电话的人说，报社主编与章晓晔等几位记者，已经让国民党新闻检察官及其稽查大队带走了。

听到这个情况，程元泰知道出了问题，便急忙赶到新闻检察官办公室。在记者会上，他与新闻检察官打过交道，互相都了解，所以，程元泰上来与其交谈了几句，便请求放了记者章晓晔，说她是自己的远房亲戚。新闻检察官很客气，但对于放人他却婉言拒绝了。

"程主任，《联合晚报》这家报纸，特别是这个叫章晓晔的记者，是汤特派员直接点名上了名单的。我们这次采取的行动，就是按特派员的要求办的。"新闻检察官亮出了特派员的旗号，试图让程元泰对此知难而退。

"是吗，汤特派员的要求，那好说。我是他的学生，可以过去向他解释一下。一个小姑娘，刚开始干这个行业，容易受到别人的影响。我带回去好好训导她。"

"没那么简单,章晓晔在她报道里,对党国说三道四的,可以说屡教不改……"

程元泰心里烦躁极了,他强撑着自己的情绪,依然保持着脸上的笑容。事发突然,程元泰随身没带可以打点的东西,他下意识摸了摸口袋,发现揣着支派克笔呢。程元泰忙掏出派克笔,递到了新闻检察官面前:"来得匆忙,别嫌我出手寒碜……"

新闻检察官的手指捏住了派克笔,嘴里客套着说:"你这是干吗?大家都是熟人了!"

尽管他这么说,手却没有把派克笔推回。程元泰稍微使了点劲儿,将派克笔推到了新闻检察官的手掌之中。

"应该的,请你放人,也让你担了风险嘛。不过,如特派员问起来,你推到我头上好了——我们以后还得打交道呢,明年你们这块的预算拨款,届时我们再具体聊……"

对于程元泰的暗示,新闻检察官心领神会,连连点头。与此同时,他平放在桌上的手,悄然地握了起来,攥住了那支派克笔。

程元泰将章晓晔送回了住处。章晓晔担心着报社主编,问程元泰,主编怎么办呢。程元泰想了想,说想让主编早些出来,不妨让报社准备一份厚礼,送给新闻检察官,顺带说些好话,表面上做个检查。

面对着眼前这个党国财政部的官员,章晓晔总感到,他与她接触过的大多数当官的有区别。她一下子蹦出许多问题要问,但又不知从哪个问题问起,唯恐太突兀了。

想来想去，章晓晔忍不住开口了，她问程元泰："说起来你这个人挺神秘的，为什么有些内部材料，你居然时而透露给我一个小记者呢？"

程元泰不好直接回答，他试图回避这个话题，便真挚地说："当得知你被带走了，很为你担心，说起来我很后悔，也许我不该与你聊这么多，而就是这些内容，将你推入了险境。"

程元泰诚恳的话语，深深地打动了章晓晔。她轻轻地低下头，让此时心情慢慢平复下来，然后，她又抬起头，那双美丽动人的大眼睛，凝视着程元泰，说道："程主任，这是我的选择，我愿意做记者，愿为真理而斗争，所以不畏惧进入险境。有你这句关心的话，再遇到多么危险的事情，我都不会怕！"

章晓晔说话的时候，带着单纯知性的女孩情态。看着她坚定而朝气的目光，程元泰的眼神，变得柔软起来。此时他仔细端详了对方，她身着白衣黑裙的五四装，白净圆圆的脸，短短的学生发型，浓眉下一双水灵灵的眼睛，忽闪着长长的睫毛，微微一笑时，两腮顿时呈现出迷人的酒窝。

两人静静地对视着，互相从对方的眼眸里，隐隐约约找到了某种因吸引而生起的一往而深的共鸣。程元泰毕竟年长、是男性，很快恢复了理性，他默默地对自己说，要做的事情很多，更多的危险还在后头，切不可陷入到一段新的情感里，无法自拔。

章晓晔盯着程元泰闪烁不定的眼神，轻声问道："你想什么呢？"程元泰笑着说："以后别叫程主任了，太生分了，直呼名字——叫程元泰吧。"章晓晔马上说："不好。简单点儿，叫元泰,怎么样?"程元泰说:"随你。"

"元泰,以后你得到有价值的材料,还要告诉我啊。此外,你如果碰到棘手的事情,记得叫上我,好吗?"章晓晔认真地说,她感到他们之间的关系,似乎近了一些。

程元泰微笑着点头,他从章晓晔的眼神里,觉察到她会猜测自己另外有什么背景——幸好她没追问下去,否则,这个问题的回答,有些高难度了。

三

景家工厂工人联合罢工结束以后,景莺音将洋房内外重新进行了整理,然后,她邀请老师汤闻道与同学程元泰、高祖谋过来聚餐,答谢老同学在工人请愿时前来为自己"遮风挡雨"。

汤闻道由于那天因故没来,便仔细地了解了整个事件的来龙去脉,并向学生们求证,当中是否有共党介入的迹象。

景莺音态度明确,不认为这与共党有什么关系,她很认真地对汤闻道说:"老师,工人们的确面临生活困难,我看他们的行为纯属自发,加之我堂弟景弘毅简单处理这才成为导火索。"

"工人们为生存考虑,第一位是维护自身利益。"程元泰补充道。"既然看不出有什么深层次原因,那就好。"汤闻道说完,点了点头。

"我建议莺音采取些强硬手段,将那几个带头的工人开除了,杀一儆百,她却心慈手软,不愿这么干。"高祖谋插上了一句。

景莺音连忙说:"这样做不好。工人们不仅会说景家秋后算账,还会留下日后劳资矛盾的隐患。"

"我倒觉得祖谋建议得对,需要杀伐果断,以儆效尤,以免后患。"汤闻道明确地表态,他支持高祖谋所提出的做法。

见几个人始终在谈论工人罢工的事情,程元泰将议论的话题转到了时局上,聊起了报纸上披露的毛泽东在重庆期间的种种逸事。

程元泰向汤闻道请教道:"老师,委员长邀请了三次毛泽东,毛泽东才赴重庆进行谈判,几天前国共双方代表刚在《双十协定》上签了字,接下去国共的走向,是和平呢还是内战,我们会有太平日子过吗?"

高祖谋接着说道:"我看了委员长与毛泽东的合照,两人都有伟人的气势,我不相信毛泽东心甘情愿地只在联合政府中找个位置。就在重庆谈判期间,共党在上党与国军仍兵戎相见呢!"

"目前,在国际形势方面,美国与苏联都不愿意中国爆发大的内战,特别是美国,希望国共两党在联合政府的框架下运作,但苏联在国共两党之间犹豫不决,考虑到东北密切涉及自身利益,苏联倾向于支持共党的可能性很大。"汤闻道站在国际大背景上,头头是道地评论着。

"反正,抗战这么多年赶跑了东洋人,希望政府支持企业尽快恢复生产,考虑老百姓的生活,当然,和为贵,不要自乱阵脚。"景莺音不涉及大的政治问题,而是关心国计民生,故如是说。

汤闻道问景莺音："莺音，你讲的所指是什么？"

"工人们之所以罢工请愿，在很大程度上是手上的伪中储券兑换之后，他们实际生活水平更低了。我四叔前不久与几位实业界人士，联名向行政院发了信，反映有关的情况，却石沉大海无消息。"

程元泰感慨道："上面的财政政策制定，不知如何考虑的，让人真搞不懂。每天我在办公室忙于具体事务，但一考虑到这些问题，简直一团乱麻，丝毫找不到头绪，当前让人头大的事太多了。"

说到国计民生的问题，高祖谋的情绪高涨了起来。"关键的问题是，抗战胜利了，在党国队伍里的一些人，背弃了理想、信念，背离了中山先生民族、民权、民生三民主义的初衷，他们以为到站该下车了，开始热衷于五子登科，金子、票子、车子、房子、女子样样都要，这叫什么接收？对这些蛀虫，应严惩不贷！"

高祖谋痛心疾首地说着，眼光扫向程元泰。

程元泰知道老同学的话有弦外之音，在他痛斥的一些人中包括了自己。程元泰心里有数，并未介意，神色如常。然而，高祖谋的一席话，却触动了汤闻道紧绷的神经，令他感到一阵阵不自在，字字句句像无数箭簇射进心脏，刺痛难忍。

汤闻道清了清喉咙说："好了，这些话呀，关上门说说而已，出去可要注意了，最好不要发表这样的言论，弄不好就变成非议……"

程元泰想到章晓晔被新闻检察官带走之事，故意加了把火，说："但在报纸上以及街谈巷议里，舆论可是此起彼伏啊。"

汤闻道对一些自以为是、要求言论自由的报刊，向来是没什么好感的，一听到程元泰提起这些，他脸色微微沉下来，严厉地说道："政府施政有个过程，是在不断摸索中发展的，即便有不妥之处，可以在下面沟通交流，但绝不容许有些别有用心的报刊妄议！对于其中屡教不改的几家，要毫不留情地采取坚决措施！"

高祖谋当然很支持老师的思想与做法，在此基础上，他又拓宽了内容，说："老师说得对，就是要采取坚决的措施！同样，对党国内部的贪腐分子们，也必须毫不留情地采取坚决措施！"

关于刘森涉贪的取证材料与调查报告，汤闻道碍于与何君梅的交往，并未将其上报，他心虚地"嗯"了一声。高祖谋并不了解汤闻道此时的心理活动，继续盯着问："老师，已报给您的刘森讹诈'赎罪金'的证据以及关于他的房产调查结论，您什么时候上报啊？我已做好了准备，随时奉命将他缉拿归案！"

汤闻道这时理解了，为什么有人在他面前告状，说高祖谋不讲人情、一根筋了。他极力想暂时回避刘森的问题，但这个学生步步紧逼地催问，实在是令他尴尬不已。

汤闻道含混地说："刘森收受了韩明文5万美元的贿赂，在报纸上公开揭露出来，最后都拖到不了了之。因此，我在考虑，如何把握上报的时机，以做到十拿九稳，板上钉钉，让其他人无法替他开脱……"

程元泰见状，也积极地表态说："如果证据还不够，我再加把劲儿，用几天时间，让办公室的人再查查：刘森除了五子登科之外，本人持有多少、通过亲友代持多少从汉奸手里转来的企业股份等……"

没等程元泰把话说完，汤闻道打断了他，说："对于这个事情，放一放再说吧。接下去，按照上面的要求，工作重心逐步调整到防共上来。"

汤闻道似是而非的一番话，高祖谋听了以后，担心老师准备鸣锣收兵，他仍不甘心地问："不是说尽快拿下刘森这个贪腐典型，以维护党国形象吗？"

汤闻道已经稳定了情绪，做出成竹在胸拿定主意的样子，镇定自若地说："不急于放在这几天，我会择机上报的。我们净说这个了，莺音都插不上话了。"

听汤闻道这么说，高祖谋马上为景莺音布菜，问道："莺音，记得工人闹事那天，弄断了箜篌的弦，现在修好了没有？"

"还没呢，最近何君梅在搬家，我们商量好了，箜篌研习班停两次。"

景莺音提到了何君梅的名字，让汤闻道当着学生的面，感到一阵不自在，他极力掩饰着，说不清楚心里到底是什么滋味。

四

等何君梅搬好了家，汤闻道急不可耐地赶了过去。两人小别胜新婚，一番缠绵缱绻之后，躺在床上说起话来。

汤闻道问房子哪来的，何君梅坦诚说，这个公寓是丁树基主动送的。除了这套公寓，何君梅说她差不多是净身出户，只带出随身的一些衣服细软。汤闻道安慰说，以后慢慢地将需要的物品置办起来。

"这套公寓环境是挺清静的，就是有一点，离静安寺远些，出门过去不方便。"何君梅抱怨说。

汤闻道沉默了一下，内心在想着利用权力做点儿什么，他开始有些犹豫，转念又一想，下了决心说："这样吧，明天我让秘书从接收物资里调拨一辆车来，供你专用。"

何君梅说："还需要个司机，总不能出门你开车吧？"汤闻道回答道："你看着雇个司机，人要踏实可靠的。"

"好。后天在国际饭店怡和洋行有个化装舞会，他们已经邀请我了，正好可以乘车去了。"何君梅开心地说。

汤闻道听到何君梅这么一说，心里顿觉不快起来——男人的占有欲如幽灵一般控制了他的心胸。他严肃地对何君梅说："以后外面的活动少去为好！实在情非得已，适当选择一两场去去即可。"

对于何君梅这样的社交名媛来说，在各种活动上展示才华风貌，可以说是其生命的全部意义，汤闻道如此毫无余地地限制，无异于剥夺了她作为名媛而存在的快乐。

两人为此起了争执，争吵到最后，何君梅坐了起来，委屈地掉了不少眼泪，对仍然躺在床上生气的汤闻道娇娇地说："我不跟你吵了，再吵下去，我们两个人的情分就没有了。从那天你帮我在美国人面前解了围，我已将你当成我的天，我讲再多的道理，都没有天大，你说的事情，都是天大的事情，你不让我出去活动，我就乖乖地待在家里等你。"

何君梅擦了一下眼角的泪水,接着说:"你不用调拨车了,我哪里都不去。可你摸着良心想想,我原来的生活不要了,心甘情愿地与你在一起,我到底图什么了?我图的是与你厮守,永不分离。"

汤闻道被何君梅绵绵的话语感动了,有生以来第一次听到女人如此动人的表白,柔柔的带着伤感的话语,更加动人心弦,不可抗拒,他注视着背对着自己啜泣的何君梅,不免有些内疚,他伸出了手,轻抚着女人轻轻晃动的腰肢,轻声说:"我没有说永远不让你出去呀,我的宝贝。"

何君梅仍然沉浸在社交受限的遗憾之中,吧嗒吧嗒掉着眼泪,没有回应他。汤闻道接着说:"考虑我目前的身份,与我在一起,你要舍弃很多的,以后我会加倍补偿你的。"

在日本人加藤的协助之下,丁树基将文物清单列出来了。他约好汤闻道在饭店碰面。两人一见面,汤闻道因从丁树基那里"接收"了何君梅,显得有些不自然,脸颊丝丝发烫。丁树基则好像什么都没发生过,恭敬地将文物清单呈给了汤闻道。

汤闻道看了看文物清单,故作无意地问起:"这些古董如果变现一两件不难吧?"

丁树基是何等人也,一听到讲这个,就顺着杆子说道:"岂止一两件,全部变现都没问题的。特派员,不瞒您说,我有渠道将这批文物悄悄地运到香港。脱手之后所得,丁某分文不取,全部由您来支配。"

汤闻道听着动心了,拥有了何君梅,他似乎变了一个人,人往往就是这样,如果过去思想防线很严,一切显得云淡风轻,时刻守着自己的堤坝,巍然屹立;可一旦思想防线松动了,哪怕堤坝上打开一个再微小的口子,也越来越无法弥补,接踵而来的水流,将会不可阻挡地冲垮堤坝,一泻千里。

汤闻道让丁树基按照清单将文物逐一收齐,并且说如有汉奸不配合,他随时可以出动军警处理。

"丁兄,如果这些文物你顺利脱手,你不用担心肃奸之事了,我设法帮助你上岸,并妥善安排好。对你来说,功过相抵,也许能够另有任用呢。"汤闻道希望此事办成,对丁树基许下了诺言。

为了保全自己性命,丁树基不惜一切手段,上蹿下跳了这么久,他要的就是这颗定心丸!他感激涕零地表示,会尽心尽力将这件事情办好。

晚上,汤闻道来到何君梅住的公寓,将准备倒手文物之事告诉了她。何君梅惊讶之余,问汤闻道,干吗要这样做。

汤闻道有一种补偿的心态,对何君梅表达说:"就这一次,是为了你,绝无仅有,不过,下不为例。"

何君梅听了以后,感动不已,她听说过汤闻道过去的为人,现在能够为自己做出这样的事情,实属不易,找这个人做自己的终身依靠,可谓大树下面好乘凉了;想着想着,她两眼的泪水又流了下来。

她猛地冲上前搂着汤闻道的脖子,头轻轻地靠了上去,柔声柔气地说:"山无陵,江水为竭,冬雷震震,夏雨雪,天地合,乃敢与君绝——从今往后,我是你的虞姬。"

汤闻道听了何君梅动情的话,反而笑了起来,说道:"在上海我要做出些业绩来,或可再上一个台阶,我可不要做楚霸王,更不会乌江末路,我们未来可期!"

何君梅补了一句，说："其实我现在已经非常幸福了。"汤闻道接着说："刘森这家伙清楚我们之间的事情……不要紧，我们稍微注意些，等我飞黄腾达了，更徒奈我何。"

入夜了，温柔过后，汤闻道躺在床上翻来覆去，无法入睡。他看着身边已进入梦乡的何君梅，发出均匀的呼吸声，汤闻道心里不禁问自己："为了她做这一票，到底值不值呢？"

从政至今，汤闻道是夕惕若厉的典范，他很清楚自己的现状，像他这种没有大背景的人，保护好自己的最大资本，就是在德行上的无懈可击——清心寡欲所带来的优越感与无懈可击，正是他与党国其他官员一较高下的底气所在。

但是就在这个夜晚，汤闻道则担心与忧虑起来，他不知道，为了这个女人而伸手——尽管仅此一次，下不为例——最终将会给他带来哪些不确定的后果。

五

季国云将无线电器材清点完以后，就约了程元泰在书场碰面。他把器材清单递给了程元泰，问何时将货运输出去。程元泰看着清单，说此事不能过急，无线电器材与油料不一样，要等与买家协商后，才能确定何时交易与发货。

两个人吃完早茶，季国云又说起，在这些器材的外包装上标有日文。程元泰认为标有日文不妥，他考虑了一下，请季国云将这些器材重新做做外包装，伪装成搪瓷制品。

从那个青年工人入手，史正良找出了更重要的角色。尽管他没能够查出来青年工人曾经是工人地下军起义时的积极分子，但是史正良安插的内线摸清了，之所以青年工人说出"顾正红""全世界无产阶级联合起来"诸如此类的语言，是因为此人在夜校学习，受到了一位夜校教员的影响。

史正良不敢怠慢，立即将情况向影燕做了汇报，并拍了拍向影燕的马屁说，要求盯住基层工人运动这个决策，真是太英明了。

向影燕顾不上在下属的恭维中得意，她眼睛发亮起来，明确地命令道："立即安排人手，秘密逮捕这个夜校教员！"

在夜校下课以后，教员小孙在回家的路上被秘密抓捕。得手之后，向影燕连夜进行了审讯。开始，夜校教员小孙对一切指控矢口否认，他声称自己不是共产党，不知道向影燕干吗要抓自己。

此时在工人内部活动的特务现身了，他得意地问夜校教员小孙："先生，你不认识我了？我在你那儿上过几次课。"夜校教员小孙默不作声。向影燕对一个特务说："你帮助他回忆回忆，他上课时讲了些什么。"

"这位先生啊，一半的时间在教工人识字，另一半的时间，他在讲《资本论》，说什么社会上的财富，都是工人阶级创造的，工人阶级团结起来到明天，反抗资本家的剥削；还讲上海爆发过五卅运动，工人阶级有着斗争传统……"

向影燕走到夜校教员面前，问他："你还说不是共产党？"

夜校教员小孙继续选择不作回应。向影燕没耐心了，开始上刑。第一波刑罚，夜校教员小孙挺住了。第二波刑罚，夜校教员小孙扛了一阵之后，撕心裂肺地叫道："一枪打死我得了！"

教员小孙这个反应，让经验老到的向影燕觉得有戏了，人忍受不了的时候，才可能这么叫喊。果不其然，当向影燕让特务准备将洋钉钉入教员手指头的时候，此人彻底崩溃了，他不愿再承受这种无尽的身体上的折磨。

他招供说，自己是8月底从苏北被派到上海的，专门负责基层工运宣传工作。

向影燕问他与"箜篌"是什么关系，夜校教员小孙回答，"箜篌"是其上级，但是出于安全保密等原因，与"箜篌"一直是单线间接联系，从未直接见面。

向影燕对这个审讯结果非常满意，至少对于这个神秘的"箜篌"，她终于捕捉到一些蛛丝马迹了。向影燕让夜校教员小孙留下了一份签名画押的悔过书，就悄悄地将他放了回去。

向影燕给他的任务是，回到夜校教员的岗位上，继续想办法与"箜篌"联络上，争取让"箜篌"早日现身。

向影燕严令现场所有的手下，今天的事情，必须严格保密，尤其不许向刘森透露任何风声！

第十四章

各取所需

一

在上海书店阅览室里,"箜篌"辨识着书中夹着的工尺谱——从中可明显看出来,程元泰记谱的水平,近期有了较快的提高。

曲谱译成文字,上面乃是无线电器材清单以及程元泰的建议:为尽量减少沿途盘查,无线电器材以水运为宜;为确保此次水运成功,请及时提供苏北沿江、沿海各港的潮汐情况,以便确定日期,选择停泊目的港,并趁潮水进港。

自从动了倒卖文物的念头,汤闻道有心转了几家古玩店,凡见到店里有与文物清单上相似的文物,他便随口询一询价格,以便心里有数。回到办公室,他又拿起那份文物清单,仔仔细细地浏览了几遍,估算着这些文物值多少钱。

经过了担忧与纠结之后,汤闻道又有了一种侥幸心理,认为如果就干上一次,然后不再恋战,及时收手,应该不会有太大的问题。所以,突破防线狠捞一次再罢手的想法,萦绕在汤闻道心头,挥之不去。此时,汤闻道倒是冷静地想到另一个问题:"丁树基所提供的这份清单,到底有几分可信度呢?"

为了谨慎起见,汤闻道将文物清单交给李默,说这份文物清单,是丁树基为了自保提供出来的情报。他要求李默出面,按这份清单,逐一找到曾瓜分过文物的汉奸,说给他们提供立功的机会,以此核实该清单的真实性,从而验证丁树基提供的清单准确与否。当然,汤闻道隐去了真正的动机——用这些文物,为自己谋私。

又到了周一中午,与程元泰约定的碰面时间到了,章晓晔正往公啡咖啡馆方向赶路。在马路上,她迎面见到一个黄包车夫,脸上带着伤,正蹲在马路牙子上悲泣;车夫的黄包车,则斜倒在了路边,车身似乎已经被撞坏了。

大上海的街头,人来人往,车水马龙,每日里都上演着风云变幻或悲欢离合,路人们事不关己,见怪不怪,各顾各的。章晓晔以其职业敏感和善良天性,忍不住停下了脚步,靠拢过去询问黄包车夫,到底出什么事了。

黄包车夫懊丧地说,刚刚拉了个客人,因路上一个窨井盖坏了,他并没有注意到,在从上面经过时,黄包车猛地颠了一下。这一颠,不知为什么,车上的客人发起怒来,下了车不由分说举手就打,口中说颠坏了他的东西。章晓晔不禁好奇地问道,那个客人带的什么呀,竟然发如此大的火。

黄包车夫描述不上来,他说好像插鸡毛掸子的瓷瓶,上面已有很多裂纹。章晓晔担心程元泰等得着急,没再深入问下去,她给车夫塞了些钱,让他赶快去修车。出于对弱者的同情,章晓晔自我介绍说是报社的记者,定会为他讨个公道。

与程元泰见面以后,章晓晔顺便讲起了路遇黄包车夫的事情,感慨底层百姓谋生不易。程元泰听她把话讲完,两眼突然亮了起来,他吊起章晓晔的胃口说:"我好像发现了重要的新闻线索!"

章晓晔说:"是吗?你别卖关子了,快说出来嘛。"

程元泰绘声绘色地分析起来,说:"按黄包车夫的描述,那个瓷瓶估计不是一件普通的物品,我听着倒像近似于哥窑一般的贵重东西。一个有钱的人,为一件价值不菲的哥窑瓷器,当街欺凌穷苦的黄包车夫……完全可以写成一篇社会问题的报道。"

章晓晔全神贯注地听着,并未留意服务生端着他们点好的咖啡走来,听完程元泰的分析,她兴奋地鼓起掌来,眼里充满了佩服之情。她突如其来的动作,导致服务生躲闪不及,手中端的咖啡被碰翻了,刚刚煮好的滚烫咖啡,洒在了章晓晔的手上、腿上。服务生连忙道歉,说过去拿酱油来处理。

"抹酱油会让皮肤变黑的。有煤油吗?"瞧着章晓晔已被烫红的手,程元泰急忙问服务生。"有,吧台有。"程元泰立刻起身到吧台,将手帕放在煤油里浸湿了,然后,他拿起手帕,在章晓晔手上、腕上被烫到的地方,一点一点地轻轻擦着。

在公啡咖啡馆的落地窗外,景莺音正站在马路边上,刚好见到章晓晔满脸幸福地任凭程元泰呵护着她细嫩的小手。景莺音忙得要命，难得抽空出来转转，她到了永安百货的乐器部，催问送修的那架箜篌，何时可以取回来，没想到从百货公司出来没一会儿，恰好看到了眼前的这一幕。

当年从程元泰的生活中主动消失，始终是景莺音难以解开的一个心结。在上海重逢之后，他们之间并没有将事情说开，客观上也不容许她这么做；由于没有对程元泰说出缘由，造成了程元泰对此已经不抱有希望，所以，程元泰无可奈何地当众表示过，现在做同学挺好。景莺音明白与理解这一切，但仍然隐隐地期待着什么，毕竟她心里依旧深深地爱着他。

不过，隔着公啡咖啡馆大大的落地窗，以往隐隐的期待，如同升上外滩夜空的孔明灯，似乎渐渐远去了。

从公啡咖啡馆回到报社，章晓晔打电话给自己的线人——一个包打听。过去上海的包打听，是为巡捕房干活的，后来他们逐渐发现，其实报社也是不可小觑的主顾，因此，包打听中间的很多人，以消息卖钱多多益善为原则，纷纷与报社、记者建立了供需关系。

章晓晔让包打听查一查，今天中午在黄陂路就是以前的贝勒路，有没有人见到有一个携带古董的人，殴打了一个黄包车夫。

二

见到景莺音在办公室等着他，程元泰颇感意外，说："难得啊，你头一次到我这儿。"

"今天正好路过，我进来见见老同学。"景莺音说。程元泰立刻为景莺音沏了杯安吉白茶，两人坐下谈了会儿。程元泰问了问东亚丝厂复工之后的生产情况，跟景莺音打趣说："过不了几年，你就成女实业家了。"

"别拿我开心了。主要因为景家男丁太少，我仅仅帮着守守家业而已——元泰，你有没有想过长期留在上海，安个家呀？"程元泰不好猜测景莺音问此话的含义，连忙表示："我茕茕孑立，不敢侈谈安家之事啊……"

景莺音问道："你如此优秀，难道没有你中意的或者中意你的？"对于景莺音直截了当的问话，平时潇洒的程元泰，脸不免有些微红，腼腆地说："以前真没有！这次我到上海……很多时候，社交应酬比较多，你知道的，军统站那个向影燕，就经常喜欢来找找我。"

提起向影燕，景莺音爽朗地笑了起来，说："蕰藻浜桥遇到你，她可是一见钟情啊！"程元泰带有炫耀的口气说："没办法，就前些日子，她送我一块劳力士，我怎么能够接受呢？也许她觉得我不会接受贵重的表，便又要送一块普通点儿的表给我。唉——接受她的馈赠，意味着突破正常交往的界限，以后的局面就会变得不好控制了。"

景莺音收住了笑容，思忖一下，说："我给你一个建议吧，你拒绝归拒绝，但得拒之有度，千万别让她产生怨恨心理，毕竟低头不见抬头见。"程元泰点头说："你说的这个，我会注意。"

景莺音突然想起什么事来，脸上有些细微的变化，她轻声问起程元泰，说："在我离开上海时，送你一件礼物作为纪念的，还在吗？记得那天晚上，你一开始也是不肯接受。"

"在呢，江诗丹顿手表！它是我身上最重要的物品了！过去我曾戴过很长时间，看到它就想起你。后来，后来收起来，把它放在心里了。"程元泰说完之后，领会到景莺音的言外之意，"对啊，我可以把它戴在手腕上，或许向影燕看到了它，会知难而退的。"

李默办事效率非常高，他几天内便把文物清单核实好了。他逐一找到那些汉奸说明情况。为了能在特派员面前表示忠心套上近乎，汉奸们个个儿积极配合。经多方回忆证实，丁树基仍旧私藏了几件好货色，并未将其列入文物清单里。

接着，李默请示汤闻道说，要不要让丁树基将文物尽快交上来。汤闻道想了想说，先不要点破他。李默从办公室出去了，汤闻道觉得这个年轻人，可以好好加以栽培——不仅做事有冲劲，而且嘴巴很严，遇到什么问题，从不多问多说，与高祖谋有相似之处。

但遗憾的是，高祖谋的政治观念，如今执拗得难与他沟通。汤闻道这个做老师的，反而不便与他推心置腹，比如"接收"何君梅这件事，因忌惮高祖谋格格不入的理念，汤闻道至今还瞒着他这个得意门生。

季国云接受了将无线电器材进行外包装的建议，他叫手下搞来了搪瓷制品包装箱，准备将这批器材重新装箱，以此做一些伪装。在重新装箱这天，季国云专程赶到仓库督战，直接指导着手下往包装箱里塞填充物。

他们正忙活着，一辆汽车突然闯进仓库的大门，一个戴鸭舌帽的人跳下车来，四处张望着，问这里是否是精裕公司的仓库。季国云没好气地说了一声"不是"。"鸭舌帽"抱歉地说，对不起，找错了地方，上车开走了。

过了一会儿，季国云感到似乎哪里不对劲。他急忙问手下，以前是否有人如此进来过。手下摇头说，从来没有。程元泰多次提醒过他，防范和保密不能放松，季国云也应承下来并且向手下转述了，但说实在的，他对此并未放在心上。毕竟，混迹于上海滩这么多年了，官虽说不算大，但鉴于在黑、白两道都可以说上话，有几个人敢处心积虑地与自己过不去？即使特派员刚到上海来，曾给季国云来了一个下马威，但那不过是造造声势，并非真把自己怎么样。

但今天这个陌生人的出现，让季国云一下警觉了起来，他要求增加在仓库大门外放哨的人手，杜绝所有闲杂人员进出。布置完这些事情以后，季国云想了想，心里还是不踏实，他索性到了老头子处，对老头子说，生意可能被人盯上了。

老头子江湖阅历丰富，分析来分析去，他初步判断是，季国云的行踪可能被人盯上了，这是跟踪到了仓库——说不定这些人一直在监视着季国云的举动。

"这帮混蛋！"季国云恨得牙根痒痒，骂道。老头子问："后面是些什么人，你心里有数吗？""我一时想不出来。让程元泰说中了，总有人看不得我们做成生意。"

老头子出了个主意，说："这事情好办。你装做什么都不知道，该干吗就干吗，'尾巴'以后还会盯着你的。明天找个时候，你到同舟里转上几圈，我在弄堂楼上安排人手观察，一旦认准哪个人在盯你的梢，立刻把他绑了再说！"

浦西同舟里一带，基本上是居民的里弄房子，里面纵横着许许多多条弄堂。老头子的几个徒子徒孙在这儿，有开烟店的，有开赌场的，这片街坊是帮会的核心区域之一。听了老头子的安排，季国云次日来到了弄堂里，似乎毫无目的的，轻松自在地迈着方步，转过来又转过去。

在弄堂两边的楼上，每隔着几扇窗户，就有老头子安排的人，往楼下面观察着。在弄堂里，有任何风吹草动，通过俯视下面，可以一览无余。当季国云在弄堂里转悠时，其实除了生活在本地的居民，一眼就能辨认出生人。

一个长衫人出现了，他保持着一定距离，不紧不慢地跟在季国云的后面。

老头子坐在一个徒弟的茶馆里，优哉游哉地喝着茶，一个弟子过来报告说："师父，几个位置上的弟兄都见到了，一个穿长衫的家伙在跟梢。"

老头子端起茶杯喝了一口，然后，将其放在茶桌上，又用手帕擦了擦手，缓慢地命令说："兄弟们，把这个人绑了！"

几分钟之后，长衫人已被五花大绑，推进了同舟里的一个房间里。他见到季国云在帮会弟兄的陪同下走了进来，脸上露出了惊恐不安的神态。

三

下午3点左右，程元泰在办公室处理事务，又接到了向影燕的电话，邀他共进晚餐。程元泰沉吟着，在想找什么由头推辞掉，他听到电话里传来向影燕清脆的声音："我知道你在找借口呢。今天不一样哟，我刚在追查共党方面有了进展，与我庆祝一下嘛。"

程元泰故作勉强地说："你这么一说，我没法推辞喽。"向影燕语言干脆道："当然！"

向影燕在追查共产党方面有所收获，那么，晚餐程元泰非去不可了。他以极大的韧性与向影燕保持着比较友好的联系，不就是要得到重要信息吗，今晚争取多了解了解，到底是什么重要内容。

两个人晚上在餐厅相聚，程元泰坚持说他要请客，以祝贺向影燕取得了佳绩。向影燕倒是欣然接受，美滋滋地由程元泰做东点餐。程元泰要了一瓶法国红酒，为两个杯子都斟上了酒，然后，他端起酒杯与向影燕的酒杯碰了碰，说："为了影燕站长新有斩获，干杯！"

向影燕开心极了，举起杯中酒，一饮而尽，嗔怪道："叫我影燕嘛！影燕站长，叫着彼此太生分了，难听死了。"

程元泰友好地说："好。叫影燕！那么，影燕，你有什么好消息？我也听了高兴高兴。当然，讲不讲，由你做决定哟。"

向影燕情绪被点燃，兴奋起来，她站起身，拿着酒瓶，先后往两个酒杯里倒满了酒，她真想痛痛快快地讲出来，但职业习惯控制了她的倾诉欲，只有长话短说："抓到了一个地下党！具体的我不说了，在深入拓展呢。"

程元泰借机恭维说："好啊，狡猾的刘淼被你甩在后面了。由此看来，在抓捕'箜篌'这件事上，非你莫属了。""谢谢。"向影燕说完，与程元泰又干了一杯。程元泰笑着问："那么，顺便问一句，你前去研习箜篌，不单单是为学会这个古乐器吧？"

向影燕反问道:"你不觉得'箜篌'应是个女人吗?我的直觉是。"程元泰不禁一愣,敷衍说:"是吗?我倒没认真想过。"向影燕说:"你不干这行,不去想或想不到,是正常的,可以理解。"

接下来,向影燕转而说起手表的话题了。她问:"我几次要为你换块手表,为什么你都不答应啊?"

程元泰随意地说:"咳,手表这东西,有戴的就行,你费这个心干吗?"

向影燕却认真地说:"上次你认为那块表是接收的物资,不合适戴,你提醒了我,我要感谢你呢,差点儿着了刘森这个坏家伙的道。我改天再掏钱为你买块新的,哪怕不高级,但至少是我的一片心意呀!"

程元泰仍没有松口说:"你没必要破费⋯⋯"聊到了手表,向影燕的目光,自然扫向了程元泰的手腕。这不看不要紧,她突然发现程元泰手腕上新戴了一块手表。

向影燕立刻问道:"你换手表了?""嗯,没多久。"向影燕伸出手将程元泰的手拉了过来,盯着那块手表,端详了一番,接着问道:"这是什么牌子的表呢?"程元泰随意地说:"江诗丹顿。"

"江诗丹顿!听说过这牌子,瑞士顶级名牌货,特别贵呀。"几天没见,向影燕没想到程元泰新换了一块名牌表,竟比她要送的劳力士高级多了,她忍不住狐疑地打听道:"哪儿来的?谁送你这么贵重的表?"

程元泰不能让这个话题深入下去,绕来绕去,他始终不说江诗丹顿到底是从哪儿来的,只说这里有个难忘的故事,以后有机会会告诉她的。而向影燕的心里已经有答案了：无疑是哪个女人送给他的。女人的嫉妒心躁动起来，是很可怕的，这完全与其社会身份无关，即便是军统亦概莫能外。

刚刚兴高采烈时，非常美味可口的佳肴，顿时变得味同嚼蜡，向影燕食欲全无，情绪低落到了冰点，她默默地喝着酒，从嘴里到心里，尽是苦涩与醋意。

程元泰看到了向影燕情绪的急剧变化，劝了劝她，说："聊点儿别的吧，何苦为一块手表的来历，弄得心情不愉快……"

向影燕头也不抬，没好气地说："不关你的事，我自讨没趣。"程元泰又接着劝道："开开心心吃饭吧，别忘了今天相聚是为你庆贺的。——要不我变个小魔术，你看怎么样？"

向影燕仍旧没有抬头，绷着脸说："不用了。"此刻的向影燕，心情糟透了，什么兴趣都没有了，犹如一根烧尽的蜡烛，无论如何都无法将其点燃了。但理智提醒着她，毕竟程元泰是同事、好友，实在没任何理由，可以当场发脾气。

无法发泄的向影燕，心脏如同被一只无形的手紧紧地握着，令她憋闷极了，透不过气来。她在此待不下去了，于是，向影燕站起来，穿好衣服，没有再看程元泰一眼，冷冷地说，有事先走了。

程元泰此时无法解释，所以没有挽留，任凭着向影燕懊丧地推门而去。

女人的心思难以捉摸啊，刚才还是云淡风轻，转眼之间，已是阴霾密布！他本意是让向影燕见到江诗丹顿手表后，产生距离感，知难而退，可没想到向影燕的情绪反应，大大地超出了他的预料——显然，这个军统女人用情已经很深了，江诗丹顿手表的出现，非但没有让她从一厢情愿中淡然抽身，打起退堂鼓，反而激起了她更强烈的情绪波动。

面对向影燕如此专注的情感，程元泰几乎要和盘托出，讲一讲他与景莺音之间的情感往事，但他最终忍住没说出口，他绝不能将向影燕的醋意引向景莺音那里。他此时很清楚，接下去，他与向影燕之间的关系，可能变得棘手了，把握这个"度"已经很难了。不过，眼下这不是最要紧的——当务之急，是刚刚从向影燕那里得到的有价值的情报，得赶紧将其送出去！

当天晚上，程元泰赶到了师心斋古玩店。见到他突然来到，刘胜晓颇感意外。程元泰一再解释说，事出紧急，就直接过来了：根据刚得到情报，军统特务抓捕了一个地下党，请尽快报告"筌筷"，请组织上核实一下，到底哪位同志被捕了。

刘胜晓知道，此事非同小可，要及时报告"筌筷"，采取措施，以避免不必要的损失。

四

上午时分，向影燕仍然为那块手表之事郁郁寡欢，闷闷不乐。办公室电话铃声响了，是何君梅打来的。"影燕，莺音的筌筷已经修好了，这个周日研习班恢复了，你如有空的话，记得来哟。"向影燕说："好的，何小姐。"

何君梅接着说："你提高得很快，再熟练点儿，可以单独置办一个筌筷了。"向影燕心不在焉，敷衍着说："是吗？我好好练练……"电话里何君梅在继续说着，此时向影燕的注意力，早已不在这上面了。

门"砰"的一声开了，紧接着，季国云走了进来，扯起破锣般的嗓门嚷嚷着："向站长！对季某到底有什么成见，劳你安排人对我盯梢？"

向影燕见到季国云怒气冲冲的样子，忙对着话筒说她这里有事，便挂了电话。然后她面对季国云，说道："季组长，你说什么？谁安排人盯梢了？"

季国云一阵冷笑之后，说："敢做不敢当，是吗？好吧，人带进来！"两个海军的人，将长衫人从门口推了进来，长衫人低着头，不敢抬起。季国云说话的底气更足了："向站长，看一看，这是你的人吧？他本人已承认了，说是你下令监视我的！"

向影燕知道，既然事情被揭穿了，矢口否认已没意义。她质问季国云说："你在夜总会打我的人，我当然要查一查，谁给了你这么大的胆子。""打了你的人？我告诉你，党国上上下下都一样，就爱窝里斗，自己人防自己人，自己人斗自己人！"季国云激愤起来，把向影燕的质问撑了回去。

季国云抓住了长衫人，心里有些气不过，过来就是让向影燕出出洋相的。经他这么一吵闹，大楼里的人听到了动静，陆续围了过来，但都远远地看着，谁都不愿意上去劝，生怕哪句话说得不好，不知将会有何后果。史正良就在其中，他派出的长衫人被抓住了现行，更不敢在这会儿出头露面了。

不远处刘森办公室的门打开了，刘森端个茶杯，晃晃悠悠走进向影燕办公室，打着哈哈说道："季组长，都是老朋友了，有话好好说嘛。"季国云像找人评理一样，问刘森："老刘站长，你说说，被人盯梢什么滋味？"

"季国云，你不要肆无忌惮，你在倒卖什么，你自己最清楚了！"向影燕想直接说出季国云在倒卖无线电器材之事，但想了想手头需要更充分的证据，她便忍住了没说下去。季国云嘴上可不饶人："哼！我要问一句，在场的各位，你们谁敢说自己的屁股干净？不过是为自己挣点儿烟酒钱而已！"

向影燕显得很坦然，明确表态地说："我！我敢说！你们这种人啊，以小人之心，度君子之腹。"向影燕说出这句话后，刘森听得非常刺耳，他打断向影燕的话，说道："影燕站长，少说两句吧，退一步天地宽嘛……传到外面去，岂不是让人笑掉大牙？"

考虑到刘森的话不无道理，一切等证据确凿再说，向影燕不再多讲。刘森故意摆出资深的样子，将季国云拉到一边，然后安慰说，向影燕年轻气盛考虑欠妥，对同仁更应谨慎行事。看到有人打圆场，季国云激烈的情绪渐渐平复下来，他过来闹一闹的效果已经达到，于是说今天给刘森一个面子，到此为止了。

季国云等几个人走后，刘森笑眯眯对向影燕说："影燕站长，你不能事事都亲力亲为吧——你看，大事小事一把抓，多辛苦啊！对于追查'箜篌'这种大事，你可亲自上阵，那么，像盯梢季国云等这种小事情，你可以让我来办办嘛。"

向影燕见事已至此，索性将季国云准备倒卖无线电器材之事，悉数告诉了刘森。她对刘森说道："买卖无线电器材，值得警惕，可不是小事啊。既然刘站长愿意辛苦一下，这条线索你负责跟下去，我等着好消息。"

与此同时，因发现了季国云伙同程元泰在私下里倒卖油料，高祖谋将他们之间的举动，已经纳入到监控之中。但程元泰毕竟是老同学，高祖谋没有拿到确凿证据，不便轻易对程元泰进行监视。因此，他安排了副官王超，悄悄地盯着季国云这一边，以便随时掌握新发生的交易。

副官王超向高祖谋报告说，近日季国云频繁进出物资仓库，有迹象表明可能要运出一批物资。"两天前，我们开着车，尾随着季国云到达一个物资仓库。在他进了仓库之后，我们佯装认错了路，将车借机开了进去，实地刺探了一下，看他们到底私卖的什么……"王超得意地说。

"愚蠢至极！你如此唐突，会引起季国云警觉的。"

"当时并没有看出引起他的怀疑。"

"季国云将情况与程元泰一说，肯定会产生怀疑的！你看到了是什么货吗？""远远地我瞧了瞧，好像是搪瓷一类的物资。"王超尽力回忆说。

"噢。继续监视吧，不要打草惊蛇了。"如果确是搪瓷用品，不属于战略物资，对此，高祖谋稍微放松了一些。他又问道，"季国云与程元泰之间经常碰面吗？"王超回答说："大约一周碰一次吧，他们联系挺密切的。"

王超汇报完离开后，高祖谋的眼光无意落到了桌子上放着的师生三人在绑架案侦破发布会的合照上，他无可奈何地摇摇头。高祖谋有一点说中了，他的副官王超此次的鲁莽举动，的确引起了季国云的警觉。但他没想到的是，季国云所采取的反侦察行动，却拿下了向影燕派来监视的人！

也许这是上海滩最魔幻的地方，人们每一次精心的谋划与操作，在波谲云诡的环境之中，都有可能走向另一个从未预期的变数。

五

当天晚上，高祖谋烦闷至极，满肚子里的话要倾诉出去，便拎着一瓶酒及下酒菜，急匆匆地到了孤军营，他要找老师汤闻道好好聊聊，以解心中之忧郁。特别是老同学程元泰的事情，更噎在他的心坎里，实在是难以忍受。或许与老师说说，能碰撞出遏住程元泰堕落的办法来，让他悬崖勒马。可高祖谋到了孤军营，却没见到汤闻道的身影，只有李默独自在那儿。

李默不便对高祖谋多说什么，善意地说："特派员不在，明天上班你来吧。"高祖谋无所谓地笑了笑，说："没关系，我等着。老师回来了，我们一起咪一口，欢迎你参加啊。""喝酒，我可不行。那个——特派员，夜里不回来了。"李默含含糊糊地说。

高祖谋反倒糊涂起来，说："老师外面有应酬，再晚总得回来住吧？"在高祖谋的追问下，李默顿时缄默不语了。高祖谋这才觉得有什么问题，便直接问道："李默，老师究竟怎么回事呀？"

李默见到高祖谋着急了，他只好支支吾吾地说，汤闻道近期已不住在孤军营，而是与何君梅何小姐在另外一处同居。听了李默的讲述，高祖谋不禁大吃一惊，他简直不敢相信自己的耳朵，他伸出手拍着李默的肩膀，请他再说一遍。李默无奈地再次做了确认。高祖谋问道："你说的那个何小姐，不就是汉奸丁树基的那个相好吗？老师竟然与她住在一起，怎么会变成这样呢？"

高祖谋问着问着，不由得苦笑起来，一时间，他深深地感到自己俨然变成了孤军。今晚与老师倾诉是不可能了，当然，在李默面前，他又不好尽情发泄不满，他只好打开酒瓶子，将酒瓶举过头，仰起脖子，猛地灌了一大口。

在恍恍惚惚之中，高祖谋有种从未有过的孤独与无助，他的确没有可去倾诉的地方，不知不觉，摇摇晃晃地来到了景莺音的洋房。眼见这个自制力很强的老同学深夜来访，且散出一股酒气，景莺音料到他是碰到解不开的心结了。她并未多问，而是沏好了茶，让高祖谋坐下来，喝茶聊聊，顺带解解酒。

两杯茶喝了下去，高祖谋说话了："刚才我去找老师了，他人不在。郁闷啊，过孤军营，访师不遇呀。"景莺音不了解具体情况，安慰地说："也许老师工作忙吧。"

高祖谋心里想的事情，借着酒劲一定要说出来，他感慨道："抗战胜利，8月下旬我跟随老师赴上海，与你和元泰重逢，我们多高兴啊！两个月时间还不到，我有一种物是人非之感，老师与元泰都如此之快地改变了自己，人改变环境，环境也改变人呢。"

景莺音随着高祖谋的思路，泛泛地说："是啊，事物在变化，人就会随之变化，哪有一成不变的人和事呢？"高祖谋眼光里露出坚定的神色，果断地说："有，我知道就有。"

"说吧，你一直没有变的是什么呢？"景莺音让高祖谋将心里话说出来。高祖谋略有羞涩地笑了笑，表白起来："莺音，我断定，你对元泰的感情没有改变。同时，我对你美好的感情,多年来历久弥新,从未改变。"

景莺音似乎受了高祖谋情绪的影响,神情显得伤感起来,她轻声地说:"祖谋,你说得对,但我在告诉自己,元泰的感情或许我等不来了,因为我无法给他啊!不过,我忘不了我们大学时的青葱岁月,更永远忘不了那时的美好一切。"

高祖谋慨然长叹,说道:"你说得好,我们的青葱岁月与爱情、友情、亲情,这些维系人生的美好情感连在一起,多么难忘,多么可贵啊!"

早晨的书场,听书的、吃早茶的人,络绎不绝。季国云与程元泰依旧坐在角落里,边吃边聊。季国云将专程到军统上海站找向影燕兴师问罪之事,前后讲了一遍,脸上呈现出得意之色。

程元泰清楚,处理这些事情,每一桩每一件,如有任何闪失,将直接影响到无线电器材能否顺利出货,必须用智慧化解,绝不能意气用事。但到如今这一步——他隐隐约约看得到希望,又隐隐约约感觉到障碍——这件事情不容放弃,当前唯一要做好的,就是把握好节奏,谨慎地推进。程元泰分析,既然季国云到军统站闹过,而且刘森表面上做起和事佬,向影燕不会再派人盯梢了。

"我闹得好啊!一劳永逸,后面没'尾巴'了。"听了程元泰的话,季国云高兴了起来。

程元泰接着说:"我没说完呢,向影燕不出面了,不等于不去防备刘森这个家伙啊!尽管他俩不是一条心,各忙各的。"季国云认真起来,说:"刘森这家伙可是老油条了,他是一闻到荤腥就要沾的货色,我们得防着他点儿。"

程元泰想了想，说："凭我的直觉，刘森定会接着刺探这笔物资交易的情况，目前还不知道他会怎么做。季组长，对于这票大的，我们铁了心要挣到手，为了保证万无一失，在物资交易的每一步，但凡有风吹草动，务必及时与我商量。"

季国云点头说："明白！这票大的，我是吃定了。"

组织上已经同意了，通过外围的贸易公司出钱购买这批无线电器材。这笔物资的订金到账以后，程元泰都给了季国云。他的判断是，让季国云先见到真金白银，其配合热情无疑会高涨起来。目前看来，的确如此。

天亮无声

（下）

TIANLIANG WUSHENG

木讷 波人/著

辽宁人民出版社

第十五章
一箭双雕

一

在等待包打听回复的时间里，章晓晔并没有闲下来。她实地观察了坏掉的窨井盖，然后，直奔市政部门，要求对此进行采访。一个坐办公室的秃头男子，见到来的记者是个年轻姑娘，不以为意地应付道："你要采访什么呀？"

章晓晔毫不客气地质询：据查证，在抗战胜利后，刚换过一批窨井盖，才过了两个月左右，已经损坏了很多。秃头男子编出了许多理由搪塞，在章晓晔不依不饶的追问下，这家伙不耐烦地说，这件事情就算请示到上头去，也不会有明确答案的。

章晓晔问道："你们负责的市政项目，在如此短的时间内就出现了质量问题,难道管理部门没有责任吗?"秃头男子瞥了瞥眼前这个女记者,不客气地回敬道:"你以为你是谁啊?要是换了几十年不坏的井盖,我们这些人到底'吃'什么呀?"章晓晔气得够呛,她对秃头男子说:"这件事我管定了!"

回到报社,包打听已在等着她。章晓晔示意他到僻静处,问是不是有消息了。包打听夸张地说,这种小事情,的确不好查,不过他终于打听到了:殴打车夫的人,是一个叫丁树基的汉奸,此人抗战胜利后缩在家中,但最近活跃起来,不断地在收古董。

汉奸,古董,联想到程元泰说到的哥窑瓷器,章晓晔意识到,这已不仅仅是一个底层百姓受欺凌的社会事件,也许有更深层次的事情在里头。她付钱给了包打听,让他听到相关的消息后马上通知自己,然后,她立刻给程元泰打了电话。

程元泰分析判断之后,认为此事不简单,他约章晓晔尽快见了面,进一步了解了详细的情况。按照章晓晔的分析,可以初步判断,丁树基悄悄地在准备贩卖文物,但缺乏与交易相关的真凭实据,无法过早地下结论。

"让你那个包打听,继续跟紧这件事吧,钱绝不会少他的。如果丁树基果真倒卖文物,这些国宝一旦倒出去,就很难追回了……"程元泰说道。"可不可以这样?我今天就写一篇报道出来,把丁树基在贩卖文物之事捅出来,让他不敢轻举妄动。"章晓晔说。

程元泰否定了这个想法,说:"这可不是一个好主意。你很快会被盯上的,我不希望你的人身安全有任何闪失,要做到保护好自己。"

"我写好的文稿,可以不登在主流报纸上。我有一群文化界朋友,都很追求进步的,文稿发在他们的地下刊物上,同样会起揭露的作用。"

"不要太着急,晓晔。等丁树基先折腾折腾再说,了解一下还有什么背景没有,我们深入掌握了贩卖文物的实际情况,再彻底揭露也不迟!"程元泰梳理出了节奏与策略。

二

军统上海站前来联络季国云做生意的第一个人,竟然是刘森的亲信沈东洋。

沈东洋一见到季国云,就讨好说,向影燕盯着自家人,确实不够地道。季国云摸不清沈东洋出于什么目的,直接问道:"兄弟,你过来并不只是讨个好吧?"

面对季国云开门见山的提问,沈东洋表现出很有诚意的样子,说:"季大哥,实话实说,我手头上有些无线电设备,是军统上海站抗战期间淘汰下来的,现在都归我处置。"

听了沈东洋的话,季国云不免警觉起来,问:"兄弟,你这是什么意思?"沈东洋忙解释说:"季大哥,不要误会,如你已有渠道,干脆就一并出货,我借机挣点儿外快。当然,兄弟不让你白忙活,赚到钱与你分成。"

季国云心里想,沈东洋这不是在明显套他的话嘛,他故意装糊涂起来,反问道:"什么渠道?兄弟,你到底要干什么呢?"

沈东洋诡秘地笑着，说："你我之间，就别藏着掖着了。你正忙着出货，我都已经掌握了，对我们来说，掌握你这些情况很容易。但我们与影燕站长不同，我不坏别人好事的，就是想着抓住这次机会，沾沾光而已。"

季国云越听越感到紧张，犹豫了一下，又问："你这是'钓'我吗？"沈东洋拍了拍胸脯，发了誓，说："不是！绝对不是！季大哥，你放心吧，兄弟要干这种事，天打五雷轰！"

没过多久，季国云将沈东洋主动登门的情况，详细地转述给了程元泰。程元泰听了，分析后认为，沈东洋很可能是受刘森的指使前来打探虚实的。季国云说，感觉到这个沈东洋，手里确有东西。

程元泰想到，刘森插手此事可谓一箭双雕，既可得利，又可了解交易渠道，果然在军统浸淫多年，的确老奸巨猾啊！但不答应沈东洋的请求吧，显得非常心虚，会招致军统对这笔物资交易产生更多的怀疑，反易造成交易受阻。

而答应沈东洋的请求，在交易的具体操作中，如有任何一点儿纰漏，都会致使无线电器材的实际去向被他们所了解并掌握，那么，此前所做的一切努力，前功尽弃。

权衡来权衡去，程元泰终于拿定了主意，他对季国云说："可以答应沈东洋的要求，让他加入进来，一起发发财。这样做，也有个好处，可以让沈东洋特别是他背后的刘森，与向影燕始终各唱各的调。"

季国云深以为然，点了点头，说："有道理！利用他们之间的矛盾，拉一个，打一个，我们从中得利。"

程元泰停顿了一下，继续说道："刘森这家伙非常狡猾，他必然想方设法摸清楚买主是谁,如何出货与结账……关于这些,可是我们做交易的绝对机密,千万不能让他们得悉。因此,季组长,接下来,我们俩得配合演双簧了——你在台前,与沈东洋等人周旋,要他们别多嘴,跟着干就是了,否则,合作到此为止;我在幕后,把交易的每一步骤,想想清楚,确保万无一失,赚钱到手。"

"没问题,我应该具体操办什么,你随时吩咐。"季国云乐得有人把事情谋划好,他跟着落地收钱就是了。在给沈东洋回话之前,程元泰请外围的贸易公司安排,在香港用英文发了一封函电过来,并标明了金额与日期。

当季国云再次与沈东洋碰面时,季国云将函电展示出来,证明此事谈到相当程度了。至于沈东洋提出的代销问题,季国云表示可以帮这个忙,但前提是沈东洋不得干预交易过程。沈东洋满口答应,但他还是询问了出货的时间与地点。季国云把问题都挡了回去,说:"你不用操心了!你只管把那些器材拉到我这儿,然后,你等着收好处吧。"

果不出程元泰所料,沈东洋将与季国云接洽的情况,一一向刘淼做了汇报。鉴于有香港发来的这份函电,沈东洋认为,季国云这家伙胆大敢捞钱,而这笔交易本身,目前还看不出与共党有什么关联。

刘淼想了想,说道:"如果香港的那份函电属实的话,说明向影燕过于敏感了。"沈东洋接着说:"就是,香港的买家,上面全是洋文,看不出有可疑之处。"

刘淼说:"话不要说死了,存在各种可能性。以后交易的各个环节,你要密切跟踪,确保知情,一旦发现蛛丝马迹,及时通报。"沈东洋说："好的，站长。"

刘森又问道："还有，上次季国云倒卖油料，程元泰是参与的，这次倒卖无线电器材，他是不是又参与了啊？"沈东洋回答："出面与我谈的是季国云，但他话里话外，感觉有合作伙伴，很可能就是程元泰。"

"在这些挣钱的买卖里，程元泰倒是个个不落下啊！"刘森嘲笑了一句。

"站长，程元泰这么喜欢捞钱，还盯着他吗？这家伙是兜里有了钱，便忙着捧戏子、淘古玩，时而约约影燕站长还有其他的漂亮女人，吃饭喝咖啡下舞厅，比上海小开还小开啊！"

刘森沉思了一会儿，说："按你所说的，看来他问题不大，你暂时撤下盯梢的人吧。"

沈东洋应了一声，刘森自言自语地道："香港那个买家是否是程元泰介绍过来的？""我倒没问过季国云，问了他也不说。"沈东洋如实地回答。

"等等，不能掉以轻心，眼线不要都撤了，至少得留上一个！"刘森联想到沪西机器厂外的那张侧脸，突然间改了主意。看到沈东洋困惑地点着头，刘森并不想做更多解释，他转而得意地说，"我的直觉应该是准的。你看吧，我找到了汤闻道的破绽与软肋，目前他已经消停了吧？"

三

在查办刘森贪腐这件事情上，汤闻道确实已经偃旗息鼓了，高祖谋收集的刘森涉贪证据材料，就放在他的保险柜里，压下来好多天了。

对于这件事情，高祖谋曾经问起过几次，汤闻道总是推托说，对于刘森的事情，涉及方方面面复杂的关系，需要暂时放一放，以后找机会再说。

一鼓作气，再而衰，三而竭，久而久之，高祖谋的斗志与热情，渐渐地冷却了下来，尤其是他获知老师与何君梅同居以后，更是感到孤独与无助。

这是在高祖谋军人生涯中最为灰暗的一段时光，他唯一可以宣泄的，便是在稽查处的职权范围内，不遗余力地查处那些"小鱼小虾"，下手毫不留情。

没过多久，高祖谋成了不讲人情、人人敬而远之的怪物。

而他自己，随着掌握到的接收要员们越来越多的贪腐事实，他的脑海里越发萦绕着一个问题——理想与现实之间，差距越来越大，这已经不是个别人的贪腐问题，而是发展为一个利益集团，这是我们要迎接的新世界吗？

程元泰从上海书店收到了"箜篌"的回复。"箜篌"首先确认，各条线上的同志均安全，对此，程元泰心里踏实了许多。其次，"箜篌"转达组织上的意见，同意无线电器材水运，并附上了苏北各地沿江及沿海港口的潮汐情况。

程元泰翻出苏北地图，在上面一一圈出港口，并标注对应的潮汐。放下地图，他又琢磨起来：难道向影燕抓到的仅仅是一个进步工人？有这个可能，从他个人的经验来说，有不少进步人士，在心底里便认为已是党的一分子了，但有无其他可能呢？

向影燕对夜校教员小孙的迅速审问并尽快释放，确实给

"筌篌"的工作造成了干扰。

在程元泰将消息告诉了刘胜晓之后,"筌篌"连夜制定了排查方案——刘胜晓——登门查证几位无法电话联系的同志,"筌篌"负责查证几位可以通电话的同志。

由于已经变节的夜校教员小孙归位多时,当他在电话里听到组织上的联络暗语,并未示警,而是平静地完成了通话。根据这些通话与联系,"筌篌"得出初步结论:工运这条线,一切正常。

夜校教员小孙并没有将组织上电话核实之事报告给向影燕。有的叛徒往往有"鸵鸟心态"——最好拖着拖着,说不定军统把自己遗忘了,不再逼迫着做什么,一切也许不了了之。当然,这种事情是不可能存在的。

晚上,夜校教员小孙回到住处,刚打开灯,赫然发现向影燕坐在椅子上,她的旁边站着两个特务。小孙一惊,怯生生地不知如何与向影燕打招呼。

向影燕没有绕来绕去,直接问道:"将你释放有些日子了吧,怎么样,你有没有联系上'筌篌'?""前两天我接到过一个电话,但不知道是不是'筌篌'打的。"

"为什么不问?""那么做违反组织原则。"向影燕鼻子里哼了一声,追问道:"在电话里说什么了?"

小孙答:"确认所处环境安全。然后,传达了中共制定的战略方针——向北发展,向南防御,要求分散隐蔽,不急不躁地推动工作。"

向影燕思忖一下,又厉声问了一个问题:"电话是女人打的吗?""好像是女的。"

向影燕皱了皱眉头，质问说："什么好像？为什么不立即告诉我？"小孙紧张起来，不知道如何回答了，低下了头，默默地杵在屋子当中。

"平时你如何与'箜篌'联系？"向影燕板着脸问。"我就是通过报纸传递消息，没有其他渠道。"向影燕听罢，当场要求道："主动登报！说有事急需指示，看一看'箜篌'如何回应。"

小孙按照向影燕的要求，很快登报发出了消息，确切地说，这是一则淮剧剧团陆家班的广告——"因演出受到欢迎，剧团求贤若渴，重金诚邀良师，向新进弟子传授老淮调等声腔……"。

翻到这份报纸上的广告，"箜篌"知道，这是夜校教员小孙发出的信息，要求自己出面，对基层工运进行指导。但是，该同志目前的这个做法，"箜篌"是不认可的。

基层工运这条线，之前存在过冒进思想，在夜校教员小孙的推动下，工人们组织工潮并与景家进行谈判，已经险些暴露力量。如今，小孙同志主动要求上线出面指导工作，不符合中央"向南防御"的战略方针，目前在上海主要是蛰伏，积蓄力量，而不是过分活跃，引起敌人的打压。

"箜篌"经过慎重考虑，决定对该消息暂不予回复——此外，需要择机与夜校小孙同志交流一下思想。

包打听为章晓晔带来了一条重磅消息：丁树基，化名衣存国，已订好景家与董家合资的船务公司的货船，计划于本月22日夜间出港。

章晓晔将得到的这个消息，打电话告诉了程元泰，并且说，根据她所做的功课，目前船务公司的业务，由景弘毅在负责。景家这位公子眼睛里只有利润，为了占领货运市场，他不问货物来路，统统接单，只要交订金就安排运输事宜。

程元泰听到这个消息极为兴奋，除了文物，丁树基还能往外运什么东西呢？他告诉章晓晔，揭露文物走私的机会，就在眼前。

"元泰，你说，我们怎么揭露？"章晓晔很激动，非常期待。"让我好好想想，必须做到雷霆一击，产生强烈的社会反响！""夫人不言，言必有中。你可以做记者了！"章晓晔由衷地夸赞着程元泰。

程元泰和章晓晔欣喜于文物走私之事，很快能够水落石出了，但他们忽略了一点，即丁树基为什么要用化名。丁树基这只惊弓之鸟，时时刻刻地在为自己留着后手，雇船登记的名字，用的是衣存国，他是有其目的的——万一事发，责任或许可以推到使用中国名字的加藤身上。

不过，有一点丁树基感觉很好，当他找到景弘毅订货船，并提出不用自己的名字登记时，景弘毅未提出任何异议。此外，丁树基说货物会包装好，希望景弘毅不要过问具体是什么。对于这个请求，景弘毅的回答更绝，他说，他是个生意人，只管挣钱到手，其他一概不管。丁树基佩服地竖起大拇指，称赞景弘毅是个不拘小节、能成大事的人。

订好了船只，丁树基认为可以向特派员复命了。他专程到孤军营私会了汤闻道，告之文物的事情快办妥了，不日将发货离开上海，请特派员敬候佳音。汤闻道暗喜，但他强忍着内心强烈的期待，平静地向丁树基许诺，等事情办妥了，就按之前说好的办。

四

夜晚时分，程元泰在住处踱来踱去，盘算着货运的日期与具体时间。接着，他又铺开标注了港口潮汐的苏北地图，反复地思考着。关于无线电器材的交易事宜，前期工作，已经万事俱备，目前，只欠顺利地从上海运出，抵达苏北。

资金方面，程元泰已做好了安排，让货款事先秘密转往香港，再从香港打到上海。这样处理，经得起推敲，比较稳妥。

"潜在风险随时可能出现。"程元泰默默地提醒自己。他想道："高祖谋与向影燕两人，都想掌握季国云的一举一动——尤其是高祖谋这位老同学，对我'下水'参与倒卖物资，极不满意——如任何一点考虑不周，都可能使这次交易被他破坏。"

那么，如何做到万无一失呢？程元泰思考着，但始终没有成熟有把握的对策。他将日历翻到了10月22日，这是丁树基文物出货的日期，对应着这个日期，他又在地图上圈出了一个港口。

一个大胆的想法，在程元泰脑海里浮现了出来，他异常兴奋，在房间里手舞足蹈地又走了几趟，然后，一屁股坐到了椅子上。他需要冷静地模拟推演，绝不能出现任何漏洞。

次日中午，程元泰到了上海书店阅览室，在《太古遗音》里夹上了一张工尺谱。

他在曲谱上向"筌篌"报告，请组织上从10月23日夜间开始，连续四天安排船只，在苏北任港等待接应，一旦运输无线电器材的船只到达，立刻将货物转移到准备好的船上。

然后，程元泰过去找了季国云。季国云一见程元泰来了，高兴地说道："元泰老弟，你太有招了，沈东洋真是崇洋媚外，上次他见到英文函电彻底傻了，无论我说什么，他一个劲儿点头。哈哈！"

"没看错吧，这是个见了外国人腿软的家伙。"

季国云又说："他代销的无线电器材，都已经装好箱，与我们的货物一起，堆在仓库呢。下一步怎么办？我等你的准信儿。"

程元泰却出乎意料地说："尽快将代销的器材分出来！我们的器材与他们的器材，也许不走同一个运输渠道。"季国云没有想到，他瞪大了眼睛，疑惑着："啊？"

"季组长，沈东洋要出手的货，到景弘毅的船务公司订一条货船，暂定在22号左右发船。但是，现在不管我还是你，如果直接出面来订船，都会引起景弘毅的关注。景公子这人不坏，就是管不住嘴，所以，订货船这件事，我请景莺音帮帮忙。"

季国云听得云里雾里的，问道："那我们的货物呢？"程元泰神秘地凑上前，附在季国云耳边说了几句。季国云似乎豁然开朗，他连声称赞道："好，好！元泰老弟，有你的！我来办！"

晚上程元泰见到景莺音，提出请她帮忙订货船一事。在路上，程元泰想着如何与景莺音开这个口，等他们见了面以后，他索性不纠结了，还是开门见山为好。

"莺音，我需要发批货物，准备订景家船务公司的货船，但我不想让弘毅知道这件事与我有关系。所以,我只能找你来了,请你帮忙绕过弘毅,直接联系船务公司的经理。你看行吗?"

景莺音听了后,倒是答应得非常爽快,她没有深入过问,只是笑着说道:"这么神秘啊……行,没问题,我帮助你来办。"

"发船日期暂定 22 号,可能根据情况有变更。不过呢,发货的目的地,目前尚还不明确,要等到临开船之前,才最终定得下来——到时会通知开船,莺音,恐怕都得请你出面去说了。"

"没问题!"景莺音一口答应。"莺音,我没告诉你为什么发这批货,但你放心吧,我绝不会做伤天害理的事。"程元泰憋了半天,还是解释了一句。

景莺音说:"嗯。你做的事情,我都相信。"程元泰感动不已,真诚地说:"这么多年了,一到了节骨眼上,我还是得靠你。"

景莺音瞬间眼眶也红了,泪花闪现,她赶紧掩饰着,回应说:"我们之间不说这些了,毕竟是老同学嘛……"

10 月 21 日上午。程元泰给景莺音打电话,请她与船务公司经理确认,货物是否已经全部装上船。景莺音半开玩笑地说:"受人之托,哪敢有丝毫怠慢啊!我已跑了几次码头,今天亲眼看见最后一箱货物装上了船。"

程元泰听罢,连忙表示感谢,他说:"发船时间是明天,下午 4 点钟准时离开港口。目的地定了,香港。""凑巧了。在码头上还有一艘货船,船务公司的人说,也是明天起程去香港。"景莺音说。

程元泰说:"巧了,可以结伴而行。"景莺音接着说:"还真是。我马上联系船务公司经理,告诉他这艘船目的地香港。今天将你交代的任务完成好,明天我好安心研习筹篌。"

程元泰说:"明天我如果没什么急事,过去听听学学。"景莺音高兴地说:"好啊!随时欢迎你。"

与景莺音通完话,刚放下电话,季国云来到了。他有些事情搞不太懂,心里没底,说一大早心里横竖感到不踏实,所以,过来聊会儿。说到底,就是一个核心问题,他反复问了程元泰几遍:"这样安排行吗?"

程元泰笃定地回答说:"尽人事听天命。风险肯定会存在的,不过,我的直觉——能成。"程元泰这么一安抚,季国云有些将信将疑地说:"我还是到玉佛寺里,磕个头烧个香吧。"

接着,程元泰又把电话打到了报社,请他们找章晓晔接电话。章晓晔电话里听出是程元泰的声音,不由得激动而紧张,程元泰让她放松放松,并问她做好准备没有。章晓晔回答,箭,已在弦上,等待着雷霆一击了!

同一天中午,沈东洋急急忙忙地赶到刘森的办公室,向他汇报无线电器材启运的事情,他说:今天季国云有准信儿了,明天这批无线电器材启运离港。

刘森脑瓜一转,说:"季国云挺狡猾啊,仅仅提前一天,告知我们将要发货。"他反复地叮嘱沈东洋,明天必须与季国云耗在一起:亲眼确认货物离开码头,并计算好抵达香港的时间,及时催着分账。一旦向影燕过问此事,至少有个交代,说得出货物的去向。

10月22日,午后时分。在景莺音居住的洋房别墅里,前来参加筹篌研习的名媛们,身穿着旗袍正陆续到达。

景莺音作为研习班的东道主,身着一款雅致的旗袍,温柔端庄地站在门口,恭候着各位的到来,她用淡淡的婉约与风情,演绎出与众不同的韵味,征服着宾朋们。景莺音与已到达的客人正在寒暄着,何君梅与夏瑶,向影燕与程元泰先后到了。

何君梅身着一款艳丽的旗袍,她穿旗袍的特点是,走时髦路线,时而张扬,时而雍容,时而艳丽,今天她换上一身紧身而动人的旗袍,将本来隐约的凹凸身材显现出来,骨子里深烙着上海腔调与动作,典型的民国女人形象;夏瑶则身着素装旗袍,尽管年龄稍长,但仍然韵味十足。

何君梅见到潇洒的程元泰与干练的向影燕双双前来,性感妩媚地迎了上去,对向影燕打趣说:"影燕,面子大呀,太幸福了,今天你有这么优秀的男士陪伴着。"

向影燕心情好极了,她精心选了一套旗袍穿在身上,灿烂地笑着,享受着他人注视的目光。程元泰今天与自己结伴前来,完全在她意料之外。

午餐时分,两个人在同一饭馆相遇,程元泰听到向影燕说,今天下午参加筌篌研习活动,他很爽快地说下午没有重要事情,愿意与她一起过去学习学习。

对此,向影燕岂有拒绝的道理?更何况,程元泰今天不知为什么,他的腕上没有戴上那块江诗丹顿的手表,她的心情舒服多了,不至于痛苦地联想起某个不知身在何处的竞争对手。

听到何君梅调侃他们两个,程元泰恭维说:"何小姐,我过来啊,就是要一睹各位名媛靓丽的风采。"当然,恭维话每个人都爱听,房间里的气氛,似乎一下子欢快了不少。

与众人寒暄过后,程元泰对向影燕说,他有个电话要打,然后，便往电话的方向走去。

何君梅望着程元泰的背影，又瞧着向影燕的旗袍装扮，悄悄地对向影燕说："你这身衣服挺好的，太漂亮了，太有征服力了。你呀，别老是一身戎装，有时间你到天香旗袍店，再做上几身改良旗袍，女人嘛，增添几分性感，对他绝对会产生强大的吸引力。"向影燕听着何君梅取悦男人的经验之谈，佩服地点了点头。

程元泰与季国云通上了电话，他低声问道："今天景公子在现场吗？"季国云回应说："一直派人跟着呢，他够勤快的，礼拜天都在公司。""好，现在该你出马了。"程元泰对着电话听筒说。

放下电话以后，程元泰坐在离电话较近的位置，然后，他朝着向影燕招了招手，示意她过来坐在自己的身边。

五

所谓请季国云出马，其实就是让他将电话打到船务公司，直接找到景弘毅。电话里季国云装作无意地问："弘毅老弟呀，前些日子请景大小姐安排了艘货船，我刚想起来，今天起程啊……这个船，安排妥当了吧？"

景弘毅有些诧异，他客客气气地回应着："哟！季组长，这事呀，我得问问，之前我没有听说过，不是太清楚哟。"景弘毅抬眼看了看日历，1945年10月22日。

船务公司经理今天没到，景弘毅找到一个职员问，堂姐是不是帮别人订了一艘货船。那个职员查了查资料，确认确有此事，而且景小姐昨天专程打过电话来，要求在今天下午4点准时发船。

景莺音平时一心扑在丝厂，很少出面为别人办这样的事情，景弘毅的好奇心，一下子被勾了起来。他又问，堂姐订的这艘船装的什么，准备开往何处。职员回答说，这一单并不是他负责的，不太清楚。景弘毅想了想，让职员带他到码头转转看看。

筚篌研习活动开始了，景莺音和何君梅坐在最前面，何君梅在一段一段地弹奏着筚篌，景莺音则结合她一段段的筚篌弹奏，讲授着筚篌的历史发展及弹拨技法。

景莺音介绍说："中国有一首享誉国内外的民歌叫作《鲜花调》，又名《茉莉花》——这是大家都熟知的，这首《鲜花调》的谱子，最早可不是使用五线谱记的，而是用的工尺谱。下面我们请君梅用筚篌弹奏《茉莉花》。"

电话铃响了起来，程元泰挨得最近，他接起来一听，那头景弘毅说要找堂姐有事。于是，程元泰让电话那头稍等，然后，他让向影燕暂时帮助拿一下听筒，便轻轻地走到前面叫景莺音。

向影燕接过听筒之后，出于职业习惯，放到耳边听了听，听筒那头的景弘毅，明显感受到有人接了电话，于是他兴奋地嚷嚷道："姐，你行啊！在这艘船上的搪瓷外包装里装的货物，居然都是无线电器材。以后有这种好买卖，你千万可别忘记我呀。"

向影燕听了以后，脸色一变，当即转身，匆匆而去，任由听筒仍垂在墙边晃荡。

景莺音晚了一步过来，把听筒拿了起来，与景弘毅聊了几句。程元泰看到向影燕走了，他来到景莺音身边，轻声问怎么回事。

景莺音面色凝重地说："弘毅发现我订的货船里，装的都是无线电器材，刚才他把影燕站长当成我了，倒出好多实话来……"程元泰说："向影燕这是要去码头啊！"

景莺音有些内疚，说："元泰，不好意思，没想到会这样。"程元泰倒显得没有丝毫紧张，安慰道："没事的，没事的。一切运行正常。"

在船务公司的码头上，季国云与沈东洋百无聊赖地抽着烟，望着停靠在码头蒙上了油布的两艘船——其中一艘是载运无线电器材的。季国云本来没有过来，但沈东洋左一个电话右一个电话地催问，码头情况怎么样了。季国云实在不耐烦了，索性与沈东洋来到现场待着，等待货船启运再回。一支烟抽完了，货船上已解开缆绳，季国云舒展了一下自己，轻松地与沈东洋说，咱们一会儿好好咪一口吧。

一切正朝着圆满的结局发展。

但天有不测风云，还是出现了变数——向影燕带着几个人，急匆匆地赶到了。她看见沈东洋在此，严厉地问："你怎么在这儿？"

"影燕站长，我是，我是查验一下准备发货的船。"沈东洋没有任何准备，不知说什么好，憋了半天，模棱两可地说。

向影燕毫不客气地追问："发货的船，哪艘船？"

沈东洋没有办法，指了指码头上的那艘船，站在一旁的季国云，脸顿时黑了下来，手足无措。

向影燕看了一眼货船,然后"夸奖"沈东洋说:"很上心啊!你查验好了吗?油布蒙得严严实实。"

沈东洋没敢说什么。向影燕随即指挥手下人马,上船去搜查。她跟在队伍的最后,也上了船。季国云见状不妙,硬着头皮,跟了上去。

货船上蒙的油布被掀开了,搪瓷外包装的箱子撬开了几个。没多会儿,一个手下从箱子里拿出几样东西,让向影燕看——分明都是无线电器材,上面赫然有军统的标记!

"全都搬下船去!"向影燕压抑着怒火说,手下马上忙着从船上往下搬货箱,她下了货船,到了码头上,大声吼着:"沈东洋去哪啦?刚才他还在呀!"

季国云站在不远处,冷嘲道:"人丢不了——也许被你吓得跑厕所去了。"

"季国云,你脱不了干系,少在这阴不阴阳不阳的!"

季国云此时死猪不怕开水烫了,他反问道:"我干吗了?货船上都是你们的东西,扯上我干什么?"

向影燕与季国云言语相撞之际,刘森与沈东洋匆匆赶到了——原来沈东洋见势不妙,赶紧跑到船务公司的办公室,给刘森打了电话,并等到刘森也赶来了。可在船务公司办公室的景弘毅,意识到他又捅了娄子,在与景莺音通完电话后,溜之大吉了。

看到刘森来了,向影燕毫不客气直接地问:"刘站长,你要挑点儿担子,为我分担些工作,因此,有关倒卖无线电器材之事,交给你追查的。可今天这一摊子事情,你该如何解释呀?"

刘森尴尬万分,一时语塞。在一旁的季国云激将着向影燕，说："影燕站长，我看你故意与兄弟们过不去。你如秉公执法，那别光查这艘货船，旁边还有一艘，你也去看看吧。"

向影燕厌烦地看了看季国云，没有搭理他。季国云叫得更起劲了："你要是不查旁边那艘船，我可有话说了，那艘船与影燕站长有利益关系。"

"可以避嫌嘛，查一查也好。"刘森附和了一句。向影燕已被推在风头上了，随性地说道："查就查！"

他们很快地登上了丁树基预订的那艘船。

当向影燕的手下连续撬开两三个箱子时，里面出现若干个盒子——全部用棉花、碎布、麻绳，精心地填充好分隔开，众人一下愣住了。

古董，价值连城的古董！刘森反应最快，他意识到这件事比倒卖无线电器材的事大多了，更能引起社会关注，于是，他很鸡贼地说："走私文物！可不得了啊！"

"影燕站长，你看如何处理啊？"季国云颇有些幸灾乐祸，嚷嚷了起来。"这艘船也不能启运，东西全部扣下，查清楚了再处理！"向影燕冷冷地说。

船上装的文物，一箱一箱地被搬到了码头。向影燕一时有些恍惚，不知道接下去如何处理是好。没容她多想，各报社记者不知道从哪儿冒了出来，章晓晔也在记者群中，大家呼啦啦地围着文物拍照。

季国云被一个记者给截住了，他指着向影燕与刘森，说快去采访他们，他们是军统的，由于警惕性高，揭出了这个惊天大案。记者们一听，纷纷涌向向影燕和刘森，将他们团团围住。向影燕本想让几个手下挡一挡，好趁机离开，现在是彻底动弹不了了。

现场一地鸡毛。章晓晔冲到已经打开的几个箱子前面，看着里面的文物，激动不已。没想到她从一个黄包车夫挨打入手，深入挖出来一个这么爆炸性的事件。章晓晔很是欣慰，这些文物至少不会流失了，同时，她心里非常感激程元泰，多亏有了他的运筹帷幄，今天终于结结实实地抓到了丁树基的现行。

程元泰向她所授的机宜是：一、提前两天放出风，对一些报界同行说，今天下午在码头上有重大新闻发生；二、到了地点记者们在外围蹲守的时候，要反复提醒他们，等两艘船上搬下东西后，再冲过去拍照采访。幸好，这两条完成得都不错。

章晓晔回想起昨天程元泰打来电话，问她放风等前期准备工作做得如何了，她的心"扑通"乱跳，既紧张又期待，如同在等待一场战役的打响。

在船务公司黄浦江边的码头上闹得不可开交的时候，苏州河边一个小码头，一条木船正准备驶离岸边。木船上的风帆，尚未张开，伙计们忙着将货舱上盖的油布边边角角整理好。油布下面，是外包装为搪瓷制品的箱子，他们对此并不在意。

船老大在给众人打气："弟兄们，程先生可是季大哥介绍的朋友，我们得好好上点儿心啊！季大哥的老头子，在'悟'字辈里是有头有脸的人物，我们吃这饭碗，仰仗他们呢。所以，我们要把活儿干得漂亮！"

伙计们纷纷表示，会好好干，让船老大放心。木船已被竹篙撑到了河中央，船老大满意地环顾一圈，吆喝道："进了长江，看看风向，上水，最好扯起帆来。"

第十六章

祸起萧墙

一

文物走私案曝光得太突然了，不少报纸当天出了号外。国民党的军政机关没来得及介入，整个事件造成的冲击波便迅速越过上海，波及全国。

周一早上，汤闻道进入办公室的时候，秘书李默就把有关报纸悉数送了过来。做秘书的，就需要这点儿机灵劲儿，之前汤闻道让李默核实过文物清单，所以，他看到报上有涉及汉奸丁树基的文物走私大案报道，还没等汤闻道做出交代，就已经将报纸搜集准备好了。

汤闻道阴沉着脸，心情坏透了，满肚子无法说出的懊丧，他注视着桌上散发着油墨味的报纸。多数报纸的头版头条，都是"沪上爆出有史以来最大文物走私案"之类的黑字体标题。他一份一份地翻着，从最前面一份翻到一摞报纸的最后面一份。翻完之后，他呆呆地坐在椅子上，不时地按按自己的太阳穴，思考着如何处理。突然，他猛地站了起来，开始拨电话。

汤闻道拨通了高祖谋的电话，想让学生立即过来商量对策，但他转念又一想，说："等等，你不用过来了，直接带人抓捕汉奸丁树基，他是文物走私大案的主谋。还有，据调查，他私藏了几件古董，都是国宝，你们到了他那儿，务必搜查出来，上交国库。"

接着，汤闻道又马不停蹄地约见了向影燕。文物与无线电器材，都是向影燕在码头上查扣下的，汤闻道便与向海燕协商，希望查扣的所有文物，立刻转交到孤军营，由特派员办公室深入处理，向影燕则集中精力处理无线电器材一事即可。

听汤闻道这么一说，向影燕认为倒无不可，对于文物走私这种事情，军统可以处理，也可交特派办处理。因此，她爽快地同意了特派员的提议。

从报纸发的号外上看到了有关文物案的新闻——上面赫然出现了自己的名字——丁树基瞬间感觉到，他彻底完了，将万劫不复。他使用加藤的中文名字订货船，本身想设一道防火墙的，但是他并不知道的是，在记者章晓晔那儿，他的所作所为，已经全部被掌握。

《联合晚报》的报道明确提出：汉奸丁树基是文物走私的幕后推动者。见到报纸上这么说，丁家的人，极力催着丁树基赶紧跑路。但他迟疑不决，始终下不了决心，一是舍不得积攒的这份家业，二是不愿意像胡兰成那样，东躲西藏，偷偷摸摸地过日子——他实在不甘心走到这样的地步。

在丁树基举棋不定的这当口,厄运已至,高祖谋带人来了。他们之间,一句话都没有说,直接上手铐带上囚车。汤闻道很杀伐果断,抓捕汉奸丁树基之后,他立即吩咐秘书李默安排新闻发布会。

面对到场的记者们,汤闻道义正辞严地讲到,在黄浦江码头上查获的这起重大文物走私案,所涉器物之多、价值之高,均可谓前所未有,令人震惊,目前特派员办已迅速采取措施,封存所有文物,并拘捕了案件首犯丁树基。汤闻道最后表示,对于这一案件,要像上次景氏绑架案一样,彻查到底,对任何牵涉此案的人员,严格查办,决不姑息。

发布会开过以后,汤闻道悄悄地私下来到看守所,安抚了一下丁树基。汤闻道对丁树基说,这件事情的曝光太突然,眼下正处风口浪尖,不得不将他拘押,以平息舆论,等风头一过,自然有办法处理好的。丁树基倒是识相,当着汤闻道的面,他发誓说,自己一个人担下来,绝对守口如瓶,只求特派员控制局面之后,早日想办法开释自己。汤闻道听了,没有说话,只是点了点头。

丁树基仰了仰头,禁不住感慨起来,从抗战胜利前就开始挖空心思地考虑如何自保,功夫没少下,钱财没少花,想不到如今仍旧坐了监。他极不甘心地问汤闻道:"特派员,您知道我为什么使用衣存国这个名字订船吗?"

"我不知道。为何呢?"汤闻道简短地问完,双眼注视着丁树基。

"衣存国,是一个叫加藤的日本人起的中国名字,他要伪装成中国人，在上海永久居留下来。这份文物清单，我就是找他帮助我弄出来的，他仍然私藏了几件好东西呢。"

咬出了日本人加藤，加上一个垫背的，丁树基内心平衡了些，一下子感觉痛快多了。

汤闻道没想到的是，这次到来又有意外收获，他赞许地对丁树基说："你提供的线索很重要，我会尽快追查清楚的。"

二

在特大文物走私案被炒得沸沸扬扬之后，那天在码头上一干人等里面，最落得轻轻松松的，倒是季国云。他人虽在现场，可文物与无线电器材的来源，与他都毫不沾边，他等于以旁观者的身份，从头到尾观摩了一场惊心动魄、情节翻转的大戏。

程元泰制订的天衣无缝的计划，让季国云佩服得简直五体投地。从码头上一回来，他兴冲冲地就要请程元泰吃饭庆贺，但财政部驻沪办公室忙着接待部里来的视察官员，吃饭拖了两天。

两天以后，两人在饭馆包厢里碰了面。

季国云拎了两瓶上好红酒，没等说话，上来他就与程元泰干了满满的一杯，然后，他由衷地称赞说："元泰老弟，你这人如果在古代，一定是运筹帷幄的军师啊，可以称你'小诸葛'了！特别你算准了景弘毅接了我的电话以后，肯定熬不住，必会上船查看个究竟，然后，一个电话，急匆匆地打到景莺音那儿……服了，我是五体投地，佩服极了！"

"老季呀,之前我们交易油料的时候,就有人眼红盯上我们了。这次的无线电器材,我担心出货的时候,他们必定跳出来搅和。正好,老天爷出来帮忙,刘森与沈东洋又让帮助代销,哈哈!我索性把他们的东西抖搂出来,那些'红眼病'将精力全盯到这上面,我们俩运的货岂不安全乎?"

季国云大笑起来,竖起大拇指,夸赞道:"高!声东击西!顺道弄出个文物走私大案,太令人叫绝了,哈哈。"

"老季,有你的功劳呀,多亏你配合默契啊。"程元泰不忘吹捧一下季国云,也让他高兴高兴。季国云脸上瞬间泛起得意之色,一激动又与程元泰碰了一杯酒。

放下酒杯,程元泰嘱咐道:"沈东洋问起此事,你就对他说,他的那份好处,依旧照付不误,特别感谢他们的那批货物,吸引了向影燕的'火力'。"

季国云又是一阵大笑,他拍着胸脯说:"没问题,元泰兄弟,你料事如神,你拿的主意,我坚决照办!"程元泰含蓄地笑了笑,说:"军统内部之间,这几天估计日子不好过啊。我来打探打探,前后任两位站长相处是否和谐。"

在与汤闻道交谈之后,向影燕毫不客气地将刘森与沈东洋痛批了一顿。沈东洋不敢作声,刘森却极不服气,他反复狡辩称,将这些无线电器材让季国云代销的目的,无非是摸清其倒卖的渠道,如果不去探探路子,如何找到新的线索,舍不得孩子怎么能套到狼呢?双方争执不下,向影燕没别的办法,一气之下,向上面递交了书面汇报材料。

码头上发生这种事情,越深想疑问就越多,向影燕索性前往船务公司,询问了一下景弘毅,景莺音到底为谁订的货船——为季国云还是为刘森？景弘毅没有正面回应，却倒了一大堆苦水说，这件事情没想到闹得这么大，自己的生意经营受到很大影响，本想让船运业务持续保持增长，争取公司在证券交易所上市的。至于堂姐为谁订的货船，景弘毅显得不耐烦地说，他并不想知道，他建议向影燕最好直接去了解。

向影燕一不做，二不休，又赶到老洋房找到了景莺音。见面以后，她直入主题说，为码头上发生的事情而来的，想了解景莺音受谁的委托，为无线电器材订的货船。景莺音不卑不亢地回答道："景家是船务公司的大股东，具体是景弘毅在打理，不管谁来联系订船，我总不便拒绝，和气生财嘛。"

"可他们要求运输的是严格管控的战略物资呀！"向影燕说话的声音，陡然高了八度。

景莺音依然平静地说："影燕站长，毕竟我不管理船务公司，客户具体运什么货，我有必要了解那么清楚吗？"

向影燕什么都没问出来，却被景莺音娓娓道来的解释，弄得没了脾气，一时语塞。景莺音倒安慰她说："其实我知道，你花力气深入查一查，总能搞清楚谁委托我办理的，不过，这件事情弄得许多人已经很尴尬了，彼此低头不见抬头见的，还是留些余地为好。"

向影燕实在不喜欢景莺音自带的上流人士的谈话方式，总是欲语还休，说一点儿留一点儿，不能直来直去，打开天窗说亮话。她不想像打太极一样，再与景莺音交谈下去。不过，她潜意识里告诉自己："既然季国云与刘森、沈东洋等三人均出现在码头上，毫无疑问，他们之间穿的是一条裤子，都与倒卖这船无线电器材脱不了干系。"

三

几天紧锣密鼓的补救行动,局面初步稳定了下来,晚上汤闻道在公寓里与何君梅谈到了文物的事情——其实女人在报纸上见到了新闻报道,知趣的她没提起这个话题。

汤闻道一副遗憾的表情,抱歉地对何君梅说,原本打算伸这一次手就收的,没想到,伸手险被捉住,关于倒卖文物的事,苦心谋划这么久,最后却是空欢喜一场。

何君梅没有任何怨言,她温柔地安慰说:"人算不如天算嘛,你别太往心里去。只要你在这个位置上安全,以后不愁没有机会的。"汤闻道说:"形势比较严峻,不把事态妥善处理好,这个位置仍然是坐不稳的。"何君梅体贴地说:"是的,应该处理好。"

接着,何君梅话题一转,扭了扭身姿,柔声地说:"闻道,放松一下吧,别想那么多了。我为你读读英国湖畔诗人的诗怎么样?"汤闻道点点头,然后将四肢在沙发上舒展开来。

何君梅翻出一本诗集,轻柔地倚在汤闻道身上,轻声地带着情感朗读了几首诗。在短短的几分钟内,他们仿佛穿越了时空,置身于英伦芳草萋萋的湖边,坐拥一起,欣赏着周围美丽的景色,宁静而惬意。

何君梅似乎想到了什么,她放下手中的诗集,说道:"你说过,丁树基与加藤两个老狐狸藏有私货,他们手中的几件古董,你不妨悄悄地收了,不也算是个补偿吗?"

汤闻道叹了口气,说:"丁树基隐藏的东西,已经都让高祖谋查抄了,不要指望了。倒是当时高祖谋抓捕加藤时,并没有搜出古董来。以后想想办法,争取将这个日本人的私藏截获过来。"

何君梅的话倒是提示了汤闻道,加藤已经被关押起来,但是时间仓促,他仅仅让高祖谋提审了这个日本人一次。汤闻道此时想到,他应该过去会会这个中国通。

汤闻道安排了一个下午,单独到看守所见了加藤。他"夸奖"加藤,比丁树基精明多了,将私吞的文物放到了安全的地方。

"加藤,不如我们做个交易。你将私藏的文物交上来,鉴于你这个表现,我可以释放你。"汤闻道许诺说。"你们抓捕我,我日本人的身份已暴露在光天化日之下了。我的安全得不到保障,就是死我也不会交出文物的。"加藤没有办法,承认是有文物,但抛出了硬话。

汤闻道思忖片刻,阴沉着脸警告他说:"你要认清形势。我可以遣返你,也可以让你作为战犯接受审判。"加藤闭上了眼睛,没有再理睬他。汤闻道无法继续对话,一团怒气地甩手而去。

文物走私大案的报道与曝光,让《联合晚报》在沪上众多报纸中脱颖而出,一下子受到极大的社会关注,其销售量随之大增,快赶上《申报》的影响力了。

章晓晔深受鼓舞,意气风发,像打了鸡血一样,兴致勃勃地与同事们分享着各地报纸对《联合晚报》上关于文物案报道的转载,她继续为同事们打气说,肯定还有线索,有深度报道可写,争取进一步曝光到底谁在背后胆大包天、无视国法,纵容汉奸倒卖国宝文物。

见到章晓晔天不怕地不怕的状态，主编叫她到办公室谈心，心有余悸地提醒："你捕捉到了好线索，固然可庆可贺，但你做后续报道，务必要注意把握好度，别再让新闻检察官盯上。"

程元泰主动地约请向影燕吃饭，以此探探口风。见面之后，程元泰开玩笑地说："你太厉害了！那天箜篌研习活动，你什么都不说，匆匆忙忙走了，把我晾在那儿，多尴尬呀。"

向影燕连忙表示歉意，然后，她便大倒苦水，说："那天在码头查到的无线电器材，我先后问询景弘毅与景莺音，是谁联系将这批货物装船发运的，两人闭口不谈。我已经弄清楚了，这件事情是刘森勾结季国云干的。现在这样一来，等于我堵了刘森等人的财路，为此，他处处与我作对，上面又不裁决是非，就是和稀泥。咳！天天搅在这种烂事里，讨厌死了！"

程元泰笑了起来，轻松地向她建议道："你呀，别陷进这种一团乱麻的事情里，免得耽搁了更重要的工作。这种事情你干得完吗？你千万不能事无巨细，要抓大放小啊。"

经程元泰一点拨，向影燕如梦初醒地说："元泰，你说得太对了！我不能把时间耗在如此钩心斗角的事上，要抓重点，我的目标是，尽快抓住'箜篌'这条大鱼。"

与向影燕发生争执之后，刘森很快获知，这个女人向上面打了报告。但他并不着急，倒卖类似二手货这种事情，可大可小，关键看总部的实权人物信不信任他了，如果不信任，当然就会用它说事了。

死猪不怕开水烫，刘森就是这样的心态。他的站长职务已经被免掉了，如果增加个处分，无疑是虱子多了不觉痒。刘森目前想得最多的，倒是季国云为何将他提供的无线电器材单独装船，对此，刘森心存疑虑："难道季国云故意阴自己一把？这又是图什么呢？此中有没有什么隐情？"

他想来想去，决定让沈东洋找季国云兴师问罪，将这件事情问个究竟。

四

两天以后，沈东洋过来汇报说。季国云作了如下解释：除了向影燕截下的小批二手器材外，其余的器材已装在另一艘船上运出了，当初之所以这么做，就是声东击西，将向影燕的注意力引向船务公司的码头，为另一头顺利出货打好"掩护"。

"季国云信誓旦旦地向我做了保证，这笔生意做成了，该分的账，绝不会少给我们的。"沈东洋说到了分账的事，不由得喃喃道："小看这家伙了，有一手啊。"刘森想了想，说道："哼！可能是小看了在他后面的程元泰！"

"嗯，这里面有大钱可捞，程元泰还不得拼命给季国云出主意？"刘森接着问沈东洋："这段时间盯程元泰的眼线，有没有报告他的什么情况？"

沈东洋支吾着说："站长，您对仙乐斯舞厅的那个舞女小曼念念不忘的，前些日子我刚把眼线从程元泰那儿撤下来，让他摸了摸小曼的近况，这女子——现在与父亲住一起，还没有男人……"

刘森听了以后，面带愠色，手抬了起来，快拍到了沈东洋头上,又收了回来,终究是按捺下来,没有发作。沈东洋见到刘森发了怒,小心翼翼地转移了话题,问道:"那些器材被向影燕收掉了,她又往上面打了报告,我们应该做几手准备啊!"

"我想好了,上面问下来,我该如何应对。现在我在想,利用码头上的事情,该好好压一压向影燕的气焰。"刘森面无表情,狠狠地说道。

刘森心里比谁都清楚,在码头事件中他的损失算不得什么,比起装的那一船文物来,不过是毛毛雨而已。他认定,丁树基绝对不敢轻易走私汉奸们的文物,在这后面的操控者,不出意外的话,那便是汤闻道了。

刘森马上与汤闻道联系上,约好晚上两人在何君梅的公寓密会。

碰面之后,刘森告诉汤闻道,关于码头查验船只这件事情,他反复琢磨了几天,请特派员务必当心向影燕这个女人。

"……她口口声声说,主要任务是防共反共,但实际上对自己人捞点儿油水一事,盯得很紧。表面上,她到码头上是奔着无线电器材来的,但说不定她已注意到你与丁树基倒卖文物之事了。"刘森分析得头头是道,并不时地看着汤闻道的表情。看着汤闻道并没有异议的态度,刘森心里有数了。

"向影燕会盯着我?"汤闻道疑问道。"特派员,你不可不防啊。难道您没觉察到,到上海之后似乎有对立面存在?"汤闻道心里不禁一动,抬眼看了看刘森,未置可否。

刘森又说:"还有件事,我建议您尽快放了加藤。"汤闻道声音一沉,不解地问道:"尽快放了他?为什么?"

"我在看守所与他谈过了,他手里仅有三件东西,不过他同意将其中两件送给特派员您,只留下一件,用于确保自身安全……""哦。"汤闻道的眉毛动了动,没有表示反对。

刘森一看有戏,接着劝道:"这个日本人可不简单哪,他对那些汉奸曾经搜刮了多少财富,可是一清二楚,如果放出他来呢,就可以弥补您这次文物出现的损失。"

汤闻道眼一横,直盯着刘森问:"谁的损失?刘站长,你这是什么意思?"刘森连忙改口说:"咳!我的那些货在码头上让向影燕截下了,有损失啊。"

这时,何君梅给他们续水,她弯腰倒水的时候,汤闻道的注意力即刻转在她的身上,倒完水,何君梅和汤闻道彼此交流了一下眼神,女人的神态亲昵和美。盯着何君梅缓缓的曼妙身段,刘森干咳了一声,端起杯子,喝了口水。

汤闻道没想到关于文物走私案之事,大人物的电话来得这么快。

电话中大人物的口气显得很不满意,他说:"文物走私大案,已经传得全国皆知,舆论仍在不断地发酵,几近失控状态,大小报纸都在延伸探究汉奸丁树基的后台,简直成何体统!"汤闻道恭恭敬敬地接受了批评,承认没及时处理好,定会抓紧补救,把握好舆论导向。

大人物与汤闻道交底说:"事情已到了这一步,你不能够再拖下去了,光抓了那个汉奸是不够的。有人话里有话地说,你到上海是我力推的,虽说前面办了个绑架案不错,现在却又来了个走私案,始终安定不下来。他的这些话,让我芒刺在背啊……"

汤闻道说:"闻道愧对您的栽培!""不用与我说这些了。必须尽快处理完毕,迅速严惩主犯,否则,这里就要成立专项调查组,对文物走私案启动调查。那样你就变得被动了。"

汤闻道神色凝重,连连说是,坚决从严从速处理。

丁树基非处死不可了。汤闻道思虑再三,拿定了主意,这是目前最好的解决方案,既是切断了他与自己的关系,以免后患;又是按上面要求从严处理,平复民意。此时,他想到了何君梅。

当晚在公寓里,听到汤闻道严肃地说丁树基性命难保时,何君梅的神色倒显得平静。她轻轻地叹息一声,双眼流出了泪水,她问汤闻道:"你知道在'孤岛'时期,在租界里是什么样的生活吗?"汤闻道摇摇头,没有说话。

何君梅沉浸在过往的回忆里,伤感地说道:"吃喝玩乐,尽情放纵,在今天能享受的,决不拖到明天。大家都知道,小小的公共租界和法租界,日本人随时可以打进来。我祖上做过翰林,到我父亲这里就没落了,但又要拼命维持体面的生活;我一个女子孤身在上海滩挣扎,甜酸苦辣,什么都感受过,人前光鲜,人后辛酸。"

何君梅接着说:"到了前年,我跟了丁树基,那时他风光无限,本以为他为日本人做事,我能有更多的安全感。谁知到了去年,他们与'孤岛'时期的那些人一样,今朝有酒今朝醉,疯狂到了极点。他们知道,日本人快不行了,他们的未来,随时会变成一场噩梦。"

汤闻道默默地听着,怜惜地捋了捋何君梅耳边的头发。"我倒不在意丁树基会怎样,他已是明日黄花;我只希望你顺利渡过这个难关,我多么想安全地依偎在你身边啊。"何君梅柔声地说,眼睛里满是倦意与担忧。

汤闻道并未露出不安的表情,而是安慰她:"这不算是难关,不过,文物走私案尽快办妥,让上头少一些非议,就可以平稳过渡了。"

何君梅毕竟经历过一些风浪,她不放心地说:"要做的事情,就要抓紧做,此一时彼一时,除此之外,闻道,你别再清高了,绝不能掉以轻心。到这个时候,该送送礼,走走路子啦。你说呢?"汤闻道被说动了,说:"我好好考虑考虑。"

五

汤闻道整个晚上没睡好觉,反复思考着对策,他决定接受何君梅的建议。次日,他坐在办公室的椅子上,斟酌再三,列出了一份送礼的名单,看过之后,又觉得尚有欠缺,于是,他在每个名字后面,注明了对应的礼品。

弄完这个名单,汤闻道叫来秘书李默,将名单交给了这个年轻人,让他到特派员办公室所掌管的接收仓库里,备好相应的礼品。李默接过名单,扫了扫,贴心地问:"名单上的人,大多在重庆,礼品准备好之后,如何送达呢?"

"这样吧,我写好一封信给你。单子上的礼品准备妥当后,你索性尽快赶到重庆,将信交给我内人,她逐一联系名单上的人,你帮助送一送。"汤闻道对李默做出了安排。

"好的,特派员。""还有!李默,你记得选择一样礼品,代我送给内人。她如果……问起我这边的情况,什么当说,什么不当说,你应该有数……""特派员,您放心吧,这些我都明白。"李默知趣地表了态。

程元泰在上海书店收到"篯筷"的消息:苏北已收到器材,另,文物走私案,主要用于转移对方视线,请提醒有关记者,把握好度,以免遭到报复。

"篯筷"的提醒,必要及时,程元泰很快约章晓晔在咖啡馆见了面,希望章晓晔增加自我保护意识,以防让新闻检察官盯上。

对此,章晓晔郁闷地抱怨,近日上面下了封口令,勒令报纸不准刊登文物走私的延续报道,自己本打算接着采访狱中的丁树基,主编已极力阻止了。

"主编阻止有他的道理,新闻固然该做出独家的报道,但真正的新闻自由还没到来,你千万切记别硬往枪口上撞。"程元泰苦口婆心地做着章晓晔的工作。

"好吧,我知道你关心我,为我好。"章晓晔的声音,透出一丝丝幸福的味道,她看着在喝咖啡的程元泰,兴致不减地说:"你记得我说过文化界、教育界的朋友们在油印小册子吗?之前是不定期地发刊,我们正在商量,准备做成定期的地下刊物了!"

"嗯,规模大了嘛。""元泰,我是不是向你这个政府官员透露得太多了?"章晓晔俏皮地问。程元泰笑了笑,说:"说明你信任我呀。你让我想起了我大学前后那几年,为了理想与信念,愿意付诸一切,在所不惜。""难道到现在你的理想信念破灭了吗?"

"倒不是。但我毕竟在财政部官员的位置上,条条框框限制多了。""这是所谓的和光同尘吧……"听章晓晔这么说,程元泰不由得微微一笑。章晓晔又问他,"你知道我昨天去哪儿了吗?""这我可猜不到。"

章晓晔神采飞扬,滔滔不绝地说道:"我去黄包车夫陈师傅家了!有他才有了文物走私案的线索嘛,我拎了礼物感谢他。"

"陈师傅听我说,管窨井盖的市政人员停职了,还有汉奸丁树基贩卖文物被捕了,高兴得不得了,非留我在他家吃饭,他女儿小曼作陪。我与他女儿小曼挺投缘的,她是陈师傅收的养女,在仙乐斯舞厅做舞女……"

听到章晓晔说到这里,程元泰插了一句,说:"我在一些应酬场面上见过你说的小曼,她是仙乐斯的头牌舞女。"

"她说做舞女很难,做头牌舞女更难。她经常碰到社会上各色人等,形形色色,无奇不有。"章晓晔对小曼的工作环境颇同情。"大千世界,声色犬马,一个女子,在其中周旋确实不易啊。"

章晓晔出于记者的职业习惯,对所有的事物充满了好奇,她神秘地告诉程元泰:"我和她说好了,哪天有机会,我跟着她到仙乐斯舞厅见识见识,深入一下生活。"

在接了大人物的电话之后,汤闻道紧锣密鼓,加快推动送丁树基"上路"。

他知道,面对党国上层的不满以及社会舆论的汹涌,仅仅抓捕一个丁树基是远远不够的,若要平息这一切,必须有人为此下台或丧命——但问题是包括汤闻道自己在内都不想为此而下台,结果只有一个,捏死丁树基这个汉奸。

第一步,当然是舆论先行,让御用报社打头阵,发表汤闻道措辞严厉的声明,核心就是一句话:从速从严处理文物走私案主犯,否则,不足以平民愤。

丁家在时刻注意动向,汤闻道在报纸上一发表声明,丁树基原配很快在探监时将有关报纸带给了他。

当看完这段表述不长但措辞严厉的文字之后,丁树基不禁仰头长叹,看来汤闻道到如今是弃他而保自己了,到头来是生是死,谁都靠不上了,只能自己一搏。

丁树基将以前瞒着原配的几个账户都吐露了出来。而对于原配不曾问过的,关于何君梅的种种疑问,丁树基也都对她坦然解答:何君梅并没有卷走多少钱财,自己是留了一手有提防的,只是在日本人投降之后,希望借助她沟通某些关系,才送给她一些钞票。

见到原配终于释怀了,丁树基开始向她交代,他打算整理出倒手文物的前因后果以及汤闻道涉入其中的细节,等到下次她来探监的时候带出去,设法广为散布——几个账户上的钱不少,取出一半来,打点出去,疏通各方面的关系,让政界要人、报社记者等都收到材料,告知文物走私的幕后主使是汤闻道,以便为自己开脱罪责。

"假如这路子行不通,我最后反正就是个死,我要鱼死网破,把汤闻道搞倒搞臭,他别想置身事外!"丁树基此时已是一头困兽,无论如何,拉个垫背的,才会达到心理平衡。

原配凄凄切切地离开了,到这个时候,丁树基突然感到,最后看望自己、值得信任的人还是原配啊。

丁树基坐在暗暗的牢房角落里,望着窗外透进来的一点点光,突然间羡慕起胡兰成来:"这个王八蛋,在汪精卫那儿,失宠得早,反而得以早早脱离权力核心,溜到乡下去,没什么人惦记着抓他除奸……就连何君梅这个狐狸精,他上手都更早些。早知如今,死活得跟他掉个个儿啊!"

在丁树基感慨万千之际,汤闻道开始着手进行第二步了——关于丁树基的审判材料已具结,并已上报高等法院核准。

这个审批过程,让汤闻道感到等待的时间太漫长了。他明白,自从上海市政府的一套机构恢复之后,行政、司法口子和他在利益上步调并非完全一致。

法院拖的时间越长,或许越可以从丁家收到一些好处,但夜长梦多呀。党国在上海的机构就是这样不紧不慢,汤闻道对此没有办法,只好不断地催促着,强调尽快将丁树基执行死刑的必要性。

第十七章

怅然若失

一

人在苦闷的时候，又没有知己可以尽情倾诉，酒往往成为他最好的陪伴。

高祖谋最近感到已经离不开酒这东西，尤其孤身一人的夜晚，他独自一杯一杯地饮着酒，不由自主地反复琢磨一个问题，老师汤闻道与同学程元泰，何以至此，竟抵制不了金钱与美色的诱惑呢？——在高祖谋的朋友圈里，称得上朋友的并不多，而这两个是关系最为密切的人，一个是他尊重的老师和上级，一个是他最要好的大学同学。

人总是需要归属感的，即便是少数派，只要身边有志同道合者，他便不觉得孤单；但可惜的是，随着汤闻道与程元泰的渐行渐远，高祖谋一下子意识到，在偌大的上海，无论到哪儿，自己都变成了那个不合时宜的人。

夜幕刚刚降临不久，高祖谋已将一瓶白酒，喝掉了三分之一，突然间，他有一种动念，想到老同学程元泰，他总的感觉是，程元泰与老师还不太一样。老师在与何君梅同居问题上，的确禁不住美色的诱惑，进入温柔乡不能自拔，这一切与对查处刘森问题上的消极处理，两者之间是不是存在某种联系呢？而程元泰呢，他的问题当然很多很多，包括捧戏子及倒卖物资，等等，但这些事情，高祖谋又觉得有些似是而非。

高祖谋抱着一线希望，晃晃悠悠地去找程元泰，准备与其喝几杯，好好聊一聊，打开天窗说亮话，把事情讲开。

程元泰正好在家。他见到高祖谋带着酒气，拎着大半瓶老酒上门来，欣然相迎。他让高祖谋坐下，自己取出两个酒杯，又翻出一包盐炒花生。然后，两人开喝，程元泰端起杯来，二话没说，与高祖谋碰了碰杯，喝了一杯。

"祖谋，奇怪了，今晚你怎么有如此高的兴致？"放下酒杯，程元泰问道。"今天师母打电话给我，婉转地问起老师近期的工作与生活，我实在难以张口，勉强地搪塞了过去。"程元泰附和着："没错，的确尴尬，无法往细了说啊……"

高祖谋的情绪激动起来，说："何止尴尬？支支吾吾地讲着电话，我不知道都说了什么，心里凉凉的，感到可悲啊。我敬爱的老师，怎生落到学生为之隐瞒的地步了，难道这是'直在其中矣'？！"

程元泰保持着平静的态度，说道："老师与何君梅同居的事情，虽说不事声张，但终究是纸包不住火，师母人在重庆，多少会听到风言风语的。在党国的官场中，这种桃色新闻传播得是最快的，茶余饭后，人们会津津乐道。祖谋，外头再如何议论，你难道等着老师与你说一句'予所否者，天厌之'？"

高祖谋忧虑地说："照你这么一说，只好无动于衷和光同尘喽？有时候我觉得自己像上海旧巷子里的猫，看起来很自由，却没有归属感。与你和老师相比，我变成少数派了。"程元泰相劝道："祖谋，你太固执、太较真了……"

高祖谋自饮了一杯，回应道："对！我是这样，我甘愿做少数。元泰，我不想和你兜圈子，除了老师以外，你所做的事情，我不敢苟同，我提醒你多少次了，不要整天与季国云这种人搅和，老师可是前车之鉴啊。"

程元泰瞅着固执得可爱的同学，解释说："我无非务实一点儿，不想跟钱过不去，做什么事情，没有钱是不行的。更何况呢，转手一些物资，不过是鸡毛蒜皮的小事，水至清则无鱼呀。你放心吧，我绝不会干那种巧取豪夺的事情。"

高祖谋听了很生气，厉声道："元泰啊元泰，这是你自我麻醉的说辞吧！因为有人比你更贪腐更卑劣，所以，你觉得小巫见大巫，可以心安理得吗？"

程元泰辩解说："目前这个社会现状，从趋势上我看只会更坏，不会更好，你我做好自己，就能够改变这一切吗？""正是有问题，才要下决心解决它，但首先要做好自己。难道任由它腐烂下去吗？"高祖谋痛心疾首地发问。

程元泰顿了顿，意味深长地说："历史有惊人的相似之处，从目前的情况看，不从根本上解决问题，不过是早几天烂和晚几天烂的问题，大方向不会改变的，时间与实践会证明的。"

高祖谋长叹一声,说:"元泰,知其不可为而为之,才是我们应有的态度。假如你二人并不是我的老师与我的同学,我可以无所谓,任你们堕落下去。还记得当初我们的誓言吗?为了民族、民权、民生,我们勠力同心,重振山河。到如今,一切都变了,坚守信条就那么困难吗?"

程元泰默然不语,他由衷感到面前这位老同学的可敬之处,但他不好多说什么,他一只手不由得攥了攥拳,另一只手再次往两个酒杯里斟满了酒,仰起头来,一口干掉了。

在程元泰与高祖谋饮酒的时候,章晓晔跟着小曼到了上海滩四大舞厅之一——仙乐斯舞厅。她们俩一进仙乐斯舞厅,小曼就把章晓晔直接带进了化妆间,这地方平时不让外人进,在舞厅里是私密的地方——头牌舞女毕竟是舞厅的摇钱树,她带个女伴进来休息,经理不好说什么。

每位舞女在夜晚开始上岗之前,基本是在化妆间里度过的,做做诸如化妆、换装等出场前的一些准备,顺带彼此间针锋相对地斗几个回合的嘴。当然,舞厅开始营业之后陪客人期间,也需要回到化妆间补补妆,但这个时间点的选择,因人而异。化妆间的一面墙上,有一扇玻璃窗,隔窗正好观察到大半个舞厅。

从当晚开始营业,章晓晔便静静地坐在窗子旁边,锁定了小曼等几个重点舞女,注视着舞厅里众人的举止言谈、人生百态。约一个钟头以后,小曼第一个回来补妆了,她担心章晓晔独自一人闲着无聊,借机来陪她聊几句。

章晓晔饶有兴致地分享着她的感受:作为置身在外的旁观者,很容易看出形形色色客人之间的不同,斯文的、爱调侃的，爱揩油的……

两人正聊着高兴，舞厅经理急促地过来催小曼说，军统刘站长来了，已包了你今晚的所有舞票，快点儿过去吧！小曼脸上的笑容顿时凝固起来，她极不耐烦地说，好，我知道了。

章晓晔感觉到了气氛不对，问道："怎么了，小曼？"

"这个刘森呀，不是好东西！比你说的爱揩油的客人还要坏百倍。每次他来这里，动手动脚很下流，我看到他的眼神与说话的腔调，就浑身感到发毛，总觉得他随时有害于我。"

"舞厅经理说他是军统上海站的站长？""嗯，舞厅经理惹不起他。唉，每次他包场，简直像受刑一样，我要硬着头皮才能撑过去。"小曼说完，脸上露出一丝恐惧，匆匆地走了出去。

有一种丑恶的男人就是这样，当他越得不到渴望得到的女人时，他越会亢奋地投入进去，去追逐，去占有。好比一条饥饿已久的狗，闻到散发着香味的肉骨头，就会加倍疯狂地上蹿下跳，不顾一切想得到它。

刘森对小曼便处于这种畸形的状态。在舞池里，从小曼陪跳第一支舞曲时，刘森便开始从旗袍开衩处上下其手，而感到小曼在平静的表情下暗暗较劲抵制着自己，刘森更是感到一种莫名的痛快与刺激。

刘森一边晃动着脚步，一边吹嘘着自己的能量，实际上在暗示小曼，除了汤恩伯、汤闻道等看上的女人之外，在上海滩没有他搞不定的女人。对于刘森这些炫耀的大话，小曼并不回应，只是默默地陪着跳舞。

突然，舞厅的灯灭了，一片漆黑——这是刘森今天来交代给舞厅经理办的事情。黑暗中的刘森淫笑着，放肆起来，而小曼随即发出了轻声的哀求："刘站长，别这样！别这样！"

舞厅的灯又亮了起来。从化妆间的窗户，章晓晔看到小曼旗袍的盘扣都已解开，小曼神色恍惚，慌乱地试图将盘扣一一扣上，在一旁的刘森，色眯眯地荡笑着，用他的双手在进行干扰。

当看到小曼无奈挣扎的样子，章晓晔怒火中烧，她忍受不了眼前龌龊的一幕。一气之下，章晓晔冲出化妆间，快步走到舞厅的吧台，拿起了电话。

二

两个老同学边聊边喝，高祖谋拎来的那瓶酒，已经快见底了。又喝了一杯之后，高祖谋正色告诉老同学，自己很在意多年的同窗情谊，但是如果程元泰执迷不悟，一意孤行，迟早他会效仿管宁割席的。

程元泰听完高祖谋的话，笑了起来，刚欲回应，电话铃响了。放下电话以后，程元泰诚恳地说："祖谋，我知道，老师与我，都有让你失望的地方。不妨择日请上老师，我们一起聊聊，交交心，找找问题到底出在哪里。"

程元泰说到这儿，特别强调道："不过——今天晚上，就是现在，我们要到仙乐斯舞厅，见识一下刘森的丑恶嘴脸！"听到程元泰提起刘森，高祖谋兴致来了，借着酒劲，他一拍桌子，高声说道："好，我们走！"

仙乐斯舞厅夜晚的营业时间快结束了，乐队在演奏最后几支舞曲。肆无忌惮的刘森，看到时间差不多了，把头贴在小曼的耳边说，今天在仙乐斯旁的酒店，已经订好了房间，他让小曼今晚陪陪他，现在就过去。

刘森说完话，没有等小曼同意，便搂着小曼往舞厅大门挪动脚步。

小曼不想过去，拼命拒绝，收住脚步不动，而刘森欲火焚身，顾不上许多了，硬拽起来。小曼求救地回过头来，朝化妆间窗户的方向看了看。在窗户里面的章晓晔明白了，小曼这一瞥，是在求助呢，她立刻打开化妆间的门，奔了出去。

仙乐斯舞厅的门突然打开了，程元泰与高祖谋出现了，两人急匆匆进来，正好撞上了刘森忘乎所以的一副德行。眼见程元泰与高祖谋意外到来，刘森狼狈极了，他搂着小曼的手，下意识地松开了，小曼急忙挣脱出来，本能地闪到了高祖谋的身后。

一切不言自明。程元泰嘲讽道："刘站长，你这是演的哪一出啊？王老虎抢亲吗？"

刘森底气不足地辩解："我今晚包了小曼小姐的舞票，打算出去坐坐，花钱买乐子，天经地义，关你们两位什么事呀？"

"刘站长，你真会诡辩，你瞧瞧这位小姐的样子，像是愿意与你出去坐坐吗……"高祖谋不客气地揭穿了刘森的谎言。

章晓晔忍不住走了上来，义愤地指责刘森："我在化妆间都看到了，你的行为是要对小曼图谋不轨。舞客在舞厅娱乐自有规矩，没有像你这样乱来的！"

程元泰没有接章晓晔的话茬，也没和她进行任何眼神交流，他装作与高祖谋一样，在听一个目击者的证词而已。

刘森盯着章晓晔瞅了瞅，恶狠狠地甩下一句："规矩怎么了，那是人定的！"说完，他理了理衣服，捋了两下头发，懊丧地夺门而去。

章晓晔冲着程元泰说："哎呀，多亏给你打了电话，不然，小曼今天是很危险的。"

程元泰考虑到某些原因，不想让高祖谋了解章晓晔的身份，因此，微微一笑，没有再说话。小曼朝着程元泰和高祖谋鞠了个躬，说道："谢谢两位先生！"

程元泰摆了摆手，说了声："不必客气。"而高祖谋则把章晓晔当成了舞厅舞女，看她与程元泰说话的样子，彼此相当熟悉，不由得出结论，程元泰在仙乐斯舞厅与这个舞女的勾连很密切。一念及此，高祖谋隐隐有些不快，他直挺挺地站在那里，一声不吭。

小曼对高祖谋说道："这位先生，我记得在电影界舞会专场时，您到舞厅来过。"高祖谋淡淡地"噢"了一声，对小曼与章晓晔并不正眼相看。他出来晃了一圈，酒劲儿散了不少，便催促程元泰说："刘森的丑态，我们见识过了，走吧。"

走到仙乐斯舞厅外面的马路上，高祖谋深深地吸一口气，感慨道："这种地方，靡靡之音，影响斗志，还是少来为好。"

与高祖谋分手后回住处的途中，程元泰想到章晓晔露锋芒的行事风格，是有危险的。他次日与章晓晔在咖啡馆见面，在肯定了章晓晔为小曼解围的做法之后，程元泰严厉的批评接踵而至。

程元泰指责章晓晔在打完电话之后，应该继续留在化妆间里，而不是冲出来说话，暴露自己。这样做的后果是，高祖谋和刘森，他们认真分析起来的话，可能会了解到章晓晔与自己的密切联系。幸好昨天章晓晔的记者身份没有暴露出来，否则，麻烦就更大了。

章晓晔见程元泰这么严厉，起初，她不免有些委屈，眼泪快出来了。后来，听程元泰把话说完，觉得他说的确有道理，她又有些内疚了。但章晓晔还是辩解说，当时为了小曼不被刘森欺负，所以没有顾得上那么多。

程元泰看着在眼前完全处于放松状态的章晓晔，真可谓初生牛犊不怕虎啊。他有些无奈，理性此时跳出来告诉他：对这个年轻女记者的牵挂与担心，似乎超出通常的范畴了。

高祖谋夤夜与自己喝酒交心，程元泰尽管表面上淡然以对，内心却是百感交集。

在程元泰眼里，高祖谋的品性，经过十里洋场的磨炼，可谓无可挑剔——这位老同学依然坚持着操守与理念，不愿意随波逐流，不愿像那些腐化的国民党官员一样，花天酒地，贪图一己之私。

然而，程元泰深深地知道，像高祖谋等为数不多的追随孙中山三民主义的忠实信徒，已经撑不住国民党这座即将倾倒的大厦了。抗战胜利后上海接收的种种乱象，不断在说明一个问题：国民党烂在了根上，它真正代表的不是社会民众的利益，而是官僚阶层的利益，毫无疑问，国民党经不住执政的考验，已经无可救药。

程元泰多么希望，他与高祖谋两人之间，可以是终生至交。但是，严酷的事实是，曾经心心相印的同窗，曾经一致枪口对外共同抗日的挚友，因为选择了不同的理想与信念，终将走向各自的人生道路。

程元泰忽然意识到，可供尽情挥洒的友情，已经不多了，一种紧迫感油然而生，他想尽快约约高祖谋、景莺音与老师汤闻道，好好聚聚聊聊。

三

几天以后，高祖谋在办公室接到了程元泰的电话。程元泰告诉他，明天晚上已订好了一个昆曲演出《长生殿》的包厢，准备约汤老师与同学们一起看场戏。高祖谋快人快语地问："元泰，你拉着我们去捧哪个角儿啊？"

"没这个意思。那天我们俩喝酒聊天，你说的那些话，让我很感慨，我们师生四个人，好一阵没聚齐了……你想一想，是不是？"

高祖谋停顿了一下，回复道："晚点儿我给你准信。"高祖谋随即把电话打到了孤军营，对汤闻道说，程元泰约大家看戏呢。汤闻道回答得很干脆："我最近让文物的事搅得兴致全无，你们三个同学见见吧。""我也不想参加，看不惯程元泰捧戏子的习气。"高祖谋说出了看法。

汤闻道劝道："去去无妨，对于这些场合，你适当地转转看看，多接触了解社会各方面的情况，没有什么坏处。""嗯，我想想。""祖谋，你不忙的话，过来一下，我有事和你谈谈。"汤闻道委婉地发了指令。

高祖谋放下电话，马不停蹄，很快赶到了孤军营。汤闻道告诉高祖谋，丁树基的死刑判决，正在等待高院核准，眼下请他再深入查一查丁树基的社会交往情况，尤其是抗战胜利前后向党国里一些人的行贿情况。

高祖谋听着老师的要求，表示立即着手办理，一定严谨细致，一丝不苟。

聊到最后，汤闻道谈到了文物的事，他避重就轻地对高祖谋说："关于这批文物，当初我准备给丁树基一个戴罪立功的机会，让他把文物从汉奸们手里收过来，集中起来交给国家，没想到的是，丁树基竟要悄悄地运出走私。目前这个案子搞得我十分被动啊！"

高祖谋微微颔首，不好接着说什么。他主观上愿意相信老师说的每一句话都是真实的、可信的，但严峻的现实在提醒他，老师说的这些话，不可不相信但又不可全相信。

汤闻道稍迟疑了一下，然后接着说道："祖谋，有劳你，从码头截获文物这件事入手，你秘密地查一查，到底有什么看不见的势力在后面针对我——无论党国内还是党国外。现在如果不找到幕后的对手，我无法踏实实实在位置上做事情。"

"老师，说实在话，这是头一次您交私事给我办。"高祖谋直言不讳地说。汤闻道不免有些尴尬，他为自己的行为做了推托，狡辩说："是啊，或许应该这么说，我办事没有后顾之忧，才能更好地服务于党国。你说呢？"

"忘了告诉您，师母前两天打电话给我了，她问起您是不是很忙。李默到重庆后，已经见到她了，但李默很少谈及您在上海的情况……"汤闻道听到这些话，感觉脸上不禁一阵发烫，他面带愧色地解释道："是的，我让李默去了趟重庆，他已将你师母的信捎回来,这两天我会回信的。"

在观看《长生殿》演出的晚上,程元泰提前在戏院门口等候,没多久,景莺音准时赶到了。程元泰请她进入戏院的贵宾室,让她稍坐。

"莺音,戏开场还有半个钟头呢,你喝杯茶,等等。""好的。你是常客吧?对这儿挺熟的。"程元泰说:"是的,我是常客了,戏院经理为我留了休息室。"

"老师与祖谋来看吗?""老师明确说,有事来不了。祖谋呢,看不惯我捧角儿,他没准,不知道到底会不会来……"正说着,高祖谋让戏院小厮引导着,走进了休息室。景莺音兴奋地说了声:"祖谋来了。"

"元泰说,好久没聚聚了,所以,我怎么着也得来呀。何况元泰在戏院里,派头越来越大了,我们做同学的,一起沾沾光,跟着摆摆谱。"高祖谋话中有话,话中带刺。

程元泰连忙说:"祖谋,你别拿我开心了。谁没些爱好嘛,工作的目的,不就是为了更好地生活嘛,我爱看个戏,捧个角,自得其乐呗。"

对程元泰的话,高祖谋很不以为意,接着他说:"那天晚上,仙乐斯舞厅两个舞女遇到麻烦,都是第一时间打电话找你,由此可见,你除了戏院,舞厅也没少去呀。"

程元泰没有立刻回应,这个话题比较敏感,他不想此时牵扯到章晓晔。景莺音笑着对着高祖谋说:"坐下吧,祖谋,你们俩真是的,一见面唇枪舌剑的,停不下来了。"

"祖谋对我进行义利之辩,让我痛改前非,说明我有救啊。"程元泰自嘲地说。高祖谋坐了下来,对景莺音说:"元泰对我的诚心批评，表面上是虚心接受，实际上是坚决不改，你说说吧，凭他的收入如何维持这些排场？"

景莺音听了以后，故意转移这个话题，笑着对高祖谋说："快开场了，难得一起聚聚，准备看场戏吧。"景莺音这么一说，挺管用的，高祖谋便不再较劲下去。

晚上在何君梅公寓的书房，汤闻道看着发妻捎来的信，看了很久，放下信，又想了很久。何君梅轻轻地推门进来，催促汤闻道早点儿休息。汤闻道扭过头来，温和地让她先到卧室休息，自己很快就会过去，何君梅知趣地转身出去了。

汤闻道的发妻在信中告诉他，李默抵达重庆之后，按照所拟的那份名单，该送的礼，都已送到，风声慢慢会平息下来；汤夫人含蓄地提到，李默是个做秘书的好材料，嘴巴很严，什么都问不出，沪渝之间距离虽远，但风言风语是隔不断的，因此，"惟愿夫君珍摄，勿忘特派员里外的形象与体面"。

话已说到这份儿上，说发妻不知道自己在上海的状态，纯属自我安慰了。汤闻道不由得深深叹息一声，踌躇许久，才在纸上落笔给妻子写信。

四

那天晚上仙乐斯舞厅快入港的美事，一下子被突如其来的几个人硬搅黄了，对此，刘森憋着股闷气、耿耿于怀。他迁怒的首选人物，当然不是程元泰和高祖谋，而是从化妆间跑出来的章晓晔。

刘森为了出这股闷气，将调查章晓晔的事交给了沈东洋，让他到仙乐斯舞厅深入打听打听。很快，沈东洋带回消息说，那个跑出化妆间帮助小曼说话的女子，并不是仙乐斯舞厅的舞女，舞厅经理不认识她，据说此人是小曼的好姐妹。

刘森对此大失所望，一时想不出什么办法。沈东洋立刻献计说，其实对于搞定小曼这事，他倒有个主意：汪伪时期前往舞厅的汉奸不少，只要将仙乐斯舞厅扣个与汉奸有勾连的罪名，便可令其若干天不准营业，一旦没钱可挣，舞厅内部很快会逼小曼就范的。

刘森抚掌大悦，夸赞道："东洋，士别三日当刮目相看啊！厉害！按你说的办，反正闲着也是闲着，咱有这权力，就要用用，折腾折腾他们。"沈东洋忙说："今晚我就去仙乐斯舞厅。"

刘森的精神头上来了，接着他对沈东洋说："我密见了一次特派员，提醒他对向影燕保持戒心。我再给你一个任务，好好盯着向影燕信任的几个人，争取从史正良等人那里，弄到些秘密，我要知道向影燕让我靠边站，她目前都忙了些什么。"

在上海站，包括史正良在内，向影燕十分信任的不过两三个人。沈东洋与史正良的私交还说得过去，因此，沈东洋选定了其中看着不顺眼的一个家伙，叫吴牛，他打算从吴牛入手，去掌握向影燕的活动的秘密。

相信很多人是经不起被锁定和聚焦的，这个吴牛，概莫能外。沈东洋等人悄悄地盯了几天后，很快发现了其隐私——这家伙居然与帮会里"通"字辈大佬的女人有染。

接下来的事情就好办了，某天当吴牛与女人幽会时，被沈东洋带人直接在房里堵了个正着，当场拍了照片。沈东洋诡秘地对此人说："'通'字辈的女人你都敢睡，胆子不小啊，不要命了。"

吴牛被抓了现行,留下了把柄,不免心惊胆战,他求爷爷告奶奶,只要不把事情抖搂出去,一切都好说。面对沈东洋咄咄逼人的气势,吴牛不得不回复所有的提问,他透露说:"向影燕已抓到了地下党负责工运的一个夜校教员,然后,又将其秘密释放了,她希望通过此人擒获'筌筷'!"

丁树基家人在外面的活动起了作用。史正良带了一份手抄的丁树基自述材料,走进了向影燕办公室,说这是汤恩伯的一个同乡给的,据说这是文物走私案主犯、汉奸丁树基在监狱里悄悄通过别人送出来的。

向影燕快速地将材料浏览了一遍,惊讶不已,她暗自嘀咕着:"难道在码头上的查抄,不仅仅是断了刘森的财路,另外还断了特派员的财路?"向影燕琢磨再三,决定让史正良秘密安排一下,她准备到关押所单独见一见丁树基。

汤闻道从他的渠道,同样收到了丁树基的自述材料,当然,这是丁树基准备最后一搏时所没想到的。事实上,这种没头苍蝇的自救行为,本身就是双刃剑,可能有一线生机,但也随时可能加速其灭亡。汤闻道看到这份自述材料,立即亲自去了法院,再次催促加快丁树基死刑的审批程序。

为了给法院施加压力,他通过报纸对外发了份措辞激烈的声明。在声明付印的这天,报童们在街上纷纷叫卖,军事委员会特派员汤闻道宣布:对文物走私惊天大案的调查,已经结束,汉奸丁树基在抗战中投敌,罪大恶极,光复后,胆大包天,走私国宝文物,欲敛财脱逃,是可忍孰不可忍,对此犯的枪决,将在法院核准后立即执行。

程元泰与章晓晔又在公啡咖啡馆碰面了。程元泰告诉章晓晔说，听高祖谋的口风，以为章晓晔与小曼是同行，也是仙乐斯的舞女，但刘森对章晓晔的身份是否了解，目前尚不清楚。"元泰，我不懂得自我保护，以后我会注意的。""那就对了。"

章晓晔瞧着眼前这个男人，心里酝酿了很久，终于鼓起巨大的勇气，将压在心底的疑惑，变成了一个试探性的问题，她问道："我和你接触多了，有时候觉得你似乎不仅仅是有正义感的官员——这不过是你公开表现的一面，你应该还有隐藏着的另外一面吧？"

程元泰反问道："是吗，我还有一面？"章晓晔自信地说："嗯，我分析得不对么？"

程元泰没有直接回答章晓晔的问题，他轻轻地晃着咖啡杯，微笑地说："人也许是有双面性甚至多面性的，不妨重温一下陀思妥耶夫斯基的小说……"

章晓晔流露出佩服的眼神，她开心地说："你认可我说的对呗？""人真正要了解与超越自己，是最难的事了。但有一点我清楚，我痛恨踩在老百姓头上玩弄权力的人。"

"很荣幸，在这一点上，我们的认识非常一致！"章晓晔爽朗地笑了起来。程元泰也会心地笑了。两个人情意绵绵地对视着，品味着心灵共振的那种美好。

从桌子旁经过的客人投来好奇的眼神，把他们从两个人的精神世界唤回了当下时光。章晓晔害羞地捋了捋头发，说："最近外面疯传一份汉奸丁树基写的自述材料，说文物走私案的背后指使者是汤闻道。你有没有想过，幕后主使有可能是你的老师啊？"

汤闻道与何君梅同居的事情，几乎已变成一个公开的秘密，但汤闻道是否涉入文物走私大案，这是第一次有人直接公开问询程元泰。他沉默了下来，然后回答说："我做好了直面各种可能的准备。"

五

两天以后，向影燕在看守所单独见到了丁树基。史正良私下与现管的看守搭上了关系，送上了些好处，向影燕则以丁树基亲戚的名义进去探望。

丁树基并不认识向影燕，正诧异着不知哪儿冒出来的亲戚。向影燕开门见山，自报家门说，码头上那些走私文物，就是她带人查抄出来的，当时并不了解这件事与汤闻道有关。

听向影燕提到了汤闻道，丁树基岂容错过这个发泄的机会？他就像终于抓到一根救命稻草一样，从头到尾把与汤闻道交往的过程和细节，一股脑地都倒了出来。

面对着向影燕不可思议的表情，丁树基振振有词，他说："文物走私这件事情，说到底，就是我在出面操办，背后为汤闻道敛财开路。当然，我这么做，无非是要保住自己一命。唉，世事难料啊……向站长啊，人之将死，其言也善。我与你说这些话，希望你替丁某人鸣个冤叫个屈，同时，正好也给你提个醒，汤闻道此人道貌岸然，大奸似忠，绝不可信哪！"

"噢。但问题是，我与他同在上海为党国效劳，抬头不见低头见，难以做到敬而远之啊……"

丁树基再次提醒道："无论如何，对汤闻道这种人，凡事要留有余地,最好抓住他的要害。只有这样,万一情况不妙,才能随时反制啊!"

向影燕在追查"筌篌"方面,已经有所进展,走在了前面,这对于刘森来说,却不是喜讯。"任由她凭着一己之力,抓捕到了'筌篌',那么,相形之下,我就变成可有可无的人啦。"刘森对其中的利害关系,很快了然于心。他庆幸自己嗅觉灵敏,及时让沈东洋"搞定"了向影燕的手下,了解到如此重要的消息。

接下来如何布局呢?刘森反反复复地想了很久。他知道,如果冲在前头,与向影燕针锋相对地干,是绝对不行的,弄不好,上面会怪罪下来。做这件事情,最好把汤闻道拉进来,可以起到一箭双雕的效果!

于是,刘森索性到了孤军营,专程拜访了汤闻道。他向汤闻道透露说:向影燕在追查"筌篌"方面取得了进展,但她秘而不宣,无非想要独吞这份功劳!汤闻道表面上不动声色,心里的弦一下子却绷了起来。刘森看着汤闻道没有说话,接着对向影燕又是狠狠地贬损一通。

"特派员,这么大的事情,她区区一个上海站站长,大包大揽,是何居心?追查共党地下党的重点人物,就要像处理景氏绑架案那样,应该向特派员办主动汇报,或由特派员办主抓嘛……"

汤闻道略微谦虚了一下,说道:"有关此类事情可以听听汇报,但不能说非得是我这里主抓。"刘森凑到汤闻道面前,贴心地说:"有句话,我们私下说说。关于'筌篌'的事情,假如我们抓到手上,大功告成,足以抵消文物走私的负面影响。您想想吧,特派员。"

汤闻道尽管沉思不语,但他颇为认可刘森说的这个思路。看出汤闻道动心了,刘森主动建议说:"这样吧,我这就找向影燕摊牌!关于追查'箜篌'之事,上海要一盘棋,统筹考虑,绝不能单打独斗。"

得到汤闻道的支持以后,刘森急忙约了向影燕。见到向影燕以后,刘森并没有和盘托出他的想法,只是说,特派员汤闻道准备安排小范围聚聚,与军统的同僚们谈谈后续协作事宜。向影燕对此二话没说,爽快地答应了。

聚会安排在大西洋菜社,向影燕按时到达,汤闻道与刘森则已经提前到了。

老板夏瑶见客人到齐了,热情地过来招呼点菜,等待她出去安排了,三个人安静了下来。向影燕主动问汤闻道:"特派员今天如此雅兴,只通知了我们两个人过来?"

汤闻道瞅了一眼刘森,面带微笑对向影燕说:"影燕站长,前一段时间,我的主要精力放在接收上,对共党在上海的渗透活动,花的力气不够。幸好在这方面你始终没有放松啊。"向影燕客气地回应道:"哪里,哪里,这些是分内之事。"

"最近一段时间,从各方面的异动情况来看,共党在上海又活跃起来。为此,上面要求我们抓紧做好协作,尽快追查到地下党'箜篌'——我们几个就是抓捕'箜篌'的核心力量,相关所有的工作都由特派员办牵头。所以,关于那个你抓到的夜校教员的情况,晚些时候请你具体和我们说说。"带着公事公办的口气,汤闻道冠冕堂皇地把事情交办了。

听了这一番话,向影燕极为震惊,难道汤闻道对有关事情都掌握了？她心里乱成一团，但她尽力克制着自己的情绪，解释道："噢，您说的那个夜校教员，目前我们了解，不过是个外围人物……"

刘森注视着向影燕脸上细微的变化，他插话说："不管他是不是外围人物，只要此人与共党活动有关，对我们就是有价值的。影燕站长，大家分享情报，不要有所保留吧？""不会的。既然上面已经有这个要求，我当尽力配合，绝不含糊。"向影燕含糊地表态道。

刘森听着，扬扬得意起来，马上敲了敲边鼓，赞许道："影燕站长从来都是顾全大局的！现在我们踏实吃饭，饭后再到特派员办好好聊。"汤闻道点头认可说："好，一会儿到我那儿，再商量商量。"向影燕感觉今天像赴了个鸿门宴，莫名其妙地被剥夺了追查"筌筷"的控制权，瞬间成为特派员牵头下的核心小组成员之一了！

离开大西洋菜社，他们到汤闻道的办公室坐了下来。三人坐定，谈到向影燕前一阶段取得的进展。

迫不得已，向影燕简单地介绍了一下情况，说夜校教员是共党工运活动的一个具体负责人，目前正在研究顺藤摸瓜的办法，想方设法通过此人，最后把"筌筷"钓到手。

"我倒有个办法，或许可以引出'筌筷'来。"汤闻道听到这里，主动提了一句。感到向影燕、刘森都以疑惑的目光看着自己，他慢条斯理地解释道："以我对共党的了解，他们每到一地，最重视的是基层组织不断扩大与发展。因此，不妨让夜校教员向'筌筷'发出消息，说经过宣传与鼓动，一些工人骨干积极地申请入党，对于这种局面如何处理，请'筌筷'给予指示。"

"妙！太妙了！"刘森竖起大拇指，由衷地佩服汤闻道对共党有深入的研究。向影燕没有说话，但也不得不承认，汤闻道说的是个好主意。既然向影燕与刘森对此没有异议，汤闻道当仁不让地以牵头人该有的口气对向影燕说，尽快联系上夜校教员，把这个任务及时安排下去。

关于"箜篌"的研究与讨论，基本告一段落。汤闻道在结束之前，提出追查"箜篌"之事，是否让高祖谋、程元泰参与进来。

这个问题问完之后，导致了一阵气氛尴尬的短暂沉默。高祖谋、程元泰与汤闻道的关系，几个人心里有数，汤闻道说出这个建议，明显是进一步增强他对此事的控制权。

向影燕对程元泰暗生情愫，对这个提议倒没有明显抵触，权衡了一番，她答非所问地说道："特派员对破获景氏绑架案的左膀右臂，始终念念不忘啊。"

而刘森的反应比较激烈，与向影燕大为不同。他尽管犹豫再三，但还是很直接地回应道："特派员，这件事——我看暂时不让他们介入为好。"刘森跟汤闻道说话，这种直截了当反对的口气，似乎是头一次，汤闻道颇感意外，禁不住脸色一沉。

刘森随即解释道："各地接收的官员们，吃喝嫖赌、吃拿卡要，哪个不多多少少沾点儿？可您这两位学生，程元泰呢，据说爱捧捧戏子，收收古玩；但高祖谋样样不沾，拒人于千里之外，这未免太不合情理……"

"之前你话里话外地怀疑程元泰，现在你这么一说，你又开始琢磨高祖谋了？"汤闻道反应过来刘森这话的含义，于是冷冷地问道。

刘森仍不失时机地提醒道："特派员，对付共党，要考虑到各种可能性，慎之又慎，不妨严谨些为好。"向影燕讥讽刘森说："刘站长，照你说的，在我们身边周围的人，都不可相信？""也许吧，有的时候我就这么想问题，使用排除法。"刘森回答得毫不含糊。

汤闻道陷入了思考，听到他们俩交谈以后，他抬起头来，目光扫向刘森与向影燕，最后表态说："同意刘站长的建议，高祖谋与程元泰暂不参与。"

第十八章

诱捕"箜篌"

一

汤闻道提出的钓出"箜篌"的办法，向影燕及时地通知到了夜校教员小孙。可几天过去了，叛徒小孙没有任何回复，汤闻道等得不耐烦了，便决定亲自见见这个家伙。

晚上，夜校教员小孙按照接到的通知，到了一个普通旅社的房间。当他一进门，便看到汤闻道、刘森与向影燕已等在了那里。

"让你办的事，怎么样了？"向影燕直接问道。"我在报上已刊登了消息，用暗语报告'箜篌'，有工人骨干积极要求入党，请求尽快指示。"刘森笑眯眯地追问："'箜篌'怎么回复？"

"前天晚上,我在家里,外面有人敲门,我应声准备开门时,从门下面塞进一封信——是'箜篌'写的。"向影燕眼睛一瞪,质问道:"前天晚上的事情,为什么你不及时向我报告?"

叛徒小孙嗫嚅着说:"我,我有点儿怕。"汤闻道温和地问:"信呢,你带来了吗?""带来了。"

汤闻道叫夜校教员小孙把信拿了出来,他看了看内容。"箜篌"回复的大意是:工人们积极投身革命的态度,应充分肯定,但目前党在上海发展队伍不急于求成,补充新鲜"血液"要符合章程。

看到"箜篌"的回信,汤闻道、刘森与向影燕三人,精神大振。不管怎么说,这个如传说一般的神秘人物,终于展露出其真实存在的一面。刘森不忘恭维汤闻道说:"特派员,您善于对症下药,手到擒来,'箜篌'快要原形毕露了。"

"嗯,接下去要加大力度,"汤闻道看身边几个人似乎并未真正理解自己的话,索性直接对小孙发出指令,"你弄几份申请入党的血书,说是工人骨干写的,为了向组织表示赤胆忠心,然后请示'箜篌':已经这样迫切了,该怎么办?我们下这么重的药,我倒看看这个'箜篌',出不出来!"

夜校教员小孙在报上发出了工人写血书的消息,请求"箜篌"给予明确指示。"箜篌"陷入了深深的纠结之中。工人阶级队伍是党在城市里的主要力量,他们的斗争热情,应该予以鼓励和引导,绝对不能泼冷水。

但是,工运这条线近期的活动,却又让"箜篌"感到有些不正常,因为没有坚决按中央新的要求办。作为上海地下组织的一位负责人,越是在面对这种情况时,越是要把握好尺度和方向。在两难的境地下,"箜篌"来到师心斋古玩店,与刘胜晓秘密见了面,商量对策。

"箜篌"对刘胜晓说,近期从景氏面粉厂得到消息,工潮结束普遍涨薪之后,竟然有工人离开不干了。这个现象不太寻常,哪有刚刚辛苦争取来了权益,弃之不要的?

"结合元泰同志之前的警示,说有同志被捕了,但是我们没有排查出来,看来工运方面似乎存在问题。""箜篌"对刘胜晓说出了疑虑。

刘胜晓不禁说道:"接到元泰同志的警示之后,我们排查的结果,确实没有发现各条线不安全啊?"

"谨慎起见,我们依然要保持警惕。我这儿有离厂的三位工人进厂时的登记资料,你核实一下,分别查查他们的社会背景。""放心吧,这几个人的情况,我尽快查清楚!"刘胜晓收下了"箜篌"带来的资料,接受了任务。

做古董生意的好处是,时间上好掌握,不同于百货商场,顾客盈门,难以抽身。刘胜晓把店面交给伙计看管,自己以收货的名义,走街串巷,根据入厂登记资料,很快地将三个离厂工人的情况访查了一遍。

其中,两个人的信息真实——一个住在亲友那里,一个据说回老家了。但是,对于另外的那个人,找到其留下的亲友联系地址时,该户人家却说,不认识这个人。

刘胜晓赶紧把调查结果向"箜篌"做了汇报,两人在古玩店里再次碰了面。"这个人到底来自何方?""箜篌"不禁思考起来,"夜校教员小孙为什么近日不断地催促自己?"

莫非，小孙和此人在背后有什么关联？从安全角度考虑，刘胜晓认为"筌蹄"对夜校教员小孙的要求，不必急于回复，观察观察再说。

但"筌蹄"考虑的是产业工人的感受："如果有工人血书申请入党，需尽快回复表明态度。"

刘胜晓反问："鉴于目前的状况，万一其中有诈呢？关键是如何保证你安全脱身。""筌蹄"主意已定，说道："索性我们将计就计，与小孙碰个面，观察是否有特务跟踪，借此验证他对党的忠诚。"

"这样做，太冒险了吧？""筌蹄"很有把握地答道："不这样做，也许更危险。做好充分的准备，我们争取一举两得。"刘胜晓想了想，还是不放心，追问道："这个行动，让程元泰配合一下？"

"不用了，目前他需要隐蔽好。""筌蹄"明确地说。

二

1945年11月28日，汤闻道接到了大人物的来电，大人物说，马歇尔将军被任命为美国总统特使，即将来华调停国共冲突，美国驻华军事代表团亦将成立，校长委托他这两天到上海与美方接洽，而校长本人亦考虑在合适的时间重返上海。

大人物要到上海，对汤闻道而言，当然是头等大事。他连忙表态，必将恪尽职守，夕惕若厉，为大人物到上海来营造一个良好的社会环境。

大人物赞许地说:"闻道,你有这样的认识与态度非常好!我和你打个招呼,上海诸如文物走私案等事情,务必妥善处理好,届时不要听到不快的杂音。""您放心吧,这些我都会竭尽全力,精心办好!"汤闻道的决心非常坚定。

法院那头不能再等待了,汤闻道让李默过去,直接下了最后通牒:行刑日期已经定下了,希望法院早日核准。

接着,汤闻道叫高祖谋过来,问起丁树基抗战前后社会交往的调查情况。高祖谋准备得十分全面,呈上了调查报告,并附有接受过丁树基输送利益的党国官员名单。

仔细地看完了这份调查报告,汤闻道也禁不住长叹:光复之后在短短的时间内,丁树基竟然贿赂过这么多党国高层人员!

高祖谋冷冷地说:"丁树基被收押之后,没消停过,他通过家里人,到处托关系说情,行政院、立法院都有人被打点过了。"

"丁树基还写了份材料自述呢,我已看到了。按照他的那套说法,我是文物案真正的幕后主使。"

高祖谋很鄙夷地哼了一声。

汤闻道看得出来,高祖谋对汉奸丁树基,是从骨子里流露出的那种蔑视。他试探着问道:"祖谋,党国这些人尽皆如此,现在我经常在想,我们苦苦坚守的到底是什么。"

"坚守,是底线;坚守,党国才有希望。老师,我相信,从现在起,用铁腕手段整治贪腐,为时未晚!"

汤闻道尴尬地"嗯"了一声,又拿起了调查报告附的名单,反复看了看,然后,他划燃了一根火柴,把名单点着了,苦笑着说:"明初朱元璋对臣子反贪那么酷烈,剥皮实草,最后又如何呢?"

"这涉及更深层次问题了,当下对此我们绝不能放任自流。"高祖谋义正辞严地说。

汤闻道一时无语,又过了一会儿,他对高祖谋说:"关于丁树基的死刑核准,法院今天终于回复了。我的恩公不日来沪,我不希望有杂七杂八的事情扰乱他的视听。丁犯明天立即执行死刑,你代我到刑场看看吧。"

当看守打开牢门大喊丁树基出来时,丁树基立马眼前一黑,颤巍巍地问是不是死期到了。

看守没有言语,但神情已默认。丁树基不知道自己是怎么被架上车的,只觉得每一步都像踩在棉花上,等到下车的时候,他已无法用大脑控制自己的动作。当两个士兵把他拖向行刑点时,丁树基裤裆里一热,片刻之间,他的裤子便显现了干与湿的色差。但是,在死亡面前,体面已经没那么重要了。

高祖谋到了执行现场,平静地看着丁树基在一声枪响中,瘫软着倒了下去。

验明正身后,他立即向汤闻道复命。而汤闻道第一时间把电话打给了大人物,说汉奸丁树基已被执行死刑,这一举措无疑起到相当的震慑作用,此事将会平息下去。大人物鼓励了汤闻道几句,要求特派员办与上海市政府协同配合,确保他与美方在上海会谈期间,不出任何纰漏。

借着中央要员准备视察上海之机,刘森授意沈东洋查封了仙乐斯舞厅。查封的理由冠冕堂皇:据查,汪伪时期该舞厅纵容舞女小曼等人,接待周佛海、丁树基等大汉奸,至今余毒不散,勒令停业整顿。

封条贴在了仙乐斯舞厅的大门上。连续三个晚上,沈东洋带着从宪兵队侯明杰那儿调来的两位荷枪实弹的宪兵,站立在舞厅门口,谁还敢来?

舞客们一传十,十传百,无奈分流到了百乐门等其他几家舞厅。百乐门等其他几家舞厅的经理,何等知趣,私下里先后送了沈东洋好处——这种状态,当然持续得越久越好。

而仙乐斯舞厅的经理,清楚这件事情的根子就出在刘森那儿,因此,专程过去"孝敬"了这个军统头目。刘森的态度非常露骨明确,什么时候小曼愿意配合,仙乐斯舞厅就什么时候恢复营业。经理回去之后,他把气全撒在了小曼身上,他懊恼地对小曼说:"我一直让你对刘森热情些,千万不要爱理不理的,现在好了,你把他给得罪了,他们采取停业的办法整我们所有人!"

对于刘森的死缠烂打,小曼隐隐地始终有种不祥的预感,但她没想到,这个人渣居然采取这么卑劣的手段,动用手中的权力,要挟舞厅与自己。舞厅当然不是育婴堂之类的慈善机构,它不可能始终保护一个舞女,小曼知道,随着时间的推移,全部压力将落在自己身上。

她一度想要把事情的来龙去脉,讲给养父或者章晓晔听,但是这么做,除了给他们增添烦扰之外,其实于事无补。"算了吧,不跟他们说了。"小曼这样告诉自己。自从小时候父母将自己送人之后,小曼在独立生活中感受到:尽可能少麻烦别人,一切都是熬出来的,在熬的过程中,把命运交给将至而未至的明天，或许就熬过去了呢。

夜校教员小孙主动打电话给向影燕，他再次从门底下收到了"筌筷"的信！

汤闻道、向影燕、刘森几人得到消息，第一时间在旅社见了小孙，每个人兴奋地读了一遍"筌筷"简短的回复：明晚单独见面，商谈有关事宜，请在大光明电影院夜场散场时于影院门口等，我拿着当日《申报》和你接头。

三

"筌筷"终于上钩啦！汤闻道、向影燕、刘森读完信，不由得喜形于色，终于可以抓捕这个地下党的关键人物了。

汤闻道尤其精神高涨，"钓鱼"的主意毕竟是他提出的。激动的气氛瞬间达到峰值之后，慢慢地降了下来，汤闻道想要克制一下激动的神态，他让夜校教员小孙赶紧返回，做好接头的前期准备。接着，他拿出牵头人的派头，对向影燕与刘森说，立即到特派员办，好好商量一下，如何布置对"筌筷"的抓捕，绝不能出意外！

向影燕瞅了一眼感觉颇为自负的汤闻道，俨然一副行动总指挥的样子。她不由自主地想到了抓捕"筌筷"主导权的旁落，对她一个女性来说，这些东西面上虽然不好提，但心里是很计较的。向影燕掩饰着内心的不快，跟着汤闻道与刘森，一同前往特派员办公室。

布置一场抓捕行动，对于向影燕与刘森来说，是其所擅长的；两个人很快商量妥，汤闻道首肯即可。向影燕是军统上海站站长,这次行动的人力调配,由她统一安排;刘森有他的小九九,他要求与沈东洋等编在一个小组。向影燕懒得与他争执,同意了。

次日早上,向影燕刚进办公室,便接到了汤闻道的电话:"影燕站长,行动现场需要的人手,过去了没有?"汤闻道问道。

"特派员,安排早了,容易走漏风声。我心中有数,这次行动计划,正准备下达,我会在合适的时间落实人手到位的。""好,辛苦了。我上午要安排美方人员来沪的接待事宜,下午我会直接到抓捕现场,与你们二位会合。"向影燕勉强地回了一句:"好。"

如何布控抓捕现场,其实昨天大致已谈妥了,由向影燕全权负责。汤闻道居高临下地又打一通电话,提出要求,让向影燕感到很不舒服。她叫来史正良,把大光明电影院外面布控的位置,又仔细地过了一遍,并让史正良通知所有参加人员,在下午一点半之前,全部到位。

史正良出去之后,向影燕情绪依然不高,她找了根烟,点燃了,吸了一口又掐掉了,她决定在站里再转转看看,视察一下大家的"备战"状态。

在大楼的走廊里,向影燕迎面与从刘森办公室出来的刘森与沈东洋碰见。对于查办共党头目"筌筷"之事,过去一直是向影燕的一亩三分地,如今刘森将其变成了他们共同参与的事务,他颇为得意,看到向影燕走过来,主动地招呼说:"影燕站长,出去啊?"

"我不出去。在楼内转转,了解一下各自准备得怎么样。""中午我们一起出发吧。"刘森建议道。

向影燕打心底不愿意与小人得志的刘森一起前往大光明电影院，于是她婉拒道："你们去吧，我中午另有安排。"

目送着向影燕在走廊上渐渐走远，刘森大声地吩咐沈东洋："东洋，你通知所有参加行动的人员，汤特派员一再叮嘱，谁都不许请假，随时待命。"

"筌筷"即将出现，对于汤闻道而言，这是一个合适的机会，以验证刘森提出的对高祖谋的质疑。他给向影燕与刘森打完电话后，把秘书李默叫了过来，询问对于高祖谋那边有没有安排盯着，李默说均安排妥当。

汤闻道点了点头，然后，他坐了下来，久久凝视着在桌上放着的师生三人在景氏绑架案之后拍的合影，他心里默默地祈祷着，希望高祖谋晚上待在住处，哪儿都别去。

李默走出汤闻道的办公室，波澜不惊的外表下暗流汹涌。程元泰就法币与伪币的兑换问题召开记者会时，他曾受命在程元泰住处搜查过；如今，特派员竟又把怀疑的目光，投向了另一个得意门生。

作为特派员的秘书，李默知道，必须坚决执行特派员的指令；但作为一个有血有肉的人来说，李默的心头，不免泛起了阵阵的寒意。

四

快到中午时分，身着西服的刘胜晓，走到国际饭店的前台。报上姓名之后，服务生交给了他一把钥匙，并且礼貌地说:"先生,按您的要求,在7层的西南角,房间开放性很好,近能看见大光明影院周围,远能望到跑马厅的钟楼。"

刘胜晓答谢一声,乘电梯上了7楼。到了房间,他四处望了望,视野相当不错,不得不佩服"箜篌",选用这个房间来观察动向。

整个上午,向影燕心情糟透了,始终憋着一种无名火,想发却发不出来;到了中午,她情不自禁地又来到程元泰的办公室,软缠硬磨地拖着程元泰陪她吃个午饭。程元泰正想听听她有什么新讯息,便说了一句"舍命陪君子",跟她一起出来了。

两人就近找了个饭馆坐下,边吃边聊。程元泰随口说:"影燕,你今天情绪不高啊?"结果这一问,一下子打开了向影燕心里郁结的阀门,她忍不住发起了牢骚,说:"唉,最近倒霉透了,用上海人的话说,碰着赤佬了!"程元泰笑了,说:"上海闲话你都骂出来了,想来不是件小事哟。"

向影燕继续倾诉道:"之前我对你提过,追查'箜篌'已有收获。我呀,在景家的面粉厂里安插了一个眼线。根据这个眼线了解的情况,我抓到了在面粉厂附近的一个夜校教员——此人负责共党的基层工运。我正要通过这个家伙,顺藤摸瓜,挖出'箜篌'来,但不知道出于什么目的,你的老师汤闻道和那个坏家伙刘森获知此事,他们打着上面的旗号,硬搅和进来了——没意思,我这是'为他人做嫁衣'。"

"我早就提醒过你啊,打算通过抓捕'箜篌'这个共党头目立功的,绝不止你一个……"

"是啊!我们今晚准备在大光明电影院附近诱捕'箜篌',

成功了，功劳还不是落到特派员头上。"程元泰听到这么惊人的消息，心头不禁一颤，他努力控制着情绪，不紧不慢地问道："传说中的'箜篌'，真要横空出世了？"

"嗯，今晚夜场电影散场时'箜篌'将与那个夜校教员碰头。设计钓出'箜篌'的办法，是汤闻道提出的，他做过老师，脑子灵光，有一套。"程元泰假装尴尬说："没想到啊，我老师也这么起劲、这么卖力……"

"你老师啊，不是省油的灯，他把这个行动抓在手里，主导着整个事情的进展，并且与刘森搅在一起，不让你与高祖谋参与对'箜篌'的抓捕与调查。丁树基执行死刑之前，我到关押所见过他，丁树基再三提醒我，要提防着汤闻道。现在想来，丁树基的话有道理。"向影燕说起汤闻道，气不打一处来，积怨很深。

程元泰的大脑，此时在飞快地转着，向影燕无意地透露出的情报，太重要了，必须想办法，尽快通知"箜篌"！程元泰稍微一愣神，向影燕误认为是说汤闻道的坏话，惹得他不高兴了。她不好意思地说："元泰，说你老师几句，别介意啊。"

"噢，没事的。我们相处得好，你才会说嘛。不然，你也不可能说。"程元泰的话，打消了向影燕的顾虑。

向影燕的一席话，对程元泰来说太及时了，他的思路早已飞到九霄云外。向影燕发泄了一通不满以后，心情平复了许多，继续滔滔不绝地聊着身边发生的另外一些事情。

正说着，饭店的跑堂把汤端了上来，程元泰为向影燕舀了一碗，然后，为自己舀了一碗。但是喝汤的时候，程元泰手故意一滑，汤洒在了他的衣服上，向影燕急忙起身帮他擦。程元泰郁闷地说："我还是换一件吧，下午我有个会。"

向影燕善解人意地说："你先走吧，元泰，我结账。"程元泰从饭店出来，心急火燎，七拐八拐，到了师心斋古玩店。可店里只有伙计在，程元泰问伙计，刘老板哪儿去了，伙计说不知道。程元泰无奈，等了片刻，便匆匆离开了。

刘胜晓是程元泰唯一的紧急联系人，关键时候找不到他，程元泰着急起来。眼下已经没有别的办法为"箜篌"示警了——去上海书店留工尺谱的话，传递速度太慢，不适合当前十万火急的状况。

"时间十分紧迫，不能再等待了！"程元泰心里反复念叨着，然后，他在刹那间做出了决定。为了避免"箜篌"落入汤闻道设下的圈套，即便单枪匹马，也必须开展行动！尽管没有与"箜篌"见过面，但程元泰感觉得出，与这位领导同志在工作的配合上，是相当默契的——组织刚刚重建不久，隐蔽战线绝不能失去一个关键性的人物。

五

已经决定深入虎穴的程元泰，到了联合晚报报社，把正在赶稿子的章晓晔拉到僻静处。"晓晔，你尽快帮我一个忙，立即联系那个包打听，让他把景家面粉厂附近的夜校及教员的情况了解一下，越快越好，越详细越好！"程元泰来不及做任何解释，直接提出了要求。

章晓晔应承道："我这就去办。怎么了，元泰？""现在没有时间和你细说了。切记,让包打听弄到准确的消息!"章晓晔从程元泰前所未有的焦急表情中,感觉到事态的严重,她体贴地说道:"你放心吧,我与包打听一起去了解。必要的话,我说是采访需要,接受采访总是有面子的,夜校应该会积极配合。"

"好!一有消息,尽快到我住处来。"程元泰甩下这一句,匆匆地消失在人群中。

有了章晓晔密切配合,程元泰可以腾出时间,到大光明电影院周围观察情况了。坐在黄包车上,程元泰琢磨着:"夜场电影散场时,大光明电影院门前人会很多,如果发现了那个叛变的夜校教员,该如何处置,才能收到最好的示警效果呢?——无论如何,要赶在'箜篌'之前,找到这个人。"

黄包车刚走到大新百货公司门前,程元泰让车夫把车停了下来,在这里他下了车。

程元泰提醒着自己,越是这个时候,越是不能出哪怕半点儿纰漏。在大光明电影院门前,很可能布满了军统的眼线,这时候过去,极容易暴露自己——自从发觉住处被搜查过之后,程元泰便知道,过去在都城饭店设法与王新钢碰头时,就已有一双眼睛在暗中盯着自己。

在大新百货里逡巡了一阵子,程元泰让理性抑制住了冲动,慢慢地产生了一个想法。他走到百货公司外面,叫过来一个报童,送了小男孩五个子儿的跑腿费,令其到大光明电影院售票处,买当天的两张夜场票。电影的开始时间为晚上 7 点半,程元泰还有时间回到住处,做一些准备。

下午这半天时间,对于章晓晔来说,显得特别漫长。程元泰前脚从报社离开,她后脚就找到了包打听。包打听接单接得非常爽快,说难度不算大,不过时间上实在是太紧张,钱上面要加收一点儿。章晓晔满口答应,没有再讨价还价。

包打听倒是拒绝了章晓晔一起去的想法,他与章晓晔说好,下午5点,准时在中国银行大楼门前等待即可。

5点前的这段时间,章晓晔感觉到非常难熬。特别上心的等待,无异于一场酷刑,不免每每有些焦虑与不安。5点快到了,天虽然还没黑,但黄昏将至,光线已经渐渐暗了下来。

在中国银行门前,悄悄地做美元黑市生意的黄牛党,渐渐地多了起来;章晓晔翘首以盼,等得几乎绝望至极的时候,包打听一路小跑地过来了。

景家面粉厂附近有两家夜校,上课的夜校教员共有7个人。

7个人的照片和个人资料,包打听都已弄到。章晓晔大喜过望,她接过所有的材料,又把一沓钱塞给了包打听,匆匆地奔出几步之外后,才回过头来,说了声"谢谢"。

从大新百货回到住处后,程元泰很快换好了一套从未穿过的西服,然后,他找出一支左轮手枪,擦拭着,并装上了子弹。一切准备就绪,程元泰坐了下来,手放在桌子上有节奏地敲着,静静地等待着时间的流逝。

如果到了该出门的时间,章晓晔仍然没有过来,他就要及时赶往大光明电影院门前,见机行事了。寂静之中,敲门声响起来了,伴随着章晓晔清脆的声音:"元泰,元泰!"

程元泰把左轮手枪收了起来,开了门。

章晓晔将夜校教员们的有关材料递给了程元泰,急切地问着:"刚到6点,我没晚吧?"

"不晚,辛苦了!"程元泰简短地说了一下,急急地翻阅着这些材料。

见程元泰这副凝重的神态,章晓晔几度欲言又止,终于她鼓起勇气问道:"到底怎么了?你不说,我会心里发慌的。"程元泰把材料放下,温和看着章晓晔说:"你回去吧,过两天我再向你解释。"

"我不!"章晓晔半是撒娇,半是担心。"放心吧,没什么大事,我晚上要见个人,但需要提前对夜校的情况有所了解。"

章晓晔当然不相信程元泰如此轻描淡写的解释,但禁不住程元泰地反复催促,章晓晔无奈,只好心神不宁地离开了——她主要是考虑到了另一层,不再想着非问个水落石出,以免程元泰再为此烦心。

与程元泰认识这么久了,章晓晔从没有正面地问过这个男人的身份,她心里隐隐地有一个认定,这已足够。

她对程元泰的情感,有崇拜,有欣赏,有关心,每次与程元泰相见,都能从他的眼睛里读到坚韧与深情,章晓晔暗自发誓,要与这个男人惺惺相惜,并肩战斗。

此时此刻她感受到,程元泰心事重重,但她不想干扰他的思路。章晓晔明白,应该用自己的方式去默默地理解他帮助他。

章晓晔走了之后,程元泰将夜校教员们的个人资料一一翻开,他注视着每一张照片,硬是要把它们一一地复制到大脑里,牢牢记住。

只有这样,在大光明电影院门前,他才有可能尽快辨认出那个叛徒。

第十九章

竹篮打水

一

晚上 7 点左右，在大光明电影院周围，向影燕手下的人，已经全部就位。擦鞋摊，卖馄饨，卖花的，卖香烟的，如此，等等。所有的人，都从不同的视角，将目光投向大光明电影院门前。

刘森与沈东洋在电影院斜对面的岗亭里；在岗亭外面，有个同组的特务，装扮成黄包车夫。刘森向沈东洋传授经验说，别看他们的位置在电影院对面，离目标似乎远点儿，但一旦碰到了混乱的场面，这里反而更能看清全貌、锁定重点人物。

向影燕身着休闲便装，在擦皮鞋摊上被擦着鞋，伪装成擦鞋的是史正良，向影燕看着部下忙活着，叮嘱道："晚上你们要捷足先登，争取手到擒来，别让刘森等人抢了先。"

擦干净了鞋，向影燕踱到大光明影院路口旁的小饭馆，一个军统特务与夜校教员小孙，正坐在里面的桌子旁吃着饭。向影燕走了过去，在他们旁边坐了下来。

汤闻道所乘的汽车，停在国际饭店门前的马路边。他从车里出来，站在马路边，活动了一下筋骨，然后，他朝西边的大光明电影院门口周围，看了又看。一切正按计划进行，汤闻道期待地打开车门，又坐进了车里，他听着手表的滴答声，进入了假寐。

7点半的夜场电影，很快就要开始了。大光明影院门前，人一下子涌了过来，观众们纷纷排队检票，等待入场。

程元泰坐着一辆黄包车，到了影院门口。他下了车，随着观影的人群往里走。他已经化过装，一身西服，戴着礼帽、墨镜，围了条围巾，向影燕与刘森等人，并未对淹没在众人之中的他特别地注意。

在大光明电影院内，电影已经开始了，时间在不停地流逝。程元泰在电影放映中，起身离座，到了厕所间，借机在电影院里转悠了一下，他发现了一个可以通往影院后面马路的门。

在国际饭店七层的房间里，刘胜晓与"箜篌"站在窗前，观察着下面的马路上的动态。刘胜晓看了看手表，主动提出："9点快到了，我现在带着《申报》过去，在散场人多的时候，择机与小孙接头。"

"箜篌"想了想，说："好吧，《申报》折起来放在兜里吧。还有，你提前把撤离路线考虑好，防止万一有情况出现。你最好别主动对他直接讲话。"

已到晚上 9 点 05 分了。在小饭馆里等待的向影燕,向小孙发出了指令:"快散场了,你立即过去接头!"夜校教员小孙忐忑不安地走出饭馆,到了大光明影院门外,在一个柱子边站定下来。

沈东洋从斜对面的岗亭里,看到小孙出动了,他捅了捅身边的刘淼。刘淼这时两眼放光,什么也不说,目光死死地铆牢了这个"诱饵"。向影燕与史正良等人,各自与小孙保持着距离,但从位置关系上,把他圈在了中间。

在国际饭店房间里,"箜篌"举起望远镜,站在窗边,仔细观察着楼下马路上的每一张脸。

晚上 9 点多钟,电影院散场了。在电影院内,灯光亮了起来,大部分观众无心看屏幕上的片尾字幕,纷纷往外走出影院。程元泰站了起来,手插在裤兜里,紧紧地握住了枪。

在大光明影院门前,卖东西的商贩与黄包车夫们殷勤地迎向散场的人群,腔调各异的话语声交织在一块儿,在一个时间点内形成了一片嘈杂声。

程元泰跟在熙熙攘攘的人群后面,慢慢地挪动着脚步,他的目光飞快地扫过影院门前那些站定了不再移动的身影。终于,程元泰锁定了一个站在摊位边的人,看着此人的面孔,他脑海里快速地闪过七张夜校教员的照片,一一进行着核对,很快他记忆中的一张脸,与眼前的这张脸重叠在一起。程元泰加快步伐,往此人身边靠拢过去。

刘胜晓其实比程元泰更快到了夜校教员小孙身旁,但他没有主动说话,而是直接从叛徒身边走过,故作不经意地从兜里掉出了一份《申报》。刘胜晓从夜校教员小孙身旁经过的一瞬间,程元泰的视线立即扫到了刘胜晓。

而小孙看到掉在地上的《申报》,意识到要接头的人刚刚从身边经过。他触电般地跳了出去,面对着的纷乱的人群张望着,试图辨别出周围谁是"箜篌"。

而在附近的向影燕等人,发现叛徒做出了强烈反应,立即围拢了上来。当看到刘胜晓出现在现场,程元泰稍微放了心,这至少说明,"箜篌"是警惕的,没有直接出面。

程元泰迅速地调整了行动计划:这么多特务出现在大光明影院门前,枪杀叛徒过于冒险,不过可以设法分散一下特务们的注意力,掩护刘胜晓顺利地离开。

拿定主意之后,程元泰转身又走进了大光明影院,此时影院门厅里已见不到什么人。

在一个僻静处,程元泰掏出手枪,"砰砰"连开了两枪。然后,他没有从大门走出,而是匆匆地往大光明影院里面奔去。

二

枪声突然响起,大光明影院门前的人群,顿时炸了锅,惊慌失措,四处奔逃。刘胜晓立刻明白,枪声意味着情况有变,此地不宜久留。他像众人一样,加快了脚步,按准备好的撤退路线,迅速地离开了现场。

不远处,叛徒小孙望着乱哄哄的人们,一下子不知所措,他彻底失去了方向。

周围紧盯着他的向影燕与史正良等人,一听到枪声,不免也紧张起来,有个特务下意识地摸向腰间,把枪拔了出来。向影燕沮丧地扫了一眼那个手下,敏捷地上去控制住叛徒小孙,低声命令道:"随我到饭馆里去!"

刘森与沈东洋听到枪声,从岗亭里冲了出来。刘森很有经验,反应极快,他判断出枪声源自大光明影院的里面,于是,他没与向影燕等人接洽,而是立即与沈东洋等人,飞快地跑进了大光明影院里。

汤闻道被枪声从车里"震"了出来,他阴沉着脸,看着眼前一片混乱的场面,在车边站了会儿,然后,大步向大光明影院走去。

"箜篌"在国际饭店七层的窗前,观察着楼下的动静。突如其来的枪声,像一支乱抹乱涂的画笔,即刻便把眼前的马路搅得一团乱。

在一片混乱中,"箜篌"一下子注意到,一个特务紧张地掏出了手枪。同时,还看到了向影燕与小孙说着话,并将其带离了现场。此外,随着人群散开的刘胜晓正往国际饭店方向撤退。这些都进入了"箜篌"的视野……

"箜篌"尽管没看到开枪者是谁,但至少收获是有的,出于敏锐的嗅觉——小孙无疑已经出了问题!

"一切明了了,在这里已经没意义了。""箜篌"对此做出了判断。正在这时,"箜篌"又突然看到在下面的马路上,汤闻道从汽车里出来,走向了大光明影院。

程元泰从电影院的后门出去,很快到了影院后面的马路上。他稍作停顿,观察了周围没什么异样,便以正常的速度往前走着。突然,程元泰听到电影院的后门又推开了,他不自觉地扭头一看,刘森与沈东洋!

程元泰赶紧在前面一个路口拐弯钻进了弄堂里，而刘森显然对前面行走的这个人产生了怀疑，他们加快了脚步，紧追不舍。程元泰在弄堂里转来转去，越走越快，以尽快甩掉刘森和沈东洋。

前面一个弄堂口通向大马路，透过来一片路灯的光亮，程元泰转念一想，觉得走到马路上人多的地方，自己更容易脱身，他当即冲着弄堂口方向奔了过去……

在程元泰冲出弄堂口的一刹那，马路上远远地过来一辆黄包车。黄包车到了程元泰身边，突然停了下来。程元泰正诧异间，听到车上的人冲他喊着："快上车！"尽管有车篷遮挡着，看不真切车上是谁，但程元泰一听，就知道是章晓晔的声音。

他二话不说就跳上了车。黄包车夫随即飞快地穿过马路，将车拉进了对面的一大片民宅之中。

刘森经过这一通猛烈的追赶，实在是有些上气不接下气，几乎迈不开脚步了。而跟着他的沈东洋，身体状态虽比刘森好些，但很识趣地没有冲到上司前面，一马当先地追赶。他知道如果这样做，分明有与刘森抢功劳的嫌疑。

因此，当他们两人快到弄堂口时，只能站在原地，叉着腰，喘着气，远远看着那个身影跳上了黄包车。

尽管程元泰提前化了装，但跳上黄包车的一刹那，他的侧脸竟让奔过来的刘森瞥到了。这个老狐狸刹那间又联想起沪西机器厂工人游行那天，他当时从车里看到的那个侧影。这种直觉又一次涌上心头，刘森心里基本有数了，追不追已没那么重要了。

坐上黄包车的程元泰，解开了围巾，摘下了礼帽与墨镜，他不解地问章晓晔:"我已扮成了这个样子,你还能认出我吗?"

"有什么难的!你从弄堂里跑出来那个姿态,一眼我就知道是你。""那你怎么来了?"程元泰又问道。

章晓晔没有再回答程元泰的问题,却与黄包车夫说:"陈师傅,再拉快点儿,尽快离开这个地方。"

"好!看来他们已经跑不动了,就算从头再开始跑,估计能赶得上我的,也不会多,这一带我又熟悉。"陈师傅加快了脚步,同时宽慰着紧张与不安的章晓晔。

陈师傅拉着黄包车,七绕八绕,过了苏州河。苏州河北的夜晚,一片寂静,似乎与大光明、跑马厅一带,完全是两个不同的世界。

章晓晔一颗悬着的心,终于稍稍地落了下来,她轻轻吁了口气。程元泰心里明白,今晚章晓晔为自己不知担了多少心,他心怀感激,默默地伸出手,轻轻地握住了身边这女子的手。章晓晔的手心里全是汗,湿湿的,柔柔的。

"箜篌"从国际饭店缓缓地出来,迎面见到了刘胜晓,一起上了停在饭店附近的车。"箜篌"问刘胜晓,有没有见到开枪者是什么人。

"我没看到,好像他在大光明影院里开的枪。"刘胜晓如实地说出他的感觉,又问道,"枪声一响,一切乱套了,下一步怎么办?"

"我们先离开再说。枪声一响之后,特务们都现出原形了。我感到开枪者的目的,是在向我们示警,是为了保护我们。""好!"刘胜晓发动了汽车,分析说,"这些特务是有备而来,小孙他……"

"筷筷"明确说道:"小孙很可能出问题了,他们的目的就是引我们出来。我还看到汤闻道在现场出现,说明他非常重视此事。"

刘胜晓慢慢把车速提了起来,驶离了这片区域。可能是两声枪响的关系,马路上行走的人和车,一下子减少了很多,变得到处空空荡荡的。

"筷筷"坐在副驾驶位置上,凝视着车窗外,沉思着。

三

在大光明电影院门前,参与这次抓捕行动的人,聚到了一起。汤闻道脸色铁青,抱着双臂,盯着向影燕身旁的夜校教员小孙。由于这次行动的失败,小孙心里惶恐不安,一声不吭。

汤闻道毫不掩饰他颇为失望的情绪,环顾了一下周围,他质问道:"为什么计划如此周密的行动,竟然会出现这样的结果?刘站长、向站长,你们说说吧,这究竟是怎么回事?"

向影燕与刘森一时不知如何回答,唯有沉默不语。史正良有心表现一下,正好顺带着打破尴尬的局面,他指着夜校教员小孙,小心说:"特派员,至少还有他在,我们还有机会的……"

没想到,史正良随意说的话,一下子把汤闻道的火气点着了,汤闻道盯着史正良,咄咄逼人地说道:"你觉得有机会吗?接下来请你主持这个事情,只要让'筷筷'再度现身,我亲自向上面电请为你嘉奖!"

史正良被汤闻道这么一说,头都不敢抬了。众人再次陷于沉默之中。

过了一会儿，刘森斟酌着说："枪声是在大光明影院里响起的，我从电影院后门追了出去，发现一个人从弄堂里匆匆出去，上了马路上的一辆黄包车——这明显是前来接应的，对方必是有备而来。这说明一个问题——我们的行动计划已被泄露。"

汤闻道听得心里"咯噔"一下，他冷冷地提出了要求："有劳两位站长，请参与行动的人，将这两天他们接触过的人，一一列出来，排查排查。"向影燕和刘森表示，会全力予以落实，事已至此，态度更要端正。

汤闻道明白，事情已经这样了，再说什么，于事无补，于是他下令全体撤离。

由于抓捕不成，特务们个个垂头丧气，纷纷离去。向影燕让两位特务与夜校教员小孙，返回军统上海站，她带着史正良等人，上了另一辆车。

在路上，他们回顾刚刚发生的一些细节。史正良记恨着汤闻道呵斥自己，对向影燕说："站长，我说句心里话，没抓到'箜篌'并不是坏事，以免功劳让特派员汤闻道捞过去。以后我们再想办法，不怕抓不到。"

向影燕心不在焉，她脑海里萦绕着刘森说的泄密问题——中午与程元泰吃饭时，她提起诱捕"箜篌"的情景，蹦了出来，闪来闪去。

黄包车一路小跑，在章晓晔家门前停了下来。

程元泰正要下车，章晓晔问："元泰，你知道这位拉车的师傅是谁吗？"程元泰看了一眼，摇头说不认识。黄包车夫回过头来与程元泰打招呼："程先生，你好！"

"他是小曼的父亲陈师傅,之前就是他挨过丁树基的打。"章晓晔进一步揭秘道。程元泰双手紧紧地握住陈师傅的手,真挚地说:"今天太谢谢你了,陈师傅!"

陈师傅对于程元泰双手紧握他的手,有些不太适应,身体不免有些僵硬,动作不那么自如。他磕磕巴巴地说着不用谢之类的话,并急着告辞离开。

临走之前,他对章晓晔说:"晓晔姑娘,你方便时,与小曼聊聊吧,她最近心思很重。"

章晓晔很爽快地答应了,她与程元泰一起,目送陈师傅拉着黄包车,慢慢地消失在夜幕中。等他们进了房间,章晓晔才向程元泰解释,他们为什么会出现在大光明影院附近。

从下午程元泰火急火燎地到报社找她,章晓晔就意识到出大事了。傍晚时分,她从程元泰那里出来,一直心神不定,坐也不是卧也不是。

后来,她索性出来找到了陈师傅,包下了整晚的黄包车,在大光明影院周围转悠,看看能不能万一起上作用,没想到,果真误打误撞,碰上了程元泰。

程元泰深情的目光,盯着章晓晔姣好的脸庞,他带着责备的口气说道:"以后不许你这样!你知道这多危险吗?"

章晓晔幸福地接受着程元泰责备的话语,她知道这是对自己的关爱,她毅然地说:"元泰,你有什么背景我不在乎,但我相信你做的事是正义的,特别是当你身陷在险境里,我更是义不容辞;如果以后你还有避不过的难关,我愿意与你共同面对,甚至不惜一切。"

程元泰突然感到一阵热血从心底涌了出来,愿意为自己付出一切，多好的女孩啊！但他又十分心疼。他知道，一旦情感的大门打开，自己所投身的事业将会给彼此相爱的两个人带来许多预料不到的困难与危险。

此时此刻，任何解释任何语言，都显得那么多余，程元泰轻轻地将章晓晔拥在了怀里……

过了一会儿，章晓晔轻声说："我俩去看夜场电影或去仙乐斯舞厅跳舞，轻松一下，好吗？"程元泰立刻笑着应允："好！多晚都可以。"

四

汤闻道返回孤军营以后，询问秘书李默，高祖谋这一天都在干吗。

李默回复说，高祖谋整天在办公室，晚上他回到住处，没有出去。汤闻道听罢，没有作声。

"祖谋是可靠的，刘森对他的无端怀疑，纯粹是空穴来风。"汤闻道想着夜晚发生的事情，心绪难平，睡意全无，随手拿起萧统的《昭明文选》浏览着。

没过多久，李默通报说刘森过来了。汤闻道颇感意外，这么晚过来，又有什么重要的事情要谈？汤闻道合上书放下，说道："让他进来吧。"

刘森一进办公室，汤闻道直接发问道："刘站长，你发现什么线索了吧？"刘森微微一怔，立即回答说："特派员，让您说中了。不过，我问一句，您在行动之前，将计划透露给身边的人没有？比如……"

"这个嘛，不用你问，行动纪律我是清楚的。"汤闻道不耐烦地打断了刘森的话，他的身体往前倾了倾，继续说，"我已经确认，高祖谋没有问题。你夤夜来此，应该不是谈他吧？"

"特派员，关于王新钢的问题，始终悬而未决，我当时要是说程元泰有可疑之处，你们会不赞同我，毕竟在都城饭店仅仅是偶然碰上而已。但今天晚上，我们追赶到最后，跳上黄包车的那个人，从他的侧脸看过去，我感觉是——程元泰！"

汤闻道心头一动，程元泰曾出现在都城饭店，刘森认为可疑，为了解除疑虑，自己专门派李默到程元泰住处搜查过——这种事情当然没必要告诉刘森。

"你感觉此人是程元泰，那与你确认是程元泰还是不同吧？"汤闻道反问道。

刘森言之凿凿："特派员，干我们这一行的，第六感多么重要，何况他跳上黄包车，我是亲眼所见！但这事重大，所以，在大光明影院我没有当众说出来。"

"如果你说就是程元泰，为什么这么多人手就位，竟然没有人发现他在那里，认出他来？"

"特派员，大光明影院前人多拥挤，稍微化化装，很有可能发现不了的。"

汤闻道沉默了一下，缓缓说道："此事重大，一旦说出去，你落地不了，很难收场哪。"

刘森为了证明自己出于公心，慷慨陈词道："我与程元泰之间，并不存在个人恩怨。但我刘某人加入军统以来，在反共这方面，钉是钉铆是铆，我可以用我的人格担保。眼下看来，程元泰确有'箜篌'的嫌疑！有无这种可能，他发现了我们在现场的布置,然后决定放弃接头,借开枪制造混乱,趁机从电影院里悄悄溜之大吉……"

汤闻道对刘森说:"既然你说得如此肯定,为确保不漏掉任何一个共党,可以委屈一下程元泰,让他在规定地点接受调查核实。我与你理念是一致的,不会因为个人关系而姑息养奸。"

早上,程元泰到办公室点了卯,然后,一个人转到了上海书店阅览室。他把夜校教员小孙叛变的情报,记在工尺谱上,夹在了《太古遗音》里面。

由于事关重大,他打算见一见刘胜晓。当他走出上海书店,准备前往师心斋古玩店时,迎面却碰上了高祖谋。"元泰,你果然在这儿,我正找你呢。"

"有什么事?祖谋。""老师昨夜给我打电话,让我早上与你一起,到他那儿。你办公室的秘书说,你可能到上海书店还书去了。"

程元泰知道刘胜晓那儿去不成了,便痛快地说:"走吧!老师有什么要事啊?""据说昨天晚上老师抓捕'箜篌',行动失败,请我们上午到孤军营议一议。"

程元泰忍不住问:"祖谋,老师并没有向我们透露行动之事啊?"高祖谋说:"我与你一样,接到了电话我才知道。"

高祖谋与程元泰到了特派员办之后,看到刘森与向影燕都已在场。大家坐定,汤闻道问秘书李默:"房间收拾好了么?""好了。"李默答道。

汤闻道的目光转向程元泰,他严肃地说:"元泰啊,委屈你了,请你小住几天,配合一下对你的调查核实。"

程元泰显得迷惑不解，看着汤闻道，问："什么？让我配合什么调查？"

汤闻道一板一眼地说道："昨晚抓捕'箜篌'的行动失利。现场有人目击到，大光明影院里响起枪声之后，你出现在电影院后门外的弄堂口，并上了一辆黄包车离去。而这个漏网的'箜篌'，极可能是利用枪声所造成的混乱，在大光明影院抓捕现场得以脱身的……"

高祖谋一脸错愕，忍不住对汤闻道说："老师，此事非同小可，不能听某人一面之词吧？"

"老师将我当成脱身的那个人了吗？我想知道哪位是目击者，目击者敢出来与我当面对质吗？"程元泰底气很足地问道。

"当面对质，没有必要了。"汤闻道回绝了程元泰的提议——这会儿若说出刘森是目击者，那么，直接将导致眼前这些人的相互敌对。他看了看在座所有人，郑重地说："我和两位站长制定了这次行动计划。我可以负责任地说，关于诱捕'箜篌'之事，我没有向任何人透露过。向站长和刘站长，你们好好想一想呗……"

刘森立马表示："我确保没有泄露任何风声。"向影燕略微迟疑了一下，摇了摇头说："我没有透露。"

"好吧。元泰在房间里想问题，好好反思反思，特别是把昨天一整天的情况，一一写出来，做个说明。"汤闻道明显决心已定。

高祖谋接着争辩道："老师，元泰做过些不合适的事，倒过物资捞过钞票，但说到他是共党的'箜篌'，要拿出真凭实据的。"

汤闻道有些不耐烦了，回复道："有确凿证据的话，会这样处理吗？现在是例行调查，没有问题，就会尽快解控，恢复工作。"程元泰倒是平静地劝着高祖谋说："祖谋，我配合调查好了，没事的。"

汤闻道看了一眼程元泰，吩咐秘书："李默，你带程主任到房间去吧。"李默领命前行，两个士兵跟在程元泰身后，随之走了出去。

注视着程元泰出去了，汤闻道对刘森说："刘站长，有劳你，到程主任的办公室与住处再搜查一下。"刘森欣然接受了任务，表示搜查结果会尽快复命。

高祖谋与向影燕看着刘森离去的身影，都有种说不出来的滋味。向影燕内心很是挣扎与纠结，她甚至怀疑大光明影院的行动失败与程元泰有关，但这个感觉一涌现，她内心里的另一个自我便跳了出来，拼命地加以否定。

在这种矛盾心情的撕扯之中，向影燕觉得有种窒息感，呼吸都有些困难，她犹豫再三，终于按捺不住，对汤闻道提出，要到监禁程元泰的房间，询问他几句话。汤闻道正观察着众人的反应，向影燕的这个要求，令他稍感意外。

不过，他摆出了宽容的姿态，表示同意，但附加了一个条件——让高祖谋与她同去。

五

监禁程元泰的房间，离汤闻道的办公室不太远，在房间里面，配置了一张行军床、一张桌子、一把椅子。

在向影燕与高祖谋到的时候，秘书李默正请程元泰将随身所有的物品交出来。程元泰的表情有些不快，李默客气地解释着，照章办事，等解控时都会返还的。

高祖谋上来劝程元泰说："元泰，既然是配合，就配合彻底吧。把物品交给李默保管，影燕站长要与你聊几句呢。"

程元泰把随身的物件掏了出来，李默将这些物品放进了一个大档案袋里。高祖谋示意李默出去，然后，他对向影燕说："影燕站长，有什么要问的，你问吧。"

"高副处长，你不用出去。"向影燕非常明了，汤闻道让高祖谋同来的目的，就是不让自己与程元泰单独交流，因此，她回应得很干脆。

程元泰一副既来之则安之的样子，向影燕却神情复杂。她与程元泰对视着，但发现这男人大大的动人的眼睛，如一汪清澈的泉水，毫无躲闪，神态自若。向影燕心里乱极了，她幽怨地对程元泰说："你知道的，我多么信任你啊——如果你是共党，那么我认了，哑巴吃黄连；如果你不是，请你告诉我，我想方设法让你尽快解控。"

程元泰无辜地笑笑说："你我认识的时间，说长不长说短不短吧，我是个什么人，你要相信自己的判断。不过，我知道，刘森这家伙想对我暗下黑手，可不是一天两天了。我不着急，我耐心在这里等着他们做出调查核实的结论。"

高祖谋在旁边听着向影燕与程元泰的对白，明显地感觉到向影燕并非以党国同僚的身份在说话，她的每一句语调里无不蕴含着炽热的情感——作为旁观者，高祖谋很容易捕捉到了这一点。

他会如实地将这一感觉与判断报告给汤闻道。高祖谋个人认为，这当然不是什么重要发现。反而，程元泰处之泰然的状态，却让高祖谋感到欣慰，这使他没法做出明确判断，这位老同学到底与共党有无什么瓜葛。

诚然，这种现状可以继续对程元泰报以同情；倒是有了真凭实据，程元泰便与自己彻底进入两个敌对的阵营了，这是高祖谋极不愿意见到的——说到底，他对此没有做好心理准备。

在准备离开监禁程元泰的房间时，高祖谋暗暗地想，这件事情要告诉景莺音！"既然莺音的内心，始终没有能放下程元泰，我必须得让她知道，今天发生了什么。"高祖谋给了自己一个无法否定的理由。

从程元泰的房间出来，李默与两个士兵仍守在门外，于是高祖谋让向影燕先离开，他与李默再聊两句。"祖谋学长，你有什么吩咐？"李默很主动地问。高祖谋说："我没什么大事，到你那儿去，借电话一用。"

李默应允，他客气地与高祖谋到了办公桌旁——实际上这是汤闻道办公室的外间——拎起话筒交给了高祖谋，然后，自己走到一边，以示避嫌。高祖谋把电话打到了景家丝厂。

景莺音在缫丝车间，听说有老同学的电话，赶紧跑回了办公室。高祖谋告诉她，程元泰被怀疑是共党地下党负责人"筌筷"，已被老师软禁核实调查。景莺音脸色一僵，缓了缓气息，哑着声音说："我现在过来。"

高祖谋心疼了起来，他无奈地说："莺音，我不知道，此事该不该告诉你。"

刘森带人进入程元泰的住处搜查。程元泰住的地方不大，里里外外搜了一遍，并没发现可疑的物品，除了翻到一把左轮手枪之外，其他皆是书籍与古玩之类。

在房间里，刘森转了又转，看了又看，他查验了一下手枪，然后，轮流捧起几件古玩来，端详了一番，感慨道："财政部的接收，油水也相当可观啊！"

刘森好奇地观察着程元泰的书柜，将书柜里的书籍，连续抽出了几本，随手翻了翻。其中一本古曲谱，引起了刘森的兴趣，他翻了书前面的几页，嘟囔着"这都是什么鬼画符"，将书放了回去。待转过身来，刘森却又扭过头，拿起那本古曲谱，放进了衣兜里。

紧接着，刘森又到程元泰办公室搜查，可搜来搜去，没搜出任何有价值的证据。等他马不停蹄地赶回特派员办公室时，高祖谋与向影燕都已离开了——他们从情感上都不愿意看到程元泰被软禁起来。

刘森把在程元泰住处搜到的手枪，双手呈给了汤闻道，说稍后会进行弹道检查。手枪的事说完，他又从衣兜里掏出古曲谱，递给汤闻道说："特派员，这本书，请您鉴别鉴别，里面夹着几张写得乱七八糟的纸，像是程元泰的手笔。"

汤闻道接过工尺谱曲谱，又把里面记曲谱的那几张纸，拿出来看了看。他尽管不识工尺谱，但知道这与音乐有关，便随手放在桌子上，对刘森说："这只是一本古曲谱。""噢，倒是可以让何小姐看看啊。"刘森接了一句。

此时，办公室只有汤闻道与刘森两人，但汤闻道不喜欢别人在公开场合提到何君梅，因此，他没搭理刘森，而是让秘书进来，问李默："程主任所有的随身物品，你都查验过了吗？"李默回答："我收拢在一起了，放在一个大档案袋里，要不要拿过来看看？"

汤闻道让秘书把档案袋拿过来。李默在拿来档案袋之后，随即将里面的东西都倒了出来，无非是些日常用的小物件，不过，其中有两张昨晚大光明影院的电影票票根，引起了他们的注意。

汤闻道把电影票票根抓起端详着，正在这时，一个士兵跑来报告说，景家大小姐来了，她希望见见程元泰，被士兵拦在房间外。

汤闻道与刘森走了过去，景莺音正执拗地与程元泰房间外的士兵说，让她进去。汤闻道眉头皱了起来，问景莺音如何知道程元泰在此等待审查的。景莺音坦然地承认，是高祖谋打电话说的。

景莺音尽管是自己的学生，但与这桩公务无关，她牵扯了进来，汤闻道似乎觉得有些没面子。他不悦地自语道："祖谋啊，真是胡闹！"

景莺音面向汤闻道，为程元泰申辩道："老师，这之间定有什么误会。昨晚我和元泰在一起呀！"

汤闻道半信半疑地盯着景莺音，示意一起进入房间，与程元泰当面证实。程元泰在房间里，已听到了门外景莺音讲话的声音与大致内容，她过来急于为自己开脱，倒是为他增加了一丝灵感。

当汤闻道等人进了房间，程元泰坐在椅子上，很自然地看了看他们，默然处之。景莺音担心程元泰已受到了刑罚，从上到下，将他认真地打量了一番。

汤闻道打破了沉默，他缓和了一下语气，对程元泰说："莺音为了你，专程赶过来的，她说昨天晚上与你在一起。元泰，现在给你一个解释的机会。"

"没错，昨晚我们一起看电影了，我请莺音看看电影，是再正常不过的事。这种事情，我的确没什么好解释的。"程元泰很平静地说。

刘森在一旁追问道："你们两个人看电影，却一个人跳上了黄包车，你做何解释啊？"

景莺音霸气十足地反问道："奇怪了，怎么会就他一人呢，我已坐上车了呀！"刘森一下被问住了，但不甘心地又问："景小姐与程主任，你们为什么大门不走，非要从后门出去呢？那个后门位置，可不是观众走的啊。"

"电影散场，我们走在后面，出来得晚，当听到大门口枪声响起，我们担心从前门出去太混乱，便从后面的门出去了。刘站长，有什么不对吗？"景莺音振振有词地解释道。

"多亏电影票的票根我没有丢掉，要不然的话，按刘站长的逻辑推理，我们是有口难辩了。"程元泰叹了一声气，摆出很是无奈的样子。

汤闻道静静地听着他们双方的对证，未置可否。景莺音问道："老师，说清楚了吧？"

汤闻道安抚景莺音说："莺音，你先回吧。明天上午，委员长派的代表与美国军事顾问魏德迈将军进行会谈。等这件大事过去了，我会多方面调查核实。你放心吧，最终靠证据说话。元泰在这里多待几天，绝不会受到委屈的。"

第二十章

尬对三美

一

傍晚时分,"箜篌"在师心斋古玩店里间,与刘胜晓梳理分析整个事件的前因后果。

在来之前,"箜篌"在上海书店取到了程元泰的情报,获悉夜校教员小孙已经叛变,成了国民党特务的诱饵,昨天晚上大光明影院的接头,就是他们精心策划的一场诱捕行动。

"箜篌"说:"元泰同志获悉了特务的诱捕计划,所以,紧急之下,亲赴现场,并鸣枪制造混乱,目的是掩护我们,但他并不了解我们商量好对策,要将计就计……"

"店里伙计告诉我说,昨天下午,元泰急匆匆地过来找我。""可遗憾的是,那会儿我们已到国际饭店了。元泰同志在大光明影院出现，被刘森发现了，汤闻道已经将他软禁起来，在进行调查核实。"

"我们怎么办？如何让元泰同志尽快脱险呢？"刘胜晓一想到由于昨天他不在店里，阴差阳错，造成不知情的程元泰为了保护他们而独闯大光明影院，他心里是相当后悔与内疚的。

"我想了一个办法，既能让元泰同志顺利解围，又能坚决处置叛徒。"

刘胜晓不无忧虑地说："丝厂的那些工人积极分子，极有可能已经被小孙出卖了……"

"看来这些工人，暂时不是特务们的重点目标，想办法联系并通知他们，注意隐蔽，注意保护自己，如有风吹草动，尽快撤离。"

刘胜晓说："现在安排我做什么？""箜篌"想了想，对刘胜晓说："你等我的消息，届时买一张到南通的轮船票。"刘胜晓点头说："好！"

高祖谋从特派员办回来后，立即安排了副官王超，让他悄悄地监视刘森的搜查行动，在程元泰住处和办公室附近，找到最合适的位置，用望远镜全程监控。

王超半天后回来，向高祖谋报告说，刘森没搜到特别可疑的东西，已经离开了。高祖谋问道："刘森走后，在程元泰家附近还有没有安排人蹲守？"

王超回复说，没有了。高祖谋冷傲地一笑，评论道："军统的行动，不过如此。"他吩咐继续安排人手，在程元泰家附近监视。他非常想知道，一旦外界联系不上这位老同学，到底有谁上门找他。

心心念念记挂着程元泰的人当中,当然首推记者章晓晔了。

昨天晚上冒险与甜蜜的感受,让这个情窦初开的年轻姑娘,忍不住时不时地便回味一下,她到了报社办公室虽然才区区半个多钟头,但她对程元泰的思念之情,已经充满了整个身心,几乎快洋溢出来了,此时,如不打个电话向他倾诉倾诉,简直无法做别的事情了。

章晓晔往程元泰的办公室连续打了几个电话,始终无人接听,她心神不宁地回到工位。一旁的同事对她开玩笑说:"我们的晓晔呀,一下子联系不上心上人,魂儿都丢到九霄云外了。"

章晓晔仍然不放弃,又打了几次电话,还是没人接。她沉不住气了。尤其是一想到昨天晚上紧张的围捕,她就担心程元泰会不会又遇到了危险。想到这些,心理上的各种煎熬,使得章晓晔根本无心投入工作。她索性向主编请了假,直奔程元泰的住处。

等到了程元泰住处,章晓晔反复地敲门,却无人应答。她越想越着急,越想越紧张,一时间不知道该如何是好,像失了魂一样。

高祖谋派来的人暗中注视着章晓晔一切的举动,并悄悄地跟了上去。

人往往就是这样,平时相识的人很多,但到了需要帮忙、需要倾诉的时候,才突然发现,可以与之开口的对象,少之又少。章晓晔目前就感觉找不到这样的人。她漫无目的地在街上转了许久,跟着直觉转到了黄包车夫陈师傅家里,或许在她的潜意识里，至少这对父女值得信任并可以与之诉说诉说心事。

小曼独自在家，陈师傅已出车去了。毕竟在舞厅里见识过各色人等，小曼听了章晓晔的讲述，帮忙分析说，这肯定与昨天晚上的事情有关，而且这里面的水很深，记者没法插手介入。

章晓晔说出了她的担心：如果程元泰是共产党的人，被抓住就麻烦大了。国共之间的矛盾与斗争，已远远超出了作为舞女的小曼的认知范畴，她给不出什么更好的建议，只能劝章晓晔与她去烧烧香，如果再过几天没消息，就打点打点国民党的官，请他们帮助打听程元泰的下落。

章晓晔想起陈师傅的叮嘱，便问："小曼，这几天怎么了，碰到什么不顺心的事了？"小曼勉强地一笑，说仙乐斯舞厅让军统查封了，刘森就是想借此逼她就范，跟从了他。

"我做记者的，对这事总可以写文章揭露揭露吧？"章晓晔很气愤。"不行的。查封是有面上的理由的。他们说最近有大官要来上海，军统说仙乐斯舞厅抗战期间来过汉奸，不许营业。你说，上海滩的四大舞厅，在抗战期间哪一家没去过汉奸呢？"

"欲加之罪，何患无辞？那你最近在家，没班可上了？"小曼答道："每晚都到舞厅候着，百乐门等其他舞厅生意好了，会叫我们过去的。"

章晓晔问："要多久呀？总不能长期这样下去吧？""但愿大官离开上海后能解封。希望刘森这个坏家伙，过了这个劲儿，不再难为我与仙乐斯舞厅。"

"刘森不是好东西，人渣！""我现在烦心的是，每天晚上,百乐门等其他舞厅通常会叫我过去的,但舞厅的不少姐妹,多日不曾开张,对我的非议越来越大了……"

章晓晔不由得深深地感慨:"做女人的,多难啊!喜欢上一个人,被弄得心神不定的,不喜欢一个人呢,也被弄得不得安生!"

"到玉佛寺拜拜,许个愿吧。愿弄得你心神不宁的程元泰,平安无事。"小曼尽管深陷泥淖,但由于她善良的天性,她依然愿意为章晓晔担一担忧愁。

在向影燕的办公室,史正良兴冲冲地带来一个消息:景家大小姐到特派员办找了特派员,解释说,昨天晚上她和程元泰在大光明影院一起看的电影,程元泰是被误会了。

向影燕听了,心头一震,但她依然装作平静地说:"如果这是事实的话,那么,程元泰是'筌篌'的可能性不大了。刘站长要大失所望了。"

史正良想顺着她的话,再说一说刘森,但向影燕此刻的心情,五味杂陈,丝毫没兴趣再谈别的。史正良离开以后,她深吸一口气,陷入了胡思乱想之中,心里的一团乱麻,剪不断理还乱。

在向影燕的脑海里,突然闪过了程元泰手腕上戴的江诗丹顿表,她仿佛一下子全部了然了:"对啊,景莺音是位富家女,有能力送这种高级礼品的,我之前怎么没想到?"

一阵阵的苦涩,在向影燕心中泛起,她因为女人间的嫉妒,此刻对景莺音充满了恨意,但她同时又感到了轻松——排除了程元泰的共党嫌疑,就意味着那天中午他们吃饭并不存在泄密问题。

二

大光明影院行动失败的次日，即1945年12月1日晚间，大人物抵达上海。接下去几天的重心，汤闻道无疑放在这位上级的行程安排上，而大光明影院发生的事情，只要不张扬出去，晚些时候再处理不迟。汤闻道决定对程元泰问题的核实，稍微放一放。

1945年12月3日清晨，太原别墅。大人物在上海的日程，安排得满满的，一大早汤闻道就在此等候——中方与美方的会议地点——准备随时趁着大人物闲暇之时，见缝插针，做个汇报。终于，大人物在与魏德迈会谈的间隙里，招呼汤闻道来到绿草坪上。见到汤闻道，大人物微笑着，和蔼地说："与魏德迈谈完以后，我要陪同美国人做一场演讲，趁这会儿空闲，我们聊聊吧。"

汤闻道恭敬地说："闻道晚上已备酒宴，准备向您详细汇报呢。"大人物款款地说："晚饭不用安排了。我们之间啊，更要注意影响。"汤闻道立即应承说："好，好，您考虑得周全。"

大人物边走边说道："这次我来到上海，总的印象不错，其中有你的努力啊。上面已经考虑，上海市政府9月份已重建完成，接下来，对抗战胜利之后的临时机构，要适当归并与调整。特派员办——已经完成了其历史使命，很快就要撤销了。上面将对你有新的任命。你有些什么想法，闻道？"

汤闻道表现得姿态很高："我没有想法，完全服从党国的安排！""好！我希望你继续留在上海……京沪一线，直接面对江北共产党的根据地,这里很重要啊!"

大人物透露说,党国内的各种势力,都想在京沪一带占有一席之地。他告诫汤闻道,务必在重建后的上海市政府里,站稳脚跟,发挥作用,不能出任何纰漏。

"闻道定当亲力亲为,绝不辜负您的殷切期望!"汤闻道再次感受到大人物的知遇之恩,不当场表表决心,不足以表达深深的感激之情。

"……委员长是下决心要剿匪的,给你透个底吧,他早在10月份,就着手考虑和部署这个问题了。接下来,你争取在剿匪方面多做努力。"大人物拍了拍汤闻道的肩膀,以示鼓励与支持。

汤闻道目送大人物进了别墅,琢磨着今天的汇报到此为止了,于是,他走向花园别墅的大门处,汽车停在那里。上了车后,汤闻道告诉李默,准备去何君梅那里,然后,他拿起放在车里的古曲谱,给李默看了看,说这本音乐书,何小姐见了会喜欢的。

车子刚要发动,有人在敲车窗。汤闻道将车窗摇了下来,他赫然发现,夫人章婧英就站在车外!

汤闻道一惊,问道:"你怎么来了?"章婧英穿得朴素但得体,不急不躁地反问道:"没想到吧,不欢迎我吗?"

"怎么会呢,意外的惊喜啊……"汤闻道掩饰着些许的慌乱,忙让章婧英上了车,对李默改口说:"孤军营!"

车在路上行驶,章婧英告诉丈夫,大人物的夫人邬大姐,一直把自己当姐妹一样,听说有这次机会,邬大姐说服了丈夫,在飞机上给自己留了个位置,用她的话说,"牛郎织女总要鹊桥相会呢"。汤闻道微微地笑了,对章婧英说:"我们回去慢慢聊吧。"

车到了孤军营,汤闻道下车引发妻往里走,同时,他瞧了一眼古曲谱,给李默使了一个眼色。

李默善于察言观色,注视着汤闻道与夫人章婧英进入了室内,他立即开车到了何君梅的公寓。李默告诉何君梅说,特派员夫人已到上海,特派员近两天恐怕过不来了,但他捎了本音乐书来,说是你喜欢的。

李默把在程元泰住处搜到的古曲谱递给了何君梅。何君梅将书接过来一瞧,发现原来就是她送给景莺音的那本书。她顿时感到无趣,随手把书丢到了一边,说:"这本书啊!我以为啥好东西呢。"

李默有些尴尬,但汤闻道默默交代的任务算是完成了。

章婧英之所以到上海,为了当面"敲打"一下丈夫,让他注意一下官声。

夫妻二人在书房坐了下来,沏上了茶,说了会儿闲话。章婧英不避讳言,大大方方直奔主题,说要搭大人物的飞机返回,在上海逗留的时间,不会很长,但有些话她做妻子的不说,就没人说了。

"闻道,我嫁给你这么多年了,我俩之间举案齐眉或许谈不上,但可称得上相敬如宾吧?你独自一人在上海,有些事情我不点破,但你千万记住啊,一切要留有余地。上次你让秘书带的礼品,所幸我都送出去了,如果哪次人家拒收了,可就不能维持此前的体面了。"

汤闻道静静地听着,发妻的话,语重心长,句句在理。他挺愧疚地说："这些……我心里是有数的。"

接着，章婧英鼓了鼓勇气，说："闻道，有件事尽管一直说不出口，但这次我要说说，我们是多年夫妻了，一直没有怀上孩子，这是我的问题，我很愧疚。我特别想为你物色一个妻子，让你传宗接代，如你有合适的，我可让贤。我信仰佛教已久，盼望着能过那种清粥小菜的生活。"

发妻的一席话，字字扎在心里，汤闻道惊呆了，他无言以对，内心一片空白……

向影燕这几日憋着满肚子不痛快，快到中午时分，她到办公室刚坐定，史正良前来汇报说，夜校教员小孙不愿离开，说是他已经暴露了，没法回到共产党那边了。

向影燕马上叫小孙过来，没好气地说："那天晚上的行动，确实出现意外情况取消了，不过这不能全怪你。我们正在调查原因。听说你有顾虑，不愿意回夜校，你有什么想法，不妨直说。"

"您知道的，向站长，他们绝对容不下背叛组织者的……我是回不去了。要是您同意，我想找个合适的地方，隐姓埋名过小日子。"

向影燕追问道："你不想在上海待着了？"小孙连连点头。向影燕想了想，说道："这样吧，在过小日子之前，你再帮我做一件事。"

小孙略作迟疑，连忙表态说："行！""你可以不回夜校，我的人带着你在旅馆里住几天。你可在报纸上发条消息给'箜篌'，就说接头当天晚上，因情况太复杂，没能够碰上面。另外，你关心一下'箜篌'，问其是否安全。我要看看，'箜篌'如何回复你。"

小孙没有办法，只有接受了这个安排。向影燕又提出，让小孙将他与"箜篌"之间传递消息的编码规律和盘托出。

但小孙考虑到自身的安全，决定先留一手，暂时不吐出这个秘密。他对向影燕说："向站长，等我顺利离开时，一定将编码规律原原本本地告诉您。"

三

向影燕知道眼前这个人在想着什么，她极力按捺住火气，冷冷地将小孙打发走了。随即，她交给技术部门一个任务，将"箜篌"与小孙之间，在报纸上传递过的消息，通盘进行分析，找出其中编码的规律。

这样做的目的是，即使小孙不再真心为他们办事，或许通过对以往报纸传递消息的分析，能发现"箜篌"在报纸上以类似的方式联系过其他地下党的蛛丝马迹。

技术部门工作很有成效，三天后拿出了初步的成果。检验成果的机会已在眼前：小孙登报发出消息确认"箜篌"是否安全，很快得到了"箜篌"在报纸上的回复；而技术部门仅凭报纸破译出的"箜篌"最新的消息，与小孙汇报的一致——"箜篌"确认自身安全，并且通知小孙暂停基层工运活动。

向影燕本以为"箜篌"不会立即回复小孙的，目前这个状况让她思索起来。她在琢磨着："大光明影院那天晚上的行动，'箜篌'是否知晓小孙立场的变化呢，还是说这都是共党事先谋划好的，从而一步一步地观察我们的反应？"

考虑再三之后,她给史正良布置任务,命其通知下面的特务,让小孙尽快从旅馆回其住处。

"让他自行离开,但你安排人继续监视他。这里面线索杂乱,需要好好清理清理。"向影燕吩咐道。"好的,站长。"

"你亲自办吧,到旅馆后,告诉他可以自便了。如果他决定脱离共党,离开上海过逍遥日子,我为他发些补贴。"史正良说:"站长,您太仁义了。"说完,史正良领命而去。

向影燕拿起报纸以及技术部门的分析,急急忙忙地走了出去。"箜篌"在报纸上的回复消息,对向影燕而言,可谓如获至宝——这意味着为程元泰解脱的时机不期而至,而程元泰顺利解脱出来,说到底,更是证明行动计划没有从自己这里泄露出去,又加上一道令人信服的保险。

下午时分,向影燕见到汤闻道的时候,他正准备送夫人章婧英前往机场,因为大人物乘坐的飞机,今天要返回重庆。向影燕表示仅占用汤闻道几分钟的时间就可,现有了新的证据,可以证明程元泰并不是"箜篌"。章婧英非常理解地让丈夫处理着公务,她在车里静静地等着,神态释然。

汤闻道耐着性子说:"影燕站长,你长话短说吧。"向影燕立即抖开手上的报纸,指给汤闻道看,接着说:"特派员,这就是有力证据。这是一张'箜篌'给夜校教员小孙下达工作指示的报纸。你看吧,在审查程元泰的这几天里,报纸上又出现了'箜篌'发出的通知。就是这条广告,破译过来是'箜篌'确认自身安全,并要求暂停基层工运活动。就凭这个消息,便足以说明——程元泰不是'箜篌'!"

汤闻道想了想,不得不认可向影燕的分析,确有道理。他立刻打电话向刘森询问，在程元泰住处搜到的左轮手枪，弹道检测等方面是否有疑点。刘森回复是，程家搜到的手枪，没有留下任何可挖掘的线索。

等着汤闻道挂了电话，向影燕直言不讳地说道："所谓的那个目击者，就是刘森吧？他真不愧是党国'精诚团结'的典范。总之，事实胜于雄辩，请特派员定夺吧。"

汤闻道无疑认为向影燕的这个证据是有说服力的，但他不愿意这位女士过来一找，立即表态如何处理，那么做，太有失身份了。

汤闻道微笑着对充满期盼的向影燕说："影燕站长，这个证据，非常重要，我从机场回来，晚些时候会慎重予以考虑的。那个夜校教员，你如何安排的？"

向影燕答道："让他自便了。不过，外松内紧，依然在我们的监控之中。"汤闻道微微颔首，没再说什么。

接近黄昏时分，汤闻道从机场回来，便与李默一起，直接到了审查程元泰的房间，他和蔼地对这位学生说："元泰，已经得到证实，这是一场误会，你的审查结束了。"

从程元泰的脸上，看不出多少的情绪起伏，他只是吁了口气说："谢谢老师，已经审查结束了，就是解控了吧。"

"在特派员的位置上，身不由己啊，为了党国，希望你多多理解！""老师的目标，针对的是共党，当然不是针对我个人，一切我能够理解。"

汤闻道从李默手里接过装有程元泰随身物件的档案袋，放到程元泰的手上，说："个人物品都还给你——不过，那天刘森在你住处搜到本古曲谱，我给何小姐看看，过几天还给

377

你。"

程元泰庆幸于"箜篌"选择用工尺谱传递消息,他确信从中很难发现端倪的。因此,程元泰淡淡地说道:"那本书不错,何小姐才艺双全,她会喜欢的。"

师生之间,一下子没什么可说的了,好在程元泰没什么可收拾的,他立即与汤闻道告辞。

四

与此同时,向影燕在办公室听取技术部门汇报,在"箜篌"回复夜校教员小孙的报纸上,又发现一条可疑的广告!但这条广告在一个不起眼的位置,其编码方式和"箜篌"传递给夜校教员其他的信息不同,技术部门勉强译出了一些,大致为:大光明影院任务……达到目标……暴露……不宜久留……买票撤离……

技术部门的人,准备再做进一步解释,向影燕打着手势制止了。她分析着这些只言片语,头脑里慢慢地穿起前后的逻辑关系。

也就是说:夜校教员小孙极可能是假投诚,他与"箜篌"密切配合,打着双方接头的幌子,把自己及刘森、汤闻道等人,蒙骗到大光明影院外出现,"暴露"在地下党面前。小孙完成了这个"任务"后,"箜篌"认为"不宜久留"了,他们之间采用了两套编码系统传递信息,暂停基层工运活动的指示是明的,"箜篌"很可能知晓这个系统已被军统掌握,所以,启用另一套系统发的广告,隐含着真实的后续安排,"买票撤离"！

"'箜篌'啊'箜篌'，太小瞧军统的破译能力了！"怒火中烧的向影燕，立即带人扑向了夜校教员小孙的住处。小孙对向影燕等人的突然到来，表情诧异，这更坚定了向影燕的分析。她示意手下搜查整间屋子，很快，从小孙的被褥下面，搜出了一张两天后去南通的轮船票。

"这是怎么回事？"向影燕手中晃着轮船票，冷冷地问道。"这……这个，这不是我的。""不是你的，为什么在你家里？"小孙紧张起来，赶紧解释说："我要是离开，会跟您报告的！"

"是吗？你会跟我说吗？你准备溜之大吉，顺便带些补贴，然后回到南通，为你们根据地捐点儿真金白银哪！""影燕站长，您误会我了！"小孙脑门上汗出来了，他一下子恍然大悟地说，"我想起来了！昨天晚上有个工人学员带着两个人过来，说几天没见到我了，坐了一会儿，他们就走了，轮船票是他们留下的。"

一切是刘胜晓有意安排好的。几个工人一直在附近，终于等到叛徒小孙回来了，他们当中一个人，趁着同伴和小孙搭话，悄悄地把船票塞到了被褥下。完成了这个任务之后，按照刘胜晓的安排，几个工人骨干直接到苏北去了。但此时此刻，小孙无论做何解释，更让向影燕觉得是欲盖弥彰，她对眼前这个家伙，已经彻底失去了耐心。

"是吗？难道说冤枉你了？"向影燕继续讥讽道。"是，是。我说的句句是真的。"

小孙这句话让向影燕顿时无名火起，她抬手一巴掌打过去，说："我看，你和'筌筷'耍我倒是真的！""影燕站长！您错怪我了。"

"好，你立刻把你与'筌筷'之间的编码规律告诉我。"

小孙见事情闹大了，便不再坚持了，当场把在报纸上刊登文字的一套编码规律，全部交代了出来。但向影燕并不满足，不依不饶地要他提供另一套编码系统，小孙坚称实在没有了。

"你还要留一手吗？守口如瓶啊！"向影燕恶狠狠地看着小孙。"请您相信我吧，我知道的就是这些！"

向影燕总觉得，她越问下去，小孙的言语神态，越是佐证了自己头脑里已形成的逻辑推理。

她不由得想到，如果刘森与汤闻道等获知大光明影院的行动，是"筌筷"借夜校教员小孙所设的局，那么，自己如何抬得起头来？

愤怒完全占据了向影燕的身心，她又问了小孙一句："另一套编码你到底说是不说？"小孙申辩道："真没有，我说什么啊！"

向影燕一时火起，她拔出手枪，连开两枪，小孙瞬间应声倒地，奄奄一息，嘴张开着，只有出的气没有进的气了。

在一旁的史正良不禁惊呆了，稍许，他小心谨慎地问："站长，特派员如果问起这个人来，我们怎么办呢？""这是军统内部的事情，我们不必处处受制于人。"听向影燕如此说，史正良不敢再问什么了。

向影燕审视着现场所有人，厉声说道："对于这种顽固不化的分子，怀柔不成，杀无赦！轮船票带回去归档，这个人的卷宗，没有我同意，不许查阅！"

现场的人被向影燕的杀气震慑住了，一个个不敢大声出气，唯有点头称是。

下班以前，汤闻道回到办公室处理了一下公务，忽然想起来应该向景莺音通报一下有关程元泰目前的处理结果。他在电话里告诉景莺音，对程元泰的调查核实，已经结束了，他已经解控离开。

景莺音手拿着话筒连连称谢，汤闻道通过电话那头传过来的声音感受出，这个女学生仍然对程元泰一往情深。景莺音很想即刻便前往程元泰那里见见他，但已定好今天进行上月度的生产评估，她只好按捺住心里那团期盼的火。

黄昏已至，离开孤军营特派员办，程元泰没有立即回到办公室，他在途中的街边电话亭，给联合晚报社打了电话，找了一下章晓晔。

人常说，爱恋中的两个人，互相之间是有心灵感应的。

程元泰想象得出，若干天的失联，章晓晔不知会焦急与憔悴成什么样子。透过电话里章晓晔的声音，程元泰感受得到，晓晔已然控制不住情绪，几近哽咽，说不出话来。程元泰心疼地安慰道："下班后，晚上到我这儿吃饭，我为你压压惊吧。"

章晓晔顿时缓了过来，一下子笑了起来，娇声反驳道："你错了！今天应该是我为你压惊才对。"

程元泰赶在下班前回到办公室，属下们纷纷过来问候。刘森那天过来搜查，不免给他们带来不少的精神压力。如今程元泰平安归来，他们都放下心来，不会因为程元泰而受到莫须有的牵连了。

在椅子上坐好，程元泰审视了一下房间，不知刘森搜查后有没有物品的缺失。正在这时候，他接到了向影燕的电话。

"元泰，听特派员说，你已经解控了。""是的，这是一场误会。我刚回到办公室。"

程元泰已解控的消息，让向影燕的心情放松了不少，她笑着邀功道："元泰，下班了，你得请我吃饭。你知道特派员为什么对你解控吗？主要是我有你不是'筌筷'的确凿证据，今天找过他……"

"是吗？那的确应该好好感谢你，"程元泰捕捉着向影燕话语里的信息量，同时想到他已与章晓晔约好晚上一起做饭的，他顺水推舟地说："今天太急了，改天吧，我隆重地宴请你。"

向影燕有些盲目自信了，她想当然以为程元泰今天会与自己聚聚的，当她听到程元泰说改天时，兴冲冲的劲儿顿时消退了大半，一肚子话烟消云散，实在打不起精神来了。她戛然结束了通话，无聊地点燃了一根烟，落寞地看着屋中缭绕着的圈圈烟雾。

五

程元泰此时要考虑的事情很多，实在顾不上关注向影燕的心情如何，他反复地在想两件事："'筌筷'昨天在报纸上发的消息，明显是为了帮我转移视线的，可'筌筷'如何获知我被隔离审查的呢？"

或许，只有无畏前行，这些问题的答案，才会浮现出来。当然，近期有时间，还是要见见向影燕的。

章晓晔想着尽快见到程元泰，下午稍早便从报社出来了。

他们两人会合之后，一起到了菜场买菜，然后，回到程元泰住处，在厨房里炒菜、做饭，共同张罗一餐晚饭；对尚不习惯说出"我爱你"之类语言的国人来说，共同下厨实际上蕴含着强烈的爱的表达，从锅碗瓢盆的和谐里，可以清晰地勾勒出一个家庭未来的温馨。在某种意义上讲，厨房是妙不可言的情感加速器。等饭菜全部在桌上摆好，程元泰开了一瓶法国红酒，以示隆重。他熟练地将酒倒进了高脚玻璃杯，鲜红的葡萄酒在灯光映照下，格外让人心旷神怡。他与章晓晔碰了一下杯，"叮"的一声标志着两个人的晚餐，正式开始。

　　突然，门外传来轻轻的敲门声。程元泰提高嗓门问了一声："谁？"门外一个女士干练的声音回应道："是我。"程元泰听了一愣，心里想，她怎么来了。

　　程元泰没有来得及再说话，章晓晔离门近些，便已过去开了门。门打开了，向影燕身着一袭旗袍，幽灵般站在门前。

　　审视了屋里的这般情形，向影燕咄咄逼人，置章晓晔的存在于不顾，没等程元泰开口说话，便先发制人地说："哟，我以为今天你与景大小姐聚呢，这又是哪位美女啊？"

　　程元泰实在尴尬不已，一时不知用什么恰当的语言作解释与介绍，他硬着头皮站起来说，章晓晔是一般朋友，好久没见了。章晓晔对程元泰这个实际上带有保护意味的说法，明显是不乐意接受的。她为了体现与程元泰的密切关系，故意地靠到程元泰身边，左手挽住她所爱之人的胳膊，然后，矜持地伸出右手，做出要与向影燕握手的姿态。

　　章晓晔表现出的肢体语言，更是强烈地刺激了向影燕的神经，她毫不退让地伸出手与章晓晔相握，说："幸会啊，幸会，我也是元泰的好朋友,我们今天得好好干一杯!"

章晓晔意识到此人来者不善,但出于维护自己的情感与尊严,她当仁不让,表示说:"好啊,干杯!"两个女人如战场上的对手,径直走到桌子前,斟满两个高脚玻璃酒杯,然后二话不说,举起来"叮"地两个杯子一碰——如同时互相打出的一只拳头——然后,仰起头来,一饮而尽。

程元泰一时间几乎被她俩忽视,站在一旁,干着急,却无计可施,他只能劝她们说:"哎呀,酒不要喝多了,点到为止就好……"

就在这时,门外又响起敲门声。程元泰心想又是谁,今天怎么这么多人撞到了一起。他打开了一道门缝,赫然发现端庄秀丽的景莺音站在眼前。

"元泰,老师说你已经解控了,我过来看看你。"景莺音隔着门说。

程元泰感到透过门缝说话不合适,他索性打开了门,引景莺音进入屋内,并向景莺音与向影燕正式介绍章晓晔:"莺音、影燕站长,你们相互已经认识很久了……这位新朋友是章晓晔。"语焉不详的"新朋友"几个字,让三个女人陷入了各自的理解与想象,此时四人共聚一室,气氛变得更为微妙。

如此尴尬的局面,已然不可避免,程元泰对此只有顺水推舟走着瞧了,他坦然地说:"既然大家都是朋友,为我解控归来感到高兴,那就一起坐下来,好好聚聚,一醉方休吧。"

景莺音落落大方地在桌子前坐下;向影燕一看。在这阵势面前,岂能退缩?她毫不客气地也坐下了。章晓晔的好心情受到了冲击,但她依然以主人的姿态,为桌子上添加碗筷与酒杯，先后为景莺音、向影燕的酒杯斟满了葡萄酒，最后又为程元泰与自己斟了酒。

"元泰，你说些祝酒词什么的？"章晓晔的语气尽管柔和，但隐约之中，分明是有气撒在程元泰的身上。

程元泰的语言表达一下子笨拙起来，他端起酒杯说道："哎呀，要说的话很多，但长话短说，无以为谢，我先干为敬。"

程元泰头一扬，喝完了杯中的酒，而其他三个女子注视着他，没人开口说话，似乎都找不到合适的话语。气氛再次凝重了起来。深深呼吸了一下，景莺音率先打破了沉默，她微笑着问程元泰："你隔离在孤军营这么多天，习惯吗？"

没等程元泰说话，向影燕急着抢白说："有红颜知己等他，他不度日如年才怪呢。"

章晓晔听罢，立即不客气反驳道："爱情可以让他无惧这副皮囊的与世隔绝，岂有度日如年之谈？"

"哟，你说到底什么叫爱情，我倒愿意洗耳恭听。"向影燕对于这个深奥的问题，始终找不到一个答案，所以，她挑衅地用眼睛看着章晓晔，借机想听听她的看法。

"对于我来说，生命诚可贵，爱情价更高。爱情，我的理解就是愿意为自己所深爱的人，牺牲一切，包括生命。"章晓晔说出了她的认识与理解，充满憧憬的眼眸里闪耀着理想的光芒。

向影燕对此感到不真实，未作评价，接着她问景莺音，说："景小姐，你对爱情有什么理解？"

"对于这个话题，仁者见仁，智者见智。我认为，爱情是美好的，是我们生活与事业的动力。爱情是心心相印与志同道合,有的时候,爱情又是牺牲与奉献,爱情是祝愿所爱的人幸福快乐美好。"景莺音有很多话要说,此时她只好简单地概括了自己的感受。

章晓晔直率地看着向影燕说:"该你做出回答了!"

向影燕很傲慢地回应道:"我呀?你们说得太哲理化了。爱情本是说不清楚的,你喜欢谁,不喜欢谁,全凭感觉。我说呀,爱情就是相互吸引与占有,感觉来了,不顾一切得到,感情没了,转身离开拜拜。"

"你讲的这话呀,太功利了,是在亵渎纯真与美好的爱情。"章晓晔轻蔑地点评着。

程元泰在旁插不上话,一直在听,她们对爱情的认识有明显的分歧,交流无法进行下去了,他便转移话题说:"别光说啊,吃菜呀,吃菜!"

"饭我不吃了,程主任,你招待好朋友吧,我告辞,先走一步。"向影燕知道继续硬着头皮留下来,难以控制自己的情绪,说不定又说出什么话来,况且来的目的已达到,所以,她站起来,象征性摆了摆手,推门而去。

程元泰准备送送,但向影燕拒绝了。目送向影燕离开,程元泰稍稍地松了一口气,微笑着对景莺音说:"莺音,真得谢谢你啊!你到孤军营为我打掩护,太及时了。"

今晚的一切,景莺音看在眼里,心里也了然,原本过来想多交流几句的,但似乎一切都显得多余了,她默默地为他们俩祝福,然后淡淡地说:"老同学了,不言谢!看到你平安回来,我就放心了。二位继续吃饭吧,我特别提醒你一句,千万要注意安全啊!"

自从高祖谋派人盯上章晓晔之后，无论在程元泰住处，还是在其他地方，章晓晔就一直被跟梢，已成为重点监控对象——就连她与程元泰买菜回到住处，都在暗中监控之中。盯梢者发现章晓晔进了程元泰住处之后，高祖谋的副官认为有必要及时向上司通报。

接到消息的高祖谋，很快到了程元泰住处对面的隐蔽监视点。

事情也凑巧，等高祖谋到达监视点之后，他正好亲眼看到向影燕与景莺音先后进入了程元泰的住处。可过了一段时间，向影燕一脸不高兴地先出来了，之后，景莺音则表情淡然地从程元泰住处走出，望着两位女士神态各异的样子，高祖谋感慨不已，一声叹息。

在一旁的副官开了句玩笑，打断了他的思考："看，向站长与景小姐都已离开，留下那个女记者，看来是正主吧。"

高祖谋实在没心情开玩笑，他一脸严肃，没好气地说："盯好章晓晔，彻查此人。"

俗话说，三个女人一台戏，即便在短短的时间内，也是别样纷呈，欲说难言；激烈的对话与心理较量，如此真切地呈现在眼前、萦绕在心头，使情窦初开的章晓晔难以回到最初那温馨美好的感受了。

程元泰试图打破僵局，缓和一下凝固的气氛，他重新换了酒杯，分别斟上了酒，轻轻地推了一下章晓晔，准备继续与她坐下吃饭谈心。然而，对章晓晔这样一个女孩子来说，在没有任何心理准备的情况下，莫名其妙跑过来两个漂亮女人，而且看起来都与程元泰很亲近，她已被弄得心浮气躁，没兴致吃饭谈心了。

程元泰感到今晚是很难说得通了,所以,他不好勉强,便强作微笑状说:"晓晔,这一切我会向你解释清楚的,以后找时间我讲个故事给你听。"

章晓晔一边起身离开,一边赌气地说:"你不用做解释,这是我的问题,与你无关。"章晓晔是个心高气傲的年轻姑娘,片刻前的一幕一幕,让她刚刚迸发出来的纯真的爱情火花,一下子又暗淡了下去。

第二十一章

肆无忌惮

一

夜晚时分，刘森为了消遣解闷，拉着沈东洋在会乐里吃花酒。汪伪时期，到会乐里长三堂子来的几乎全是日伪军大小头目，抗战胜利后，这里又成了国民党接收大员寻欢的场所。长三堂的活动方式，往往要经过"打茶围""叫局""吃花酒"三个阶段。刘森、沈东洋是这里的常客，两人轻车熟路，每次都是直接进入吃花酒阶段。这晚两人拥着妓女酒过三巡之后，接下来为了说事，便打发走了这几个陪酒的女子，两人又喝了起来。

连续几杯酒下肚以后，刘森郁闷至极，愤愤地说："……向影燕这个女人找出所谓证据来，让特派员解控了程元泰，这分明是与我对着干嘛。唉！很多事情啊，坏就坏在女人手里。"

沈东洋附和着说："是啊，向影燕到任以后，自恃清高，不讲情面，倚仗着是戴老板的同乡，谁的面子都不给。"

刘森闷下了一口酒，兀自念叨着："我想啊，向影燕证明了程元泰很可能不是'箜篌'，仅此而已，但这不排除他仍有共党的嫌疑啊！"沈东洋接着问："是啊。你说，特派员考虑到了没有？"刘森皱了皱眉，说："不好说。必要的时候，我得提示提示特派员。"

沈东洋了解刘森的心思，主动提议说："站长，今晚别想这些事了，一看您在这里就没有放松下来，您是更喜欢仙乐斯舞厅吧！咱们查封仙乐斯舞厅，已有些日子了，过去瞧瞧吧，小曼那小姐儿应该识相了吧。"一提起小曼，刘森的一双小眼睛亮了起来，他马上放下酒杯，说："好，你的提议好！这就走吧！"

在仙乐斯舞厅被查封以后，这个场子里舞女中的大多数人，几乎断了收入来源，只有小曼等有名气的少数人还能到其他舞厅陪舞。到了晚上，舞女们习惯性地聚在化妆间，除了等待着解禁，没有别的出路。

一个比较年长的舞女到化妆间稍晚，脸色憔悴的她对其他舞女说，孩子生病了，可抓药的钱还没有凑够。小曼听了于心不忍，好心给了这个姐姐一些现金，说就当是"借"的。

然而，她这个善意的举动，一下子触动了舞女们绷紧的神经，原本她们一个个无精打采，现在不知哪里来的劲头，片刻间爆发了出来，对小曼群起而攻之。

舞女们关注点是一致的，天天都在等待着查封的处理结果，如果这么持续下去，好不容易攒的积蓄早晚得耗光，可目前并不知道解封的时间表。一个舞女问道:"你小曼今天可以帮一个,接下去,大家如有难处,你都能给予帮助吗?"对于这个问题,小曼无从作答。接着,舞女们越说越刻薄,说到底,就是怪罪小曼不识时务,得罪了刘森,拖累了所有人。

一个沙哑的声音说:"小曼,我们可是靠陪舞谋生的,你能够耗下去,但我们耗不起啊!"另一个细细的声音说:"是啊,你不要清高了,再这样下去,大家死定了……"

接着,又有一个音频很高的声音:"唉,舞女从了当官的,不是没有过啊。干我们这行的,装什么装啦,如今只要有钱就行!你要跟了他,说不定过上了好日子,到时候得谢谢姐妹们劝你呢。"

小曼一直低着头,默不作声。与这些姐妹们相处这么久了,她第一次看到人在趋利避害的时候,竟然会做出如此这般的集体性选择,希望她个人为众人做出牺牲。当然,她并没有读过法国作家那部小说《羊脂球》,否则,她就会知道在这个世界上的如此行为,并不是孤例。

舞厅经理进来了,他期待地对小曼说:"刘站长又来了!小曼,他要你陪他跳一个晚上……"小曼立刻明白了,陪跳一个晚上意味着什么,她咬着嘴唇没有说话。

舞厅经理一看着急起来,催促道:"你好好想想,这可是为了姐妹们呀!在姐妹们的身后,有多少张嘴在等着吃饭呢!"刚刚安静了的化妆间,此时再次炸开了,你一言我一语的,给小曼施加着无形的压力,大家纷纷地表示将感谢她为姐妹们所做出的牺牲。

小曼心里凄楚无比,几岁时被父母抛弃过一次,将自己送了人。如今舞厅的姐妹们又抛弃了自己一次,或许这就是命吧。在舞女们滔滔不绝的口水中,小曼仿佛掉进了一个深不见底的黑洞,不断地下沉,她无法自救,只好放弃了挣扎,任由摆布……

接下来,舞女们知趣地陆续离开了舞厅,将仙乐斯偌大的空间,留给了刘森和小曼两个人。然而,对于刘森来说,跳舞不过是晚上轻松的"餐前小菜",沈东洋在国际饭店已帮他安排好房间了。

在偌大的舞厅里,灰暗的灯光下,刘森搂着小曼,没跳上几支舞曲,沈东洋定好房间就回来了。此时,刘森已经迫不及待,他拉起小曼这只小绵羊,很快来到国际饭店。

等两人一进房间,刘森立即关上门,然后,快速冲上去,从后面用双手圈住小曼的细腰,深吸着女人颈后的芬芳,双手不停地在小曼身上上下游走,最后停在了她旗袍的盘扣上。

小曼起初试图挣扎抵制,用力推开刘森的双手,刘森却不无得意对她说:"你知道你对仙乐斯舞厅多么重要啊,今晚因为有你的奉献,舞厅正式解封了,现在多少姐妹在感谢你呢!你是不是该谢我呀?"

听着刘森的一番话,小曼拼命挣扎的双手,渐渐地停了下来,紧紧握成了双拳。她闭上了双眼,屈辱的泪水止不住流了下来。刘森见状,一时兴起,伸出双手用力一托,将小曼扔到了床上,几下子便拉开了小曼身穿的旗袍,然后,他如饿狼般地扑了上去。

二

三个女人先后走了，留下一桌几乎没动过的饭菜。程元泰端起酒杯，喝了起来。

他脑海里回放着刚刚发生的情景，首先跳进来的是景莺音。可以看出，这位老同学非常关心自己，不能否认，在自己情感的深处，仍然有她重要的位置，但当年她的突然离去，以致现在还留着明显的距离感，他对这段感情难以执着，只有释怀而已。

接着涌出来的是章晓晔。谁都看得出来，这位年轻的记者，对他一往情深。她知性率真，不懈地追求真理，其爱憎分明的言行，强烈地吸引着自己，但她太年轻、太缺乏社会经验了，自己需要对她好好呵护，保护好她的安全，更不能伤害她的情感，与景莺音之间过去的爱恋往事，找时间一定与她好好谈谈。

最后闪现出的是向影燕。这位干练的军统女特工，毋庸讳言，对自己的情感是客观存在的，其言行举止，无不表现出来。这种情感多少带有占有的味道，当然，与她之间的相处，关系不能搞僵，又要把握好距离感，既不能远又不能近，得尽快约她聊聊，让他们之间这种尴尬关系，自然一些。

程元泰沉浸在思考之中，想着想着，高祖谋径自推门进来，明知故问道："元泰，你怎么一个人喝酒啊？"

"唉！一言难尽啊……你来得正好，祖谋，人都走了，我们一起喝点儿。"程元泰挥了挥手，让高祖谋坐了下来。

当高祖谋在监视点看到章晓晔从程元泰住处走出来时,稍感意外。他安排副官王超继续跟踪女记者,自己索性去到程元泰那儿,一探究竟。

程元泰心里有数,他知道高祖谋对自己有看法,不会轻易停止对自己的关注,但不管什么原因登门看望——这位老同学总归来得太及时了,要不然真可谓"独酌无相亲"了。两个人尽管各有心思,但结果一瓶红酒,三下五除二喝光了。接着,程元泰又打开了一瓶红酒,继续推杯换盏。

喝着喝着,高祖谋说话了,他借着点酒劲儿,感慨道:"元泰,当年我们大学里的师生三人,目前已经渐行渐远了,如果说老师没过美色关的话,那么,你没有过钱财关呀。"

程元泰听了,哈哈大笑起来,问道:"可你想过没有,大家最后的结局将如何呢?"

高祖谋眉头皱了起来,正色说:"最后结局如何,我不愿意深想。但我要告诉你,如果你与季国云继续倒卖物资贪污公帑,我会毫不客气地查办你,如果你与共党确有勾连,我更会不念同学之情抓捕你。"

"祖谋呀,佩服,佩服,你这样坚持信仰和操守的人,在党国内太少了……"程元泰摇了摇头,感慨起来。

早晨,天刚蒙蒙亮,章晓晔听到敲门声,她过去打开门,一看是小曼站在门外,神情迷离,一副失魂落魄的状态。见到小曼如此样子,章晓晔赶紧说:"小曼,快进来呀!昨晚你好吧?"

小曼无精打采地说:"嗯,昨天晚上仙乐斯舞厅恢复营业,折腾了一宿。"章晓晔忙说:"你别站在外面,快进来说吧。"

"不了，我来请你帮个忙，"小曼一边说着，一边手上递给章晓晔一个小布包，并解释说："包里面有点儿钱，送给我爸爸，我连着忙几天呢，可能回不了家。"

章晓晔爽快地答应着，接过了那个小布包，她随意问道："舞厅晚上上班，白天你要去哪里呀？"

小曼说："舞厅重新开张嘛，催着舞女们白天与熟客联系……"

章晓晔想起了刘森，问道："刘森那个坏家伙，最近没为难你吧？"小曼慌忙地回应说："没，没有。"

"没有就好。他敢骚扰你，我豁出去将他名字抖搂在报纸上，让他见见光，这个无耻之徒！"章晓晔毫不含糊地说着。小曼朝着她感激地微微一笑，似乎想说些什么，却欲言又止，她犹豫再三，还是转身离开了。

在离章晓晔住处不远的监视点，高祖谋与王超观察着章晓晔住处前的动静。当高祖谋见到小曼急匆匆离开，他脑中闪过仙乐斯舞厅章晓晔帮助小曼的一幕，他叮嘱王超再查一下小曼的背景，了解一下她有没有可疑之处。

章晓晔将小曼留下的小布包放在了书桌上，准备晚上到陈师傅家。然而，当她回想起小曼刚才吞吞吐吐说的话，感到似乎有些不太对头，总觉得小曼今天的表情，与平时大不一样。

章晓晔忍不住打开小曼的小布包，包里除了一些钱之外，里面有一个银质的镯子和一封折好的信。

好奇心驱使着章晓晔将这封信摊开，上面几行简短的文字映入眼帘。信上写道：

"爸爸：好不容易写了这封信，感谢你的养育之恩。日子太难了，我绝望了，原谅我无法报答你的大恩大德。"

看完了信的内容，章晓晔一下感到情况严重，没有时间耽搁了，她立刻关上家门，冲了出去。

章晓晔很快跑到了马路上，高祖谋让王超跟上盯着，正好，他可以进入章晓晔住处，好好搜查一下，找找有无可疑之处。

当高祖谋进入章晓晔的住处，一眼就见到了放在桌上被打开的小布包。小布包里的钱与信的内容，高祖谋并没有太在意，他的眼光却落在那个镯子上，他将镯子拿起来看着。这不过是一只旧的银脚镯，毫无疑问，这东西是婴儿出生之后戴在脚踝处的信物。银镯子的直径很小，不过其上的花纹吸引住了高祖谋，他看了又看，忽然脑海里闪过自己小时候的一幕：当年将妹妹送人时，父母特意将一对银脚镯分开，一只戴在妹妹脚上，另一只留给了自己。

眼前这只银脚镯精细的花纹，竟然与高祖谋自己珍藏的那只，简直一模一样！难道章晓晔就是自己失散多年的妹妹？高祖谋顿时无心再搜查下去，他放好了银镯，快速地追了出去。

三

天已经大亮了，在苏州河的一座桥上，已有行人路过。小曼在桥上徘徊了几次，她遐想着，想到过去，想到现在，也想到了未来。她的脑海里一片漆黑，始终透不出任何光亮，一想到刘森那个坏家伙，她更是绝望至极。

未几，小曼"腾"地攀上了桥的栏杆，站立了片刻，然后，毅然决然地跳了下去。章晓晔一路追赶，不时地向路人打听着，有没有见到一个穿旗袍的漂亮姑娘。当她从远处跑过来时，正好目睹小曼纵身跳下的惊心一幕。

章晓晔连忙大声喊道："救人哪！有人跳河了！"她快步跑到桥上，探身向下一看，水面上涟漪波动，但已不见人影。桥上很快过来了很多人围观，七嘴八舌地议论着，出着主意。章晓晔急忙向围观的男人们求助，但天气冷没人愿意下水救人。

此时，高祖谋急急忙忙地跑了过来，章晓晔认出他是程元泰的朋友，曾到仙乐斯舞厅为小曼解过围，连忙大声呼唤，请高祖谋抓紧救人。见义勇为，高祖谋是经常做的，对于这个可能是他妹妹的人发出的恳求，高祖谋更无法拒绝。一个弹跳，他一下子跃到桥的栏杆上，瞅了瞅桥下的水面，朝着漩涡处，毫不犹豫地扎进了河里。

当高祖谋把小曼从河里抱上来时，她双目紧闭，已经昏死过去。

高祖谋与章晓晔手忙脚乱起来，章晓晔掐着小曼的人中，高祖谋进行胸外按压。高祖谋学过一些急救常识，手法到位些，一阵急救之后，小曼吐出一口水，醒了过来。

高祖谋指挥挤在人群中的王超将车开过来，接着，他将小曼抱上了车，并问章晓晔，送小曼到哪儿？章晓晔不假思索地说，送小曼回自己的住处。

在晃动的汽车里，小曼虽然醒了过来，但因为河水太凉，她有些瑟瑟发抖，说不出话来。她用感激的眼光，瞧着浑身湿透的高祖谋。章晓晔则紧紧搂着小曼，责怪她不该做傻事。

车子到了章晓晔的住处，高祖谋试探着问章晓晔，说："章小姐,你方便的话,我想问问你过去的事情……"

章晓晔不知此中奥秘,又一心想着如何照顾小曼,心不在焉地说:"如果没有太急的事,以后再说吧。"高祖谋没有坚持问下去,他默默地帮助章晓晔扶着小曼从车上下来,注视着她们缓缓地进了家门。

中午时分,程元泰到了上海书店,将一张工尺谱,放进了《太古遗音》书里。出乎意料的是,书中已夹有一张"箜篌"留的工尺谱,翻译成文字很简洁,让他尽快到师心斋古玩店。

程元泰很快赶到师心斋古玩店,与刘胜晓见面。"元泰同志,汤闻道监禁你的消息,我们及时知道了。为了影响敌人的判断,'箜篌'在报纸上有意登载了暂停基层工运的通知,这起到了很好的作用。"

"作用很大!解控我就是因为这条消息。"如果有机会,程元泰特别希望面谢"箜篌",他似乎觉得,"箜篌"是一个非常熟悉自己而且就在自己周围的人。

刘胜晓提到大光明影院那晚的惊险场面,说:"你准备独自一人解决叛徒,这个行为过于急躁啊!"

程元泰解释道:"事出紧急,那天中午,我获知汤闻道与军统设局抓捕'箜篌',急忙赶到店里,没联系到你。考虑到'箜篌'处境危险,我只好单独行动了……可能草率些,有不妥之处,我接受组织上的批评。"

刘胜晓理解地点点头,说:"'箜篌'让我转告你,尽管你解控了,但并不代表对你的怀疑消除了,因此,务必减少不必要的活动,如确属需要,经请示后再进行。"

"好。请转告'箜篌',那本古曲谱,在审查我的那天,刘森搜查时拿走了,汤闻道后来将书送给了何君梅。"程元泰懊恼地说。

"元泰同志,此书不要急着要回,否则,容易引起他们的疑心,书并不能说明什么。"

"嗯。何君梅是懂工尺谱的,不过,她就算知道把工尺谱转成简谱,但从简谱到文字,我们还有加密呢。"

刘胜晓又说:"静观其变。另外,组织上有一个新的任务交给你:最近苏北破获了上海军统一个秘密电台,抓到一个潜伏的特务,他反正了。但组织上要求,为了安全起见,你设法验证一下——潜伏的特务有无阴谋,是否真心加入革命队伍。"

程元泰乐意接受新的任务,每个新的任务,如同组织上交给的一件等待提取的礼物,令人充满期待。

章婧英走了若干天,发妻的话,仍然在汤闻道脑海里荡漾,但他已经忍受不了孤独,又到何君梅处过夜了。他恢复了自由,依然如故。

天刚黑下来,汤闻道到了何君梅住的公寓,他特意挑选了一条貂皮围巾,作为礼物。何君梅一下子被冷落了这么久,尽管收下了貂皮围巾,但仍旧表现出很不快乐的样子,等待汤闻道哄哄她、安抚她。

汤闻道伸出手搂着她的腰,在她耳边轻轻地说,与她在一起,轻松快乐,感觉就是不一样。这一下子哄得何君梅开心了,于是,她依偎在男人身边,耳鬓厮磨,聊些说不完的贴己话。

聊着聊着,何君梅想起那本古曲谱,问汤闻道:"闻道,你把我送景莺音的那本古曲谱,又让李默给我带回来了?"

汤闻道一时没有反应过来,他慢慢地想起,刘森是从程元泰住处拿的这本古曲谱,于是回应说:"这书是从程元泰那儿拿到的,估计是景莺音借他的。我原以为你会喜欢这类书籍呢。"

"难怪呀,书里夹了一张手写的工尺谱,估计是程元泰写的。可惜,根本不成音律。"何君梅从专业人士的角度评价道。

"懂得音律,这是需要有天赋的,像你这么厉害的不多呀。"汤闻道恭维道。何君梅露出了一丝满意的浅笑,说:"我把这本书还是带给景莺音,箜篌研习的时候要用。"

两人正亲热地聊着,刘森来了。汤闻道大体上对刘森的行事路数了解了,一般夜晚来访,必有要事要谈。他让何君梅回避一下,自己单独在客厅与刘森面聊。

刘森对汤闻道说,虽然丁树基人被处决了,但关于文物走私案的非议,依然不少,甚至有传言直指汤闻道杀人灭口。刘森提及的这些议论,戳到了汤闻道的要害,他的脸色变得极为难看。

刘森见状,趁便提出:"特派员,当初文物是丁树基出面收的,但有些汉奸虽交出了文物,私下里却搬弄是非。对这些涉文物案的汉奸,绝不能客气,不妨我来彻底地——'料理'清爽。"

汤闻道重复了一遍:"彻底'料理'清爽?""对!"刘森用手势做了个杀头的动作,接着说,"之前向影燕在面儿上的肃奸,不可能把他们的油水刮干的,'料理'的过程,正好可再收罗一遍,您放心吧,这其中的收获,利益均沾……"

汤闻道一时沉吟不语,过了一会儿,他抬起头来,说:"你酌情安排吧。不过,对共党'篯篌'的追查,切不能放松啊。"

"明白!两件事我都放在心上。"刘森会意地说,然后,他顺势问道,"特派员,影燕站长虽然有证据表明,程元泰不是'篯篌',但——不是'篯篌'不等于他的共党嫌疑不存在吧?"

汤闻道问:"对此你有何建议?"刘森说:"如果您认为可以,我进一步查查他的背景,而且调查级别是军统总部层级的,这就可以跳出上海,在更广的范围内调阅档案与走访……"

对于刘森的建议,汤闻道没有反驳,而是模棱两可地说:"你考虑吧。有些事情,抽丝剥茧,也许是必要的。"

四

在多方势力的介入与博弈下,1945年12月底,国民党上海机构的调整,终于尘埃落定。

军事委员会驻沪特派员办撤销了,汤闻道正式获任上海党部特别巡视委员兼上海市社会局局长。上海各大报刊纷纷登载了这一消息。

汤闻道轻车简从,带着秘书李默到社会局履新。

他到任后的第一件事,便是做定编、定岗、定员工作。秘书李默忙活了两天,将社会局的人员编制方案呈给了汤闻道;汤闻道看过之后,在名单上增加了几个名字。他平静地对李默说:"这是何小姐推荐的几个人员,以后每月支出薪水,告知何小姐就是。"

李默知趣地点着头，汤闻道的心思他心里明镜似的：何君梅为了维持名媛的派头，吃穿用花销不菲，全靠汤闻道供着，如今多增加几个编制，吃吃空饷，就当是为何君梅按月提供花销了。这样，汤闻道背负的经济压力，可以减轻许多。

李默临走，问："局长，宪兵队侯明杰等，在等着您有时间好安排宴会呢，说祝贺您履新，我如何回复他们？"

"代我谢谢他们，好意心领，饭不吃了，"汤闻道表了态，接着他又说，"你联系一下程元泰和高祖谋，还有军统刘森站长、向影燕站长，近两天我请他们聚聚。"

得到了汤闻道的认可以后，刘森启动了新一轮对汉奸的搜刮行动。当然，对于汉奸的界定，他是伸缩自如带有弹性的，在很大程度上取决于利益的多寡。不过，那些将文物给了丁树基的汉奸们，即便倾其所有，也难逃死路。

汤闻道与刘森沆瀣一气，他们的目的，就是将汉奸的财产彻底接收归己。为了达到利益最大化，刘森不择手段"自由发挥"——至于那些人的抱怨和诅咒，他仅仅需要打出"汤闻道"的旗号即可。

不过，利益均沾总是要尝到甜头才行。从汉奸们手里敲诈出一批钱财之后，刘森让沈东洋将其足足装满两个竹箱，然后，他独自将这些好处，送到了何君梅的住处。礼尚往来之类的事情，走走枕边人的路线，最为稳妥，碰不到被拒的尴尬，可谓来者不拒，照单全收。

见到刘森拎着竹箱过来了，何君梅佯装不谙世故地问道："刘站长，你带的什么东西呀？"刘森轻描淡写地说："没什么，为汤局弥补那批文物的损失。"

何君梅一开始倒很客套，说些汤闻道不在不能收之类的话，但经不起刘森的软缠硬磨、一再相劝，她半推半就地收下了两个竹箱。等刘森放下竹箱离开，何君梅急忙打开箱子一看，里面装的满满的金条与美元！她又惊又喜。

汤闻道已不是刚到上海时那个踌躇满志的特派员了，晚上，何君梅告诉他刘森送来金条与美元之事，并把竹箱让他看了看，他对此没有丝毫紧张与担忧，而是感到心安理得。他对何君梅说，这些东西是应得的，你收好便是。

过了一会儿，汤闻道突然想起一个人来，他又给刘森打了个电话。"刘站长，我是汤闻道。听说你今天过来了……""应该的。您有什么吩咐？"汤闻道说："我想起一件事情，与你商量一下。牵涉文物的汉奸，你都已'料理'好了，但漏掉了一个与此相关的人。"刘森问："谁呀？"

汤闻道提醒道："日本人加藤啊。当初他将两件古董交出来，我释放了他。现在要找个合适的机会，让他尽快离开中国为好。"刘森回应说："是的，您考虑得周全……这个，我来与他说。"

"你对他说，考虑到他在协助甄别汉奸方面的贡献，他可以把那件文物带出国。"汤闻道为了文物案的善后事宜，以免节外生枝，向加藤抛出了这一诱惑。

高祖谋的副官对章晓晔进行跟踪与调查以后，提议将这个女记者抓捕审问，理由是其背后可能会牵出更大的线索。高祖谋没有立即表态，他让副官再深入讲讲抓捕她的理由。

副官认为自己遇着一个表现的机会，滔滔不绝地分析：章晓晔这个女人不简单，其政治倾向大有问题，关于货币兑换与文物走私等诋毁党国的报道，均是出自她的手笔。另外，她不仅与程元泰在谈朋友——这可能有其目的——而且她与文教界许多左翼人士的联系很密切。

高祖谋听着副官振振有词的讲述，脑海里却闪过幼年的妹妹戴着脚镯可爱的样子，他踌躇良久，决定先放一放，不急着对章晓晔动手。

五

这天晚上，汤闻道在锦江酒楼安排好包房，邀请程元泰、高祖谋两位学生以及向影燕、刘森聚一聚。

汤闻道与刘森约好，提前半小时到酒楼，两人私底下聊聊。刘森把联手做"买卖"的收益，向汤闻道通报了一下。刘森现如今捞油水的套路是：基本上打着汤闻道的旗号进行，事成之后，视情况分汤闻道一份肥即可。

这么做的好处，显而易见：一是汤闻道的旗号管用——一个政治新星更易于让人接受；二是把汤闻道抬在前面，一旦出什么事情，毫无疑问承担种种后果的时候，刘森可以缩在后面进退自如。

谈完关于利益的事情，汤闻道随口问道："上次你说查查程元泰的背景，结果怎么样了？""目前查到的材料，没看出什么问题。在财政部调阅他的档案时碰到了麻烦，这件事不知道为何让部长知道了，弄得沸沸扬扬，极不愉快。那位皇亲国戚表示了不满，戴老板不想与他撕破脸，此事暂时不了了之了。"刘森简短地把情况讲了一下。

"没想到啊,元泰很有根基呀——那就别查了。"汤闻道思忖着,然后,说出了他的态度。

离约定时间提前 10 分钟左右,高祖谋与程元泰前后脚到了,汤闻道与刘森中断话题,招呼着高祖谋、程元泰入座。没过多久,向影燕也到了。汤闻道首先讲了一段开场白,他所表达的意思是:请大家聚聚的目的,一是误会了程元泰,借此致歉;二是他履新走马上任,期待大家的继续支持。

汤闻道讲完话,几个人端杯轮番向汤闻道敬酒,对他被纳入党国上海官员序列道贺。接下来,几个人边吃边谈,他们之间的话题始终绕不开当下的时局。

程元泰问汤闻道:"老师,美国马歇尔将军与委员长已进行了首次晤谈,不知下一步时局走向如何,特别是我们与共党的现状能够维持多久。"

汤闻道感慨道:"看来打是必然的,但即使上头下决心要打,从眼下的国际关系来看,短时间内我觉得不会对共党动手的。"

高祖谋、向影燕、刘森等饶有兴致地加入了讨论,从陕北聊到了苏北,尽管对于共产党的实力意见不一,但他们一致认为:新四军的根据地,离南京、上海实在太近,卧榻之侧,岂容他人酣睡?

至于如何削弱新四军的力量,几人又是各抒己见。其中,刘森阐述的观点,几乎得到了压倒性的赞同,那就是——在上海等大城市里,必须挖出"箜篌"这样的地下党,让共党、新四军两眼一抹黑,得不到任何有价值的情报,与此同时,派出得力人手,潜入到苏北根据地,从那里获取他们的情报。

刘森讲的一席话,让程元泰立刻联想到组织上交给他的任务——确认那个潜伏特务,是否真心悔过、加入革命阵营。他敏锐地感觉到刘森的表述之中,潜藏着一丝得意,有可能这个老狐狸,了解苏北潜伏着特务的情况。

机会稍纵即逝,程元泰决定在酒局上当场想办法试探一下刘森,他拎起酒瓶,站起来先后为各位斟酒,装作无心地说:"我贸然谈谈我的看法,暂时不能对共产党动武,但在经济领域可以发起攻势啊!这方面我是有经验的。"

汤闻道饶有兴趣,催着程元泰问:"元泰,你具体说说,如何发起经济攻势。"

"破坏苏北的经济,最直接有效的莫过投放假币。目前苏北流通的货币盐阜币,制作很粗糙,伪造不难,如果弄一批过去进行流通,不仅可以倒逼着当地老百姓回过头使用法币,还能打击共党的信誉,搅乱他们的经济秩序。"

"不错!你这是一步好棋啊,不知道能否真正付诸实施。"汤闻道意识到这件事如果落实,在政治上是可以加分的,他特意抛出了问题,观察大家有什么反应。

刘森听到这里,兴趣也被勾了起来,他很有把握地说道:"我之前在苏北布了颗'棋子',如果假币造出来,我可以安排流通事宜。"

"哟,刘站长!你含而不露啊!我就任到现在,关于'棋子'的事,从没听你提到过啊。"向影燕冷嘲热讽地说道。

刘森没有接向影燕的话头,兀自夹了一筷子菜。程元泰顺势激将着刘森,说:"刘站长,你与'棋子'联络好,我们再制假币不迟啊。"

刘森把筷子往桌子上一放,说道:"好,你等我回复,用不了几天,破坏苏北经济这件事,我看可以让加藤参与进来,抗战时他曾经负责扰乱新四军的经济,在这方面有些经验。"

汤闻道满口应承:"好啊,让他参与吧。"

这边汤闻道安排的饭局,酒意正浓。那边何君梅也没闲着,她约好了景莺音,晚上安排在夏瑶的大西洋菜社吃饭。景莺音准时赴约,见面后浅笑着问何君梅:"老师今天居然舍得让你单独出来?"

何君梅与景莺音一起主办箜篌研习,彼此间很熟了,因此,何君梅对这个略带调侃的话题,倒是习以为常,她撇撇嘴答道:"他不是有新职务了嘛,晚上请你那两位老同学及刘森、向影燕餐叙,估计在谈论党国大事呢。"

"我们来聊聊如何过好小日子吧。"景莺音轻松活泼地说。

何君梅拿起那本古曲谱,又送给了景莺音,说:"这本书你借给了程元泰吧?没想到,此书转了一圈,又回到了我这里,世间上的事,有时就这么神奇。"

"太巧了。我最近在想着让元泰把书送回呢,好在研习的时候,让大家练习这本古曲谱里的曲目。"

"正好,不用你去要了,我拿回来了。"何君梅随口应道,忽然她又想起什么,笑盈盈地问,"你让程元泰学习记工尺谱了吧?书里夹了张可能是他记的曲谱,哎呀,不忍卒读⋯⋯"

景莺音接过书来,翻了翻,果然看到程元泰记的工尺谱草稿。她情不自禁地笑了。景莺音的笑,不是对这个谱子在音律上的善意否定,实际上是她如释重负的开怀。从程元泰说古曲谱及工尺谱草稿被抄走的时候,她的心便悬了起来,担心这些东西成为汤闻道、刘森等人发现程元泰身份的突破口。她甚至有些后悔,不该那么执着于记谱的精确,而把这本曲谱交给了程元泰——这等于给他埋了一颗雷。此时此刻,景莺音顿时感到无比的轻松,书又回到了她的手里,汤闻道等人没有机会从中发现秘密了。

夏瑶过来了,她坐在何君梅身旁,跟何君梅、景莺音拉起了家常。夏瑶猛夸何君梅当初有眼光,铆牢了汤闻道——将来钱大钧一旦调离上海,没准汤闻道会接任上海市市长的。何君梅听得满心欢喜,但嘴上依旧客套着,嗔怪夏瑶喜欢夸大其词。

欢声笑语间,何君梅想起,"孤岛"时期曾经有个算命先生为她算了一卦,说下半辈子走富贵运,一个从西边来的贵人,将在命里出现,跟着他就可安顿下来。当时之所以算命,无非是花钱找找乐子碰碰运气而已,但不曾想到,如今算命先生这一卦,似乎要变成现实了。

聚会结束了,几个人先后走出锦江酒楼。刘森向众人打招呼说,他先走一步,要到仙乐斯舞厅乐和乐和。高祖谋问在他身边的程元泰:"我开车送老师回去,你要不要一起走?"

高祖谋的话音刚落,向影燕抢先回复道:"我和元泰一起走走。高处长你别管他了。"

高祖谋默然点头,他瞅了一眼向影燕,懒得去思考她与程元泰到底是怎么回事,然后,与汤闻道走向了停在路边的小汽车。

程元泰也想找机会与向影燕谈谈,所以,他没有拒绝向影燕的建议,彬彬有礼地站在原地,等着与她一起随便走走。

聚会中向影燕仅仅参与了对时局的讨论,因在这样的场合,好多话没法说开,所以,她并未直接与程元泰有更多的交流。

夜悄然来临,新月如钩,几许繁星陪伴着冷月。两人漫步在马路上,开始都沉默着,听着单调而重复的脚步声,向影燕终于开口说道:"元泰,那天从你那里离开,我想了很多。我其实就是单相思,你根本没在意我对你的点点滴滴,约你吃饭也好,为你找不是'筌筷'的证据也好……这些都是我感情的流露啊,但你好像都无所谓。"

"今天你怎么想起来说这些了,向影燕?"程元泰特意加了"向"字来称呼她,一是让气氛不那么凝重,二是让向影燕感到有一些距离。

向影燕自顾自地说:"再过几天是我生日,到时与我吃顿饭,行吗?""好,没问题。"程元泰想想答应了。

高祖谋的车在上海滩的夜幕中行驶,放眼望去,灯火朦胧。汤闻道与高祖谋师生二人,却似乎找不到共同的话题。良久,开着车的高祖谋打破了沉闷的气氛,他直言不讳地说道:"老师,上海确实是个纸醉金迷的地方,区区四个多月的时间,您跟以前的确改变很大。"

听了这些话,汤闻道不禁一愣,回应道:"祖谋啊,很多事情我瞒不过你。我其实也是很羡慕你的,一直坚持着原则与操守——抗战这些年,在后方太清贫了,我们到了大城市以后,条件与环境变了,难免要适应新情况,调整自己的行为方式……"

高祖谋听着听着,干涩地一笑,说:"这么说来,老师与元泰的适应能力都强,我跟不上形势落伍了。"

汤闻道一时语塞，过了一会儿，才缓缓地说："你是一个非常爱惜羽毛的人，一向不屑于沾染铜臭，但你安徽老家的生活不易啊。我吩咐过李默，给你父母亲一些接济。我们毕竟是多年的师生嘛。"

汤闻道这一句意味深长，其言下之意，高祖谋当场听懂了：你高祖谋自身尽管自律，但你家依然有些特殊。送完老师以后，高祖谋烦躁不安，想了许久许久，怅然若失的空虚，解开了心底孤绝的惆怅，最终在一声无奈的叹息中飘逝。

第二天早上，高祖谋主意已定，在办公室叫来了最信得过的副官王超，让他立即到安徽老家，如果家人的确收到过汤闻道送的财物，立即回来报告，以便尽数退回。另外，高祖谋还叮嘱王超，从父母那里把小时候戴的脚镯带过来。

王超不到一个星期，便打了一个来回。当他将小小的脚镯交给高祖谋时，高祖谋内心禁不住涌起一股亲情的暖流，他该与妹妹相认了！他想了想，这事不能莽撞，宜徐徐图之。于是，高祖谋到了程元泰住处，说他找到妹妹的线索了，而线索指向的是章晓晔。

"元泰，你与这个女记者章晓晔的关系不错，能不能我们一起找找她？我当面求证一下。"高祖谋请求道。

程元泰不由得小小地一惊，他对章晓晔的家世情况，还没有很深的了解，如果这个女孩，的确是高祖谋的妹妹，他从心底里为他们兄妹俩高兴。

程元泰痛快地答应了，不过他解释说："一起过去没问题，提前约个时间就是。不过，最近她与我闹点儿情绪，好多天没联系了。"

第二十二章

义愤填膺

一

自从前几天汤闻道召集聚会以后，向影燕可谓内外事情缠身，忙得不可开交。史正良在她面前抱怨过多次，说如今的刘森简直不得了，对站内诸多事情指手画脚，俨然变成主持局面的一把手；他私下做了些小动作，不少"墙头草"因搞不清底细，又倒到他那边去了，而向影燕信赖的几个兄弟，却常常在一些场合遭受挤对。

对此，向影燕心里比谁都清楚，自从刘森借诱捕"箜篌"的事情，与汤闻道搅到一起——当然，在其背后也许还有不可告人的秘密——他依仗着汤闻道的权势，不择手段地挤压着她这个正牌。

为了让自己以及兄弟们得到安慰与平衡，向影燕特意打电话找到了同乡毛人凤，专门对刘森目前的问题做了汇报。毛人凤耐心地听了她的讲述，其答复却令人失望——望顾全大局，忍耐克制，特别是平衡好内部关系。

显然这些不是向影燕期待得到的反馈结果，她目前对刘森的忍耐程度，可以说到了临界点，已经忍无可忍。此时，不再指望上头解决问题的向影燕，要求史正良秘密查一查刘森近来的行踪。布置完这个任务以后，向影燕不无感慨道："唉，现在还有什么情绪做事！精力就是在这样的内斗中耗掉了。"

经过几天的秘密调查，史正良将情况报告送到了向影燕的办公桌上。当向影燕读完这份情况报告，不由得惊呆了。原来，刘森对那些所谓涉及丁树基文物案的汉奸，先是劫收了他们的财产，然后，逐一秘密处决掉了。真是触目惊心！没想到刘森竟然如此胆大妄为、心狠手辣！

史正良继续汇报说，据参与此事的几个特务讲，从刘森的口气中听得出来，好像特派员汤闻道在背后撑腰。原来如此，刘森与汤闻道不可告人地秘密勾结，终于被她发现了。

但是，他们秘密处死的汉奸，毫无疑问全都牵涉文物案，这让向影燕心头一凛：先是丁树基，接着是其他汉奸，这分明是在杀人灭口啊！向影燕想起了丁树基提醒她的话——提防着道貌岸然的汤闻道。

向影燕思忖之后，下决心搞到汤闻道与刘森勾结在一起的确凿证据，她责成史正良安排人员，密切监视汤闻道——掌握这个新任社会局局长有关方面的情况，以备万一之需！

在上海书店阅览室，程元泰翻看《太古遗音》书的最后页，找到了"箜篌"夹在里面的工尺谱。此前，他已经向"箜篌"报告过：在与汤闻道的聚会上，自己提出仿制盐阜币，刘森已联系军统安插在苏北的人，确认是否可以协助流通。

"箜篌"的要求是：提议仿制盐阜币之事，被反正人员已收到军统密电，电文询问赝币运到根据地流通之事，此人已将此事如实上报，通过了考验。组织上已令其回复军统，可以运作进行流通。上海如推进仿制盐阜币，以破坏我方经济，请关注并及时汇报。

收到安插在苏北那人回复的密电，刘森高兴极了。他立即向汤闻道报告说，"棋子"可在新四军腹地流通假的盐阜币。为此，汤闻道召集了一次会议，与会者除了程元泰、高祖谋、刘森之外，还增加了日本人加藤——应刘森的要求，向影燕被排除在会议之外。经讨论，几个人都认为，形势很明朗，假盐阜币这件事值得做。

汤闻道明确对程元泰说："元泰，接下来，制作假币的任务交给你了，对此你最有发言权。"程元泰踌躇了一下，说："老师，关键是做出盐阜币的假钞版，如果钞版有了，印刷钞票等环节都不是问题。"

汤闻道点了点头，表示同意程元泰的意见，然后，他宣布散会。程元泰在讨论中注意到，加藤很少说什么话，却在悄悄地观察着自己。

二

汤闻道履新社会局局长以后,何君梅内心便产生了一个愿望,希望把现在的公寓住所,尽快换成更宽阔更气派的地方。对于这件事情,她与汤闻道耳鬓厮磨时,轻轻地吹过枕边风,反复说学箜篌的那些太太小姐们,人家住的都是花园洋房,住起来格外心情舒畅。

汤闻道倒没有否定她的想法,只是说此事需要从长计议,最好有足够的钱,买下那种花园洋房,以免被人议论巧取豪夺。

何君梅一有了这心思,挥也挥不去,天天念及此事,以致等得不耐烦了。正好李默有事过来,她便把这个想法与李默稍微提了一下。李默是个脑子转得快的人,他马上提议,何君梅有机会可跟刘森提提,前段时间,军统接收了许多汉奸的洋房别墅,以刘森目前与汤闻道的关系,必定愿意主动帮忙解决。

刘森是何许人也?一听到何君梅开口了,便痛快地应承说,花园洋房之事,包在他身上了。将手头控制的洋房捋了捋以后,刘森吩咐沈东洋说,愚园里有一幢英国庄园式洋房,尽快收拾好,择日请汤闻道与何君梅过去居住。

"庄园式洋房,汤局会不会不愿意搬啊?"沈东洋顾虑起来。刘森蛮有把握地说:"不会不搬的。在处理涉及文物案的汉奸问题上,他与我深入配合过了——我们已经绑在一起做事情,这种牢靠的关系,送一套洋房住,肯定无所谓了。"

到了搬家的这天,汤闻道尽管口头上批评刘森擅作主张,不与他商量商量，但在刘森与同来的心腹们将公寓的物品陆续搬上卡车后，汤闻道发出的批评声音，渐渐地消失了，他顺水推舟地默许了刘森的这一安排。

高祖谋对认妹妹一事始终有些瞻前顾后，他终于鼓足了劲，拉上程元泰去了章晓晔住处。傍晚时分，两个人到了章晓晔那里，等了半个钟头左右，章晓晔下班回来了。

看见程元泰与高祖谋站在门外，章晓晔习惯性地冲高祖谋点了点头，然后，她走过去打开房门，请他们进屋落座。程元泰知道章晓晔仍在生自己的气呢，不肯搭理自己，所以，他不便多说什么，便保持着沉默，同时使起眼色，让高祖谋说事。

高祖谋起初询问小曼被救起后的情况如何，但实际上此时的他对小曼的事情并不特别关注。简单聊了几句，高祖谋切入了正题，他问章晓晔的籍贯是不是安徽，记不记得她的小名叫"三婆"？

章晓晔听了他的话之后，简直一头雾水，当即对两个问题予以否定。并且，她不客气地说，高祖谋所讲的事情，简直让她感到莫名其妙。

高祖谋所抱有的深切希望，一下子破灭了，他忙解释说："小时候我妹妹送人了，已失散多年，她的年纪与你相仿。当初将她送人的时候，我父母把一对银脚镯分开，其中一只戴在妹妹的脚踝上。"

说话间，高祖谋拿出了自己小时候的那只脚镯，让章晓晔看。章晓晔瞥了一眼银镯，她突然明白了怎么回事，快言快语地说："这个银脚镯……小曼有一个啊！那天她投河之前，过来让我保管一个布包，布包里面就有一只银脚镯呀！"

高祖谋的脑海里回闪着舞女小曼的形象,努力在此形象中寻找他曾经熟悉的痕迹,渐渐地,他认同感越来越强烈。程元泰扫了高祖谋一眼,忙问:"小曼最近在哪里?还在仙乐斯舞厅上班吗?"

章晓晔叹了一口气,答曰:"哎,前些天好不容易打消了她求死的心。但为了生活,她每天还要到舞厅上班。"高祖谋这时全明白了,他匆匆地与程元泰、章晓晔致意告别,独自一人赶往仙乐斯舞厅找妹妹。

章晓晔久久不能从银质脚镯带来的冲击中摆脱出来,她依旧不敢相信这是事实,问程元泰道:"太神奇了!小曼是高祖谋失散多年的妹妹?"

"有信物,还有记忆,如果都对得上,应该是!这也怪他,过去他对舞女不屑一顾,从不正眼相看,现在却要去面对妹妹小曼……无论如何,应该为他们高兴。"

"这年头兵荒马乱的,寻找到失散多年的亲人,苍天有眼哪!"章晓晔轻轻感慨了一声,眼神不由自主地与程元泰对视在一起,但她迅速地将视线移开,恢复到矜持的样子。

程元泰自嘲地笑了笑,真诚地向章晓晔解释说:"晓晔,我的工作状态决定了要周旋在各种人中间——其中当然包括女人。那天晚上,说好我们一起吃饭,其实她们的到来,我也很意外,总会有些事情我也掌控不了——说了这么多,如果你真接受不了,我不勉强你……"

女人本身就是感性的,何况程元泰说出的这一番话,几乎像是一场爱的诀别。章晓晔心中最柔软的地方,仿佛一下子被击中了,她实在听不得这样的话,于是直接伸出手来,捂住了程元泰的嘴,不让他继续说下去。其实,她心里所有的不快,在一刹那间,早已烟消云散。

既然两人和好如初,章晓晔不再掩饰自己为相思所苦,连连问程元泰这几天干吗了。程元泰想到假盐阜币的钞版造出后,需要通过印刷观看假钞的效果,于是,他请章晓晔推荐一家信得过的印刷厂,说准备试印一些印刷品。章晓晔乐于为程元泰的事情出出力,她推荐了新元印刷厂——《联合晚报》报社的定点厂——这个厂里许多人追求进步,完全可以信得过。

夜晚时分,当高祖谋气喘吁吁来到仙乐斯舞厅时,舞厅已经开始营业了。看到一个年轻英俊的军人进来,许多舞女投去了爱慕的眼光,高祖谋在舞厅里用目光扫了一圈,却没有搜寻到小曼的身影,他直接找到了舞厅经理,询问小曼现在哪里。

舞厅经理这种老江湖人士,自从上次高祖谋和程元泰来过之后,便已记住了高祖谋这张冷峻的脸,知道此人是军政界人物。他不敢有丝毫怠慢,婉转地对高祖谋说:"哎呀,不巧啊,小曼今晚已经被包了。"

三

高祖谋循规蹈矩,很少到舞厅活动,但娱乐圈经营上常见的道道,他略有耳闻,比如一个舞女被包了整场舞票,通常指一个客人买断了她整晚的时间,仅仅陪他一个人跳舞。高祖谋不解地问道:"既然包了舞票,她也应该在舞厅跳舞啊。"

舞厅经理尴尬起来,支支吾吾地试图解释,但也说不清楚小曼去了哪里。站在旁边的舞女秋红,过来为经理解了围——她对经理说有客人找,然后她拉着高祖谋来到一边,声称是小曼的姐妹,对于小曼的事情,她全都了解。

舞女秋红大大咧咧问高祖谋:"你很久没来了吧?我知道小曼对你可很有好感呢!"高祖谋点头说:"嗯,是很久。"秋红遗憾地说:"晚了!你呀,下手晚了!小曼跟了军统那个叫刘森的官了。"

高祖谋脸色大变,忙问:"什么?跟了刘森?什么时候?"秋红忙解释说:"没多久。现在晚上刘森一来,就把小曼带走,客人们问起来,只说她被包了。"

舞厅的灯光将高祖谋的脸晃得忽明忽暗。他几乎不敢相信,上次到这里,正是刘森骚扰着小曼,而他们的到来,及时为小曼解了围。问题是没过几天,怎么就变成这样了啊?

高祖谋心里后悔不迭,应该早来几天关心小曼才是,怪自己太粗心了,上次来为什么没认出妹妹来呢?等心情稍微平复了一下,高祖谋问道:"小曼是被逼的么?"

秋红与其他舞女为了生计,对小曼施加过压力,她不由得脸红了起来,用轻描淡写的口气说:"开始不愿意,还听说小曼投河了呢!其实从了就从了,习惯了不挺好吗?好歹是当官的,不会亏待了她……"

秋红口无遮拦地说着,她抬起头来,看到高祖谋怒不可遏的样子,立即"刹车"不说了。高祖谋万万没有想到,一切难以想象的悲催遭遇,竟然发生在自己的亲妹妹身上,此时此刻,他不由得心如刀绞,眼神冰冷凌厉得能杀人。

秋红讪讪地走开了。高祖谋站在原地,僵持了几秒钟,然后,旋风一样冲出了舞厅。

气头上的高祖谋，当晚叫上了王超与另一个手下——其中王超知道刘森的住处——很快便赶到了刘森的家门口。到了刘森住处门口，暴怒中的高祖谋掏出手枪，一脚踹开门，冲了进去！可惜，屋里没有人。

刘森有玩女人的嗜好，但从不会在家里进行，而是选择在上海滩的高级饭店里。扑空之后，王超斗胆建议，明天再找刘森算账不迟。高祖谋无奈地点点头，与两个手下告别。

夜深人静，高祖谋在床上辗转反侧，在极度的痛苦与悔恨中煎熬着，根本无法入睡。次日一早，他没有可倾诉之地，只有赶到同学景莺音那里——高祖谋觉得，只有在她的面前，才能解开自己的苦闷，内心获得些许宁静。

一见到高祖谋来，景莺音便坦率直言："祖谋，你的气色不太好呢。"

高祖谋勉强地笑笑以示默认，把带的一些老家的土产给了景莺音，说："前阵子我那有人去了趟我老家，尝尝我们那儿的特产。"

"我正好要过去吃早饭，一起吃点儿吧。"景莺音把高祖谋带到餐厅，为他倒了杯牛奶。

高祖谋实在没什么食欲，他喝了几口牛奶，又把杯子放下，满腹心事地盯着在吃早饭的景莺音。

景莺音看出了他的状态，善解人意地问："你碰到什么烦心事了？"

"烦心事不少——莺音，估计你已经知道了，元泰有了一位女朋友，记者章晓晔。"

景莺音轻叹着，对高祖谋说："我知道，这不怨他，问题主要在我；有时候我们更愿意生活在美好的回忆里。"

"对我来说，有的回忆我愿意重温，比如大学时代的我们；但有的回忆我怕触及，比如我家小时候将妹妹送人的回忆，你记得吗？"

"嗯，你说过多次了。""我已找到失散多年的妹妹了，她在仙乐斯舞厅做舞女，叫小曼。"高祖谋沉重的话音里，没有流露出任何找到妹妹的欣喜之情。

景莺音惊讶不已，听着高祖谋接着说下去。"昨天晚上我赶到仙乐斯舞厅，获知刘森霸占了我妹妹小曼。我整夜难眠，想着如何废掉这个混蛋刘森，然后我再和小曼当面相认。为此，我做好了承担一切后果的准备，如出了问题，小曼请你今后多多关心。"

景莺音听懂了高祖谋的用意，连忙说："祖谋，我反对你的鲁莽做法！你千万不要逞一时之快！"景莺音非常同情小曼所遭遇的一切，这是女性在社会中饱受欺凌与压迫的缩影。

如果高祖谋对刘森实施报复，那结果呢？必定受到相应的制裁，这样的后果，对刚刚兄妹相认的小曼来说，无疑是很残酷的。

景莺音费尽了口舌，让高祖谋逐渐地接受了这个认知，并且她让高祖谋做承诺，绝不能莽撞行事。

四

第二天，高祖谋心如乱麻，没有心思投入工作，他在上海滩的大街小巷转悠了一整天。

高祖谋环顾着接收不久的大上海,连片的棚户里与苏州河上飘着的小艇子里,衣衫褴褛的人们,在艰难谋生。他很清楚,党国上层的目光,放在那些光鲜和要紧的人和事上,根本注意不到这等地方以及生活在此的人们。同样,他们也不会关心舞厅里的舞女们,街上的报童们、黄包车夫们……

一个希望改变这个国家现状的热血男儿,他的心里有股挥之不去的失望。他知道,失望的情绪也在老百姓中间弥漫着,从小曼,到上海街头普普通通的贫民,人们的失望连成了片,越扩越大,越扩越大,最后变成了绝望……

整整一天,程元泰给高祖谋打了几次电话,都没找到人。他关心着这位老同学,到底有没有与妹妹小曼相认。等到下午晚些时候,向影燕过来了,说邀请他晚上赴生日宴。

所谓的生日宴,就在向影燕的住处,室内做了精心的装饰,客人仅仅请了程元泰。向影燕回到住处后,特意又换了一身旗袍,她对程元泰说,这桌菜是专门在老半斋餐馆订的,程元泰是扬州人氏,让他尝尝家乡风味。

程元泰既来之则安之,顺便问了一些军统最近在忙活什么之类的问题。程元泰同意单独与自己吃饭,向影燕感觉甚美,她喝了不少酒,话渐渐多了起来。

"浙江江山是个小地方。我这次到了上海,才知道什么是花花世界。"向影燕自饮了一杯,说道。程元泰问她:"你如何看待这花花世界?"

"上海滩待久了的人,放不下的享受的东西太多了,丁树基、刘森、汤闻道……哪个不是?丁树基死之前,我到看守所与他谈过一次,那会儿他才彻底明白,只要活着就好。哎,人哪！其实我不要那么多，作为一个女人，我只希望不打仗了，有个人快快乐乐过日子就好。"

这近乎是向影燕对程元泰直接的表白了，眼见着向影燕投来炽热的眼神，程元泰感到，过去为了获取情报而与这个女子接近，目前他到了该表明态度的时候了。他与向影燕干了一杯，委婉地表示，自己是个崇尚自由的人，大家都是同僚，彼此做做朋友，更轻松些。

向影燕哪里听得进去这些虚话，又拉扯了一会儿，向影燕放低了身段，乞求程元泰晚上留下来，陪她多聊聊。程元泰笑了笑，说向影燕喝醉了，站起来准备迈步离开。向影燕撒娇地扑上来，从后面双手紧紧地搂住了程元泰的腰。

"元泰，我不在乎你与多少女人有过纠葛。"向影燕柔声说道。

程元泰感到浑身上下被一种充满活力的气息团团地包围住了，他一时僵在原地，蒙了一会儿，他渐渐地冷静下来，慢慢掰开了向影燕紧锁着的双臂。

"影燕，你好好地睡一觉，醒醒酒吧，以后我们再好好聊。"

程元泰留下这么一句，转身走了。目送着他离去的背影，向影燕已经跃上脑门的冲动，渐渐消退；当她原始的冲动消退之后，又是一种强烈的渴望，于是，一种刻骨的嫉妒与恨意，从心底泛了起来，像开始喷涌的间歇泉水——

"程元泰，你等着瞧吧！哼，景莺音……章晓晔……"向影燕醋意大发，发起狠来。

假盐阜币钞版造好以后，程元泰向汤闻道做了报告。汤闻道认为钞版评价不出好坏来,他要求程元泰尽快印出假币的样张,等到假币样张出来,可以碰头议议效果。

于是,程元泰让新元印刷厂研究技术上有何要求,尽快出样张来,很快印刷厂把赝币的样张印出来了。汤闻道组织有关人员在他的办公室开会,主要评估程元泰带来的"钞票"。

应汤闻道的要求,高祖谋提前到了老师的办公室,两人聊了会儿。汤闻道知悉,高祖谋把送给高家的接济退回了,他对高祖谋说,既然如此,也不勉强,人各有志嘛。

汤闻道又推心置腹地说:"元泰这段时间在造赝币,有时间你多观察,了解了解进度。你们都是我的学生,但有些事情你参与进去,我更放心些。"

汤闻道没有直接说出口的是,程元泰尽管解除了"箜篌"的嫌疑,但一些可疑点并未消除——他从心底里更相信这位不近人情的学生。

高祖谋在来的路上,一念闪过,曾想把遇见女记者章晓晔与程元泰恋爱的消息讲给老师听的,但是他们碰面之后,考虑到汤闻道与之前已大不相同,他把到嘴边的话又咽了下去。

另外,高祖谋知道,汤闻道安排这样的场合,一定少不了刘森,他盘算了许久,今天碰到这个人渣之后,如何对其动手——其他的事情,相形之下,没那么重要。

人陆续到齐了。程元泰按汤闻道的要求,把印好的伍圆样钞取了出来,让汤闻道、高祖谋、刘森、加藤等几位过目。他同时又带了些真盐阜币,将真假钞票放一起,两相对照。汤闻道、刘森等纷纷说,程元泰造的赝币,更像是真币。

当赝币传到高祖谋手上,他并未留心细看,只是敷衍地点头称赞。他整个人像一张拉满的弓,蓄势待发,所有的注意力都聚焦在刘森的身上。

程元泰听到大家评价很高,解释道:"新四军控制的地盘,条件不如大城市,他们的纸张与印刷设备都不行,大家说我做得更好,我反而要注意了,接下去要把印的票子,弄得更朴实一点儿。"

加藤一直都没有发言评价,这时他慢慢地拿起了假币,客气地与程元泰商榷道:"程主任,这张伍圆的假钞,确实做得几可乱真,不过仔细一看,图案上的这只耕牛的角尖,好像缺了一点儿,也许是钞版的问题吧?"

加藤的眼光很毒辣。盐阜币的伍圆票,图案是一个农人在驱使耕牛犁田。程元泰在制作钞版时,有意将耕牛的角尖做得欠缺了一点儿,而留下这个瑕疵,为的是一旦假币流通,很容易识别回收。没想到加藤竟发现了这细微之处的破绽,程元泰佯装有点不快,沉声说道:"是吗?我再瞧瞧。"

程元泰把真假钞放在一起,仔细地看,汤闻道也凑上去,果然看出了加藤所说的问题。不知为何,当看到赝币上的这点儿缺失,汤闻道脑海里浮现出了大光明影院行动失败的场面,他不动声色地问程元泰:"元泰,角尖缺一点儿,这是钞版的问题,还是印刷的问题?"

"应该是钞版精确度做得不够。"程元泰答道。"你在哪里印的样钞?"汤闻道又问。

"新元印刷厂。这家厂的印刷技术很好。"

汤闻道想了想,说出了意见:"印出来的假钞,要看不出任何的问题,这个钞版,要重新做。加藤全程参与吧,你们两位互相印证,以免疏漏。"程元泰应了一声。加藤朝着程元泰微微颔首,客气地说了句"请多关照"。

刘森在一旁,敲边鼓说:"有加藤先生参与,再出的钞版肯定成功!"

话音刚落,他突然注意到高祖谋犹如鹰隼般的眼神,正冷冷地盯着自己,刘森下意识打一个激灵,他感到高祖谋今天不太对劲。

五

假币样钞的事情研究完后,汤闻道宣布散会,大家各自正要离去。就在这时,高祖谋抢先一步,挡在办公室门口,厉色对刘森说:"刘站长,请留步。有事要与你了结。"

刘森尽管有预感,但仍很愕然,他看着高祖谋问:"高副处长什么事?"

高祖谋对着在场其他人说:"诸位都在,正好为我做个见证。"说完,高祖谋一个箭步上去,揪住了刘森的头,劈头盖脸地一顿打。刘森不明底细,虽有反击,但招架不住,很快摔倒在地上。

高祖谋紧接着扑了上去,他已经全然不顾,从枪套里掏出配枪,指着刘森的脑袋,并准备打开保险。这一切的爆发,就在片刻之间,汤闻道与程元泰、加藤一下愣住了,直到高祖谋掏出手枪,三个人才反应过来,赶紧冲上去,紧紧拉住了高祖谋。

汤闻道费了很大的劲儿,将高祖谋的手枪夺了下来,然后,他一脸震怒,大声喝道:"祖谋,你在干什么?"

程元泰将骑在刘森身上的高祖谋拉了起来。程元泰的双手,用力地拽着高祖谋,因为没法再冲出去,高祖谋两眼喷着火,看着加藤把刘森扶起来。他咬着牙说:"为了我亲妹妹小曼,我要宰了你这个畜生!"

程元泰一听这话,瞬间便明白了原委:原来小曼被刘森玷污了!他把事情的大概简要地向汤闻道做了说明,汤闻道深为震惊,走到高祖谋身边安慰着。看到老师过来安慰高祖谋,程元泰突然冲了出去,揪着刘森又是一顿暴揍,边打边说:"刘站长,祖谋已被劝开了,但你这种衣冠禽兽,该打!"

扶着刘森的加藤,非常尴尬,不知如何是好,拦也不是,不拦也不是,只能口头劝慰着。汤闻道更是尴尬不已,他让李默将两个学生"请"了出去,然后,让加藤带着刘森离开。不过临别时他正告刘森:"刘站长,事情都已清楚了。今天这顿打你该受着,让他们把气撒出来,以后你别计较了……"

鼻青脸肿的刘森,这会儿只想赶快离开,不愿吃这眼前亏,他连称汤局说的是,让加藤扶他出了汤闻道办公室的大门,直接前往医院做处理去了。

李默把高祖谋和程元泰拉进了另一个房间,暂时将他们与刘森隔离开,他则留在房间里,陪着两位师兄消气,平时做事不发言的李默也说话了,跟着痛骂刘森不是个东西。

过了一会儿,景莺音匆匆赶到,她是汤闻道请来灭火的。汤闻道明白,高祖谋与程元泰两位,对景莺音是绝对信任的——尤其是高祖谋,景莺音对于他是女神一般的存在,因此她是让他恢复理性的不二人选。

景莺音过来后，怪高祖谋不遵守承诺，答应过不莽撞行事的，怎么又冲动了？一枪崩了刘森倒简单，但情况会弄得更复杂，牵扯进来更多的人。她又批评程元泰，既然你拉开了高祖谋，你何必再对刘森大打出手，这只会增加此人对你们的记恨。

高祖谋和程元泰默然地听着，都没有做任何辩解。景莺音说，祖谋与小曼应该尽快当面相认，寻找到失散的亲人极不容易，免得久拖生变。

高祖谋听着听着，突然间，泣不成声。他说从那天到过仙乐斯舞厅之后，一直感到没脸见妹妹，因为他一路读书，直至如今的生活，都建立在妹妹被送人以及她经历的种种不幸之上。景莺音、程元泰听得心中酸楚，不停地安慰着高祖谋，让他恢复认下妹妹的勇气。最终几人商量下来，高祖谋由景莺音陪着一起，见见小曼。

程元泰与章晓晔专程到了陈师傅家，然后又去了仙乐斯舞厅，事先为高祖谋做好沟通。因此，陈师傅与小曼晚上特地在家，等待着高祖谋的到来。

景莺音与高祖谋来了。开始高祖谋不知道该如何开口，憋了半天，他才取出那个银脚镯，问小曼是否记得这一副银镯子。

小曼很快取出了她的那一只，两个银镯子放在一块儿，款式花纹，毫无二致，分明的血脉相连。看到银镯对上了，几个人高兴极了。

高祖谋突然想起来儿时他与妹妹经常唱的童谣，他不自觉地唱了起来：“摇啊摇，摇到外婆桥，外婆叫我好宝宝，请吃糖,请吃糕,糖啊糕啊莫吃饱,少吃滋味多……"小曼接了一句:"多吃滋味少。"兄妹两人如同回到孩提时代,相互露出了会心的一笑。

接着,小曼笑容收起,说:"其实我第一次见到你,就有似曾相识之感,但你没有正眼看过我。"

高祖谋满怀歉意地说:"妹妹,都怪我!养父如同意,我带你回老家,见见爸妈,他们若知道找到你了,该有多高兴啊。"

陈师傅倒是很开通,忙表态说:"我没意见!小曼与亲生父母团圆,我怎么会不同意?"

接下来,小曼的反应却异常冷淡,她无法面对父母与哥哥,并且言语上也未称呼高祖谋为"哥哥",她只是对着高祖谋说:"我不想回去。我的这个脚镯你带回去,还给他们吧。另外,我这些年的生活,简单地说一下,你可以告诉他们——收养我的那家人,后来又把我送到了戏班子,戏班子对我也不好,我逃了出来,走投无路的时候,养父收留了我,他带我来到了上海滩……"

在小曼如此轻描淡写的叙述的背后,高祖谋仿佛可以感觉到,那是怎样令人心酸的磨难。他控制不住情绪,泪水流了下来,自责道:"妹妹,我们对不起你……"

"不用说对不起。这么多年了,我不想认父母、认哥哥了,各自有了各自的生活方式,别再打扰各自的生活,这样过挺好的。"

高祖谋仍然不甘心地说:"其实爸妈将你送人,是舍不得的,他们经常念叨你。"

"念叨我？我一个女孩子举目无亲，遭受了多少白眼，你们知道吗？我在舞厅为生活挣钱，忍受了多少羞辱，你们知道吗？"小曼忍不住悲从中来，怨气十足地质问道。陈师傅长叹了一声，抹着眼泪阻拦道："孩子啊，不说了，不说这些了。"

高祖谋没法作出回答，唯有悲伤地沉默着。景莺音轻轻地走到小曼身边，挽住了她。小曼决然地说："就这样吧。我现在有父亲，还有一个好姐妹章晓晔，这足够了。"

高祖谋听得心如刀绞，哭了出来。景莺音却劝他，今天见见面，认不认这个事情，暂时不必勉强，来日方长，慢慢来吧。陈师傅在一旁，主动表示，让小曼静下来，好好考虑考虑。

高祖谋只好接受眼下的现实，与景莺音悻悻离开。

第二十三章

鱼目混珠

一

抗战胜利之后，随着国民党战略布局在各地展开，全国内战的阴霾亦日益临近。尽管国共双方在重庆谈判时达成了和平协议，但国民党并没有放弃武力解决共产党的选项。

人民渴望和平，反对爆发内战，在国统区各地涌动着反对内战的思潮，并在昆明爆发了"一二·一"运动。

这一运动的消息传到上海以后，久为国民党接收所苦的上海市民，纷纷站出来为远在西南的学生运动给予声援。此时，上海的文教界也组织起来了，他们口诛笔伐，以此作为匕首与投枪，遥相呼应昆明"一二·一"运动。这一斗争，从1945年12月开始，一直延续到了1946年开年之后。

作为一个进步记者，章晓晔已被吸收进入文教界的核心圈，大家定期举行秘密会议，商讨后续的斗争策略与发展方向。

这天，章晓晔参加的秘密会议，经讨论形成一致意见，就是将近期一批尖锐犀利的揭露国民党接收乱局的文章，印制成小册子，在上海市民中广为散发，与各地学生运动呼应起来。可是负责印刷品的一位大学教授说，他之前的印刷点已被查封，章晓晔于是主动将印刷任务揽了过来，她来安排后续的印刷事宜。

新元印刷厂是章晓晔的首选，她与厂里上上下下都熟悉，他们都是一群渴望光明的人。另外，程元泰代表当局正在厂里试印钞票，借这个机会，她悄悄地安排印刷宣传品，恰恰是灯下黑，应该是安全的。章晓晔很快找到厂长，提出印刷地下宣传小册子，厂长同意了，但出于谨慎，他提出最好安排在晚上印刷。

刘淼感到倒霉透了，愣是让高祖谋与程元泰痛揍了一顿，他耿耿于怀，躺在医院里左想右想，一股闷气撒出不去，但好汉不吃眼前亏，他决定不再骚扰小曼了——睡这个女人代价太大了。另外，他打算暂时赖在医院不走，实际上他仅仅是皮外伤，简单处理一下，当天就可离开。但刘淼说出的理由，冠冕堂皇，他说一旦出去了，安全没有保障。

汤闻道闻讯，知道是刘淼在故意做戏呢。为此，他赶到医院，与刘淼私下见了个面。

"刘站长，在医院休养好几天了，该出院了。你再住下去，风言风语的，大家脸上都不好看。"汤闻道与刘淼之间算是熟稔了，所以直接跟他说了。

"汤局，您那两位学生，当众把我打成这样，早已颜面扫地了，什么议论我都无所谓。"刘森表现出一副破罐子破摔的样子。

"哎呀，上上下下的，在外面有花头的不少，活该你偏偏撞到高祖谋！他向来狷介，况且你碰的是他的妹妹，我很难办哪。"

刘森显出无辜的表情，辩称："我哪儿知道，区区一个仙乐斯舞厅的舞女，摇身一变，怎么就成了高祖谋的妹妹？唉，触霉头……汤局，千万别因你的学生高祖谋与程元泰，对我心怀怨恨，破坏了我们亲密的合作啊！"

汤闻道说："你放心吧，何至于此。"刘森接着说："口说无凭，不然，我心里不踏实。不瞒您说，本来我有个新的谋划，想着我们一起入股几家公司的，现在只能耽搁在这里了。"

对于刘森明显的提示，汤闻道岂能不明白？他思忖了一下，说："此事要从长计议，给我些时间，容我考虑考虑，将高祖谋调出上海，让他从我的身边离开。"

故意在钞版上留下的破绽，让加藤识别了出来——程元泰用工尺谱向"箜篌"做了汇报。"箜篌"的回复是：根据地会卡住假钞的流通，重新造出被认可的钞版，让其继续把戏演下去。

程元泰开始制作新的钞版，他先后两次到加藤处，就有关细节进行确认。打过几次交道之后，程元泰发现加藤的戒备心很强，城府很深，除在事务上的必要交流之外，他含而不露，从不进行其他的私人交谈。

新的钞版制造好之后,程元泰让新元印刷厂重新印制出了样钞,他与加藤和汤闻道三人,进行了小范围的讨论。加藤仔细地看了新版样钞以后,没有提出任何异议。得到这位日本"专业人士"的认可,汤闻道踌躇满志,他交代程元泰着手批量印制假盐阜币,推进破坏苏北经济计划的落实。

三个人谈完事,汤闻道似乎漫不经心地对加藤说:"加藤先生,非常感谢你啊,在很多事情上,你都给予了大力的协助——刘森和你提过了吧,争取及早安排你归国,这样可以保障你的人身安全。""好,有劳汤先生安排。"加藤平静地回答。

"一个月内我帮助你订好船期。当然,你可以携带个人贵重物品。"汤闻道考虑过很久,觉得要早些把加藤打发走,见这个日本人应得爽快,他于是也爽快地暗示,加藤手上的古董不追讨了。加藤客气地说:"非常感谢!"

两个人只是短短聊了几句,程元泰却敏锐地听出了汤闻道所说的"个人贵重物品",话里有话。他佯装对他们之间的对话不以为意,摸了摸放在包里的钞版,先行离开了。

二

向影燕没过多久便获知伪造盐阜币的之事,她已被排除在外。当然,汤闻道秘密推进赝币的事情,瞒不过悄然对他进行监视的史正良——自从向影燕交代他盯住汤闻道之后,这个渴望往上爬的少壮派,对这个任务倾注了极大的精力。比起对付共产党来，从这种党国官员身上找些破绽，实在是容易得多了，这样做好了也可以邀功请赏啊，谁不愿意做些好做的事情呢？当他发现汤闻道在安排制造共党苏北根据地的假钞，史正良立刻对向影燕做了汇报。

向影燕听罢冷笑道："行啊！那天谈这事的时候我还在场，真正开始推进就把我踢开了……"

"站长，目前假钞是程元泰负责安排印刷，最近有个年轻女子常与他进出印刷厂。"

向影燕眉毛一挑，问道："什么女人？"史正良拿出偷拍的章晓晔照片，向影燕一看，脸色立马沉了下去。近些天她在考虑景莺音与章晓晔两个人，她应该报复谁，最能够让程元泰感到心痛，现在看来答案就在眼前。

向影燕把章晓晔的照片撕得粉碎，发狠说："让这个女人吃吃苦头！"向影燕酸溜溜的心思，史正良揣摩得最清楚不过——怎么能容忍别的女人与程元泰亲密交往呢——他当即拍马屁表态说："站长，这件事交给我办！"

汤闻道尽管答应过刘森，想办法将高祖谋尽快调离上海，但等到刘森出院以后，却一时没了下文。高祖谋总出现在左右，实在是刘森的一块心病，这人是个威胁，可又对他毫无办法，实在让他心有余悸。刘森挑了个晚上，到了汤闻道与何君梅住的英国庄园式别墅，他顾左右而言他，东拉西扯聊了一会儿，然后问起汤闻道、何君梅二人住着感觉如何。

汤闻道比较矜持，简单说房子环境不错；何君梅作为女人更为感性，喜悦之情溢于言表，不吝赞美之词，她滔滔不绝地说，室内室外空间很大，在这里住比公寓舒服多了。见女人如此满意,汤闻道便跟着附和了几句,对刘森又一次地表示了谢意。

"汤局客气什么呀,都是自家人。"刘森客气着,接着,他又神秘地向汤闻道披露道,"最近又有件好事,不知道您感不感兴趣?"没等汤闻道开口,何君梅插话道:"什么好事?刘站长快说说。"

"我接收了一个原来日本人的俱乐部,地点与环境非常好,我准备重新整修一遍,弄得高档一点儿,可以对外经营。至于具体经营的人,我已经落实好了,在股份比例上,汤局,你和我绝对占大头哦……"

何君梅听得兴奋起来,颇为向往,她开心地说:"开业啦,我与要好的姐妹们,又多了个好去处啊!"

"当然!何小姐赏光,一切免费招待。"刘森痛快地说,他又转向汤闻道说道,"我们内部接待不少,那么多的迎来送往,不必到外面的酒楼了,放在俱乐部里多好,您说呢?"

"是啊,肥水不流外人田嘛。"汤闻道轻轻的一句话,足以表明他同意了。

刘森接着说:"汤局,您放心吧,这种事情,无伤大雅,一起沾沾雨露。不过,您在医院答应我的事情……"

刘森转来转去,最后又转到这个话题上。汤闻道知道,刘森关心的是调开高祖谋的事情,他没有犹豫,明确地回答道:"这个嘛,我说到做到,但人员调整要有个时机,可急不得呀。"

刘森讨到"定心丸",心下稍安。他越来越深地感觉到,汤闻道身边的这两个学生,仿佛总带有一股跟他相反的劲儿,竭力在把他们的老师拉上岸去，而对于不遗余力拖汤闻道下水的他来说，他们始终是一个牵绊与障碍。

章晓晔等人印刷的地下小册子，从无到有，从少到多，渐渐地在上海滩产生了很大影响力，充满正义与良知的声音，吸引着越来越多的读者。

国民党当局注意到了地下出版物的存在，为此，上海市党部召集了军政各部门联席会议。与会的最高官员为主管宣传的副市长以及党部负责人，两位官员先后在发言中，像背书一样为地下小册子定了性——非法、赤化、反动，然后，说不出什么道道儿了。

两人倒是有自知之明，发表完干巴巴的讲话之后，一致请汤闻道讲上几句。

汤闻道有备而来，他将若干本讽刺国民党接收的小册子带来了，放到桌子上让众人传阅，稍后，他开始了洋洋洒洒的讲话。

"……诸位，上海的老百姓甚至一些外国人，纷纷在传印刷品上的段子，说什么争着抢着在沦陷区接收的有三种人——土行孙、穿山甲、变色龙。在座的各位，他们居然用这么污蔑的语言攻击我们，党国的形象何在？党国在上海的军政机构，平时都在忙什么？不能再满脑子想着捞油水了，想着'五子登科'了，现在到了具体做些事情的时候了！"

汤闻道干咳了一声，接着说："地下印刷品影响越来越大，共党地下组织的'箜篌'潜入上海这么久，在座的各位想过如何彻底清除吗？为此做出过任何努力吗？诸位同仁，好好深思啊，要摆正自己的位置，为党国分忧啊！"

汤闻道的声调越来越高亢，话语越说越激昂，不少官员听着不免感到震撼，心有戚戚。坐在向影燕旁边的宪兵队长侯明杰小声嘟囔说："哟！汤老板真光火了。"

向影燕却不以为意，接了一句："坐在台上，讲讲漂亮话而已，有什么稀奇的？做个表率才对，让别人做到，自己先做到。"坐在周围的几个与会者听了，都心照不宣地笑了。程元泰坐在向影燕前排，听到了她的私下议论。程元泰心里明白，她讥讽汤闻道腰杆子不硬，心口不一。

联席会议结束，高祖谋顺手拿起两本地下小册子，对汤闻道说，带回去看看，研究一下，或许从中能找到些线索。汤闻道想着与高祖谋聊聊岗位变动之事，但听到他表示准备调查地下刊物，汤闻道的话又咽回去了。

三

高祖谋在逐页地翻阅着地下小册子，妹妹小曼不愿意与他相认，对此，他仍然沉浸在深深的感伤之中，恨不得二十四小时都让工作所占据，不为自己留下任何让思绪逃逸的闲暇。

翻着翻着，高祖谋发现小册子某页的装订线松开了，他稍微用力将装订处扒开，赫然见到有"新元印刷厂"字样。高祖谋一个机灵，他想起程元泰对汤闻道说过，盐阜币的假币是在新元印刷厂印刷的。

高祖谋意识到这件事情非同寻常，他马上让王超赶到新元印刷厂了解情况。王超汇报说，他们跟踪的目标女记者章晓晔，最近经常到那里去。高祖谋怒斥王超不早来汇报，他又瞅了瞅桌上景氏绑架案时师生三人的合影,默念道:"程元泰啊程元泰,你贪点儿就罢了,可别身陷在深度赤化的女记者这里,要栽大跟头啊。"

黄昏时分,章晓晔从报社出来,上了路边的一辆黄包车。"到新元印刷厂。"章晓晔对车夫说。"好嘞!"原来黄包车夫是陈师傅,他应声拉起车,跑了起来。

章晓晔对陈师傅说:"陈师傅,天天等着我下班,多不好意思,耽误你接活啊!""你用车都付钱的,还不准我不要。我呀,当你是常客,就算每天拉个固定的活儿。"

"小曼这几天咋样?""还好。那个人渣,没再找过她,但她仍然不开心。"一路两个人聊着,谁也没有注意到,在黄包车后面,隔着一段距离,紧紧地跟着高祖谋。

到了一处弄堂口,章晓晔付好车钱下了车,独自往弄堂里走。当她走到弄堂尽头准备拐弯时,突然间,一个黑影蹿了出来,上来反剪了章晓晔的胳膊,把她顶在墙上。章晓晔吓坏了,高声呼救,可周围并没有行人。她渐渐地无力挣扎了,袭击者随即举起刀子,朝着章晓晔的脸上划去。

在这千钧一发之际,隐在偏僻处的高祖谋,正欲冲出去解救章晓晔,却见陈师傅奔了过来,用身体撞开了袭击者。袭击者一个趔趄,等他回过身来,见不过是一个老者,便举着刀子挥向陈师傅,刀子扎在了陈师傅的腿上。

这时章晓晔的大声呼喊,惊动了附近的居民,有几个人跑了过来。袭击者见势不妙,迅速逃离。章晓晔连忙察看陈师傅的伤势,问道:"你怎么又回来了?""拉车的时候,我总感到后面有人跟着,你下车后,我不放心,过来再看看,果真出事了。"

附近过来的人纷纷议论,其中有人提醒尽快送陈师傅去医院。章晓晔让路人帮忙照看陈师傅,然后,她跑到不远处的印刷厂,给程元泰打了电话,说自己刚刚被袭击了,陈师傅受了伤,正准备送往医院。程元泰安抚章晓晔说,不要着急,他直接赶到医院去。

在众人的帮助下,章晓晔将陈师傅送到了医院。一直跟踪章晓晔的高祖谋,远远地目睹了这一切,同时,他望了望新元印刷厂的在弄堂里的那扇门。

在一棵僻静的大树后面,袭击者气喘吁吁。他一路跑到这里,观察了一下,没人跟过来,才停了下来,平缓了一下心跳的频率。然而,远远地有一双眼睛在注视着这个袭击者——他就是师心斋古玩店老板刘胜晓。

刘胜晓一下辨认出来,这个袭击者就是向影燕的下属史正良。程元泰曾将他所掌握的国民党军政人员的资料提供给了刘胜晓,要认出其中的任何一位,对一个隐蔽战线人员来说,完全不在话下,这是他的基本功。

晚上,应刘胜晓的紧急要求,"筶筊"与他在大世界碰了面。在一个杂耍表演的场子里,"筶筊"和刘胜晓挤在嘈杂的人群中,边看着表演,边悄声交谈着。

刘胜晓目不斜视地看着前方的杂耍艺人,而实际上在对"筶筊"说:"你的判断准确,及时对向影燕及其心腹进行了跟踪,确实,他们要对那个女记者下手,幸好有人及时赶到,救了她。"

"嗯。从元泰直接面对向影燕与章晓晔两位女性来说,就存在这种可能性。特别是向影燕这个女人，在情感方面，野性十足，攻击性很强，不得不防啊……"

刘胜晓感慨道："估计元泰不知道谁对章晓晔下的手吧。""情况可能随时激化，必须提出警示。""箜篌"说道。

陈师傅在医院做了包扎，医生诊断没有大碍，要他在病房观察一个晚上。陈师傅担心整晚不回女儿担心，请章晓晔通知了小曼。小曼听了不放心，跟着章晓晔到医院来了。

当她们走进陈师傅的房间，看到程元泰已经到了，正与黄包车夫陈师傅拉家常。对于章晓晔如何被袭，陈师傅向程元泰描述了一番，程元泰听了，一阵后怕。他将章晓晔拉到走廊，问她到底怎么回事，但章晓晔自己对为什么被袭击，一无所知。

她不知道得罪了谁，也不知道袭击者出于什么目的，这种对于局面失去控制的感觉，更让程元泰感到惴惴不安。他让章晓晔仔细回想，近来见过什么陌生人，写过什么抨击文章，参与过什么秘密活动。章晓晔迟疑了一下，怯生生地说她在新元印刷厂里印刷地下宣传品。

程元泰心头一惊，他是参加过联席会议的，当前正处于追查地下印刷品的风口浪尖上，他忙问道："这些小册子，在厂里还有吗？"章晓晔说："有。"

程元泰当机立断，说道："我们到厂里去！让小曼留下照看陈师傅吧。"

四

夜晚时分，机器轰鸣，新元印刷厂的晚班工人在赶印着地下小册子。程元泰与章晓晔到了之后，立即叫停了印刷，他不确定章晓晔遭袭和印刷宣传品之间有什么关系。程元泰与厂长商量，马上把地下印刷品转移到另外一处地方。他强调不要从大门运出，先关上厂门，将印刷品从厂里最里面的窗子递出去，再悄悄地搬往附近的民房。

大家开始紧张地忙碌起来，眼见得地下印刷品运出了大半，程元泰与章晓晔稍稍松了口气。此时，印刷厂门外传来了急促的敲门声。众人都紧张起来，程元泰悄声地说："你们抓紧搬运，我是在这里盯着印刷样钞的，我开门去。"

大家手忙脚乱地将剩余的地下印刷品搬到了最里面的那扇窗口，敲门声与催促声越来越响，程元泰慢慢地来到门后，将大门打开，很意外看到竟然是高祖谋带了一队人站在外面。

高祖谋暗中看到章晓晔送陈师傅去医院，他做出了一个决定，连夜带人对新元印刷厂进行突击搜查。他考虑到，章晓晔没在印刷厂逗留很久，她该做的事，估计没来得及做完。印刷厂里夜里应该不进行生产，相比白天的生产时间来说，此刻要疏于防范，在这个时间段里，彻查一遍，无疑可以发现某些秘密。

出乎高祖谋的意料，从厂里出来的人，竟然是程元泰。高祖谋禁不住脱口而出："元泰，你怎么来这儿了？"程元泰笑道:"你真健忘啊!我在这制作样钞啊!"

"这两天晚上我在查地下印刷品,这个厂还没检查过。"高祖谋一本正经地说。"我在这印制假币样钞,可以免检吧?""例行检查,公事公办,没办法呀。"

程元泰与高祖谋对视了一下,松口说:"好,你们检查吧。"程元泰闪身站到一旁,高祖谋带着人进入了厂里。

在印制车间里,机器已经停转了,工人们在忙着收拾已经印好的东西——尚未切割的假盐阜币,以及《联合晚报》次日发行的报纸。

厂长与章晓晔在最里面的窗下聊着天,厂长站着听,章晓晔坐在报纸堆的一角上说。"感觉这两天的墨有些淡啊?"章晓晔把手中的报纸递给厂长看。

"还好嘛,如有问题,明天再把机器的油墨调一调,"厂长回应着章晓晔的问话,又提醒工人们,"收拾清爽了,记得把地上的东西扫扫。"

高祖谋径直走到最里面,他什么都没发现,表情僵硬地与章晓晔点点头,转身往外走去。程元泰仍然站在门口,看到高祖谋走过来,他淡然地说道:"我在这儿有几天了,明天样钞全部做好,终于可以脱手了……"

高祖谋的眼睛盯着程元泰,冷冷地反问:"你竟然将样钞与报纸放在一起印刷?"程元泰的眼神,炽热地扫了一下章晓晔,什么都没说。看着老同学被情感冲昏头脑的样子,高祖谋默不作声地离开了。

等高祖谋走远,程元泰关上厂门,走了回来。章晓晔站了起来,她紧张得全身几乎僵硬了。在她的屁股下面,掀开上面一沓报纸，中间夹着的，就是最后一摞地下小册子。厂长将这一摞东西递出了窗外，嘱咐窗外的工人赶紧送到租住的房间里。

一场虚惊过后，程元泰爱之切责之深，对章晓晔狠狠批评起来，说她不该自作主张，在厂里干如此危险的事情。他再三提醒厂长，为了防止高祖谋或其他人杀个回马枪，以及为章晓晔和印刷厂的安全考虑，近期坚决不许继续印制地下宣传品。

章晓晔认识到自己确实考虑欠妥，没有反驳程元泰，但她担心文教界进步刊物的流通在她手上受阻，脸上分明带着不乐意的表情。厂长安抚她说，他想些办法，找一些追求进步的同行，悄悄地把任务分摊掉，以便将这件事继续做下去。有了替代方案，章晓晔露出了笑容。

五

离开新元印刷厂，已经很晚了，程元泰将章晓晔直接带回了他的住处。他郑重地告诉心爱的人，她的安全警报并未解除，权宜之计是，目前暂住这里。

"在我这儿，晚上有我守着你。"程元泰真挚地说。"我恭敬不如从命了。"虽然在袭击中受了惊吓，但是此事的结果，却让程元泰主动提出晚上与她同居一室，章晓晔不由得心生欢喜。

外面有人在敲门，程元泰仔细一听，敲击者用的是莫尔斯密码！程元泰听出来，这在示意有紧急情况。他打开门，见到门口空无一人——刘胜晓敲完莫尔斯密码，已经悄然离开——但门下塞进来一张字条。

字条上简短写着：向影燕欲对晓晔记者下手，注意安全，切切！程元泰恍然大悟，开始分析袭击章晓晔的动机。他认为，出于向影燕个人的因素，可能性较大，她视章晓晔为情敌。此外，也可能是军统下达的任务，除掉左翼新闻记者——国民党对进步人士下手，屡见不鲜。

　　不管出于什么原因，章晓晔被向影燕盯上了，程元泰明白，他无法时时刻刻守在章晓晔身边，所以，防御的漏洞，简直是无处不在。一念及此，心乱如麻。

　　章晓晔问谁在敲门，程元泰无法具体回应，搪塞说："开了门，外面没见到人。""不会有人跟踪我吧？"章晓晔又紧张了起来。

　　"别怕，有我呢。"程元泰安抚着章晓晔，他点燃了一根火柴，把字条烧掉了。在火苗的跳跃中，他意识到，向影燕暂时已成为一个障碍，需要妥善处理好。

　　章晓晔注意到程元泰点燃了什么东西，问道："你烧什么呢？""我所做的工作，需要对所有东西，阅后即焚。"程元泰含糊地答道，然后，他又对章晓晔说，"你近期别去报社了，住在我这里，报社那边我跟你们主编说。我安排人员二十四小时保护你。"

　　章晓晔从程元泰的神色里，感到面临的事态并不轻松，她乖巧地没有追问下去——爱情就是一种神奇的存在，它能够让人自然地学会呵护对方的情绪。

　　谁来保护章晓晔，程元泰自有考虑。次日一早，程元泰接通了季国云的电话，开门见山地说，有一个朋友需要保护，就住在他这里，不知季国云可否安排几个帮会弟兄，全天候保护一下。

季国云神秘地问:"元泰老弟呀,你的朋友是男人还是女人呢?""当然是女的。"

季国云会意地说道:"怪不得最近见不到你潇洒,我去过几次戏园子,都没碰着你啊。"

程元泰笑着说:"英雄难过美人关呢,何况我不是英雄啊。""没问题,包我身上了!日夜各四个人保护,够不够?""够了,够了。感谢季组长!"

"我们之间客气啥——近来我在外面吃喝玩乐,钱撒出去不少了,我那儿有棉布和木料,从你那儿把它变现算了。""好啊,还像以前处理油料那样操办。"程元泰爽快地应承了。

对章晓晔的行动失手,史正良很是沮丧,硬着头皮如实地进行了汇报。向影燕根本没有置章晓晔于死地的考虑,只是让史正良灵活处置,给她点儿颜色瞧瞧即可。史正良报告说,当他正要给章晓晔破相之际,有人及时前来解救,所以,没有得手。

"对付一个小女子竟如此费劲吗?两天内再安排一次。"向影燕对这样的结果,显然很不满意。史正良说:"站长,章晓晔现住在程元泰那里,天天有人守着,事情并不好办。"向影燕说:"你说什么?"

向影燕最初的反应只是埋怨史正良未能达到理想效果,但事情远远超出她的想象,程元泰竟然如此精心保护着这个女记者。向影燕的内心如同蚁噬,她无法接受这一事实;同时,她又十分担心,恐怕程元泰一旦知道事情的真相,他们之间连朋友都没法做了。

史正良见上司脸色阴晴不定,心里感到发毛,担心遭到劈头盖脸一顿骂。恰恰这时,电话响起了,向影燕接起来一听,是毛人凤,于是,她收拾一下心情,挥手让史正良出去。史正良求之不得,走出了向影燕办公室的门,一擦脑门,密密麻麻满是汗。

毛人凤在电话里询问向影燕,汤闻道上报了一个向苏北投放假钞的计划,知不知道。向影燕做了回答,她原原本本讲述了此事的缘起——其实最初讨论时,除了汤闻道等人之外,军统在场参与的人员,包括她与刘森。

毛人凤阴沉地说:"这个计划得到高层的赞赏,一切居然都让汤闻道独揽了?"向影燕叹息道:"此中许多事情,我不知道该如何说起。""你我都是跟着戴老板从江山出来的,但说无妨。"

在毛人凤鼓励之后,向影燕便一股脑儿抛出了她的抱怨:刘森在免职后如何不死心,如何不择手段地与汤闻道勾结在一起,沆瀣一气,大塞私货,而盐阜币假钞一事,如何绕开了自己……

"为把这批假钞弄到苏北新四军的地盘流通,刘森启用了军统在那里潜伏的人员,但他完全为达到个人目的。不少情况我是要向您汇报的,但每次到不了您这儿,就被挡了回来……"

毛人凤耐心地听完向影燕的话,停顿了一下,说道:"你对党国的忠诚,我心里是有数的,目前我送你一个字——忍。学会忍,就有机会。忍得住,你会成功;忍不住,你便出局。"

第二十四章

孤家寡人

一

高祖谋的工作调动事宜，汤闻道的沟通已有眉目。一物降一物，刘森见到高祖谋就紧张，高祖谋严格自律，什么错误都不犯，刘森一点儿空子钻不进，拿他一点儿办法都没有，整个一个没脾气。为此，刘森对调走高祖谋特别上心。

一听到有关消息，他晚上专程跑到花园别墅来。汤闻道对刘森讲，由于战事需要，近期军事人员调动频繁，他已经与第一绥靖区第21整编师师长谈好了，拟将高祖谋安排到整编师部任上校参谋，过渡一下，再到下面任实职，任副旅长或团长，以便他多岗位经受锻炼。

刘森听罢，别提多高兴了，吹捧汤闻道考虑全面。他又提了一个问题："汤局，高祖谋的妹妹小曼在上海，他会不会因此不愿意调动？"汤闻道说："这个你多虑了，服从是军人的天职。至于小曼呢，你提醒了我，最好能有个妥善安排。"

刘森主动提议道："这样安排行不行？选个年轻的黄包车夫，让他对小曼殷勤点，尽快提亲，并承诺给他些钱，在川沙或奉贤置房，过过小日子。小曼有了家，高祖谋自然会减少牵挂了吧……""可以，就这么办吧。"汤闻道没有犹豫回应道。

假盐阜币全部印刷完毕，程元泰将情况向汤闻道做了汇报。听了汇报之后，汤闻道兴冲冲地与程元泰前往新元印刷厂，看了看假币的最后成品。对印出来的假钞，他颇感满意，明确对程元泰交代说："后续的运输和流通，就交给刘森落实吧，你不用管了。"

刘森安排车将赝币从印刷厂提走了，通过秘而不宣的渠道运到苏北。实际上，刘森的那个"棋子"收到假钞之后，立即全部上交了，但按照组织上的要求，他依旧向刘森发了电，声称开始悄然地将这批假钞推向市面。

不久，"箜篌"在密室里收到了苏北组织上发来的电文，涉及两部分内容：假钞的事情至此，足以确认反正者弃暗投明，此事对解放区不会造成危害，但可以此揭露国民党包藏祸心。另外，元泰保护进步记者之事，后续适时需让两人撤离上海。

汤闻道将"棋子"发的电文作为成果，上报大人物与国民党高层。在尚不可全面开战的情况下，上海方面创造性地提出如此手段，国民党高层对此给予了高度评价，并给以汤闻道为首的相关人员颁发了嘉奖令。

收到嘉奖令的汤闻道，如沐春风，他特意请程元泰与刘森过来，向他们出示了大人物签发的嘉奖令，说上面表扬了参与此事的诸位同仁。之前，他提前与高祖谋就此事通过电话，这样做的目的，意思是高祖谋就不必过来了，免得与刘森碰在一起，难以面对。

在与高祖谋的电话里，汤闻道谈了工作调动的问题——毕竟他也有些私心，在学生离开之前，使其获得嘉奖令履新，可谓是仁至义尽了。

刘森双手捧着嘉奖令，瞧着嘉奖令的签发落款是大人物，不禁眼热起来，他提议好好聚聚，庆祝一下。汤闻道颇为受用，笑着对程元泰说："元泰，张罗这些事你是行家里手，你来安排包个场吧。"程元泰非常痛快应承道："没问题！"

"程主任不愧是财税专家，提出这么好的建议。"刘森恭维道。"刘站长过誉了，这件事得益于老师果断决策以及你未雨绸缪，特别在苏北安插了'棋子'，打好了基础……"程元泰谦逊地说。

汤闻道听了这些吹捧的话语，颇有自矜之色，但他语调一转，说道："无奈啊！自从我奉命到上海来，做出来的这些成绩，还抵不上各处投来的'明枪暗箭'。别看汉奸丁树基已经死了，可为他说话的人可不少，始终在对我造谣中伤抹黑。另外，不少流言蜚语，在非议上海前一阶段的接收事宜，实际上矛头都是指向我的……"

刘森坐在旁边频频点头，附和道："唉，这年月做些事情，实属不易啊！"听到汤闻道如此说，程元泰不失时机地建议道："老师，说到这个，应该安抚一下向影燕的情绪。"

汤闻道与刘森同时一怔，诧异地看着程元泰。程元泰不紧

449

不慢地解释道:"刚刚您说有些人,不但不在工作上理解与支持,还在背后说三道四的。我担心,如果我们不处理好,向影燕就快成这样的人了……"

汤闻道的眉头紧锁,说:"元泰,说说你的分析。""你们都知道,向影燕站长对我确有好感,时而在我这抱怨过,比如印制假盐阜币之事,开始她参与过讨论的,后来完全将她撇在外,心里肯定极不平衡哪。"

假钞之事不让向影燕参与,这是刘森主动向汤闻道提出的,他急不可耐地说:"程主任,用假钞开展经济攻势,这女人根本起不了什么作用啊!"

程元泰回应说:"哎呀,大家都是党国同仁嘛,别把她惹急了,据说她手上可是有重磅材料的……"

"什么重磅材料?"刘森追问道。"据她说,在处死丁树基之前,她前往看守所与丁树基深谈过。"程元泰显得随意地说。

汤闻道听罢,下意识扭头与刘森对视了一下,继续保持着静默。程元泰继续道:"她了解到不少文物走私案的事,特别是加藤手里仍有古董一事,她了如指掌。"

程元泰说出的后半句,纯属即兴推断,观察面前这两个人有什么反应。刘森仍然保持着面上的平静,但汤闻道瞬间流露出了不可思议的神情。程元泰之前偶然听到汤闻道说,同意加藤带走"贵重物品",就觉得这其中有蹊跷,想来想去,他认为加藤手里有可能藏有从中国劫掠的古董——而汤闻道控制不住的表情,足以证实这一切。

"向影燕这个女人有一手啊,居然偷偷地约见汉奸丁树基。"汤闻道冷冷地说了一句。

为进一步掌握加藤身上的秘密，同时确保章晓晔的安全，程元泰通过在汤闻道与刘森面前爆点儿料的方式，终于确认了加藤手上有古董。另外，爆的这些料或能促使两人携手挤走向影燕，从而以此来转移向影燕的视线，减轻她对章晓晔施加的压力。目前看来，一箭双雕的初步效果已达到。为此，程元泰不再多言，先行告退离开，留下神色严峻的汤闻道与刘森两人。

等程元泰走了以后，汤闻道无奈叹息道："我以为文物走私案知情者仅仅剩加藤一个，没想到半路又杀出个程咬金，出来个向影燕，似乎这情形依然很严重。"

刘森笑嘻嘻的脸色，迅速狰狞起来，他露着股杀气说："汤局，文物走私案擦屁股擦到了这一步，已很不容易，弄不好这个女人会坏了如今的局面。我看，没别的办法，一不做，二不休算了……"

汤闻道感到一直非常被动，不断地在为文物走私案"堵漏"，堵来堵去，堵到现在，似乎已经没法回头了。他顿时陷入了深深的烦躁与焦虑中，但刘森这句话里隐晦但明显的态度，是不是有些狠了点儿，对自己人下手，他过去可是从未想过。汤闻道沉默了片刻，又联想到文物走私案，一旦事发，他将要受到毁灭性的打击。

所以，汤闻道没有否定刘森的提议，而是含糊地说："想想吧，如没有更好的办法，你处理吧。"

二

调往苏中第一绥靖区整编师之事，高祖谋对其非常坦然，他不像诸多党国的"栋梁"们,一听说离开繁花似锦的上海,个个反应激烈,如丧考妣一般。

说句心里话,高祖谋十分愿意到前线部队去,军人的志向就在战场,但在他离开之前,要做的仅有两件事:与同学景莺音、妹妹小曼告别;深入了解章晓晔的背景,为老同学程元泰再把把关。

章晓晔的左翼倾向确定无疑,高祖谋让手下扩大调查范围,整理出了一份与章晓晔接触密切的文教界人士名单。在名单上面,列出了包括马叙伦在内的长长一串名字。马叙伦其人,高祖谋是知晓的,在上海,他刚刚成立了中国民主促进会。

读着这些人的名字,高祖谋豁然产生了一种感觉:难道章晓晔是"筌篌"吗?不然,她如何会接触到如此多对政府有异见的知识分子?更让他感到意外的是,王超汇报说,章晓晔自从被袭击后,就住在程元泰那里。高祖谋纠结了一番,下了命令:不管用什么办法,要对程元泰的住处进行监听!

章晓晔被程元泰"强制"留住了已有几天。她生性活泼,一个平时坐不住的人,连续多日待在一处,与世隔绝,无人交流,实在是闷坏了。季国云安排过来的帮会弟兄,对她倒很客气,但就是不让她出去。一天上午,黄包车夫陈师傅来了,章晓晔开心极了。

陈师傅却愁眉不展,他告诉章晓晔说,小曼被刘森欺凌之后,阴郁萎靡,情绪低落,近几天她突然说,要与一个黄包车夫结婚过日子。"我不了解对方的根底,又劝不住她,想来想去,专程过来找你,并请程先生将小曼的近况,转告小曼的哥哥。"章晓晔听后，应允下来。

陈师傅刚离开，又来了两个陌生人，被季国云的帮会弟兄挡在外面。两人说是电力公司的，这一片停电了，需要逐户排查原因。章晓晔试着拉了拉灯绳，确实停了电，于是，她做主，请帮会弟兄放人进来检查线路。

上午时分，季国云专程来到程元泰办公室，兴冲冲地分享喜讯：他花钱上下跑动，找了许多关系，功夫不负有心人，终于有了成果，不消几日，上面即将任命他为海军吴淞要塞上校军需处长。

程元泰高兴地说："好啊！那得好好庆贺庆贺，季上校。"季国云得意地大笑起来，说："一定！元泰老弟，我的任职委任书一到，我请你！"季国云又问道："我派到你那儿的几个弟兄怎么样？"

程元泰连连拱手，说："感谢感谢！我这个朋友的危险一旦解除，我来请你！""哎！说实话，你搞上的是那个女记者吧？"季国云好奇心发作，问道。程元泰微笑点着头，他没必要否认，因为季国云派的弟兄们照样会说的。

"我说嘛！记者容易得罪人呀。"季国云显得老到地评论道。程元泰笑了笑，笑容中带着一丝苦涩。

汤闻道接到了发妻章婧英的电话。他不免有些意外，之所以说意外，是因为章婧英习惯写信与丈夫交流，很少往办公室打电话。在电话里，章婧英的口气不太高兴，她说听到消息，高祖谋将被调离上海。

"的确有这件事。你不了解情况，我自有道理。"汤闻道解释道。章婧英悠悠地说："如何做你来抉择，但你把知根知底的人调走，望三思而行啊。"

汤闻道听出发妻平静的口吻中所蕴含的质疑，他感慨地说："刚到上海时，在我身边一下子有了我三个央大的学生，本来很开心的。但社会环境毕竟与校园不同，几个学生都发生了变化，不是从前的他们了。特别是祖谋，越来越孤僻自傲，不懂得协调与变通，让他带着嘉奖令离开，也算为他落实一个更好的发展环境……"

"欲行其事，何患无辞。"章婧英轻轻叹息，又说，"闻道，听我一句劝，与什么人在一起，非常重要。有没有我倒不重要，但祖谋是你的左膀右臂，岂能自断手足？如果你一意孤行，迟早会后悔的。"

汤闻道决心已下，又不想与发妻争执下去，只好敷衍地说："好了，好了，我再考虑考虑。"

到程元泰住处查电路的，其实是高祖谋派去的人。借检修房屋电路之际，他们在室内安下了窃听装置。夜色降临，高祖谋在程元泰住处马路对面的房间里，准备窃听章晓晔与程元泰谈些什么。

当天晚上，程元泰回到住处，与章晓晔吃过晚饭，之后章晓晔郑重地将入党申请书，交给了这个她深爱的男人。"我用了几天才写好的，你看看吧。"章晓晔掩饰不住内心的激动，憧憬地说。

程元泰本以为是一封情书，接过来看罢，才明白他低估了章晓晔的格局与境界。不过，他想到"筌筷"的提醒，什么都没说，默默地将入党申请书烧了。

"晓晔，你谈这些有些操之过急了。"程元泰委婉地说道。

"我认识你这么久,你所做的一切,我看在眼里,记在心上,越来越清楚你是怎样的人。我感到应该向你谈了,在关乎未来选择的事情上,我不愿意留下任何遗憾。"章晓晔充满感情地坦露着自己的心路。

程元泰仍然很克制,并未正面回应章晓晔,他说:"我们所做的一切努力,都是因为热爱这个国家,这就足够了——是否需要一种形式,再从长计议,好吗?"

有了章晓晔是共党嫌疑的先入之见,高祖谋听着两人的对话,立马认定了章晓晔的确是共党分子,她正怂恿程元泰加入他们的组织呢!

王超在轻声地请示高祖谋,是否抓捕章晓晔。但此时,在窃听的耳机里,程元泰转移了话题,问章晓晔今天忙了些什么。

章晓晔答道:"今天上午陈师傅来了,他说小曼要与一个年轻的黄包车夫结婚,准备跟着男人到浦东乡下生活,他想请你将此事转告小曼的哥哥……"

高祖谋突然间听到他们谈及妹妹的事,心下大恸,接下来章晓晔和程元泰又说了些什么,他根本没有听进去。心情的不畅,撕扯着高祖谋的丝丝神经,这让他无法平静地在房间里待下去,他让王超继续监听着,而他需要马上出去透透气。

三

高祖谋心事重重地在马路上转着,走着走着,不由自主地到了仙乐斯舞厅。他在舞厅里找到小曼,说与她简单聊几句。

小曼此时见到哥哥,情绪已不像之前认亲时,表现得那么抵制,她便随着高祖谋来到舞厅的外面。

高祖谋将身上带的一些钱,掏出来送给小曼,然后说:"听说你要结婚,跟男人到浦东乡下,从内心来讲,我是不同意的,但尊重你的决定。我不是那种搜刮民脂民膏的接收官员,没有更多的钱,这些钱你带上吧。"

小曼坚决不肯收下钱,拉拉扯扯地硬是要还给哥哥,她似乎看破一切地说:"人得认命,是吧?我已想好,嫁给这个人,说不定后半辈子会比现在好些……"

高祖谋问:"你结婚的日子定了吗?"小曼回应:"还没呢。"高祖谋说:"我很快要调离上海了,如果是在这之后办事,我没法参加了。"小曼婉拒道:"我不打算邀请什么人。你既然要调走了,今晚算是送别吧。"

高祖谋伤感不已,久久说不出话来。小曼看了一眼哥哥,转身准备进入舞厅,突然,她不舍地对高祖谋说道:"哥——你要是回老家,代我问候爸爸妈妈,请他们保重身体。"

高祖谋一下子颇感意外,然后,哽咽着应了一声,目送含着泪水的小曼进了舞厅。带着无法排遣的情绪,高祖谋想着找老师再恳谈一次。他直接到了之前何君梅的那套公寓,发现没人在。

高祖谋掉头前往汤闻道的办公室——自从重新任命之后,汤闻道的办公地点已不在孤军营了。秘书李默的住宿,始终跟着长官的办公室转,他要求不高,有一个房间供睡觉休息之用就好,以方便应汤闻道的随时召唤,好快速进入工作状态。看到高祖谋来,李默说汤局没住在这里。

高祖谋不解地说："我到过何小姐的公寓了，那边也没人。"李默尴尬地解释："汤局与何小姐已搬到另一处别墅了。"

高祖谋瞬间失去了与老师恳谈的愿望，他对李默说："代我转告老师，我不做师部参谋，最好直接调我到前线部队去。"

高祖谋离开以后，李默拨通了一个神秘电话，对那头悄声说："汤闻道和他的姘头，已搬进刘森送的花园别墅，这事连他的学生高祖谋都不知道。他可是汤闻道从重庆带过来的最信任的学生啊。"

"很好！这种事情，越是不为人知，揭出来越有效果。你前一阶段提供的消息，很有价值，这次如果借机扳掉汤闻道，让委员长身边自诩为清流派的家伙们，遭受到打击，你可立了大功了。好好干吧，大有前途哪！"那头一个声音鼓励道。

汤闻道哪里知道，作为大人物布置在上海的一颗棋子，已经另有人在惦记着他，要一步步地收气将其吃掉了。而他身边的秘书李默，便是最要命的那个气眼。

有人欢喜有人愁。季国云获任海军吴淞要塞上校军需处长，此等美差，岂能不大宴宾朋？为此，季国云邀请不少三教九流的朋友，程元泰到场之后，与季国云的老头子坐在一起。这礼数，很多人为之羡慕。

老头子边吃边与程元泰闲谈，他大发感慨说，混迹上海滩不容易，真正扎下来立得住的仅仅是少数而已。

程元泰客气地说："以您的声望，您的弟子在上海可都是数得上的人物，国云老兄就是一个。"老头子说："话不能这么说。徒子徒孙多了，船就大了，船大不好掉头啊！这么多人讨生活，方向要把得准，难啊……"

程元泰恭维着说："有您掌舵，没问题的。"老头子说："程主任，现在国共两党之间，又要让我们做选择题了。话说天下大势，分久必合，合久必分，你说怎么办呢？"

程元泰笑了笑，答道："上海滩前前后后换了不知多少势力掌权，老爷子您见多识广，总归有办法的吧？我呢是做财税的，不管什么政府开门营业，反正都需要我这种专业上的人士。我吃定这一条了。"老头子点头说，程元泰是靠手艺吃饭。

宴席结束之后，老头子对季国云说，你这个朋友程元泰，是个明白人，值得一交。

在为季国云祝贺升职几天以后，汤闻道责成程元泰出面安排的假钞计划庆功会，如期进行——中国大戏院包场看戏。

尽管已经入冬，但汤闻道春风满面，站在大戏院门口招呼客人。刘森自忖着假钞一事，出力甚多，不知何时站在汤闻道身边，笑嘻嘻地也充当主家的角色。

刘森与汤闻道并肩而立，程元泰和高祖谋不约而同地选择了远离他们，两个老同学政治取向虽分属不同阵营，但在他们眼里，与刘森厮混在一起，太损体面，实在有伤大雅。

趁着空隙，刘森对汤闻道说："汤局，外面得知您包场邀请客人，很多军政与工商界的人士，都主动找我，表示想来。我哪有这么大面子，实际上他们都是想与您多亲近，套套近乎。"

汤闻道微笑不语，以更为儒雅的派头与陆续到来的宾朋寒暄。何君梅也来了，但汤闻道不欲在公共场合与她显得过分亲密,刻意保持着和她的距离。

何君梅感觉到了这一点,心里变得不愉快,女人敷衍地应付了刘森的问候,径直进了戏院,远远地留给门口的人一个漂亮的腰身。

不消片刻,加藤也到了。他快步上前,郑重其事地与汤闻道、刘森先后握手,一再对汤闻道的邀请深表谢意——在汤闻道的安排下,半个月后他将以日侨的身份,从上海乘邮轮返回日本。

四

邀请的来宾基本到齐了,汤闻道在程元泰、刘森以及加藤等人的簇拥下,缓步到戏院最前排雅座坐好,等待着开戏。几个人闲聊着,程元泰微笑着试探加藤说:"衣先生手上收了一件珍品?"加藤不想回应,顾左右而言他,但汤闻道兴致正高,放松了戒备说:"元泰是古董店的常客,颇有研究,聊聊无妨。"

加藤婉转地承认手上有幅古画。程元泰顺便追问了这幅古画的年代,加藤竟然说是宋代的!程元泰不无感叹地说:"宋代刻本与宋代山水,乃是当今文士所梦寐以求的,衣先生好福气啊!不知是否有机会在你回国之前养养眼啊?"

加藤机械而客套地回应道:"随缘吧,程主任。"

高祖谋不愿意挨着刘森坐,选择坐在了景弘毅的旁边,两人在随意漫谈。"高副处长,听说你要到外地大展身手了,如有什么生意上的机会,记得通个气啊。"

高祖谋没什么表情地说:"你的消息够灵通的。弘毅,你比你姐接触人多啊。""经商不易啊,要掌握各方面的消息,捕捉赚钱的机会。"景弘毅一脸无奈地说,然后,他附耳对高祖谋悄声说,"我连汤局的传闻八卦都有。"高祖谋不耐烦地瞅了瞅景弘毅,没有说什么,景弘毅觉得此话不妥,不言语了。

向影燕晚到了一些,她匆匆地从戏院过道走到最前排雅座,过来与汤闻道打着招呼。按刘森的意思,别邀请向影燕了,但是汤闻道不同意,他的理由是,越是在暗里针对一个人,越是要在表面上一切如常,波澜不惊。

当向影燕走到汤闻道等人近前时,正聊着天的刘森与程元泰,顿时收声,陷入了沉默,向影燕本能地感受到了气氛的变化。她与汤闻道说了些诸如谢谢邀请之类的话,然后,故意问程元泰说:"你的女朋友好吗?"

"谢谢你的关心,挺好的。"程元泰冷静地答道,他怕向影燕说出章晓晔的名字和供职的报社,便提醒说,"快开场了,影燕站长,你的座位在那边呢。""好,你们聊,不打扰了。"向影燕敷衍了一句,走到她的座位。

汤闻道颇为好奇地问程元泰:"元泰啥时候交上女朋友了?"程元泰掩饰地说:"咳,交往没有多久。""怪不得程元泰与我们说起向影燕的丑话了,原来他交了女朋友,与向影燕产生矛盾了。"刘森心里想着,一下子似乎将前因后果搞明白了。

戏院里连敲了几声云板,大幕拉开,即将开戏了。景莺音这时赶到了,为她留的也是第一排的位置。她过来后向老师解释说,厂里有事忙,出来晚了。汤闻道让她坐下,同时,他向景莺音邻座的加藤介绍说:"衣先生,这位是景小姐,她是我的学生。"

加藤稍微起身与景莺音握手,赞美道:"景小姐果然是大家闺秀,气度雍容。"景莺音客气回应:"幸会,幸会,您过奖了。""景小姐,挺面熟啊,似乎我们在哪里见过。"加藤说道。"衣先生很会恭维女士啊。"在一旁的刘森打趣道。

景莺音笑了笑,坐了下来。加藤没再说什么,若有所思地坐到了座位上。

关于包场唱什么戏,程元泰考虑到邀请的人,既多且杂,口味不一,向汤闻道建议:正戏演多数人耳熟能详的京戏《玉堂春》,演出前,穿插两个逗趣的昆曲折子戏,《跪池》和《教歌》。整个晚上演出,众人看得如痴如醉,连连称好。

夜深,戏已散场。高祖谋走在戏院门前,被汤闻道叫住了。两人站到一边,聊了会儿。"祖谋,谢谢你顾全大局,你知道今天刘森到场,还是过来了。"高祖谋孤傲地回答:"老师,没啥好谢的。应该是他回避我,而不是我回避他。"

"也对——李默转告我了,你要直接去前线部队。我尊重你的考虑,正进行协调之中,一旦定下报到时间,你即刻动身出发。"

"谢谢老师成全。"高祖谋说完,见程元泰从戏院里走出来,他提高声音喊道:"元泰,等等!我们一块儿走。"

五

夜是幽静的,风中带着丝丝寒意。高祖谋与程元泰边走边聊,他不断地试探着,问程元泰知不知道女记者章晓晔有什么背景。程元泰感到蹊跷,反问:"我知道她是《联合晚报》的记者,你问她的背景,难道你有什么发现?"

高祖谋说:"你这么喜欢她,我怕你受到她的影响。这个女记者不简单啊,交游广泛,思想活跃……"程元泰感觉到了什么,警觉地问:"祖谋,你知道得不少啊,你查过她吧?"

"你别说得那么难听。一个不断抨击党国的左翼记者,了解她的背景太容易了。我是提醒你,元泰,把握好界限,保持好距离,否则,后果不堪设想。"程元泰心头一紧,他看了看高祖谋,意识到这位老同学可能从章晓晔那儿查到了些什么。他分析着各种可能,默然地向前走着。

高祖谋内心非常矛盾,按常规来说,根据章晓晔撰写的文章与从监听中听到的内容,认定她是左翼分子,抓捕起来,未尝不可,很多部门其实就是如此办理的。

但是,如果要指证章晓晔是共党乃至"筌筷",高祖谋心里有数,目前还缺少实打实的证据。他不想像那些庸常之辈那样,稍有点儿怀疑就收监与动刑,然后,指望通过屈打成招反证之前抓捕的正确。

在高祖谋看来,这样做是逻辑和程序上的倒置——更何况,抓捕章晓晔,必须做到让程元泰在事实面前,无话可说。

从中国大戏院回到家里,景莺音睡意全无,现在不仅是加藤说她很面熟,而且问题严重的是,这个叫衣存国的日本人加藤她似曾相识,在哪里见过。

当年淞沪会战到尾声时,组织上临时抽调她到北平,参与完善那里的情报网络。事情紧急,且涉及保密原则,景莺音没来得及与程元泰话别，便人间蒸发了。

这是景莺音觉得最亏欠程元泰的地方，她这一走，他们之间美好的爱情，戛然而止。

上海重逢之后，按照保密纪律，不能向程元泰说明发生的一切，她的这一态度，反而让程元泰明显地感觉到，他们的这一页已成为历史，他只好忘掉过去，翻开新的一页。正因为此，心还系在程元泰身上的景莺音更是无比痛苦。如今她与程元泰同为隐秘战线的战士，为了理想，她只能继续隐忍下去，期待着民族的解放，期待着可以说明真相的那一天。

零散的思绪在脑海中飘过，突然间，景莺音记忆的角落打开了：在北平期间，她曾经随共产国际情报人员参加过与日本方面进行的东北边境摩擦的秘密谈判。当时她用的是化名，在那个集体场面上，她对每一位出席的日本人都留意过——想必加藤亦是如此。

景莺音不安起来，如果加藤想起曾经是那次与她碰的面，自己的身份就有暴露的危险！景莺音思索再三，认为有必要把面临的情况向组织汇报。

天有不测风云，李默秘密提供的关于汤闻道的材料，在上层的角力中捅到了大人物那里。其直接的后果，便是汤闻道接到了大人物的电话。

"闻道，与丁树基的姨太在花园别墅里，过得舒心吗？"大人物劈口便严厉地质问。汤闻道一惊，无力地试图解释："其实不是姨太——她，在沦陷时期受过丁树基的恩惠……"

"行了，不要说了！"大人物打断了汤闻道的话，然后列举了他听到的各种反映，尤其让汤闻道心惊肉跳的是，他点出了文物走私案的实情,并表示掌握的情况远不止这么多,这里就不提了。大人物痛心地说,"最为尴尬的是,你的这些事情,是从高层不同的人捅到我这里的。"

汤闻道听得额头直冒冷汗,他知道自己的丑行被人掌握,无疑会降低大人物的政治影响力。"闻道惭愧至极,我当深刻检讨!"汤闻道很恳切地说。

"你是我重用的人,丢了我的脸面,我还得保护你,悬崖勒马呀!——还有,平衡好各方关系,尤其是与军统的关系。"大人物说完这句,便挂断了电话,留下汤闻道在那里,愣了很久。

大人物的电话让汤闻道如芒刺在背,但目前除了刘森以外,没有其他任何人,可以与他商量有关问题,他只好约刘森当晚到花园别墅密谈。晚上,与刘森说了大致情况之后,汤闻道问道:"要平衡好与军统的关系,此话所指是谁呢?"

刘森冷冷地一笑,接着,他把最新的发现告诉了汤闻道,说:"所指是谁,程元泰提醒过。而且,在他提醒之后,我暗暗地让下面的人表态,让他们站了个队,跟我还是跟着向影燕。从他们那里,我了解到,向影燕已经安排了人手,分头在盯梢你与我!"

汤闻道甚是震惊,他一拍桌子,沉声地说:"这个女人……"

"非'料理'不可了,优柔寡断是败事的根源。"刘森接着说,想了想他又提议道,"我们俩谁出面都不好,可以'借刀杀人',日本人加藤是这方面的老手,让他回国之前做做贡献吧。"

第二十五章

黄雀在后

一

事到如今,出面与日本人加藤谈此事的,当然是刘森了。见面以后,他说出要请这个日本人出手解决掉向影燕,并说需要任何的配合,都可尽管提出。加藤听了以后,当然明白此中危险,他不愿意卷入他们之间的倾轧争斗。

对此,刘森早有预料,他抛出了与汤闻道商量过的"杀手锏"——如果加藤答应下来,此前从他这里拿走的两件文物,汤闻道悉数送还给他。

刘森提到两件文物,令加藤动心了。但是这个老奸巨猾的日本人,提出一个要求:必须有汤闻道手书便笺,注明两件文物是对加藤的酬谢,以免汤闻道事后食言。

这个要求,意味着留下证据,因此汤闻道坚决不肯签。刘森再三劝他:目前,没有更好的办法,或可让加藤用日语写,汤闻道用日语签,如有什么问题,可推个一干二净,说此签字乃是加藤精心炮制与伪造的。

汤闻道对这种自欺欺人的做法,始终下不了决心,但向影燕手中掌握着他的重要证据,足可让他有牢狱之灾,如不尽快除掉她,可以说后患无穷。没有别的办法,他接受了刘森的方案,他用日文在便笺上,签了自己的表字"德甫"。

刘森如此怂恿汤闻道接受加藤的苛刻条件,自然出于他的考虑:通过种种违法乱纪的事情,汤闻道将与他捆绑得越来越紧,汤闻道会更加倚重自己——这样做的结果,百利而无一害,有好处的时候,少不了有一份;一旦有风险的话,让官衔更大的汤闻道在前面扛着,自己顶多是错上贼船而已,何乐而不为呢?

在与刘森谋划如何解决掉向影燕的同时,汤闻道同时也意识到,该与何君梅做一个了断了。在电话里,恩公提到了这个女人,如再不撇清关系,优柔寡断,藕断丝连,就太不识时务了。

汤闻道让李默在社会局找了个房间作为卧室,自己简单整理了一下个人衣物,就从花园别墅搬了过去。对于这突如其来的变化,何君梅没有任何心理准备,眼见着汤闻道将箱子收拾好了,拎起来往外走,她轻轻地上前拽住箱子的把手,试图做挽留。

但汤闻道决然地告诉她,形势与舆论所迫,非搬不可。汤闻道一说完,大步流星,匆匆而去,坐上了花园别墅外面等着的汽车。他甚至不敢回头望一望女人哀婉的眼神，恐怕心一软，又节外生枝。

程元泰在上海书店阅览室看到了"筌筷"的信息：一旦出现意外，备用渠道为古玩店。程元泰陷入了沉思之中，他忍不住反复琢磨着，"筌筷"到底是谁呢？他隐隐觉得，"筌筷"似乎离自己很近，就是生活圈周围的人。一念及此，程元泰更为"筌筷"的安全担忧。

"筌筷"与刘胜晓在茶室碰了面，刘胜晓不同意"筌筷"单独出面解决问题。但"筌筷"坚持不能牵扯隐蔽战线的其他同志，自己的想法已向上级做了汇报。

无奈之下，刘胜晓说："那等待上级回复了再做决定？如组织上同意，我密切配合。"

"筌筷"听取了刘胜晓的意见，等一等组织上的回复再做行动。

刘胜晓回到古玩店不久，程元泰就赶到了。程元泰说刚去过上海书店阅览室，得知"筌筷"的紧急指示，但因具体情况不清楚，所以特地过来一趟。刘胜晓想了想，认为程元泰对此或许更有办法，接着，他讲了"筌筷"所担心的问题。

程元泰思忖着，然后主动提出："请尽快报告'筌筷'，不妨等一等，我近期因文物之事打算约见日本人加藤，在此过程中，可寻找更好的时机。"

"好！我及时报告。"刘胜晓期待程元泰有稳妥的方案，以避免"筌筷"冒大的风险。

程元泰为解决"筌筷"担心的问题，做了些前期铺垫，他连续联系了加藤几次，这个日本人终于同意程元泰到其住处，观摩那幅宋代古画。

程元泰如约而至,一见面,他坦坦荡荡地说道:"加藤先生,谢谢你这么爽快,让我开开眼界。我也带了一幅古画来,吴湖帆先生鉴定过的,我们一起交流一下。"

见程元泰不是空手而来,加藤的警备心理,减少了不少,他客气地说:"程主任请坐,我把画取出来。"加藤返身进房间取那幅古画,程元泰从背后看着他,下意识地摸了摸腰间——可惜没带上枪,不然,真有一种干掉这个日本人的冲动。

在客厅大桌子上,加藤戴着白手套,把宋代古画《雪溪图》,从盒子里小心翼翼地取出,慢慢地展开让程元泰欣赏。程元泰边看边啧啧称赞。正在这时,门外面一阵敲门声传来。

加藤警觉起来,问道:"谁呀?""我,高祖谋。"门外答道。程元泰说:"对,祖谋听说我今天见识好东西,一时兴起,也要来凑个热闹。"

加藤迟疑了一下,过去开了门。站在门口,加藤缓缓说道:"没立即来开门,请高副处长理解,自从天皇宣布终战之后,我在上海深居简出,尽量回避来访者。""理解,完全理解。我要换鞋吗?"高祖谋往前迈了一小步,问道。"不用不用,进来就是。"

在加藤与高祖谋寒暄的短暂时间里,程元泰飞快地用微型相机拍摄了这幅宋代古画。刚把微型相机收好,程元泰瞥见装古画的盒子并没有完全合上,盒子里有一张便笺,更让他诧异的是,隐隐约约地看到便笺的签名是"德甫"!

汤闻道的表字出现在此,引起了程元泰的特别注意,他掀起盒子,迅速地把便笺的内容复制进脑海里。当加藤和高祖谋走到他面前时,程元泰已经将盒子合了起来,微笑着面向他们两人。加藤与高祖谋说着话,没有注意到程元泰合上盒子的这个动作。

欣赏《雪溪图》并未花太多的时间,加藤慢慢地将画轴全部展开,简要地讲了讲这幅文人画的妙趣所在。让程元泰与高祖谋一窥全貌之后,他便将古画卷了起来。

程元泰已拍了照,确认了这幅画的价值,因此,他并没有要求多赏鉴一会儿,而是叫上高祖谋,起身告辞。

加藤将两人送到门口。程元泰回头说道:"请留步。之前我们之间交流得少,加藤先生在文玩方面非常内行——能否在加藤先生回国前组织一次雅集,算是我们为你饯行。"

加藤一听,忽然他两眼亮了起来,说:"这个主意甚好,由我来安排吧,请你们二位以及汤先生、向小姐等几位朋友,聚上一次。"

"好!索性不妨每人都带上一件古玩,小范围切磋切磋。届时加藤先生的《雪溪图》可否再展示一遍?"程元泰不失时机地说道。加藤表态说:"没问题。我定好时间,邀请各位。"

走到外面的马路上,高祖谋坐进停在路边的小汽车,程元泰紧跟着也进了车里。"祖谋,搭你的车回办公室。"

高祖谋轻轻地启动了汽车,但没往前开动,问道:"那幅古画你拍照了吗?"

"拍好了。谢谢啦,老同学,没有你的默契配合,我没有机会拍啊。"程元泰由衷地说。

那天他们从中国大戏院出来,高祖谋在谈到章晓晔的问题时,程元泰话锋一转,说加藤手里有从中国劫掠的文物,得想办法弄回来，请高祖谋助一臂之力。汤闻道与刘森两人沉瀣一气，现在又加上加藤，三个人搞在一起，高祖谋内心极为反感，听到有这种事情需要帮助，他毫不犹豫答应了程元泰的请求。

"元泰，我愿意帮助你，完全是出于保护国家的文物，绝不能让沾满中国人鲜血的刽子手将其掠走，但这不代表我认可你所有的选择。"高祖谋严肃地说。

程元泰无奈地笑着："又来了。你呀，就是一根筋！放心吧，我会处理好感情和立场的关系……""人之将走，其言也善。不说了——想想吧，你对得起莺音吗？"高祖谋的语气变得阴郁了。

程元泰脱口而出，说："莺音，她……"但转念一想，程元泰觉得不便说出这旧日恋情中的隐情，索性不再言语。

在沉默中，高祖谋把车开动了。

二

等到程元泰与高祖谋离开，加藤马上打电话给刘森，约刘森尽快见面。加藤认真地对刘森说，程元泰提出再聚的建议，这正是干掉向影燕的时机：他可出面邀请雅集餐叙，届时也邀请向影燕参加，等待饭局结束后，刘森等人配合配合，让向影燕开车送自己——安排到这一步，后面事情就好办了。当加藤说出他的想法时，刘森听了一阵窃喜，当场表态吃饭的日子，宜早不宜迟，就安排在最近两天。

所谓穷则思变，章晓晔被"困"在程元泰的住处，哪里都去不了，陈师傅变成了她的临时信使。她将撰写好的文章交给陈师傅，让他悄悄地带给文教界的朋友们；陈师傅则把文教界反内战运动的最新进展、概要情况再转告章晓晔。

上午时分，陈师傅又过来了，带给章晓晔一封信。章晓晔看完以后，很是兴奋：上海的各大学校在酝酿更大的反内战游行，马叙伦先生被一致推举为带头人。

"天天待着，我难受死了，多么想出去参加这场运动啊！陈师傅，你知道吗？如果这场反内战运动胜利了，接下去，中国就不会打仗了，老百姓就会安居乐业。"章晓晔充满向往地向陈师傅描绘着。

"有文化的先生们写的东西，我看不懂，但是不打内战，我举双手赞成，我们黄包车夫们都赞成。"陈师傅被章晓晔的热情感染了，一句简单的语言，表达着他质朴的想法。

"唉，我与元泰说了几次，希望返回报社工作，他就是不答应。""程先生有他的道理。他对你可真好——将来你俩办事的时候，记得告诉我呀。"听了陈师傅的这番话，章晓晔心里美滋滋的，别提多高兴了。

程元泰一回到住处，急急忙忙地将拍了古画的胶卷冲了出来。之后，他趁夜到了师心斋古玩店，将与加藤接触的情况，与刘胜晓通了气。他还将默记下来的便笺上的日语，写了出来，让刘胜晓研究研究，是什么意思。

刘胜晓的这个古玩店，开得有年头了，抗战胜利前，常有日本人光顾，店里的人或多或少懂一点儿日语。刘胜晓拉着伙计看了一会儿这日语，对程元泰说："大概意思能看明白——加藤若成功解决向氏，查没之古董两件，定如数奉还。"

"向氏……向氏……"程元泰嘴里念叨着，忽然间，他分

471

析到向氏极有可能指的是向影燕。结合"德甫"这个签名,他隐约地感觉到,汤闻道对向影燕正欲痛下杀手。

程元泰知道,向影燕与刘森之间不和,随着刘森和汤闻道的关系日渐密切,这种不和的关系,蔓延发展到了向影燕和汤闻道之间。向影燕极可能掌握了汤闻道与刘森的核心秘密,才导致他们欲除之而后快。

通过加藤"解决向氏"的这一做法,远远超出了程元泰的想象力。这是他万万没有料到的,带给了他心理上巨大的冲击,同时,也让他从他们人际关系的矛盾、裂缝中,找到了除掉加藤的方案。

"老刘,我考虑到一个新方案,比'箜篌'的行动更有把握些。加藤邀请了后天中午在俱乐部吃饭,我想利用这个机会,彻底解决问题。老刘,请报告'箜篌',相信我,等待我的行动结果。"

刘胜晓答道:"好!组织上没有同意她的请求。现在组织上的要求是,一旦出现最坏的结果,及时让'箜篌'撤离。"

"但愿我的方案让'箜篌'得以继续潜伏下去。"

"需要我做些什么?元泰同志。"

程元泰把宋代古画的照片拿出来,对刘胜晓说:"确实需要你与我配合!最好赶在后天之前,临摹出这幅《雪溪图》,我带上参加聚会。"

刘胜晓看着照片,颇为难地说道:"时间太紧了,恐怕做不到形神兼备啊。""没关系,争取做得越逼真越好,尤其是上半部分,加藤将这幅画展开后,无法立即看出问题就行。"

程元泰走后,刘胜晓一刻不敢耽搁,在街上的电话亭给

"箜篌"打了暗语电话。半个钟头之后，刘胜晓和"箜篌"分别坐在了复兴公园背靠背的两张长凳上。确认了周围没人监视，刘胜晓没扭头，视线注视着前方，自言自语般地向"箜篌"建议，程元泰提出的方案，更容易实现，值得一试。

"我已开始临摹那幅宋代古画《雪溪图》，元泰同志没说这个做什么用，看来他有了充分考虑好的计划……"

"箜篌"终于松了口，说："嗯，组织上既然已不同意我的计划，你认为元泰同志有把握，目前时间紧急、机不可失，暂且等他后天的消息吧。"

三

向影燕历来自我感觉良好，追求者甚多，但玩命倒追程元泰却大受挫折，严重地刺伤了自尊心，内心饱受着痛苦与煎熬。她甚至骂自己，太没出息了！以后绝不再主动联系程元泰，将其从感情世界里彻底清除出去，但事与愿违，她越是这样想，反而越是每每产生想见他的冲动。

偏偏就在这时，程元泰给她打来了电话。他的语气平静，只是简练地说一起吃饭聊聊，有要事与她交流。向影燕受自尊心驱使，试图表示拒绝，她的抵抗力却显得极微弱，尽管她心里有一个声音说着"不理他，不要去"，但她没有说出口来，在电话中没有任何推托，她便答应下来。

两个人的这顿饭，吃得比较沉闷，没有欢声笑语。向影燕端着架子，一脸木然，等待着程元泰说话。程元泰微笑着瞧着向影燕，打破僵局，含蓄地问，近来是否与谁发生矛盾。向影燕听了，没有深入去想，回应说没有。

程元泰见到向影燕如此态度，知道她在故意克制情绪，接着解释说："影燕站长，在情感上，你我之间可能有误会，由此引起了你的不愉快，但这丝毫不影响我对你的评价，你做事投入，不带私心。可是现在的环境太复杂，你的一些行为，有人未必赏识，甚至得罪了某些既得利益者……"

向影燕细心听着程元泰的话，但见他绕来绕去不奔主题，就打断他的话问道："程主任，你不要绕圈子了，我喜欢直来直去，你到底要对我说什么？"程元泰接着说："你别急，听我把话说完。比如，党国内部，如今就是个大染缸，赤橙黄绿青蓝紫，什么人都有。而你这性格最容易吃亏，所以，我今天提醒你，最近要特别注意自身安全。"

向影燕警觉起来，问："你听到什么了？快直说吧！"程元泰的目光扫了向影燕一眼，稍微踌躇了一下说："别问我消息的来源。你知道的，日本人加藤就要回国，在他回国之前，有人密谋策划，要他出手干掉你。当然，这一行你比我懂，我相信你有办法防范应对的。"

向影燕紧紧盯着程元泰，从表情上看得出来，他诚心地在向自己发出警告。程元泰说完话后，向影燕朝他笑了笑，表示感谢之情，然后她沉下脸，思考起来。很明显，向影燕已经没心情吃下去了，她的脑海里在罗列各种可能性，想到程元泰问起自己与谁发生过矛盾，她似乎从中感觉到了什么。

思考过后，向影燕抬起头来，说："元泰，不管怎么样，非常谢谢你的提醒。今天我们就到这吧！"

日本人加藤与景莺音碰过面之后，曾回忆到底在什么样的场合他们见过。所幸的是,他最近的注意力,集中在如何除掉向影燕的事情上,因此他把确认景莺音的问题,暂时遗忘到了一边。

对于加藤归国之前的聚餐,其他人到场应该问题不大,但向影燕最终能不能来,加藤与刘森商量过多次,都感到难以确定。毕竟,向影燕与加藤之间的关系不熟,交集又少,不过是在饭局上碰过面而已。想来想去,刘森考虑到没有别的办法,只有一条路,由加藤主动登门邀请向影燕,以示诚意。

到了晚上,向影燕回到住处,见加藤在此等候。向影燕心里不免一惊,警惕地试探道:"加藤先生,你这是……"

"影燕站长,冒昧到府上拜访,请你见谅!我即将离沪,承蒙关照,明天中午我安排了几个朋友聚餐,特邀请您参加,希望赏光。"

"加藤先生,你邀请了谁啊?"向影燕见加藤如此客套的表情,心里紧张的弦,绷得更紧,这个没有私下交情的日本人,专程登门邀请,看来此中大有玄机。

加藤谦卑地说:"就汤局、程主任、刘站长、高副处长几位。程主任还提议,做个雅集,每人带件古玩,相互切磋切磋。"

向影燕的第一反应,便是谢绝了事,但为了留有余地,她回应道:"谢谢邀请,明天我看安排再定吧——再说了,我对古董可是一窍不通啊。"

加藤似笑非笑盯着向影燕,若有所思地说:"来之前碰到刘森站长,他提醒我说——影燕站长与程主任之间,目前不太融洽,有他在你可能未必去——看来,确是如此。"

向影燕心里暗自冷笑着，这个激将法分明是刘森传授给加藤的，她马上改变主意，明确了想法，决定顺水推舟，瞧瞧加藤这戏到底怎么演下去。她故意装作激起心头的不快，说道："哪有刘森站长说的那么严重！既然盛情难却，我到时候出席就是了。"

向影燕之所以答应下来，当然是基于她对自己的信心。多年的特工经历，可不是吃干饭的，只要有足够的戒备及应对办法，加藤是找不到什么机会的。她想好了，索性将计就计，与加藤等人将戏演下去，借此机会，说不定能将加藤及其背后的主使者一并揪出，那就更收获满满了。

向影燕接受了邀请参加聚餐，加藤绷紧的内心，一阵轻松。事情已经完成了一半，余下的就是继续做足准备了。回到家中，加藤打开一盒烟，将烟倒了出来，一支一支，做了处理，然后，他又把处理好的香烟放进空烟盒里——其中有一支，他特别做了细微的标记，与其他的都不同。这个标记，只有他看得出来。

四

当天深夜，程元泰从刘胜晓处拿到了临摹好的《雪溪图》。他匆匆地回到住处，与章晓晔招呼了一下，便在书桌前坐下，将临摹的赝品画作打开，慢慢地观看着。

章晓晔起身，走到程元泰的身后，将手轻轻地搭着他的肩上，柔声说："我做好了晚饭，为你热热吧？""不了。"程元泰转过身来，握住章晓晔的手，告诉她说："我有个紧急的事情,今天必须弄好。"

章晓晔问道:"要我帮你吗?""不用了,等有时间我把这些都讲给你听,到时你别写新闻报道了,直接写长篇小说吧。"程元泰开了一句玩笑。章晓晔笑了起来,嗔道:"逗我——找打你。"

次日,约定的聚会时间到了。雅集餐叙的地点,在汤闻道与刘森合伙的高档俱乐部里面。在别墅底楼富丽堂皇的大厅里,摆放了一张红木圆桌,刘森与汤闻道到得比召集人加藤都早些,两人先喝了杯白茶,然后在俱乐部里转了转,巡视了他们的产业。

刘森对经营情况更熟悉一些,他对汤闻道说,俱乐部的生意非常好,很多部门的活动,都放在这里安排,等到年底分红的时候,回本早就不是问题,而是净赚多少的问题。

汤闻道心情不错,与刘森从室内转悠到了室外的草坪上,望着眼前疏落有致的景致,他颇为满意地做了个深呼吸。

穿戴整齐的日本人加藤,从别墅大门款款进来,与汤闻道、刘森寒暄过后,几人一起走到了别墅入口。加藤突然收住了脚步,对身边的汤闻道轻轻地说:"汤先生,我想起来了,您的那位女学生,我好像在北方见过。"

"是吗?"汤闻道一扭头,等着加藤说下去。此时,刘森朝大门张望了一下,低声说道:"注意,向影燕来了。"

加藤立即收住了话头,他们的目光同时转了过去。一辆疾驰的小汽车,一个刹车,停在了草坪旁边,向影燕从车上矫健地跳了下来。

加藤急忙迎了上去,与向影燕寒暄着,说些感谢之类的

477

话。接着,程元泰与高祖谋乘车也到了,车门打开,从副驾驶位置上下车的程元泰身穿中山装,胳膊下面夹着两个盒子,他远远地朝着加藤说:"加藤先生,我带了一幅画和一幅字,待会儿品鉴。"

除了向影燕之外,其他人都带了一件以上的古董,高祖谋也亮出了一个瓷笔筒来,结果在赏玩时被程元泰认定,这件瓷笔筒,应该是民窑出的一般物件。

鉴赏完各自带来的古董,餐叙开始。餐叙中,每人分别与加藤碰杯敬酒,说了些一路顺风之类祝愿的话。向影燕心情最为复杂,表面上她波澜不惊,平静地吃着饭,但听到汤闻道说起加藤在假钞一事上贡献很大时,想到自己被撇在一边,她感到极不舒服。

向影燕隐约地注意到,程元泰与高祖谋分别找了多个由头,与加藤多干了好几杯。随着酒精摄入量的增加,加藤渐渐一改平日里谨慎低调的状态,越发有说有笑起来。

酒兴正浓之际,程元泰主动起身,微笑着说:"借为加藤先生送行,今天赏鉴了不少好东西,我来助助兴,为大家变个魔术如何?"汤闻道表示赞同,说:"好!元泰,来一个!"

程元泰从衣兜里掏了一张一百美元,让大家挨个看了上面的尾号,然后,他将这张美元折好,放在双手间搓呀搓,几下之后,程元泰将手摊开,一百美元瞬间不见了!众人正诧异间,程元泰从汤闻道的上衣口袋里,将尾号对得上的一百美元取了出来。

汤闻道鼓掌叫好,加藤、刘森、向影燕等几人,也被程元泰的绝活所震惊。高祖谋见怪不怪,不以为意,在一旁评论道："元泰，这种小把戏没啥意思，你要变变个大的。"

"没问题呀！"程元泰痛快地答应了，冲着加藤说，"加藤先生，可否借你的画一用？"

这个日本人正在酒劲儿上，面对大家的目光，没有拒绝，他从盒子里取出《雪溪图》，双手递给了程元泰。

程元泰将这幅卷好的《雪溪图》真迹，放在靠墙的一张椅子上，又拿出一块布，将整个椅子遮挡住，然后故弄玄虚地抖了几抖。当他一下子拿开这块布时，椅子上的《雪溪图》神奇地没有了！加藤不禁一惊，见到人们都乐呵呵地在笑着，他的心又放松下来。

程元泰用同一块布，再度遮住了椅子，慢慢地，随着他将这块布一点一点地拉起来，《雪溪图》的卷轴，赫然又出现在椅子上。程元泰拿起这幅《雪溪图》，将其还给了加藤，笑着说："好！完璧归赵。"古画依然是卷着的，加藤不疑有他，冲着程元泰竖了竖大拇指，将古画收了起来。

餐叙结束后，刘森佯装问起加藤，他是怎么过来的。加藤说，坐黄包车来的。刘森眼睛盯着向影燕，说："影燕站长，如方便的话，劳驾送送加藤先生，毕竟他有这么贵重的东西。"

对于刘森提出这个请求，向影燕本能地感到其中有蹊跷，没有立即回应。"辛苦影燕站长了，我们都与加藤不顺路。"汤闻道附和道。

"好，特派员，我送加藤先生。"向影燕瞬间做了抉择，她边答应着边径直走向小汽车。

加藤于是随着向影燕到了她的车前。上车前，他从身上掏出烟盒，抽出一支烟自己点上了，接着，他又抽出了一支，客气地递给了向影燕。向影燕略为迟疑了一下,但还是接过了那支烟,加藤马上殷勤地为她点着了烟。

向影燕背靠着车,注视着加藤吸烟的动作,她习惯性地吸了一口烟,然后又转过身背对着加藤,看了看其他几人,同时好像又吸了几口。

其他几个人的车,陆续发动了,她掐掉了烟,转过身对加藤说:"上车吧。"

五

汽车在马路上疾驰,朝着加藤住所的方向驶去。向影燕观察着后视镜,时刻注意着坐在后排的加藤的举止。

加藤靠着座椅的后背,闭目养神,笃定地等待着向影燕吸烟后所起的作用。果然,车子开了仅仅几分钟之后,向影燕开始感觉到阵阵困意袭来,她强打着精神,心里意识到,加藤递上的烟有问题。

可以说,向影燕处处小心提防,甚至在吸烟这个小小的细节上,也都注意到了,她吸第一口烟时,完全为了有意迷惑加藤。至于接下来的几口烟,不过是做了做样子,根本没吸进去。但没想到的是,就这一口烟,毒性竟如此强烈。

她知道,如果这样下去,意识将会越来越模糊,后果难以想象,向影燕不甘心,她要拉上加藤做个垫背的!向影燕凭着强烈的意念,将车速渐渐地放慢了下来。

加藤的脑海中突然想起,程元泰将《雪溪图》交还给他时的微笑,分明带有嘲讽的意味,加藤警醒起来,急忙打开盒子把画取出来，展开画轴，狐疑地观察着。

在略微颠簸的车里，他见到卷轴的最上面，似是真迹无疑。车子慢了下来，他立刻卷起古画，头部往前探过去，查看向影燕处于什么状态了。

此时昏昏沉沉的向影燕，已经无法打正手里的方向盘了。刹那间，汽车撞向了路边的梧桐树，停了下来。加藤用日语骂了一句，向影燕双手握着方向盘，身体歪在一边，一动不动。加藤叫了声"向影燕"，见她没有反应，于是又用手去试试向影燕的鼻息。

向影燕强撑着自己，将汽车撞向了路边停下来，以进一步迷惑加藤，但此时的她，感觉到身体好像正不断地被掏空，她用意志力屏住了呼吸。加藤感觉到向影燕已经没出的气了，脸上浮现出了得意的笑。正当加藤的身体欲退回后排时，说时迟那时快，向影燕的手挥动起来，她握在手中的短匕首，"嗖"地在加藤的脖子上一抹。

短短一瞬间，加藤的咽喉处出现了一道血线，鲜血随即流出，继而开始喷涌。加藤瞪大双眼盯着向影燕，他手捂着脖子，叫不出声来，往后歪倒下去。

向影燕企图打开车门爬出汽车，但她感到全身上下越来越沉重，使不出一丝力气来。她的视线渐渐模糊起来，然后往前一栽，头碰在方向盘上，昏迷了过去。

路人见到一辆车撞在路边的梧桐树旁，不知道发生了什么情况，惊吓得都不敢近前。

自从抗战以来，如此的场面在上海滩，尽管不是天天有，但市民可以说是见怪不怪了。又过了一会儿，人们才慢慢地围拢上去，隔着车窗，七嘴八舌地议论着。

从餐叙的俱乐部回来，汤闻道让秘书李默泡了一杯茶，优哉游哉地喝着。可刘森急匆匆地赶到了，带来了一个沮丧的消息：向影燕开的汽车撞到了路边树上，现场去处理的是警察局的人，确认加藤已死亡，向影燕则昏了过去，已送进医院。

汤闻道听了之后，好心情一时全无，他重重地放下茶杯，烦躁地说道："怎么搞的？怎么会这样？"

刘森说："不知道在路上他们之间发生了什么。不过，加藤死了也好，一了百了，文物案的知情者又少了一个……"

汤闻道问："那向影燕呢，对她如何处理？""向影燕肯定要除，否则，后患无穷。"刘森毫不迟疑地说。

"别那么多废话，尽快了结！"汤闻道感到深深的厌倦，叹了口气说。过了一会，他稍稍地平静了一下，又问道："加藤的那幅古画在哪里呢？"刘森忙说："不清楚，我马上过去与现场处理的警察交涉，实在不行，干脆以军统的名义，把此事的调查权接过来。"

汤闻道点了点头，他预感到这是个不祥之兆，但目前要控制住局面，似乎只能如此了。

何君梅突然过来了，她前脚刚迈进汤闻道的办公室，李默后脚便跟着进来了。李默因为没拦下何君梅，尴尬地解释道："何小姐说她带您的东西来了，我……"

汤闻道因没有解决掉向影燕还留着后患，正心烦气躁，坐立不安，李默可有可无的解释，更让他感到不痛快。汤闻道狠狠地瞪了李默一眼，然后，将目光转向沉默不语的何君梅。

女人手里拎着一个皮箱，人消瘦了不少，眼泡明显有些肿胀——显然这些天来她暗自流了不少眼泪。这么一想，汤闻道不由得心疼她。他叹了口气，挥手让李默离开，问何君梅道："你带什么东西了？"

"之前，我为你定做了一套洋服，昨天刚刚送到。给你带过来，放在我那儿可惜了。"

汤闻道心里五味杂陈。从花园别墅搬出来住的这几天，他是很不适应的，因为他习惯了何君梅腻着自己的那种感觉。

此时此刻，这个女人再一次站在面前，很自然地他就想起了许许多多两个人之间的那份欢好。汤闻道收摄心神，决定在意志松动之前，赶紧与何君梅告别。他脸上依然保持着波澜不惊的样子，对何君梅说道："洋服你放下好了。谢谢你！"

"谢谢"二字，明显有逐客令的意思，何君梅听懂了。她将手中的箱子放在地上，幽幽地瞥了汤闻道一眼，欲扭头出门而去。

这忧伤中含着媚态的一瞥，彻底摧毁了汤闻道再次筑起的心理防线。他突然感到，与这个尤物是剪不断理还乱，她就像鸦片一样，令自己有了心瘾，欲罢不能。

何君梅走到门口，汤闻道过去一把抓住了她的手腕。何君梅眼里噙着满满的泪水，幽怨着面对这个男人，汤闻道轻声叮嘱道："李默开车送你……晚上我过去。"

何君梅使劲地点着头。她知道，这个男人又要回到自己身边了。

清晨，天刚刚亮。上海大小街头的报童，已将日本人加藤之死作为卖点，在大声吆喝了："看啦，看啦，汪伪政权日本顾问暴毙于女军统车中！"事实再次证明，在上海街头发生任何事件，如果不是第一时间封锁住，其结果就是消息满天飞了。

高祖谋看到这个新闻之后，直接找到程元泰，他提出了疑问："你要夺回《雪溪图》，甚至在计划里设计除掉加藤，我就不说什么了，这个日本人死有余辜。但问题是那个向影燕，她怎么出事了？"

向影燕中毒住进医院，程元泰颇感意外，他本来认为，提醒过向影燕之后，鉴于她多年从事特工工作的经验，可以做到全身而退的。

当然，程元泰没法将所知道的全部情况，都向老同学和盘托出，他做了一番取舍，解释道："我目的是从加藤手里夺回宋代古画，至于加藤与向影燕之间在路上发生了什么，我完全不知情。你想想啊，昨天我们聚会后，刘森临时向老师提议说，请向影燕捎带加藤一程，这岂是我事先安排的？"

高祖谋从程元泰的神态中，感觉到老同学说的确是实话，并未有什么隐瞒，他惋惜地说："与坏家伙刘森比起来，向影燕还是行得正的。"程元泰说："是啊！希望她尽快苏醒过来。"

高祖谋又问道："加藤的那幅宋代真迹，你准备如何处理？"程元泰说："这是中国人的东西，适时捐给博物馆吧。"高祖谋嘲讽道："你别哪天将它捐给共党就好。"

程元泰半真半假地问高祖谋，说："你这么确定我与共党有交往？"高祖谋冷冷地回道："你那个记者女朋友到底什么背景？哼，疑窦重重。我目前就差确凿的证据罢了，但真正什么底细，你最清楚。"

程元泰无可奈何地摇摇头，劝道："祖谋呀，你不要钻牛角尖……"

第二十六章

杀一儆百

一

向影燕的遭遇让景秀生莫名地戚戚然。

他作为一个做实业的,已经感到国民党政府虽签了《双十协定》,但实际上对共产党的打压政策不断地在加大。山雨欲来风满楼,一旦到了内战爆发的地步,光复之后他所付出的心血,或许会付诸东流——这令他简直不敢深入思考下去。当然,国民党在各方面占据着巨大的优势,目前在上海等大城市,对于时局的紧张状态,许多人尚感觉不到,这更多体现在报纸上,并未对实际的生产与日常生活造成大的影响。

景秀生对抗战接收之事颇有微词,但他一个商界名流,与官员们在面儿上,为有利于生产经营,需要保持融洽的关系。

然而，向影燕的中毒事件，却让景秀生深深地意识到国民党治理下的混乱不堪，一个军统身份加持的骨干人员，居然惨遭如此不测，那么，其他人谁敢说安然无恙呢？

脑子里让这些思绪盘踞着，景秀生连续几天寝食不安。终于，他想起了一个人——景家的世交孙先生。景秀生与他在被绑架之前见过，一晃这么久了，应该设个家宴，当面向他讨教讨教。

家宴共有四个人参加，除了孙先生，就是景秀生及儿子、侄女。席间，大家自然谈及最近的一些新闻，加藤之死与向影燕中毒事件。景秀生感慨不已，上海被国民政府接收了，但并没有变得更有秩序。

景弘毅显摆自己的消息灵通，说："这些政府的接收大员，互相倾轧，怎么可能有秩序？据传，丁树基文物走私案幕后主使是汤闻道，钱大钧并不认可他，另外，军统的向影燕与刘森，各自为政，互相安排人查整对方，狗咬狗一嘴毛……"

景莺音打断堂弟说："弘毅，关于文物走私案的事情，你千万不要在外面讲。言多必失，你注意分寸。""我知道。在饭局上，听那些当官的吹牛，什么议论都有，我不说话的。"景弘毅补上了一句。

景秀生提醒儿子："不要与官员接触过密，把握好距离，他们之间的折腾，何时殃及池鱼，没人说得清爽。"孙先生为景弘毅打圆场："弘毅年轻，难免喜欢觥筹交错的场面，不过，他在生意上，勇猛精进，有一套的。"

"你抬举他了。孙兄，你对未来时局变化，有什么高见，在上海我这么大一摊子，该如何把握啊？"景秀生问道。孙先生对着景莺音说:"莺音,我托你转给伯父的一幅字,你转交了吧?"

"转了。上面写着:时止则止,时行则行,动静不失其时。"景莺音答道。

景秀生若有所思地说:"孙兄转的话,我如影在心,抗战胜利,在上海恢复之前的产业,即是时行则行吧。莫非刚没多久,就要时止则止了?"

孙先生微笑着说:"秀生,条幅我漏了一句,应该是——时止则止,时行则行,动静不失其时,其道光明。上海目前的情况,大家都看到了,政府接收弄成这样,如何称之为其道光明?"景秀生叹息了一声:"唉!从时局来说,叫人如何看好,要及早做打算呀。"

"秀生,以前我们研究过《易经》,你记得同人卦吗?同人于野,亨。利涉大川,利君子贞。弘毅有闯劲,不要守在上海,让他适时走出去,开枝散叶。"孙先生缓缓地说道。

世交的话触动了景秀生。他们便开始了讨论,既然时势不可捉摸,不如将眼光放开,将生产与经营适度做做转移,留些火种——基于这个想法,景秀生下了决心,将海外尚处于起步阶段的经营,全部交给景弘毅打理,让儿子离开上海到海外发展!

黄昏将至,程元泰在上海书店阅览室的《太古遗音》书中,又收到了"箜篌"留下的工尺谱。

曲谱转译后的内容是:对你设法除掉加藤,给予表扬,我现得以留下;《雪溪图》处理事宜,可先在你处留存,等你与章晓晔适时撤离上海,届时妥善处置。

程元泰回到住处,天已经黑下来了。章晓晔对他抱怨说,一天到晚地窝在屋里,实在太憋闷了。事实上,黄包车夫陈师傅将文教界的反内战运动的情况,已经陆续地向她转达了不少,面对如火如荼的斗争形势,她按捺不住内心的冲动,非常想尽快投身进去。

"哪天我可以回报社工作啊?"章晓晔带着撒娇的语调问。

程元泰考虑了一下,鉴于目前向影燕昏迷住在医院,暂时无法对章晓晔构成威胁,他于是说:"明天就可以上班,不过,有一个要求,你每天及时与我联系,以便于我知晓你的情况。"

"我每天住这儿,也要白天上班与你通话吗?""当然。"程元泰回答着。同时,他思忖着,可以通知季国云了,让帮会的弟兄们撤下来。

刘森做了许多工作,在汤闻道的支持下,终于让警察局将加藤被杀案的调查权移交过来。根据现场获取的线索,他大致可以判断出,向影燕已经发现加藤在烟里下毒害她,在昏迷之前她奋力给了加藤致命一击。

不过,现在的问题是,刘森从出警的警察那里追回了加藤的宋代古画,可是经过技术鉴定,这幅所谓的古画,竟然是一件赝品!

那么,到底在这其中哪一个环节,那幅古画被调包了呢?一时间头绪实在太多,刘森不得不重新梳理一下记忆,他慢慢地过滤着那天中午在俱乐部餐叙的热闹场面。

在他脑海中,闪现出程元泰在餐叙中表演魔术的情景。刘森不由得打了个激灵，他不由得想到：此时可是调包的绝好机会！

他让沈东洋设法查一查《雪溪图》真迹，是否落在程元泰手里，接着，刘森的脸阴了起来，他要求沈东洋，尽快到医院"了结"向影燕。沈东洋听了一惊，问道："难道要置她于死地？"刘森面无表情地点头说："她不死掉，我们必有后患。"

沈东洋向来对刘森言听计从，但是加入军统这么多年，要亲手干掉自己的上司，他忍不住从心底涌起股股寒意。沈东洋极力掩饰着内心的翻腾与挣扎，表面上默然地接受了。

一个手下此时匆匆地跑进来，报告说：戴笠老板飞机失事身亡！刘森震惊至极，他瞅了一眼日历牌，1946年3月17日。

二

有人欢喜有人愁，军统头子戴笠飞机失事身亡，留下了如此诱人的一个大摊子，怎能不让许多人垂涎？况且，戴笠身亡所空缺的位置，也是军统内外若干人所心心念念的。毫无疑问，在军统局上下的每位人员，不同程度地卷到了一种前所未有的动荡之中。

获知戴笠飞机失事的消息，汤闻道感到正是下手解决向影燕的好时机，两天以后，他急不可待地叫刘森过来，催促他抓紧办理这件事情。"汤局，这件事现在难办了。"刘森显得为难地说。

"目前军统群龙无首，不正是解决的机会吗？"刘森解释说："戴笠一死，看起来出现权力真空，实际上整个军统系统面临着大洗牌，如毛人凤上台，以他的气度，难容得下我这样的'老军统'。他昨天已经打电话给我，仔细地询问向影燕如何被毒杀的，并要求确保她的安全。毕竟她与毛人凤是同乡啊，谁愿意做恶人结果她的性命呢……"

汤闻道强调说："哎呀，我没有让你动手啊。""我晓得。可是谁来落实呢？我的心腹沈东洋，我对他已交代过了，可他仍拖着没办。"

汤闻道抑制着语气里的不快，说："我们很多事情是一起'经手'办的，证据都掌握在她手里，你不处理清爽，我们最后如何收场呢？"

"我知道，她不死，我们迟早要遭殃，再想想办法吧。"刘森表面上答应着，但心里对汤闻道不遗余力地逼自己下手，已经感到极不耐烦了。

汤闻道观察到了刘森的敷衍态度，直觉告诉他，已不能指望刘森办理这件事情了。可是，一旦向影燕苏醒过来，将她被毒杀的来龙去脉再现一下，然后，将她掌握的文物走私案的秘密及证据向上面一报告，那么，就凶多吉少了。

开弓没有回头箭，既然已经走到这一步，向影燕必须死！

汤闻道捋了捋可以托付此重任的人选：高祖谋，毫无疑问，他是不屑于做这种上不了台面的事的；程元泰呢，他与向影燕来往多而且感情上有纠葛，恐怕下不了手；唯一可以委托的，只有他的秘书李默了。

李默跟随着汤闻道做秘书这么长时间，兢兢业业，不声不响，具有同龄人所少有的矜持与稳重，汤闻道很是赏识。经过一番权衡之后，汤闻道叫来了李默，他肯定了李默的出色表现，暗示以后将提供升迁的机会，最后他谈到了要害问题，让其到医院伺机下手结果向影燕的性命。

面对汤闻道委派的事情，李默从不问为什么。对这次任务，他恭敬地说，目前，实施起来有难度，需要耐心等待机会，该下手再下手。

汤闻道听了点点头，认为李默说得没错。他让李默考虑周全了，争取一举而竟全功。李默领命而去。

然而，汤闻道意想不到的是，他意欲暗杀向影燕的消息，李默很快通过电话告诉了国民党的另一个山头。

大人物已经将对于汤闻道的种种非论，好不容易压了下去，但这一消息，如同一根导火索，再次引爆了国民党内部的山头之争，而上海的接收乱象，随之被捅到了党国最高当局。

当然，汤闻道向李默发出行动指令的那一刻，他做梦都想不到事情会是这样的走向。

上海已经进入了春天，到处都仿佛透着一股慵懒的气息。程元泰跟同僚们刚刚散会，回到他的办公室，电话响了，是行政院打来的。那头通知他，今日立刻赶往南京，明天参加一个重要的会议。

程元泰随口问了一句："什么事情呀，这么急迫？"电话里说："到了你就知道了。今天中央通讯社将发消息，谈谈上海接收工作存在的问题。"

汤闻道接到了大人物的来电。大人物的话说得并不多，他似乎疲倦地对汤闻道说，委员长为了全力部署对付共党，必将毫不放松对内部的整治，首先惩治接收中的贪腐问题，而上海恰恰是关注的重点。

"今天你听听中央通讯社的消息吧。"大人物的语气,显得颇为失望,说完,他挂了电话。大人物说话的口气与过去不一样,汤闻道忐忑不安起来,他只有等待,等今天中央通讯社发出的消息。

很快,上海各大报都转发了中央通讯社的稿件:抗战胜利接收中的种种积弊,已经惊动了最高层,委员长决定从上海入手,大力整顿接收的贪腐问题,将派出反贪调查组到上海,一查到底,无论查到什么人,必给党国与民众一个交代!

程元泰赶到南京参加的会议,实际上是一位大员与他的单独谈话。谈话内容涉及的是上海的反贪问题。大员说上面考虑到程元泰在上海做接收工作,而且财政系统和上海所有党国机构都有接洽,各方面情况比较熟悉。因此,经再三斟酌,现任命程元泰为上海反贪调查组组长,即日起可跨部门行使调查权。

正式谈话告一段落,两人进入相对私人化的闲谈。这位大员也是财政部出身,程元泰试探着问道:"除了任命我担任组长之外,调查组其他成员呢?"

"我派两个人随你到上海。在上海,如需要人手,你可以从各单位随时调用。"

"有个问题我请教一下。这次上海反贪调查,往上可以查到什么级别呢?"程元泰问了一个关键的问题。

大员没有明确表态,他斟酌着说:"这一点并没有明确,肃贪肃到哪个级别,委员长不可能有具体指示。从我个人的角度,我可以说的是,这件事并不轻松,那些上海接收大员,你说哪个上面没有人……"

程元泰说:"哎呀,任务艰巨啊!"

"元泰,说到底,你酌情处理吧。小鱼小虾查查,力度估计不够;至于查大一点儿的老虎嘛,如果你既能抓到典型,又把握好尺度,选择一两个典型出来,能够平复社会民意,那是最好不过了。"大员推心置腹地说。

"嗯,明白。说到底,就是要把握好尺度。"

"对!有个事提醒你一下,你心里有个数。提名你做调查组组长的时候,反对的声音可不小啊……之前有人到财政部查你的档案,但是让部里顶回去了。"

程元泰无奈地苦笑:"做事难啊,既要秉公办事,又要平衡好关系,否则,容易四处树敌啊,别人会想方设法找到你的弱点,将你置于死地,可谁没有弱点呢?"

"你不要有心理负担,但凡是财政系统的老人,谁不知道当初重建税警总团,宋先生到部队视察时,你为他挡过枪呢。放心吧,支持你的是主流……"大员宽慰着程元泰说。

三

反贪调查组到上海巡查的消息,家喻户晓,人人皆知。各种人反应不一,有些人觉得上面有后台撑着,这种事情历来雷声大雨点小,他们仍不收手,我行我素,肆无忌惮。

但是有些人后面没有背景与靠山,心里是发慌的,生怕查来查去查到自己,被抓了典型,拉了去祭旗。沈东洋便是其中的一个。

沈东洋本想找刘森聊聊天的，但是毛人凤专门派人到了上海，了解向影燕的身体恢复情况，刘森对上面的人，丝毫不敢怠慢，鞍前马后地陪同着，哪有时间坐下来，与沈东洋分析这些东西？

沈东洋心里没底，忧心忡忡，便想到去找季国云，讨讨主意。从倒卖无线电器材之后，沈东洋与季国云私下搞了些合作——比如，他们将虹口黄浦江边的水产市场经营权强占下来了，沈东洋负责打压全市其他水产集中交易，季国云负责安排帮会弟兄在市场进行日常维持。

见到季国云以后，沈东洋提了该如何应对反贪调查组的想法。"老季，反贪调查组快到上海了，像水产市场那些事情，我们俩事先统一口径吧，免得到时候对不上。"

季国云显得无动于衷，颇为淡定地说："东洋呀，不要紧张过度，我们这些小角色呀，根本进不了反贪调查组的法眼。"沈东洋说："这可不好说，不能掉以轻心！"

"告诉你吧，前天我请程元泰去泡戏园子，他说要赶往南京参加会议。"季国云神秘地说。见到沈东洋不明白此中奥秘，他继续解释道，"我请老头子在南京的关系，打听了一下，说是程元泰受到上面器重，可能让他带队查贪腐……"

沈东洋问："你的消息可靠吗？"季国云回应说："不可靠我和你说？——他如被重用的话，你说，我们担心个啥？"

说起程元泰，沈东洋疑虑着说："加藤死了，刘森让我继续查那幅古画的下落，说有可能让程元泰调包了呢。"季国云笑着说："东洋，你是个聪明人，不就是一件文物嘛，你较什么劲呢，你与刘森收的财物少吗？"

听了季国云的最后一句，沈东洋惊出了一身冷汗，他知道程元泰与刘森历来不对付，如果程元泰查到刘森，沈东洋自己也脱不了干系。他连夜与刘森见了面，告诉他刚刚获知的程元泰应召赴南京的事情，很可能与这次查处上海的贪腐有关。

刘森并未把这次反贪调查放在心上，认为不过是走走过场而已，但一听到程元泰参与此事，联想到之前与程元泰的关系——从不密切甚至有些僵持——他心里开始不踏实了。

不管这次调查的查处力度是大是小，具体落到他的身上，被查出问题的概率肯定很高的。更要命的是，罩着自己的顶头上司戴笠，人已经不在了——汤闻道更指望不上，他已经自身难保，也许就是这次调查的重点对象——该再找一棵"大树"靠靠了。

刘森绞尽脑汁，翻拣了一遍，除了戴笠之外，高层的党国大佬他见过不少，但能够在关键时刻说上话的并不多。想着想着，他脑海浮现出汤闻道传阅嘉奖令时大人物的落款签名——大人物将汤闻道安排在上海，毫无疑问，他希望在这个城市始终保持其话语权。

刘森暗自想："以大人物对上海这个重要城市的关注，除了有汤闻道这张明牌之外，他不会拒绝再布一条暗线。而这张明牌汤闻道呢，估计现在已是烫手的山芋了。"

事到临头，只有赌它一把，刘森心里想着，好事是等不来的，没准赌成功了呢？

一不做，二不休，他反复构思，字斟句酌，主动地给大人物写了一封信，加急件发出。在信中，刘森信誓旦旦地表示，坚决拥护上面彻查接收中的贪腐，在上海甘愿为大人物分忧，为老百姓解愁，绝不给党国添麻烦。

此外，刘森在信中说："前次赝币投放计划中，我安插在苏北的眼线，在流通方面起到很大作用。接下去，我将责成他广泛收集情报，并择其重要内容直接向您汇报，为党国的反共大局，尽绵薄之力。"落款签名，刘森。

面对上面高调的反贪腐，且矛头直指上海的接收，汤闻道的情绪，一下子降到了冰点。尽管有马屁精在汤闻道面前忽悠说，上面之所以这么做，是对上海市市长钱大钧等人不满意。但汤闻道心里比谁都清楚，大人物那天打来电话，让他听听中央通讯社的消息，明显说明上面的不满在很大程度上源自他。

何君梅感受到了汤闻道懊丧的状态，晚上他的应酬也减少了，几天来，晚饭后何君梅为安抚他，会为他弹一支曲子。与汤闻道在一起的这段时间里，这个男人身上的儒雅、温润与他手中权力的结合，让何君梅获得了前所未有的归属感。

与此前的丁树基等人相比，她感觉到他们简直是一个天上，一个地下，她感谢上苍的赐予，祈祷永远停留在这样的美好时光里。

这天晚上，何君梅又用箜篌弹奏了一支曲子，她注意到汤闻道六神无主，心不在焉。一支曲子弹奏完以后，何君梅问他怎么走神了，汤闻道无精打采地说道："今天上面关于调查组的正式通知下来了，程元泰是反贪调查组组长。"

何君梅的第一反应颇为欣慰，她庆幸地说："他毕竟是你的学生，总比其他人好吧？""嗯。也是。"汤闻道附和了一下，但其实他潜意识并不这么认为。这里涉及一种很微妙的关乎权力的感受。

当初汤闻道带着"尚方宝剑"空降上海的时候，面对上海滩的种种人等，他有着绝对的心理优势；如今，"尚方宝剑"握在程元泰手里，而汤闻道自身，则可能成为接受调查的人。如果老师让学生调查的局面果真出现了，汤闻道感觉到，一时很难适应。他不由得感叹一声，喃喃地说："不知道能否跨过这道坎儿。"

四

从 1945 年 8 月 15 日抗战胜利到 1946 年的春天，仅仅半年多的时间，国民党的领袖地位及其所领导的政权，其声望从打赢一场反侵略战争之后的巅峰状态，直线坠落，挥霍殆尽。

抗战胜利后的种种接收乱象，使民众逐渐地看到了一个贪婪、颟顸、如同硕鼠般的党国，以致最后忍无可忍的人们，只有走向街头，表达积郁已久的不满情绪。

上海，同全国其他地方一样，正在进行轰轰烈烈的"要和平反内战"运动。

章晓晔作为文教界的核心骨干，每天为报社撰写稿件，反映社会的呼声，同时，她还投入到群众运动的协调工作之中。

文教界组织了由各大学校学生参加的三天大游行，尽管上街游行的学生来自不同的大学，但章晓晔每天从未缺席过，她始终满怀热情地走在游行队伍前面，带头高喊着口号。

身在南京的程元泰，知道章晓晔在忙着什么，他们每天都在交流。但是，章晓晔全身心投入的状态，让程元泰纠结万分——时代的洪流滚滚向前，任何一个心怀理想的年轻人，都不会置身事外。因此，他不忍心掐灭女友如火般的斗争热情，但与此同时，他从事着危险的事业，知道此中风险有多大，他不禁为章晓晔担心，她频繁地抛头露面，毫无疑问会招致特务的注意。

事实上，程元泰的担忧是对的，游行现场毫无例外地有国民党的便衣混在其中，他们已经留意到章晓晔。

沈东洋在游行现场监控了一天，带回了一些照片，他向刘森汇报说，要和平反内战的游行规模，越来越大，这几张照片，就是我们的人拍下的参与其中的重要人物。

刘森接过几张照片，扫了一眼，便将其丢在桌上，说："目前最重要的事，是保护好自己，首先在毛人凤手底下站稳了，少掺和事。听说总部已大换班，八个处长，换了七个，只留下沈醉一个。外面这些游行，中统有人在盯着，军统里想借此向毛人凤表忠心的也在盯，我们不去凑这个热闹。"

"嗯。站长说的是，我在现场只待了大半天。"沈东洋顺着刘森的意思说道。刘森赞许地点点头，又瞥了一眼桌上的照片。他在照片里看到了章晓晔，他拿起照片端详着，指着章晓晔问道："她是重要骨干吗？"

沈东洋确认："是！她是《联合晚报》的记者，蹦跶得很厉害。"

"噢……在仙乐斯舞厅找小曼的时候，我见过这个女人。你花点儿时间，好好查一查她。"刘森想起在仙乐斯舞厅那个不愉快的晚上，阴沉着脸下了指令。

上海民众连续几天的游行活动，给从南京返回的程元泰造成了交通困难。他所乘的火车到站之后，前来接他的人说，从火车站到他办公室这一路,行驶会很缓慢,近日各行业都在上街游行,中途有段游行区域实在绕不过去。

程元泰不准备为反贪调查组另外安排办公室,以不叨扰地方为原则,他将调查组的临时办公地,放在了财政部驻沪办。

一路缓慢行驶,拖拖拉拉,好不容易走进了办公室,秘书姚莉送来刚刚收到的电报,电文上说:考虑到反贪腐调查工作头绪众多,又为程元泰配了个副组长,其人选是在军统局上海情报站的刘森。

程元泰面色平静,心里却很诧异,他知道,这背后肯定又发生了什么。

的确,刘森给大人物的加急信件起了作用。在反腐调查组组长程元泰返回上海前,刘森接到了大人物打的电话。

大人物说他看过了刘森的来信,写得很好,敏感性与政治站位都很高,接收是党国碰到的新课题,考验着每个人的政治成熟度。

大人物说:"刘森,你建议将调查规模控制在上海范围内,很难得啊!""您过奖了,我是考虑,如果调查扩大了,出了上海,就会被别有用心的人利用,就会干扰上面对共党的布局……"刘森故作谦虚道。

"嗯,党国需要你这样有眼光的人啊。"大人物毫不吝啬夸奖着,接着问道,"你在苏北安插的'棋子',可靠吗?"刘森说:"人虽在苏北,但他对党国忠心不贰。"

"好!我向上面推荐了,任你为反贪调查组的副组长。此外,我给你个任务,利用这个'棋子',尽快弄到一份新四军在苏北一带的军力部署。如果这个事情做好了,我给你交个底,不论军统内部人员如何调整,你无须担心。"大人物说出了关键的话。

刘森听了大人物的话,心里有了底,兴奋得像打了鸡血一样。通完电话后,他立即用电台给"棋子"发了指令,要求他尽快搞清苏北新四军的部署情况。

景弘毅已经定好离开上海赴海外的日期,他在临走之前,准备办一场告别酒会,新朋老友热闹一次,景秀生则希望低调一些,不事张扬。

父子俩意见相左,弄得有些不高兴。景莺音做和事佬,提了个折中方案:将景氏绑架案时帮助过景家的汤闻道、高祖谋、程元泰三人,邀请来办个家宴,算是与弘毅告别。

这次送别家宴,气氛显得颇为寡淡,汤闻道师生三人,除了祝愿景弘毅到了海外生意兴隆之外,谈兴不甚浓烈。

汤闻道自感时过境迁,因有程元泰这个反贪调查组组长在座,属于他的风光时刻,已成为过去式了。

高祖谋悄然地定好了赴一线报到的日子,这一顿饭对他而言,亦是一场别离,故而其心绪,不免十分黯然。

程元泰心里更清楚,目前这种相聚,很多话题不宜触及,便主动向景弘毅及另几人敬酒,以免出现尴尬的冷场局面。

饭局过半,景莺音说:"今天我特意邀请了一位歌女来,唱一首《夜来香》,送给弘毅,同时送给老师和祖谋、元泰。"

穿着旗袍的歌女出场亮相,唱了这首充满了十里洋场味道的歌曲。在婉转柔美的歌声中,勾起了在场的每个人心中的如烟往事,在短短的那一刻,他们静静地听着,沉浸在自己的世界里……

送别宴结束，汤闻道少有地主动提出，请程元泰送送自己。于是，高祖谋趁便说，他送景莺音回丝厂附近的洋房别墅。

五

夜静极了，可以听到彼此前行的呼吸声。程元泰送汤闻道返回的路上，汤闻道顺便提出，安排时间请程元泰与刘森到家里吃个便饭。

程元泰对他所说的"家里"这个概念，一时没有反应过来，不过，他很快明白过来，老师所谓的"家里"，指的就是与何君梅住的那个花园别墅。他忍不住生起一股悲哀，因实在不好拒绝老师，他答应了下来。

夜幕下，车窗外朦胧的灯火扑来闪去。高祖谋开车送景莺音，借机告诉心目中的女神，过两天就去外地的部队了。"莺音，工厂里的事，你别太操劳，注意劳逸结合。"高祖谋叮嘱着，气氛变得颇为伤感。

"我知道。祖谋，有些话我不便对你说，忘了我吧，希望你找到属于自己的情感。"景莺音真诚地说。高祖谋说："没关系，随缘欢喜吧，你永远是我的女神。"景莺音沉默了一会儿，又说："你托我的事，我已帮你办好了。"

高祖谋惊讶道："哦？办好了？"景莺音认真地说："前些日子我与小曼谈了谈。她目前状态不错，我与她谈了进工厂读夜校的事，一边工作一边学习。她考虑之后答应了，她已放弃与那个男人结婚，相信自己有更好的未来。"

高祖谋感谢道："莺音，你太有心了，谢谢！"景莺音微微一笑，说："小曼很快到工厂、夜校学习与工作了，有我呢，你放心吧……"

高祖谋叹息道："我在给父母的家书里，都没敢告诉他们，我找到了妹妹。"景莺音说："现在你可以告诉他们了，等时机成熟，你父母可以到上海与妹妹团聚，有时间你其实也可以过来见见她。"

"太好了！妹妹在你身边，我一万个放心。"高祖谋颇为感动。景莺音问道："你动身离沪的时间，与老师、元泰都说了吗？"

"不说了吧。半年多来，他们的一些行为，让我越来越失望。"在景莺音面前，高祖谋毫不掩饰他的真实想法。

"不必勉强，当然，时间会证明他们的对错。"景莺音颇感怅然，轻声地说。

汤闻道在景弘毅送别家宴的次日，将程元泰与刘森两位正、副组长，请到何君梅住的花园别墅吃晚饭，酒菜是从附近的高档酒楼订的，何君梅精心打扮过，悉心地在一旁作陪。

几个人刚坐定，汤闻道介绍了一下何君梅，他故作轻松地说："都不是外人，何小姐呢——我的红颜知己，也许你们早知道了。"

刘森笑眯眯地说："汤局，不是秘密了，不过，无伤大雅。""这个不属于调查组的调查范围吧？"汤闻道自嘲地开玩笑问道。

程元泰微微一笑："上面对此类事情，似乎不太关注。你说呢，刘站长？""顶多是私德问题，上上下下，这种事情多了去了。"刘森满不在乎地说。

何君梅听他们聊着,殷勤地为程元泰和刘森布菜。程元泰、刘森二人一味闲聊,汤闻道与何君梅几次婉转地打听上面要求调查组查到什么程度,但程元泰、刘森滴水不漏,没有透露任何信息。

当然,刘森"打太极"的目的是,不让汤闻道知道大人物已与他搭上了线,而程元泰保持缄默,则是因为上面并没有给出硬性指标,他的反贪腐调查,无一定之规,随时可能指向任何贪腐线索。

反贪腐调查组到上海之后,程元泰的第一个举措,就是设立了一个反贪腐信箱,向上海各界开放一周,谁都可以匿名写信举报,向调查组提供线索。

仅仅三天过后,举报信件如雪片般飞来,程元泰不得不随机应变,召集了调查组会议,就三天来统计好的举报线索,进行分析、讨论。

负责线索统计的是行政院派下来、随程元泰一起到上海的王春良和李景福,两人是"空降兵",给大家的感觉是,他们说话没有忌讳。

他们直言道,目前数量最多的线索,集中指向的是之前轰动全国的丁树基文物走私大案——而凡此种种,绕不开一个人,上海党部特别巡视委员兼上海市社会局局长汤闻道……

程元泰稍稍愣了愣,他倒没有迟疑,说不管什么职务与背景,该调查就调查。刘森当即附议,赞扬程组长不徇私情,暗自里他有一个感觉,汤闻道这次碰到大麻烦了。

会议结束,王春良与李景福对程元泰说,有事要通个气,三人又多聊了一会儿。王春良告诉程元泰："组长，除了汤闻道之外，集中度最高的线索就是反映刘森的，但我们刚抵达上海，上面就发来了指示——进入反贪腐调查组的人，即便有人揭发，可以豁免。"

李景福不无遗憾地说："本要痛痛快快地查贪腐的，没想到刚开始调查就有掣肘。"

程元泰苦笑一声，他意识到刘森找到他的保护伞了。但是对王春良与李景福两人，程元泰平添了不少好感，他与两人商量说："在可以查处的范围内，小鱼小虾要惩治惩治。要不然，仅仅就查处汤闻道一个，何以服众啊？"

第二十七章

痛陈时弊

一

反贪腐调查组锁定汤闻道的传闻，一夕之间，在上海滩广为散开。消息很快传到汤闻道耳朵里，他立即私下与刘森通了电话，确认情况是否属实。

刘森深知汤闻道目前流年不利，正在考虑如何与汤闻道彻底切割，他鸡贼地说，自己只是个副组长而已，在组里拿主意的是组长程元泰。

当天，汤闻道收到了发妻的信。章婧英在信中说，对丈夫在上海的一些情况，隐忧在心，从目前听到的情况来看，这次上海要动真格的，是凶是吉，请汤闻道好自为之。

汤闻道提起笔回了信，安慰发妻道："等一切过去，还是回到学校,悉心教书,讲讲中国古代文学史或哲学史,过抗战前那种放松的日子。"

纠结再三,汤闻道感到不能被动等待,在与何君梅商量之后,他考虑设法与学生程元泰通融通融。他给景莺音打电话说,自己已被以程元泰为组长的反贪腐调查组列为重点调查对象,情况相当不好。

"莺音,我作为老师,不好出面,今晚我让何小姐出面请你,你们一起到程元泰那里,捎个话给他——师生一场,可能的话,留下一条路。"景莺音思忖着,无法推托这个请求,便答应了汤闻道,说:"好,没问题,晚上我与君梅过去。"

高祖谋在淞沪警备司令部稽查处工作到了最后一天。他收拾好所有的个人物品,趁着闲暇之际,叫了副官王超及几个手下过来,说了些鼓励的话,诸如奉行三民主义、为党国尽忠之类的。

高祖谋临别赠言说完,手下正准备离开,当天的报纸送来了,他看到了头版署名章晓晔的文章。他拿起来读了几行字,气愤得把报纸往桌上一拍。

副官王超小心地凑过来看,章晓晔这篇报道的标题是:党国今日新气象——刮着百姓,斗着共党,肥着腰包。副官之前盯梢过章晓晔,此刻毫不稀奇地说:"程元泰被任命为反贪腐调查组长,她当然可以肆无忌惮、随心所欲了。"

高祖谋心情一阵烦躁,他积压了很久的种种不快,瞬时迸发了出来,他腾地站了起来,对手下们说:"今天是我履职的最后一天,傍晚抓捕章晓晔,连夜审问!"

章晓晔参加了文教界核心成员的秘密会议,在这次会上,有人提出赴南京和平请愿，马叙伦先生表示赞同，与会人员很受鼓舞。中午回到报社，章晓晔兴冲冲地与程元泰通了电话。

"元泰，告诉你一个好消息，开始策划新动作了！这回啊，我们要出上海啦……"程元泰在办公室翻阅材料，他警觉地打断了章晓晔的话："好，碰面聊吧。"

"嗯。下午你接我？晚上我们看《出水芙蓉》好吗？电影里'我有个秘密，我长得多美，人人都爱我'那句台词，太经典了！我想再看一遍。"程元泰回应道："好，下午5点钟，我接你，我们去看电影。"

程元泰想到往后的几天，越来越忙，未必有时间与章晓晔见面，便答应了。想了想，他又提议说："看完电影去仙乐斯舞厅跳舞如何？好好放松放松。"章晓晔高兴极了，连声说好。

二

上海文教界组织的抗议活动，渐渐地席卷上海滩的各行各业，让国民党上海当局头痛不已，同时引起了"筴筸"的注意——顺应群众运动的大势，不正是开展工作、争取民众的好机会吗？

在地下党同志们的不懈努力下，马叙伦等知名人士身边的很多年轻人，对共产党人抱有同情与支持，并且随着运动规模的不断扩大，他们中有人提议，请共产党方面参与协商、指导。

这个提议得到了包括章晓晔在内的文教核心骨干们的一致

赞同，刘胜晓以"特别代表"的身份，适时参加文教界核心层的秘密会议，提出更有实际斗争经验的想法和建议。

对于组织赴南京和平请愿的提议，刘胜晓很快向"箜篌"做了汇报。运动走出上海，意味着其影响力将向全国扩散，可是一件大事。

"箜篌"肯定了这个设想，但提出了自己的意见，让刘胜晓转达给文教界的朋友："如果酝酿赴南京请愿，不能让马叙伦先生等人一开始都冲在最前头，等到从上海赴南京的时候，他们的出面，才更有力度。"

刘胜晓点头道："嗯，有道理！""如何引导群众活动的发展，是个值得研究的问题。老刘，你记得提醒他们，游行的时候，骨干分子分期分批地挑头上前，不要某几个人始终冲在前面，以免让特务盯上。""箜篌"不厌其烦地嘱咐道。

刘胜晓听着感慨道："哎呀，元泰的那个女记者呀——热情似火，尽管她不是党员，但她每次活动都走在游行队伍的最前面，怎么提醒都不管用……"

"箜篌"担忧地说："精神可嘉！但这样太容易暴露了。我向元泰交代过，择机让他与章晓晔撤离上海，此事可尽早安排了。"

傍晚时分，联合晚报社对面马路边，停着一辆小汽车。汽车里，刚抵达的高祖谋问："她一直在报社里？""在，从看见她进去以后，没有再出来。"一个手下答道。"耐心等着！"高祖谋志在必得地说。他坐在副驾驶位置上，动了动身子，让自己感觉更舒服一点儿。

天色又暗了一些，章晓晔从报社里哼着歌，欢快地走了出来，她到了路边站立着没动，左顾右盼，等着程元泰过来接。高祖谋在车里见到她出来了，一挥手，开车的手下，一打方向，兜了个大圈，将车急停在了章晓晔的身边。

随即从车里下来两个人，拉住章晓晔就往车里推。章晓晔尖叫了一声，但嘴巴马上被捂得严严实实，眼见她整个人就被推进了车里。但是，一个身影忽然蹿到尚未关上的车门处，一把揪住高祖谋的手下，一拳狠狠打在他的面门上，将其撂倒，然后，他又探身钻进车里，试图解救章晓晔出来。

坐在副驾驶的高祖谋回头一看，诧异道："元泰，是你！"程元泰看到竟是高祖谋，怒气冲冲地问："你什么意思？"

高祖谋让手下们下了车，看着一脸惊恐依偎在程元泰怀里的章晓晔，说道："老同学，你的这位女友，她有共党分子的嫌疑……"

"她不是共产党！你非要说她是的话，请你拿出充足的证据。"说到证据，当然这是高祖谋的软肋，程元泰一提起这个，高祖谋不免气短，他沉默了一会儿，将手边一沓刊有章晓晔报道的报纸甩了过来，问道："这些算什么？"

程元泰从冲动中慢慢冷静了过来，他粗略地翻了翻报纸，辩解说："这些只能说明，她在很多问题上看法与你相左，但不能证明她是共党——祖谋，让她先坐到后面我的车子里，我们单独聊聊。"

考虑到手下都在，可以控制住程元泰的车，高祖谋同意了老同学的提议，让程元泰把章晓晔送到了后面的汽车里。很快程元泰回到了高祖谋的车上，在这个小小的空间内，只有他们两个人。

"元泰，从发现你与这个女记者交往，我就感到有些问题。没错，我目前没有实打实的证据，但从信念上来讲，在章晓晔那里我直觉地感受到了异样的东西。"

"那天晚上你闯来检查印刷厂，我就知道，你在悄悄地跟踪她。"程元泰不客气地说。

"是！没有证据，但章晓晔身上有一堆的问题。我念及她帮助过小曼，念及我们的同学之情，一直压了下来，没将你们交往的情况上报。元泰，别以为你顶着个反贪腐调查组组长的帽子就万事大吉了。但是我知道，你陷进去的坑，比老师陷进去的那个更危险，你醒醒吧！"

高祖谋想，在自己走之前，给老同学一个当头棒喝，让他悬崖勒马。

"祖谋，你多虑了，我不过是谈情说爱而已。"

高祖谋责问道："为了谈情说爱，你什么都不要了？老师为了一个女人，面临着身败名裂；难道你要为一个女人，不惜贻害党国？元泰，你还信不信仰三民主义？""当然信，但还有更崇高的东西！"程毫不迟疑地答道。

高祖谋敏锐地从"更崇高"三个字里感觉到，程元泰所指的信仰与他的截然不同。他愤懑之极，浑身的血冲上脑门，当即掏出手枪，指着程元泰的脑袋说："你要是被这个女人带着投奔共产党，我要一枪崩了你。"

程元泰脸上带着微笑，稳稳地坐在那里，纹丝不动，似乎随时在等着高祖谋动手。

车门突然拉开了，景莺音探身进来，不可思议地看着这个场面，她慢慢地坐了进来，伤感地背诵着曹植的诗："本是同根生,相煎何太急……"

景莺音坐进车里,高祖谋坚定的眼神,变得游离起来。景莺音轻轻地将他握着枪的手,摁了下去,然后,她泪盈盈地说:"最终非得走到这一步吗?"

景莺音的泪水刺痛了高祖谋的心扉,在刹那间他彻底地爆发了。高祖谋悲哀地嘶吼道:"抗战胜利之后,我的心里满满的都是期待,我多么希望这个国家会成为一个美好的世界,我会找到失散的妹妹,与家人团聚。但为什么仅仅半年多,就走到这一步了呢?"

"我告诉你们为什么!——在过权力关与利益关的时候,党国的堡垒从内部开始瓦解了,连尊敬的老师——我们曾经的楷模——都在贪欲中沉沦了!失去民心,那么离亡党究竟还有多远!"

程元泰和景莺音从未曾看到过这样的高祖谋,他们怔怔看着老同学倾吐着撕心裂肺的话语,心里都不免五味杂陈。

高祖谋停顿了一下,仿佛彻底解脱了一般,说:"明天,我就离开这个大染缸一样的城市了,到第一绥靖战区一线部队,与共党部队真刀真枪地较量。战死沙场总比在官场堕落要强得多。"

程元泰接着说:"祖谋,你这是逃避矛盾,离开战场,你照样要回到现实当中。那么,你如何面对权力的诱惑与考验呢!我们之间的争论,已经不局限于你我了,这是中国前途与命运的缩影。"

高祖谋又被激了起来,他针锋相对地说:"我承认,目前社会存在问题。鸡蛋从外边打破,是破坏;从里面打破,是成长。党国完全可以清除贪腐人员,从内部改进完善。"

程元泰反唇相讥,说:"我认为,鸡蛋从里面打破,叫改良;而鸡蛋从外边打破,叫革命。你希望从内部打破,出发点是好的,但必然损害那些既得利益集团的利益,难道他们不会跳出来反对吗?"

景莺音见着两位同学越争越激烈,急忙示意停止。高祖谋缓了缓口气,说:"好了,元泰,我俩现在辩不清楚了,让历史作证吧,或许20年,或许更长的时间。"

程元泰口气也放松下来,说:"好,一言为定!20年不行,就30年、40年。我们看看未来的中国,到底掌握在谁的手里,谁更加让人民满意!"两位同学四目对视着。

"你明天就走吗?"程元泰过了好一会儿才问道。景莺音忙说:"他不想让你们知道。"

高祖谋知道,他与程元泰分开,意味着什么,他凄然一笑,说道:"好自为之吧,我的老同学。但记者章晓晔,你要当心,我不抓她早晚会有人抓……好吧,我该走了。"程元泰与景莺音很快下了车,高祖谋招呼王超等上车,然后,他头也没回,乘车而去。

程元泰酸楚万分,他突然意识到,经此一别,他与高祖谋将永远站在两个对立的阵营里了。

景莺音向程元泰解释为何来到这里。她是受汤闻道之托,与何君梅前往程元泰住处,意欲为汤闻道说情。但她俩到达之后,发现程元泰没在住处。两人商量了一下,何君梅仍在程元泰住处等待,景莺音则到程元泰可能会在的地方找找——而她想到的第一处地点,便是章晓晔所在的联合晚报社。

"既然何小姐在等，我过去见见她吧。"程元泰边说着边走向他的汽车。章晓晔见高祖谋等人已离开，从车里出来，内疚地对程元泰说道："元泰，我为你惹麻烦了……"

"没关系，我们回吧。"程元泰安慰着，让章晓晔上车坐好。景莺音上车以后，说："元泰，待会儿，你与何君梅交谈时，我和晓晔就在车里等着。"

三

当程元泰回到住处时，何君梅果然等在门口。碰了面之后，两人没有聊太久，何君梅按照汤闻道的意思，请求在调查中尽量留条路，毕竟师生一场。

程元泰长叹一声说，当他看到举报线索集中指向老师时，心里很不是滋味。"何小姐，反贪腐调查组组长不好当啊，这件事要给出交代的。因此，师生之情要讲，但我担心如证据确凿，就会超出自己的控制，比较难办，特别还有那个刘森。"程元泰斟酌再三，委婉地回应了何君梅。

与此同时，景莺音与章晓晔两人在车里，也做了一番交谈。景莺音从大姐姐的角度，提醒章晓晔，为安全考虑，尽快离开上海，当局盯上了你这个在社会活动中特别活跃的记者，情况会变得越来越不可控。

"莺音姐，你说得有道理，但我不想与元泰分开。之前我碰到过危险的，元泰安排我住在他那儿，日夜有人保护我，不也熬过来了吗？"章晓晔天真地说着想法，她忍受不了与相爱之人别离的滋味。

景莺音内心里一阵阵地酸楚,她依然客观地说道:"……有时候,社会是很残酷的,很多事情是我们难以预料的。"章晓晔并没有听懂这句话中的告诫,她颇为自信地说:"至少目前,我是有安全保障的。即使元泰有事来不了,没法接我,拉黄包车的陈师傅也可以来接我的。"

景莺音没再说什么,她意识到章晓晔太单纯、太理想化了,缺乏社会斗争的经验,将残酷的现实看得太简单了。她只有去提醒程元泰重视这个问题。

次日清晨,曙光初照,身着一身戎装的高祖谋,拎着简单的行李,上了一辆军用吉普车。坐定之后,他从车窗望出去,一道红霞连接着天地间,几朵棉花似的轻柔的白云被抹上了迷人的橘红色。

转过头来,高祖谋从包里取出一张景莺音身穿旗袍的照片和一张与汤闻道、程元泰着正装的合影,端详了片刻,又放了回去。在他的包里还放有他小时候的银脚镯,高祖谋用手摁了摁,然后,才令司机开车。车子在行驶,沿街错落不一的建筑,飞快地往后倒退着,高祖谋默念着:"再见了,上海!"

"筌筷"从上海书店阅览室取到了程元泰放在书里的工尺谱。程元泰的消息是:淞沪警备司令部稽查处副处长高祖谋,已调往第一绥靖战区,他的调动及临行前的话,似与国民党发动内战有关,第一绥靖战区在苏中,爆发内战的地点之一很可能在苏中或苏北。

程元泰的这个判断,源于高祖谋的那句话——"到第一绥靖战区与共党真刀真枪地较量",高祖谋气愤之中说了狠话,程元泰从中捕捉到了蛛丝马迹。"筌筷"看着程元泰的分析,很欣赏他的洞察力。

坐在办公室的椅子上,刘森跷着二郎腿,回想着大人物的电话内容。大人物告诉他,很快到5月份了,国民政府将还都南京,目前共党新四军盘踞之处,距离京沪等重要城市太近,必须尽快解决——为此,一个重要的会议,近日在南京召开,他推荐刘森列席这个会议。

看来得到大人物的赏识了,刘森满心欢喜起来,立即动身前往南京赴会。会议之后,大人物亲切接见了刘森,并面授机宜,向刘森布置了工作。大人物居高临下地说:"你列席这个级别的会议,可是莫大的光荣啊。"刘森马上谦卑地回应说:"谢谢您的信任和栽培!"

"苏中地区距离京沪都很近,这是全面进攻最可能打响的地方之一。你回到上海以后,反贪腐调查组的事情,挂个虚名即可,主要精力放到战前的情报上来:一是破坏上海的地下党网络,早日擒获'箜篌';二是让你的那颗'棋子'活动起来——在扬州到南通之间,对于粟裕的兵力和装备情况,了解得越多越具体越好。"

"是!刘森当竭尽全力,不辱您的教诲!"

四

反贪腐调查组经过调查核实,初步取得了一些成果——从单个案件入手,查处了涉贪的十余人,其中上海宪兵队队长侯明杰最有影响。

至于汤闻道文物案的问题,由于涉及的人较多且背景复杂——况且案中重要人物刘森不准查，涉案的汉奸又悉数被处死，导致死无对证——取证的难度很大。程元泰要求出来的调查材料，做到客观实在，不增不减，故而目前汤闻道这一重点线索，进展得并不顺利。

然而，国民党高层却等不及了。反贪腐调查组将有关"小鱼小虾"的处理意见上报后不久，程元泰接到了行政院大员的电话。因在南京彼此见过面，行政院大员便直奔主题，他对程元泰讲，目前仅仅是诸如侯明杰这等"小鱼小虾"是不够的，不足以平息社会各方面的声音。

行政院大员说："……社会舆论没有得到有效扭转啊。据说，最近上海的剧社在演出陈白尘创作的话剧《升官图》，场场爆满，好评如潮，这让党国的脸往哪儿搁呀？"

听到大员的感慨，程元泰接着补了一句，说："没错！目前鸳鸯蝴蝶派的作家张恨水，正在创作一部官场现实小说，书名叫《五子登科》。"大员又说："所以啊，元泰。从目前形势来看，汤闻道可是这次贪腐调查的重头戏，对于他的贪腐问题，只有查明了、落实了，你方可鸣金收兵——进度需要加快呀！"

程元泰放好了电话，发了会儿呆儿，琢磨着大员一番话的蕴意。突然，他发现向影燕走了进来，不由得一惊："影燕！你出院了？""你没想到我会来吧？"向影燕笑着问。

"坐下说！"程元泰忙让向影燕坐下，亲自为她沏了一杯茶。从鬼门关里转了一圈的向影燕，人看上去有些消瘦，但显得淡然了许多。坐定之后，她一边慢慢地喝着茶，一边向程元泰讲述着如何在加藤下毒前后所做的应变处理，她又如何在毛人凤派来的人的注视下苏醒过来。

总之,向影燕衷心感谢程元泰在关键时刻起的作用,特别在香烟这个环节上,她尽管保持着警惕,但又有些大意,如果当初没有程元泰的及时提醒,她恐怕难以逃过刘森、汤闻道借加藤之手对她的谋害。

向影燕坦诚地说:"我恢复得差不多了,毛局长拟将我调回总部。局长对刘森还来不及调整,所以,离他远点儿为好,不过,他不会有好下场的。——当然了,以后,你用不着担心我纠缠着你了……"

在程元泰的脸上,瞬间闪过一丝尴尬,他瞅了瞅向影燕,投去了歉意的目光,说:"你大难不死,我欣慰至极,说心里话,你真要离开上海,我实在有些不舍呀。"

"冲你说的这句话,我得全力支持你,有关汤闻道、刘森的材料我都提供给你。"向影燕毫不含糊地说。接着,她想了一下,提议道:"涉及文物走私案的那些汉奸,几乎都死光了,你从文物案入手取证,估计不容易落地——不妨前去查抄汤闻道的姘头何君梅住的花园别墅,她为你老师收了不少东西呀,而且听毛局长讲,何君梅在社会局吃着空饷呢……"

程元泰不由得感叹起来,说:"影燕,你掌握的情况不少啊!"向影燕爽快地说:"是啊,不然汤闻道干吗非要置我于死地呢?"程元泰又问:"谋杀你这件事肯定有指向汤闻道的确凿证据吗?"

向影燕撇了撇嘴,说:"可以肯定,汤闻道与刘森狼狈为奸,担心文物案东窗事发,所以借加藤这个替死鬼对我下手。可惜加藤已死了,无法对证。""加藤的死,罪有应得。我佩服你当时的处置。"程元泰毫不掩饰他的想法。

两人交流了很久,向影燕心情非常放松,临走时,她坦然地对程元泰说:"过来与你道个别。经历了生死,我不再纠结感情这东西了,不是我不想追求,但我更知道如何放下。我会永远记得你的,同时,希望尽早见到汤闻道与刘森身败名裂的那一天。"

"影燕,谢谢你提供这些情况。刘森找到了新的后台,暂时动不了他,但多行不义必自毙;对于汤闻道的贪腐调查,现在已经箭在弦上,我别无选择,只能秉公行事了。"程元泰正色道。

五

反贪腐调查组在何君梅居住的花园别墅进行了突击搜查。何君梅此前专程登门拜访了程元泰,希望能为老师留条路,她回来后将谈的情况对汤闻道说了,程组长似乎态度不明确。

但他们万万没想到,程元泰竟然一点儿情分不讲,如此快地派人到花园别墅搜查。

其实,之前何君梅与汤闻道提起过,将财物尽快转移出去,但事到如今,两人才发现,身边几乎没有可以信赖的托付财产的人,况且汤闻道仍然抱有侥幸心理,认为上有恩公下有学生,无论如何,至少还有点儿面子吧!

所以,他甚至连一根纱线都没有送出去。

搜查的收获相当可观,别的不说,单就金条与美元,调查组就抄出几箱子来。对于大额不明财产,调查组要求何君梅

——说明来源。另外，何君梅吃社会局空饷的账本，也被找了过来，调查组又让她就这个问题，书面叙述前后的经过。

反贪腐调查组离开以后，倍感委屈的何君梅，拨通了汤闻道的电话。汤闻道闻讯，匆匆赶回，深感不妙。汤闻道一进房门，就见到泪眼婆娑的何君梅，接着，他环视着已被搜查过的屋里屋外，一切一切如梦幻泡影，破碎得未免太快了。

看了很久，汤闻道突然间仰头长叹，面目表情逐渐狰狞起来，一反常态地恶狠狠道："好吧，不是你死就是我活……程元泰你毫不顾及师生情面，那么，别怪我无情无义！"何君梅瞧着身边的男人，也将心一横，问："闻道，你说怎么办吧？"

汤闻道说："事到如今，没有别的办法，只有使用特殊手段，将调查中断。我让李默办理，无论如何，要将程元泰'送'进医院。"

何君梅反驳道："你别通过李默了。让他前去医院解决向影燕，不是不了了之？我过去认识几个帮会的人，不如找找他们。这种事情，少一环节就少一些人知情。"汤闻道感觉到有道理，说："好。我出重金，只能孤注一掷，在此一搏了！"

何君梅很快联系上帮会背景的旧相识，说愿意出10根金条，买程元泰在医院躺上3个月。"要找身手好的，到时真要出手没有收住，直接送他归西了，我追加奖励。"何君梅补充道，她留下了3根金条作为订金。

旧相识留了1根金条，为他的老头子奉上了另外2根，提出在本堂口里，选择一个最合适的人选。上海滩看起来很大，但世界有时又很小。何君梅旧相识拜的老头子，与季国云的老头子，正是同一个人。

老头子将徒弟打发走后，随即差人把得意门生季国云找来了。老头子对季国云扼要地把情况一说，很江湖地说："凑巧啊，动的竟然是你的合作伙伴程元泰。反正，金条我收下了，好人留给你去做吧。"

程元泰在住处，当晚将取到的"箜篌"工尺谱转成了文字，他默默地读着：苏北反正者接到刘森指令，企图弄清我军部署。国民党将发动内战的判断准确，多方正在验证，请弄清开战时间，获取更准确情报。此外，安排章晓晔尽快离沪，以避免不必要的损失。

程元泰随即烧掉了字条，然后，他瞅了瞅在一旁奋笔疾书的章晓晔。两人之间已形成了一种默契，各自忙着手头的事情，如果一方不主动说起，另一方不随便打听。

程元泰轻声喊道："晓晔。"章晓晔扭过头问："嗯？""你在反内战的工作上，抛头露面太多，最近你离开上海避避为好。"

章晓晔问："我到哪里呢？""苏北阜宁。那边的空气自由，绝对是你向往的地方。"程元泰回应道。"我不去。你要过去，我就跟着你。"章晓晔撒娇道。

程元泰想再多劝劝她，就听到外面有人在敲门。两个人顿时安静下来，程元泰过去开了门，见季国云火急火燎地进来了。接着，季国云将何君梅找到帮会堂口，出钱欲废掉程元泰的事情和盘托出。

程元泰连声道谢——这个消息太及时了。而季国云对自身的行为，颇为得意，临走时他问道："怎么样？兄弟够义气吧？"

事态的发展程度，远远超出了程元泰的想象。汤闻道已撕开了师生之间温情的面纱，不顾一切了，对此，程元泰唯有加速反贪腐案的进程。他连夜赶到办公室，召集反贪腐调查组全体人员开会。

在会上，程元泰布置了任务，将向影燕等人提供的汤闻道贪腐的事实与证据，以及汤闻道抗拒调查、意图戕害反贪腐调查组组长的情况，形成文字报告，由他定稿，电告上面。

调查组人员紧张地忙活起来，程元泰想起刘森来，便问秘书姚莉："刘副组长呢？这几天没见他来？"

秘书姚莉回复说："我前两天给副组长打过电话的，但他说他不过挂个名而已，还有别的事情要做，一切事务都听您的。"

又一个清晨到来。汤闻道喝完何君梅熬好的红枣汤，准备出门。何君梅心疼地说："查你查到这种程度了，你还要准时到办公室？""只要我在职一天，当然一切照旧。"汤闻道回应着，保持着一副体面的样子。何君梅仍然不放心，跟着汤闻道出了房门，汤闻道走到车前，转过头招了招手，坐了进去。

汤闻道在办公室，收到了高祖谋从第一绥靖战区寄来的信。

高祖谋在来信中说，在新的岗位上他感觉挺好。另外，有一个问题他思前想后觉得必须提醒老师——与程元泰交往的女记者章晓晔，共党分子的嫌疑很大，应该尽快抓捕彻查。此外，再过两天，他将到上海参加京沪卫戍区的会议，如有时间，过来看望老师。

汤闻道心里感慨不已，这个学生高祖谋啊，太厚道、太尽职了,人已经调离了,还为他留下一条重要情报。

他马上叫来秘书李默。前两天向影燕已经出院,汤闻道狠批了李默一顿,责怪他没有完成干掉向影燕的任务。但事已至此,汤闻道只有通过批评李默,宣泄一下自己的情绪,他对这个年轻人还是信任的。

汤闻道要求李默,及时掌握章晓晔的活动规律,随时等候抓捕命令的下达。李默点头答应下来,但不过敷衍一下而已,他在等待着那一刻的来临——汤闻道轰然倒地。

第二十八章

自绝落幕

一

在反贪腐调查组办公室,各位组员几乎整晚在加班,等做完汤闻道的案宗并上报之后,已是凌晨时分,几个人随便找个地方,抓紧时间打个盹儿,休息了一下。

上午10点钟不到,上面的批复下来了:立即抓捕汤闻道,以此为反面典型,体现党国反贪腐的决心!

程元泰立刻让秘书姚莉叫醒所有人,马上开会!他随即打电话对刘森说,上面来了新的批复,请他这个副组长务必参加会议。半小时之后,刘森到了。

程元泰主持会议,宣读了上面的批复,布置抓捕汤闻道——抓捕小组由王春良、李景福带领,即刻出发前往汤闻道办公室，刘森与军统站的人，随时准备接应，而他自己坐镇在办公室通盘协调。

程元泰总结道："抗战胜利之后，共党不断坐大，到了非解决不可的时候了。我们的反贪腐调查，意义重大，当前，对共党的清剿行动，一触即发，只有肃清内部乱象，才能让党国没有后顾之忧。好，行动吧！"

王春良与李景福带头走了出去，准备执行抓捕任务。程元泰坐在最里面，他看着众人陆续离开，才不急不慢地站了起来。刘森坐在位置上没动，等到了最后，看着程元泰走过来，他凑上来问道："程组长听到要动手的风声了？"

程元泰刚才是故意地透露已获悉上面的决策，以此烘托反贪的重要性。不成想刘森听者有意，他琢磨着："我列席的南京会议的内容，程元泰好像已经知道了？"

刘森这么一问，程元泰意识到自己的话触碰到了这家伙的哪根神经，他随意地反问："谁没些消息渠道呢？刘站长，你说什么时候动手呢？"

刘森笑眯眯的，答非所问："我先回去了，随时准备接应。"

上面抓捕汤闻道的批复下发给程元泰不久，汤闻道从大人物那里获知了这个消息。大人物的秘书在电话里将情况简短地做了通报，其他什么都没有说，便挂了电话。

汤闻道面如死灰，脑袋仰靠在椅背上，望着天花板发呆。大人物已不愿意亲自打电话了，而是让秘书转达一下情况，这意味着什么，汤闻道心里是最清楚的。

在那一瞬间，他追悔莫及，恨自己没有能够洁身自好，经不起温柔的诱惑，明明知道这是陷阱，但还是一步一步地被一种无形的力量拖下了水,最终连恩公都放弃拉他上岸了。

汤闻道忍不住迁怒于刘森,心里痛骂正是这个混蛋一点一点地将自己引入歧途——如果当时与高祖谋、李默一起,及时把那个坏蛋刘森法办了,也许后面什么事都不会发生。

接着,他脑海里不停地设想着:要是他没被派驻上海就好了,要是他没认识何君梅就好了,要是他不打丁树基那批文物的主意就好了,总之,悔不当初……后悔药难咽啊!

是啊!后悔这种情绪,就如成年人身上的阑尾一样,其实没什么用,却说不准什么时候会发作,将人折磨得死去活来。

半晌,汤闻道略微摆脱了无穷无尽的懊恼,琢磨起眼下该做如何安排。他无暇顾及被捕之后面对亲朋故旧之事,时间不多了,首先将上海这头的人和事做个了断吧。

汤闻道将李默叫来,说在等待调查处理,关于抓捕章晓晔的事情,可放下不办了。不过,他请李默帮他带封信给刘森,然后,李默就不必回来了。

临行之际,他送给李默一笔钱,算是他们之间的道别。李默从办公室走出,脸上闪过一丝神秘的微笑,他其实有了新的岗位,即将开始投入他全新的官场生涯了。

办公室再次陷入了寂静。汤闻道木然地坐在椅子上,过了会儿,他拿起电话打给了景莺音,请她尽快过来碰个面。

王春良与李景福已经带领着抓捕小组,分乘两辆车到达汤闻道办公室的楼前。他们刚刚下了车,一辆吉普车突然开过来,挡在了汽车前面。

从吉普车上跳下一个军人,向王春良和李景福出示了一张紧急电令:请反贪腐调查组暂停抓捕汤闻道,由军政部带走处理。

面对如此情形，王春良和李景福十分不满，他们俩与这个军人激烈地撑着。军人坚持不让，并说程组长应该接到通知了。

二

程元泰接到了行政院大员的来电，说上面有人出面力保汤闻道，经过各方力量的博弈，现在由军政部来带走处理，拟将汤闻道押往南京，再成立合议庭审理。

程元泰无奈，只有听命，立即让秘书姚莉通知抓捕小组撤回。接到通知，王春良与李景福极不情愿地上了车。

抓捕小组刚回办公室，几个人正在发着牢骚；程元泰办公桌上的电话又响了起来，大员在电话中对程元泰讲，简直不可思议，最高层对汤闻道的处理意见，又出现了重大变化！——汤闻道贪腐案捅到了委员长那里，领袖对此案做出了最终决定，为昭示党国的决心，对汤闻道处以死刑，立即执行，以儆效尤。

程元泰放下了电话，准备再次布置抓捕行动，秘书姚莉匆匆进来，送来刚刚收到的中央电令，内容是委员长对此案件的重要批示。

程元泰心情复杂，叹了一口气，望着办公桌上摆放着的汤闻道、高祖谋与他三人的合影，唏嘘不已。他稍稍平复了一下心情，下令：出发，抓捕汤闻道！

此时，吉普车上的军人，已进了汤闻道办公室，简要说明他的来意，表示要带汤闻道离开。两害相权取其轻，军政部的人带他走，自然是比反贪腐调查组抓捕他好得多，说不定还有希望。

汤闻道明白，这是大人物尽力争取得到的结果。他心下稍安，对军人说，要收拾一下，并等人交代一些事情，然后可以离开。

汤闻道正收拾着，接到大人物秘书的电话。秘书的口气显得很生硬，他转达了大人物的话：上面对此案争斗激烈，蒋公子也要借此插一手，因此，由军政部处理你的方案，被否决了，我对此已无能为力——事已至此，你好自为之，不要再扯出更多的人了……

那头话说完，"啪"的一声挂掉了电话。面对这一打击，汤闻道的脑子里瞬间一片茫然。他愣怔着，内心从失望变成绝望，眼下已无路可走了。他边整理东西边思索着，过了一会儿，似乎拿定了主意，神色坦然了许多。

此时，景莺音敲门进来了。"老师。"景莺音喊了一声。汤闻道抬起头来，与军政部的军人商量道："上面刚通知我，现在不是军政部处理我的问题了，请外面稍候，我对学生交代些事情。"军人客气地站到了门外。

汤闻道歉疚地对景莺音说："惭愧啊，莺音。上面认定我有贪腐行为，要抓捕我，立案处理。念在我们多年师生的情分上，你去见何小姐，转达我的话：遗憾没给她带来幸福，就此别过，请她另寻出路吧。"

景莺音略感意外，汤闻道首先竟然想到的却是何君梅，接着，她问道："师母那边，您有什么话转达吗？"

"感谢她的宽容与大度,让我在上海从心所欲,过了一段不受约束的生活,当然,代价巨大,教训深刻!我有一封信请转给她。"汤闻道思索着说,然后,他摘下腕上的劳力士手表,递给景莺音,叮嘱道,"带给何小姐,相遇一场,当是留下个念想。"景莺音默默地把手表接了。

该交代的都交代了,汤闻道说:"好,莺音,你回去吧。我们师生多年,再见了!"景莺音回应道:"好,我走了。老师,您千万保重啊。"汤闻道平和地说:"你出去对外面的军人说一声,再等我几分钟,我就出来。"景莺音于是向老师告别,从办公室里走了出去。

汤闻道目送着学生离开后,眼前感到一片漆黑,他万念俱灰,回想自己的一生,曾经有过辉煌,也想干好事业,可最终竟然栽在了上海这个花花世界里。他不由得想起了发妻的劝诫,怨得了谁呢?目前已经没有回头路了。

他心里又极度不平衡起来,郑介民不也弄了一套戴笠在林森路的别墅吗?特别是那个中统局长徐恩曾,长期在上海做生意,买空卖空,他仅仅在一年时间,就进入上海经济名人行列。他们的贪腐比我少吗?有过之而无不及,难道就单单将我当反面典型去接受审判?

汤闻道想到自身的现状,可谓无颜见江东父老,那么,事到如今,无非是死路一条!

近些日子,他没有睡一天好觉,有几天甚至听着屋外的风声坐到天亮。郁闷、焦虑、失望、绝望以致极度空虚与厌世……大人物最后的话,让他心理彻底崩溃,他失去了唯一尚抱有希望的"稻草"。

汤闻道缓缓地拉开了办公桌的抽屉。抽屉里放有一把左轮手枪，他拿起手枪，确认里面上了子弹，然后，他打开手枪的保险，将枪口对准了自己的太阳穴。

此时他想起了大人物的话——不要再扯出更多的人了——但口中不知为什么他却吟诵了一句"骓不逝兮可奈何，虞兮虞兮奈若何"。

汤闻道没来由地笑了笑，扣动了扳机。鲜血喷涌而出，溅在了他与高祖谋、程元泰三人的合影上，旁边还放着那本萧统主编的《昭明文选》。

听到枪声响了，门外军政部的人立刻冲了进来，但汤闻道已气绝身亡。刚刚抵达的抓捕小组的人，同时听到了枪声，立即确认了汤闻道的自杀现场，王春良打电话告诉程元泰，抓捕小组来晚了，汤闻道已畏罪自杀。

汤闻道畏罪自杀的死讯，瞬间让程元泰涌出一股悲哀之情，他在椅子里坐了很久，又想了很久，接着，他慢慢地拿起他们师生三人的合影照片。瞬间，像放电影一样，程元泰闪过了淞沪会战期间汤闻道与学生们在上海的言行举止。

往事不可追，来者尤可鉴！程元泰最终艰难地决定，不去现场了。他不忍心见到一个这样死去的老师。

李默送来的汤闻道的信，刘森读过之后，心花怒放，汤闻道到底为他"挡了枪"。汤闻道在信中说，他如今是墙倒众人推，也许难以翻盘了，但还是送给刘森一个往上爬的大礼——《联合晚报》女记者章晓晔是共党，甚至有可能是"筌簇"！

刘森马上问起沈东洋："你查的那个女记者章晓晔，至今发现什么情况没有？"沈东洋汇报说："我查过了，这个女人可不简单哪，她是带头闹事的那群知识分子里的核心人物，又是程元泰的女友，现在住在程元泰处呢。"

"哦！据汤闻道的消息，她是共党分子呀！"沈东洋连忙说："怪不得呢，每次游行都见她在最前面。"

"我始终认为程元泰有问题，由此看来我的怀疑没有错。他与章晓晔之间，谁有可能是'箜篌'？如何弄个水落石出呢？"刘森半眯着眼睛分析道。

"程元泰暂时动不了，先安排抓捕章晓晔吧！"沈东洋说。刘森狠狠地说："嗯，你落实好人手，秘密抓捕章晓晔。记住，不要惊动程元泰。悄悄地干！"

三

汤闻道饮弹自尽的次日，上海及全国的报纸按照国民党宣传部的要求，刊登出反贪腐调查组彻查汤闻道致其畏罪自戕的新闻报道，以此证明党国反贪腐力度之大，试图挽回人心、党心。

远在重庆的发妻章婧英读着汤闻道的来信，没有流下一滴眼泪，她沉默了许久，决定削发为尼，为自己取了个法号：青杨居士，往后余生，她将陪伴着青灯古佛。在她心中深处，前半生的情爱缠绵，都如过眼云烟，随着时间的消逝而消散了。

记者章晓晔对汤闻道贪腐案这一重大事件，自然不会等闲视之。她与报社同仁碰了头，拟从全新的视角，撰写展示汤闻道其人及其贪腐过程的报道，从而揭示国民党存在的腐败问题的症结，绝不是查出一两个贪官来就能够根本解决的。

忙到了中午，一个看起来文质彬彬的年轻人到报社来找章晓晔，此人说他是马叙伦先生刚刚聘用不久的大学生，具体负责对外联络工作，想与她借一步单独讲话。

涉世不深的章晓晔没有想很多，随即与年轻人走到报社门外。年轻人告诉她，下午1点钟，在复旦大学有个会议，主要商量赴南京请愿的事情，请文教界核心人员参加。

章晓晔多少有些诧异，她没听说过今天开会啊。年轻人连忙解释说，今天刚得到南京方面的回复，会议是临时决定召开的。

缺乏经验的章晓晔信以为真，跟随他快步走到马路上，年轻人一招手，等在路边的一辆黄包车就过来了，于是，他们两人坐了上去。走到半路上，章晓晔发觉黄包车没有往复旦大学方向去，她下意识感到可能有问题，要求下车回去。

但一切为时已晚，那个所谓的"大学生"掏出枪来顶着她，同时，催促着他的同伙"黄包车夫"，一路小跑进入了军统上海站的办公地。

章晓晔被关进秘密监室，刘森笑眯眯地与这个女记者攀谈着，章晓晔怕言多必失，不作任何回应。她对于被抓捕固然有几分紧张，但对于冒失地相信陌生人而导致的后果，更觉后悔不已，她不希望当局从她这里得到更多进步人士的线索，尤其不希望此时将程元泰卷进来。

见到章晓晔表现得如此硬气，刘森倒也不太着急，他立即安排沈东洋搜查了章晓晔的住处。尽管章晓晔近些天没有住在那里，但沈东洋搜到了刘森想要的东西——日记本。

章晓晔习惯于将用完的日记本放在住处。而就在某一天,她在日记里记下了递交入党申请书一事——非常遗憾,她多么希望程元泰做她的介绍人啊,但是被他"婉拒"了。

刘森翻着这本日记本,看了又看,如获至宝。这完全可以作为程元泰就是共党的重要证据呀!他再往深里想了想,禁不住又惊又恼,一个共党潜藏这么深、这么久,天知道他套走了多少情报!

必须抓捕程元泰!而且他极有可能是"箜篌"。至于如何诱捕程元泰,刘森已经想好了,目前"诱饵"是现成的,那就是女记者章晓晔。

反贪腐调查组的任务接近尾声。国民党上层不少人认为,推出了汤闻道这个贪腐典型,可以很大程度上平衡一下各地对接收的不满反映,如果再深入查下去的话,就会搞得人人自危,有可能让共产党钻了空子。

程元泰与调查组的同仁,将总结报告报送上去,就可以各归原位了。对于总结报告的初稿,程元泰用半天左右的时间,从头到尾通读一遍,正写修改意见时,他接到了刘森打来的电话。

"程组长,有件事我与你通个气。"刘森手提话筒微笑着,听上去似乎很轻松。程元泰说:"哟,刘站长,你有什么指教?"

"是这样,昨天我们抓捕了一个叫章晓晔的女记者,她有重要的共党分子嫌疑,近一段时期,她在煽动教授、学生上街游行——上面要求尽快将其押解到南京呢。但是,她口口声声说,认识你,你是她朋友……"

程元泰心头一沉，但保持着镇定说道："噢，她不过是个记者，爱写写文章，爱发发牢骚，无非出出风头罢了，你说她是共党——有那么严重吗？"刘森说："程组长，你和她很熟悉吗？"

程元泰说："朋友嘛，时不时地碰碰。"刘森显得很为难地说："哎呀，这倒让我不好处理了。按说你的朋友，可以通融通融，但有证据在手，不能随随便便把她放出去吧？"

程元泰清楚刘森在试探自己，或者引诱自己就范，但他心急如焚，担心着章晓晔的安危，看来只有深入虎穴，才能搞清情况。他想到老师，又想到刘森干的一件又一件坏事，到了与刘森算总账的时候了。

程元泰做出商量的姿态说："刘站长，你说怎么办吧？"刘森随意地说："程主任，你方便的话，不妨亲自过来做个保，事情说清楚了，才好放她出去。"

程元泰说："好，我很快就过来。"听到程元泰的话，刘森求之不得，脸上露出了颇为得意的笑容。

情急之下，程元泰仍留有一份清醒，他急急忙忙赶到上海书店阅览室，将这一情况传递了出去让组织上及时掌握。

程元泰并不是救章晓晔心切，对刘森的动机没有足够的估计。他很清楚，与刘森最后决战的时刻来临了。他从上海书店出来，很快到了军统上海情报站。当他进入刘森的办公室时，果然几位军统的人员一拥而上，立刻将其控制住，并关进了监室。

刘森慢悠悠地走过来，笑着说："自古以来，人性都是一样，英雄难过美人关啊！汤闻道拜倒在何君梅的石榴裙下，你则是为了章晓晔甘愿自投罗网，你们师生俩前赴后继呀……"

程元泰厉声呵斥着刘森，说："刘站长，用如此手段，你不怕收不了场？"

刘森拿起章晓晔的日记本，翻开以后，放到程元泰眼前，说："程元泰，你看看吧，白纸黑字，板上钉钉，你有什么好说的。"

四

老师汤闻道的自杀身亡，令景莺音感到万分悲痛，一个活生生的人，转眼之间就阴阳两隔。她闭门不出，调整心情，时而提前笔来，写下了不少东西。两天以后，她想到老师的委托，便约何君梅中午在大西洋菜社吃饭。此时，距离刘森拘禁章晓晔与程元泰的时间，已过了一整天。

曾几何时，汤闻道风光无限、前呼后拥，现在轰然倒下后，何君梅一下子感觉到门前冷落、人情淡漠，之前每天热线电话联系的那些太太、小姐，仿佛顷刻之间消失得无影无踪，她不得不遗世独立。就在这时，景莺音主动约她吃饭，何君梅内心的感激之情是无法形容的。

见面以后，景莺音转达了一遍汤闻道的话，伤感地说："老师让我捎的话，没想到竟成了遗言。"

何君梅的眼泪，止不住掉了下来，她哭着说："他为什么干这种傻事？即使他被抓进去了，不当官了，我也愿意等他，我不要名分，只要与他待在一起就好……"

景莺音不知该用什么语言安慰，她默默地把手帕递给何君梅。等到何君梅宣泄完悲痛的情绪，擦干了眼泪，景莺音将汤闻道让她转交的劳力士手表，从手包里取了出来。

何君梅看着劳力士手表，睹物思人，后悔不迭地说道："都是我不好，闻道说要鱼死网破，下决心废掉程元泰，我应该好好劝劝他的。其实，现实一点儿，把身段放下来，哪有过不去的坎儿？"

景莺音听她这么一说，连忙不安地问道："你说什么？废掉程元泰？"何君梅点头说："嗯。我出面帮他找了帮会的人……""他们答应了？"景莺音追问道。何君梅如实地说："答应了。我给了3根金条做订金，说好事成之后，再给7根——对了，今天我找中间人去，这件事不办了！"

景莺音由此想到两天来没与程元泰见过面，她越想越发不安起来，帮会的人一旦收了何君梅的订金，只要没有通知说这买卖不干了，按行规的话，这个活儿早晚要办的，毕竟还有尾款呢。心里装着事情，景莺音不敢久留，又聊了几句，便告辞离去。

从大西洋菜社出来，景莺音直接去了程元泰的办公室，办公室秘书姚莉对她说，程组长今天没有过来。紧接着，景莺音又去了程元泰住处，也没见到人。

她意识到程元泰可能出问题了，随即又前往联合晚报社，问章晓晔在不在，同事说，她没有上班。坏了，程元泰出事了！

然后，景莺音很快找到老头子的那个堂口，登门造访，说自己是程元泰的同学，过来打听其下落。"景家大小姐屈尊来访，蓬荜生辉啊！不过，你为什么到我儿这打听他呢？"老头子不卑不亢地问道。

"我不绕弯子了。据说,有人找到您的堂口,要废掉程元泰……""景小姐快人快语!我直说了吧,确有这么回事,不过,程元泰和我的徒弟季国云关系不错,所以,这票活儿我们没有做,而且,我让国云给程元泰通过气。"

景莺音稍感欣慰,感谢道:"老先生义薄云天,有情后补!""客气了。程元泰扳倒了汤闻道,你从这方面打听打听吧。"

"好。如您听到他的消息,务必告诉我。"景莺音依然紧锁着眉头,她知道,来到这里,仅仅排除了一种可能性。她此时想到,应该到程元泰经常去的地方转转。

刘森此时得意万分,主动与大人物通电话报功说,反贪腐调查组组长程元泰就是潜伏在上海的地下党——甚至极可能是"箜篌"——已人赃俱获,秘密关押。

大人物听了汇报后,高兴地说,最近有人非议他用人失误,如果查出程元泰是共党重要人物"箜篌",可以有力地回击那些争权夺利的家伙对自己的编排构陷。大人物要求刘森亲自带队,连夜秘密押解程元泰和章晓晔到南京审讯。

感到胜券在握的刘森,心里美极了,他晃晃悠悠地走进了监室,笑眯眯地盯着闭目养神的程元泰,打开了话匣子:"哈哈!当初沪西机器厂工人游行的时候就有你的身影;后来,在都城饭店跟踪跳楼的共党王二时,恰巧又有你出现;大光明电影院抓捕'箜篌'现场,居然还有你。这些你记得吧?"

刘森有些得意忘形,他稍停顿了一下,接着又说:"当时在调查的过程中,我就感觉到,似乎有一个共党——潜伏在我们身边。当然,这个共党极有可能是'箜篌'。哎呀,到底谁是'箜篌'呢?我曾怀疑过不少人哪,但始终认为你嫌疑最大——终归我是没看走眼啊。"

程元泰淡定地说:"你还是看走眼了!实话告诉你,我不是什么'箜篌'。"刘森不屑地说道:"可以理解,你不会不打自招的。放心吧,我会有更确凿的证据。"

"好吧,等你的证据,真话总是没人信。"程元泰无奈地笑道。刘森换了个话题问道:"加藤的那幅古画,你在变魔术的过程中调换了?"

程元泰说:"没错,这个画我认了。但你也不要忘记了,你干的那些事!"

"一两幅古画,并不重要;我做过什么,也不重要。"刘森无所谓地说,他得意极了,两眼放着光,自负地看着程元泰,又说道,"告诉你吧,目前党国的精力全在共党身上,贪腐之事,既然已经处理了汤闻道,就到此为止了。"

刘森停了一下,肆无忌惮地说:"对共党全面开战的时间就在6月,委员长要求在三个月内,消灭所有共党部队,这才是重中之重!可惜啊,上海的教授、学生跑到南京请愿有什么用。而你的末路已到,没有机会通知你的上级了。"

程元泰捕捉到了关键信息:国民党将在6月发动内战!

中午时分,沈东洋请季国云到馆子喝酒,两人干了几杯之后,他感慨地说,文人讲的"高处不胜寒",真说得没错。季国云大大咧咧问道:"还诗情画意上了?你到底要说什么,弄得我不习惯呀!"

沈东洋悄悄地说:"程元泰被秘密抓捕了,刘森认定他是地下党'篾篌'。人这一辈子,天有不测风云,人有旦夕祸福。就说程元泰吧,前两天还是反贪腐调查组组长呢,多风光啊!谁知一下子就变成阶下囚了,今夜,刘站长要亲自将其押赴南京请功。"

季国云听了很诧异,他喝了一杯酒,惋惜地说:"实话实说吧,他的确帮助我挣了不少钱,倒是那个刘森是个不省油的灯,坏得很。""程元泰被抓的事,你可要保密啊!"沈东洋叮嘱道。

程元泰被刘森秘密抓捕,对季国云来说,具有相当大的冲击力——其他的不说,这个合作伙伴倒了,他的财路毫无疑问要受到影响。

有一种人,心里是藏不住任何秘密的,不在周围找个人倾诉一下,实在憋闷得难受。季国云就是这种人。他憋到了下午,熬不下去了,索性跑到了老头子那里,将程元泰被抓的事和盘托出。

季国云心虚地说:"看不出来,程元泰竟然是那边的人。他被抓了,对我没什么影响吧?"老头子抽了一口水烟,缓缓地说:"影响嘛,无非是钞票少挣些罢了。"季国云说:"那倒好。现在心术不正的人太多,我担心让人安个通共的帽子……"

老头子盯着季国云问:"国云,国共之间动手是迟早的事,你认为哪家最后会赢?"季国云想都不想就回答道:"那还用说,肯定是国民党赢啊!国共两家实力差别太大了。"

老头子点点头,又抽了一通水烟。他剖析道:"大多数人都觉得国民党能赢,包括我。但是国民党有实力不假,共产党却有民心啊,对于我们跑江湖的,得学会留后路,万一有个意外,将来国民党败了,共产党赢了,凭我与上面的交情,远走高飞没有问题,但你们徒子徒孙们——未必能一走了之啊。"

季国云一怔,迟疑着问:"您的意思是……""吃江湖饭的,时时刻刻要为自己留条退路,要脚踩两只船,你说呢?"季国云消化了片刻,站起身说道:"我懂了。我想想办法帮一下程元泰,让他欠我一个大人情,为我自己留条路。"

老头子对季国云说:"景家大小姐很关心程元泰,这些情况快去通知她吧。"

五

刘胜晓等隐蔽战线的同志,都没打听到程元泰的下落,"箜篌"正设法通过国民党军警单位再悄悄地摸排一遍,同时准备向组织上汇报这个情况。

发现程元泰失联以后,景莺音的内心备受煎熬,毕竟程元泰依然是她心里最放不下的那个人。近两天景莺音在洋房别墅里,坐也不是,卧也不是。

在她一筹莫展之际,季国云突然前来造访。这个海军官员身穿着便装,对景莺音说出了程元泰目前的处境之后,很有江湖做派地说,出于义气,他得出手救出程元泰。

景莺音听了季国云的话,喜忧参半,或者说忧甚于喜。之前,据她分析判断,程元泰的失联,很可能与刘森有关,但具体情况无从知晓。

目前,好的是程元泰的下落总算有了,但坏的是,一旦他被押送到南京,局面将变得更复杂更不可控。她并不掩饰自己的忧虑,问道:"你是准备如何解救呢?"

"我打听到了,程元泰是要犯,不敢火车押送;刘森这次要亲自带队,用武装囚车押送。出上海往南京方向,必经沪宜公路,我带同门弟兄在城外薀藻浜附近埋伏好,晚上可以把元泰老弟解救回来。时间很紧迫,我这就去落实。"

"太谢谢你了,季处长!这么一来,你可得罪刘森了。"

季国云不屑道:"刘森……老头子说了,他的靠山是戴笠,戴笠死了,这家伙忙着找新主子呢,到目前为止,大概没有人真心为他出头的。"

景莺音说:"那就好。晚上我也过来。"季国云连忙劝阻道:"别!你别过来了。打起来,子弹可不长眼睛啊。"

季国云从景莺音的洋房离开不久,黄包车夫陈师傅来了。他这两天在报社没接到章晓晔,也感到出现异常,便过去找程元泰。但更让他发慌的是,程元泰也消失不见了。

陈师傅不知怎么办好,只好过来告诉景莺音,请她拿个主意。景莺音知道陈师傅是个值得信赖的人,便把程元泰、章晓晔二人的情况原原本本地说了出来。

陈师傅一听,当即表示他要参加晚上的营救活动。景莺音斟酌了一下,同意了陈师傅的请求。

向影燕出院之后,就在自己的住处休养,她不想见刘森这个混账东西。此时,向影燕大难不死即将被毛人凤调回总部的消息,已经在军统上海情报站内部不胫而走。

史正良等几个人,坚决站队在向影燕这边,不由得喜悦之情溢于言表,他们在大楼里进进出出,脸上的神色表情,都与以往大不相同。

沈东洋从季国云处回来，刚进大楼，正好与史正良打了个照面。两人相互客气打着招呼，史正良微笑着点头，掩饰不住的春风得意挂在脸上，沈东洋点着头，内心则羡慕不已。"唉，做什么不重要，要紧的是跟对人啊！"

沈东洋一边暗自感慨，一边不禁想到，刘森与向影燕之间，一直唱着对台戏，简直是针尖对麦芒，如今向影燕得势了，弄不好很有可能连累到自己啊！

有了这个顾虑，他很是忐忑不安。思前想后，沈东洋终于想明白了："凡事得靠自己，如不想被向影燕划为异己，就得主动靠拢上去，主动汇报一下工作，而且有现成的内容——刘森晚上将亲自秘密押送程元泰前往南京！"

这个消息他已经与季国云透露过了，不在乎多告诉一个人，何况是向即将回总部的向影燕报告呢。

想到这里，沈东洋赶紧起身，急匆匆地跑到向影燕的住处。程元泰被刘森秘密抓捕的消息，着实让向影燕心里一惊，她控制着自己的情绪，表面上夸奖了一番沈东洋，说他识大体考虑问题全面，然后，便将其打发走了。

之后，向影燕前去参加会议。在路上，她大动脑筋，反复琢磨着，接下来该如何处理好程元泰的事情。向影燕参加的这个会议，刚好是高祖谋在给汤闻道的信中提起的京沪卫戍区会议。当然，她不过代表毛人凤列席一下而已，没有什么具体任务。

但她一进会场，一眼看到高祖谋在座，他的脸色看上去不太好，绝大部分时间沉默不语，像思考着什么。等会议一结束，向影燕示意高祖谋走到一边。她开门见山地问："你老师的事情,听说了吧?"

高祖谋带着僵硬的表情说:"听说了。向站长,你问这个,是在看我笑话吗?""你别浑身是刺儿!汤闻道的案子是程元泰办理的,要笑话——应该笑话程元泰呀。"向影燕快言快语,将高祖谋的话撑了回去。

高祖谋不再说什么,向影燕低声说道:"现在有个事,我觉得应该透露给你。刘森公报私仇,将程元泰秘密抓捕了,据说有证据表明他就是'箜篌'……"

高祖谋这下有了激烈的反应,他不可思议地盯着向影燕:"你说什么?你再说一遍!"

"今晚刘森这个混蛋亲自押车,将程元泰送往南京处理。按理说,这种事情我不应该掺和的,但刘森与汤闻道合谋借加藤之手害我,程元泰毕竟及时提醒过我,我躲过了一劫,我绝不能袖手旁观,特别是不能让刘森这个坏蛋邀功得逞,得让他得到报应才对。"

高祖谋迟疑着问:"你独自前去营救?"向影燕毫不含糊地点了点头,意味深长地说道:"我可以告诉你行动计划的时间与地点,至于你如何去做,自然是你自己的事情了。"

尾声

再战蕰藻浜

一

刘森原本打算安排沈东洋押车前往南京的,但他转念一想,如此长脸的事情,得亲自办理才是。他心里清楚,随时会有意外情况发生,一路上有他自己盯着,更觉得踏实些。

天完全黑了下来,唯有几颗星星挂在天上。刘森一行两辆车就要出发了,他乘坐的是前面的一辆吉普车,后面的一辆是辆武装押运囚车。刘森大致盘算了一下,从此时出发,差不多一夜时间可到达南京,时间上正合适。

前后两辆车缓缓地开出军统办公地的大门,刘森摇下了车窗,叮嘱着沈东洋做好善后事宜。然后,他向司机打了个手势,示意出发。

囚车里的气窗很高，程元泰与章晓晔被押上车后，根本看不到外面的情况，只是感觉到车子行驶中的颠簸。

章晓晔忍不住问程元泰："拉我们去哪里？""不知道。难道转到提篮桥监狱？或者去南京？晓晔，你怕不怕？"

"有你在，我不怕，"章晓晔依偎着程元泰说，她又转而神情黯然地说，"对不起，我太幼稚了，连累了你。"程元泰紧紧搂着章晓晔的肩，笑了笑宽慰说："没什么，要做好足够的心理准备，考验还在后面呢。"

车子渐渐地似乎驶出了城区，颠簸得更厉害了一些，透过小小的气窗，能感觉到外面的沉沉夜色。程元泰与章晓晔默默地依偎着。

此时的程元泰深感自责，让章晓晔处于这样危险的境地，无法估计其后果。之前他已到上海书店，向"箜篌"报告了情况，现在与组织上失联，不知组织上与"箜篌"将如何应对。

而章晓晔的内心，更是无法平静。她想来想去，后悔极了，程元泰多少次提醒过她，她没有真正听进去，完全是天真幼稚导致了她与所爱的人身陷囹圄。她在心中坚定了一个信念，只要有可能，不惜一切代价保护程元泰。

出城之后，前后两辆车渐渐地驶进了黑黢黢的乡间。正是暮春初夏之交，田野里隐约地飘来土地特有的芬芳。

汽车在黑夜中行驶，刘森伸出头去，深深地吸了口气，一阵惬意由心而生——将程元泰押解到南京，等于为大人物纳了一个投名状，接下来，他的官场生涯将如鱼得水，有了新的发展通道，比起之前来将更为长盛不衰！啊！金钱、美色、权力……扑面而来。

在美妙的幻想中，刘森乘坐的吉普车驶上了蕰藻浜桥，然后，汽车开始慢慢地下坡。等车子的下坡路快过去的时候，对面突然开过来了一辆车，由于是夜里的缘故，刘森的吉普与过来的车都亮着车灯，彼此之间看不真切。

当两车即将交会时，来车猛地一打方向盘，车头狠狠地撞在刘森吉普车的中间。两辆车相撞之后，都横在了公路上，后面的武装囚车，不得已被迫停了下来。

在蕰藻浜桥的北塬，季国云带着人已等待了多时。等待是让人心焦的，季国云不知道骂了多少次娘，终于在桥的高处看到了先后出现的吉普与囚车。

于是，他安排一个帮会弟兄驾驶汽车先撞向刘森的吉普车，然后，他与埋伏在公路两边的人冲出，试图将刘森前车里的人控制住。

刘森岂是束手就擒之人？当车子相撞的一刹那，他感觉到情况不妙，立刻指挥同车的手下迅速下车，做好防范准备。当季国云等人影影绰绰地冲过来时，刘森与手下先发制人，猛烈开枪，有效地阻止了这些人接近。

在黑暗之中，双方爆发激战。两边人数大体相当，但刘森带的人，装备优良，训练有素，火力显然压住了季国云带的那拨人。

然而，刘森的这个优势并没能维持多久。在枪声中，又有一辆汽车，从南边驶过来，冲向蕰藻浜桥南塬。一个急刹车之后，车门打开了，景莺音出现了，她第一个跳了下来，举着手枪，以车门做掩护，一枪一个，弹无虚发，从后面连续击倒了两个特务。

紧接着，从车上跳下刘胜晓、陈师傅，他们趁此机会，手提着斧头，准备冲过去，砸开囚车后门，但囚车上押车的特务以火力压制住了他们，两人以车做掩护，一时动弹不得。

当发现有人从后方包抄过来，刘森立即命令手下顶住季国云这头，而他自己转身快速摸到囚车旁边，阻止景莺音这一拨人接近。就在这时，囚车上武装押送的特务，纷纷跳下车来，开枪用火力支援刘森。

两线作战，刘森受到前后夹击，逐渐地失去了火力优势。

一波未平一波又起，此时又半路杀出个程咬金，向影燕与高祖谋从桥南那边赶过来了。他俩联手行动，密切配合，毫无疑问，两人都抱着干掉刘森这个坏蛋的心理。他们越打越勇，彻底改变了蕰藻浜桥上的力量对比，刘森及手下被困在了囚车周围，完全陷入劣势，并寻找机会四处逃散。

刘森见状，窜到靠近囚车车前的位置，急得大叫道："守着囚车！留两个人守好囚车！"听到刘森一吼，两个特务不得不退回到囚车的后车门处，但没能够坚持多久，先后被向影燕与高祖谋射出的子弹击中，扑倒在地。

至此，刘森彻底乱了阵脚。刘胜晓与陈师傅见状，快速冲到囚车后面，砸开了囚车后门里的铁笼。铁笼被打开以后，程元泰与章晓晔准备从囚车上往下跳。

眼见得一切大势已去，刘森依然死不甘心，他从心底里无法接受眼睁睁地看着程元泰与章晓晔逃脱成功。

好不容易摘到的桃子，谁愿意转眼之间落入他人之手呢？刘森气急败坏，抬眼正看到程元泰与章晓晔从囚车里跳了下来，正准备转移到景莺音的车后面去。刘森狗急跳墙，想着绝不能让程元泰溜之大吉,他举起枪,大声喊道:"程元泰,你的死期到了!"

女人的第六感非常强烈,与程元泰寻找掩护的章晓晔,突然感觉到有人在朝着程元泰开枪射击。她猛一扭头,见到恶狠狠的刘森正在扣动扳机。此时,深爱着程元泰的章晓晔,没有时间多想,奋不顾身地冲到了程元泰的身体前面。

枪声响了。子弹击中了章晓晔的身体,她"扑通"一下倒了下去。

程元泰伸手揽住章晓晔,但中弹的身体倒下的那股力道,令程元泰抱着自己所爱之人,"扑通"一声,一并摔在了地上。眼见得怀里的章晓晔,不断地往外呼着气,程元泰心头大恸,大声喊着:"晓晔,晓晔!"

刘森目睹了眼前的一切,他看到子弹并未击中程元泰,随即举起枪来,准备再次射击。

须臾之间,刘森的枪口,已经对准了程元泰的头部。当他扣动扳机的一瞬,枪声响起了。然而,枪声过后,刘森直挺挺地倒了下去——他极为不甘心,企图转过身来看看向他开枪的是谁,但未能如愿,睁着眼倒了下去。

随着这声枪响,从悲痛中清醒过来的程元泰,意识到自己又一次死里逃生。

程元泰定了定神,环视着周围的一切,此时,他突然发现高祖谋、向影燕与景莺音三人手里都举着枪,他们的目光同时盯着刘森倒下的方向。

原来,说时迟那时快,就在刘森对准程元泰即将扣动扳机的时候,不知什么时候围拢过来的高祖谋、向影燕、景莺音三人,几乎同时举起枪朝刘森射出了仇恨的子弹。

当见到刘森朝着程元泰开枪时那狰狞的面孔,高祖谋刹那间想起了被刘森凌辱的妹妹及他的老师汤闻道,他的这颗子弹是在冲动的怒火中出膛的。

向影燕开枪则是出于另一种心理,程元泰曾救过她,她应该还这份情,更主要的是,刘森是谋杀自己的幕后主使,留下必有后患,血债要用血来还。

景莺音的这一枪是情急之下开的,爱着程元泰,仅是她的本能,她对准的是十恶不赦、恶贯满盈的敌人,果断击毙刘森,她射出的是正义的子弹。

在茫茫黑夜中,不知道到底是谁的子弹,击中了刘森的要害。三个人稳定了一下情绪,然后,景莺音第一个奔向程元泰,另外两人也跟了过去。

程元泰依然抱着章晓晔,轻轻呼唤着她。气息越来越弱的章晓晔,忽然,睁大了眼睛,带着一点点撒娇的意味问道:"元泰,我表现不错吧,入党够条件吧?"程元泰连忙说:"何止不错,非常好,非常好!"

章晓晔露出了一丝无邪的笑容,她感觉终于为程元泰做了一件意义非凡的事情。然而,她的眼神慢慢地黯淡了下去,章晓晔无力地说:"可惜,我不能把你的故事写成小说了。"

"能!等你好了,我将过去的事情,一件一件讲给你听。"程元泰温柔地说着。他这时却发现,怀中的章晓晔已合上了双眼,不再听他说话了。

泪水从程元泰的眼里流了出来,他呜咽着,悲痛万分,不能自已。高祖谋噙着泪水,不知道如何安慰他好;景莺音、向影燕面带悲伤，默然地站在一旁，她们在脑海中不约而同闪现出那天她们说出对爱情不同理解的激烈场面。

四处零星地响着枪声。刘胜晓朝着刘森的尸体踢了两脚，确认这坏家伙已死，于是，他当场高喊道："刘森已被击毙！其余人立刻投降吧！"

听到头目死了，剩下的几个特务丧失了斗志，纷纷举手投降。季国云带着人，让他们挨着汽车，跪成一排，逐个搜身、缴枪。

营救行动结束。程元泰紧紧搂着已经没有气息的章晓晔，久久不愿意分开。景莺音叫了他几声，程元泰如同木头一般，没有任何反应。

季国云忙着缴特务们的械，而向影燕快步走过去，无情地将他们一一击毙，又对受伤倒地的特务补了枪。景莺音目睹这一切，暗自惊讶，这女人竟然如此心狠手辣。

季国云来到程元泰面前，劝慰道："元泰老弟，节哀。此地不宜久留，接下去你怎么办？""我有安排，他要离开上海。"景莺音答道。"季处长，今晚你带的人多，事后如查到你，如何处理呢？"景莺音对季国云表示了关切。

季国云一脸看破红尘的样子，颇有把握地说："我想好了，今晚是一场江湖黑道的火拼。刘森与韩明文，他俩都有黑道上的身份，他侵吞了韩明文绑架案弄来的钱款，后来又杀人灭口，因此黑道上有人惦记上了，这次行动就是为了韩明文报仇。而刘森押送的共党嫌犯在火拼中趁机逃脱……弟兄们，你们明白了吗？"

季国云带的人齐声说："明白！"景莺音忍不住夸奖说："季

处长考虑得周到！"

季国云笑笑："说法有了，花点儿钱，最后就不了了之。总之，能够用钱解决的事情，就用钱来摆平。国民党说到底不就是个黑吃黑的党嘛。"程元泰稍微缓了过来，他站起身来，对季国云说道："老季，谢谢你！"

"我们之间，谈什么'谢'字！不管你信的什么主义，将来江湖再见，记得这情分就好。"

程元泰紧紧地与季国云握手，给出了无声的回答。

接着，程元泰走到高祖谋与向影燕面前，道谢说："没想到你们两个，一个已经调离上海，一个即将离开上海，也赶来了。今天你们这份情谊，不知何以为报。"

高祖谋淡然地说："元泰，从今往后，你我各走各的路。假如有一天，我们战场上兵戎相见，相信我不会留情的。"

程元泰认真地点点头，与高祖谋来了个拥抱，他拍着高祖谋的肩膀，郑重地说："我们一言为定，老同学！"

向影燕盯着程元泰，不禁感慨万千："程元泰，我们之间的过往，到今天一笔勾销。我终于弄明白了，我们之间为什么不行。从今往后我们大路通天，各走一边。"

程元泰没有在言语上回复向影燕，而是坦然地伸出手，微笑着点头，与她握手道别。

众人不再多谈，迅速地从现场撤离。景莺音善解人意地将章晓晔妥善安置，陈师傅悲伤地说，他来帮助秘密料理后事。

二

在工人夜校里,小曼已等待多时了,景莺音告诉她,哥哥高祖谋要来看望她,让她哪都不要去。小曼心里别提有多高兴了,多么想见到哥哥呀!她有好多心里话想说,现在的她释然多了,在边工作边学习文化,懂得了许多做人的道理。

"小曼!"高祖谋叫了声妹妹的名字,走了进来。小曼抬眼望去,见到英姿飒爽的哥哥站在眼前,立刻拥了过去,一只手拉住了高祖谋的胳膊,兄妹紧紧靠在了一起。

小曼靠着哥哥的肩膀,轻声唱起了童谣:"摇啊摇,摇到外婆桥,外婆叫我好宝宝,请吃糖,请吃糕,糖啊糕啊莫吃饱,少吃滋味多,多吃滋味少。"

高祖谋诙谐地接着唱道:"摇啊摇,摇到外婆桥,外婆叫我好宝宝,我叫外婆洋泡泡,外婆骂我小赤佬!"兄妹俩放声地笑了起来。

夜已深了,景莺音驾车送程元泰驶往码头方向。在车上,程元泰仍然沉浸在痛失章晓晔的悲伤中,脑海里闪现着她的音容笑貌。景莺音理解程元泰此刻的心情,她瞅了一眼程元泰,谈起了理想与爱情的话题。

景莺音带有感情地说:"元泰,晓晔的死,实践了她对爱情的诺言。她正直善良,她的理想就是追随她所爱的人从事的事业。我们革命者是有感情的,但是为了更多的人的理想生活,只能毫不犹豫地放弃自己的情感,甚至包括生命。"

听了景莺音真诚的话,程元泰从沉痛中振作起来,深情地说:"莺音,你说得对,其实从章晓晔身上,我已经读懂了你。"

转头看了景莺音一眼,程元泰又说:"记得匈牙利著名诗人裴多菲的一首诗——'生命诚可贵,爱情价更高。若为自由故,两者皆可抛。'这就是革命者的爱情观,你作了最好的诠释,八年前你离开我的原因该是如此。"

程元泰给予的深切理解,让景莺音的身心一下子轻松了许多,此时任何解释都是多余的,听着程元泰的评价,她心潮翻滚,泪水盈眶。

汽车来到了黄浦江边的一个小码头,紧靠在码头边上,停泊了一条不大的货船。景莺音用手指了指货船,对程元泰介绍说:"元泰,就是这条放空返回江北的货船。"程元泰应声说:"嗯,好。"

景莺音又悄然转身回到车里,取出一本手记,双手捧着送给了程元泰,她庄重地说:"元泰,我将老师抗战胜利到上海以后,面对灯红酒绿,一步一步沉沦、堕落的过程,做了个记录与反思,你将这本手记带到苏北解放区,作为共产党人执政时的前车之鉴吧。"

程元泰庄重地将手记接了过去,细心地将其放进了包里。接着,他提出了一个问题:"莺音,我一直想一个问题,我们坚信党将取得全国的胜利,但我们党为什么能、靠什么赢?这是需要好好总结的。"景莺音想了想,没有回答,这个问题太深刻了,需要在理论与实践上回答。

程元泰没有说下去,他换了一个话题,说:"国民党当局一直在追查上海地下党的负责人'筌篌',而我在自己周围不断地搜索着,到底谁是'筌篌'呢?后来我越来越感到,'筌篯'离我并不远，就在我身边……"

对于程元泰带有明显指向的问话，景莺音微笑着未置可否，但她立刻转移了话题，略带严肃地说："元泰，根据地军民已经做好了应对国民党内战的准备。你到了那以后，有更艰巨的任务等着你。祖谋也到了苏中，同学之间或许就要兵戎相见了！"程元泰默默地听着，心情复杂，无言以对。

说到这里，景莺音停顿了一下，看了看手表，提醒道："该上船了，到了苏北码头，有熟人过来接你。"程元泰问："熟人？是谁呢？"景莺音神秘地一笑，说："陈曦是你熟悉的，你的老领导，他带的部队正在做战前工作。当然还有王新钢、小苏北，你想不到吧？王新钢过来接你。"

程元泰不禁一愣，他听着景莺音继续说："王新钢同志从新城饭店跳下楼以后，在组织上的营救下顺利逃脱，他开始想方设法寻找韩明文，当了解到韩明文被刘森派人杀掉后，又很快与刘胜晓接上了头。其实，你当时并不知道，为营救王新钢同志，组织上研究了几套方案哪。"

程元泰听明白了，心中释然，然后，他跃身跳上那条货船。货船慢慢地启动了，程元泰朝着站在小码头上目送他的景莺音挥手告别。

景莺音依依不舍地挥着手，带着笑容的脸上，却流下了眼泪，她忍不住喊道："元泰，相信很快我们会在上海见面的。"

江上风很大，船行水上，随着波浪有节奏地晃动着。

整个晚上在颠簸中度过，程元泰毫无倦意，脑海里金戈铁马，万壑千山，他强迫着让心情稍微平静下来，深深地感受了一下拍打着船底的滔滔江水。

子在川上曰："逝者如斯夫。"奔流不歇的江水，浪淘着泥沙，后浪逐着前浪，荡涤着一切陈腐与落后，为新世界带来了全新的养分和鲜活的气息。一个民族，一个国家，其生生不息，亦复如是乎。

程元泰支起他的胳膊，注视着周围，暗沉沉的远方，似乎已天开一角、东方既白——要不了多久，天，大亮了！

1946年6月23日，以马叙伦为代表团团长的"上海人民和平请愿团"抵达南京，国民党制造震惊中外的"下关惨案"。

1946年6月26日，国民党郑州绥靖公署主任刘峙指挥10个整编师，进攻中原解放区，全面内战爆发。

1946年8月底，人民解放军华中野战军歼灭国民党第一绥靖区司令李默庵等部六个旅又五个交警大队，连续取得苏中战役的"七战七捷"。

1949年5月27日，中国人民解放军第三野战军胜利完成"上海战役"，汤恩伯一行乘军舰逃往舟山，上海最终回到了人民的怀抱，红旗再次在上海滩飘扬。